Edda Trettin

Von Rosen, Rosmarin und Arkadien

Berlin
Pro Business Verlag
2006

Bibliografische Information der Deutschen Bibliothek
Die Deutsche Bibliothek verzeichnet diese Publikation
in der Deutschen Nationalbibliografie; detaillierte bibliografische Daten
sind im Internet über http://dnb.ddb.de abrufbar.

Edda Trettin
Von Rosen, Rosmarin und Arkadien

Berlin: Pro BUSINESS 2006

ISBN 3-939000-67-1
978-3-939000-67-9

1. Auflage 2006

© 2006 by Pro BUSINESS GmbH
Schwedenstraße 14, 13357 Berlin
Alle Rechte vorbehalten.
Produktion und Herstellung: Pro BUSINESS GmbH
Gedruckt auf alterungsbeständigem Papier
Printed in Germany
www.book-on-demand.de

Umschlagentwurf:
‚I miei Bronzi di Riace', Tusche-/Bleistiftzeichnung von Vincenzo Pollari

INHALTSVERZEICHNIS

Kapitel 1 (29. Juli)
Von Schulschluss und Ferienbeginn,
von geänderten Urlaubsplänen und geliebten Schwiegereltern,
von verkümmerten Rosmarinpflanzen und blühenden Übertreibungen
Seite 7-19

Kapitel 2 (30. Juli)
Von jungen Freundinnen und alten Eltern,
von Pastell-Malerei und Schwarz-weiß-Malerei,
von französischen Chansons und arabischen Nächten
Seite 20-54

Kapitel 3 (31. Juli)
Vom Träumen und Erwachen,
von einer Fahrt mit Hindernissen und Verspätungen,
von hoffnungsvollen Gesprächen über hoffnungslose Ehen
Seite 55-61

Kapitel 4 (1. August)
Wie man vom Land der hohen Berge ins Land der blühenden Zitronen kommt,
wie man von negativen Statistiken zu positiven Einstellungen kommt,
wie man aus tiefen Gräben herauskommt und in Arkadien ankommt
Seite 62-81

Kapitel 5 (2. August)
Von guten Weinen und stolzen Weinbauern,
von Missverständnissen und Almosen,
von Sportstunden und Deutschstunden
Seite 82-107

Kapitel 6 (3. August)
Wie man Jemandem das Schwimmen und die Grammatik beibringt,
wie man Jemandem auf die Schliche und hinter seine Schwächen kommt,
wie man vom Wege und vom Thema abkommt
Seite 108-133

Kapitel 7 (4. August)
Von der Unlogik der Sprache und des Lebens,
von 100 % Sicherheit und 100 % Verwirrung,
von Rosmarinbüschen und Röslein-rot
Seite 134-155

Kapitel 8 (5. August)
Von sterbenden Fledermäusen und ermordeten Schafen,
von unschuldigem Blut und schuldigen Tränen,
von traurigen Kindheitserinnerungen und einem lustigen Schachabend
Seite 156-171

Kapitel 9 (6. August)
Von einer falschen Prinzessin und einem falschen Conte,
von steilen Olivenhängen und verknacksten Füssen,
von unerwartetem Schlummer und unerwarteten Beichten
Seite 172-200

Kapitel 10 (7. August)
Von belauschten Gesprächen und aufgedeckten Geheimnissen,
von einer Zeltbesichtigung im Allerheiligsten und drei Fotos auf dem Kamin,
von der himmlischen und der irdischen Liebe
Seite 201-222

Kapitel 11 (8. August)
Von Fischen im Netz und lebenden Statuen im Museum,
von Gesprächen über Gott und Goethe,
von einem Rundflug über die Ewige Stadt und Gedanken über die Ewigkeit
Seite 223-385

Kapitel 12 (9. August)
Von römischen Katzen und etruskischen Wildgänsen,
von einer unbequemen Umkleidekabine und unbequemen Umdenken,
vom Morgen Land am Meeresstrand und gestrandeten Göttern
Seite 386-319

Kapitel 13 (10. August)
Vom Heiligen Franziskus und umgekehrten Schneewittchen,
von aufgeschlagenen Knien und fallenden Sternen,
von sanfter Erinnerung und wilder Eifersucht
Seite 320-351

Kapitel 14 (11. August)
Von Märchenglück und Menschenleid,
von Bibelsprüchen und vom Bäumefällen,
von Gewittern, Geheimrezepten und ... drei Worten
Seite 352-391

Kapitel 15 (12. August)
Von geraden Rückgraden und krummen Gedanken,
von einer englischen Rosemary und einer englischen Rosemarie
von deutscher Raserei und italienischem Ringelrein
Seite 392-402

Kapitel 16 (13. August)
Von grenzenlosen Gedanken und begrenztem Glück,
von lösungssuchenden Metamorphosen und erlösenden Worten,
von schwerfallendem Klavierspiel und einem schwerwiegenden Antrag
Seite 403-430

Kapitel 17 (14. August)
Von Abfahrten und Abschiedsblicken,
von einer Aussprache über Ehe und Tapeten,
von einer gewonnenen Wette und einer verlorenen Position
Seite 431-452

Kapitel 18 (15. August)
Von Fragen ohne Antworten und einem Zettel mit drei Sätzen,
von der Aussprache mit sich selbst und der Absprache mit einem Kleid,
von heimlich versteckten Zeichen und langsam wachsenden Hoffnungen
Seite 453-456

Danksagung

KAPITEL 1 (29. Juli)

Von Schulschluss und Ferienbeginn,
von geänderten Urlaubsplänen und geliebten Schwiegereltern,
von verkümmerten Rosmarinpflanzen und blühenden Übertreibungen

Endlich. Es klingelte besonders laut, so schien es ihr wenigstens. Die letzte Schulstunde war beendet. Die großen Ferien standen vor der Tür. Charlotte klappte das Lateinbuch zu und war so froh wie ihre Schüler, die aus dem Klassenzimmer stürmten.

„Gute Erholung, Frau Bach", rief ihr noch der eine oder andere zu, aber die meisten ersparten sich weitere gute Wünsche und suchten fluchtartig das Weite. Charlotte putzte die Tafel sauber, wischte die Sätze ‚et in Arcadia ego' und ‚nomen est omen' weg und dachte bedauernd, dass es immer schwieriger wurde, den Schülern, neben der Sprache, auch die darin enthaltenden philosophischen Werte zu vermitteln. Sie wollte gehen, als sie sah, dass noch ein Schüler im Klassenraum war. Er kam nur zögernd auf sie zu, um dann unschlüssig neben dem Pult stehen zu bleiben.

„Na, Udo, keine Eile, in die Ferien zu brausen?", fragte sie aufmunternd.
„Doch..., aber ich... ich wollte mich nur entschuldigen, für vorhin", sagte er stotternd. Udo hatte ihr heute, in dieser letzten Lateinstunde, eine recht patzige Antwort gegeben, die eigentlich nicht zu ihm passte. Er hatte die Hausaufgaben wieder einmal nicht gemacht, und als sie eine Erklärung forderte, hatte er nur „Das geht Sie nichts an" gezischt, worauf sie aber nicht näher eingegangen war.

„Schon gut, Udo", sagte sie versöhnlich, „wir sind alle ferienreif." Sie packte das letzte Buch in die Tasche und ging zur Tür, aber er blieb zerknirscht neben dem Pult stehen.

„Sonst alles o.k.? Wohin geht's denn in den Ferien?"
„Nirgendwohin, und nichts ist o.k." Udo sah auf seine Fußspitzen und schwieg. Charlotte hatte es eilig, begriff aber, dass sie hier Geduld brauchte. Sie hatte ein gutes Gespür für ihre halbwüchsigen Schüler. Ihr eigener Sohn, Leonhard, war siebzehn. Ja, sie liebte die jungen Leute, ihre frischen Gesichter, ihre Lebenslust, verstand ihre Unsicherheiten, ihre Ängste, den Kampf ums Erwachsenwerden, in den sie sich selbst oft noch verwickelt fühlte. Vielleicht war es genau das, was sie antrieb, eine besonders gute Lehrerin zu sein. Es war ihr einfach nicht gleichgültig,

wenn einer nicht mitkam, wenn einer auf der Strecke blieb, und sie erklärte alles unermüdlich, einmal, zweimal, dreimal, wenn's denn nötig war. Ihre Schüler schätzten sie dafür und sie war mit Abstand die beliebteste Lehrerin an diesem Gymnasium, ‚trotz' Latein. Auch jetzt wartete sie geduldig, obwohl sich das Schulgebäude geleert hatte und eine unwirkliche Stille eingetreten war. Ihre Tasche hatte sie wieder auf das Pult gestellt und sah Udo fragend an. Endlich rückte er mit der Sprache heraus. „Meine Eltern lassen sich scheiden. Ich hab' ziemlich viel Zoff zu Hause und keinen Bock zum Lernen. Das soll keine Entschuldigung für mein Benehmen sein, aber ich dachte, Sie sollten das wissen."
„Das erklärt einiges, Udo. Es tut mir Leid für dich." Sie erinnerte sich sofort an seine Eltern. In den ersten Jahren waren sie immer zusammen zu den Elternsprechtagen gekommen, dann erschien mal die Mutter, mal der Vater, aber seit geraumer Zeit kam keiner mehr. Und Udos schulische Leistungen hatten sehr nachgelassen.
„Das ist sicher eine schwere Zeit für dich, Udo. Ich kann dich gut verstehen."
„Wohl kaum", sagte er knapp, „Sie führen doch eine glückliche Ehe." Es klang fast vorwurfsvoll und Charlotte war einigermaßen erstaunt. Wo hatte er das her? Von Leonhard? Ihr fiel ein, dass die beiden im gleichen Fußballclub waren. Na ja, das war jetzt auch zweitrangig. Sie musste irgendetwas Tröstliches sagen, ohne banal zu wirken. Gar nicht so einfach, denn er hatte ja Recht: Sie führte eine glückliche Ehe und der Gedanke an Scheidung war ihr nie gekommen.
„So was passiert halt, immer häufiger", sagte sie recht schwach, bemüht, etwas Optimismus in ihre Stimme zu legen. „Aber jedes Ende ist auch ein Neuanfang. Versuch, deine Eltern zu verstehen. Sie brauchen das jetzt sicher. Aber ansonsten", fügte sie betont locker hinzu, „ansonsten denk an dich. Treff dich mit Freunden, spiel Fußball, geh ins Freibad, lass dich nicht hängen. Und wenn sie sich zu lautstark streiten, dann setz dir Kopfhörer auf und zieh dir ein bisschen gute Musik rein." Sie wusste nicht, ob sie das Richtige oder etwas total Dämliches gesagt hatte, aber irgendwie schien es Udo zu gefallen. Er sah sie mit einem schiefen Grinsen an und murmelte: „Sie haben doch immer einen guten Rat bereit, Frau Bach." War das ironisch gemeint? Für einen Moment hatte sie das Gefühl, er mache sich über sie lustig. Aber er streckte ihr freundlich die Hand hin: „Dann also einen schönen Urlaub."

„Dir auch, Udo. Und mach dir keine Sorgen wegen Latein. Das kriegen wir bis zum Abitur wieder hin." Auf dem Flur rief sie ihm noch nach: „Komm doch Leo in den Ferien besuchen. Er wird sich freuen. Wir sind in zwei Wochen aus Italien zurück." Aber Udo war schon um die Ecke gebogen.

Ihre schnellen Schritte hallten durch die leeren Flure. Auch sie hatte es jetzt eilig, aus der Schule zu kommen. Übermorgen wollten sie abfahren, und sie hatte noch soviel zu erledigen. Am Ausgang stand Herr Schrull, der Hausmeister, von den Schülern natürlich ‚Schrullig' genannt. „Na, denn man zu, Frau Bach. Wat denn, hier am letzten Tag noch Überstunden machen!" Aber er war heute zu gut gelaunt, um wirklich schrullig zu sein. Er hasste Kinder und somit seinen Beruf, an dem er aber unerschütterlich festhielt. Warum war er nicht einfach Hausmeister in einem Altenheim geworden, fragte sich Charlotte oft. Aber sie fragte sich ebenso oft, warum manch einer ihrer Kollegen eigentlich Lehrer geworden war.

Auf dem Parkplatz stieß sie mit Rektor Reicher zusammen, der seinen alten Mercedes neben ihrem Kleinwagen geparkt hatte. „Verehrte Frau Kollegin, noch hier! Bella Italia wartet auf Sie!" Er rang theatralisch mit den Händen. Sie musste lachen. Reicher war alles andere als der lockere, moderne Lehrertyp. Auch er unterrichtete Latein, stand aber kurz vor der Pensionierung und war ein Rektor vom alten Schlag. Aber sie mochte Reicher und wusste, dass er nach einem gemütlichen Abendessen und ein paar Gläschen Wein richtig geistreich sein konnte.

Heute hatte sie einen besonderen Grund, ihm dankbar zu sein: Auf seine Empfehlung hin hatte sie einen Urlaub in Italien gebucht, in einem exklusiven ‚Agriturismo', in dem Reicher letztes Jahr ein paar Tage Urlaub gemacht hatte und begeistert zurück gekommen war. Er fuhr jedes Jahr auf Studienreisen durch Italien oder Griechenland. Jedes Mal kam er etwas erschöpfter zurück. „Das wird in meinem Alter allmählich zu anstrengend." Man sah ihm sein Alter allerdings nicht an. Selbst der leichte Herzinfarkt, den er vor wenigen Jahren erlitten hatte, hatte keine äußerlich sichtbaren Spuren hinterlassen. Er war einer von denen, die nicht nur mit ihren Schülern, sondern auch mit sich selbst streng sein konnten: eine disziplinierte Lebensweise, ausdauerndes Wandern, Kneipkuren, Saunagänge. Zur Schule kam er meistens geradelt, mit Wäscheklammern am Hosensaum. Dass er heute mit dem Auto da war, bedeutete, dass er seine Frau Hilde irgendwo abholen musste. Und Hilde war es auch gewesen, die den jährlichen Studienfahrten ein jähes Ende gesetzt hatte. Sie war der Meinung, ihr Mann müsse endlich lernen, mit seinen Kräften besser hauszuhalten. Auch sie wollte sich endlich ausruhen. An der See. Nordsee oder Ostsee. Kein Mittelmeer. Keine nervenden Bildungstouren. Sie hatte es gründlich satt, hinter ihrem Anton herzutrotten, unter sengender südlicher Sonne, in antike Gräber zu kriechen, über staubige Tempelfelder zu stolpern, den Reiseführer Schatten spendend über sich haltend. Sie wollte am Strand Muscheln sammeln, Nordseemuscheln statt ‚Vongole', eine frische Briese atmen, und ‚die Seele baumeln lassen', wie sie es ausdrückte. Charlotte mochte diese Redensart nicht – es klang für sie wie: ‚sich hängen lassen', etwas, was sie zutiefst verabscheute.

Reicher hatte versucht, seine Frau umzustimmen, aber Hilde weigerte sich, was Reicher in eine peinliche Lage brachte, denn er hatte schon heimlich gebucht. Eine Lösung für dieses Problem suchend, schwärmte er Charlotte von jenem Landgut vor: ein wunderbares Anwesen, herrliche Lage in Umbrien, eine Oase der Ruhe und des Friedens, biologischer Obst- und Gemüseanbau, hochwertiges Olivenöl, ja – und dann der hauseigene Wein – der sei spitzenmäßig. ‚In vino veritas'! Charlotte hatte sich von seinem Enthusiasmus anstecken lassen und war richtig neugierig geworden. Dann hatte er ihr gebeichtet, dass seine Buchung sozusagen hinfällig geworden sei und sie gefragt, ob sie nicht einspringen wolle. Charlotte wollte schon seit langem wieder einmal nach Italien. In den letzten Jahren hatte sie zwar mehrere Klassenfahrten nach Rom gemacht, aber immer nur für ein paar Tage. Und mit einem Schwarm Abiturienten im Schlepptau war das auch nicht gerade der reinste Genuss. Aber alles, was Reicher von jenem Weingut erzählte, klang nach Genuss. Sie dachte an ihren Volkshochschulkurs Italienisch, den sie vor ein paar Jahren absolviert hatte, damit sie auf ihren Klassenfahrten besser ausgerüstet war. Ihrer Erfahrung nach kam man in Italien mit Englisch oder Französisch nicht besonders weit. Ihre Lateinkenntnisse hatten ihr natürlich geholfen, schnell und ohne große Anstrengung Italienisch zu lernen. So ließ sie sich von Reicher begeistern und sagte zu. Reicher schrieb einen umständlichen Brief an den Besitzer des Weingutes, entschuldigte sich dafür, ‚leider verhindert' zu sein, und bat darum, dass Charlotte nebst Mann und Sohn seinen reservierten Platz einnehmen dürften. Nach ein paar Tagen kam er in

einer Pause auf sie zugestürmt, das Antwortschreiben triumphierend in der Hand.
„Dank meiner *loquentia* haben sie zugesagt. Sie dürfen kommen, verehrte Kollegin! *Iurare in verba magistri!*"
Er tat, als wäre der Urlaub eine kostenlose Einladung, und diese hätten sie nur ihm zu verdanken. Nun, dem war nicht ganz so, denn die Preise lagen deutlich über dem Durchschnitt. Aber angeblich akzeptierte man dort nur Stammkunden oder empfohlene Gäste. Und Exklusivität hatte eben ihren Preis. „In keinem Reiseführer zu finden", beteuerte Reicher.
Das nächste Problem war Helmut, ihr Mann. Erstens liebte Helmut die Gewohnheit, und zweitens liebte er Frankreich. ‚Genießen wie Gott in Frankreich', pflegte er zu sagen. Auch diese Redensart mochte Charlotte nicht – sie war sich weder sicher, ob Gott ein Genießer war, noch ob er sich darin auf ein Land beschränken würde. Aber Helmut, diesem Motto folgend, bestand seit zehn Jahren auf Urlaub in Frankreich. Der Ort in der Normandie war sehr romantisch, und Charlotte war immer gern dort. Außerdem konnte sie dort ‚richtig' Französisch sprechen, das war ihr zweites Unterrichtsfach. Aber diesmal wagte sie zu protestieren. Wie Hilde, nur umgekehrt: sie wollte den Wollschal gegen den kalten Nordseewind zu Hause lassen und einen Sonnenhut einpacken. Sie brauchte Wärme. Sie brauchte Veränderung. Sie weigerte sich, gen Nord zu fahren. Sie wollte sich gegen Helmut durchsetzten. Diesmal. Und da, drittens, Helmut sie liebte, war es ihr auch gelungen.
Jetzt verabschiedete sie sich freundlich von Reicher, wünschte ihm und seiner Frau gute Erholung an der Nordsee und musste sich dann beeilen. Auch sie war heute ausnahmsweise mit dem Auto zur Schule gefahren. Sonst ging sie lieber zu Fuß: eine halbe Stunde hin, eine halbe Stunde zurück, bei jedem Wetter, aus Lust an der Bewegung in der frischen Luft, sofern man im Berliner Stadtverkehr noch von frischer Luft reden konnte. Und aus Überzeugung: Sie wollte ihrerseits nicht zum Lärm und zur Luftverschmutzung beitragen. Helmut hingegen fuhr die wenigen Kilometer von ihrer Wohnung zu seiner Arbeitsstelle, einer Bankfiliale in der Innenstadt, immer mit seinem Auto, stand dabei mindestens zehn Minuten im Stau und suchte dann weitere zehn Minuten lang einen Parkplatz.
Dass sie heute das verhasste Auto genommen hatte, hatte seinen Grund: Sie musste Leo bei ihren Schwiegereltern abholen. Er hatte nach der dritten Schulstunde Schluss gehabt und war mit dem Bus raus nach

Müggelheim gefahren, wohin ihre Schwiegereltern vor ein paar Jahren gezogen waren. Früher hatten auch sie in der Innenstadt gewohnt, nicht weit von Charlotte entfernt, in Berlin-Schöneberg, was ein Glück für Charlotte gewesen war, denn sie hatte Leo oft zu seinen Großeltern gebracht, die gern Babysitter für ihren Enkel gespielt hatten. Hetti und Otto hatten den Mut gehabt, in den Osten der Stadt zu ziehen, und das sofort nach dem Fall der Mauer. Damals zog es alle von Ost nach West, nicht umgekehrt. So stiegen die Mieten im Westen, während sie im Osten fielen, beziehungsweise niedrig blieben. Hetti meinte, das müsse man ausnützen. Sie wollte sowieso immer eine kleinere Wohnung, und sie wollte ein Gärtchen. Auch Otto fühlte sich nicht mehr so recht wohl in Schöneberg, es war einfach nicht mehr so ruhig und beschaulich wie früher. Und als man ihm in seinem Betrieb die Gelegenheit gab, sich frühpensionieren zu lassen, nahm er sie wahr und nichts hielt sie mehr in der Stadt. Sie zogen raus nach Müggelheim, in eine kleine Mietswohnung, benahmen sich aber fortan gar nicht wie ein alterndes Rentnerpaar, nein, sie entwickelten sogar ungeahnte Energien: Hetti machte auf ihre späten Tage noch einen Führerschein (nachdem sie allerdings zweimal durch die Fahrprüfung gefallen war), kaufte sich einen alten Trabbi und machte damit die Gegend unsicher. Otto überraschte alle noch mehr: Er machte seinen Bootsschein, erstand ein gebrauchtes, kleines Motorboot und verbrachte jede freie Minute auf dem nahen Müggelsee. „Alles von det Geld, wat wa nu an de Miete sparen", sagte er immer stolz.
Sie blickte auf die Uhr: Zum Mittagessen war es längst zu spät. Sie hielt unterwegs kurz an einem kleinen Bio-Laden und kaufte alle Zutaten für eine Gemüsesuppe ein, die sie abends auftischen wollte. Als sie endlich in die holprige Straße einbog, in der ihre Schwiegereltern wohnten, war es früher Nachmittag. Die Häuser dort waren klein, alt und renovierungsbedürftig, aber sie mochte die beschauliche Atmosphäre. Die Straße wurde beidseitig von großen Linden gesäumt, in deren Schatten Kinder spielten. Ein Fußball flog quer über die Straße, aber es gab dort wenig Verkehr und sie fuhr immer sehr langsam und vorsichtig. Sie freute sich auf Hettis Kaffee, der irgendwie besser schmeckte als sonst wo. Die Wohnung lag im Erdgeschoss. Otto machte ihr die Tür auf und umarmte sie herzlich.
„Kommst gerade richtig zum Kaffee." In der Wohnung roch es noch nach dem Mittagsmahl: Königsberger Klopse, Leos Lieblingsessen. Sie

verwöhnten ihren Enkelsohn, wo es nur ging. Charlotte verspürte Appetit und schnupperte hungrig. „Kannst een paar Pellkartoffeln mit Butter haben", rief Hetti aus der Küche. Aber danach war ihr nicht. „Du hast doch sicher noch eins von deinen selbstgebackenen Plätzchen, oder?", fragte sie hoffnungsvoll.
„Ooch zwee", war die Antwort. Hettis verschmitztes Gesicht, eingerahmt von grauen Locken, die sie nie zu einer Frisur bändigen konnte, lugte um die Ecke.
Im Wohnzimmer fand sie Leo genüsslich auf dem Sofa ausgestreckt. Auf seinem Bauch lag Omas alter Kater Felix. Im Fernsehen gab es eine Sportsendung, irgendein wichtiges Tennismatch.
„Schon da, Mama?" Er bequemte sich hoch und gab ihr ein hastiges Begrüßungsküsschen auf die Wange. Das war eine Angewohnheit, die er seit der Kindheit beibehalten hatte – bei einem Siebzehnjährigen schon ein kleines Wunder. So war Charlotte auch ein bisschen gerührt und verkniff sich eine kritische Bemerkung, weil er seine Turnschuhe nicht ausgezogen hatte und sich wieder der Länge nach aufs Sofa fallen ließ. Und was für eine Länge: In den letzten zwei Jahren war er unglaublich in die Höhe geschossen. Jetzt machte er sich über Hettis Kekse her, als hätte er kein Mittagessen bekommen, langte tief in die Blechdose, zog eine Hand voll Kekse heraus, um es sich dann samt Proviant, Turnschuhen und Kater wieder auf dem Sofa bequem zu machen. Hetti ließ ihm alles durchgehen: Hauptsache, er kam sie besuchen. Er war ihr einziger Enkel, ihr ‚Ein und Alles', wie sie selbst sagte. Und er nutzte das natürlich schamlos aus. Aber es lag keine Berechnung darin, denn er liebte seine Großeltern. Auch sie waren sozusagen seine ‚einzigen' Großeltern, obwohl da auch noch Charlottes Eltern waren. Aber die hatten nie die Rolle der Oma und des Opas eingenommen. Hetti und Otto hatten ihn dagegen regelrecht mit großgezogen.
„So müsste man Tennis spielen können", schwärmte Leo mit vollem Mund. „Wenn ich dran denke, dass Papa früher mal einer der besten Spieler Deutschlands war!"
„Dat is ja wohl ne blühende Übertreibung", brummte Otto, ging aber nicht näher drauf ein, da er Helmuts siegreiche Vaterrolle nicht untergraben wollte. Charlotte hieß es nicht gut, dass Helmut gern etwas dick auftrug, um sich vor seinem Sohn wichtig zu machen. Aber Tatsache war, dass er in seinen jungen Jahren wirklich ein sehr guter Tennisspieler gewesen war. Seine Eltern hatten alles getan, um ihm

dieses nicht ganz billige Hobby zu erlauben. Während der Studentenzeit konnte Helmut dann preiswert auf den Sportanlagen der Universität spielen. Der Trainer dort meinte oft zu ihm, er solle sein Studium an den Nagel hängen und berufsmäßig Tennis spielen. Aber an so etwas war natürlich nicht zu denken, wenn man, wie er, schon Frau und Kind hatte. Und später, als er in der Bank zu arbeiten anfing, wurde die Zeit fürs Tennisspielen immer knapper, die Karriereanforderungen immer höher – und irgendwann hatte er es ganz aufgegeben.

Helmut fand seltsamerweise, Leo sollte gar nicht erst mit Tennis anfangen. Sei ein einseitiger Sport. Stattdessen schickte er ihn in den nächsten Fußballverein. „Ist sowieso gesünder und nicht so teuer." Obwohl Leo gern Fußball spielte, ließ er doch keine Gelegenheit aus, auf dem Thema herumzuhacken. Er war fest davon überzeugt, sein Vater wolle nicht die teuren Tennisstunden bezahlen. Helmut hatte in der Tat einen ausgeprägten Sinn fürs Sparen, aber leisten hätten sie es sich können.

Hetti ließ ihrerseits keine Gelegenheit aus, auf ihrem Otto herumzuhacken. Als sie aus der Küche kam, sagte sie vorwurfvoll zu ihm: „Wolltste den Wasserhahn nich heute noch reparieren? Dat droppt nu schon seit Tagen. Wat da an Wasser wegjeht!"

„Ich hab' dich doch jesagt: stell eine Schüssel drunter, und wenn se voll iss, kippste das Wasser in deinen Lustgarten, den musste doch sowieso bejießen."

„Alter Miesepeter", war Hettis Antwort. „Durch Faulheit sinken die Balken, und durch lässige Hände tropft es im Haus. Dat war Prediger, 10:18."

Charlotte lachte in sich hinein. Ihre Schwiegereltern hatten für jede Lebenssituation einen passenden Bibelspruch bereit. Mit den Jahren war es zu einer Marotte geworden. Charlotte konnte sich jedoch nicht des Eindrucks erwehren, dass die beiden die Bibel nach ihrem Gutdünken ausschlachteten.

Hetti winkte sie hinaus in ihren Garten. „Komma kieken, wat jetzt alles reif is." Von Garten zu reden, war eigentlich schon übertrieben. Zur Wohnung gehörte ein Fitzel Land von drei mal drei Metern hinterm Haus. Aber was Hetti dort alles angepflanzt hatte, war beachtlich: Neben einem bunten Blumenbeet hatte sie sogar noch Platz für eine Kräuterecke gefunden. Stolz wies sie auf einen kleinen Tomatenstrauch, an dem ein paar winzige Früchte hingen.

„Kannste dir welche abpflücken", bot sie großherzig an und tat dabei so, als könne sie die Ernteflut gar nicht bewältigen. Charlotte lächelte sie lieb an. „Nein, danke Hetti. Heute Abend essen wir eine Gemüsesuppe. Und morgen wollen wir irgendwo essen gehen. Schließlich ist der Kühlschrank leer geräumt." Mehr an sich selbst gewandt, fügte sie hinzu: „ Ich muss ihn dann noch abtauen."
„Dann pflück dir een paar Kräuter für die Gemüsesuppe. Dat gibt een besseren Jeschmack." Sie hatte ein bisschen Petersilie, Kresse, Basilikum und einen mickrigen Rosmarinstrauch in der Ecke und brach von jedem etwas ab. Charlotte nahm die frischen Gewürze in die Hand und hielt sie an ihre Nase. „Wie gut das riecht. Schade, dass die hier bei uns nicht so richtig wachsen. Die Sonne fehlt. Hoffentlich bessert sich das Wetter bald." Sie blickte in den grau verhangenen Himmel.
„Na, kann euch doch ejal sein. Ihr fahrt ja nun gen Süden", meinte Hetti, während sie zurück ins Wohnzimmer gingen. Charlotte machte es sich in dem abgewetzten, braunen Ohrensessel bequem und schlürfte genussvoll den heißen Kaffee.
„Wann jeht denn die Reise los?", fragte Hetti.
„Übermorgen früh", antwortete Charlotte. „Wir übernachten in Österreich und sind am Tag danach in Italien."
„Sowat von verrückt", schimpfte Otto. „Heute, bei den Billichflügen mit dem Auto zu fahren. So eine lange Reise!" Aber Hetti nahm ihren Sohn in Schutz. „Helmut fährt eben jern Auto. Es macht ihm nichts aus. Hat sich doch extra diesen großen Schlitten jekauft. Also, icke fahr ja auch jern Auto, ick kann ihn verstehen. Und Charlotte fliegt doch nicht jern."
„Ja, aber hat er jefragt, ob Charlotte und Leo gern zwee Tage im Auto sitzen?", warf Otto ein.
„Mich fragt sowieso keener", maulte Leo. Wenn er ein paar Stunden bei den Großeltern gewesen war, verfiel auch er in den Berliner Dialekt. Charlotte räusperte sich. „Natürlich wäre es vernünftiger gewesen zu fliegen. Auch billiger. Aber dann hätten wir in Italien kein Auto zur Verfügung gehabt. Und ein Leihauto wäre dann wieder teuer geworden. In die Normandie fahren wir doch auch immer." Aber sie war nicht ganz ehrlich, denn sie war froh, nicht fliegen zu müssen, da sie unter ungeheurer Flugangst litt, einer Angst, die sie geschickt vor ihrer Umwelt zu verstecken wusste. Manchmal konnte sie das Fliegen ja nicht umgehen. Immer wenn sie die Abiturientenklasse nach Rom oder Paris begleiten musste, blieb ihr nichts anderes übrig, als mitzufliegen. Dann

saß sie steif in ihrem Sitz, klammerte ihre Hände um den fest angezogenen Sicherheitsgurt und kämpfte gegen das aufkommende Schwindelgefühl an. Nach außen hin konnte sie sich gerade noch kontrollieren, und die Schüler waren sowieso meist viel zu sehr mit sich beschäftigt, als dass sie auf ihre kreidebleiche Lehrerin geachtet hätten. Charlotte verfolgte mit ihren Augen immer unablässig die Stewardessen. Blickte die eine da nicht besorgt? War sie nicht zu lange hinter dem Vorhang verschwunden? Jetzt wurde die andere Stewardess sogar in die Pilotenkabine gerufen. Gleich würde ein Alarmzeichen ertönen. Hatte das Flugzeug nicht gerade verdächtig gewackelt? Nur eine Turbulenz oder ein Motorenschaden? Charlotte überprüfte dann immer wieder den Sitz des Gurtes, nahm das Faltblatt aus der Tasche am Vordersitz und studierte es emsig. Sie wusste genau, wo die Notausgänge waren, oder wie man die Schwimmweste aufblies – natürlich erst NACH dem Verlassen des Flugzeuges. Sie blickte aus dem kleinen Fenster: Flog man schon übers Meer? Das war gut, das erleichterte die bevorstehende Notlandung. Gleich würden die Sauerstoffmasken über ihnen herausfallen. Gleich...

„Unsere Charlotte träumt wieder! Siehst plötzlich so käsig aus! Willste noch ne Tasse Kaffee?" Hettis Stimme brachte sie in die Wirklichkeit zurück.

„Ja, danke", sagte sie schnell. „Und außerdem hat so eine lange Autofahrt auch Vorteile. Man sieht was von der Landschaft, statt nur so darüber wegzufliegen. Und man kann sich mal wieder in Ruhe miteinander unterhalten – dazu ist ja immer weniger Gelegenheit."

„Opa, sie verschleppen mich für zwei Wochen in die Einöde. Da biste ohne Auto aufjeschmissen. Die reiten da noch auf Eseln durch ihr Olivengestrüpp." Von Leo war kein freundliches Wort zu erwarten. Er erwies ihnen sowieso eine besondere Gnade, überhaupt mitzukommen. Als Siebzehnjähriger mit den Eltern in den Urlaub zu fahren galt unter Jugendlichen als totale Niederlage. So etwas war es auch fast, denn Helmut hatte ihm den geplanten Zelturlaub mit seinen Freunden gestrichen, nachdem das letzte Zeugnis recht dürftig ausgefallen war. „Und das, obwohl deine Mutter Lehrerin ist!" Das kam einer Familienschande gleich. Die eigentliche Schande aber war, dass weder sie noch Helmut im täglichen Trott genug Zeit für ihren Sohn fanden. Auch für einander nicht. Leo war ganz froh darüber. Er bezeichnete sich selbst als ‚faulen Hund' und gefiel sich in der Rolle: intelligent, aber

ohne Bock zum Büffeln. ‚Wir trotten im täglichen Trott – wir Trottel!', dachte Charlotte seufzend.
Laut sagte sie: „Leo, du musst diese Sommerferien unbedingt nutzen, um deine Lücken in Mathematik aufzuarbeiten. Nimm dein Mathebuch mit in den Urlaub! Papa kann dir Nachhilfe geben – Zahlen sind sein Leben."
„Oh nein, Mama! Selig sind die Armen im Geiste! Du solltest hin und wieder in der Bibel lesen, so wie Oma und Opa. Wie sagte schon der weise Salomon: ‚Denn wo viel Weisheit ist, da ist viel Grämen, und wer viel lernt, der muss viel leiden.' Prediger 1:18. Hat Omilein mir beigebracht. Gut, dass ich in den restlichen Ferien dann noch mit Opa auf dem Müggelsee Boot fahren kann. Sag mal, Opilein, du hast doch nichts dagegen, wenn ich hin und wieder ein paar Freunde mitbringe, wie beim letzten Mal? Den Kevin und den Ulli vielleicht?"
„Aber nich mehr als zwee – hab' schließlich keinen Ausflugsdampfer", murrte Otto, aber er grinste dabei. Er freute sich auf die jungen Leute, auf ein bisschen ‚Remmidemmi'. „Könntest eigentlich auch mal een hübsches Mädchen mitbringen, oder haste grad keene Freundin?"
„Natürlich, sogar zwei. Muss dann nur überlegen, ob ich die Barbara oder die Claudia mitnehme, und dann aufpassen, dass die eine nichts von der anderen erfährt. Dann wird's brenzlich", gab Leo an. „Ach Opa, lass uns lieber unter Männern bleiben. Frauen sind so kompliziert."
Charlotte seufzte wieder.
„Wat seufzte denn dauernd?", fragte Hetti besorgt. „Ist dir nicht gut?"
„Ach, nichts. Ich habe nur noch so viel vor der Abreise zu erledigen. Morgen muss ich auch noch meine Eltern besuchen."
„Ich hab' ein Fußballspiel morgen! Ich kann nicht mitkommen", rief Leo sofort.
„Ist mir schon klar", sagte sie. Sie wusste, er fühlte sich bei ihren Eltern nicht wohl. Auch sie selbst war lieber bei ihren Schwiegereltern als bei ihren eigenen Eltern. Sie wäre jetzt noch gerne bei Hetti und Otto geblieben, um ein bisschen zu plaudern, oder ihnen einfach noch ein Weilchen beim Streiten zuzuhören. Otto beklagte sich gerade, dass Hetti nicht auch seine Lieblingsplätzchen gebacken habe, die mit viel gemahlenen Nüssen drin. „Da wirste zu fett von", rechtfertigte sich Hetti. „Oder willste demnächst mit deinem Kahn absaufen?"
Otto schnaubte: „Ick glaub, icke geh gleich aufs Dach."
„Wat willste denn da?" Hetti blickte ihn misstrauisch an.

„Besser im Winkel auf dem Dach sitzen, als mit einem zänkischen Weib zusammen in einem Haus. Dat war aus Sprüche 25:24."
„Wenn ihr beiden aus der Bibel zitiert, könnt ihr plötzlich Hochdeutsch sprechen", bemerkte Charlotte amüsiert. Ihre Schwiegereltern waren ein gut eingespieltes, zänkisches Ehepaar geworden. Was sollte bloß werden, wenn einer gehen musste? Mit wem sollte der Übriggebliebene dann streiten? Aber daran wollte sie jetzt lieber nicht denken. Möge der Tag noch fern sein. Sie waren ja beide rüstig.
Man verabschiedete sich. Otto legte versöhnlich seinen Arm um Hettis Schultern und sah liebevoll auf ihren grauen Strubbelkopf. „Lieblich und schön sein ist nichts; ein Weib, das den Herrn fürchtet, soll man loben! Dat war noch mal aus Sprüche 31:30." Als Antwort bekam er nur einen Stoß von Hettis Ellbogen in die Rippen.
An der Tür rief Hetti ihnen noch nach: „Und lasst euch nicht von den Italienern beklauen!" Charlotte lächelte kopfschüttelnd. Bestimmte Vorurteile ließen sich nicht so leicht ausmerzen.

Zu Hause wartete Helmut schon auf sie, was ungewöhnlich war, denn meistens kam er erst spät aus der Bank nach Hause. „Hab' mich extra beeilt", sagte er vorwurfsvoll. „Wir haben doch noch einiges für die Reise zu besprechen."
„Was denkst du – ich hätte getrödelt? Quäl dich mal um diese Uhrzeit von Müggelheim in die Innenstadt! Zu Fuß wären wir schneller hier gewesen."
„Ich hab' einen Bärenhunger. Was gibt es denn heute Abend Gutes zu essen?", fragte er hoffnungsvoll.
„Gemüsesuppe. Habe die Zutaten gerade noch frisch eingekauft. Oh je, bis ich die jetzt fertig habe, wird es noch eine Stunde dauern!"
„Das halt ich nicht aus. Kannst du nicht wie andere Hausfrauen mal Tiefkühlkost kaufen, etwas, was in fünf Minuten fertig ist? Oder für uns ein paar saftige Steaks? Nur weil du Vegetarierin bist, müssen wir immer mitleiden!"
„Wir haben einen Abmachung: Einmal in der Woche gibt's für alle Gemüsesuppe. Und daran halte ich mich!"
„Dann machen wir heute mal eine Ausnahme. Lass uns heute statt morgen Essen gehen. Die Gemüsesuppe kannst du dann morgen in aller Ruhe kochen. Den einen Tag Vitaminverlust können wir verschmerzen."

Der Vorschlag gefiel ihr, denn sie hatte sowieso keine große Lust zum Kochen. Und Helmut war sonst abends nicht mehr so leicht aus dem Haus zu bewegen. Wenn er schon mal ein Essen spendieren wollte, musste man das ausnutzen.

„Lass uns ins ‚Thymian' gehen. Da ist es so gemütlich – und die haben so eine würzige, frische Kräuterküche", schlug sie vor.

Aber Helmut war nicht begeistert. „Da gibt es kein Fleisch, nur Fisch, wenn ich mich recht erinnere. Und bis nach Kreuzberg zu fahren, hab' ich auch keine Lust. Nein, wir gehen Pizza essen. Das passt jetzt auch bestens zu unserer Urlaubsstimmung. Leo!", rief er. „Leo, hast du Lust auf Pizza?" Natürlich hatte Leo Lust, auf Pizza immer. Man beschloss, in ihre Lieblingspizzeria am Savignyplatz zu fahren. Die Parkplatzsuche war zwar wie immer Glückssache, das Lokal war wie immer brechend voll, die Bedienung war wie immer recht unfreundlich und gestresst, es wurde spät, bis sie endlich ihre Pizza vor sich hatten – aber die Pizza war wie immer ausgezeichnet: knusprig und dick belegt.

KAPITEL 2 (30. Juli)

Von jungen Freundinnen und alten Eltern,
von Pastellmalerei und Schwarzweißmalerei,
von französischen Chansons und arabischen Nächten

Am nächsten Vormittag fuhr sie noch kurz ins Tierheim, sich von ihren Schützlingen verabschieden. Das tat sie einmal in der Woche, brachte manchmal eine kleine Spende vorbei und verteilte Streicheleinheiten an Hunde und Katzen. Sie war jedes Mal versucht, eines der Tiere mit nach Hause zu nehmen, besonders den alten Buck, der hatte es ihr angetan. Der Hund war vor vielen Jahren dort abgegeben worden und niemand hatte je nach ihm gesucht, geschweige denn, ihn adoptieren wollen, was auch erklärlich war bei seinem Aussehen: kurze, krumme Beine, ein langer, plumper Körper, ein viel zu dicker Kopf mit Hängeohren, das Fell schwarz-weiß gefleckt wie ein Kälbchen, eben eine Promenadenmischung ersten Ranges. Nein, eine Schönheit war er nicht, der alte Buck. Trotzdem hatte er sich auf seinen krummen Beinen in die Herzen aller Angestellten geschlichen und war im Tierheim so etwas wie ein Maskottchen geworden; man ließ ihn sogar frei herumlaufen. Mit seinem friedlichen Charakter, ewig tränenden Augen und freundlichem Bellen begrüßte er neu eintreffende Artgenossen, half ihnen sozusagen beim Eingewöhnen, so fern man davon überhaupt sprechen konnte. Die meisten Hunde gewöhnten sich nie an das Leben in der Zelle. Hinter den Gitterstäben sah sie ihre traurigen, hoffnungsvollen Blicke, die jeden vorbeikommenden Zweibeiner bittend ansahen: Hol' mich hier raus! Sie tat ihr Bestes, half bei der Vermittlung der Tiere mit, suchte nach neuen und alten Herrchen, hatte aber selber nie einen Hund mit nach Hause nehmen können. Aus Vernunftgründen – natürlich. Erstens war Helmut dagegen, und zweitens hatte er Recht: Tiere gehörten nicht in eine Etagenwohnung, noch dazu ohne Balkon, und den ganzen Tag allein im Haus. Das widersprach auch ihrem Verständnis von echter Tierliebe.
Nach dem Besuch im Tierheim lief sie in ein großes Kaufhaus, um noch schnell einiges für die Reise zu besorgen. Als sie durch die Bademodenabteilung eilte, fiel ihr Blick auf die bunten Badeanzüge und Bikinis. Aber die Modelle, die ihr gefielen, waren ihr zu teuer. Sie dachte an ihren einfarbigen, einteiligen Badeanzug – der tat es doch noch. Verflixt, Helmuts Spartick war mit den Jahren auf sie

übergesprungen. Früher hatte sie viel Wert auf gute Kleidung gelegt. Heute genügten ihr Jeans, ein blauer Blazer, im Sommer mit Blusen darunter, im Winter mit weichen Wollrollis. Der im letzten Dezember gekaufte weite, graue Wintermantel aus Kaschmir war der einzige Luxus, den sie sich seit langem geleistet hatte. Nein, sie kleidete sich nicht sehr phantasievoll, war dafür immer korrekt angezogen, in der Schule wie in der Freizeit. Es war keine Frage des Geldes, nein, sie wollte einfach keine Zeit verschwenden an Gedanken über Mode, Stil – oder an sich selbst. Trotzdem kam ihr gerade der Gedanke, dass ihr Leben seit geraumer Zeit so wie dieser Wintermantel war: ein grau gewordener Alltag, den man sich mit ein wenig Luxus an besonders kalten Tagen zu erwärmen suchte...

Obwohl sie heute Vormittag keine Zeit verschwendet hatte, war es Mittag geworden. Zu Hause fing sie sofort an, die Koffer zu packen. Diese Arbeit überließ Helmut immer ihr, obwohl sie Koffer packen hasste. Aber was sollte es: Einer musste es doch machen, und Helmut weigerte sich einfach. So wie Männer sich oft weigern, bestimmte Arbeiten im Haushalt zu übernehmen. Und sie kamen damit durch. Irgendwann wurde es ihren Frauen dann zuviel oder sie waren die Streitereien leid: Dann taten sie eben, was getan werden musste.

Sie packte sommerliche Sachen ein: zwei leichte Baumwollkleider, ein weißes Leinenkleid – für besondere Anlässe. Ansonsten Shorts, Bermudas, T-Shirts, dünne Baumwollblusen. Und natürlich ihre Sommerjeans. Vielleicht wird's abends doch kühl - also noch eine Strickjacke und ein leichtes Regenblouson. Man konnte ja nie wissen, auch im sonnigen Süden könnte es mal regnen. Dann waren Helmuts und Leos Sachen dran. Zum Schluss legte sie noch ihren alten, roten Strohhut obenauf, dann klappte sie den Koffer entnervt zu. Irgendetwas hatte sie bestimmt vergessen, aber sie würde später darüber nachdenken, jetzt musste sie los. Zum Tee sollte sie bei ihren Eltern sein, und die duldeten keine Verspätung.

Das Auto ließ sie stehen und ging zu Fuß bis nach Charlottenburg, wo ihre Eltern eine große, schön renovierte Altbauwohnung in der Goethestraße besaßen. Es waren etwa drei Kilometer von ihrer Wohnung am Preußenpark bis zur Wohnung ihrer Eltern, oder etwas mehr, je nachdem welchen Weg sie einschlug. Der über den Adenauerplatz war der kürzeste, aber dann musste sie die verkehrsreiche Brandenburgische Straße entlang, und die vermied sie gern, obwohl

diese dann in die Wilmersdorfer Straße einmündete, die in ihrem letzten Abschnitt zur Fußgängerzone erklärt worden war, eine der wenigen in Berlin. Aber sie entschied sich für den Weg durch die stille Württembergische Straße, wo sie wie immer eine Weile bei der dort befindlichen Kleingartenanlage stehen blieb. Die beschauliche Kolonie war hier 1921 gegründet worden und hatte sich erfolgreich gegen Bauwut und Spekulationen gewehrt. Nicht ohne Neid betrachtete sie einen älteren Mann, der dabei war, ein Gemüsebeet vom Unkraut zu befreien. Wie gern wäre sie aus der Stadt herausgezogen. Ihre Schwiegereltern hatten es ihrer Meinung nach ganz richtig gemacht. Aber Helmut war dagegen gewesen. Er hatte natürlich auch die besseren Argumente. Schließlich befanden sich sowohl ihre Schule als auch seine Bank in der Innenstadt. Sie hätten täglich Stunden im Verkehr verbummelt. Oder sie hätte die U-Bahn nehmen müssen. Und das wollte sie nicht. Immerhin hatte Helmut diese Wohnung hier am Preußenpark gefunden – es war nur ein kleiner Park, aber von ihrem Wohnzimmer aus konnte sie auf die hohen Trauerweiden gucken, und im Sommer gaben die auf den Wiesen sitzenden, Picknick machenden Familien ein farbenfrohes Bild ab.
Auch jetzt hätte sie einfach die U-Bahn nehmen können: Bis zum Haus ihrer Eltern waren es nur wenige Haltestellen, von der Konstanzer Straße bis zur Deutschen Oper. Ihre Mutter musste natürlich in der Nähe der Oper wohnen – Frau Bach verpasste keine Aufführung.
Aber Charlotte nahm nicht die U-Bahn. In den letzten Jahren, vielleicht seit zwei Jahren, überlegte sie, fand sie es immer bedrückender, in den Untergrund hinabzusteigen. So richtig erklären konnte sie das niemandem. Sich selber auch nicht. Wie konnte man das jemandem erklären, dass man weder gerne unter der Erde war, noch hoch oben im Himmel? U-Bahnfahrten waren ihr so verhasst wie Flüge. So lief sie also flott weiter, hatte den Kurfürstendamm überquert und war in Charlottenburg. Hier war sie geboren worden. Ihre Eltern hatten die Wohnung vor ihrer Geburt gekauft, als Altbau noch erschwinglich war. Jetzt war sie ein Vermögen wert.
Als sie die Mommsenstraße durchquerte, erinnerte sie ein leichtes Ziehen im Magen daran, dass sie gar nichts zu Mittag gegessen hatte. In einem kleinen, vegetarischen Stehimbiss nahm sie schnell noch ein warmes Essen ein: eine mit Spinat gefüllte Riesenkartoffel in Eiersenfsoße. Während des Essens fiel ihr auch ein, dass sie noch gar

keine Urlaubslektüre eingesteckt hatte. Der Mensch lebt eben nicht vom Brot allein – also, sie musste unbedingt noch ein Buch kaufen. So lief sie doch noch weiter bis zur Wilmersdorfer Straße, wo sich eine große Buchhandlung mit einem guten Sortiment an internationaler Literatur befand. Sie wollte etwas Italienisches, zur Einstimmung. Ohne so recht zu wissen, was sie suchte, glitt ihr Blick über die ausgestellten Bücher, bis er an einem altmodischen Titel hängen blieb: ‚Geh wohin dein Herz dich trägt'. Im italienischen Original klang es weniger kitschig, obwohl es die genaue Übersetzung war: ‚Vai dove ti porta il cuore'. Warum klingt manches, wenn man es wortwörtlich übersetzt, so schnulzig? Sie meinte sich aber zu erinnern, mal recht gute Kritiken darüber gelesen zu haben. Auf der Rückseite des schmalen Büchleins war die junge, italienische Autorin Susanna Tamaro abgebildet. Ein freundliches Gesicht lächelte da etwas scheu seine unbekannten Leser an. Einem Impuls folgend kaufte sie das Buch. Dann stöberte sie noch ein Weilchen zwischen den Bücherbergen herum. Und wenn das Büchlein nichts ist? Lieber noch einen Klassiker mitnehmen, damit ging man auf Nummer sicher. Sie kaufte 'Die Verlobten' von Alessandro Manzoni. Das hieße auf Italienisch ‚I fidanzati', der Originaltitel lautete aber ‚I promessi sposi', also ganz genau genommen ‚Die zur Hochzeit Versprochenen'. Über unkorrekte Übersetzungen kam sie immer ins Grübeln. Dazu war jetzt aber keine Zeit. Ein Blick auf ihre Armbanduhr sagte ihr, dass es später war, als sie gedacht hatte. Ihre Eltern hassten Unpünktlichkeit. Gern wäre sie noch etwas in der Buchhandlung geblieben, zum einen, weil sie sich zwischen Bücherregalen einfach wohl fühlte. Jedes Mal überkam sie zwar das Gefühl der eigenen Unzulänglichkeit – all diese Bücher dort würde ein einzelner Mensch nie lesen können – andererseits war da auch das Gefühl der ungeheuren Möglichkeiten, es wenigstens zu schaffen, einen kleinen Teil davon zu lesen, in andere Welten einzutauchen, fremde Geheimnisse zu lüften, eigene zu entdecken...

Aber es gab noch einen anderen Grund, warum sie so gern weiter in der Buchhandlung geblieben wäre. Dieser Grund war ihr unbewusst – bewusst – ach, sie wollte ihn vor sich selbst nicht zugeben: Sie hatte nicht die geringste Lust, ihre Eltern zu besuchen, hätte es noch gerne hinausgeschoben. Aber man erwartete sie... Sie beeilte sich, die Goethestraße hinunterzulaufen, vorbei an einem Kinderspielplatz, auf dem sie früher mit Leo oft Halt gemacht hatte. Die Straße hatte ihren

Charme bewahrt: Die schönen Jugendstilhäuser waren ordentlich restauriert, Bäume spendeten Schatten, die alte Kiezatmosphäre war hier absolut intakt: Es gab noch viele kleine Geschäfte, einen Rahmenmacher, einen altmodischen Tabakladen, eine Weinhandlung, eine Maßschneiderei, sogar einen italienischen ‚Alimentari-Shop'. Die Verquickung des italienischen und des englischen Wortes verursachte ihr zwar jedes Mal ein unangenehmes Kribbeln im Rücken, aber der Laden hieß ‚La Fortuna', was sie dann wieder rührte: Hier wohnte also das ‚Glück'.

Als sie an der Ecke zur Leibnitzstraße an einem Blumengeschäft vorbeikam, blieb sie stehen. Vielleicht war es taktisch ganz schlau, ihrer Mutter einen Strauß Blumen mitzubringen – dann würde ihr verspätetes Eintreffen nicht so auffallen. Der Laden hatte den romantischen Namen ‚Rosenkavalier' und natürlich kaufte sie einen Strauß weißer Rosen – die Lieblingsblumen ihrer Mutter.

Vor ihrem Elternhaus angekommen, sah sie zum ersten Stock hinauf: Hier war sie aufgewachsen. Der elegante Altbau war frisch gestrichen, cremeweiß, die Erker hellgrün abgesetzt. Das große Holzportal mit der Glasscheibe öffnete sich auf ihr Klingelzeichen. Am Aufgang der alten Holztreppe hing wie immer das Schild: ‚Vorsicht! Frisch gebohnert!' Beim Hochsteigen der Stufen befiel sie eine altbekannte Beklemmung. Selbst der Geruch im Treppenhaus war der gleiche wie früher. Häuser hatten eben einen persönlichen Geruch, so wie Menschen ihn haben. Woraus bestand dieser Hausgeruch? Aus einer bestimmten Sorte Bohnerwachs, aus den Gerüchen der Lieblingsgerichte seiner Bewohner, aus den Zigarrenmarken der Männer, aus dem Parfum der Frauen, aus welch geheimen Zutaten auch immer...

Als sie vor der Tür stand, hörte sie schon das Klavierspiel. Sie musste sich überwinden anzuklopfen. Eine ältere Frau in weißer Schürze öffnete: Frau Krull, die Haushaltshilfe. Ihre Mutter pflegte sie ‚die Dame, die mir zur Hand geht' zu nennen. Das war untertrieben. Frau Krull machte seit Jahren alles: Sie putzte, wusch, kochte und servierte vom Frühstück bis zum Abendessen sämtliche Mahlzeiten. Mutter tat im Haushalt keinen Handschlag. Für diese prosaischen Dinge hatte sie nie Zeit gehabt.

So sagte Frau Krull denn auch: „Ich mache sofort den Tee. Ihre Frau Mutter spielt noch Klavier. Ich sage aber dem Herrn Professor Bescheid, dass Sie angekommen sind." Sie nahm ihr auch den Rosenstrauß ab und stellte ihn in eine weiße Vase.

Charlotte ging ins Esszimmer. Die Flügeltür zum Wohnzimmer war geschlossen. Wie oft hatte sie als Kind hinter dieser Tür gesessen und der Klaviermusik gelauscht. Was immer man auch über Mutter sagen konnte, das eine musste man ihr lassen: Sie spielte himmlisch Klavier. Man hielt unwillkürlich den Atem an, um nicht zu stören. Charlotte setzte sich leise auf einen der Stühle am Esstisch und folgte den Noten im Kopf. Sie kannte das Stück gut: Mozart, Sonata Facile. Das passte zu ihrer Urlaubsstimmung. Mozart hatte dem Stück den italienischen Titel gegeben: die einfache Sonate. Dabei war gerade diese Sonate alles andere als einfach. Aber Mutter spielte sie fehlerfrei hinunter.

Sie ging zum Fenster und sah in den begrünten Innenhof hinaus - ein friedliches Bild. Doch selbst dies war mit einer unguten Erinnerung verknüpft: Als Halbwüchsige hatte sie hier einmal, nach einem heftigen Streit mit ihrer Mutter, einen Rosenstrauß samt Vase aus dem Fenster geworfen – Gott sei Dank war niemand dabei verletzt worden, denn der Innenhof wurde kaum von den Anwohnern genutzt. Aber die Vase war aus Meißener Porzellan gewesen und ihre Mutter hatte dann tagelang nicht mehr mit ihr gesprochen.

Sie ließ ihre Blicke durch die Wohnung schweifen. Hier gab es keine Unordnung, jeder Gegenstand befand sich an seinem Platz. Der Parkettfußboden war wie immer auf Hochglanz poliert. Ihre Mutter liebte Pastelltöne: Alles war in sanftes Rosa, blasses Hellblau, puderiges Gelb, lichtes Grün getaucht. Die Farben zogen sich durchaus geschmackvoll durch alle Räume, denn ein gewisses Farbempfinden konnte man ihr nicht absprechen, obwohl sie es mit dem Pastell reichlich übertrieb, wie Charlotte fand. Sie musste mit Grausen an all die gelben und rosa Chiffonkleidchen denken, die man ihr als Kind angezogen hatte. Als sie klein war, hatte sie das noch ganz niedlich gefunden. Man nannte sie: unsere kleine Prinzessin. Aber sie hatte nicht immer klein und niedlich bleiben wollen, und dann hatte der Ärger angefangen.

Jetzt kam ihr Vater herein, tätschelte ihr flüchtig die Wange, und sie setzten sich auf die um den Tisch herumstehenden Stühle. Er lächelte ihr freundlich zu und legte den Zeigerfinger vor den Mund: pst. Er brauchte nichts zu sagen. Nur nicht stören. Mutter spielte Klavier. Sie kannte auch diese Geste nur zu gut. Ihre ganze Kindheit hindurch hatte sie dieses ‚pst' begleitet. Aber das war jetzt schon so lange her. Sie lächelte nur zurück. Gemeinsam lauschten sie der schönen Musik und warteten, bis der letzte Ton verklungen war. Vater applaudierte leicht, wie immer. Sie applaudierte schon lange nicht mehr. Mutter öffnete die Flügeltür und kam auf sie zugeschwebt. Ihre große, hagere Gestalt war in perlgraue Seide gehüllt, was zu ihrem silbergrauen, kurzen Haar sehr edel aussah.

„Da bist du ja endlich, Charlotte. Natürlich mit Verspätung, wie immer. Aber es ist schön, dass du vor eurem Urlaub noch die Zeit gefunden hast, dich von deinen alten Eltern zu verabschieden." Sie gab ihrer Tochter einen leichten Kuss auf die Wange. Dabei fiel ihr Blick auf den Rosenstrauß. Mit einem knappen „Danke für die Blumen" setzte auch sie sich an den Esstisch.

„Wir werden uns eine ganze Weile nicht sehen. Wir fahren ja weg, wenn ihr zurückkommt. Das wird Mitte September werden, bis wir alle wieder in Berlin sind."

Charlotte sah nachdenklich vor sich hin. Ihre Mutter sagte vorwurfsvoll: „Du scheinst dich nicht zu erinnern: Wir fahren für einen Monat in ein Kurbad in den Harz. Wie du ja weißt, bin ich schwer rheumakrank." Charlotte beeilte sich, ihr zu vergewissern, dass sie dies keineswegs vergessen hätte. Sie sei nur nicht ganz bei der Sache.

„Da kommst du nur für ein paar Minuten zu Besuch und denkst an ganz andere Dinge." Mutter seufzte: „Gerade in den letzten Tagen habe ich wieder schreckliche Rheumaanfälle. Ihr fahrt immer dann in Urlaub, wenn es mir besonders schlecht geht."

Charlotte dachte: Umgekehrt! Immer wenn wir in Urlaub fahren, geht es ihr gerade besonders schlecht. Aber sie sagte nichts, sie wollte nicht mehr polemisieren. Schon lange nicht mehr. Sie hatte innerlich abgeschlossen mit ihrem Elternhaus. Als in diesem Moment der Tee serviert wurde, war sie erleichtert.

„Wie geht es Helmut und Leo?", fragte ihr Vater.

„Gut. Sie lassen euch schön grüßen. Leider konnten sie nicht mitkommen. Helmut musste noch mal in die Bank, und Leo hat ein wichtiges Fußballspiel."

„Natürlich ist dieser schreckliche Fußball immer wichtiger als wir – dieses Proletenspiel!" Ihre Mutter warf einen leidenden Blick an die Stuckdecke.

„Ach, lass doch, Marie-Sophie", sagte Vater einlenkend. Auch ihm war nicht mehr nach Streit zumute. Er ist alt geworden, dachte Charlotte, und müde sah er aus.
„Hast du wieder nächtelang über deinen Übersetzungen gesessen? Was hast du denn gerade in Arbeit?", fragte sie ihn freundlich.
„Einen interessanten Text eines unbekannten Dichters, aus dem Griechischen. Ich zeig ihn dir." Ihr Vater war bis zu seiner Pensionierung Professor für Alte Geschichte an der Universität gewesen. Seit ein paar Jahren forschte er privat weiter, aus Liebe zum Alt-Griechischen. Er verschwand in seinem Arbeitszimmer und kam mit einem Zettel zurück.
„Hier, lies das bei Gelegenheit – das Gedicht erinnert mich an deine Mutter." Charlotte steckte den Zettel ungelesen in ihre Handtasche.
„Leos Zeugnis ist dieses Jahr leider...", fing Charlotte an. Immer wenn sie sich unwohl fühlte, begann sie, von Leo zu erzählen. Der Gedanke an ihren Sohn half ihr meistens über unangenehme Momente hinweg. Aber ihre Mutter unterbrach sie. Was mit ihrem Enkelsohn nun los war, interessierte sie nicht. „Hast du mein neues Bild noch nicht entdeckt?", fragte sie vorwurfsvoll. Nein, hatte Charlotte nicht. Wo es denn sei? „Es hängt doch genau hinter dir – das musst du doch gesehen haben?"
Sie war drauf und dran zu sagen, sie hätte eben hinten keine Augen. Aber sie drehte sich nur brav um und betrachtete das Bild. Das Malen war, gleich nach dem Klavierspielen, die zweite Leidenschaft ihrer Mutter. Die zweite und letzte Leidenschaft. Sonst gab es da keine Leidenschaften in ihrem Leben. Hatte es nie gegeben. Nun musste man sagen: So gut wie Marie-Sophie Klavier spielte, so schlecht malte sie. Sie versuchte sich ständig in abstrakter Malerei, oder was sie dafür hielt. Charlotte betrachtete die Kreise und Striche, die sich sinnlos über die Leinwand verteilten. Ihr fiel absolut nichts dazu ein.
„Nun, keine Meinung? Oder findest du es so schlecht, dass du lieber schweigst? Nun ja, unsere Charlotte hat nie etwas von moderner Malerei verstanden. Dein Vater findet es sehr gelungen, nicht wahr, Ernst-August?"
Charlotte musste tief durchatmen. Dann lenkte ihr Vater zum Glück wieder ein, aber wie immer stand er auf der Seite seiner Frau. „Ich finde, es passt wunderbar zu unserer Einrichtung. Du hast die Farben sehr gut getroffen, Liebling."

Dem konnte man allerdings zustimmen. Sie hatte das sanfte Grün der Wandbespannung, das Hellblau der Seidengardinen, das Weiß der Stuckdecke, den cremigen Ton der lackierten Holzmöbel einfach auf ihre Kringel dort auf dem Bild übertragen.
Extra laut beteuerte Charlotte: „Ja, das stimmt. Die Farben sind gut gemischt."
Ihre Mutter schien einigermaßen zufrieden. „Ich habe jetzt ein Bild in Arbeit, das gut zu eurer Einrichtung passen würde..."
Charlotte schluckte schwer an ihrem Tee. „Ich sehe es mir ein anderes Mal an. Leider muss ich jetzt gehen. Bin mit dem Kofferpacken noch nicht ganz fertig. Schließlich fahren wir morgen ab."
„Immer alles bis zuletzt aufschieben. So warst du immer." Mutter konnte nicht anders, als so zu reden. Auch du warst immer so, dachte Charlotte. Hatte ihre Mutter überhaupt je ein gutes Wort für sie übrig gehabt? Nur ein Kompliment, nur eins – in all den Jahren? Sie konnte sich jedenfalls an keines erinnern. Sie machte eben immer alles falsch.
„Ihr fahrt also wirklich mit dem Auto, ja?", fragte ihr Vater. „Ist das nicht ein Wahnsinn, heutzutage, eine so weite Fahrt! Mit dem Flugzeug ist man in zwei Stunden da!"
Ihre Mutter schlug natürlich sofort in die gleiche Kerbe. „Wie kann Helmut dir nur so eine lange Fahrt zumuten? Und gefährlich ist es auch. Alle Statistiken sagen, dass das Flugzeug das sicherste Verkehrsmittel ist, hingegen im Autoverkehr..."
Diesmal unterbrach Charlotte sie brüsk: „Es war ein gemeinsamer Familienbeschluss."
Im Hinausgehen wünschte sie ihren Eltern einen erholsamen Kuraufenthalt im Harz. Und ihre Mutter rief ihr noch auf der Treppe nach: „Pass in Italien gut auf deine Handtasche auf."
Hatte ihre Schwiegermutter gestern nicht dasselbe gesagt, nur etwas anders ausgedrückt? Gewisse Vorurteile waren eben nicht so leicht auszumerzen.

Sie musste sich beeilen, sonst waren Leo und Helmut vor ihr zu Hause, und sie hatte doch noch das Abendessen vorbereiten wollen. Im Schnellschritt lief sie den ganzen Weg zurück. Dieser schnelle Schritt hatte ihr bei ihren zwei Männern, wie sie Leo und Helmut nannte, den Spitznamen „Flotte Lotte" eingebracht. Sie mochte diese Bezeichnung.

Als sie endlich in ihrer eigenen Wohnung ankam, waren Leo und Helmut noch nicht da. Noch einmal überprüfte sie den Inhalt der Koffer, steckte die Bücher und das kleine Reise-Schachspiel in die Seitentasche. Zwar gewann Helmut fast immer, denn gegen seinen logischen, mathematischen Verstand war nicht anzukommen, aber sie spielte trotzdem gerne mit ihm. Es war jedes Mal eine Herausforderung. Was fehlte noch? Ach ja, die Badeanzüge. Hätte ich mir heute Vormittag doch einen Neuen gekauft, dachte sie, als sie ihren alten Badeanzug betrachtete. So ein olympischer Einteiler war gut für die Berliner Schwimmbäder und auch für die kühle Nordsee in der Normandie. Aber unter südlicher Sonne? Na, jedenfalls würde sie sich in dem nicht den Bauch verbrennen können. Sie hatte eine blasse, empfindliche Haut. Schnell noch die Sonnencreme mit dem hohen Lichtschutzfaktor in die Kosmetiktasche stecken, dann konnte sie den Koffer zumachen. Und in Italien wollte sie sich irgendetwas Südländisches, Buntes kaufen, nahm sie sich vor.

In der Küche holte sie das Bio-Gemüse aus dem Kühlschrank und begann es zu waschen und klein zu schnippeln. Dabei konnte man gut seinen Gedanken nachhängen. Wo blieb Helmut? Er war heute noch mal in sein Büro gefahren und danach wollte er Leo vom Fußballplatz abholen. Helmut nahm seine Karriere sehr ernst, das Geldverdienen war ihm so wichtig wie der Status. Er hatte es bis zum Leiter der Filiale gebracht, einer großen Bankfiliale einer wichtigen Bank. Höher würde er aber nicht kommen – dafür fehlte ihm der Doktortitel. Sie hatte damals ihr Studium zu Ende gebracht – trotz eines Kleinkindes im Haushalt. Sie war einfach immer eine gute Schülerin und eine gute Studentin gewesen. Aber auch Helmut mangelte es weder an Intelligenz noch an Ehrgeiz. Nur – ja, er hatte sich damals sehr viel mehr um Leo gekümmert als sie, war nachts aufgestanden, hatte ihm das Fläschchen gegeben, wenn sie in ihren Tiefschlaf versunken war. Sie hatte nun mal diesen gesunden, tiefen Schlaf, aus dem sie auch Babygeschrei nicht aufwecken konnte. Bei Helmut genügte das Summen einer Fliege und er tat kein Auge zu. Infolgedessen hatte er die Wirtschaftswissenschaften vernachlässigt. Ja, und dann musste man auch ans Geldverdienen denken. Die junge Familie hatte keine große Unterstützung von außen: Seine Eltern konnten ihm nicht viel zustecken; das Gehalt seines Vaters reichte gerade zum Leben für Hetti und Otto. Und ihre Eltern wollten ihr nicht helfen – schließlich waren sie gegen Helmut gewesen. So hatte

Helmut mit der Banklehre begonnen, am Anfang noch mit dem guten Vorsatz, das Studium nebenher zu beenden, was dann aber mit der Realität nicht zu vereinbaren gewesen war.
Zum Glück hatte er ein geschicktes Händchen an der Börse: Ihm war es in den letzten Jahren gelungen, durch kluge Investitionen ein hübsches Sümmchen zusammenzutragen, sonst hätten sie sich auch diese große Eigentumswohnung nicht leisten können. Zwar hatten sie einen hohen Kredit aufnehmen müssen, aber mit zwei Gehältern und den Börsengewinnen kamen sie gut über die Runden. Ja, in den letzten Jahren hatten sie es zu einem gewissen Wohlstand gebracht.
Charlotte setzte die Suppe auf den Herd und schaltete auf kleine Flamme. Die Gewürze, die ihr Hetti noch abgerupft hatte, würde sie erst zum Schluss dazutun – damit sie nicht verkochten. Sie roch an dem Rosmarinzweigchen: Gestern hatte es noch so viel würziger gerochen – wie schnell die Frische verfliegt! Im Wohnzimmer ließ sie sich auf das Sofa sinken. Sollten ihre zwei Männer ruhig später kommen als abgemacht, so konnte sie sich etwas ausruhen und ihren Gedanken nachhängen. Sie blickte sich in ihrem Wohnzimmer um: Es war alles sehr geschmackvoll, moderne Möbel von bester Qualität, helle Farben, klare Muster. Aber irgendwie spiegelte sie sich nicht darin wieder. Helmut hatte alles ausgesucht. War es ein Fehler gewesen, ihm die Einrichtung zu überlassen? Im Allgemeinen war es ja wohl Aufgabe einer jeden Frau, die auf sich hielt, die Wohnungseinrichtung in die eigenen Hände zu nehmen. Aber sie hatte alles gerne Helmut überlassen, wie sie ihm auch sonst gern alles überließ: die Verwaltung des gemeinsam verdienten Geldes, das Bezahlen aller Rechnungen, die Geldanlagen, die Organisation der Urlaube - bis auf diesen Italienurlaub, dachte sie fast ein wenig erstaunt: Das ist der erste, den ICH organisiert habe. Hoffentlich geht alles gut, sonst kann ich mir das ganze Jahr über Vorwürfe anhören, ahnte sie.
Was störte sie plötzlich an der Wohnung? Irgendwie, dachte sie, irgendwie ähnelt sie der Wohnung meiner Eltern. Das war ihr heute Nachmittag bei ihrem Besuch dort schon kurz aufgefallen. Die hellen Farben! Der renovierte Altbau, den Helmut unbedingt gewollt hatte, obwohl eine Neubauwohnung viel zweckmäßiger und vor allem billiger gewesen wäre. Aber sie ahnte: Helmut wollte ihren Eltern beweisen, dass er gut für ihre Tochter sorgen konnte. Er konnte ihr den ihr zustehenden, gewohnten Lebensstandard bieten! Sie hatten ja früher

nicht an ihn geglaubt, den Studenten, der sein Studium nicht zu Ende schaffte, der aus einfachen Verhältnissen stammte, der ihre Prinzessin zu früh geschwängert hatte, der sie dann auch noch geheiratet hatte! Nichts hatte ihnen an ihm gepasst. Aber sie wollte jetzt nicht weiter an ihre Eltern denken. Sie ging vom Wohnzimmer ins Esszimmer, durch eine Flügeltür abgetrennt. Die Flügeltür! Die hatte Helmut nachträglich einbauen lassen! Warum eigentlich? Bei Gelegenheit würde sie mit ihm darüber reden.

Dann begann sie den Tisch fürs Abendessen zu decken. Die rot karierte Tischdecke hatte ihr ihre Schwiegermutter mal geschenkt. Sie passte zwar nicht zur Einrichtung, und Helmut fand sie scheußlich, aber er hätte es auch nicht bemerkt, wenn sie statt einer rot karierten eine gelb geblümte, oder statt einer gelb geblümten eine blau gestreifte Tischdecke auflegte – er war meistens in Gedanken noch in der Bank, auch wenn er physisch gesehen am Abendbrottisch saß. Charlotte mochte diese rustikale Decke, so wie sie überhaupt ihre Schwiegereltern sehr mochte. Unterschiedlicher hätten Paare nicht sein können: ihre Eltern – ihre Schwiegereltern! Und welch unterschiedliche Ehen sie führten! Sie hatte ihre Eltern nie miteinander streiten gehört, sie lebten einfach friedlich nebeneinander her – jeder zu sehr mit seinem eigenen Leben, seinen eigenen Interessen beschäftigt. Da war gar kein Anlass zum Streit: Man kam sich einfach nicht in die Quere. Eine glückliche Ehe! Eine glückliche Ehe? Da fiel ihr der Zettel ein, den ihr Vater ihr zugesteckt hatte. Sie kramte ihn aus ihrer Handtasche und las:

‚Mag ich in dunklem Haar dich glänzen sehen,
magst, Herrin, du vor mir in Blond erscheinen,
der gleiche Liebreiz strahlt von beidem aus.
Auf deinen Haaren wird – des bin ich sicher –
auch wenn sie grau sind, noch Gott Eros ruhen.'

Dieser Text eines unbekannten griechischen Dichters hatte ihn also an seine Frau erinnert... also doch... eine glückliche Ehe!

Ihre Schwiegereltern hingegen: Sie stritten sich von morgens bis abends. Otto, du hast den Mülleimer noch nicht hinausgebracht! Hetti, wo hast du meine Brille hingelegt? Otto, warum musst du deine Schuhe im Schlafzimmer putzen! Geh dazu in den Garten! Hetti, warum pflanzt du nicht endlich mal was Vernünftiges an – wie Hopfen und Malz zum Beispiel! Diese mickrigen Kräuter! Kannste alleene essen!

So ging es am laufenden Band...

Aber es schien zu funktionieren. Sie waren seit ewigen Zeiten verheiratet, stritten sich seit ewigen Zeiten, hingen aneinander – für ewige Zeiten. Eine glückliche Ehe? Eine glückliche Ehe.
Und ihre eigene? Helmut und sie waren seit achtzehn Jahren zusammen, seit siebzehn Jahren Eltern, seit zehn Jahren verheiratet. Sie hatten mit der Heirat gewartet, hatten es nicht eilig gehabt. Warum auch? Sie waren eine Familie, daran bestand kein Zweifel. Leo war ihr Sohn. Er war zwar nicht geplant gewesen, aber er war willkommen. Und das, obwohl ‚man' mit zwanzig nicht Mutter wurde! Aber als Leo sieben Jahre alt war, fing er an zu fragen, warum seine Eltern denn nun nicht ‚richtig' verheiratet seien. Seine Mitschüler in der Klasse kamen alle aus ‚geordneten' Verhältnissen – und Kinder wollen eben so sein wie alle anderen. Also hatten sie geheiratet. Es war eine reine Formalität gewesen.
Wann hatten sie sich eigentlich das letzte Mal gestritten? Vielleicht vor fünf Jahren, da war Leo zwölf gewesen, auf einem Rummelplatz, wo Helmut Leo mit auf die Achterbahn nehmen wollte. Sie war dagegen gewesen. Das sei nichts für zwölfjährige Kinder, meinte sie. Aber Helmut bestand darauf: Sie solle ihre eigenen Ängste nicht auf den Jungen übertragen, oder wolle sie einen Schlappschwanz aus ihm machen? Sie fand, dass Mut nicht darin bestünde, auf so ein blödes Gerüst zu steigen und sich der Gefahr auszusetzen, herausgeschleudert zu werden. Überhaupt dieser Angstkitzel! In einer Welt, wo man nur die Tagesschau angucken musste, um Angst zu bekommen. Aber Helmut fand, es gehöre zur Erziehung eines Jugendlichen, mindestens einmal auf einer Achterbahn gewesen zu sein. Besser mit ihnen zusammen, als später unkontrolliert mit Freunden. Sie solle das doch bitte bedenken. Wegen so einer Belanglosigkeit hatten sie sich tatsächlich gestritten und dann ein paar Tage nicht mehr miteinander gesprochen. Danach waren sie beide wieder zum Alltag übergegangen.
Nein, sie stritten sich sonst über nichts. Man diskutierte, man wog das Für und Wider ab, man kam zu gemeinsamen Beschlüssen. Allerdings – vor zwei Jahren ... da hatte es noch mal gekracht ... obwohl, nein, gestritten hatte sie eigentlich nicht. Es hatte eine Diskussion gegeben ... aber man war zu keinem gemeinsamen Beschluss gekommen ... Sie hätte so gerne noch ein Kind gehabt! All diese Einzelkinder! Sie brauchte sich nur in ihrer Klasse umzusehen: eine Gesellschaft der Einzelkinder. Auch sie war eines und hatte daran ihre ganze Kindheit

hindurch gelitten. Auch Helmut war eines. Als Leo klein war, hatte er sie oft genervt mit seinem kindlichen Wunsch, einen Bruder (oder ‚wenigstens' eine Schwester!) zu bekommen. Weder sie noch Helmut hatten dazu die Kraft gehabt. Wenn man mit zwanzig Mutter wird, das Studium gerade angefangen, das ganze Leben vor sich – dann war man froh, wenn man aus ‚dem Gröbsten' raus war. Sie hatte Leo gegen den Widerstand ihrer Umwelt bekommen. Aber sie hatte ihn gewollt, sie trieb nicht ab, wie ihr alle rieten, sie bekam ihren Sohn und sie liebte ihn über alles. Sie hatte alles besser als ihre Eltern machen wollen. Aber ein zweites Kind – damals – nein, das hatten sie beide nicht fertig gebracht. So wuchs Leo als Einzelkind heran. Als er dann in die Pubertät kam, hörte er auch auf, sie mit Brüderchen oder Schwesterchen zu bedrängen. Aber komischerweise begann es da, Charlotte Leid zu tun. Sie hatte versucht, Helmut umzustimmen. Aber der reagierte sehr genervt. Noch mal von vorne anfangen! Nein! Das kam nicht in Frage. Kinder waren kein Thema mehr.

Aber vor zwei Jahren, an ihrem 35. Geburtstag, da hatte sie das Thema doch noch mal auf den Tisch gebracht. Auf den Gabentisch. Sie hatte das Thema sozusagen zwischen die Geburtstagstorte, die Kerzen und die Geschenke gestellt. Sie hatte gesagt: Ich will das alles nicht! Ich will noch ein Kind! Und Helmut war tödlich beleidigt gewesen. Er hatte ihr eine teure Jugendstilbrosche geschenkt, die sie kaum beachtet hatte. Nein, noch ein Kind wollte er nicht. Leo war ein gut geratener Junge, fast erwachsen, sie könnten sich jetzt endlich um sich selbst kümmern, es lief alles bestens, so wie es war. Sie sei undankbar! Der Geburtstag war hin, aber das Thema auch. Es wurde vom Tisch gefegt und unter den Teppich gekehrt. Helmut hatte klar gemacht, dass er es auch nie mehr wieder aufnehmen würde.

Für sie war es allerdings nie aus der Welt gewesen. Mit Entsetzen dachte sie daran, dass ihre biologische Uhr ablief. Sie war 35 geworden! Na gut, heute wurden auch Omas noch zu Müttern gemacht, da war doch gerade in Italien eine 65-jährige Frau noch Mutter geworden! Aber das war natürlich mit Hilfe von modernen Ärztetricks geschehen, und sie war für die Natur. Die Natur war ihr immer ein Prinzip gewesen, ein Ratgeber.

Aber damals wurde sie 35 und heute war sie 37! Die Zeit rann einem durch die Finger, man konnte sie nicht aufhalten. Sie blickte auf ihre Finger, auf ihre schönen, schlanken Hände. Hände, die liebevoll ein

Kind groß gezogen hatten, Hände, die schlecht Klavier spielten, Hände, die Kreide von der Tafel putzten, Hände, die verletzte Tiere streichelten, Hände, die Gemüse schnippelten... Ob die Suppe fertig war?
Ihr Blick fiel auf die Wanduhr: Es war bald 19.00 Uhr. Wo blieben ihre Männer eigentlich? Das Fußballspiel müsste doch schon längst zu Ende sein. Sie ging zurück in die Küche und schaltete die Herdplatte aus. Dann habe ich eben noch ein bisschen Zeit für mich, dachte sie. Warum nicht ein wenig Musik hören? Dafür nahm man sich immer weniger Zeit. Im Wohnzimmerschrank kramte sie in den CDs herum. Vielleicht etwas zur Einstimmung auf den Urlaub? Aber sie hatte keine italienische Musik, außer einer alten Platte von Adriano Celentano, den sie früher gern gehört hatte. Aber ihr war jetzt mehr nach etwas Gefühlvollem... klassische Musik? Nein, dann wäre sie wieder in Gedanken bei ihrer Mutter gelandet. Also: französische Chansons. Davon hatte sie eine stattliche Sammlung. Schon die Sprache allein war für sie Musik. War Poesie. Und dann die Texte von Louis Aragon dazu! Sie nahm sich vor, im nächsten Schuljahr ein paar Gedichte von Aragon in den Unterricht einzubauen. Die Schüler waren immer schwerer für etwas zu begeistern. Wenn man sich nur auf die Lehrbücher beschränkte, war man verloren. Aber würden die noch so etwas Romantisches wie Aragon lesen? Sie würde ihnen dazu die Musik vorspielen. Über Musik war viel zu machen.
Sie zog eine CD von Jacques Brel hervor. Dann eine von Jean Ferrat. Ja, das war jetzt das Richtige, die Samtstimme von Ferrat. Bequem auf dem Sofa ausgestreckt lauschte sie der Musik. 'Que serais-je sans toi ... que cette heure arrêtée au cadran de la montre ...', sang die schöne Stimme. Das hatte Aragon für seine Frau Elsa geschrieben. Wie glücklich mussten zwei sein, die sich so etwas sagten! Eine glückliche Ehe. Ferrat hatte dieses berühmte Liebesgedicht genial vertont – wie viel Liebe und Wärme konnte er mit einem Chanson verschenken!
‚Was wäre ich ohne dich... nur ein verwünschtes Herz, nur der stehen gebliebene Zeiger auf dem Zifferblatt einer Uhr, nur ein Stammeln... alles habe ich von dir gelernt, wie man an den Quellen trinkt, wie man am Himmel ferne Sternbilder liest, alles habe ich von dir gelernt, auch das Schaudern, zu fühlen...'. Charlotte erschauerte ein wenig – fröstelnd zog sie ihre Strickjacke enger um die Schultern, aber sie wusste selbst nicht, ob es die für Juli viel zu kühlen Temperaturen waren, oder die zu Herzen gehenden Worte Aragons, oder die melancholische Stimme

Ferrats – oder eine Melancholie in ihrem Herzen, die sie manchmal erschauern ließ – einfach so, ohne Erklärung.
Que serais-je sans Helmut? Nun, Helmut war sicher nicht der Mann, mit dem man am Himmel ferne Sternbilder lesen konnte; jegliche Romantik für verwunschene Herzen ging ihm ab. Er war ein Pragmatiker.
Que serais-je sans Helmut? Wäre ich immer noch die gleiche Charlotte wie vor zwanzig Jahren? Oder hätte ich mich ganz anders entwickelt? Das würde sie nie wissen. Sicher veränderte einen das enge Zusammenleben mit einem anderen Menschen, das war wohl klar. Aber wie? In welchem Ausmaß?
‚J'ai tout appris de toi …', sang Ferrat. Natürlich, auch sie hatte viel von Helmut gelernt. Er war ein Mann, der immer die passende Antwort bereit hatte. Einer, der immer wusste, wo es langging. Einer, der nicht mit Zweifeln seine Zeit verschwendete. Er hatte ihr viel Sicherheit gegeben, eine Sicherheit, die ihr irgendwann in ihrer Jugend abhanden gekommen war. Ja, sie musste Helmut dankbar sein. ‚Que serais-je sans toi...'.
Das Lied war ausgeklungen. Würden Schüler so etwas verstehen? Aber warum nicht? Schließlich sangen sie auch noch ‚I love you, yeah yeah yeah...' Den alten Beatlessong hatte sie kürzlich aus Leos Zimmer schallen hören.
Doch dann vertiefte sie sich wieder in Jean Ferrats sanfte Stimme. Was sang er da im nächsten Lied? ‚Que ce soit dimanche ou lundi, soir ou matin minuit midi, dans l'enfer ou le paradis, les amours aux amours ressemblent … c'était hier que t'ai dit … nous dormirons ensemble …'. Hatte er damit Recht? Gleicht die Liebe immer der Liebe? Eine Liebe der anderen? Ein Liebhaber dem anderen? Sie musste schmunzeln – zu dem Thema konnte sie nichts sagen. Für sie hatte es immer nur Helmut gegeben. Ein paar Jugendlieben vorher, dann nur noch Helmut. Aber das war ja auch richtig so – sie schien da nichts verpasst zu haben: ‚... les amours aux amours ressemblent...'
Sie seufzte leise. Natürlich blieb nicht alles so wie am Anfang. Natürlich nutzte sich auch die beste Zweierbeziehung mit den Jahren etwas ab, nach fast zwanzig Jahren mit Höhen und Tiefen. Ganz normal eben. Und auch, dass der Alltag meist leider nur ein laues Nebeneinanderherleben gestattete, war wohl normal. Sie freute sich noch jeden Abend auf Helmut, wenn er nach Hause kam. Auf ihn und Leo. Sie blickte wieder auf die Uhr. Wo blieben sie nur?

Jetzt sang Ferrat eines ihrer Lieblingslieder. ‚Tu peu m'ouvrir cent fois les bras... c'est toujours la première fois...' Sie sang das Lied leise mit. Hm! Natürlich war es nicht mehr wie beim ersten Mal... Danach legte sie sich eine alte Platte von Yves Duteil auf, weil darauf ein wunderschönes Lied über Kinder war. Die Kinder kamen in der Rangskala der Gefühle doch gleich nach dem Mann, oder kamen sie davor? Waren Kinder nicht das Wichtigste im Leben? Das Wichtigste auf der Welt? Aber sie kam nicht mehr dazu, das Lied zu hören, denn in diesem Moment vernahm sie, wie die Haustür aufgeschlossen wurde.
Endlich! Leo stürmte zuerst herein, schmiss die Sporttasche in eine Ecke und verschwand in der Küche. „Was gibt's zum Abendessen?" Er hatte wohl in den Kochtopf geguckt, denn er gab sich selbst die Antwort „Igitt! Gemüsesuppe! Und ohne Fleischstücke drin! Kannst du mir nicht ein paar Bouletten machen? Oder wenigstens eine Schmalzstulle dazu?"
„Wenn du wirklich solchen Hunger hast, wirst du selbst diese Gemüsesuppe essen", rief sie ihm zu.
Helmut umarmte sie und gab ihr einen Kuss auf die Wange. „Entschuldige, dass es so spät geworden ist. Ich hatte noch so viel vorzuarbeiten. Eigentlich könnte ich gar nicht zwei Wochen in Urlaub gehen! Und Leo hat noch mit seinen Kumpanen den Sieg gefeiert – ihr Verein hat das Spiel gewonnen. Ich hätte viel früher hier sein wollen."
Sie legte ihre Arme um seine Taille und sagte sanft: „Macht nichts – c'est toujours la première fois."
„Was?", fragte Helmut verständnislos. Mit seinem Französisch war es nicht weit her.
„Ach nichts", Charlotte winkte ab, „wir können essen. Die Suppe wird allmählich kalt."
Beim Essen besprachen sie noch mal die Reiseroute, obwohl eigentlich gar nichts mehr hinzuzufügen war. Helmut hatte alles genauestens vorgeplant, Fahrstrecke, Rastplätze, Hotelreservierung in Österreich, hatte das Auto aus der Werkstatt geholt, wohin er es zur Sicherheitskontrolle noch gebracht hatte – alles war perfekt. Es konnte losgehen. Charlotte war dankbar, sich um diese organisatorischen Dinge nicht kümmern zu müssen.
„Also", sagte Helmut, während er es sich auf dem Sofa, seinem Stammplatz, bequem machte. „Jetzt noch die Tagesschau gucken, einen halben Film danach und dann in die Falle. Morgen will ich keine müden Gesichter sehen. Wir fahren früh los, um vier Uhr – wie abgemacht."

Leo und Charlotte murrten zwar, dass die Wahl der frühen Stunde allein sein Entschluss sei, schließlich seien sie beide Langschläfer. Aber natürlich hatte er Recht: Wer früh abfährt, kommt auch früh an. Leo verzog sich in sein Zimmer, wo er seinen eigenen Fernsehapparat hatte. Was das gemeinsame Fernsehgucken anbetraf, hatte sich ihr Geschmack schon vor langer Zeit getrennt. Charlotte setzte sich in einen der Sessel. Sie hatte noch ein Anliegen.

„Helmut, ich finde... mir ist heute aufgefallen, dass mich die Flügeltür stört... ich finde, wir sollten sie einfach herausnehmen."

„Wie?", fragte er unwillig. Er ließ sich erstens nicht gerne beim Schauen der Nachrichten stören, und zweitens kam ihm ihr Anliegen absurd vor. „Wir haben sie doch extra einbauen lassen, damit die Gerüche vom Esszimmer nicht ins Wohnzimmer ziehen. Hast du vergessen, wie teuer die war?" Das hatte sie allerdings. Es hatte sie auch nie interessiert.

„Aber wir machen sie doch nie zu! Sie ist total überflüssig!"

Helmut runzelte die Stirn. „Es war unser gemeinsamer Entschluss gewesen! Sie ist nun mal da und sie bleibt da!"

„Gut, ich habe damals nicht lauthals protestiert, aber jetzt stört sie mich einfach."

„Also, ich glaub, du bist noch urlaubsreifer als ich! Vielleicht lässt du mich nun die Nachrichten zu Ende gucken. Sieh dir das an, was sie da im Nahen Osten schon wieder machen! Und du quatschst von Türen!"

Es interessierte sie nicht, was da im Nahen Osten los war. Die gewohnten Schreckensbilder von zerbrochenen Fensterscheiben, gesprengten Autos, zerfetzten Menschen flimmerten über den Bildschirm. Wieder ein Kamikaze, ein siebzehnjähriger Junge, hatte sich und viele andere in die Luft gesprengt. Warum musste die Kamera nur immer diese Blutlachen zeigen, auf die rot getränkten Autositze zielen – wollten die Leute das wirklich sehen? Es war immer das gleiche, neue, alte Grauen. Sie musste an die Mutter jenes unbekannten siebzehnjährigen Jungen denken – das nicht gezeigte Grauen! Natürlich waren dagegen ihre banalen Alltagsproblemchen nichtig, nichtig ihre Ängste, nichtig ihr Anliegen.

Während sie noch ihren trüben Gedanken nachhing, klingelte das Telefon. Sie erwartete keinen Anruf mehr, es war sicher für Leo. Aber Leo kam nicht aus seinem Zimmer heraus. Dann würde es für Helmut sein. „Willst du nicht mal rangehen?", fragte Helmut ungeduldig.

Wie immer stand SIE auf. Aber es war tatsächlich für sie. Die Stimme ihrer Freundin Helene klang irgendwie sonderbar, vielleicht verschnupft.
„Ich dachte schon, bei euch sei keiner da. Ich hab es ewig klingeln lassen! Ich muss dich heute Abend unbedingt sehen!"
„Wieso denn? Also ehrlich gesagt, das passt mir gar nicht. Wir fahren morgen in aller Herrgottsfrühe in Urlaub. Ich muss früh ins Bett, sonst..."
„Komm nur auf einen Sprung vorbei – für zehn Minuten – bitte." Helenes Stimme klang jetzt weinerlich.
„Willst du mir nicht wenigstens sagen, worum es geht? Bist du krank?"
„Das auch... nun komm schon her!"
Konnte man einer weinenden Freundin so einen Wunsch abschlagen?
„Bin in einer Viertelstunde bei dir."
Ohne die geringste Lust zog sie Schuhe und Jacke an und informierte Helmut. „Helene hat angerufen. Ich geh auf einen Sprung zu ihr. Es scheint ihr nicht gut zu gehen."
„Der geht es doch nie gut. Die ist doch ständig mit sich und der Welt verkracht." Helmut hatte Helene nie leiden können. „Nimm meinen Wagen, wenn du willst. Und komm bloß nicht spät zurück!" Sein BMW stand abfahrbereit vor der Haustür. Ihren alten VW Polo hatte er in die Parkgarage gefahren, damit er in den nächsten zwei Wochen nicht auf der Straße stehen bliebe wie gewöhnlich. Man hatte nur eine Garage gemietet. Aber sie nahm das große Auto nicht gern. Nicht, dass sie es nicht hätte bedienen können, aber es war ihr einfach zu groß, zu neu, zu schnell – ein Angeberauto, wie sie ihm auch gesagt hatte. Außerdem war es zu teuer gewesen. Sollte es ausgerechnet ihr passieren, einen Kratzer ans Auto zu bekommen – Helmut hätte ein Riesentheater gemacht. Er war sonst so sparsam, aber ein Auto konnte für ihn nie luxuriös genug sein.
Sie ließ das Auto also stehen und ging zur U-Bahn an der Konstanzer Straße. Helene wohnte nicht weit weg, gewöhnlich ging sie zu Fuß zu ihr. Aber es dämmerte schon, durch den Preußenpark wollte sie da nicht mehr laufen. Also, nur Mut, sagte sie sich, es ist nur eine Haltestelle. Das dauert nur 2 Minuten. An der Treppe, die in den U-Bahnschacht hinunterführte, blieb sie stehen. Wann war sie das letzte Mal mit der U-Bahn gefahren? Sie wurde sich bewusst, dass sie das schon eine ganze Weile vermied. Und heute Abend schien es ihr schier unmöglich. Sie blickte die Treppen hinunter, die ihr plötzlich sehr steil vorkamen. Es

sah so düster da unten aus. Sie würde in ein dunkles, tiefes Loch fallen, dachte sie erschreckt. Auf halber Treppe hielt sie inne und musste sich am Geländer festhalten, weil ihr leicht schwindlig wurde. Eine ältere Dame fragte sie besorgt: „Ist Ihnen nicht gut? Brauchen Sie Hilfe?"
Sie beeilte sich, dies zu verneinen, murmelte, sie habe etwas vergessen, drehte sich um und lief auf die Straße. Dann würde sie eben um den Park herumlaufen. Sie legte ihren Schnellschritt ein. Hoffentlich ist es etwas Wichtiges, weshalb Helene mich zu sich bestellt, sonst kriegt sie was zu hören, dachte sie grimmig.
Seit der Schulzeit waren sie miteinander befreundet, sie, Mieke, Susi und Helene. Ein Vierergespann, das in all den Jahren zusammengehalten hatte, obwohl sich jede von ihnen in eine andere Richtung entwickelt hatte. Eigentlich hatten sie nicht mehr viel gemeinsam, aber sie hielten – wohl aus Nostalgie – an der alten Freundschaft fest.
Helene war immer der Paradiesvogel unter ihnen gewesen. Hatte immer die bunteste Kleidung an, damals in der Schule. Auch die buntesten Ideen. Das Abitur schaffte sie nur mit Ach und Krach, danach hatte sie eine Kunstakademie besucht und war zu einer bekannten und gut verdienenden Designerin geworden. Sie entwarf knallbunte Möbel aus Plastik, Pressspan und Polyester, ihre drei Lieblings ‚P', die sozusagen zum vierten ‚P' wie ‚Pop-Art' zusammenschmolzen. Charlotte fand die Möbel scheußlich und wunderte sich nur, wie Helene die Kunst besaß, diese auch noch zu verkaufen. Sogar ein großes Hotel hatte ihr den Auftrag erteilt, die Innenausstattung zu entwerfen – danach nannte es sich dann ‚Künstlerhotel'.
Sie war ein Paradiesvogel geblieben, obwohl die bunte Periode inzwischen zu Ende gegangen war. Seit geraumer Zeit kleidete sie sich nur noch in Schwarz und Weiß, auch ihre gesamte Wohnung war nur in schwarz-weiß Tönen gehalten: schwarzer Teppichboden, weiße Seidenbespannung an den Wänden, schwarze Lackmöbel, weißes Sofa, weiße Küche, schwarzes Geschirr, schwarzes Bettgestell, weiße Bettwäsche und so weiter. In den letzten Monaten war dann ab und zu ein Tupfer Rot dazugekommen, mal eine einzelne rote Rose in der schwarzen Vase, ein rotes Kissen, rote Knöpfe an schwarzem Kleid, dazu stark rot geschminkte Lippen. Helene lebte ihr Leben als Kunstwerk. So sah sie es jedenfalls. Auch ihre privaten Beziehungen sollten diesem Kunstanspruch gerecht werden. Ihre privateste Beziehung hieß Bernd. Seit zehn Jahren lebten sie nun schon zusammen – nein,

nicht in derselben Wohnung! Auch Bernd hatte die Designer-Schule besucht, war aber Karikaturist geworden und liebte das Leben bunt. Bunt und unordentlich. Charlotte mochte Bernd gern, war ein paar Mal in seiner Wohnung gewesen. Schon im Flur stolperte man über sein Fahrrad, danach über die Wäsche vom Vortag und in der Küche über die ungewaschenen Teller der letzten drei Tage. Ab und zu stellte er alles Geschirr in einen Wäschekorb und den dann unter die Dusche. Das ginge schneller, als wenn man alles in die Spülmaschine einsortieren und wieder aussortieren müsse, rechtfertigte er sich immer. So hatten sie sich beide jeder eine Eigentumswohnung gekauft, im selben Haus, im selben Stockwerk, auf demselben Flur, aber eben nicht zusammen. Sie waren immer sehr stolz auf diesen Lebensstil und natürlich waren sie nicht verheiratet.

Die Wohnung lag im vierten Stock eines modernen Hochhauses. Charlotte kam außer Atem dort an. Sie hatte sich beeilt, nun stand sie unten vor dem Fahrstuhl, drückte auf den Knopf, der Aufzug kam, die Tür ging auf. Es war einer dieser Aufzüge ohne Fenster, hell mit Neon erleuchtet. Eine geschlossene Schachtel, dachte Charlotte. Sollte der stecken bleiben, war man darin eingesperrt. Aber es war kein dunkles Loch, sagte sie sich. Doch sollte der Strom wegbleiben... und meistens blieben die Dinger ja wegen Stromausfall stecken, würde es stockfinster darin sein... Da schloss sich die Aufzugstür wieder automatisch vor ihr. Hab' heute keinen guten Tag, gestand sie sich ein. Also zu Fuß die Treppen hinauf. Ist sowieso gesünder. Jede Treppenstufe verlängert das Leben um eine Sekunde, hatte sie mal in einer Apothekenzeitung gelesen. Ob das jetzt stimmt oder nicht, es war mit Sicherheit gut für den Kreislauf. Und was waren schon vier Stockwerke für sie mit ihrer guten Kondition!

Das Treppenhaus war nicht besonders hell erleuchtet. Als sie im dritten Stock ankam, ging die automatische Flurbeleuchtung aus. Sie erschrak, hatte sich aber sofort im Griff. Irgendwo musste der Lichtknopf sein. Sie drückte auf den erstbesten Knopf, der ihr unter die Finger kam. Ein Klingelzeichen ertönte. Verdammt, sie hatte an einer fremden Haustür geklingelt! Daneben war denn auch der blöde Lichtknopf – das Licht ging wieder an. Sie atmete auf. Zum Glück machte keiner die Tür auf – die Leute waren wohl nicht zu Hause. Es war ja auch Samstagabend, und in diesem Haus wohnten fast nur Singles, da die Wohnungen nicht größer als 60 qm waren. Als sie den vierten Stock erreichte, hörte sie

den Fahrstuhl hochkommen. Er hielt neben ihr. Die Tür ging auf und Mieke und Susi standen vor ihr.
„Was macht ihr denn hier?"
„Hat sie dich auch eiligst herbeordert? Soll das eine Überraschungsparty geben?" Die drei Freundinnen blickten sich fragend an.
„Ihre Stimme klang nicht nach Party", gab Susi zu bedenken. „Es muss irgendwas im Argen liegen. Das hoffe ich jedenfalls für unsere schöne Helena. Ich hab Fritz mit den Kindern allein zu Hause gelassen – die Zwillinge haben beide Schnupfen und sind nicht ruhig zu kriegen. Er hat mir eine halbe Stunde frei gegeben!"
„Guckt mal, die Schilder sind weg", bemerkte Mieke. An den Türen von Helene und Bernd hing sonst immer je ein neckisches Schildchen: Auf einer Seite stand ‚Hereinspaziert', drehte man es um, stand auf der anderen ‚Bitte nicht stören'. Dazu hatte Bernd witzige Strichmännchen gemalt, die ihn und Helene als Karikatur zeigten.
„Ich sag euch, hier ist die Kacke am Dampfen", sagte Susi, die solche Kraftausdrücke liebte. „Irgendwas stimmt hier nicht. Also, dann lasst uns das Geheimnis unserer schönen Helena lüften." Charlotte drückte auf die Klingel.
Es dauerte eine Weile, bis Helene öffnete. Sie war heute alles andere als schön. Das halblange schwarze Haar, das sie sonst streng glatt fönte, war verstrubbelt. Auch waren ihre Lippen nicht wie üblich rot geschminkt, dafür hatte sie eine rote Nase. Aus den Taschen ihres schwarzen Kimonos quollen weiße Papiertaschentücher. Sie ist bloß erkältet, dachte Charlotte erbost. Sie hat uns hierher bestellt, damit wir sie beim Schniefen bedauern. Das sieht ihr ähnlich!
Das erste, was Helene sagte, war: „Die Schuhe, bitte!" Sie wies auf die Reihe schwarzer Filzpantoffeln unter der Garderobe. Die Freundinnen kannten und hassten die Schuhzeremonie, aber heute protestierte keine. Helene war immer sehr um ihren edlen, schwarzen Teppich besorgt, auf dem jedes Fusselchen zu sehen war. Also schlüpften alle aus ihren Schuhen und hinein in den Filz. Sie folgten ihr schlurfend ins Wohnzimmer, wo sie sich aufs Sofa setzten. Charlotte bevorzugte den schwarzen Ledersessel, aus Angst, das weiße Damastsofa beschmutzen zu können. Artig saßen sie da und warteten geduldig auf Helenes Enthüllungen. Die holte tief Luft und brach endlich die unheilvolle Stille: „Bernd betrügt mich!" Danach war es erst mal wieder eine Weile still.

Dann platzte Susi heraus: „Mit wem? Mit seiner Sekretärin?"
„Ach was. Er hat doch gar keine Sekretärin", antwortete Helene mit belegter Stimme.
„Mit seiner Chefin?", Susi gab nicht auf.
„Quatsch! Viel schlimmer... mit seiner... mit seiner... Putzfrau!", schluchzte Helene. „Und ich selbst hatte sie ihm besorgt. Er lebt doch im Chaos. Er ist ein Chaot! Er lebt da total verlottert in seiner Wohnung. Und ab und zu will ich ihn ja auch besuchen, damit er nicht immer zu mir kommen muss. Aber ich halte es da keine fünf Minuten aus. Also hab ich dieses Mädchen eingestellt, so ein junges, blasses Ding aus Weißrussland. Kann noch kaum Deutsch, ist bei uns in der Firma aufgestaucht, auf Stellensuche. Sah aus, als könne sie nicht bis drei zählen. Sie würde jede Arbeit machen, hat sie gesagt. Jetzt weiß ich, wie sie das meinte..." Helene bemühte sich, nicht loszuheulen.
„Und wie hast du es herausgefunden?" Susi konnte ihre Neugier wirklicht schlecht zügeln. „Kam er immer mit faulen Ausreden zu spät nach Hause?"
„Das war doch gar nicht nötig! Schließlich kam sie dreimal wöchentlich zu ihm zum Putzen. Vorgestern Nacht bin ich zufällig zu ihm rüber. Mich hat diese Sommergrippe erwischt. Kein Wunder, bei diesem verregneten Sommer! Bekam nachts plötzlich 38 Fieber und wahnsinnige Kopfschmerzen. Da wollte ich mir bei ihm Aspirin holen, hatte selbst nichts im Hause. Ihr wisst ja, ich nehme sonst keine Medizin." Sie glaubte an so was wie Selbstheilung durch Selbstbeherrschung. Schien diesmal nicht funktioniert zu haben, dachte Charlotte nicht ohne Schadenfreude.
„Ich habe mit meinem Schlüssel aufgeschlossen, war ganz leise – wollte ihn ja nicht wecken. Ihr wisst ja, wie rücksichtsvoll ich immer bin. Ich tappe also im Dunkeln in sein Bad, zum Medizinschränkchen – Bernd hat ja immer eine ganze Apotheke im Haus. Da höre ich... aus dem Schlafzimmer... unmissverständliche Geräusche..."
„Bist du etwa rein und hast sie gestört?", fragte Mieke ungläubig. Es war das erste, was sie heute Abend sagte.
„Natürlich", entgegnete Helene pikiert. „Schließlich war ich – bin ich – sterbenskrank. Da sollte er nur sehen, was er mir antut! Während er sich mit diesem unscheinbaren Etwas vergnügte, stand ich da... im Nachthemd... im Fieberwahn...", Helene schniefte sich die Nase.

„Vielleicht hast du es nur geträumt", warf Charlotte ein, erntete aber nur einen bösen Blick von Helene. Und Mieke erfrechte sich sogar zu fragen: „Hatte er denn nicht sein Schildchen ‚Bitte nicht stören' an der Tür?"

„Meinst du, ich hätte auf das blöde Schild geachtet? Ich sagte doch, mir war hundeelend!"

„Also", meinte Susi, „also erstens: typisch Mann. Du brauchst dich gar nicht so aufzuregen. Er hat eben zum Nächstliegenden gegriffen. Vielleicht braucht die Kleine Geld oder eine Aufenthaltsgenehmigung und hat sich deshalb an seinen Hals geschmissen. Und zweitens: so wie ihr lebt – na ja... ich meine – getrennte Wohnungen und so, da dachte ich immer, bei euch wäre so was mit eingeplant. Oder zumindest toleriert!"

„Denkst du, nur weil wir nicht verheiratet sind und brav in einer gemeinsamen Wohnung leben wie du und dein Fritz, würden wir uns von morgens bis abends betrügen? Wir hatten da eine Abmachung: Es sollte alles vorher ausdiskutiert werden. Es sollte keine Geheimnisse zwischen uns geben. Und auch kein schlechtes Gewissen!"

„Hättest du ihm denn offiziell eine Erlaubnis erteilt, wenn er dich vorher gefragt hätte? Ich kann mir das nicht vorstellen", zweifelte Charlotte.

„Du mit deiner biederen Ehe kannst dir einiges nicht vorstellen", fauchte Helene.

Das saß. Charlotte war getroffen. Sie nahm sich vor, nichts mehr zu sagen. Sollte Helene doch in ihrem Kummer zerfließen, ihr tat sie nicht besonders Leid. Wahrscheinlich war sowieso eher Bernd der Leidtragende. Womöglich saß er jetzt mit einem schlechten Gewissen allein in seiner Wohnung. Sollte sie zu ihm rübergehen? Aber das erschien ihr dann doch zu frech.

Mieke ergriff das Wort. „Also, ich hab immer gewusst, dass euer Experiment nicht funktionieren kann. Ja, ja, ich weiß: ihr wolltet es machen wie Berthold Brecht und Helene Weigel – im gleichen Haus, aber in getrennten Wohnungen. Der Berthold im ersten Stock und die Helene im Erdgeschoss. Aber Bernd ist eben nicht Berthold und du bist nicht die Weigel, auch wenn die Helene eine Namensvetterin von dir ist."

„Die beiden haben immerhin bis zu seinem Tod so miteinander gewohnt." Helene schluchzte auf. Sie hatte tatsächlich an dieses Modell geglaubt.

„Aber ein Modell ist für die einen richtig und für die anderen falsch", insistierte Mieke. „Jeder muss da für sich das Passende finden. Ich für meinen Teil habe mich bestens als Single arrangiert: meine eigene Wohnung, mein eigenes Leben, mein eigener Verdienst, keinen Liebhaber in der direkten Nähe, geschweige denn auf dem gleichen Flur! Wenn ich Gesellschaft brauche, rufe ich Mister X an. Hat der keine Zeit, rufe ich Mister Y an, ist auch der verhindert, muss eben Mister Z dran glauben. Ich meine, wirkliche Freiheit ist nur das!"
„Gib doch nicht so an", meinte Helene. „Wir sind alle im gleichen Alter. Siebenunddreißig! Da wird auch Mister Z bald verhindert sein!"
Nun war auch Mieke sichtlich beleidigt. Sie zündete sich eine Zigarette an und ließ ein bisschen Asche auf den Teppich fallen. Aber Helene bemerkte es nicht. Sie fuhr mit ihrer Beichte fort.
„Und da ist noch ein Problem: Seit ein paar Monaten nervt er mich mit... mit einem Kinderwunsch! Wird nächsten Monat 40 und will plötzlich Vater werden! Könnt ihr euch so was Bescheuertes vorstellen?"
Nun wurde es selbst Susi zu viel. Immerhin war sie Mutter von drei Kindern, einer zwölfjährigen Tochter und zwei fünfjährigen Zwillingen, die als überraschende Nachzügler aufgetaucht waren. Fritz und sie hatten damit alle Hände voll zu tun, aber sie liebten ihre Kinderschar.
„Also, ich finde absolut nichts Bescheuertes an Kindern", protestierte Susi entschieden, „natürlich, wenn man nur für sein Ego lebt, weiß man auch nicht, was man da verpasst!"
Helene schien zu bemerken, dass sie nun alle drei gegen sich hatte und versuchte es mit Erklärungen.
„Ich wollte ja auch nur sagen: Bernd und ich waren uns darüber einig, dass man in diese unsere miese Welt keine Kinder mehr setzten sollte. Wir finden, die Zukunft für unseren Planeten sieht so übel aus – und man hat doch der nächsten Generation gegenüber eine Verpflichtung... und sowieso, die Überbevölkerung - ich meine, nur weil er plötzlich Torschlusspanik kriegt, kann er doch all unsere Prinzipien nicht einfach über den Haufen werfen!"
„Alles faule Ausreden für euren Egoismus", urteilte Susi knapp. „Kinder sind unsere Zukunft, unsere einzige Hoffnung. Wir müssen sie nur richtig erziehen, damit es besser wird in unserer ach so miesen Welt..."
„Das sagst ausgerechnet du – mit deiner frechen, verzogenen Tochter! In meinem Leben ist einfach kein Platz für Kinder... ich kann in zwei Jahren wahrscheinlich die Firma übernehmen. Mein Chef geht dann in

Pension und hat mir so was angedeutet. Meine Karriere ist noch lange nicht zu Ende... Ich sehe mich einfach nicht mit Windeln und Fläschchen in der Hand... das passt nicht hier her!"
Nun musste Charlotte doch noch mal etwas sagen. „Wieso passt das nicht? Windeln sind weiß, Milch ist weiß, du kannst ja einen schwarzen Nuckel kaufen, dann passt das blendend hier her!" So, das war für meine ‚biedere Ehe', dachte sie grimmig.
Helene war jetzt außer sich. „Ich denk, hol dir deine besten Freundinnen zum Trost her... und dann wollt ihr mich nur fertig machen! Und besonders du, Charlotte! Du, die liebe Lehrerin, immer gut zu kleinen Kindern und jungen Hunden! Du scheinheilige Menschenfreundin! Ausgerechnet du solltest etwas mehr Feingefühl für meine Situation aufbringen! Danke – besten Dank – ihr ward mir wirklich eine große Hilfe!" Sie stand auf und ging zur Tür. Die Besuchserlaubnis war eindeutig abgelaufen. Mieke versuchte tapfer, die verkorkste Situation zurechtzubiegen.
„Du kurierst jetzt erst mal deinen Schnupfen aus, dann setzt du dich mit Bernd vernünftig an einen Tisch und ihr besprecht alles in Ruhe – mit Abstand. Es wird sich schon eine Lösung finden. Und wenn nicht – ein Ende macht immer Platz für einen Neuanfang." Mieke versuchte, recht aufmunternd dreinzuschauen.
Charlotte stutzte. Hatte sie genau diesen Satz nicht auch gestern zu Udo, ihrem Schüler gesagt? Wie gern solche Floskeln doch wiederholt werden. Sie hatten es nun alle eilig, sowohl aus den Filzpantoffeln als auch aus der Wohnung zu kommen. Susi sagte was von Fritz, der sicher schon wartete, Charlotte erwähnte, sie müsse morgen früh raus, nur Mieke versprach, in den nächsten Tagen noch mal vorbeizusehen. Sie ließen Helene in ihrem Selbstmitleid zurück.
Draußen im Flur meinte Susi trocken: „Die Show ist ihr wohl daneben gegangen."
Mieke hatte keine Lust, in ihr Single-Heim zurückzukehren. Sie schlug vor, noch einen trinken zu gehen. „Sie hat uns nicht mal was zu trinken angeboten, so sehr ist sie mit sich beschäftigt! Also ich habe jetzt Durst."
„Sie hat doch sowieso immer nur weiße Sojamilch oder schwarzen Tee im Haus – bei ihr kann man nichts Vernünftiges erwarten", fügte Susi hinzu. „Ich sollte zwar nach Hause, Fritz sitzt da auf heißen Kohlen. Die Zwillinge haben Fieber, aber ich habe jetzt auch Durst."

Sie sahen Charlotte fragend an. „Kommst du mit, oder musst du in die Heia?"
„Müsste ich eigentlich – aber gut. Dann können wir noch ein bisschen quatschen."
Zu dritt nahmen sie den Fahrstuhl. Charlotte bemerkte erleichtert, dass es ihr in Gesellschaft also nichts ausmache. Sie gingen in den „Zerbrochenen Krug", die nächste Eckkneipe, fanden sogar noch einen freien Tisch und bestellten sich jeder ein Bier.
Susi fing an zu kichern. „Also, Charlotte, das mit dem schwarzen Nuckel, hihihi, das hat gesessen!" Sie mussten alle drei kichern, so wie sie es vor zwanzig Jahren in der Schule oft getan hatten.
„Und wie ich die Filzpantoffeln hasse! Ich hoffe, sie lässt sie ab und zu desinfizieren!"
„Habe kürzlich gehört, dass man den Besuchern im Schloss Sanssouci neuerdings auch Filzpantoffeln anzieht, um die edlen Fußböden Friedrich des Grossen nicht zu verkratzen! Manche Touristen finden es ganz lustig, manch einer beschwert sich aber auch ob soviel preußischer Sorgfalt", warf Charlotte ein.
„Erzähl das mal unserer schönen Helena – sie hält ihre schwarz-weiß Bude ja sowieso für ein schonungswürdiges Kunstwerk! Also ich finde, sie übertreibt in allem. Spielt sonst den progressiven Freigeist, aber beim ersten Seitensprung von Bernd kehrt sie die kleine Spießerin heraus", kam Mieke zum Thema zurück.
„Na ja, sie sind immerhin seit zehn Jahren zusammen", gab Susi zu Bedenken.
„Wie meinst du das?", fragte Charlotte. „Dass man nach zehn Jahren so zusammengeschweißt ist, dass man auf keine dummen Gedanken mehr kommt oder dass es nach zehn Jahren an der Zeit ist, sich nach Neuland umzusehen?"
„Beides macht Sinn!", lachte Susi. „Aber sie haben doch keine Kinder... Gott sei Dank! Also, was immer sie nun aus der Situation machen – es ist nur ihre Angelegenheit."
„Ja, das stimmt", bestätigte Charlotte. „Die Kinder sind immer die Leidtragenden in diesen Scheidungsdramen."
„Hört, hört, die beiden Mütter! Was denkt ihr euch eigentlich – dass nur Menschen mit Kindern unter so einer Situation leiden? Oder nur die Kinder?" Mieke ging auf Gegenkurs. „Ob man nun verheiratet ist oder nur zusammenlebt, Kinder hat oder keine – eine Trennung ist immer

schmerzlich!" Dann wurde sie nachdenklich. „Aber selbst wenn man nichts von all dem hat – ich meine, wie ich zum Beispiel... dann ist es auch nicht einfach. Helene hatte da vorhin gar nicht so unrecht... ich meine, als sie uns auf unser Alter ansprach. Es wird immer schwerer... Mister X und Mister Y haben immer weniger Zeit, und Mister Z ist auch verhindert, da er schon mit einer anderen verabredet ist, die zufällig zehn Jahre jünger ist, als ich..."
Man schwieg eine Weile, dann sagte Susi: „Also, irgendwann sollte man vielleicht doch in den sicheren Hafen der Ehe einlaufen. Ich meine, man muss es nicht so früh tun wie unsere Charlotte, die ihren Sohn mit zwanzig bekommen hat, oder wie ich, die ich ja auch früh, mit fünfundzwanzig Mutter geworden bin. Aber .. ich meine, die traurige Aussicht, im Alter alleine zu sein..." Susi beendete den Satz nicht. Sie wollte Mieke nicht zu nahe treten. Mit verschmitztem Lächeln fuhr sie fort. „Manchmal denke ich, die Araber machen es richtig!"
„Wie?", fragten Charlotte und Mieke aus einem Munde.
„Ja, leben in so einer Art Harem, das könnte ich mir ganz nett denken. Stellt euch vor: Wir vier Freundinnen lebten alle zusammen in einem großen Haus, könnten unsere Kinder zusammen erziehen, müssten uns nicht ständig um Kindergartenplätze und Babysitter bemühen, alle passen auf alle mit auf... Charlotte, dein Leo wäre kein Einzelkind mehr, auch du Mieke, die du ja selbst keine Kinder hast, ich bin sicher, ein bisschen Trubel um dich herum täte dir gut! Und wie ich die arabischen Frauen um ihre Kleidung beneide: diese wallenden Kaftane, unter denen man sich samt allen Fettpölsterchen so bequem verstecken kann! Nur wir hier sind so blöd, uns in enge Stretchjeans zu quetschen! Und unser Mann, Karim el-Abdul-el-Haman-el-sowieso müsste sich für uns abrackern, arbeiten gehen und viel Geld verdienen, um sich seinen Harem leisten zu können. Einmal in der Woche würde man zu einem Schäferstündchen gerufen... und danach hat man wieder eine Woche Ruhe!"
Alle drei lachten herzlich. Sie wussten, dass Susis Mann Fritz recht aktiv war. Susi beklagte sich öfter darüber. Charlotte war da sehr viel diskreter. Ihr fiel ein, dass es heute Samstag war. Helmut würde doch nicht etwa warten? Eigentlich sollte sie nach Hause gehen, aber die Diskussion mit den Freundinnen machte ihr Spaß.
Mieke protestierte gerade: „Und du siehst dich natürlich als die erste Ehefrau, und wir dürfen die Rolle der Nebenfrauen spielen, was?"

„Nein", lachte Susi, „ich bin für Gleichberechtigung – unter Frauen."
„Ach", meinte Mieke dann wieder ernster, „auch das arabische Modell würde hier nicht funktionieren. Abgesehen davon, dass es ein von Männern erdachtes Modell ist. Aber auch wenn man den Frauen dieselben Rechte einräumen würde, dieselben Freiheiten... es würde nicht funktionieren. Ich denke da an die Kommunen der 68er Jahre: Leben in der Gruppe – jeder mit jedem und der ganze Zirkus... ist doch alles im Sande verlaufen. Wer lebt denn heute noch so?"
„Also", fügte Charlotte hinzu, „war vielleicht doch der alte Generationenbund das Richtige? Großeltern, Eltern, Kinder – alle unter einem Dach, am besten auf einem großen Bauernhof. Keiner ist allein, alle helfen sich gegenseitig..."
„Und alle streiten sich mit allen – wer melkt die Kühe? Wer mistet den Stall aus? Wer kocht das Essen? Wie romantisch!" höhnte Susi. „Möchtest du wirklich mit deinen Eltern zusammen leben?"
„Nein, aber mit meinen Schwiegereltern schon", gab Charlotte zu.
„Ich weder mit meinen Eltern noch meinen Schwiegereltern. Mit meiner Schwiegermutter auf keinen Fall! Da würde ich mir freiwillig die Kugel geben." Susi hielt sich ihren Zeigefinger an die Schläfe.
„Ich habe da neulich einen interessanten Artikel über ‚Heiraten auf Zeit' in einer Illustrierten gelesen", erklärte Mieke. „Da schlug so ein Bevölkerungswissenschaftler von der Uni Kiel vor, man solle einen befristeten Ehevertrag beim Notar abschließen, auf etwa acht Jahre begrenzt und in drei Phasen unterteilt: die erste für Frischverliebte, die zweite für die Familienphase und die dritte für danach. Und nur am Ende jeder Phase kann verlängert werden – in beiderseitigem Einverständnis. Klingt doch ganz vernünftig, oder? Solange Kinder da sind, muss man sich zusammenreißen, aber ansonsten läuft der Vertrag einfach aus, man feiert ein großes Abschiedsfest, lädt Verwandte und gemeinsame Freunde ein und dann Schluss, der Letzte macht das Licht aus."
„Pah!", Susi schüttelte entschieden den Kopf. „So was kann sich nur ein Mann ausdenken. Damit er bequem das Licht bei der alternden Ehefrau ausknipsen und es bei der neuen Flamme schleunigst wieder anzünden kann."
„Gut: lange Rede, kurzer Sinn: Dann ist unsere biedere, gute, alte Ehe doch immer noch das bequemste aller Gefängnisse, solange man eben kein besseres Modell gefunden hat", fasste Charlotte zusammen.

„Gerade du musst von ‚Gefängnis' reden", stöhnte Susi, „du mit deiner perfekten Ehe! Das nehmen wir dir nicht ab."
Mieke stimmte ihr zu. „Sie hat die perfekte Ehe und den perfekten Ehemann. Immer nett, immer verständnisvoll, immer hilfsbereit..."
„Und verdammt gut sieht er auch noch aus." Susi rollte mit den Augen.
„Und eine tolle Wohnung haben sie", sagte Mieke.
„Und einen gut geratenen Sohn, der nicht mal in der Pubertät ausflippt. Also wenn ich da an meine Tochter denke! Brigitte ist schon mit ihren zwölf Jahren ständig auf Gegenkurs! Trotz meiner guten Erziehung."
Charlotte hatte von einer zur anderen geblickt. Sie gaben sich die Sätze wie bei einem Pingpongspiel. Mieke setzte das Spiel fort. „Und wie unverschämt gut sie selbst immer noch aussieht! Mit ihrem Madonnengesichtchen, den blauen Kulleraugen, die sie immer noch so weit aufreißt, wie damals in unserer Schulzeit. Ich sehe dich noch auf der Schulbank neben mir: Wenn ein Lehrer dich aufrief, hast du dich immer entsetzlich erschrocken, obwohl du die Antworten doch meistens wusstest! Du hast dich überhaupt nicht verändert, Charlotte. Und hast auch noch eine Figur wie eine Zwanzigjährige! Also ich muss dreimal die Woche ins Fitness-Studio, um einigermaßen in Form zu bleiben."
Charlotte fand, dass Mieke noch immer sehr adrett aussah. Sie war keine Schönheit, konnte sich aber geschickt aufmachen und hatte durchaus das ‚gewisse Etwas', das bei Männern immer ankam.
„Und ich hab fürs Fitness-Studio keine Zeit – mit Beruf, Haushalt und drei Kindern", schmollte Susi.
„Nun hört aber auf", lachte Charlotte. „Also ICH hätte gern drei Kinder! Ich könnte mir das auch gut vorstellen, da im Harem... dann könnte ich deine süßen Zwillinge wenigstens miterziehen! Und meine Figur wäre mir ganz egal... wenn man wie ich täglich ein paar Kilometer durch die Stadt rennt und sich vegetarisch ernährt, nimmt man eben nicht zu." Sie sah Susi an, die nach der Geburt der Zwillinge wie ein Hefeteig aufgegangen und darüber sehr unglücklich war.
„Aber Helene – ich finde sie sollte Bernd und seinen Vaterwunsch nicht so einfach abtun. Das ist doch ein ganz verständliches Bedürfnis – ich meine – ein ganz elementares Bedürfnis! Ich könnte mir Bernd auch bestens als Vater vorstellen: ein lustiger, etwas chaotischer Vater, der auf dem Boden sitzt, mit seinem Kind spielt, Bauklötzchen auftürmt, die er dann zwar nicht aufräumt... seinem Sprössling das Malen beibringt... sie würden viel Unsinn zusammen machen, viel lachen, viel Spaß

haben... Kinder sind das Schönste im Leben! Helene weiß nicht, was sie verpasst! Ich bin sicher, wenn sie nicht umdenkt, wird Bernd sie verlassen", meinte Charlotte.
„Nein, SIE wird IHN verlassen", sinnierte Mieke. „Was allerdings ein Problem aufwirft – keiner kann den anderen aus der Wohnung werfen! Sie werden entweder ihre Wohnungen verkaufen müssen oder es hinnehmen, sich eben auf dem Flur gelegentlich zu begegnen."
„Hoffentlich werden sie sich wieder vertragen", seufzte Charlotte, „es ist doch eine alte Geschichte, wie in dem Gedicht von Heinrich Heine."
„Unsere Lehrerin – immer gut im Auswendiglernen! Also, wie ist das mit dem Heine-Gedicht?" fragte Mieke spöttisch. Charlotte sagte es grinsend auf:
„Ein Jüngling liebt ein Mädchen, die hat einen anderen erwählt.
Der Andere liebt eine Andre und hat sich dieser vermählt.
Das Mädchen heiratet aus Ärger – den ersten, besten Mann,
der ihr in den Weg gelaufen – der Jüngling ist übel dran.
Es ist eine alte Geschichte, doch bleibt sie immer neu,
und wem sie just passieret – dem bricht das Herz entzwei."
„Sie werden ihre Herzen wieder flicken, sich arrangieren... und ich muss mich trollen – sonst wirft mich Fritz noch aus UNSERER Wohnung hinaus!" Susi rief zum Aufbruch. Charlotte stand sofort auf.
„Ich hätte gern noch ein wenig gequatscht", bedauerte Mieke. Draußen ging jeder zu seinem Auto. „Bist du etwa zu Fuß gekommen, Charlotte?" Susi konnte sich nur wundern. „Komm, ich fahr dich nach Hause." Sie verabschiedeten sich von Mieke. Charlotte nahm Susis Angebot natürlich gerne an. „Jetzt kommst du noch ein paar Minuten später nach Hause", sagte sie schuldbewusst.
„Ach, es ist doch kein großer Umweg. Vielleicht schlafen Fritz und die Kinder ja auch schon. Ich hoffe es wenigstens."
„Was haben die Zwillinge denn genau? Ist es nur diese Sommergrippe?"
„Scheint so – kein Wunder bei unserem Sommer! Aber wer weiß – vielleicht ist es auch der Anfang einer dieser nicht endenden Kinderkrankheiten! Wir hatten ja das zweite Kind gewollt – aber wenn dann zwei auf einmal kommen... Wir können es manchmal kaum durchstehen. Wann werden sie endlich aus dem Gröbsten raus sein?"
„Ach, Susi, die Kinderzeit ist doch viel zu schnell vorbei! Da sollte man sich keine Beschleunigung wünschen! Du solltest jeden Tag mit deinen

Kindern genießen!", riet Charlotte energisch. Dann fragte sie kleinlaut: „Findest auch du meine Ehe ‚bieder'?"

„Nur weil Helene das vorhin gesagt hat? Mach dir nichts daraus – sie ist neidisch auf dich, wie wir alle. Manche Menschen scheinen das Glück einfach für sich gepachtet zu haben. Für uns gehörst du zu dieser Gruppe von Glückspilzen... Charlotte, du hast es absolut richtig gemacht: hast den richtigen Mann geheiratet, früh genug, bevor eine andere ihn dir hätte wegschnappen können, hast nur einen Sohn, was genau die richtige Zahl ist – sei dankbar für dein Schicksal. Und Helmut ist dir auch noch treu! Weißt du überhaupt, was für einen Schatz du da an deiner Seite hast? Einen Mann, der sich für die Familie aufopfert, der sein Studium für euch abgebrochen hat, der täglich zehn Stunden arbeitet, um euch ein gutes Leben zu bieten. Nicht mal sein Lieblingshobby hat er behalten. Als wir jung waren, hab ich so gern mit ihm Tennis gespielt." Sie hielt vor Charlottes Haus. „Grüß Helmut von mir. Frag ihn, ob er nicht mal wieder Lust auf ein Match mit mir hätte. Nächstes Jahr kommen die Zwillinge in die Schule – dann werde ich hoffentlich mehr Zeit haben!" Sie wünschte ihnen noch einen erholsamen Urlaub, dann brauste sie davon, heim zu ihren ehelichen Verpflichtungen.

Leise stieg Charlotte die Treppen hoch. Sie war ihrem Schicksal ja dankbar. Sie glaubte fest an so etwas wie ‚Schicksal'. Nun hoffte sie, dass ihr Schicksal es gut mit ihr meine und Helmut schon schliefe. Es war fast ein Uhr! Sie schlich sich ins Schlafzimmer. Schicksal hab Dank! Er schlief fest. Aber irgendwo waren da noch Geräusche im Haus. Sie lauschte und stellte fest, dass sie aus Leos Zimmer kamen. Entschlossen platzte sie bei ihm herein. Er lag gemütlich im Bett und guckte fernsehen. „Leo!", flüsterte sie vorwurfsvoll. „Du solltest schon längst schlafen!"

„Du auch, Mammilein! Wo kommt denn eine brave Mutter und Ehefrau so spät her?", verteidigte Leo sich sofort. „Außerdem hat Papa gesagt, ich könne noch so lange aufbleiben, bis du nach Hause kommst. Aber wer hat denn geahnt, dass du es Mitternacht werden lässt."

„Sprich nicht so laut, Leo, sonst weckst du ihn noch auf. Also gut, es ist etwas später geworden, als ich geplant hatte. Das bleibt jetzt unter uns, o.k.?" Leo war oft ihr bester Komplize.

Auch jetzt war er gern großzügig. „Klar doch. Ich guck bloß noch den Film zu Ende..."

„Das könnte dir so passen!" Charlotte ging zum Fernseher. Ein Dracula-Film flimmerte über die Mattscheibe. Aber nicht einer von der alten, lustigen Sorte, nein, eine moderne Version: Charlotte sah gerade noch, wie ein fledermausartiges Wesen durch das dunkle Zimmer schwebte, sich auf die schlafende, nackte Jungfrau warf, ihr in den Hals biss, dass das Blut nur so spritzte... Überall müssen sie das Blut zeigen, dachte sie. Angewidert knipste sie den Fernseher aus.
„Ist dir klar, dass du nur drei Stunden Zeit zum Schlafen hast?"
„Mir reichen drei Stunden – schließlich bin ich jung und habe ganz andere Ressourcen als meine Alten", maulte er, ließ sich aber einen Gutenachtkuss geben – wenn keiner guckte, hatte er das noch ganz gerne. Aber, dachte Charlotte, vielleicht tat er auch nur so – ihr zuliebe. Dann knipste sie das Licht aus, beeilte sich in ihr Bett zu kommen und schlief sofort ein.
Doch kurz darauf wurde sie wach. Jemand hatte sie hochgezogen und unsanft auf eine harte Bank fallen lassen. Eine fremde Stimme rief ständig: Ruhe im Saal! Dann klopfte es dreimal. Wie in der Ouvertüre der Zauberflöte, dachte sie und spähte in einen großen Saal. War es ein Konzertsaal? Es war so dunkel, dass sie kaum etwas erkennen konnte. Aber zu ihrem Schrecken sah sie, dass der Saal leer war! Wieder ertönte die Stimme: Ruhe bitte. Sie blickte nach vorn. Da war ein hohes Pult, an dem ein Mann in einem altmodischen schwarzen Talar saß. Er hatte eine weiße Perücke mit langem, gewelltem Haar auf und einen Hammer in der Hand, mit dem er ständig auf sein Pult klopfte. Ruhe im Saal! Das muss der Richter sein, folgerte sie. Also war sie in einem Gerichtssaal! Aber was machte sie hier alleine? Da merkte sie, dass sie gar nicht alleine war: Neben ihr saß Susi, daneben Mieke, daneben Helene!
Dann rief der Richter Susi auf, zu ihm zu kommen. Susi schlich zum Pult. Mit tiefer Stimmer hob er an: Susanne Schmidt, dein Mann Karim el-Abdul-el-Hamam hat dich verstoßen! Du wirst zum Tode verurteilt! Warum? rief Susi verzweifelt. Sie sei eine treue Ehefrau und aufopfernde Mutter! Aber der Richter wollte das nicht hören: Dein Mann hat dich, Susanne, letzte Woche dreimal zu sich gerufen und du hast dich beim dritten Mal geweigert! Abführen! Charlotte sah Susis schuldbewusstes Gesicht. Dann ging hinten im Saal eine Tür auf und zwei fledermausartige Wesen schwebten herein und ergriffen Susi. Charlotte versuchte, ihre Gesichter zu erkennen: Hatten sie spitze Eckzähne? Aber nein, sie erschrak zutiefst: Sie hatten gar keine

Gesichter! Unter ihren Kapuzen war einfach ein schwarzes Loch! Es war grauenvoll!
Mieke Van Clausen! Herkommen! Mieke schritt mutig zum Pult. Ich habe mir nichts vorzuwerfen, sagte sie stolz. Aber der Richter war anderer Meinung. Dein Mann Karim el-Abdul-el-Hamam hat dich verstoßen, weil du noch andere Männer neben ihm hast! Zum Tode verurteilt! Abführen! Sie protestierte, sie sei gar nicht verheiratet, doch man ließ ihr keine Zeit für weitere Verteidigungsversuche. Die grausamen, gesichtslosen Wesen schleppten sie davon.
Helene Karstätter! Helene zog ihren schwarzen Kimono glatt und ging erhobenen Hauptes zum Pult. Dein Mann Karim hat dich verstoßen, weil du ihm keinen Sohn geben willst! Kinder sind ein Geschenk Gottes! Du hast gegen die erste Pflicht einer guten Ehefrau verstoßen! Zum Tode verurteilt! Abführen! Der Richter ließ den Hammer dreimal niedersausen. Helene rief todesmutig: Ich will keine Kinder! Ich bin auch keine gute Ehefrau! Ich will auch gar keine sein! Da verordnete der Richter noch: vor der Enthauptung: FOLTERN! Als die zwei Gesichtslosen sie ergriffen, wehrte sie sich aber doch – vergebens, es half ihr nichts. Man zerrte sie hinaus.
Charlotte fing an zu zittern. Sie war an der Reihe.
Charlotte Bach! Dein Mann Karim hat auch dich verstoßen! Aber warum mich? rief sie entsetzt. Ich habe nichts Schlimmes getan – ich bin eine treue Ehefrau... ich bin eine gute Mutter... ich schenke ihm gerne noch ein Kind... er kann mich auch dreimal in der Woche zu sich rufen, ich würde mich nicht verweigern... Sie war verzweifelt. Aber sie sprach sich Mut zu, denn sie glaubte an die Gerechtigkeit. An die Gerechtigkeit des Schicksals.
Der Richter war anderer Meinung: Du bist die Schlimmste, rief er. Er senkte die tiefe Stimme noch mehr: Ich kann in die Köpfe der Menschen sehen! Ich kann deine Gedanken lesen. Du hast frevelhafte Gedanken! Charlotte erschrak. Worauf wollte er hinaus? Du betrügst deinen Mann in Gedanken! Aber nein, rief sie. Mit wem denn?
Du hast letzte Woche einen alten, amerikanischen Film im Fernsehen gesehen und du hast deinen Mann in deiner Phantasie mit dem Hauptdarsteller betrogen! Zum Tode verurteilt! Abführen!
Charlotte schüttelte den Kopf. Sie konnte sich an nichts erinnern. Sie wollte noch irgendetwas zu ihrer Verteidigung sagen, aber ihre Kehle war zu trocken, sie brachte kein Wort heraus. Sie hätte gern geschrieen...

Da ging die hintere Tür im Saal wieder auf, die schrecklichen Wesen schwebten auf sie zu, sie blickte in zwei schwarze leere Löcher unter den Kapuzen, sie ergriffen sie fest am Arm, sie zappelte und wehrte sich aus Leibeskräften, bekam aber die Arme nicht frei...

KAPITEL 3 (31. Juli)

Vom Träumen und Erwachen,
von einer Fahrt mit Hindernissen und Verspätungen,
von hoffnungsvollen Gesprächen über hoffnungslose Ehen

Da hörte sie eine andere Stimme fragen: „Bist du endlich wach? Warum zappelst du denn so?"
Das war Helmuts Stimme. Was machte der denn hier in diesem Gerichtssaal? Sie schlug die Augen auf und fand sich auf dem Beifahrersitz seines Autos. Die Sonne schien hell und sie musste blinzeln.
„Warum zappelst du denn so?", wiederholte er seine Frage. „Wird es dir endlich unbequem? Wie kann man nur stundenlang in so einer gekrümmten Position verharren?"
Sie blickte an sich herunter. Er hatte sie in eine Wolldecke gewickelt. Bis zum Hals. Langsam wurstelte sie sich frei. „Warum hast du mich so eingeklemmt?", fragte sie vorwurfsvoll. „Da muss man ja Alpträume bekommen!"
„Also, das ist nun der Dank dafür, dass man sich sorgt! Hätte dich frieren lassen sollen! Du zittertest richtig - ich musste die Decke doch festziehen, sonst wäre sie heruntergerutscht!"
„Ja, ja, schon gut... Danke... Wie hast du mich bloß ins Auto bekommen? Hast du mich getragen?"
Er lachte. „Bin ich Herkules? Du bist schon auf deinen eigenen zwei Beinen gelaufen – musste dich allerdings ganz schön ziehen und zerren. Hattest sogar ein Auge offen! Bei Leo war es schon schwieriger. Den habe ich quasi tragen müssen. Was wiegt der mittlerweile eigentlich? Meine Zeit, es scheint mir erst gestern, wo wir unser Söhnchen mühelos ins Bett getragen haben, wenn er im Restaurant abends eingeschlafen war!"
Sie seufzte und blickte nach hinten ins Auto. Da lag der schlafende Leo, auch er fürsorglich mit einer Decke zugedeckt.
„Weißt du, dass es fast neun Uhr morgens ist? Wann bist du denn gestern nach Hause gekommen? Ich habe dich gar nicht gehört."
Sie drehte an einer Strähne ihrer langen blonden Haare, eine Geste, die sie immer machte, wenn sie verlegen war. „Hab nicht so genau auf die

Uhr gesehen. Ist wohl etwas später geworden... aber Helene hatte so viel zu beichten." Sie erzählte von Helenes Problemen.

„Geschieht ihr recht", urteilte Helmut sofort. „Der Bernd hat das Schwarz-weiß viel zu lange mitgemacht! Will endlich mal was Buntes." Er lachte verständnisvoll.

„Du konntest Helene ja nie leiden", sagte Charlotte.

„Die einzig Vernünftige in eurem Viererbund – neben dir natürlich - ist Susi. Die steht mit beiden Beinen auf dem Boden."

„Susi lässt dich schön grüßen. Hat gefragt, ob du mal wieder mit ihr Tennis spielst. In einem Jahr, oder so."

„Ach ja, unsere Tennisstunden", schwärmte Helmut. „Lang, lang ist's her..." Er und Susi kannten sich seit der Studentenzeit. Sie hatten früher oft miteinander gespielt. Charlotte hatte nie etwas für diesen Sport übrig gehabt und war froh, als er in ihrer Freundin Susi eine gute Tennispartnerin gefunden hatte. Sie waren damals ein nettes Dreiergespann gewesen, Helmut, Susi und sie, obwohl sie auch ein bisschen eifersüchtig auf Susi gewesen war. Vergeblich hatte sie selbst versucht, die Kunst des Tennisspielens zu erlernen, erntete aber immer nur Helmuts Spott: Du spielst nicht Tennis – du fängst Schmetterlinge! Gib es auf! Da hatte sie es aufgegeben und ihm Susi überlassen – wenigstens auf dem Tennisplatz. Aber dann kamen Susis Zwillinge... und seine Karriere... und die ‚Spielzeit' war zu Ende.

„Susi und ich... wir sollten das wieder aufnehmen. Sonst komme ich noch ganz aus der Übung", meinte er versonnen. „Was hast du eigentlich geträumt? Du hast gerade ständig vor dich hergebrabbelt."

„Was habe ich denn gesagt?", fragte sie erschrocken.

„War ja nicht zu verstehen. Du hast nur gebrabbelt, sagte ich doch. Du solltest daran denken, etwas deutlicher zu sprechen, wenn du träumst. Aber es muss etwas Aufregendes gewesen sein, du hast dich hin und her geschmissen."

„Ich erinnere mich an nichts", sagte sie. Und das war aufrichtig. Die Erinnerung war, wie Schnee im warmen Sonnenlicht, weggeschmolzen. Sie kramte ihre Sonnenbrille aus der Tasche. „Kaum fahren wir nach Italien, kommt auch in Deutschland die Sonne raus", brummte sie. „Ich erinnere mich zwar nicht an den Traum, dafür aber an ein Gedicht von Hugo von Hofmannsthal: Terzinen über Vergänglichkeit."

Helmut stöhnte: „Etwas mehr Vergänglichkeit wäre deinem Gedächtnis zu wünschen. Fängst du jetzt schon am frühen Morgen mit deiner Marotte an, Gedichte zu zitieren?"
„Ja, und du musst jetzt zuhören. Hier im Auto hast du ja keine Fluchtmöglichkeit, hahaha. Also hör gefälligst zu:
‚Wir sind aus solchem Zeug wie das zu Träumen,
und Träume schlagen so die Augen auf,
wie kleine Kinder unter Kirschenbäumen,
wie Geisterhände in versperrtem Raum,
sind sie in uns und haben immer Leben.
Und Drei sind Eins: ein Mensch, ein Ding, ein Traum.'"
Da Helmut nur „Kinder, Kirschbäume, Käseschmarren" grunzte, ging sie zur Tagesordnung über. „Wie wäre es eigentlich mit einer Frühstückspause? Ich brauche dringend einen Kaffee."
„Ich habe die erste Pause aber erst für zehn Uhr eingeplant. Also in einer Stunde."
„Ich brauche aber jetzt einen Kaffee und nicht in einer Stunde. Guck mal das Schild, da steht, dass der nächste Rastplatz nur zwei Kilometer entfernt ist."
„Wenn du gleich zu Anfang der Reise meine Pläne durcheinander bringen willst, also bitte." Helmut bog tatsächlich ab. Wahrscheinlich brauchst du den Kaffee genauso dringend wie ich, dachte sie grimmig. Aber wenn jetzt der Rastplatz mies ist, krieg ich die Schuld.
Der Rastplatz war erst einmal sehr voll. Sie bekamen kaum einen Parkplatz, weit weg von dem Restaurant-Kaffee. „Ist ja total überfüllt hier", begann Helmut sich zu beklagen.
„Was machen wir mit Leo?" Charlotte blickte auf ihren schlafenden Sohn. „Den können wir hier doch nicht einfach – so allein - liegen lassen."
„Und ob wir können! Meinst du, man entführt ihn uns? Oder man klaut uns das Auto? Wir sind doch noch nicht in Italien!"
„Ach, natürlich nicht. Aber... ich meine... wenn er aufwacht und sieht uns nicht..."
„Meinst du, dein siebzehnjähriges Söhnchen fängt dann an zu weinen? Also Charlotte, wann kapierst du endlich, dass er fast erwachsen ist. Wer weiß, wann er gestern Nacht zu Bett gegangen ist! Geschieht ihm recht, wenn er jetzt einen Schreck bekommt. Aber den wird er nicht bekommen. Ich sage dir, er wird auch nicht wach werden." Helmut ließ

das Fenster einen spaltbreit geöffnet, schloss das Auto ab und ging. Es blieb ihr nichts anderes übrig, als ihm hinterher zu eilen. Außerdem hatte er natürlich mal wieder recht: Als sie gestärkt zurückkehrten, schlief Leo noch immer tief und selig.

Sie kamen gut voran, hatten Leipzig hinter sich gelassen und waren kurz vor Nürnberg, als sie zum Mittag wieder Rast machten. Da man abends in Österreich richtig üppig Essen gehen wollte, reichten ihnen mittags nur Brötchen und Obst. Leo war inzwischen wach geworden, hatte sich aber gleich seinen tragbaren CD-Player geschnappt und die Kopfhörer aufgesetzt. Wenn er nicht richtig ausgeschlafen hatte, war er schier ungenießbar.
Sie begann sich zu entspannen. Mit Helmut am Steuer konnte sie beruhigt sein. Er war ein sicherer und umsichtiger Fahrer. Nicht einmal, wenn sie selber das Steuer in der Hand hatte, fühlte sie sich so sicher. Trotzdem bot sie ihm an, ihn beim Fahren abzulösen, was er aber abschlug. Sie wusste, dass es ihm auch wirklich nichts ausmachte. Während der Fahrt erzählte Helmut die letzten Neuigkeiten aus der Bank. Sie erzählte von ihren Schülern. Ihr fiel Udo ein.
„Schon wieder ein Scheidungsfall in meiner Klasse. Der arme Junge. Es nimmt ihn sehr mit. Wenn die Leute sich schon scheiden lassen müssen, sollten sie sich doch wenigstens vor ihren Kindern beherrschen! Wahrscheinlich keifen sie sich den ganzen Tag über an. Er kommt nicht mal mehr dazu, die Hausaufgaben zu machen. Die Leute haben heute überhaupt keine Selbstbeherrschung mehr!"
„Wieso heute?", fragte Helmut. „Haben die Menschen das je gehabt? Sie haben sich nur früher eben nicht so schnell scheiden lassen. Wird mittlerweile jetzt jede vierte oder schon jede dritte Ehe in Deutschland geschieden? Wir zwei gehören bald zu den Ausnahmen, mein Schatz."
„Das Gefühl hab ich auch. Ich meine ja nur... natürlich hat es keinen Sinn, zusammen zu bleiben, wenn man sich ständig streitet, aber sie sollten das nicht VOR ihren Kindern tun. Und nach der Scheidung geht der Streit UM die Kinder los, und die Kinder müssen weiterleiden, mit Besuchsregelungen zurechtkommen, werden zu Objekten der Erpressung gemacht... und in der Schule werden sie schlechter. Alle. Die weniger Sensiblen kommen leichter darüber hinweg und nutzen die Situation meist für sich aus, indem sie ihre Eltern gegeneinander

ausspielen. Aber die Sensiblen, die erholen sich nur schwer von dem Schock..."
„Wie werden die kommenden Generationen es wohl handhaben mit der Ehe?", überlegte Helmut. „Ich meine, wenn die Mehrzahl der Kinder in einem Land aus geschiedenen Ehen kommt – werden die Kinder als Erwachsene dann überhaupt den Mut haben, selbst irgendwann mal zu heiraten?"
„Wer weiß", sagte sie. „Kinder haben ja meist zwei Ziele, wenn sie erwachsen werden: Erstens wollen sie alles anders machen als ihre Eltern, und zweitens wollen sie alles besser machen als diese. Vielleicht ist die Ehe ein auslaufendes Modell?"
„Also dann hat unser Leo doch Chancen, später mal eine glückliche Ehe zu führen, bei unserem guten Vorbild", meinte Helmut. Leo nahm die Kopfhörer ab. „Was redet ihr da von mir?" Charlotte hatte nie kapiert, wie viel man eigentlich unter diesen Kopfhörern von außen mitbekam oder nicht. „Dein Vater überlegt, ob du irgendwann mal heiraten willst, und falls ja, ob du damit glücklich werden wirst."
„Heirat? Megaout! Klappt doch nirgendwo mehr – oder kennt ihr etwa ewig glückliche Ehepaare? O.k., ihr selbst natürlich, aber na ja, ihr seid doch total altmodisch. Bald wird es nur noch Zips geben, Zivilpakte eben. Weg mit dem Pflichtenkatalog der Ehe! Man regelt die Besitzverhältnisse, das Erbrecht, Mietrecht, die Krankenversicherung, Einkommensteuer und den ganzen Kram. Nur wenn Kinder da sind, ist es wichtig, die Unterhaltsansprüche gleimäßig zu verteilen – ansonsten: zip zip zip! Verliebt, verlobt, verpaktet!"
Charlotte und Helmut warfen sich einen überraschten Blick zu. Einen Elternblick. Sie hatten gar nicht gewusst, dass ihr Sohn so klare Vorstellungen hatte.
„Wie viele Kinder?", fragte Helmut.
„Mindestens zwei. Soll keiner wie ich als Einzelkind aufwachsen."
Sie warfen sich wieder einen Elternblick zu. Nur, dass der von Charlotte einen kleinen, vorwurfsvollen Zug hatte. Leo setzte sich wieder die Kopfhörer auf. Das Thema war für ihn beendet. Am frühen Nachmittag erreichten sie München. Leider kamen sie kurz nach dem Münchener Autobahnkreuz in einen Stau. Baustelle. „Ist bisher auch zu glatt gelaufen", meinte Helmut. Wie sich herausstellte, war nicht nur die Baustelle Schuld, es musste auch einen Unfall gegeben haben, denn mehrere Ambulanzen und Polizeiautos fuhren an ihnen vorbei. Als sie

die Unfallstelle erreichten, sahen sie die Bescherung, vielmehr Helmut und Leo sahen und kommentierten sie. Charlotte guckte zur anderen Seite zum Fenster heraus. Sie war nie darauf aus, so was zu sehen. Sie hätte sich am liebsten auch die Ohren zugehalten, um nichts hören zu müssen.
„Mensch, da sind mindestens vier Autos aufeinander gefahren!", rief Leo. „Wie haben die sich bloß so ineinander verkeilen können?"
„Natürlich durch überhöhte Geschwindigkeit", urteilte Helmut. „Zum Glück haben sie die Verletzten schon abtransportiert."
„Die Verletzten oder die Toten. Wie viele Tote es wohl gegeben hat?!", Leo erschauerte.
„Nur weil irgend so ein Idiot hier wild herumgerast ist, haben wir jetzt fast zwei Stunden im Stau gestanden!"
„Tun euch die Menschen eigentlich nicht Leid? Ich meine, es hätte genauso gut uns treffen können", warf Charlotte ein.
„Nun spiel nicht wieder die Moralistin. Natürlich tun sie uns Leid. Aber ich tu mir auch Leid. Das hat meinen perfekten Reiseplan durcheinander gebracht. Um diese Zeit hätten wir schon in Österreich sein können. Uns gemütlich im Hotel ausruhen, frisch machen und dann Essen gehen können. Ich bekomme allmählich Hunger. So ein Brötchen zu Mittag hält bei mir nicht lange vor."
„Bei mir auch nicht", tönte Leo.
„Gib mir mal mein Handy, Lotte. Ich habe zwar das Hotel vorbestellt, aber sie sagten, wenn man nicht bis achtzehn Uhr ankäme, riskiere man, dass die zwei Zimmer anderweitig vergeben werden. Ich will lieber Bescheid sagen."
„Ich habe weder dein Handy noch mein Handy eingesteckt. Du weißt doch, ich hasse die Dinger. Warum müssen wir denn unbedingt immer erreichbar sein?"
„Aber Charlotte! Ich hatte mein Handy extra gut sichtbar auf die Ablage in der Diele gelegt – ich bin davon ausgegangen, dass du es in deine Handtasche steckst. Wenn man meinen Rat in der Bank braucht..."
„... bist du eben in Urlaub! Die einzigen, die ein Recht haben, uns im Urlaub zu stören, sind deine und meine Eltern. Und denen habe ich die Telefonnummer vom ‚Borgo dei Pini' hinterlassen."
Leo ließ sich die Gelegenheit nicht entgehen, darauf hinzuweisen, dass er immer noch kein Handy besitze, als Einziger in seiner Klasse. „Ihr

macht mich zum Outsider mit eurer Knickerigkeit – dat habt ihr nu davon! Ich hätte meines mitgenommen."

Helmut war sichtlich verärgert. „Also jetzt können wir nur hoffen, dass sie uns die Zimmer freihalten." Kurz hinter der Grenze verließen sie die Autobahn und erreichten den Ort, in dem Helmut das Hotel reserviert hatte. Es war halb acht. Das Hotel machte von außen einen netten Eindruck, schon durch die typischen Holzbalkone, über deren Brüstungen rote Geranien in voller Blüte herunterrankten. Hinter Spitzengardinen schimmerte warmes Licht durch die Fenster und ein Duft von Nockerln, Knödeln und Bratenfleisch strömte aus dem Speisesaal. Leider waren die Zimmer vergeben worden, was man ihnen an der Rezeption nicht besonders freundlich mitteilte.

Schließlich sei man in der Hauptsaison und dann nur für eine Nacht und überhaupt, sie hätten eben anrufen müssen. Aber man hätte noch ein kleines Dreibett-Zimmer...

Helmut warf Charlotte einen viel sagenden Blick zu, als hätte sie persönlich die Zimmer weitervermietet. Aber da sie alle ein warmes Abendessen und ein vernünftiges Bett ersehnten, ersparten sie sich weitere Diskussionen und nahmen das Angebot an.

Der pfiffige Hotelbesitzer hatte aus einem Zweibett- ein Dreibettzimmer gezaubert. Um an den Schrank zu kommen, musste man den Nachttisch zur Seite schieben. Sie beeilten sich, in den Essraum zu gehen, um wenigstens noch in den Genuss des Abendessens zu kommen, denn die warme Küche schloss um zwanzig Uhr, was warnend auf einem Schild über dem Eingang stand.

KAPITEL 4 (1. August)

Wie man vom Land der Berge ins Land der blühenden Zitronen kommt,
wie man von negativen Statistiken zu positiven Einstellungen kommt,
wie man aus tiefen Gräben herauskommt und in Arkadien ankommt

In aller Herrgottsfrühe krähte der Hahn vor dem Fenster und Helmut wurde wach, schmiss seine beiden Langschläfer aus den Betten und man setzte die Reise fort, ohne im Hotel gefrühstückt zu haben, da man das Frühstück dort erst ab acht Uhr servierte.
Die Fahrt durch die schöne, österreichische Berglandschaft versöhnte sie dann aber wieder mit ihrem Schicksal. In einer hübschen Raststätte stärkten sie sich mit sahnigem Milchkaffee, knusprigen Brötchen und frischen Eiern. Dann genossen sie die Aussicht auf die hohen Berge, die sich klar gegen den blauen Himmel abzeichneten, die saftigen Wiesen, die blitzblanken Bauernhöfe, alle mit Blumen geschmückt.
„Wie schön es hier ist! Warum machen wir eigentlich immer Urlaub am Meer statt in den Bergen?" Charlotte ließ die Fensterscheibe herunter. „Und riecht nur diese frische Luft!"
„Als Kind habe ich oft mit meinen Eltern hier Urlaub auf dem Bauernhof gemacht. War immer eine Mordsgaudi. Die Bauernfamilie war unglaublich herzlich, hatte mehrer Kinder und stets viele Gäste. Ich fand immer jemanden zum Spielen, im Heu, im Stall. Wir durften die Kühe melken, die Hühner füttern und manchmal durfte man auf dem Traktor mitfahren. War eine tolle Zeit." Helmut schwelgte in Erinnerungen.
„Wir haben gestern Abend einfach Pech gehabt", sagte Charlotte versöhnlich. Sie dachte noch, dass gestern mit Helmuts ‚perfekter Planung' einiges schief gelaufen sei. Aber sie sagte nichts weiter dazu, schließlich hatte sie ja wirklich die Handys zu Hause gelassen. Ein bisschen Mitschuld ging also auch auf ihr Konto. Sie wollte, dass Helmut sich in diesem Urlaub wirklich gut erholen konnte – ohne Börsenberichte, ohne von seinem Stellvertreter angerufen zu werden, wie es sonst in allen Ferien geschehen war.
Sie kamen gut durch Österreich hindurch, passierten den Brenner und waren in Italien.
„Kennst du das Land, wo die Zitronen blühn,
im dunklen Laub die Gold-Orangen glühn,

ein sanfter Wind vom blauen Himmel weht,
die Myrthe still und hoch der Lorbeer steht.
Kennst du es wohl? Dahin, dahin,
möchte ich mit dir, o mein Geliebter ziehn."
Charlotte hatte sich plötzlich an diese Verse erinnert und deklamierte sie gefühlvoll.
„Na – dahin ziehen wir ja nun. Bin ich immer noch dein Geliebter?", fragte Helmut lachend. „Kannst du dich an unseren ersten gemeinsamen Urlaub erinnern? Vor fast zwanzig Jahren? Da sind wir zwei mittellose Studenten durch ganz Italien gefahren. Das war eigentlich unser einziger Urlaub als Paar, ohne Kind, meine ich."
Natürlich konnte sie sich an jenen Urlaub erinnern. Es war auch das einzige Mal, dass sie gemeinsam in Italien gewesen waren.
„Waren die Verse eigentlich vom alten Goethe?", wollte Helmut wissen.
Leo ließ sich von hinten vernehmen: „Im Zweifelsfall ist immer alles vom alten Goethe! Der verknöcherte Kerl hat extra viel geschrieben, um für Generationen Schüler damit zu piesacken!"
„Wieso stellst du ihn dir verknöchert vor?", fragte Charlotte amüsiert.
„Goethe war ein ganz schöner Schwerenöter und überhaupt nicht verknöchert. Ist unter falschem Namen durch Italien gefahren und hat sich dort eine Geliebte angelacht. Und auch sonst wusste er das Leben zu genießen."
„Ich hoffe, wir werden diesen Urlaub auch genießen", sagte Helmut.
„Wie ist eigentlich Reicher an die Adresse gekommen? Dieser Agriturismo ‚Borgo dei Pini' oder wie sich das nennt?"
„Durch Zufall, glaube ich."
„Also, das kann ich in der Schule keinem erzählen, dass wir auf Empfehlung unseres Rektors in Urlaub fahren... Das kann doch gar nichts Tolles sein, wenn es dem alten Reicher gefällt. Wie konntest du dich nur von ihm belatschern lassen, Mama."
Auch Helmut war skeptisch. „Ich hoffe nur, dass es dem Preis angemessen ist. Also, für einen Urlaub auf dem Bauernhof haben die ja gesalzene Preise. Das hätten wir in Österreich zum halben Preis bekommen. Aber es ist ja ein ‚Agriturismo'... und der Besitzer soll ein ‚Conte' sein, sagte Reicher, nicht wahr? Da zahlen wir wohl den Adelstitel mit."
„Ach, warum seid ihr beide so voreingenommen? Wartet es doch erst einmal ab. Reicher ist viel rumgekommen, er kann sich durchaus ein

Urteil erlauben. Dieser Conte Settembrini soll übrigens kein echter ‚Conte' sein, hat Reicher gesagt. Aber dafür ein sehr humorvoller Typ."
„Ah! Ich kann mir den schon vorstellen: so ein aalglatter Aufschneider, der sich mit falschen Titeln schmückt, den Touristen geschickt das Geld aus der Tasche zieht und dazu ‚O sole mio' singt", stöhnte Helmut.
„Ich stell ihn mir so wie den Besitzer unserer Lieblingspizzeria vor: so ein lustiges, freches Kerlchen, eineinhalb Meter kurz, viel Gel im langen Haar, das Hemd immer bis zum Bauchnabel aufgeknöpft, ein Goldkettchen auf der behaarten Brust", kicherte Leo.
„Also, wie immer er aussieht, kann uns ja egal sein. Wichtig ist, dass der Rest stimmt... das Anwesen soll paradiesisch sein, der Wein vorzüglich, auch das biologische Obst und überhaupt das ganze Essen, das Olivenöl... man soll auch Reiten und Tennis spielen können, hat Reicher noch erwähnt. Aber er wusste es nicht so genau, diese Angebote hat er selbst nicht in Anspruch genommen. Dafür hat er von einem schönen Swimmingpool geschwärmt. Und dann die Ausflugsmöglichkeiten... Assisi, Perugia, Gubbio, alles in der Nähe, selbst nach Rom könnten wir mal fahren", verteidigte Charlotte ihre Urlaubsplanung.
Sie fuhren unterdessen durch die norditalienische Tiefebene. Die Landschaft war flach und etwas eintönig. Diese Eintönigkeit wurde hin und wieder von gewagten Überholmanövern der italienischen Autofahrer unterbrochen.
„Hast du das gesehen? Der schwarze Alfa wäre dem kleinen Fiat da fast gerade hinten aufgefahren!", rief Charlotte. Helmut nickte. „Der kleine Fiat fährt aber auch schon eine ganze Weile auf der Überholspur. Wenn man so eine lahme Ente hat, sollte man nicht die Überholspur blockieren!" Noch öfter veranstalteten Lastwagen ein Elefantenrennen. Charlotte sah zu, wie die gefährlich ausschwenkten und zu schlingern begannen. „Hoffentlich geht das gut. Die Brummis haben hier scheinbar kein Sonntagsfahrverbot, wie bei uns."
„Oder sie haben es und nicht alle halten sich dran. Oder bekommen eine Ausnahmegenehmigung für eilige Transporte, deshalb rasen sie auch so!" Helmut nickte. „Ich habe keine Lust, auch heute im Stau zu stehen."
„Ich finde, du könntest auch etwas langsamer fahren", wagte Charlotte zu sagen, aber natürlich protestierte Helmut sofort. Schließlich wolle man doch endlich ans Ziel kommen, und außerdem sei er ein ausgezeichneter Autofahrer. Natürlich, dachte Charlotte, sollte die kluge

Frau einem Mann nur Ratschläge geben, wenn dieser auch bereit war, sie anzunehmen...

„Guck mal", rief Helmut, „der rote Maserati dort. Rasantes Auto! Aber der Fahrer... der hat den Führerschein wohl gekauft. Das soll hier in Italien üblich sein. Doktortitel sollen auch käuflich sein. Ist nur eine Frage des Preises."

„Na, das halte ich eher wieder für eines dieser Vorurteile, die aus deutscher Überheblichkeit entstehen." Charlotte schüttelte streng ihren Kopf.

„Aber wenn es mir doch Giuseppe aus der Pizzeria selbst erzählt hat", verteidigte sich Helmut. „Wahrscheinlich hat auch dein ‚Conte' seinen Titel für viel Geld erstanden. Geld, das er den armen Touristen abgeknöpft hat." Charlotte hatte keine Lust mehr, ihm zu widersprechen. Er war zu festgefahren in seinen Ansichten. Leo hatte sich wieder die Kopfhörer aufgesetzt.

Entnervt drehte sie am Empfangsknopf des Autoradios so lange herum, bis erträgliche Musik zu hören war. Der immergleiche englischsprachige Discosound tat ihr in den Ohren weh.

„Manchmal wünscht ich, es wär' noch mal viertel vor sieben, und ich wünschte, ich käme nach Haus", sang Reinhard Mey. Das Lied handelte von Heimweh, von Kindheitserinnerungen, von zerbrochenen Träumen und von einem Paar, das sich plötzlich getrennt hatte...

„Auch er singt von Trennung", seufzte Charlotte. „Udos Eltern, Helene und Bernd... das Thema verfolgt mich." Sie hörte dem Lied weiter zu und sang es leise mit: „Menschenskind, wie siehst du wieder aus! Manchmal wünscht ich, es wär' noch mal viertel vor sieben, und ich wünschte, ich käme nach Haus."

Zack, da war sie, die Kralle der Erinnerung. Sie packte sie von hinten im Nacken und ließ nicht los. Wie oft hatte sie das zu Hause gehört ‚nicht stören' und ‚wie siehst du wieder aus'. Und trotzdem, da waren auch gute Jahre gewesen, in ihrer Kindheit. Als die Großmutter noch lebte. Vaters Mutter, sie hatte bei ihnen gewohnt, bis zu ihrem Tod, da war Charlotte zehn Jahre alt. Das waren zehn gute Jahre gewesen. Die Großmutter hatte sich um sie gekümmert, wenn ihre Eltern keine Zeit für sie hatten. Und die hatten sie ja nie. Marie-Sophie hatte die Schwiegermutter nach dem Tod des Großvaters nur ungern zu sich ins Haus genommen. Aber Ernst-August hatte sie inständig darum gebeten, seine Mutter war alt und allein, die Wohnung war schließlich groß

genug und man konnte die Oma auch bestens als Babysitter einsetzten. Das war Charlottes großes Glück gewesen. Großmutter weckte sie morgens, machte ihr den Kakao warm, brachte sie zur Schule – solange sie noch gehen konnte – half ihr nachmittags bei den Schulaufgaben – solange sie noch mitkam. Mit den Jahren sagte sie dann immer öfter: meine Beine wollen nicht mehr so recht, und später: mein Kopf will nicht mehr so recht... Charlotte hatte sie geliebt, bis zum Schluss, bis zum letzten Atemzug... Das waren die Jahre, in denen sie immer gerne von der Schule nach Haus gekommen war. „Manchmal wünscht ich, es wär' noch mal viertel vor sieben, und ich wünschte, ich käme nach Haus."
„Ich denke, du gehst nicht gern nach Haus", bemerkte Helmut. „ Aber du singst ja heute wieder mal. Früher hast du ständig irgendein Lied auf den Lippen gehabt."
Sie antwortete nicht gleich, noch in Gedanken versunken. Wohin wollen wir alle? Doch immer ‚nach Haus'. Zurück in eine Geborgenheit, die es schon lange nicht mehr gab.
Laut sagte sie: „Ich singe immer noch – hin und wieder. Aber DU hörst es nicht."
Sie öffnete das Autofenster, um sich den Fahrtwind ins Gesicht blasen zu lassen. Bei diesem Lied wurden ihre Augen regelmäßig feucht, und sie wollte nicht, dass es jemand bemerkte. Helmut nannte sie dann immer ‚meine kleine, sentimentale Lotte' und das mochte sie nicht. Wer wollte schon als sentimental gelten...
Um die Mittagszeit waren sie bei Bologna. „Wollen wir hier nicht von der Autobahn runterfahren und in Bologna etwas Essen gehen?", schlug sie vor.
„Nein, wollen wir nicht. Da verlieren wir zu viel Zeit."
„Aber wir haben es doch nicht eilig. Es reicht doch, wenn wir abends ankommen. Bologna soll sehr sehenswert sein – und es liegt doch auf dem Weg."
„Und da lassen wir es auch liegen", sagte Helmut bestimmt. „Ich will nicht riskieren, zu spät da heute Abend anzukommen und zu hören, man hätte unsere Zimmer schon weiterverbucht."
Er fuhr den nächsten Rastplatz an und sie aßen eine Kleinigkeit. An einem Zeitungsstand mit internationaler Presse kaufte er eine deutsche Tageszeitung. Als sie wieder im Auto saßen, forderte er Charlotte auf, ihm die Börsenkurse vorzulesen.

„Ich denke nicht dran", weigerte sie sich. „Wenn du die Zeitung lesen willst, dann fahr ich jetzt mal." Er nahm den Vorschlag sogar an und sie tauschten die Plätze. Aber sie bereute es fast sofort. Die Fahrerei wurde jetzt anstrengend. Die Fahrt ging durch die Apenninischen Berge, man durchquerte unzählige Tunnel. Für Charlotte war jeder Tunnel eine kleine Qual. Sie hasste die Vorstellung, sich im Innersten eines hohen Berges zu befinden und hatte das Gefühl, die Felsmassen über ihnen drückten ihr die Luft ab. Um sich abzulenken, bat sie Helmut, ihr doch etwas aus der Zeitung vorzulesen, aber bitte nicht die Börsenberichte. Doch das Zeitungslesen ging auch nur mit vielen Unterbrechungen – die Tunnel waren meist gar nicht oder nur schwach ausgeleuchtet.
„Hier steht was über Scheidungen – das wird dich interessieren, wo du dich scheinbar gerade mit dem Thema beschäftigst. Laut einer Umfrage von ‚Eurostat', dem Statistischen Amt der Europäischen Union, liegt in Nordeuropa die Scheidungsquote bei fast 50 %, in Schweden sind es 52 %, in Finnland 49 %, in England 45 %, in Dänemark 41 %. In Südeuropa hingegen ist noch ‚heile Welt': Griechenland 17 %, Portugal 16 %, Spanien 12 %, in Italien nur 8 %."
Sie waren wieder in einem Tunnel und Helmut konnte nicht weiterlesen.
„Wir befinden uns also im Land der blühenden Zitronen und der glücklichen Ehen", sagte Charlotte in die Dunkelheit hinein.
Helmut lachte. „Ich habe ja beruflich viel mit Statistiken zu tun und ich sage immer: Statistiken sind wie Bikinis – sie zeigen viel, verbergen aber das Wesentliche! Was sagt denn die 8 % Scheidungsrate schon über die Qualität der Ehen aus? Wir wissen deshalb doch nicht, ob die 92 % Verheiraten auch glücklich verheiratet sind. Ich nehme an, die Italiener lassen sich nicht scheiden, weil die katholische Kirche da ihr inquisitorisches Händchen drauf hält." Helmut war ein absoluter Kirchengegner. Er hatte sie vor vielen Jahren dazu überredet, gemeinsam aus der Evangelischen Kirche auszutreten, in der sie sowieso nur durch ihre Kindheitstaufe waren.
Leo ließ sich von hinten vernehmen. „In Italien lösen die ihre Eheprobleme doch noch mit dem Messer! Die untreue Ehefrau wird einfach abgemurkst, das spart die Scheidungskosten. Also, was der Giuseppe aus unserer Pizzeria mir da manchmal so erzählt... der ist doch aus Sizilien. Also die Mafia dort hat..." Aber Charlotte unterbrach ihn.
„Leo, wirfst du da jetzt nicht ein paar fiese Vorurteile durcheinander? Also, da bemühe ich mich als Lehrerin und Mutter seit Jahren um

Aufklärung, kämpfe gegen Fremdenhass, für Völkerverständigung mit unseren ausländischen Arbeitnehmern, Freundschaft mit Türken, Kurden, Polen, Rumänen, Italienern... und dann krieg ich so was in der eigenen Familie zu hören. Also..."
Aber jetzt unterbrach Leo sie. „Ach, wir haben doch gar keine Vorurteile. Schließlich gehen wir oft beim Italiener Pizza essen oder bei den Türken einen leckeren Döner Kebab. Ich habe persönlich gegen niemanden etwas. Aber man darf doch wohl noch kritisch sein. Und die Mafia existiert ja auch – das ist doch kein gruseliges Kindermärchen!"
„Aber man darf nicht alle über einen Kamm scheren", meinte Helmut. „Hier steht übrigens noch, dass die Scheidungsrate in einigen Staaten in Osteuropa die Rate der Eheschließungen sogar überholt hat. Hör dir dieses Zitat an: Der englische Philosoph John Stuart Mill sagte, die Ehe sei die einzige durch das Gesetz sanktionierte Form von Sklaverei."
„Lustig", meinte Charlotte. „Aber, wenn dieser provokant formulierte Satz aus dem 19. Jahrhundert wahr ist – warum begeben sich dann immer noch so viele Menschen weltweit in diese Sklaverei? Es wird doch heutzutage wirklich niemand mehr dazu gezwungen!"
Helmut hatte genug von dem Thema. Nach Florenz wurde es Gott sei Dank besser: Die Tunnelfahrerei war zu Ende und Helmut wollte das Steuer wieder an sich nehmen. Sie gab es gern ab. So konnte sie die Aussicht auf die malerische toskanische Hügellandschaft genießen, die auf sie einen leicht melancholischen Eindruck machte.
„Hier in der Toskana machen die Insider Urlaub und nicht in Umbrien", moserte Helmut.
Charlotte hoffte inständig, dass ihren zwei Männern der von ihr geplante Urlaub gefallen möge, sonst würde sie sich für den Rest des Jahres Vorwürfe anhören müssen.
Nach Arezzo bog man auf die Autobahn in Richtung Perugia ab. Dann konnte man endlich von der Autobahn herunterfahren. Man war fast angekommen. Charlotte zog die Wegbeschreibung, die ihr Reicher freundlicherweise zugesteckt hatte, aus der Tasche. Er hatte gemeint, den Borgo fände man leichter durch Zufall als mit Planung. So war es dann auch. Sie fuhren über bewaldete Hügel, durch lange Täler, die Gegend war wunderschön, aber mit Hinweisschildern hatte man gespart.
„Ich glaube, wir sind dran vorbeigefahren", zweifelte sie schließlich. „Es hätte schon längst zu sehen sein müssen. Reicher schreibt, man sähe es von weitem, es sei ein riesiges Anwesen mit einem Turm, hoch auf

einem Hügel, unten soll ein Weiher sein. So was kann man doch gar nicht übersehen."

„Dann sind wir eben auf der falschen Straße. Ich sagte doch, wir hätten vorhin an der Kreuzung nach rechts abbiegen müssen!" Helmut wollte wie immer Recht haben. Sie fuhren ein paar Kilometer zurück und bogen nach rechts ab. Helmut hatte wie immer Recht: Endlich sahen sie den ‚Borgo dei Pini' vor sich: Die ‚Tenuta', das Landgut, lag auf einem von Pinien umgebenen Hügel, sah aus, wie eine mittelalterliche Festung oder wie ein winziges Dorf, ein ‚Borgo' eben.

„Das wird es sein", rief Charlotte fröhlich. Jetzt mussten sie nur noch die richtige Zufahrt erwischen. „Also Reicher schreibt hier: Nach der Biegung von der Landstraße abfahren, die dritte nach links. Soll nur ein Feldweg sei, der immer hügelan verläuft."

Helmut zählte die Abbiegungen. „Also hier hoch", sagte er und bog ab. Von hier war der Borgo nicht mehr zu sehen, sie konnten nur hoffen, auf dem richtigen Pfad zu sein. Der war so schmal, dass nur ein Auto darauf fahren konnte. Rechts und links verlief ein tiefer Graben, von hohen Pinien, die sich mit Zypressen abwechselten, gesäumt.

„Na, ein kleines Hinweisschild hätten die schon aufstellen sollen. Nichts gegen Exklusivität, aber wenn der ‚Conte' will, dass seine Gäste ihn finden... Die Pinien geben mir immerhin Hoffnung", sagte Helmut.

„Hauptsache, hier kommt uns keiner entgegen. Dann muss ich im Rückwärtsgang den ganzen Hügel runter."

Es ging in leichten Kurven hügelaufwärts. Plötzlich hörten sie eifriges Stimmengewirr. Es war eine Mischung aus Jammern und Schimpfen. Und – es war Deutsch!

„Ist das hier die angepriesene Oase der Ruhe und des Friedens?", fragte Leo gedehnt.

Nach der Kurve sahen sie die Ursache des Lärms: Ein Auto mit Münchner Kennzeichen hing mit einem Rad im Graben, die Insassen, eine Frau und ein Mann, keiften sich an.

„Dass du hier nicht wenden kannst, hab' ich dir gleich gesagt! Aber du hörst ja nie auf mich!", rief die Frau anklagend.

„Na mei, wir sind hier auf dem Holzweg. Da kann ich doch nicht immer weiter fahren. Wer weiß, wo des hier hinführt?", verteidigte sich der Mann. Zwei Männer kamen den Hügel herab gelaufen. Ein untersetzter, weißhaariger Mann und ein sehr großer, kahlköpfiger Mann. Sie hatten beide Jeans und T-Shirts an und sprachen Italienisch miteinander. Dann

fragte der große Mann die beiden Münchner in gebrochenem Deutsch: „Wohin wollen Sie, zu Restaurant ‚Vecchio Mulino'?"
„Ja, dann sind wir doch auf dem richtigen Weg!", rief der Münchner erfreut.
„Wissen Sie, was bedeuten ‚Vecchio Mulino'? Heißt: Alte Mühle. Wassermühle. Aus welche Land kommen Sie? Fließt bei Ihnen Wasser der Berg HINAUF? Hier in Italien fließt Bach immer Berg herunter, komisch nicht? Also, Sie fahren jetzt hier hoch, oben ist Wendeplatz, dann fahren Sie wieder runter, zweite nach rechts, ist unten im Tal ihre Wassermühle. Sehr gutes Restaurant."
„Warum steht denn auch nirgends ein Hinweisschild!", schimpfte der Münchner. „Und wie sollen wir hier aus dem Graben kommen?"
Die beiden Männer gingen kopfschüttelnd um das Auto herum. Dann sprangen sie beide behände in den Graben. „Wenn Sie vielleicht die Güte hätten, mit anzufassen?", rief der Große dem Münchner zu. Dieser stemmte sich daraufhin oben in die Fahrertür, die beiden Italiener stemmten sich unter das im Graben hängende Rad.
„Willst du nicht mithelfen, Helmut? Ich meine, wenn die es nicht schaffen, können wir hier stehen, bis ein Abschleppwagen kommt. Und wie soll der an uns vorbeikommen?"
„Ich habe keine Lust, mir den Rücken zu verbiegen, dann ist der Urlaub hin", protestierte Helmut. „Außerdem schaffen die zwei Bauern das schon. Der Große da, der scheint Bärenkräfte zu haben."
Trotzdem ließ Charlotte ihre Fensterscheibe herunter und rief hinaus: „Können wir Ihnen behilflich sein?" Aber es war nicht nötig. Das Auto hob sich beim dritten Versuch aus dem Graben. Das Ehepaar stieg ein, ohne sich zu bedanken und fuhr den Berg weiter hinauf. Dann kamen die beiden Männer auf sie zu.
Der Große lehnte sich bei Helmut ans Fenster. „Suchen Sie auch das Wassermühle auf dem Berg? Ich habe keine Lust, noch ein Auto aus der Graben zu ziehen."
„Wir suchen die Tenuta Settembrini im Borgo Poggio dei Pini", sagte Helmut kurz angebunden.
Da breitete sich ein strahlendes Lächeln auf dem Gesicht des großen Mannes aus. Unter seinem kurz geschnittenen Bart kamen eine Reihe blendend weißer Zähne zum Vorschein. Er wischte sich die rechte Hand an seiner Jeans ab. Ein braungebrannter, muskulöser Arm fuhr an Helmuts Nase vorbei durchs Autofenster, auf Charlotte zu, um ihr die

Hand zu schütteln. „Dann darf ich mich vorstellen: Massimo Settembrini. Sie sind angekommen. Willkommen!"
Helmut beeilte sich, den Motor anzulassen und den Hügel hinaufzufahren, damit er nicht den herunterfahrenden Münchnern begegnete. Die waren womöglich noch so blöd und hatten nicht auf das Auto hinter ihnen geachtet. Aber als sie oben auf einem großen, runden Platz ankamen, in dessen Mitte ein wuchtiger Steinbrunnen stand, sahen sie die Münchener wenden und dann in den Feldweg einbiegen, den Rückweg antretend.
„Das war also der berühmte ‚Conte'. Der Typ war ja ziemlich unfreundlich zu denen", meinte Leo.
„Aber immerhin hat er sie aus dem Graben gezogen, und sie haben sich noch nicht mal bedankt", sagte Charlotte. „Außerdem hatte er Recht: Wenn man in Italien nicht gerade holländische Windmühlen auf Hügeln erwartet, kann ein ‚Vecchio Mulino' nur eine Wassermühle sein, und die befinden sich immer im Tal, in einem ‚kühlen Grunde', da geht ein Mühlenrad. Kennt ihr das alte Volkslied nicht mehr? Ein Minimum an Sprachkenntnissen sollte man schon mitbringen im Ausland."
„Kannst du bei bayerischen Touristen aber nicht unbedingt voraussetzten", kicherte Helmut.
„Nun spiel nicht den überlegenen Preußen. Hätten genauso gut Berliner Touristen sein können. Wenn Touristen blöd sind, sind sie eben blöd, egal woher sie kommen." Charlotte hatte da ihre festen Ansichten.
„Na, zum Glück hatten wir Reichers Wegbeschreibung – sonst hätten wir das hier nie gefunden. Die Beschreibung war präzise, so wie Reicher präzis ist", lobte Helmut.
Charlotte musste lachen. „Dafür war eure Vorausbeschreibung des ‚Conte' nicht ganz so präzis. Wie war das? Sollte er nicht ein kleines, überhebliches, aalglattes Kerlchen sein? Mit viel Gel im Haar? Ist dagegen ein Baum von einem Mann!" Sie waren aus dem Auto gekrabbelt und vertraten sich ihre steifen Glieder.
„Da kommt dein Baum", sagte Helmut und wies auf die beiden Männer, die auf sie zukamen.
„Alfonso, vai a chiamare Natalina, abbiamo nuovi ospiti", wies der Conte den älteren Mann an.
"Sie sind also die Familie aus Berlin, die Signor Reicher uns schickt?", fragte er freundlich. Er hatte eine angenehme tiefe Stimme mit leichtem Akzent. Man stellte sich vor. Ja, Reicher ließe schön grüßen, sei ja leider

im letzten Moment verhindert gewesen, aber man sei gern eingesprungen, die Fahrt sei gut verlaufen, man sei aber froh, endlich hier zu sein... und so fort. Schließlich sagte Charlotte, man sei aber verwundert, dass der ‚Conte' so gut Deutsch spreche, das hätte Reicher gar nicht erwähnt.

„Wirklich?", fragte der Conte belustigt. Das sei kein Wunder, Reicher habe selbst immer sein Italienisch praktizieren wollen, was dann aber eher eine Mischung aus Latein und Italienisch war. Und sehr amüsant gewesen sei.

„Wie ist Reicher eigentlich hierher gekommen?" Leo wollte es ganz genau wissen.

„Durch Zufall", sagte der Conte. „Er suchte das Restaurant ‚Vecchio Mulino', fragte mich ‚Quo vadis?' und ich hab sie aus der Graben gezogen!" Er legte den Kopf in den Nacken und brach in ein schallendes Gelächter aus. Er hatte sich noch kaum beruhigt, als neben ihnen eine kleine, unscheinbare, etwa fünfzig- bis sechzigjährige Frau auftauchte, die er ihnen als Natalina vorstellte. Sie sei die Haushälterin und habe hier alles unter sich. Man solle sich vor ihr hüten, sie sei schlimmer als ein deutscher Feldwebel. Während er das sagte, legte er ihr freundschaftlich den Arm um die Schultern. Natalina griente stolz. Sie werde sich um alles kümmern.

„Wir sehen uns dann bei Abendessen, in zwei Stunden, im Saal", sagte der Conte und verabschiedete sich vorerst. Mit großen Schritten ging er auf das Haupthaus zu.

Alfonso schnappte sich ihre Koffer und ging voran. Natalina begleitete sie zu der für sie vorgesehenen Wohnung. Charlotte sah sich auf dem Platz um: Reicher hatte recht gehabt – es war ein Paradies! Die späte Nachmittagssonne beschien den großen Platz mit dem Brunnen, tauchte das wuchtige Haupthaus aus Stein mit dem runden Wehrturm in ein warmes Licht, rechts und links davon waren die flachen Gästehäuser, aus dem gleichen hellen, leicht rosa schimmernden Stein. Zu einigen führte außen eine Treppe hoch, aber nie höher als zum ersten Stock, andere lagen ebenerdig. Wilder Wein und Efeu rankten sich an den alten Wänden entlang. Hohe Pinien warfen lange Schatten und über allem lag eine fast unwirkliche Ruhe. Hier gab es keine Fahrstühle, keine dunklen U-Bahnschächte, keinen Verkehr – hier würde sie sich wohl fühlen. Das Wort ‚Borgo' hatte etwas mit ‚geborgen' zu tun, ahnte sie.

Sie war... angekommen! Sie fühlte sich glücklich und befreit. Eines ihrer Lieblingsgedichte von Heinrich Heine fuhr ihr durch den Sinn:
‚Herz, mein Herz, sei nicht beklommen,
und ertrage dein Geschick,
neuer Frühling gibt zurück,
was der Winter dir genommen.
Und wie viel ist dir geblieben,
und wie schön ist doch die Welt!
Und, mein Herz, was dir gefällt –
alles, alles darfst du lieben!'
Den Gedanken, es laut aufzusagen, verwarf sie sofort, denn Helmuts Kommentar wäre nur ‚Herz, Schmerz, Schmalz' gewesen. Aber ihr wurde es wirklich warm ums Herz und sie war entschlossen, alles, alles zu lieben. Heine hatte ihr ja die Erlaubnis erteilt.
Auch die ihnen zugedachte Wohnung gefiel ihr sehr. Sie lag im ersten Stock, in den sie über eine kurze Steintreppe gelangten und hatte einen eigenen Eingang. Vor der Tür verbreitete sich die Treppe zu einer kleinen Terrasse, auf der eine gusseiserne Bank, ein Stuhl und ein Tischchen mit einer bunten Keramikplatte standen. Eine lila blühende Bougainvillea rankte sich von unten hier herauf. Die Wohnung bestand aus einem großen Wohnzimmer, in dessen Mitte ein runder Tisch mit Stühlen stand, ein altmodischer Sekretär, eine Kredenz, die im oberen Teil Gläser enthielt, im unteren einen geschickt versteckten Kühlschrank, in dem sie Wasser- und Weinflaschen vorfanden.
„Per il benvenuto", ließ sich Natalina vernehmen. „Begrüßungstrunk", übersetzte Charlotte. Über einem türkisfarbenen Sofa hing ein altes Ölgemälde, das eine bukolische Landschaft darstellte: grüne Hügel mit weidenden Schafen, Hirten, die sich an dorische Säulen lehnten, von hohem Gras überwucherte Grabmäler... Ein griechisches oder italienisches Idyll? Ein italienisches Arkadien, dachte Charlotte. In einer Ecke befand sich ein kleiner, gemauerter Kamin. Die zwei Schlafzimmer gingen nach hinten raus. Wuchtige Holzbetten mit weißer Leinenbettwäsche standen darin, bäuerliche Kleiderschränke, über den Betten hing je ein einfaches Holzkreuz. Das Bad hatte bunte, handbemalte Kacheln, eine moderne Duschkabine, drei flauschige, weiße Bademäntel hingen einladend an der Wand. Die Wände in den Zimmern waren einfach weiß getüncht, was einen starken Kontrast zu den dunklen, antiken Holzmöbeln gab. Der Terracottafußboden hatte

einen warmen, weichen Ton. Ansonsten war es angenehm frisch in der Wohnung, wohl auch, weil man die grünen Fensterläden tagsüber halb geschlossen gehalten hatte. Auf dem Tisch standen eine Vase mit bunten Blumen, die einen süßen Duft in der ganzen Wohnung verströmten, und eine große Keramikschale, voll gefüllt mit Obst. Charlotte nahm sich einen Pfirsich und betrachtete die Schale genauer. Sie war sicher auch antik, hatte ein wunderschönes blau-gelb-türkises Weinrankenmuster. Sie bemerkte, dass genau diese Farben sich auch sonst in der Wohnung wiederholten – auf dem Sofabezug, auf den Vorhängen, auf den Kissen der Stühle. Hier hatte jemand die ganze Einrichtungsdekoration auf diese Schale abgestimmt. Sozusagen umgekehrt wie ihre Mutter es machte, die ihre Bilder in den Farben der Wohnung malte. Man hatte hier dieser kunstvollen, alten Schale einen hohen Stellenwert eingeräumt, dachte sie. Vielleicht wirkte dadurch alles so harmonisch.

Während sie sich die Wohnung betrachteten, war Natalina höflich am Eingang stehen geblieben. Alfonso hatte nur die Koffer abgesetzt, war dann gleich wieder verschwunden. Nun fragte Natalina, ob es ihnen gefiele, oder ob sie Änderungen wünschten.

„Bloß nichts ändern", sagte Charlotte. „Es ist alles perfekt so wie es ist." Natalina erklärte ihnen, dass die Zimmer täglich zwischen zehn und zwölf Uhr gereinigt würden und natürlich würde auch die Obstschale jeden Tag frisch aufgefüllt werden; das Frühstück könne man einnehmen, wann man wolle, das Mittag allerdings pünktlich um dreizehn Uhr, das Abendessen ab zwanzig Uhr, im großen, gemeinsamen Speisesaal. Sie wies mit der Hand aus dem Fenster auf die Gebäude auf der anderen Seite des Platzes. Sollten sie aber irgendwelche Extrawünsche haben, zum Beispiel für sich allein hier in der Wohnung speisen wollen, könne man das Frühstück und das Mittagessen auch gerne hier servieren. Sie müssten sich nur am Büffet aussuchen, was sie wollten, ein Kellner würde es ihnen dann hierher bringen. Das Abendessen allerdings solle man doch gemeinsam im Saal einnehmen, das wünsche der Conte so. Er nutze den Moment des Abendessens gern, um sich mit seinen Gästen zu unterhalten.

Helmut und Charlotte sahen sich erstaunt an. Soviel Zuvorkommen hatten sie nicht erwartet.

„Sie sind ja sehr flexibel hier", sagte Helmut anerkennend. Charlotte übersetzte es für Natalina und fügte noch hinzu, dass man das sehr schätze. Natalina richtete sich stolz auf und erwiderte, der Conte lege größten Wert darauf, dass seine Gäste sich bei ihm wohl fühlten. Dann wollte sie gehen. Helmut hielt sie zurück.

„Charlotte, sag ihr, sie hat vergessen, uns den Zimmerschlüssel zu geben."

Aber als Charlotte das übersetzte, blickte Natalina nur verwundert drein. „La chiave? Quale chiave?", fragte sie verwundert. Hier würde niemand irgendetwas abschließen. Das ganze Anwesen sei abgesichert. Für besondere Wertsachen sei im Schlafzimmer ein Safe in der Wand, neben der Tür, aber ansonsten – man sei hier unter Freunden. Damit war für sie das Thema erledigt. Sie nickte freundlich und ging.

„Na, die sind hier ja locker vom Hocker", meinte Leo. Helmut passte diese lockere Regelung natürlich nicht. „Ohne abzuschließen – da tu ich nachts kein Auge zu! Und wenn wir mal einen Ausflug machen, ich meine, wir werden ja nicht immer hier sein, dann einfach so alles offen stehen lassen... schließlich sind wir in Italien... man weiß doch..."

Charlotte lachte ihn aus. „Das bisschen Geld und die Kreditkarte schließen wir in den Safe. Wovor hast du nachts Angst – dass dich das Schlossgespenst aufsucht? Der Geist des alten Conte aus dem Mittelalter?"

„Na gut, lassen wir es drauf ankommen", murrte er. „Aber wenn etwas gestohlen werden sollte, hast auch du Schuld, mit deiner Leichtgläubigkeit."

„Die müssten hier eher Angst haben, dass ihnen die Touristen die Keramikschale da mitgehen oder runterfallen lassen. Die scheint mir antik und recht wertvoll zu sein."

Leo hatte sich unterdessen längst aus dem Staub gemacht. Aus dem Bad kamen die Geräusche der Massage-Dusche.

„Wir sollten lieber auch duschen und uns frisch machen. In einer Stunde lädt der Conte zum Abendessen ein", bemerkte sie.

„Einladen – Gäste – Freunde...", höhnte Helmut. „Das klingt ja, als wäre das hier alles umsonst. Dem ist ja wohl nicht ganz so, bei den Preisen."

„Aber es ist es wert", sagte sie entschlossen. Dann begann sie, die Koffer auszupacken.

Kurz vor acht Uhr waren sie alle drei fertig – und hungrig. Helmut suchte in seiner Jackentasche herum. „Hab ich dir den Autoschlüssel gegeben? Ich kann ihn nicht finden."

„Nein. Vielleicht hast du ihn stecken lassen."

„Ja, wahrscheinlich. Wir waren ja so mit dem Ausladen der Koffer beschäftigt. Ich denke, ich sollte das Auto vom Platz fahren. Wir haben es ja einfach an dem Brunnen stehen lassen – sicher haben sie hier einen Parkplatz." Aber als sie aus dem Haus traten, sahen sie, dass das Auto nicht mehr da stand. Helmut wurde kreidebleich. „Das fängst ja gut an", sagte er bloß.
„Es gibt sicher eine harmlose Erklärung. Da hinten ist dieser – Alfonso? Nannten sie ihn so? Ich werde ihn fragen." Charlotte ging auf den älteren Mann zu, der ihnen den Koffer ins Haus getragen hatte. Er stand auf der anderen Seite des großen Platzes. Helmut sah ihr mit gemischten Gefühlen nach. Sie kam gleich wieder zurück.
„Ist alles in Ordnung. Alfonso hat das Auto auf den für die Gäste vorgesehenen Parkplatz hinter den Häusern dort drüben gefahren. Er sagte, da stünde er bestens, im Schatten."
„Hat er dir den Schlüssel gegeben?"
„Nein, den hat er stecken lassen. Das machen sie hier alle so, hat er gesagt."
„Aber ich nicht." Helmut stapfte davon, in Richtung Parkplatz, um sein Auto abzuschließen und seinen geliebten Schlüssel an sich zu nehmen. Leo und Charlotte ließen ihn gehen.
„Andere Länder, andere Sitten", meinte Leo.
„Papa kann sich nicht so schnell umstellen", entschuldigte ihn Charlotte. Sie gingen schon mal zum Speisesaal, wo sie die ersten Gäste waren. Aber in südlichen Ländern aß man recht spät, das war ja bekannt.
Im Saal waren alle Tische appetitlich gedeckt. Dickwandiges, weißes Porzellan stand auf goldgelben Tischdecken. Auf jedem Tisch befanden sich schon eine Karaffe Wein, eine Wasserflasche, Kerzen, und kleine Schilder mit den Namen der Gäste. Sie suchten sich den ihren. Er stand in einer Ecke, von wo aus man einen Blick über den ganzen Saal hatte. Der Saal war sehr groß und hatte eine wuchtige Holzbalkendecke. Wird früher wohl mal eine Scheune oder ein Stall gewesen sein, den man geschickt umgebaut und restauriert hatte, mutmaßte Charlotte. Aus der angrenzenden Küche kamen verlockende Gerüche. Sie begaben sich in die Mitte des Saales, wo ein langes Büffet aufgebaut war. Es waren unglaublich viele Vorspeisen darauf: in Öl eingelegte Zucchinis, überbackene und gegrillte Artischocken, Tomaten mit Mozzarella, Schinken mit Melone, Häppchen mit Olivenpasteten, verschiedene Salate, grüne und schwarze Oliven – es war ein Augenschmaus! Neben

mehreren Sorten Salamis, von denen man sich einfach etwas abschneiden konnte, stand ein riesiger Weidenkorb mit rustikalen Weißbrotsorten. Leo schnappte sich einen der Teller und fing an, sich zu bedienen. Auch Helmut, der seine Schlüsselmission beendete hatte, war eingetroffen und griff zu.
„Das ist ja wie im Schlaraffenland", meinte Charlotte. „Aber sollten wir nicht warten, bis..."
Da sahen sie Natalina aus der Küche kommen. Sie scheuchte zwei Kellner umher, sie sollten sich beeilen, es wären schon Gäste da. Natalina blieb neben ihnen stehen und forderte sie auf, sich nur kräftig zu bedienen. Fast alle Produkte kämen aus dem eigenen Anbau. Einiges von dem eingelegten Gemüse hätte sie selbst gemacht, das sei ihr Hobby: Gemüse einmachen und Kräuter züchten. Warum es hier wohl so gut rieche? Das sei ihre berühmte Kräuterküche. Der liebe Gott habe für alles – und gegen alles – ein Kraut wachsen lassen, sagte sie tiefsinnig.
Sie schaufelten sich die Teller voll und aßen mit Hunger und Genuss. In der Zwischenzeit hatte sich der Saal gefüllt. Es waren vor allem Paare, keine Familien, hier. Die Leute waren mittleren Alters, nur ein Paar war sehr jung, so um die zwanzig. Manche saßen zu zweit am Tisch, aber viele setzten sich zu viert oder sechst zusammen. Die meisten schienen sich zu kennen; man begrüßte sich ausgelassen.
Leo verzog das Gesicht: „Das Essen ist eine Wucht, aber ansonsten habt ihr mich in ein Altersheim verschleppt. Was soll ich hier bloß zwei Wochen lang machen? Außer Essen."
Kellner kamen mit kleinen Wägelchen durch den Saal gefahren und servierten ein Nudelgericht. Es waren Tortellini mit Ricottafüllung. Zum Glück ohne Fleischfüllung, dachte Charlotte froh. Danach wurde aber der Hauptgang, eine riesige Bistecca serviert. Sie ließ sich nur die leckeren Gemüsebeilagen auffüllen. Nach dem üppigen Antipasto war sie sowieso schon satt gewesen.
„Du weißt nicht, was du verpasst", sagte Helmut, genüsslich sein Fleisch kauend. „Wenn das hier jeden Abend so ist, werden wir alle ein paar Kilo zunehmen. Leo wird das gut tun, unserem Spindelgerüst von Sohn. Aber dir kann es auch nicht schaden. Ich finde, du bist in letzter Zeit dünner geworden. Nimm nur nicht zu viel ab, ich mag keine Ecken und Kanten."

Eine Tür im hinteren Teil des Saales ging auf und der Conte Settembrini kam herein. Er ging an allen Tischen entlang, sprach mit einigen Gästen nur kurz, mit anderen länger, bevor er bei ihnen anhielt.
„Ich hoffe, es ist alles zum Besten?", fragte er mit strahlendem Lächeln.
„Vorzüglich", sagte Helmut.
„Einsame Spitze", sagte Leo.
„Absolut köstlich", sagte Charlotte.
Der Conte runzelte die Stirn, als er auf ihren Teller blickte. „Warum Sie essen kein Fleisch? Man soll dem Leib etwas Gutes bieten, damit die Seele Lust hat, darin zu wohnen."
„Genau. Deshalb biete ich meinem Leib keine Kadaver an. Aber das ist kein Problem. Das Angebot an Gemüse und Vorspeisen ist hier so reichlich, es fehlt mit nichts."
Ihm schien das gar nicht zu gefallen. „Sie sind Vegetarierin?"
Charlotte lachte. „Ich mag Tiere – lebend."
„Aber das ist eine Naturgesetz: Große Tiere fressen kleine Tiere. Wir sind große Tiere."
„Damit haben Sie allerdings Recht: Die Menschen sind große Tiere. Große Bestien, die sich auch gern gegenseitig zerfleischen. Ich möchte beim allgemeinen Gemetzel nur nicht mitmachen. Ich finde, Tiere haben ein Recht auf Leben – so wie wir auch."
Er sah sie nachdenklich an. „Ich respektiere jede Auffassung – auch diese. Aber Sie sollten unsere Kühe sehen. Die Herde steht in Sommer auf dem Monte Subasio – in absoluter Freiheit. Sie haben dort ein schönes Leben, und wir sorgen für einen schnellen, schmerzlosen Tod, wenn es soweit ist. Ich werde Sie gerne dort hinführen, Sie sollten das sehen. Vielleicht umändern Sie ihres Meinung noch in die nächste zwei Wochen?"
Helmut antwortete für sie: „Da stoßen Sie bei meiner Frau auf Granit."
Aber der Conte war einer, der nicht so schnell aufgab. Er blickte Charlotte aus seinen dunklen, großen Augen herausfordernd an. „Ich wette mit Ihnen, dass Sie Ihre Meinung umändern."
„Ändern", verbesserte Charlotte lächelnd, „es heißt ändern - nicht umändern. Nein, wetten Sie nicht. Ich werde meine Meinung - nicht ändern."
Der Conte lachte, verzog aber sein Gesicht dabei, als sähe er etwas Widerliches. „Haben Sie schon mal altes, hinkendes Kühe gesehen? Die mit den Jahren an Rheuma leiden, weil sie immer auf feuchte Wiesen

stehen? Wir bewahren sie vor dieses Ende, erlösen sie rechtzeitig von dieses Schicksal – ICH bin der wahre Tierliebhaber."
Auch Helmut lachte. „Geben Sie auf. Sie kennen meine Frau nicht. Die hat ihre Prinzipien."
„Ich auch", sagte der Conte, nun wieder ernster. „Und Sie können hier nicht nur Gemüse essen. Ich werden Ihnen wenigstens einen Käseteller bringen lassen. Der Schafskäse ist auch aus unser eigener Käseproduktion."
Charlotte wehrte ab, das sei wirklich nicht nötig. Aber er hatte sich schon an Leo gewandt.
„Wie gefällt es unsere junge Mann hier?"
Leo war ein zu ehrlicher Typ, als dass er hätte diplomatisch sein können. „Unsere Wohnung ist super, das Essen ist total lecker. Ich werde hier ein paar Kilo zunehmen. Aber Ihre Gäste – also, ich meine, hier ist ja keiner in meinem Alter."
Aber der Conte war nicht beleidigt. Er legte den Kopf in den Nacken und lachte laut. So lacht so leicht keiner, dachte Charlotte. Sein tiefes Lachen erfüllte den Raum und es war irgendwie ansteckend. Verschwörerisch beugte er sich zu Leo hinunter: „Morgen kommen neue Gäste an, mein Freund Federico mit seiner Frau Liliana, ihrem Söhnchen Antonio – und ihrer Tochter. Sie heißt Francesca. Merk dir schon mal den Namen – sie wird dir gefallen, da bin ich sicher." Er blinzelte Leo verschmitzt an. Dann wandte er sich an alle drei. Wenn sie morgen Vormittag eine Rundfahrt durch die ‚Tenuta' machen wollten, Alfonso stände dafür neuen Gästen gerne zur Verfügung. Man nahm den Vorschlag dankend an. Und auch sonst sollten sie sich mit allen Wünschen an Natalina, Alfonso oder ihn selbst wenden.
„Ich will, dass alles zu ihrer Zufriedentuung geschieht."
Charlotte konnte nicht anders, als ihn wieder zu verbessern. „Zufriedenheit – oder Genugtuung. Sie haben da die Endungen zweier Substantive miteinander verwechselt", sagte sie freundlich. Dann lachte sie verlegen. „Entschuldigen Sie, ich kann nicht anders. Ich bin Lehrerin – das legt man nie ab – nicht mal im Urlaub."
„Aber das gefällt mir – dass Sie mich verbessern. Ich wünschte, ich könnte besser Deutsch sprechen. Schließlich bin ich oft auf Lebensmittelmessen in Deutschland. Ich vertreibe meine Produkte sozusagen gern selbst, meinen Wein und unser Olivenöl: ist das Beste von Italien! Und ich reise gerne herum. Deshalb musste ich eben eine

bisschen Deutsch und Englisch lernen. In diese beiden Ländern verkaufe ich am meisten. Und ich möchte mich gerne - korrekt - präsentieren. Aber ich bin aus der Übung. Also, verbessern Sie mir nur. Vielleicht kann ich mir dadurch – bessern?"
„Mich dadurch bessern – Akkusativ", lachte sie.
„Ja, Sie auch", erwiderte er. „Vielleicht verbessern Sie sich auch – und essen am Ende doch noch Fleisch?" Er verabschiedete sich freundlich. „Ich muss gehen – meine Freund Marco will immer über Wein mit mich – eh, mit mir – reden. Das sind die Martinellis am Nebentisch. Ich werde Sie morgen mit allen bekannt machen. Übrigens, nach dem Essen setzten sich viele Gäste noch am Brunnen zusammen, um zu plaudern. Wenn Sie sich zu uns gesellen wollen – wir würden uns freuen."
Aber alle drei beteuerten, dass sie nach der langen Fahrt müde seien. Aber morgen Abend gerne. Da wolle man sich gern dazugesellen. Er nickte freundlich und ging zum nächsten Tisch. Charlotte sah noch, wie er einen der Kellner zu sich rief, ihm kurz eine Anweisung gab, dann setzte er sich zu dem Ehepaar am Nachbartisch, zu diesen Martinellis. Aus dem Stimmengewirr im Saal konnte man ab und zu einige Worte verstehen: Merlot... Sangiovese... secco... abboccato... Cabernet... amabile... Pinot... Gallo nero... asciutto... Lambrusco... dolce... vino da tavola... Malvasia... Trebbiano... DOC... es schien sich alles um Wein zu drehen. Sie hatten ihre Karaffe Rotwein ausgetrunken. Einen Liter, ohne es richtig zu merken.
„Der Wein ist süffig", sagte Charlotte. „Hoffentlich vertragen wir es. Wir trinken doch sonst nicht so viel. Aber er schmeckt so gut. Ich könnte noch mehr davon trinken. Ich glaube, es ist wirklich ein guter Wein, soweit ich das beurteilen kann."
„Ich bin auch nicht gerade ein Weinkenner", gab Helmut zu. „Für mich ist ein Wein gut, wenn man am nächsten Tag keine Kopfschmerzen hat. Aber ein bisschen verstehe ich schon vom Wein. Schließlich fahren wir seit zehn Jahren nach Frankreich und haben uns da ein wenig schlau gemacht."
Ein Kellner kam an ihren Tisch, brachte unaufgefordert eine neue Weinkaraffe und für Charlotte eine große Platte mit verschiedenen Käsesorten. Er ließ sie auf dem Tisch stehen. Sie solle sich soviel sie wollte davon abschneiden. Sie war zwar satt, nahm sich aber doch noch ein Stück von einem würzig duftenden Schafskäse. Auch Helmut konnte nicht widerstehen und probierte.

„So, jetzt geht aber nichts mehr", sagte er danach. Aber in diesem Moment kamen die Kellner mit einem Wägelchen voller Torten vorbeigefahren. Sie schafften auch jeder noch ein Stück Tiramisu, dann hatten sie es eilig, in die Betten zu kommen.
Als sie gerade das Licht ausmachen wollten, hörten sie von draußen Musik. Sie gingen ins Wohnzimmer ans Fenster, das noch halb geöffnet war. Auf dem Platz um den Brunnen hatten sich etliche Gäste angesammelt und ein Mann spielte auf einer Gitarre. Ein paar Leute sangen dazu. „Mamma mia", stöhnte Helmut. „Die wollen doch hier nicht jeden Abend so einen Krach machen? Ich denke, das soll hier eine Oase der Ruhe und des Friedens sein."
Charlotte schloss das Fenster und sperrte die Musik, die ihr gefallen hatte, aus. Die Fenster schlossen gut, man hörte fast nichts mehr, und im Schlafzimmer, das nach hinten lag, war wirklich nichts mehr zu hören.
Als sie endlich im Bett lagen, streckte Helmut die Hand nach ihr aus. „Wir haben den Samstagabend verpasst", sagte er verschmitzt. „Den hast du ja bei deiner Freundin Helene vertrödelt. Und gestern, in Österreich, in diesem grässlichen Dreibettzimmer – also, ich hab heute noch etwas nachzuholen."
Im Stillen bedauerte sie nur, dass man die Gitarrenmusik von draußen nicht mehr hörte – es wäre so viel romantischer gewesen!

KAPITEL 5 (2. August)

Von guten Weinen und stolzen Weinbauern,
von Missverständnissen und Almosen,
von Sportstunden und Deutschstunden

Am nächsten Morgen waren alle drei entspannt und ausgeruht. Der Wein hatte keine negativen Spuren hinterlassen und sie hatten ausgezeichnet in den Betten geschlafen. Helmut zog sogar die Laken hoch, um die Matratzen zu inspizieren. „Was ist das für eine Marke? Die müssen wir uns zu Hause auch anschaffen – formen sich irgendwie anatomisch an, so bequem."
Sie spazierten fröhlich zum Frühstück in den Speiseraum. Aber Charlotte hatte eine bessere Idee. „Lassen wir uns doch alles auf unsere Terrasse bringen – ich frühstücke lieber draußen." Sie bestellten Cappuccino und Cornetti. Natalina stand in einer adretten, weißen Schürze in der Tür. Ob sie vielleicht Brötchen und Marmelade wollten, die Pfirsichmarmelade hätte sie frisch gemacht. Sie kenne einen Trick, wie man Marmelade mit 80 % Frucht und nur 20 % Zucker herstelle, selbstverständlich ohne Zusatz von Konservierungsmitteln. Den Trick verrate sie aber keinem, meinte sie verschmitzt. Dann verzog sie angeekelt das Gesicht: oder ob sie lieber Wurst, gebratenen Speck und Eier wollten? In manchen Gegenden Nordeuropas sollen ja so barbarische Geschmäcker herrschen... Sie fände das zwar schrecklich, aber der Conte habe Anweisungen gegeben, dass man auch so etwas – auf Wunsch – servieren solle. Charlotte beeilte sich zu versichern, dass das für sie nicht nötig sei. Aber Brötchen, Cornetti und die hausgemachte Marmelade würden sie gern probieren. Im Speisesaal saßen nur wenige Gäste. Einige nahmen nur einen Espresso im Stehen ein, das war ihr ganzes Frühstück. „Sie essen hier eben groß zu Abend, da haben sie morgens keinen Hunger", stellte Charlotte fest.
Man brachte ihnen das Frühstück auf die Terrasse. Der Kellner stellte das Tablett auf die schöne Keramikplatte des gusseisernen Tischchens. Die hausgemachte Marmelade schmeckte köstlich. Trotzdem meinte Helmut tadelnd, sie hätte die angebotene Wurst nicht so schnell verschmähen sollen. „Du weißt doch, ich esse morgens gerne noch was Kräftiges."

„Andere Länder, andere Sitten", sagte sie knapp. „Du kannst dann ja zu Hause wieder dein gewohntes Frühstück einnehmen."
Sie waren fast fertig, als ein großes Auto mit römischem Kennzeichen auf den Platz fuhr und neben dem Brunnen hielt. Sie hatten auf ihrer Terrasse einen guten Aussichtsplatz, sahen zu, wie ein schlanker, mittelgroßer Mann ausstieg, um den Wagen herum ging, um seiner Frau die Tür zu öffnen. Eine elegant gekleidete Signora stieg aus, die ihren Mann um einen halben Kopf überragte. Warum trägt sie bloß so hohe Absätze, überlegte Charlotte. Die Frau befreite einen kleinen Jungen aus dem Kindersitz im hinteren Teil des Autos, der dann sofort über den Platz auf den Brunnen zustürmte. Die Signora rief ärgerlich ins Auto: „Francesca, vuoi scendere e stare attenta a tuo fratello!" Dann rief sie über den Platz: "Antonio... vieni qui! Non cascare nella fontana."
"Das ist dann wohl die vom Conte angekündigte Familie", mutmaßte Leo. Er schaute neugierig hinüber. „Und warum steigt diese Francesca nicht aus?"
„Sie hat wahrscheinlich keine Lust, auf ihren kleinen Bruder aufzupassen, wie ihre Mutter es gerade befohlen hat. Guck mal, der Stöpsel versucht, in den Brunnen zu klettern." Charlotte betrachtete amüsiert die Szene. Der Signora blieb nichts anderes übrig, als selbst ihrem unternehmungslustigen Sprössling hinterher zu laufen. Während der Vater die Koffer auslud, bequemte sich seine Tochter Francesca endlich aus dem Auto.
Und da wurden Charlotte und Helmut Zeuge eines Blitzschlags. Der traf ihren Sohn Leo genau in diesem Moment. Erst erschienen ein paar schlanke, braungebrannte Beine, dann der Rest eines jungen Mädchens in knappen roten Shorts und bauchfreiem roten T-Shirt. Sie hatte einen flotten Kurzhaarschnitt, glänzendes schwarzes Haar, ein hübsches Gesicht mit einer niedlichen Stupsnase. Leo blieb erst der Mund offen stehen, dann pfiff er leise durch die Zähne.
„Schaut euch die an", sagte er überflüssigerweise. „Die kann einem schon gefallen. Da hat der Conte recht."
Das Mädchen sah sich auf dem leeren Platz um. „Dov'è Massimo?" Dann blickte sie zu ihrer Terrasse. Leo hob mutig die Hand zu einem kurzen Gruß. Sie lächelte kokett und winkte sogar zurück.
Aus dem großen Haupthaus sahen sie den Conte kommen. Er pfiff einen jungen Burschen heran, der mit einer Gartenschere an einer Hecke neben dem Haus beschäftigt war. Der Junge sollte sich um die Koffer

kümmern, der Conte kümmerte sich um seine frisch eingetroffenen Gäste.
„Carissima Liliana", rief er und steckte die Arme nach ihr aus. Die Signora küsste ihn rechts und links auf die Wange – überschwänglich, fand Charlotte. Aber auch der Mann, Federico, wurde mit einer herzlichen Umarmung begrüßt. Dann setzte der Conte sich den kleinen Jungen auf seine Schultern und rannte einmal mit ihm um den Brunnen. Der Kleine rief fröhlich „Oh oh cavallo" dazu. Francesca hingegen wurde von ihm einfach an der Taille gepackt, hochgehoben und im Kreis herumgeschleudert. „Sei diventata grande - una Signorina. E che bella Signorina! Scommetto che i ragazzi a Roma fanno la fila sotto casa tua!" Leo stieß seine Mutter an. „Nun übersetzt schon! Was hat er ihr gesagt?"
„Dass sie groß geworden sei – eine hübsche Signorina. Und dass die römischen Jungs wahrscheinlich vor ihrer Tür Schlange stehen."
„Das übliche Gewäsch, das ihr Erwachsenen uns immer auftischt, als ob es etwas besonderes sei, wenn die Kinder wachsen", sagte Leo verächtlich.
„Voglio subito andare in piscina", rief Francesca.
"Sie will sofort an den Swimmingpool", übersetzte Charlotte ohne Aufforderung.
„Ich auch." Leo ließ den Rest seines Frühstückes stehen und stürmte ins Haus. „Wo ist meine Badehose?" Charlotte und Helmut warfen sich einen Elternblick zu. „Das kann ja heiter werden", ahnte sie.
Der Conte begleitete seine Freunde zu ihrer Wohnung in den Häusern auf der anderen Seite des Platzes, wo sie dann aus ihrem Blickfeld verschwanden.
„Sollen wir auch schwimmen gehen?", fragte Helmut.
„Wir sollten doch mit diesem Alfonso die ‚Tenuta' besichtigen", erinnerte ihn Charlotte.
„Na ja, er wird uns schon finden und abholen."
Also zogen sie ihre Badesachen unter, warfen sich die weißen Badehandtücher aus dem Bad über die Schultern und gingen los. Aber in welche Richtung? Von einem Pool war hier weit und breit nichts zu sehen. Zum Glück kam Alfonso gerade vorbei und fragte, ob es ihnen in zwei Stunden recht sei, dann hätte er Zeit, sie herumzuführen. War ihnen recht. Sie ließen sich den Weg zum Pool beschreiben. Der lag etwas Hang abwärts, neben ihrem Haus, unterhalb des Haupthauses. Er war ganz im Grünen versteckt, auch hier spendeten hohe Pinien Schatten,

schöne Teakliegestühle standen um das Becken mit olympischen Ausmaßen herum, auf denen dicke, naturfarbene Kissen lagen. Zwischen zwei Liegen stand jeweils ein großer Sonnenschirm aus Segeltuch. Einige Gäste hatten es sich schon bequem gemacht, einer schwamm im Wasser. Sie suchten sich drei Liegen, die noch im Schatten standen. Die Sonne würde hier erst später herumkommen. Charlotte hatte keine Lust, gleich am ersten Tag zu verbrennen. Sie hatte ja diese empfindliche, helle Haut, die zwar schön zu ihrem hellblonden Haar und den blauen Augen passte, aber so zart war, dass sie sich besonders schützen musste. Sie begann sich daher auch sofort mit der Sonnenmilch einzusprühen. Helmut stand unschlüssig mit seinen abgelegten Kleidungsstücken in der Hand da. Sie hatte ihr leichtes Baumwollkleid auf dem Liegestuhl liegen lassen.
„Wo sollen wir die Kleidung lassen?" Er sah sich um. „Das da hinten scheint ein Badehäuschen zu sein. Dann hätten wir uns gar nicht zu Hause umziehen müssen." Er wies mit der Hand auf ein hellblau angestrichenes Häuschen hinter dem Pool. „Vielleicht solltest du unsere Kleidung dorthin bringen, Charlotte."
Er drückte ihr einfach seine Klamotten in den Arm. Leo legte seine Bermudas und sein T-Shirt dazu, dann sprangen die beiden kopfüber ins Wasser. Seufzend ergriff sie auch ihr Kleid und trug den Wäscheberg zu dem Häuschen, das in der Tat zwei Umkleideräume enthielt, schön nach Männlein und Weiblein getrennt. An der Tür für die Männer war witzigerweise Neptun abgebildet. An der Tür für die Frauen hing ein Bild der Venus von Botticelli, die auf einer Muschel stand. Es gab auch zwei Duschen und ein WC. An der Wand waren Haken zum Aufhängen der Kleidung. Sie stellte ihre Badetasche dort ab, ließ ihre Sandalen daneben stehen und schlüpfte in die Badeschuhe. In einem großen Spiegel über dem Waschbecken an der Wand betrachtete sie sich, während sie ihre langen, glatten Haare zum Pferdeschwanz zusammenband. Plötzlich kam ihr der Badeanzug sehr altmodisch vor. Ich hätte mir doch einen flotten Bikini leisten sollen, dachte sie ärgerlich.
Bevor auch sie in den Pool sprang, sah sie noch, dass Francesca mit ihren Eltern im Anmarsch war. Sie verschwanden im Badehäuschen. Charlotte schwamm ein paar Bahnen, was sie aber schnell erschöpfte. Hab keine besonders gute Kondition mehr, gestand sie sich ein. Nur

nicht sofort aufgeben! Sie zwang sich, weiter zu schwimmen, denn wenn man sich erst mal ‚frei geschwommen' hatte, ging es ja wie von selbst. Helmut und Leo paddelten noch im Wasser herum, während sie sich in die weichen Kissen sinken ließ. Dann kam Helmut auch heraus und nahm den Liegestuhl neben ihr ein. „Ob man hier irgendwo deutsche Zeitungen bekommt?"
„Wenn nicht, ist das kein großer Verlust. Aber ich bin sicher, du kannst welche bestellen, bei dem Service hier. Wende dich vertrauensvoll an Alfonso oder Natalina."
„Werde ich machen", sagte er. Dann wurde ihre Aufmerksamkeit allerdings durch das Erscheinen der neuen Gäste abgelenkt. Der Mann, Federico, kam zuerst aus dem Badehäuschen und sprang elegant kopfüber ins Wasser. Hinter ihm erschien seine Frau Liliana, in einem äußerst knappen Bikini mit auffälligem Tigermuster. Sie hatte die dazu passende Badetasche, den passenden Pareo, den passenden Sonnenhut – alles in diesem braun-schwarzen Tigermuster. Charlotte verpasste ihr insgeheim sofort den passenden Spitznamen: Tigerlilli. Diese falsche Tierhaut-Aufmachung war nicht ihr Geschmack, aber Tigerlilli gab durchaus eine gute Figur darin ab, das musste man ihr lassen. Sie war wohl so Mitte Dreißig, hielt sich aber ausgezeichnet. Dann erschien auch ihre Tochter, in einem ebenso knappen Bikini, der aber einfarbig rot war.
Helmut pfiff anerkennend durch die Zähne. „Mama wie Töchterchen in bester Verfassung."
Francesca hatte ihren kleinen Bruder an der Hand, der ununterbrochen quengelte. „Vai da Mamma", schob sie ihn ab, ging zur Treppe, die ins Wasser führte und hielt ihre Zehenspitze rein. „Uh – che freddo!" Langsam, Stufe für Stufe, stieg sie ins Wasser.
Leo hatte keine Zeit verloren. Schnell und elegant wie ein junger Hai auf Beutefang schoss er durchs Becken und tauchte neben ihr auf.
„Do you speak English? My name is Leo", deklamierte er. Grundstufe Englisch, erste Lektion, dachte Charlotte amüsiert, die von ihrem Platz aus die Stimmen hören konnte.
Francesca lachte hell. „Ich heiße Francesca. Kommt Leo von Leopoldo?"
Er war verdutzt, sie Deutsch sprechen zu hören, fasste sich aber schnell. „Oh, fremde Squaw meine Sprache sprechen – da habe ich aber Glück!

Ich kann nämlich kein Italienisch und mein Englisch ist auch nicht besonders." Leider, dachte Charlotte. Leo war nicht sprachbegabt.
„Meine Englisch auch nicht", gab sie ehrlicherweise zu. „Aber dafür spreche ich gut Deutsch. Gehe in Rom auf die deutsche Schule."
„Wieso das denn? Sind deine Eltern Deutsche?"
„Aber nein", lachte sie. „Aber ich habe eine deutsche Großmutter. Vaterlicherseits. Ein paar Brocken Deutsch sprechen wir zu Hause mit meinem Vater. Und wenn Oma kommt, zu Weihnachten, sprechen wir nur Deutsch mit ihr. Sie ist vor ein paar Jahren leider zuruck nach Deutschland gezogen – hatte Heimweh, nach all den Jahren, die sie hier war. Sie wohnt da mit ihre alte Bruder zusammen." Außerdem sei die Schule einfach eine sehr gute Privatschule – und sehr teuer, betonte sie noch. Und ihr Vater habe eine Schwäche für alles Deutsche. Sie machte eine Grimasse und sagte „Teutonische Zucht und Ordnung, und so... also, wofur ist Leo nun die Abkurzung?"
Sie sprach wirklich ein gutes Schuldeutsch, dachte Charlotte, nur ihr Akzent war sehr stark. Und es schienen keine Umlaute für sie zu existieren.
„Für Leonhard." Anerkennend fügte er hinzu: „Veramente, du sprichst irre toll Deutsch."
Oh, Gott sei Dank, flötete sie. Leonardo da Vinci. Leopoldo würde ihr gar nicht gefallen. Auf was für eine Schule er denn gehe?
Auf ein ganz normales, staatliches Gymnasium. Dann fügte er noch stolz hinzu: ein sehr gutes Gymnasium, und es kostet keinen Pfennig. Pardon, keinen Euro.
Sie kicherte wieder. „Wir haben uns alle noch nicht so richtig an diesen Euro gewohnt. Vieni, wir schwimmen ein bisschen." Nach diesen Worten paddelte sie davon. Sie schwamm wie ein junger Hund, ihr rundes Köpfchen steil aus dem Wasser haltend, damit es nicht nass werde. Leo bemühte sich, langsam neben ihr herzuschwimmen. Leider hörte man dann ihre Unterhaltung nicht mehr. Helmut und Charlotte warfen sich wieder ihren Elternblick zu.
„Der ist die nächsten zwei Wochen gut beschäftigt", sagte Helmut zufrieden. „Welch ein Glück, dass diese Familie hier aufgetaucht ist. Sonst hätten wir ihn nur schwer bei der Stange halten können."
„Ja", seufzte Charlotte. „Ich fürchte, das ist der letzte gemeinsame Urlaub. Wenn er nächstes Jahr achtzehn wird, kommt er nicht mehr mit uns mit. Dann müssen wir allein in Urlaub fahren." Sie klang traurig.

„Dann KÖNNEN wir endlich allein in Urlaub fahren. Ohne unseren maulenden Sohn. Dann werden wir endlich Zeit für uns haben – nur wir zwei...", Helmut kam ins Schwärmen.
„Er wird dir dann genauso fehlen wie mir", beharrte sie.
„Überhaupt nicht. Ich denke, es wird uns gut tun, uns endlich mal wieder als ‚Paar' zu empfinden und nicht nur als ‚Eltern'."
„Wann haben wir uns denn eigentlich als ‚Paar' empfunden? Doch nur ganz am Anfang unserer Beziehung. Die ersten zwei Jahre, höchstens."
„Deshalb wird es ja auch Zeit..." Helmut blickte zur Tigerlilli hinüber. Die hatte ihre Tochter aus dem Wasser beordert, damit sie auf ihren kleinen Bruder aufpasse. Schließlich wolle sie als Mutter auch mal zum Schwimmen kommen. Ihr Mann lag zeitunglesend im Liegestuhl. Francesca und Leo kletterten aus dem Pool. Sie sahen, wie Francesca ihn ihren Eltern vorstellte. Leo gab brav die Hand, dann setzten sich die beiden mit Antonio auf die angrenzende Wiese und spielten Ball. Der Kleine war ungefähr fünf Jahre alt, schätze Charlotte. Er hatte einen schwarzen Lockenkopf und sah sehr süß aus. Leider schien er auch sehr verzogen zu sein. Er warf den Ball absichtlich den Hang hinunter. Leo rannte hinterher.
Seine Mutter schwamm inzwischen im Pool, im Stil so ähnlich wie ihre Tochter vorhin. Sie schien sehr darauf bedacht zu sein, dass ihre rote Lockenmähne, die sie kunstvoll hochgesteckt hatte, nicht nass wurde. Oder dass ihr Make-up nicht verschwamm, dachte Charlotte. Wie kann man sich nur so stark schminken, wenn man Schwimmen geht?
„Der hat eine Zeitung", sagte Helmut neidisch. „Und einen rassige Frau."
„Was soll denn das heißen? Und du Ärmster hast nichts von beidem?"
„Aber nein doch, aber sie sieht schon toll aus, das musst du doch zugeben, auch wenn unter euch neidischen Frauen ja gleich so ein Wettlauf um unsere Gunst entsteht."
„Hm, was für ein Wettlauf? Um eure Gunst! Also, ich find sie nicht besonders anziehend. O.k., sie hat sich auffallend herausgeputzt, geht wahrscheinlich jeden Tag ins Schönheitsstudio, aber – dass ihr Männer auf so was abfahrt... auf so ein paar knappe Fetzen Tigermuster."
„Na, es geht auch mehr um den Inhalt der Tigermusterfetzen. Also, die hat eine Oberweite wie Sofia Loren in ihren besten Tagen..."
„Da kann ich natürlich nicht mithalten." Charlotte sah an ihrem schlanken Körper hinunter, den Helmut immer zu dünn fand.

„Aber natürlich, Lotte. Du siehst noch immer aus wie zwanzig. Du bist eben – dezenter."
„Wie findest du eigentlich meinen Badeanzug?"
Helmut blickt erstaunt auf ihren Einteiler. „Hübsch", sagte er nur. „Ist der neu?"
„Aber Helmut, den habe ich seit mindestens fünf Jahren! Ich habe ihn jedes Jahr in der Normandie getragen und x-mal im Schwimmbad in Berlin!"
„Ach, diese dunkelblauen Badeanzüge sehen doch alle gleich aus. Wie soll ich merken, ob der neu oder alt ist. Er hat sich gut gehalten, wie du. Aber vielleicht solltest du dir auch mal etwas Fetzigeres kaufen." Er gab ihr einen Versöhnungskuss auf die Stirn. „Ich geh noch mal ins Wasser."
Mit einem gekonnten Kopfsprung tauchte er ab und fast neben Tigerlilli wieder auf. Die schenkte ihm sogar ein bezauberndes Lächeln, obwohl er sie und ihre Lockenpracht nass gespritzt hatte.
Charlotte schloss die Augen und lehnte sich zurück. Sollte Helmut doch mit der anbändeln, wenn es ihm Spaß machte. Lilianas Mann Federico lag schließlich gegenüber im Liegestuhl. Die Sonne war inzwischen bis zu ihr herumgekommen und unter dem hellen Segeltuch des Sonnenschirms wurde es warm. Ich hätte eines der Bücher mitnehmen sollen, dachte sie, hier ließe es sich in aller Ruhe lesen. Da schob sich ein Schatten vor die Sonne. Eine Wolke, nahm sie an. Es wurde sofort angenehm kühler. Sie empfand das als sehr wohltuend und rekelte sich bequem auf dem Liegestuhl. Die frischen Baumwollkissen waren schön weich. Ich werde mich zwei Wochen hier rekeln und mich bestens erholen. Hoffentlich bleibt das Wetter so gut. Aber diese Wolke zog nicht vorbei. Sie blinzelte in Richtung Sonne, aber da war keine Wolke. Der Schatten wurde von einer großen Gestalt verursacht, die vor ihr stand: der Conte.
„Was machen Sie denn hier?" Erschreckt riss sie die Augen auf.
„Schatten spenden", lachte er. „Passen Sie nur auf, dass Sie hier nicht verbrennen. Sie sind so blass."
„Ich habe mich gut geschützt." Mit der Hand wies sie auf die Flasche Sonnenmilch.
„Und gut bedeckt haben sie sich auch." Er starrte unverhohlen auf ihren Badeanzug.
Sie wurde ärgerlich. Auf ihn. Auf sich. Auf den blöden Badeanzug.
„Wollten Sie sonst noch etwas – außer Schatten spenden?"

„Ja – Alfonso sagte, sie seien für elf Uhr mit ihm verabredet. Ich könnte mich von meinem Bürokram befreien – es wäre mir ein Vergnügen, Sie selber durch mein Anwesen zu fahren. Sagen wir, in einer halben Stunde, wenn Ihnen das gerecht ist?"
„Recht ist", verbesserte sie. „Ja, natürlich ist uns das Recht. Wir haben hier keine Terminpläne, wir sind schließlich im Urlaub."
Er lächelte sie strahlend an. „Das ist die richtige Einstellung. Also, ich hole Sie gleich bei ihrer Wohnung ab." Er ging, drehte sich aber noch mal um und rief: „Und immer schön einsalben."
„Eincremen. Es heißt: eincremen."
„Danke, Frau Lehrerin." Mit ein paar großen Schritten war er weg.
Helmut kam aus dem Wasser. „Was wollte der denn?"
„Er gibt sich selbst die Ehre, uns herumzufahren. Wir sollten uns umziehen gehen. In einer halben Stunde will er uns abholen." Sie winkte zu Leo hinüber. Der trollte sich nur ungern von Francesca weg. Auf dem Weg zur Badekabine fragte sie ihn: „Leo, wie findest du eigentlich meinen Badeanzug?"
Leo warf ihr einen desinteressierten Seitenblick zu. „Er gibt dir den Charme einer Touristin aus den fünfziger Jahren."
Sie hätte ihn ohrfeigen können. Und sich gleich mit.

Pünktlich waren sie abfahrbereit. Der Conte hielt in einem riesigen Jeep, der einem Wüstenfahrzeug ähnelte, direkt vor ihrer Tür. Er sprang heraus, riss die vordere Beifahrertür auf, packte Charlotte am Ellenbogen und half ihr beim Einsteigen. Der Wagen hatte hohe Räder, man musste regelrecht hineinklettern. Helmut und Leo konnten sich selbst die Hintertür öffnen. Dann ließ er das Verdeck herunter, so dass der Wagen zum offenen Jeep wurde. „So haben wir eine bessere Sicht." Charlotte fand das Auto grässlich, aber Leo war begeistert: „Ist ja ein tolles Gefährt! Hab ich bis jetzt nur im Fernsehen gesehen, die Amis im Irak haben so was. Was für eine Marke ist das?" Der Conte nannte ihn „Hummer" und Leo bestätigte: „Ein echter Hammer!"
Sie fuhren an zwei gepflegten Tennisplätzen vorbei. „Spielt jemand von Ihnen?"
„Ich spielte mal ganz gut. Bin aber aus der Übung gekommen", sagte Helmut.
„Dann werden Sie hier wieder in Übung kommen. Sprechen Sie heute Mittag mit Renzo. Das ist unser junger Tennislehrer. Er hat hier die

Platzverteilung in der Hand. Macht kostenlos Urlaub bei mir, muss aber dafür meinen Gästen – solchen, die wollen – Tennisstunden geben. Vielleicht hat ihr Sohn auch Lust? Oder willst du lieber reiten?"
Sie fuhren an langen, flachen Gebäuden vorbei, Ställe, in denen seine Pferde standen. Daneben war eine runde Manege. „Wer will, kann aber auch ins Land rausreiten", sagte er. Leo meinte, er habe zu allem Lust, Tennis, Reiten, Schwimmen.
„Das gefällt mir, Leonardo – immer alles wollen – ‚il massimo', wie mein Name, der Maximus", rief der Conte nach hinten. „Dann sprich dich mit unserer Reitlehrerin ab. Sie heißt Lucia. Du siehst sie beim Mittagessen. Auch sie macht hier Urlaub, in ihren Semesterferien. Sie ist die reinste Amazone und wird dir das Nötigste beibringen. Und welchen Sport bevorzugen Sie?" Er blickte Charlotte fragend an.
„Ich bin ganz unsportlich. Ein bisschen Schwimmen. Und viel laufen. Wenn Helmut und Leo Tennis spielen oder reiten, werde ich einfach wandern gehen."
„Ah, wandern. Euer schöne, deutsche Wort. Wissen Sie, dass man es nicht ins Italienische übersetzten kann? Wir haben kein passendes Wort dafür – Wandern ist eine spezifisch deutsche Erfindigung."
„Erfindung", verbesserte sie automatisch.
Allmählich verließen sie den Borgo und fuhren in die Weinberge hinaus. So weit man blicken konnte zogen sich die langen Rebenstraßen über die Hügel. Stolz nannte er Rebsorten, machte Angaben über die Größe des Anbaus, die Litermenge des produzierten Weins, nannte die guten Jahrgänge und betonte zwischendurch immer wieder die Qualität seiner Produkte. Charlotte interessierte sich weniger für diese Fakten, hörte aber doch zu, denn er sprach mit so viel Begeisterung, dass man ihm einfach zuhören musste. Er erklärte, sie befänden sich hier zwischen dem ‚Torgiano' und dem ‚Montefalco' Anbaugebiet, wo man ausgezeichnete DOC-Weine herstelle. Besonders neidisch sei er auf seinen Nachbarn, dessen ‚San Giorgio' eine prachtvolle Cuvée aus Cabernet Sauvignon, Canaiolo und Sangiovese sei. Er selbst liebe es experimentell, wie seinen Chardonnay, einen unkomplizierten Wein, der in neuem Holz reife und jung getrunken werden sollte. Er stelle aber auch einen charaktervollen Rotwein her, aus der Vigna Settembrini, der während seiner jahrelangen Alterung auf der Flasche ein ausgeprägtes Aroma und eine feine Tiefe entwickele.

Auf der Kuppe eines Hügels hielt er den Wagen an, um ihnen die Gelegenheit zu geben, über unzählige Hügel zu blicken, an deren Flanken der Wein gedieh. Hügel hätten sie hier genug in Umbrien – nur sechs Prozent des Gebietes sei Flachland. Nach Norden und Osten bildet der Apennin eine Wasserscheide, hier entspringt der Tiber, der die Region der Länge nach durchfließt, und ihr, zusammen mit seinen Nebenflüssen, atmosphärische Luftströme zuführt. Hinzu käme das mäßigende Mittelmeerklima und – nicht zu unterschätzen – die richtige Feuchtigkeitsmenge, die der große Trasimenische Binnensee bringe.
„Wir sind hier vom Klima her sehr begünstigt – und ich habe das Glück, fast 200 Hektar Weinanbau in bester Lage zu besitzen", sagte er stolz. Dann fuhren sie weiter. Charlotte genoss den Ausblick in die grüne Landschaft. Während er sprach, blickte sie ihn verstohlen von der Seite an. Welch ein klassisches Profil! Hätte man seinen Kopf in Stein gehauen oder in Bronze gegossen, hätte man die Büste zu den römischen Kaiserbüsten ins Kapitol stellen können. Wenn sie mit ihren Schulklassen in Rom war, verpassten sie nie einen Besuch im Kapitolinischen Museum, schon um die römische Wölfin mit Romulus und Remus zu besichtigen. Dann blieb sie immer staunend vor diesen Büsten stehen und fragte sich, ob die Menschen früher wirklich schöner, markanter ausgesehen hatten, oder ob die Künstler sie einfach idealisiert hatten. Wahrscheinlich letzteres. Aber dieser Kopf hier neben ihr – war echt. Und sehenswert.
Er sprach jetzt generell von der italienischen Weinproduktion, die im letzten Jahr auf unter 50 Millionen Hektoliter gefallen sei. Dieser Rückgang werde jedoch durch höhere Weinpreise und eine Qualitätssteigerung infolge beträchtlicher Fortschritte in Vinifikation und beim Anbau wettgemacht. Dadurch komme es zu zuverlässigeren Weinen und Italien sei endlich auf dem Weltmarkt voll konkurrenzfähig. Vor einem Berg, in den mehrere höhlenartige Eingänge gehauen worden waren, hielt er an.
„Unsere Weinkellerei." Sie sprangen aus dem Jeep und folgten ihm in eine dieser hohen Grotten. Es war wunderbar kühl hier drin. Die Grotten gingen in tiefen Schächten in den Berg hinein. Charlotte war etwas enttäuscht: Sie hatte reihenweise alte Eichenfässer erwartet. Stattdessen standen hier viele meterhohe, blanke Edelstahltanks. Der Conte erklärte ihnen das temperaturgesteuerte Kühlsystem, das ermöglichte, den Wein nicht künstlich haltbar machen zu müssen, denn chemische

Stabilisatoren würden durch Filtration, niedrige Gärtemperaturen und ausgesuchte Hefekulturen überflüssig.

„Ich musste mir etwas einfallen lassen – als ich das Unternehmen von meinem Vater erbte, lag es finanziell am Boden. Man produzierte zwar doppelt soviel Wein, aber von minderwertiger Qualität. Einen Landwein, den man billig verkaufen musste. Ich produziere viel weniger, aber nur beste Qualität. Natürlich kann ich nicht konkurrieren mit den großen italienischen Weinen wie ‚Brunello di Montalcino' oder ‚Barolo'. Auch nicht mit meinen großen Kollegen hier in Umbrien, wie Bigi, deren Kellerei zur Gruppe ‚Italiano Vini' gehört, die drei Millionen Flaschen im Jahr produzieren, darunter den ausgezeichneten Orvieto Vigneto Torricella und interessante Grechetto und Sangiovese Tafelweine. Aber ich – bin ein Einzelgänger. So bin ich in eine Marktlücke gestoßen und mache biologisch reinen Wein. Das will der Verbraucher jetzt so."

Er erklärte ihnen, dass diese Grotten vor etwa dreihundert Jahren von einem der früheren Besitzer angelegt worden seien, eine phantastisch natürliche Methode, die Temperatur im Sommer wie im Winter konstant zu halten. Charlotte fröstelte es allmählich. Sie rieb sich mit den Händen über die Gänsehaut auf ihren Armen. Es entging ihm nicht.

„Ihnen wird kalt – Sie haben schon Hühnerhaut."

Charlotte verbesserte lachend: „Gänsehaut."

Er lachte auch. „Egal – Geflügelhaut. Lassen Sie uns etwas zum Erwärmen trinken."

„Zum Aufwärmen", verbesserte sie.

Am Eingang einer der Grotten war ein kleiner Raum für den lokalen Weinverkauf, wo man auch alle Sorten probieren konnte. Der Conte nahm eine Weinflasche aus einem der Regale und reichte sie dem jungen Angestellten, der hinter einer Theke stand. Er goss ihnen vier Gläser ein.

„Für mich nicht, danke", lehnte Leo ab.

„Ah, eine Schluck Rotwein wird unsere junge Mann gut tun. Das gibt Mut – den brauchst du, bei Francesca." Er prostete ihm lachen zu.

„Salute! Auf diesen Roten hier bin ich besonders stolz. Dank sorgsamer Klonenwahl und Ersatz der traditionellen Palmetta-Erziehung durch Cordonerziehung haben wir eine hohe Pflanzdichte erzielt. Durch starkes Zurückschneiden senken wir den Hektarertrag dann zwar wieder

drastisch, aber das Ergebnis ist ein alkoholstarker Rotwein, mit Weltklasse-Konzentration und ausgeprägten Polyphenolen."
„Bei den Mengen, die Sie produzieren, exportieren sie sicherlich viel. Wohin?", fragte Helmut.
„Ja, etwa die Hälfte der Gesamtproduktion geht ins Ausland, hauptsächlich nach England und Deutschland. Die arme Engländer haben ja nur ihre saure ‚Themse-Südhang' und ihr Deutsche habt die süße Moselbrühe!" Er ließ sein schallendes Lachen ertönen, von den Wänden der Grotte noch verstärkt. So kann nur er lachen, dachte sie.
„Es gibt sehr gute, trockene deutsche Weine. Wir trinken hauptsächlich französischen Wein in Deutschland – das ist der beste der Welt", bemerkte Helmut.
Das Lachen verstummte. Auf der Stirn des Conte erschienen gefährliche Querfalten. Er rieb sich mit einer Hand den Bart.
„Ach was, der beste der Welt! Die Franzosen panschen ihren Wein mit Ochsenblut, damit er eine schöne, rote Farbe bekommt, oder sie mischen ihn mit unserem starken sizilianischen Wein, damit er die nötigen Grade erhält."
Helmut gab nicht auf. Das seien doch wohl nur vereinzelte Skandale gewesen. Aus Italien höre man ja auch hin und wieder von so etwas. Da sei doch vor Jahren dieser Methanolskandal gewesen...
Der Conte verstand in dieser Hinsicht keinen Spaß. „Bevor Sie abreisen, müssen Sie eine Flasche meines alten Rotweins mit mir trinken. Den habe ich in meine private Weinkeller. Und dann müssen Sie mir – ehrlich – sagen, ob Sie je eine französische Wein getrunken haben, der dem gleich geht."
„Gleich kommt", verbesserte Charlotte.
„Gleich kommen – ich komme gleich", lachte er. „Deutsche Sprache – schwere Sprache. Aber um noch mal auf die Franzosen zurück zukommen: Eines muss man ihnen lassen – sie haben uns damals aus der Patsche geholfen, als am Ende des 19. Jahrhunderts die Reblaus von Amerika nach Italien eingeschleppt worden war, mit katastrophalen Auswirkungen: Sie befällt die Wurzeln der Rebstöcke und saugt sie aus. In Italien mussten damals die befallenen Stöcke durch importierte französische Reben ersetzt werden, die bereits auf Reblaus-resistente Unterlagen gepfropft waren. Deshalb befinden sich heute ‚klassische' französische Sorten wie Cabernet, Chardonnay und Pinot in Italien, neben den für unsere Gegenden typischen Sorten wie Tocai, Refosco,

Marzemino, Nosiola, Ribolla, Verduzzo und Malvasia. Aber – trotzdem haben wir hier in Italien unsere alten Weintraditionen beibehalten und weiterentwickelt. Im Gegensatz zu teuren französischen Weinen, die damals an fast allen europäischen Höfen hoch in der Gunst standen, trank man in Italien den Wein dort, wo er wuchs: Wein wurde hier von den Bauern erzeugt, nicht etwa, wie in Frankreich, vom Adel. Es gibt in Italien noch heute unzählige kleine Weinerzeuger. Kein anderes Land hat so vielfältige Böden und Mikroklimate, eine solche Fülle einheimischer Weingärten wie das unsere. Auch ich bin nur ein umbrischer Bauer, der in einer Welt, in der Wein dem globalen Trend zum Einheitsgeschmack folgt und internationale Sorten boomen, auf Gegenkurs steuert. Salute! Es lebe die Tradition der kleinen Bauern! Es lebe der Wein!"

Er stieß nur mit Charlotte an. Sie wollte wissen, wo er denn seinen privaten Weinkeller habe. Sie hätte sich so einen Keller mit alten Holzfässern vorgestellt...

Er antwortete sehr freundlich. „Den habe ich unten in meinem Haus. Ich werde ihn Ihnen ein anderes Mal zeigen. Wir sollten jetzt zurückfahren, sonst kommen Sie zu spät zum Mittagessen."

Auf der Rückfahrt erklärte er ihnen noch, dass die Produktion seines Olivenöls die des Weines weit überstieg, ja, die eigentliche Einnahmequelle seines Unternehmens sei. Aber der Wein sei eben sein privates Vergnügen. Die Olivenhaine lägen etwas auswärts, hinter Spello. Bei Gelegenheit könnten sie mit Alfonso mal zur Ölpresse fahren. Sie sei aus dem letzten Jahrhundert und stelle ein erstklassiges, kaltgepresstes Olivenöl her. Er lud sie vor dem Speisesaal ab und verabschiedete sich. Mittags speise er für sich allein. Nur abends zusammen mit seinen Gästen.

Sie hatten Hunger und verloren keine Zeit. Wie sich herausstellte, war zum Mittag immer ein Büffet aufgebaut, das aus warmen und kalten Nudelgerichten bestand. Daneben gab es Salate und kalten Aufschnitt. Wein und Wasser standen bereit auf dem Tisch. Die Kellner kamen nur durch den Saal, um die Getränkekaraffen aufzufüllen. Natalina stand neben dem Buffet, beaufsichtigte die Kellner und überwachte den Service – ihrem strengen Blick schien nichts zu entgehen. Charlotte fragte sie, was das für gelbe Punkte dort in der Pastasauce seien, die übrigens köstlich schmecke. Natalina nahm das Kompliment gern hin und erklärte ihr wohlwollend, es handle sich um Ringelblumen. Man könne aus Blüten wundervolle Zutaten machen: Ob Charlotte noch nie Dahlien im Salat gegessen hätte, oder Malvenblüten in der Hühnersuppe? Sie habe noch nie das herb-säuerliche Aroma der Begonie genutzt, um süße Sahne damit zu verfeinern? Oder gefrorene Kapuzinerkresse in den Aperitivo gegeben, was ganz toll aussehe? Sie kannte nicht die Kombination von Geranienblüten und Vanilleeis? Und wusste nicht, dass Klee nach Honig schmecke?

Nein, Charlotte wusste all dies in der Tat nicht, und war um so mehr hingerissen. Plötzlich wurde Natalinas Blick hinterlistig, als sie hinzufügte, man könne aber durchaus nicht alle Blütensorten verwenden. Bei so schönen Blumen wie Hyazinthen und Rhododendron sollte man vorsichtig sein. Wer die harmlos aussehenden Maiglöckchen oder Osterglocken in der Küche benutze, dem habe schon mal die Glocke zur letzten Stunde geschlagen, und wer den Blauen Eisenhut verspeiste, dem stünde das blaue Wunder bevor. Natalina kicherte leise: es sei denn, man wolle das Werk des Herrn vollenden und ungeliebte Zeitgenossen frühzeitig ins Jenseits befördern...

Charlotte ging nachdenklich an ihren Tisch zurück und beschloss, ihren beiden Männern nichts von dem Gespräch zu berichten. Die unterhielten sich derweil über den Conte.

„Der ist ja ganz schön von sich eingenommen. Alles, was er produziert, ist erstklassig, nur das Beste, il Massimo – wie sein Name", höhnte Helmut. „Als ich das mit dem französischen Wein sagte, hab' ich ihm wohl kräftig auf die Füße getreten. Da war er richtig beleidigt."

„Als der liebe Gott die Tugend der Bescheidenheit verteilt hat, stand der Conte hinter einer dicken Säule versteckt", meinte auch Leo.

„Er ist eben stolz auf seine Produkte. Ihr habt ja gehört: Er hat von seinem Vater ein marodes Unternehmen übernommen und ein florierendes Business daraus gemacht. Das ist wohl sein Lebenswerk", verteidigte Charlotte ihn.

„Na ja, eines muss man ihm lassen: Alles, was einem hier aufgetischt wird, einschließlich des Weines, ist wirklich sehr lecker", gab Helmut dann doch zu. Er hatte einen Teller ‚Spaghetti alle erbe' aufgegessen und ging sich einen Salat holen, dessen Vinaigrette mit Veilchenöl verfeinert worden war. Aber das wusste ja nur Natalina.

Charlotte blickte sich im Saal um. Die Gästeschar unterhielt sich animiert untereinander. Hinten im Saal saß das junge Pärchen, das ihr schon gestern aufgefallen war. Sie waren beide sportlich gekleidet und

schienen in ein intimes Gespräch vertieft. Das werden dann wohl der Tennislehrer und die Amazone sein, mutmaßte sie. Sie wies Helmut darauf hin. Nach dem Essen gingen Helmut und Leo zu ihnen hinüber, um sich nach den Sportmöglichkeiten zu erkundigen. Sie ging gleich in ihre Wohnung, um sich auszuruhen. Das viele ungewohnte Essen und die Hitze machten ihr etwas zu schaffen. Sie streckte sich auf ihrem Bett aus, zu einer Siesta. Aber Siesta machte man ja in Spanien, korrigierte sie sich. Wie heißt das hier in Italien? Sie kam nicht darauf. Sie begann gerade, einzuschlummern, als ihre beiden Männer hereinkamen. Helmut schimpfte vor sich hin.
„Das ist ja wohl unerhört! Das mach ich nicht mit."
Charlotte setzte sich wieder auf. „Was ist denn los?"
„Die wollen uns für die Tennis- und Reitstunden unerhört viel abknöpfen. Also, ich verstehe ja, dass sie hier auf Exklusiv machen, aber ich zahl doch nicht dreimal soviel wie in Berlin dafür."
„Aber Papa, lass doch mal was extra springen. Was soll ich denn sonst hier zwei Wochen lang machen? Und du auch – dir täte die Bewegung auch gut. Sonst kommen wir alle dick und rund nach Berlin zurück, so wie wir hier essen. Da hilft nur Sport."
Aber Helmut dachte nicht daran, tiefer als nötig in die Tasche zu greifen. Charlotte wollte ihrem Sohn zu Hilfe kommen. „Helmut, das können wir uns doch leisten. Schließlich sind wir im Urlaub. Du hast doch auch gesehen, wie schön gepflegt die Anlagen hier sind – das hat eben seinen Preis. Von solchen Tennisplätzen kannst du in Berlin nur träumen. Und wann hat Leo in der Schulzeit schon Gelegenheit zum Reiten. Ich finde, ihr solltet das nutzen. Immer das blöde Geld – du gibst ihm einen viel zu hohen Stellenwert."
„Ich bin von euch der Einzige, der den Wert des Geldes kennt. Nicht umsonst arbeite ich in einer Bank. Ich denke nicht daran, mich hier ausnehmen zu lassen." Damit war für ihn das Thema erledigt. Er ließ sich aufs Bett fallen und begann seine ‚Siesta', oder wie immer das nun hieß. Leo verzog sich schmollend in sein Zimmer.
Als sie aufwachten, war es schon vier Uhr nachmittags. Wahrscheinlich waren sie noch von der Reise angeschlagen und hatten die Ruhe nötig. Charlotte schlug vor, durch den Borgo zu spazieren. Es gab da noch so viel zu sehen. Aber Helmut wollte am Pool faulenzen. Auch Leo zog es dahin, in der Hoffnung, auf Francesca zu stoßen. Charlotte besah sich die zwei Bücher, die sie in Berlin gekauft hatte. Erst das dicke, den

Manzoni, lesen, oder lieber mit dem dünnen von der Tamaro beginnen? Sie nahm letzteres mit. Helmut hatte zum Glück auch vorgesorgt und ein paar Zeitschriften über Finanzen, Wirtschaft und Politik eingesteckt, die er in Berlin nicht mehr geschafft hatte zu lesen. Am Swimmingpool waren um diese Zeit viele Leute. Auch Francesca mit ihren Eltern saß dort. Zu Leos großer Enttäuschung räumten sie bald ihre Sachen zusammen. Nur Liliana mit Antonio blieben in den Liegestühlen zurück. Francesca winkte im Weggehen Leo zu sich, der sofort zu ihr sprintete.
„Warum kommst du nicht mit? Ich gehe reiten, Papa geht Tennisspielen. Ich kann sehr gut reiten – besser als schwimmen", lachte sie.
„Die Reitstunden sind so teurer", sagte Leo ehrlicherweise.
Francesca sah ihn erstaunt an. „Ach so, schade. Ich könnte dir reiten beibringen und du mir schwimmen. Kann sich dein Vater das nicht leisten? Ich denk, er ist Bankdirektor?"
Leo bereute es schon, heute Vormittag etwas übertrieben zu haben. Er hatte seinen Vater eben mal promovieren lassen und in den Direktorenstand erhoben.
„Natürlich könnten wir es uns leisten. Aber er findet die Preise überzogen. Er hat halt so seine Prinzipien."
„Nennt man das so bei euch? Bei uns nennt man das: essere di tasca piccola! Wahrscheinlich ist er einfach knickerig", kicherte sie. Dann lief sie hinter ihrem Vater her. Für den Rest des Nachmittags hatte Leo denkbar schlechte Laune. Er probierte alle Schwimmstile durch, die er konnte. Charlotte vertiefte sich in ihr Buch: Es war eine rührende Geschichte, einfach und ergreifend zugleich. Helmut konzentrierte sich auf seine Finanzblätter. Die meisten Gäste taten ähnliches. Die angenehme Ruhe wurde nur durch die Tigerlilli unterbrochen, die allein auf ihren Sprössling aufpassen musste: „Antonio, vieni qui."... „Antonio, non andare in acqua!"… "Antonio, non disturbare la gente."
Warum geht sie nicht mit ihm schwimmen, fragte sich Charlotte. Aber sie schien zu sehr damit beschäftigt zu sein, ihren wohlgeformten Körper in die Sonne zu strecken. Wie Charlotte heute Vormittag bemerkt hatte, lag Tigerlilli immer in der prallen Sonne, den Schutz des Sonnenschirmes verschmähend. Das gibt früher oder später Falten, dachte Charlotte schadenfroh. Aber die wird sie sich dann wohl von irgendeinem Schönheitschirurgen ausbügeln lassen. Sie musste sich eingestehen, dass ihr die Frau einfach unsympathisch war, obwohl sie ihr doch gar nichts getan hatte. War sie eifersüchtig? Ach nein. Aber

vielleicht war es so etwas wie Neid, der an ihr nagte: auf den kleinen Totò. Tigerlilli hatte Francesca, die fünfzehnjährige Tochter, und dann, nach etwa zehn Jahren Pause, hatte sie noch einen Sohn bekommen. Sie wandte sich an Leo, der sich neben ihr niedergelassen hatte.
„Hat dir Francesca heute Vormittag etwas über ihre Familie erzählt?", versuchte sie ihn auszuhorchen.
„Klar doch. Was willst du wissen – wie alt ihre fesche Mutter ist?" Er grinst sie an.
„Wie alt der süße Antonio ist, wollte ich wissen."
„Der süße Quengelgeist ist fünf und nervt die ganze Familie. Besonders Francesca, die dauernd auf ihn aufpassen soll. Er ist total verzogen. Seine Mutter ist übrigens vierzig – sieht man ihr nicht an, was? Sie pflegt sich aber auch von früh bis spät, hat Francesca zugegeben. Hat nie gearbeitet. Hat sie auch nicht nötig. Federico, ihr Mann, ist Arzt. Er soll dem Conte irgendetwas operiert haben, sind dicke Freunde, die beiden Männer. Und alle kommen jedes Jahr hierher. Ihr Vater sei einer der besten Chirurgen Roms, sagte Francesca. Ich glaube, sie gibt gern ein bisschen an. Aber sonst ist sie echt nett. Und jetzt reitet sie und ich sitze hier herum!"
Charlotte blickte zu Antonio hinüber, der gerade die Badetaschen anderer Gäste inspizierte, von seiner Mutter unbemerkt, die sich feuchte Wattepads auf die Augenlieder gelegt hatte. Natürlich langweilt sich der Ärmste, dachte Charlotte mitleidig. Wie hatte diese Liliana ihren Mann wohl überredet, nach zehn Jahren noch mal von vorne anzufangen?
Es schien fast, als habe Leo ihre Gedanken gelesen, denn er sagte unvermittelt: „Francesca sagte, sie hatte den kleinen Bruder erst gewollt, aber nun sei er zu einem echten Kotzbrocken ausgewachsen. Auch ihre Mutter hatte eigentlich kein Kind mehr gewollt, aber ihr Vater wollte unbedingt einen Sohn. Wenn noch eine Tochter gekommen wäre – der hätte so lange weitergemacht, bis zum ersehnten Sohn. Francesca sagt, sie hätte noch mal Glück gehabt, dass Totò kam, sonst lebe sie heute vielleicht in einer Großfamilie mit zehn Schwestern und einem Bruder."
„Das hat sie dir alles heute Vormittag erzählt?"
„Klar, man kann prima mit ihr quatschen. Hast du gehört, wie gut sie Deutsch spricht? Bis auf den Akzent natürlich. Aber ich finde, der hört sich eigentlich sehr niedlich an, findest du nicht auch?" Charlotte nickte lächelnd: „Alles an ihr ist niedlich."

So war das also. Sie sah Helmut von der Seite an. Warum willst DU nicht noch ein Kind – eine Tochter zur Abwechslung? Aber sie wusste, das Thema war besser nicht anzusprechen.
Sie blieben bis zum Abend am Pool. Da wurde es erst richtig schön. Und leer. Zum Schluss waren sie ganz allein. Die rote Abendsonne warf ihre letzten Strahlen über das Tal, ließ das rosa Wasser glitzern, gab den hohen Pinien ihre langen Schatten. Helmut hatte seine Zeitschriften durchgelesen und überlegte, wie er am nächsten Tag an eine deutsche Zeitung käme.
Sie blickte in den Abendhimmel. Die Dämmerung setzt hier früher ein als bei uns, dachte sie. Über ihnen flogen kleine, dicke Vögel hin und her. Schwalben? Nein, dafür waren sie zu plump.
„Was fliegt da über uns her?", fragte sie Helmut. Der blickte eine Weile den fliegenden Objekten nach und qualifizierte sie als Fledermäuse.
„Bist du sicher? Fledermäuse? Habe ich in Berlin noch nie gesehen."
„In unseren Großstädten dürften sie auch nicht mehr zu sehen sein. Aber als ich früher mit meinen Eltern Urlaub auf dem Bauernhof in Österreich gemacht habe, da hab ich die Dinger kennen gelernt. Die hingen in den Scheunen unterm Dach. Wir Jungs haben immer laut in die Hände geklatscht, um sie aufzuschrecken. Sonst hängen sie den ganzen Tag im Dunkeln rum, nur in der Dämmerung werden sie munter."
„Wie gemein, die Tiere unnötig aufzuschrecken." Charlotte war eben Tierschützerin.
Leo hatte kein Mitleid. „Also mir gefällt das gar nicht, dass die so nah über uns herfliegen – ob das Vampir-Fledermäuse sind? Die einem nachts das Blut aussaugen?"
„Dein Sohn guckt zu viele Horrorfilme. Nein, die europäischen Fledermäuse sind ganz harmlos. Und nützlich. Sie vertilgen Insekten."
Sie gingen, sich zum Abendessen umzuziehen. Ich habe viel zu wenig Kleider mitgenommen, bereute Charlotte. Sie hatte bemerkt, dass die anderen Gäste sich abends regelrecht in Schale schmissen. Die Damen trugen elegante Kleider, die Herren hatten die Shorts gegen lange Hosen und feine Hemden getauscht.
„Irgendwie sind wir hier ‚deplaziert'." Sie hatte sich ihren Vorspeisenteller mit Mozzarella di Bufala, Tomaten und Artischocken vollgefüllt und setzte sich an ihren Platz.
„Wir haben nicht die richtige Garderobe mitgenommen."

„Du hast den Koffer doch selber gepackt." Helmut nahm sich den Parmaschinken mit Melone.
„Ich habe auch das Gefühl, hier kennen sich alle. Scheinen Freunde und Geschäftspartner zu sein. Wir sind nur ‚Zufallsgäste'", sinnierte Charlotte.
„Da mach ich mir keine Probleme. Schließlich bin ich ein zahlender Gast."
Man servierte gerade das Hauptgericht ‚Pollo alla cacciatora', als der Conte seine Runde durch den Saal machte. Er setzte sich an einen der Tische mit sechs Personen und blieb dort bis zum Nachtisch. Als sie ihr Stück Obsttorte vor sich hatten, hielt er auch noch an ihrem Tisch an.
„Wie waren das Tennisspiel und die Reitstunden heute Nachmittag?"
„Wir haben weder das eine noch das andere gemacht", maulte Leo.
Er war erstaunt. „Warum nicht – ich dachte, Sie seien so ‚sportivo'?"
„Sportlich schon, aber nicht im Geld verschwenden. Ihr Tennislehrer hat uns gesalzene Preise genannt." Helmut nahm kein Blatt vor den Mund. Charlotte versuchte, ihn unter dem Tisch zu treten, verfehlte ihn aber. Seine offen zur Schau getragene Sparsamkeit war ihr manchmal peinlich.
Der Conte runzelte die Stirn. „Da muss eine Missverständlichkeit vorliegen. Renzo und Lucia können eine kleine Gebühr für ihre Künste nehmen, aber im Großen und Ganzen sollen sie kostenlos hier arbeiten – schließlich machen sie hier umsonst Urlaub. Ich werde das sofort regeln." Er drehte sich im Weggehen noch einmal um. „Leonardo, komm mit mir." Das war ein Befehl. Leo stand auch sofort auf. Sie gingen zum Tisch von Renzo und Lucia, die beide vom Conte aufgefordert wurden, einen Moment mit nach draußen zu gehen. Auch Leo ging mit raus.
Charlotte sah Helmut vorwurfsvoll an. „Kannst du dich nicht mal etwas diplomatischer ausdrücken? Das Ganze ist mir peinlich."
„Ich sage, was ich denke. Es müsste ihm peinlich sein, nicht dir."
Der Conte kam mit Leo zurück. „Es ist alles geklärt. Sie brauchen nichts zu zahlen. Es war eine Missverständlichkeit."
„Ein Missverständnis", verbesserte Charlotte.
Der Conte lächelte sie dankbar an. Aber Helmut war jetzt wohl in seinem Stolz gekränkt.
„Wir wollen keine Almosen. Wenn wir Sport machen wollen, können wir auch unsere Stunden selbst bezahlen."

Jetzt wusste der Conte gar nicht mehr, woran er war. Er blickte von einem zum anderen. Rieb sich nachdenklich mit einer Hand den Bart.
„Almosen? Was ist das? Eine Blumensorte? Eine Kreuzung aus Alpenrosen und Mimosen?"
Charlotte musste lachen. „Mein Mann wollte sagen, dass wir ihr freundliches Angebot gerne annehmen."
„Ich wollte sagen...", hob Helmut zu weiteren Erklärungen an, aber da unterbrach ihn der Conte brüsk: „Ich mache einen Vorschlag zur Güte – das sagt man doch so, Frau Lehrerin?" Er lächelte Charlotte mit seinem breitesten Lächeln an. In seinem braungebrannten Gesicht leuchteten seine makellosen Zähne besonders weiß.
„Zur Güte, ja, genau. Was schlagen Sie denn - zur Güte - vor?"
„Ihre Mann will nichts umsonst – va bene. Ein richtiger, deutscher Kerl lässt sich nichts schenken, giusto? Machen wir eine kleine Tausch – die beiden Herren machen soviel Sport, wie sie wollen, ohne dafür etwas zu bezahlen. Und Sie gehen inzwischen wandern - das hatten sie doch so vor, oder? Wenn ich Sie dabei begleiten darf? Wir uns unterhalten einfach etwas und Sie verbessern mir immer so freundlichst. Eine Deutschstunde, im Tausch gegen Reit- und Tennisstunden? Dann kann ich endlich aufbessern meine schlechte Deutsch. Sind Sie alle damit einverstanden?"
Helmut blickte versöhnlicher drein. Leo nickte begeistert: „Einverstanden!" So würde er doch noch zum Reiten mit Francesca kommen. Charlotte blickt nachdenklich.
„Aber ich bin keine Deutschlehrerin. Ich unterrichte Latein und Französisch. Ich meine – ich weiß nicht, ob ich Ihnen die Regeln der deutschen Grammatik richtig erklären kann."
„Ach, was – Grammatik! Wir machen nur ein bisschen ‚conversazione'. Und – Lehrerin ist Lehrerin. Sie verbessern mich doch die ganze Zeit über schon so reizend." Er strahlte sie an. „Sagen wir, morgen um vier Uhr? Ich hole sie ab." Er erwartete gar keine Antwort mehr, war schon am Nebentisch, bei den Martinellis.
„Da habt ihr mir ja was Schönes eingebrockt. Ihr vergnügt euch beim Sport und ich muss Deutsch unterrichten. Ich dachte, ich wäre im Urlaub!"
„Aber Lotte, warum willst du denn allein durch die Gegend laufen? Wenn du sowieso nur spazieren gehen willst, kannst du das auch in seiner Begleitung tun. Er wird dir zwar die Ohren voll quatschen von

seinem besten Wein, von seinem besten Olivenöl und so weiter, lass ihn einfach reden, er ist der Typ ‚selbstgefälliger Alleinunterhalter', aber er kann doch auch ganz nett sein." Helmut schien plötzlich seine Sympathie für den Conte entdeckt zu haben.
Leo war der gleichen Meinung. „Das können wir uns nicht entgehen lassen – alles kostenlos. Für ein bisschen Konversation in Deutsch. Warum hast du ihn auch dauernd verbessert? Jetzt hast du es! Ich finde ihn auch nett – obwohl, der kann auch ganz schön ungemütlich werden. Ihr hättet sehen sollen, wie er diesen Renzo und das Mädchen, Lucia, da draußen zusammengestaucht hat. Hat sie extra rausbeordert, damit er im Saal kein Aufsehen verursachte. Das war fast so, wie damals bei Großonkel Ernst, wenn er unseren Cousin Manni vor die Tür nahm, um ihn zu verdreschen. Ich dachte auch, der Conte nimmt gleich seinen Gürtel und zieht den beiden eins über. Aber er hat sich auf Worte beschränkt. Die habe ich ja nicht verstanden. Müssen aber deftig gewesen sein. Die beiden waren total eingeschüchtert. Taten mir fast leid. Sind doch schließlich Studenten, die sich nebenher was verdienen müssen."
Charlotte gab klein bei. Warum hatte sie ihn auch dauernd verbessert? Eine Lehrerin bleibt eben immer eine Lehrerin.
Als sie über den Platz zu ihrer Wohnung gingen, sahen sie, wie um den Brunnen herum ein paar Stühle aufgestellt wurden. Alfonso stand mit zwei älteren Männern da, die Musikinstrumente auspackten. Eine Gitarre, ein ‚Mandolino', ein Tamburin. Ein paar Gäste hatten sich auch schon eingefunden.
„Die machen heute wieder ‚funicoli-funicola', wir müssen uns wohl dazugesellen", ahnte Helmut. Alfonso trat zu Charlotte. Er erklärte ihr, dass heute und morgen zwei seiner Freunde aus Neapel hier wären, die ein bisschen Musik mit ihm machen wollten. Das sollten sie ausnutzen und hinzukommen. „Non mancate questa occasione!" Die Freunde kämen nicht alle Tage hier herauf. Und wenn der Abend kühl werde, dann habe er, Alfonso, etwas zum aufheizen. Er zog eine Flasche ‚Grappa' aus der Tasche, den er stolz als ‚selbst gebrannt' anpries.
Helmut und Leo blieben unten, während sie in die Wohnung hoch ging, um sich ihre Strickjacke zu holen. Aber eigentlich brauchte man keine Jacke. Die Nacht war angenehm warm. Als sie wieder auf den Platz kam, hatte er sich gefüllt und die Musik war voll im Gang. Sie spielten eine lustige Tarantella. Ein paar Gäste fingen an, dazu zu tanzen. Es

machte Spaß zuzusehen. Francesca kam auf Leo zu: „Willst du hier nur rumstehen? Komm, tanz mit! Das ist zwar keine tolle Discomusik, aber wir bewegen uns wenigstens ein bisschen."
Leo hüpfte bereitwillig mit in die Menge. Charlotte musste über seine ungelenken Bewegungen lachen. Wie hoch war er aufgeschossen im letzten Jahr! Jetzt sollte er nur etwas in die Breite gehen. Er war zu dünn, wie sie auch. In Berlin vergaß sie manchmal das Essen. Wenn sie nach einem langen Tag nach Hause kam, fiel ihr manchmal erst abends auf, dass sie den ganzen Tag über nichts gegessen hatte. Helmut findet mich zu dünn, pass auf, sonst schnappt er sich früher oder später so einen saftigen Brocken wie diese Liliana.
Ihr Blick suchte die Tigerlilli. Die hüpfte mit einem der Gäste über die Tanzfläche. Sie hatte ein enges, gelbes Stretchkleid an, was ihre Formen gut zur Geltung brachte. Ihr Mann Federico saß auf einem der Stühle und unterhielt sich mit einem anderen Gast. Dann kam der nächste Tanz, ein etwas langsameres Stück. Plötzlich stand Tigerlilli vor ihnen. Sie lächelte freundlich, sprach sie auf Italienisch an: „Darf ich mich vorstellen, Liliana Veronese. Ich dachte, wo unsere Kinder sich schon bekannt gemacht haben, sollten wir das vielleicht auch tun. Sie haben einen so netten Sohn. Leider spreche ich ihre Sprache nicht – trotz meiner deutschen Schwiegermutter." Sie schüttelten sich die Hände, Charlotte übersetzte für Helmut, dann stellten sie sich vor.
„Und das ist mein Sohn Antonio, kurz Totò", sagte Liliana. Totò stand neben ihr und zog an ihrem Kleid. „Mamma, ich will auch tanzen. Keiner tanzt mit mir."
„Leider sind hier keine anderen Kleinkinder", sagte sie bedauernd.
„Dann tanz ich mit dir", sagte Charlotte. „Willst du mit mir tanzen, Antonio?"
Antonio wollte. Er hüpfte wie wild herum, sie hüpfte langsamer mit. Liliana und Helmut blickten ihnen hinterher.
„Venga anche Lei – andiamo a ballare", forderte Liliana Helmut auf. Da er sie nicht verstand und sich nicht von der Stelle rührte, zupfte sie ihn einfach am Ärmel und zog ihn mit sich. Er tanzte noch ungelenker als Leo. Beim nächsten Tanz nahm man ihr Antonio weg. Lucia und Renzo, das junge Paar, hatten ihn zwischen sich genommen und tanzten zu dritt. Sie war ein wenig aus der Puste, lehnte sich an den Rand des Steinbrunnens und fuhr mit einer Hand durch das kühle Wasser. Helmut war nicht von Tigerlilli erlöst worden, er tanzte weiter mit ihr herum.

Oder wollte er nicht erlöst werden? Alfonso machte mit seinem angepriesenen Grappa die Runde. Sie verneinte zwar, unterhielt sich aber gerne ein bisschen mit Alfonso. Er war ein Mann um die sechzig. Man sah ihm die lebenslange Arbeit in der freien Luft an. Seine Haut war braungebrannt und wie gegerbt. Er war klein und kräftig und wohl sonst eher einsilbig, aber nach ein paar Gläschen Grappa wurde er gesprächig.

Da gesellte sich Federico zu ihr. Er stellte sich höflich als ‚Dottor Federico Veronese' vor. Sie könne ihn aber auch einfach Friedrich nennen, schließlich sei das sein Taufname, dank seiner deutschen Mutter, die immer ihren Mädchennamen, Schilling, behalten hätte, auch nach der Hochzeit mit seinem Vater, Carlo Veronese. Er entschuldigte sich für sein schlechtes Deutsch, das er in der Tat sehr gebrochen sprach. Seine Mutter habe nach der Heirat mit seinem Vater, der ja Italiener sei, zu Hause kaum noch Deutsch, sondern eigentlich nur noch Italienisch gesprochen. Er sei also nie so richtig zweisprachig aufgewachsen. Schade, eine verpasste Gelegenheit. Sein Vater habe nie Interesse daran gehabt, ein wenig Deutsch zu lernen. Er sei immer stur der Auffassung gewesen: Ich bin Italiener, meine Familie lebt in Italien, warum soll ich mich mit einer Fremdsprache herumplagen, die zudem auch noch recht schwer zu erlernen sei, wie das Deutsche eben. Er, Federico-Friedrich wollte bei seinen Kindern diesen Fehler nicht begehen, deshalb habe er sie beide erst in den Deutschen Kindergarten und dann auf die Deutsche Schule in Rom geschickt, wo sie doch ganz ordentlich Deutsch gelernt hätten. Oder? Charlotte konnte dies nur bejahen.

„Sowohl Francesca als auch Antonio sprechen außerordentlich gut Deutsch, besonders Antonio, wenn man bedenkt, dass er nur in den Deutschen Kindergarten geht. Kleine Kinder lernen Fremdsprachen so unglaublich schnell, sozusagen gleich mit der Muttersprache mit. Aber Sie sprechen doch jetzt sicher zu Hause auch Deutsch mit ihren Kindern?"

„Leider nicht genug. Ich bin ja viel angespannt beruflich, und meine Frau – benimmt sich eine bisschen wie meine Vater: Sie hat nie gewollt lernen Deutsch. Warum, sie fragt. Wir leben in Rom. Es ist genug, wenn Kinder lernen Deutsch in Schule, sagt sie. Ich bedaure das. Ich muss ihr erlauben, was ich ihr nicht kann verbieten." Er bedauerte, sie nicht zum Tanzen auffordern zu können – er sei ein miserabler Tänzer. Dafür tanze seine Frau umso besser. Und lieber. „Was der eine nicht können, können

eben der andere – so soll es wohl in eine gute Ehe sein", meinte er lachend. In ihrer Ehe könne weder sie noch ihr Mann tanzen, meinte Charlotte lächelnd, ihr Mann Helmut tanze aber trotzdem dort herum.
„Sì. Meiner Frau kann kein Mann widerstehen." Federico sagte das mit einer gewissen Bewunderung. Er himmelt seine Frau an, erkannte Charlotte.
Francesca und Leo machten eine Tanzpause. Auch sie waren aus der Puste. „Papa, morgen Nachmittag kannst du mit Leos Vater Tennis spielen, und ich gehe mit Leo reiten. Sie haben das geklärt. Leos Vater ist ein Tennisass. Einer der besten Spieler Deutschlands."
Charlotte sah Leo vorwurfsvoll an. Der guckte verlegen auf den Boden. Warum musste er immer so angeben?
Dottor Veronese war erfreut. „Na endlich eines gutes Partner für mich." Hier bei den Gästen sei nur der Martinelli gut im Tennis, außer dem jungen Renzo natürlich. Aber die anderen – alles Geschäftspartner des Conte, Besitzer von Restaurantketten, die ihm literweise Wein und Öl abkauften, seien alle total unsportlich. Er als Arzt dagegen achte auf seine Gesundheit. Mindestens zweimal die Woche gehe er Tennisspielen und in den Park der Villa Doria Pamphili zum Joggen. Aber mit einem deutschen Meister werde er dann wohl doch nicht mithalten können. Er wolle es aber versuchen. Ob sie, Charlotte, auch irgendeinen Sport triebe?
„Ich werde spazieren gehen. Mit dem Conte. Er will Deutsch mit mir sprechen – als Sprachübung, sozusagen."
„Ah sì?" Federico sah sie plötzlich sehr interessiert an. Er hatte ein intelligentes, fein geschnittenes Gesicht. Ihr waren auch seine schlanken Chirurgenhände aufgefallen. Er trug ein graues Leinenhemd mit der passenden Hose dazu. Auch sein Haar war schon leicht ergraut, aber immer noch füllig. Überhaupt hatte er eine sehr gepflegte Erscheinung.
„Sie gehen mit Massimo spazieren? Behandeln Sie ihn mir nur gut – er ist einer meiner Lieblingspatienten – und mein Freund."
Sie zog die Augenbrauen hoch. Wie das wohl gemeint war? Sie konnte den Gedanken aber nicht zu Ende denken, denn Helmut und Liliana tauchten neben ihnen auf.
„So, ich bringe Ihnen Ihren Mann wieder", rief Tigerlilli übermütig, „bevor Sie sich mit meinem Mann langweilen."
Charlotte verneinte das höflich. Liliana seufzte: „Schade, dass Massimo heute nicht da ist. Mit ihm macht so ein Festchen erst richtig Spaß."

„Wo ist er denn?", fragte Charlotte neugierig. Sie hatte sich schon gewundert, ihn nicht zu sehen.

„Er ist auf irgendeiner Party in Assisi eingeladen. Aber morgen Abend gehört er uns. Er hat mir versprochen, morgen mitzutanzen."

Sie verabschiedeten sich für heute. Man war müde. Irgendwie hatten sie sich noch nicht richtig akklimatisiert.

KAPITEL 6 (3. August)

Wie man jemandem das Schwimmen und die Grammatik beibringt,
wie man jemandem auf die Schliche und hinter seine Schwächen
kommt,
wie man vom Wege und vom Thema abkommt

Sie behielten es bei, auf ihrer Terrasse zu frühstücken. Leo musste nur in den Saal rüberlaufen, alles bestellen und schon trug man es ihnen herauf. Während sie den Cappuccino genossen, kam ein junger Mann zu ihnen hoch, der aussah wie ein Landarbeiter. Davon gab es hier ja genug auf dem Anwesen, obwohl allgemeine Ferienstimmung herrschte. Er legte ihnen eine deutsche Tageszeitung auf den Tisch und verschwand sofort. Helmut war hocherfreut. „Hoppla, wo kommt denn die her?" Charlotte erklärte ihm, dass sie gestern Abend Alfonso gefragt habe, wo sie hier deutsche Zeitungen kaufen könnten. Der meinte, einer der Jungs, die jeden morgen aus Assisi hier zur Arbeit heraufkämen, könnte die mitbringen.
„Toller Service." Helmut warf sofort einen Blick auf die Schlagzeilen. „Schon wieder neue Terroranschläge."
Charlotte wollte davon nichts hören. Die westliche Welt hatte sich in ihrer Überheblichkeit mit der östlichen Welt angelegt – nun mussten alle die Suppe auslöffeln.
Den Vormittag verbrachten sie schwimmend und lesend am Pool. Leo und Francesca bespritzen sich ausgelassen mit Wasser. Sie hatten einen Rettungsring um Antonio gelegt, der nicht schwimmen konnte. Auch er spritzte mit, so gut er konnte. Der Kleine hing selig in dem Ring, auch als seine große Schwester sich nicht mehr um ihn kümmerte, weil Leo ihr das Rückenschwimmen beibringen wollte. Seiner Mutter gefiel das nicht und sie ermahnte Francesca, sie solle ihren kleinen Bruder nicht unbeaufsichtigt herumpaddeln lassen, er könne aus dem Ring rutschen und ertrinken! Liliana zog den zappelnden Antonio aus dem Becken. Warum bringt sie ihm nicht das Schwimmen bei, dachte Charlotte. Leo hatte schon mit drei Jahren schwimmen gelernt. Helmut hatte es ihm beigebracht. Aber Antonios Vater Federico lag im Liegestuhl und las ein Fachbuch. Sie konnte die Schlange mit dem Stab, das internationale Ärzteabzeichen, auf dem Umschlag von weitem erkennen. Da kam Antonio zu ihr gelaufen.

„Du hast gestern mit mir getanzt – schwimmst du jetzt mit mir, Signora?" Er strahlte sie hoffnungsvoll an. Seine nassen, schwarzen Löckchen ringelten sich um sein rundes Kindergesicht. Konnte man dem widerstehen?
„Wenn deine Mutter nichts dagegen hat – wir müssen sie fragen, Totò." Tigerlilli hatte nichts dagegen. Sie schien sogar erfreut zu sein. So konnte sie wenigstens ungestört in der Sonne braten. Charlotte stieg mit dem Kleinen ohne den Ring ins Wasser. Antonio klammerte sich ängstlich an sie.
„Du brauchst keine Angst zu haben. Wenn du die Arme immer bewegst, gehst du nicht unter." Sie machte es ihm vor, während er sich am Beckenrand festhielt. Dann legte sie ihm die Hände unter den Bauch. „So, nun beweg dich", forderte sie ihn auf. Er war mutig und strampelte drauf los. Sie hielt ihn natürlich immer von unten fest. Er quietschte vor Vergnügen. „Mamma, Papa, ich kann schwimmen!"
Federico sah nur kurz von seinem Buch auf und winkte ihnen zu. Liliana kam zum Beckenrand und beugte sich zu ihnen hinunter. Ihr praller Busen schwebte bedrohlich über ihnen. Allarmiert fragte sie, ob es nicht etwas gewagt sei. Schließlich gäbe es hier keinen Bademeister, keinen Rettungsschwimmer, und man höre immer wieder, wie schnell es mit dem Ertrinken ginge. Da genügten ein paar Schlucke Wasser...
Charlotte versicherte, sie passe schon auf, und die besorgte Mutter zog sich wieder auf ihren Liegestuhl zurück. Sie paddelte noch eine ganze Weile mit Antonio herum, bis Francesca und Leo hinzukamen.
„Wir lösen Sie ab. Mein Bruder kann ganz schön anstrengend sein, nicht?", fragte Francesca. Charlotte verneinte das. Er sei eben ein ganz normaler Junge von fünf Jahren, mit einem ganz normalen Bewegungsdrang und dem ganz normalen Wunsch, das Schwimmen zu lernen. Sie ging zu ihrem Liegestuhl und zog sich den weißen Bademantel über, den sie heute aus dem Badezimmer mitgenommen hatte. Ihre Blicke gingen vom Schwimmbecken weg in die sanfte Hügellandschaft. Dann zum Haupthaus hinter ihnen. Sie befanden sich unterhalb des wuchtigen Turms, der zwar nicht hoch, aber breit war. Bei genauerer Betrachtung fiel ihr auf, dass er aus einem anderen, dunkleren Stein als der Rest des Hauses gebaut war. Er sah auch älter aus. Ein alter Wehrturm. Von hier aus konnte man unten ein Fenster sehen, aber keines im ersten Stock. Darüber waren die Zinnen. Man musste eine schöne Aussicht von dort oben haben.

„Man hat eine schöne Aussicht von dort oben", sagte eine tiefe Stimme neben ihr. Der Conte! Wie ein ‚Deus ex machina' tauchte er immer auf, dachte sie erschrocken.
„Wollen Sie wieder Schatten spenden?"
„Nein, ich sehe nur ab und zu nach dem Rechten. Von meinem Büro aus kann ich den Swimmingpool sehen. Sie haben versucht, dem kleinen Totò das Schwimmen beizubringen? Das war süß. Ich kann eigentlich auch nicht besonders gut schwimmen – geben Sie mir auch mal Hilfestellung?" Er lachte verschmitzt.
„Das glaub ich Ihnen nicht! Dass Sie nicht gut schwimmen können!"
„Es stimmt auch nicht. Aber ich hab es halt versucht – von Ihnen eine Schwimmunterricht kostenlos zu kriegen. Aber ich mich wohl mit Deutschunterricht begnügen müssen?"
Sie nickte belustigt, bejahend. „Sie haben einige nette Gäste hier."
„Ich habe nur nette Gäste. Wir sind hier unter Freunden. Ich sehe, Sie haben sich schon von allein bekannt gemacht. Es freut mich immer, wenn meine Gäste sich untereinander bestehen."
„Verstehen", verbesserte sie.
„Ah, eure deutschen Verben mit diese verflixte Präfixe haben es in sich. Darüber müssen wir heute Nachmittag reden."
„Gerne. Darf ich mir eine Kritik erlauben?", fragte sie vorsichtig. „In Ihrer perfekten Anlage hier fehlt etwas..." Er war ganz Ohr. „Kritik? Nur zu! Was fehlt?"
„Ein Planschbecken für Kinder. Aber daran denken Erwachsene, die keine eigenen Kinder haben, wohl nicht. Oder haben Sie Kinder?"
„Nein. Ich habe keine. Und es kommen auch relativ wenig Familien mit kleinen Kindern hier her. Die meisten meiner Freunde sind in meinem Alter und ihre Kinder sind schon groß. Ich bin immerhin schon 47." Er lächelte fast ein wenig melancholisch. Danach sah er nicht aus, mit seiner stattlichen Gestalt. Auch der Bart war pechschwarz, hatte noch kein graues Haar. Nur das Haupthaar war verloren gegangen.
„Wir sehen uns heute um vier Uhr? Es bleibt doch dabei?"
„Natürlich. Ich habe hier keinen vollen Terminkalender. Wenn die Sportplätze um diese Zeit frei sind..."
„Dafür ist gesorgt", sagte er knapp. „Bis dann also – und halten Sie den Totò schön unterm Bauch fest!" Sie sah ihm nach, wie er mit großen Schritten zu seinem Haus zurückging.

Er konnte sie also von seinem Büro aus beobachten. Vorsicht! Das ist einer, der will hier alles unter seiner Kontrolle haben, ahnte sie sich.

Nach dem Mittagessen legten sie sich wieder auf die Betten. In der heißen Mittagssonne konnte man eigentlich auch nichts anderes machen. Im Haus war es angenehm kühl und der Mittagsschlaf tat ihnen gut. Sogar Leo machte mit. Dafür waren sie dann abends munterer. Diese Angewohnheit sollten sie in den ganzen zwei Wochen ihres Urlaubes beibehalten. Kurz vor vier Uhr wurde Leo dann nervös. „Was soll ich eigentlich zum Reiten anziehen? Shorts?"
Charlotte meinte, dass eine Jeans angebrachter wäre. Helmut hatte das gleiche Problem.
„Hast du meine weißen Shorts eingesteckt?"
„Die passen dir doch schon lange nicht mehr. Ich habe die blauen und die grünen eingepackt. Die werden es ja wohl auch tun. Du kannst ja ein weißes T-Shirt dazu anziehen. Davon habe ich mehrere mitgenommen."
„Gott sei Dank hast du an meine Turnschuhe gedacht. Du bist im Kofferpacken nicht zu übertreffen." Helmut drückte ihr einen Kuss auf die Wange, dann hasteten er und Leo hinaus, ihren Sportabenteuern entgegen.
Sie betrachtete sich im Badezimmerspiegel. Band ihre langen Haare zum Pferdeschwanz, ihrer Standartfrisur zusammen. Sie hatte schon den ganzen Tag ihre hellblauen Bermudas mit einem hellblauen T-Shirt an. Zum spazieren gehen wird das ja wohl gut genug sein. Am besten auch Turnschuhe dazu, statt der offenen Sandalen. Darin konnte man besser – wandern.
Sie zog die Haustür hinter sich zu. Es war schon komisch, so ohne abzuschließen aus dem Haus zu gehen, da hatte Helmut Recht gehabt. Als sie die Treppe runter ging, sah sie den Conte schon unten stehen. Er hatte sich an den Stamm einer Pinie gelehnt und im Schatten auf sie gewartet. Er trug schwarze Jeans, ein schwarzes T-Shirt und schwarze Sportschuhe. Die Wanderung konnte also beginnen. Lächelnd kam er ihr entgegen. „Wohin wollen Sie denn wandern gehen?"
Sie zuckte mit den Schultern. „Mir ist alles recht – ich kenne mich hier ja nicht aus. Was gibt es denn sonst noch so zu sehen?"
„Allerhand... Warum blickten Sie gerade so besorgt drein, als Sie die Tür zu machten?"

„Habe ich besorgt geblickt?" Ihm schien aber auch nichts zu entgehen.
„Es ist nur – ungewöhnlich, so ohne abzuschließen. Wir kommen aus einer Großstadt. Da schließt jeder alles doppelt und dreifach ab."
„Ach so. Wenn es nur das ist. Ich fürchtete schon, sie hätten andere Sorgen. Also, auch hier in Italien schließt man natürlich heutzutage alles ab. Als ich noch ein Kind war – ich kann mich erinnern, dass niemand seine Haus abschloss. Man ließ die Schlüssel einfach von außen an die Türen stecken. Das geht heute nicht mehr. Kommen Sie, ich zeige Ihnen, wie wir uns hier absichern. Dann haben wir gleich eine Ziel für unseres erste Spaziergang."
Er schlug den Weg ein, auf dem sie vorgestern hier angekommen waren, die schmale Straße mit dem Graben. Sie legte ihren flotten Wanderschritt ein.
„Sie lieben es aber schnell", sagte er, gemächlich schlendernd.
„Das verstehen wir Deutschen unter dem Wort ‚wandern'."
„Bei Ihrem Tempo sind wir gleich in Assisi. So weit wollte ich heute eigentlich gar nicht vorkommen."
„VORANKOMMEN oder: bis dahin wollte ich heute nicht kommen."
Sie war entschlossen, sein Deutsch gründlich zu verbessern, falls er daran irgendwelche Zweifel haben sollte.
„Oh, diese fiesen, kleinen Präfixen vor euren Verben. Damit habe ich immer Schwierigkeiten. Also, ich meine: Eine Verb hat seine Bedeutung. Va bene. Setzt man so eine kleine Silbe davor wie ‚ver' oder ‚be' oder ‚ent' und so weiter, veränderte das ganze Verb seine Bedeutung. Das kann einen wahnsinnig machen, wenn man Ihre Sprache lernen will."
„Zum Beispiel?", fragte sie.
„Zum Beispiel: ‚kommen'. Heißt ‚venire' auf Italienisch. Aber ‚vorankommen' heißt ‚procedere', ‚bekommen' heißt ‚ricevere', ‚entkommen' heißt ‚fuggire', ‚verkommen' heißt ‚trascurarsi', ‚vorkommen' heißt ‚comparire'. Ich könnte endlos weitermachen. Es ist nicht logisch: ein Wort – hundert Bedeutungen." Er blieb entrüstet stehen. Sie nicht. Sie ging in ihrem Wanderschritt weiter, bekam aber Geschmack an dieser Deutschstunde. „Übersetzten Sie nur immer, dann verbessere ich mein Italienisch gleich mit. Ja, Sie haben recht, das ist verwirrend für einen Ausländer. Aber es bleibt ja nur das Stammverb gleich – die kleinen Vorsilben machen eben den kleinen Unterschied."

„Nein, den großen Unterschied", beharrte er. „Na gut, ‚kommen – ankommen'. Da sind wir noch im gleichen Thema. Aber ‚kommen – abkommen', das ist schon wieder ganz etwas anderes. Dabei ist ‚ab' doch das Gegenteil von ‚an', oder? Wie: ‚anschalten' und ‚abschalten'. Und wenn es euch passt, macht ihr einfach ein Substantiv daraus: ein Abkommen treffen – kann man auch ein Ankommen treffen? Ist das eine das Gegenteil vom anderen? Es ist nicht logisch. Sind Sie eigentlich immer logisch? Handeln Sie immer logisch?" Er lächelte sie breit an und blieb stehen.

Sie nicht. Im Weitergehen sagte sie: „Wollen wir mal nicht vom Thema ABKOMMEN. Sonst KOMMEN wir noch vom Wege AB. Ich finde, wir sollten auch ÜBEREINKOMMEN, nicht ständig stehen zu bleiben, weil wir sonst nicht VORANKOMMEN. Aber sollte Ihnen mein Wanderschritt zu flott sein, kann ich Ihnen gern ENTGEGENKOMMEN und etwas langsamer gehen. Ich frage mich nur, ob wir dann je ANS ZIEL KOMMEN. So ein langsamer Spaziergänger wie Sie ist mir noch nie UNTERGEKOMMEN. Das haben Sie wohl nicht so KOMMEN sehen?"

Er blieb trotzdem stehen, legte den Kopf in den Nacken und lachte schallend. So konnte nur er lachen. „Nein, das habe ich nicht so kommen gesehen. So streng habe ich mir das nicht vorgestellt, unsere Deutschstunde. Aber sie können jetzt ruhig auch stehen bleiben, wir sind nämlich ANGEKOMMEN." Sie standen an der Einfahrt zur ‚Tenuta'. Sie hatte vorgestern gar nicht bemerkt, dass hier ein großes Tor war. Es stand ja auch offen. Rechts davon war ein Häuschen mit Garten, in dem nur ein paar Hühner herumliefen. Zu beiden Seiten des Tores standen gemauerte Säulen, die in eine hohe Mauer übergingen. Er zeigte auf die Mauer. „Sehen Sie, dort oben?"

Sie sah Kameras, die sich langsam hin und her zu bewegen schienen. „Ihre Sicherheit - unser Überwachungssystem."

„Und wer überwacht die dazugehörigen Bildschirme?", fragte sie.

„Das da ist Alfonsos Haus. Aber der ist ja mein Verwalter und sollte tagsüber irgendwo auf dem Land sein. Im Haus sollte einer seiner Neffen sein, die auch für mich arbeiten. Wir werden das mal gleich kontrollieren." Er ging zur Tür.

„C'è qualcuno? Qui sono due ladri – ci volete controllare, per favore?" Charlotte musste grinsen. Er hatte sie als zwei Diebe vorgestellt, die darum baten, kontrolliert zu werden. Im Haus rührte sich aber nichts.

Dafür ertönte aus der Ferne Hundegebell. Im nächsten Moment tauchten drei riesige, schwarze Hunde auf. Sie blieben bellend vor ihnen stehen.
„Unsere besten Wächter", stellte er vor. „Auf die Vierbeiner ist wenigstens Verlass – auf den Zweibeiner weniger. Wenn ich den zu erwischen BEKOMME, den Rodolfo... der BEKOMMT was zu hören! Da habe ich ja eine tolle Figur abgegeben – will Ihnen zeigen, wie sicher Sie hier sind, und dann ist der Sicherheitsbeauftragte auf der Pirsch. Womöglich mit Annalisa. Könnte wetten, dass er mit der herumpirscht. Dem wird ich was pirschen!"
Sie konnte sich ein Lachen nicht verkneifen. „Pirschen im Sinne wie Sie es gebrauchen, gibt es nicht. Habe ich jedenfalls nicht in meinem Wortschatz."
„Der Rodolfo wird auch Worte von mir zu hören kriegen, die SIE NICHT in Ihrem Wortschatz haben!"
Sie musste daran denken, was Leo gestern erzählt hatte. Wie er Renzo und Lucia zusammengestaucht haben sollte. Sie konnte sich gut vorstellen, dass man den Conte besser nicht in Rage versetzte. Deshalb lenkte sie die Aufmerksamkeit auf die Hunde, die sie feindselig ansahen.
„Was für eine Rasse ist das? Und wie heißen sie?"
„Das sind ‚Mastini napoletani' – ja, eigentlich sollten sie neapolitanische Namen haben wie Ciro oder Peppino. Das würde zu ihnen passen, auch zu Alfonso, der Neapolitaner ist. Aber ich habe sie Merlino, Parzival und Lancelot getauft."
„Die Gralshüter?", fragte sie ungläubig. Aber er schüttelte den Kopf: „Nein, die Gralssucher. Sehen Sie, die Hunde suchen ständig etwas: eine Spur, einen Knochen, ein Weibchen – ihren spezifischen Gral eben. Jeder sucht ihn. Auch Sie – sind Sie sich dessen bewusst? Oder haben Sie ihn schon gefunden?"
Darauf fiel ihr so schnell keine Antwort ein. Stattdessen fragte sie, ob er ihnen die Befehle auf Deutsch gäbe: „Sitz! Platz! Fuß!"
„Ja, es sind ja auch keine Schoßhündchen. Alfonso hat sie als Wachhunde dressiert, und sie nehmen ihren Job sehr ernst. Sie laufen das ganze Gelände ab, immer an der Mauer lang. Vor allem nachts. Dann wird das Tor natürlich verriegelt. Sie können sich bei uns wirklich sicher fühlen. Die Alarmsysteme sind direkt mit der Polizei in Assisi verbunden. Ich glaube, ich wollte mir ein wenig den Zustand meiner Kindheit erhalten, als es mit der Kriminalität noch nicht so schlimm war

wie heute, als man, ohne Angst zu haben, alles offen stehen lassen konnte. Deshalb dieser ganze Sicherheits-Zirkus hier."
„Ja, die Sicherheit der Kindheit", sagte sie versonnen. „Manchmal wünscht ich, es wär' noch mal viertel vor sieben, und ich wünschte ich käme nach Haus. Wir wollen doch immer – nach Hause."
„Woher kommt der Satz?"
„Aus einem schönen Lied." Sie sang den Refrain noch mal.
„Wie schön weich eure Sprache sein kann, wenn sie nicht als Befehlssprache benutzt wird: eins, zwei, eins, zwei – sitz, platz, hier." Er sprach das sehr militärisch aus. Dann blieb er versonnen stehen. Rieb sich mit einer Hand den Bart. „Mir fällt zu dem Thema ‚nach Haus' ein Gedicht ein, einen schönen deutschen Gedicht."
„Ein schönes deutsches Gedicht? Na, dann lassen Sie mal hören", forderte sie ihn auf.
Er musste eine Weile im Erinnerungskästchen seines Gedächtnisses kramen, bevor er es aufsagen konnte.
„Gelobt sei uns die ew'ge Nacht, gelobt der ew'ge Schlummer.
Wohl hat der Tag uns warm gemacht, und welk der lange Kummer.
Die Lust der Fremde ging uns aus, zum Vater wollen wir – nach Haus."
Auch sie blieb wie angewurzelt stehen. „Das war Novalis. In perfektem Deutsch – perfekt deklamiert. Sagen Sie bloß, das haben Sie in der Schule gelernt?" Ihre Überraschung war echt.
Er legte den Kopf in den Nacken und lachte aus vollem Herzen.
„Das haben Sie von einem umbrischen Bauern nicht erwartet, nein? Aber warum sollen wir so was nicht in der Schule gelernt haben? Haben Sie in Ihrer Schulzeit nie was von Dante auswendig lernen müssen?"
Sie konnte sich zwar nicht an ein Gedicht von Dante erinnern, aber irgendwas hatte sie damals schon gelesen, aus seiner ‚Divina Commedia'. Sie musste an die PISA-Studie denken, eine vergleichende Studie über die Schulen im vereinten Europa, die vor ein paar Jahren von einer EU-Kommission in Auftrag gegeben worden war. Deutschland hatte nicht besonders gut abgeschnitten, was alle einigermaßen erstaunt hatte. Man hatte ihr deutsches Schulsystem immer für vorbildlich gehalten. Mal wieder ein Beispiel für unsere Überheblichkeit, dachte sie. Sie blickte aus dem Tor hinaus, die Auffahrt hinunter. „Hört der Besitz hier auf?"
„Nein. Die Tenuta geht auf dieser nördliche Seite bis hinunter zum Mühlbach, der unten im Tal zu dem kleinen Weiher gestaut wurde, an

dem Sie bei ihrer Hinfahrt vorbei gekommen sind. Auf der südlichen Seite hingegen erstreckt sich die Tenuta sehr viel weiter. Aber ich konnte – und wollte auch nicht alles einzäunen. Nur der innere Borgo ist von einer Schutzmauer umgeben."
„Der Weiher ist mir gar nicht aufgefallen, auf der Hinfahrt."
„Er ist zugegebenerweise ziemlich zugewachsen und vermodert. Früher hat man ihn noch zur Bewässerung der Felder benutzt, als Wasserreservoir. Heutzutage ist das nicht mehr nötig. Lassen Sie uns doch hingehen. Es ist ein bezauberndes Plätzchen und wir sind in wenigen Minuten da." Sie gingen den Weg hinunter. Die Hunde liefen ihnen dabei voran.
„Haben Sie noch mehr deutsche Gedichte auf Lager?"
„Wenn ich noch mal stehen bleiben darf, deklamiere ich Ihnen noch eins. Dann KOMMEN wir zwar nicht schnell VORAN, aber wir KOMMEN uns NÄHER."
Sie blieb also stehen. Verschränkte die Arme vor der Brust und sagte: „Es ist Ihr Glück, dass ich eine Schwäche für Gedichte habe. Also machen wir... noch eine Wanderpause."
Er hob lächelnd den rechten Zeigefinger: „Da habe ich also eine Ihrer Schwächen entdeckt. Gut, hier noch ein Gedicht, Frau Lehrerin. Ich bin gut im Auswendiglernen."
Er ließ seinen Blick über die Bäume schweifen.
„Über allen Gipfeln ist Ruh', in allen Wipfeln spürest du
kaum einen Hauch. Die Vögelein schweigen im Walde,
warte nur – balde, ruhest auch du."
Sie konnte es kaum fassen: „Goethe. Und den haben Sie auch – in der Schule – gelesen?"
„Natürlich – das ist doch euer Größter, oder? Um den kommt man nicht herum. Schade nur, dass in euren schönen deutschen Gedichten immer diese Todessehnsucht mitschwingt. Das passt mir gar nicht. Ich will hundert Jahre alt werden. Mindestens."
„Und Sie meinen, das von Ihrem Willen abhängig machen zu können?"
„Von meinem Willen und meinem Glauben. Wo ein Wille ist, da ist auch ein Weg. Und der Glaube kann Berge versetzten. Sind Sie gläubig?"
„Nein. Ich bin konfessionslos. Sie?"
„Absolut. Und das nicht nur, weil wir hier in einem katholischen Land sind."

„Also, ein überzeugter Katholik."
„Nein, aber ein überzeugter Christ. Christus ist – finde ich – ein gutes Vorbild. Woran glauben Sie denn – an irgendwas glaubt doch jeder, oder?"
„Oh ja. Natürlich, nur brauche ich keine Götter zu bemühen. Ich finde Menschen wie Mahatma Gandhi, Martin Luther King oder Mutter Teresa sind gute Vorbilder. Ich glaube an eine Mischung aus Schicksal, Willen, Märchen und etwas Glück. An Ideale wie Ehrlichkeit, Pflichtbewusstsein, Treue... an vieles mehr. Ihnen das alles zu erklären - dafür wird die Zeit unserer Deutschstunde nicht ausreichen."
„Na, dann beschränken wir uns zunächst auf zwei dieser Argumente. Nehmen wir Ihren Glauben an das Schicksal. Wer an ‚Schicksal' glaubt, ist gläubig. Wer lenkt denn Ihr ‚Schicksal'? Das ist ein Glauben an eine Fremdbestimmung. Und dann... die Treue – ach, damit ist es auch so eine Sache! Geben Sie mir mal eine Beispiel für Treue!"
Sie zeigte auf die vor ihnen herlaufenden Hunde. „Ich mag Hunde. Es sind so treue Tiere. Und verlässlich, wie man sieht. Im Tierheim haben wir immer wieder so tragische Fälle", seufzte sie. „Nach dem Tod ihres Verwandten bringen die liebenden Angehörigen den alten Hund einfach ins Tierheim, weil sich keiner um ihn kümmern will. Und dann fressen diese Hunde oft nichts mehr, hungern sich einfach zu Tode. Wenn das kein Beispiel für Treue ist." Sie hatten ihren Spaziergang wieder aufgenommen.
„Ja, Treue bis zum Tod. Das ist tragisch. Mit diesen idealen Werten ist das aber auch so eine tragische Sache – ist Treue für Sie ein positiver Wert?"
„Absolut, ohne Zweifel." Jetzt blieb sie stehen. „Für Sie etwa nicht?"
Auch er blieb stehen, lehnte sich an eine Pinie. „Ich weiß nicht so recht – wenn sie wie bei den armen Hunden bis zum Tod führt? Ich meine – Treue in allen Ehren – aber ein gesunder Lebenserhaltungstrieb ist doch was Schönes, oder?"
„Sprechen wir immer noch von Hunden?", fragte sie misstrauisch.
„Auch von Hunden. Natürlich. Sehen Sie, die Hunde sind die einzige Rasse, die sich total vom Menschen abhängig gemacht hat. Nein, mehr noch: Sie haben sich sogar vom Menschen dazu dressieren lassen, andere Tiere – für den Menschen – zu jagen. Denken Sie an die Jagdhunde. Das macht sonst kein Tier – jedes jagt für sich selbst. Mit vielleicht noch einer Ausnahme: die Falken, nun ja, im Mittelalter. Ein

Hund lässt sich von seinem Herrn befehlen, von seinem Herrn auch schlagen – und kommt doch immer zu ihm zurückgekrochen. Die Treue des Hundes hat viel mit Unterwürfigkeit zu tun."
Sie hatte ihm nachdenklich zugehört. „Nun gut, dem kann man natürlich nicht widersprechen. Aber die Treue des Hundes ist einfach... rührend. Vielleicht ist es eine Schwäche, ja. Dann ist es eben Schwäche. Das wollten Sie doch damit sagen? Aber Schwächen können... positiv sein: sie können uns... schwach machen. Wir kümmern uns um die Hunde, wir lieben und pflegen sie, weil sie uns Leid tun, weil wir IHRE Schwäche für UNS lieben." Sie musste an den alten Buck denken, während sie das sagte. Sie nahm den Spaziergang wieder auf.
„Was haben Sie denn für Vorbilder in der Geschichte? Ich meine, es muss doch nicht gleich der liebe Gott oder sein Sohn höchstpersönlich sein! Haben Sie es nicht auch eine Nummer kleiner?"
Er lachte. „Eine Nummer kleiner ist gut! Tja, eine Nummer kleiner... wie wäre es mit dem Heiligen Franziskus? Der ist doch sozusagen mein Nachbar. Hier ganz in der Nähe ist das ‚Eremo', die Einsiedelei, wo San Francesco sich zurückgezogen hatte, nachdem er alle seine Güter und Besitztümer abgegeben hatte. Er war aus einer reichen Familie, wussten Sie das?"
„Nein. Ich bin überhaupt nicht bewandert auf diesem Gebiet. All diese katholischen Heiligen, diese Märtyrer – eigentlich sind die mir alle etwas suspekt. Ergebenheit bis zum Tod – beklagten Sie doch selbst gerade."
Er lachte wieder. „Aber San Francesco müsste Ihnen doch eigentlich gefallen: Das war ein echter Tierfreund. Hat mit den Vögeln gesprochen. Und sogar mit Wölfen. Wenn Sie wollen, fahren wir morgen zu seinem ‚Eremo'. Oder wir fahren nach Assisi, in die Kirche, die man zu seinem Andenken gebaut hat. Eine wunderschöne Kirche. Man sagt, sie sei das leuchtende Ziel für all jene, die darüber traurig sind, keine Heiligen zu sein. Obwohl... ich ziehe die Einsiedelei vor. Die passt besser zu ihm. Zu einem, der den Mut hatte, sich von allem Besitz zu trennen. Den Mut hätte ich nie. Ich hänge an meinem Grund und Boden. An jeder Weinrebe, an jedem Baum. Das ist meine Stärke – und zugleich meine Schwäche. " Er blickte verlegen vor sich hin. „Aber was rede ich hier von meinen Schwächen! Was haben Sie denn noch so für Schwächen, außer dieser Schwäche für Gedichte, die ich ja auch habe?", fragte er, vom Thema abschweifend.

„Oh, keine und alle."
„Das klingt ja viel versprechend... Rauchen Sie? Trinken Sie? Spielen Sie im Casino? Führen Sie ein Doppelleben?"
„Nein", lachte sie. „Ich habe keine Schwächen dieser Art."
Er blieb wieder stehen. „Ah, das sind immer die ganz Schlimmen, die keine dieser Schwächen haben. Wer weiß, was die so alles im Stillen anstellen? Nenne Sie mir doch noch eine weitere ihrer Schwächen."
„Wenn Sie endlich davon LOSKOMMEN, immer von Thema ABZUKOMMEN, und mir versprechen, MITZUKOMMEN, statt wieder dauernd stehen zu bleiben, kann ich Ihnen vielleicht meine schlimmste Schwäche nennen, damit bei Ihnen nicht der Verdacht AUFKOMMT, ich sei VERKOMMEN."
„Ich verspreche Ihnen, was Sie wollen." Er breitete die Arme weit aus. Aber natürlich ging er keinen Schritt weiter. Er sah sie erwartungsvoll an.
„Also, ich habe eine große... übermäßige... unmäßige... Schwäche für..."
„Für...?"
„Für Schokoladeneis mit Sahne."
„Hm, na diese Schwäche haben wir auch gemeinsam. Ich sehe schon, aus Ihnen ist nicht so leicht etwas HERAUSZUBEKOMMEN. Ob Ihr Urlaub hier wohl ausreicht, bis ich HINTER weitere Ihrer Schwächen KOMME? Oder HINTERKOMME?"
„Nein, das geht nicht. Ich meine, das Verb ist trennbar: Man KOMMT HINTER etwas."
„Ahhh", stöhnte er. „Das macht alle Verben noch komplizierter: Manche Verbindungen sind trennbar, andere nicht. Wie ist eigentlich die Regel dafür?"
Sie musste richtig überlegen. Wie war das mit den Regeln in ihrer eigenen Sprache? Man spricht ja seine Muttersprache meist unreflektiert. Und sie war ja auch keine Deutschlehrerin. Sie bemühte sich, eine Regel zu finden.
„Also, die kurzen Vorsilben wie ver, be, ent, er, ge, zer, die ‚sinnlosen' Vorsilben sozusagen, sind nie trennbar. Alle anderen Präfixe, die Präpositionen, wie an, aus, ein, zurück, wieder... sind trennbar. Bekommen, verkommen, entkommen... nicht trennbar. Aber: ankommen – ich komme an, ausziehen – ich ziehe aus, einkaufen – ich kaufe ein, zurückkommen – ich komme zurück, wiederkommen – ich komme wieder, und so weiter."

„Aha", sagte er gedehnt. „Wie ist es mit ‚wieder' - wie wiederholen? Können Sie die Regel noch mal wiederholen – oder holen Sie wieder?"
„Wiederholen, wiederkommen – ich komme wieder, ich hole wieder, nein... ich wiederhole, nein... also... das erste ist nicht trennbar, beziehungsweise ändert es seine Bedeutung, wenn man es trennt, das zweite schon ...", sie kam ins stottern. Da stimmte etwas nicht mit dieser Regel.
„Das ist aber nicht logisch! Wie soll ein Ausländer eure Sprache lernen? Das verstößt gegen die Regel, die Sie mir gerade erklärt haben! Oder wollen Sie mich gehen hinter?"
„Was? Ob ich Sie hintergehen will?"
„Wieso hintergehen? Ich komme hinter etwas, aber ich gehe nicht hinter etwas? Ich hintergehe, aber ich hinterkomme nicht? Oh!"
„Ja", bestätigte sie. „Ich weiß auch nicht, ich bin eben keine Deutschlehrerin. Vielleicht verstößt es gegen die Regel... aber... vielleicht kenne ich nur die Regel nicht richtig... vielleicht bin ich selbst unlogisch... ich, ich..."
„Und das bringt Sie so durcheinander, wenn Ihnen etwas Unlogisches geschieht? Wenn es gegen Ihre Regeln verstößt?" Er war ein paar Schritte auf sie zugetreten.
„Ich werde heute Nacht darüber nachdenken. Vielleicht kann ich Ihnen morgen die richtige... Erklärung dafür geben." Sie ging schnell ein paar Schritte weiter. Vor ihnen tauchte plötzlich der Weiher auf. Er war von alten Trauerweiden und hohen Eukalyptusbäumen umstanden, die ihm ein melancholisches Aussehen verliehen. Der Mühlbach sickerte dahin. Das Wasser war grün und verschlickt. Ein einsames Entenpärchen schwamm darauf.
„Früher war hier mal ein Schwanenpaar. Mehrere Sommer lang – es soll ja so was wie Monogamie bei Schwänen geben. Es war immer dasselbe Paar. Das sah schön aus. Das Weibchen hatte einen roten Punkt auf dem Schnabel und das Männchen eine krumme Schwanzfeder. Daran habe ich sie wieder erkannt. Irgendwann waren sie verschwunden. Wer weiß, warum. Vielleicht abgeknallt, von einem unserer ‚tüchtigen' Jäger. Hier in Italien haben wir sehr lockere Jagdgesetze. Man braucht nicht mal ein Revier. Jeder, der sich einen Jagdschein leisten und ein Gewehr im Arm halten kann, darf damit auch herumballern. Während der Jagdzeit sollten Sie in keinem italienischen Wald wandern gehen. Das kann lebensgefährlich werden. Die schießen auf alles, was sich bewegt. Die

Städter verkleiden sich als Jäger und fallen hier hemmungslos ein. Auch auf meinen Privatbesitz. Das ist hier ‚rechtmäßig'."
„Sie sind gegen die Jagd?" Als Tierschützerin gefielen ihr seine Worte natürlich.
„So generell will ich das nicht sagen. Ich meine, wenn der Bestand an Wildschweinen überhand nimmt, greife auch ich zum Gewehr, um ihn zu dezimieren. Aber Jagd als Sport? Nein. Schon der Ausdruck: Jagdsport. Nein!" Er blickte angewidert vor sich hin. „Im Sommer fallen allerdings nicht die Jäger hier ein, sondern holländische und deutsche Touristen, mit ihren großen Campern. Ich sehe hin und wieder so ein Wohnmobil am Weiher parken, für die Nacht."
„Verbieten Sie es ihnen nicht?"
„Nein. Warum?"
„Das ist aber nett von Ihnen. Die Leute finden wohl nicht immer einen Campingplatz."
„Am nächsten Morgen sind sie dann sowieso wieder weg. Gegen Abend fallen nämlich Mückenschwärme über den Weiher her. Die verjagen mir die Camper dann schon – da brauche ich es ihnen doch nicht extra zu verbieten."
„Das ist aber gemein von Ihnen! Sie sollten sie warnen."
Er legte den Kopf in den Nacken und brach in sein fröhliches Lachen aus. Dann streckte er seinen Arm aus und zeigte übers Wasser.
„Sehen Sie die Libellen da überm Wasser? Die fangen die Mücken wieder weg. Leider schaffen sie nicht alle. Schillern sie nicht schön, diese Libellen? So blau und grün und ein wenig violett. Man darf sie nur nicht fangen und von Nahem besehen, dann werden sie grau und unscheinbar." Er sah Charlotte aufmerksam an. „Aber bei Ihnen ist es, glaube ich, umgekehrt – je mehr man Sie aus der Nähe anschaut, je mehr schillern sie."
Charlotte sah ihn misstrauisch an. Sie wollte durchaus nicht aus der Nähe besehen werden. Ablenkend sagte sie: „Das ist ein romantisches Plätzchen hier. Trotz der Jäger. Ich werde es nie verstehen, wie man Tiere, Lebewesen, einfach abknallen kann, noch dazu an so einem Ort wie diesem, wo einem nur romantische Gedanken kommen. Zum Glück kann kein Jäger unsere Gedanken abknallen, mit Pulver und Blei. Kennen Sie dieses Lied? Bestimmt nicht!" Sie sang leise die erste Strophe eines alten Volksliedes, das ihre Großmutter ihr oft vorgesungen hatte:

„Die Gedanken sind frei, wer kann sie erraten?
Sie fliegen vorbei, wie nächtliche Schatten.
Kein Mensch kann sie wissen, kein Jäger erschießen,
mit Pulver und Blei - die Gedanken sind frei."
Er schüttelte lächelnd den Kopf. „Nein, nie gehört. Nur weil ich einige eurer schönen deutschen Gedichte in der Schule gelesen habe, kann ich ja nicht auch euer ganzes deutsches Liedergut kennen. Aber es freut mich, dass mein Weiher hier Sie zu diesen köstlichen Gesängen anregt. Zu einem Lied, das von freien Gedanken handelt. Von freien Gedanken handelt mein ganzes Leben. Wovon handeln denn Ihre freien Gedanken? Wie anregend dieser Weiher sein kann! So wie er die Touristen zum Campen anregt. Ja, ich kann dieses Touristen ja misstehen, eh, verstehen. Das ist hier eine ‚lauschiges' Plätzchen, sagt man es so?"
„Ein lauschiges Plätzchen, ja, das ist es. Ein ‚kühler Grund'."
„Was ist das? Ein kühler Grund? Etwas Kaltes, etwas Abgekühltes? Etwas mit oder ohne Grund? Mit tiefem Grund? Ein stilles Wasser?"
Sie musste lachen. „Ach, das ist der Titel eines alten, schon wieder sehr deutschen Volksliedes. Es passt hierher, zum Mühlbach. In einem kühlen Grunde, da geht ein Mühlenrad..."
„Wenn es ein Lied ist, dann müssen Sie es mir vorsingen!"
„Na gut. Aber nur, weil Sie mir so brav zwei Gedichte aufgesagt haben."
Also sang sie ihm leise das alte Volkslied vor. Sie konnte sich gut an den Text erinnern – auch dieses Lied hatte ihre Großmutter so gerne gesungen.
„In einem kühlen Grunde, da geht ein Mühlenrad,
mein Liebchen ist verschwunden, das dort gewohnt hat.
Sie hat' mir Treu versprochen, gab mir ein' Ring dabei.
Sie hat' die Treu gebrochen, das Ringlein brach entzwei.
Ich möchte als Spielmann reisen, weit in die Welt hinaus,
und singen meine Weisen und gehen von Haus zu Haus.
Ich möchte als Reiter fliegen, wohl in die blut'ge Schlacht,
um stille Feuer liegen, im Feld bei dunkler Nacht.
Hör ich das Mühlrad gehen, ich weiß nicht, was ich will;
Ich möchte am liebsten sterben, dann wär's auf einmal still."
Auf einmal war er sehr still. Stand nur unbeweglich da und sah sie an. Ihr wurde es ein bisschen unheimlich. Hatte sie so schlecht gesungen? Fand er das Lied sentimental? Oder sie? Den Schluss natürlich wieder pathetisch, mit dieser deutschen Todessehnsucht.

„War es zu... kitschig?" fragte sie kleinlaut.
Er wachte aus seiner Lethargie auf. Schüttelte heftig den Kopf. „Nein. Aber nein. Ich... glaubte nur plötzlich, es vielleicht schon mal gehört zu haben... vor langer Zeit. Vor sehr langer Zeit. Aber es war mir... ABHANDEN GEKOMMEN - schreibt man das eigentlich auseinander oder zusammen? Oder... vielleicht habe ich es auch nie gehört. Kommen Sie, es wird Zeit. Wir sollten in den Borgo ZURÜCKGEHEN – sind das ein oder zwei Worte?
"Ein Wort – man schreibt es zusammen."
„Dann nur Mut! Es geht bergauf – wir müssen flott AUFWÄRTS GEHEN – ein oder zwei Worte?"
„Zwei Worte – das schreibt man getrennt. Heruntergehen war einfacher – das schreibt man übrigens zusammen." Aber sie ersparte sich, ihm die entsprechende Regel dafür zu erklären, denn sie brauchte ihren Atem, um hinter ihm herzuhasten. Er konnte plötzlich richtig schnell gehen und ohne stehen zu bleiben große Schritte machen. Es war fünf Uhr, als sie oben auf dem Platz ankamen.
„Also können wir hier zum ENDE KOMMEN. Wir sind ja auch inzwischen zum Brunnen ZURÜCKGEKOMMEN, da wir auf dem letzten Stück schnell WEITERGEKOMMEN sind, weil Sie keine Pausen mehr gemacht haben. Man kann gut VORANKOMMEN, wenn man nicht vom Wege oder vom Thema ABKOMMT. Wem wollten Sie plötzlich ENTKOMMEN? Vielleicht werden Sie noch DARAUF KOMMEN, wo Sie das Lied gehört haben. Sie müssen sich nur selber auf die SCHLICHE KOMMEN." Sie lächelte ihn listig an.
„Ich möchte lieber noch weiteren Ihrer Schwächen auf die SCHLICHE KOMMEN. Und wenn Ihre zwei Wochen Urlaub dafür nicht ausreichen, werden Sie dann WIEDERKOMMEN?"
„Ach, KOMMEN Sie, der Urlaub hat ja gerade erst angefangen... Solche ABKOMMEN kann man nicht gleich nach dem ANKOMMEN treffen. Lassen wir doch alles langsam auf uns ZUKOMMEN."
Sie standen neben dem Steinbrunnen. Er lächelte sie an. „Heute Abend veranstalten Alfonso und seine Freunde hier ein kleines Tänzchen. Werden Sie ZU uns KOMMEN? Werden Sie mir – ENTGEGENKOMMEN? Sie werden mir doch nicht ABHANDEN KOMMEN? Zusammen oder getrennt?"
Sie seufzte: „Das erste zusammen, das zweite getrennt."

„ENTGEGENKOMMEN, wie ZUSAMMENKOMMEN – ist auch viel schöner zusammen als getrennt, nicht wahr? Oder werden Sie die ganze Nacht über die Regeln der Logik nachdenken?"
„Ich denke... ich werde... wir werden... KOMMEN. Aber: ZUSAMMENKOMMEN schreibt man zwar zusammen, dafür schreibt man ZUSAMMEN SEIN getrennt. Darüber können Sie ja heute Nacht nachdenken."
Er küsste ihr galant die Hand und ging. Sie sah ihm nach, wie er mit großen Schritten auf sein Haus zuging. Sie ahnte nicht, was in diesem Urlaub noch alles auf sie ZUKOMMEN sollte. Aber der Urlaub hatte ja gerade erst angefangen.

Sie ging zu den Tennisplätzen hinunter. Helmut spielte noch mit Dottore Veronese. Er hat es nicht verlernt, dachte sie erstaunt, denn er bekam fast jeden Ball. Er sah plötzlich so jung aus, wie er da über das rote Feld sprintete. Ein hoch gewachsener, schlanker Mann, dessen glattes, blondes Haar ihm ab und zu in die Stirn fiel. Ständig musste er es sich zurückstreichen. Ein gut aussehender, sportlicher Mann. Vielleicht etwas schmalbrüstig, aber er sitzt ja auch den ganzen Tag in einem Büro, dachte sie. Federico war ein schneller Spieler, aber Helmut war geschickter. Er schmetterte gerade einen Ball übers Netz, den Federico unmöglich bekommen konnte. Dann gaben sie sich die Hand und kamen zu ihr, die sie an der Absperrung stehen geblieben war.
„Ihr Mann ist wirklich ein ernstzunehmender Gegner", sagte Federico anerkennend. „Bis heute Abend", verabschiedete er sich.
Helmut wischte sich den Schweiß mit einem Handtuch von der Stirn.
„Es geht noch ganz gut. Die Technik verliert man nicht mit den Jahren, nur die Kondition. Dieser Federico-Friedrich ist noch ganz flott für sein Alter, obwohl er einige Jährchen mehr als ich auf dem Buckel hat. Das ärgert mich, ehrlich gesagt."
„Er hat mir gestern Abend erzählt, er trainiere regelmäßig – aus Spaß an der Sache und wegen der Gesundheit. Also musst du dich nicht wundern. Du solltest dir aber ein Beispiel an ihm nehmen. Du musst unbedingt beruflich kürzer treten, Helmut."
Er blickte zu dem zweiten Tennisplatz hinüber. Da verabschiedeten sich gerade Signor Martinelli und der junge Tennislehrer. Dann spielten zwei andere Gäste miteinander. Renzo kam auf sie zu.
„Allora, adesso a noi. Facciamo una partita?"

"Er fragt, ob du mit ihm ein Spiel machen willst", übersetzte Charlotte.
Helmut war erstaunt. „Ich dachte, mir stünde nur eine Stunde zu." Aber Renzo erklärte ihnen, dass der Conte die Anweisung gegeben hätte, der Herr aus Deutschland könne so lange spielen, wie er wolle. Jeden Nachmittag ab sechzehn Uhr.
„Das ist aber nett. Also, dann machen wir zwei ein Match. Das wird ein Konditionstraining heute."
„Sie brauchen natürlich keinen Tennisunterricht, so gut wie Sie spielen. Aber an Ihrer Rückhand können wir noch etwas verbessern", meinte Renzo und Charlotte übersetzte es.
„Du hast doch nichts dagegen, wenn ich weiterspiele?" Helmut sah Charlotte bittend an.
„Oh nein. Spiel nur. Das tut dir gut. Ich gehe mal zu den Ställen. Leo müsste seine erste Reitstunde hinter sich haben." Aber als sie da ankam, saß Leo noch auf einem Pferd, das von Lucia an der Leine in der offenen Manege herumgeführt wurde. Francesca trabte dagegen flott auf ihrem Pferd durch die Runde. Eine Gruppe von Gästen sattelte sich ihre Pferde und ritt dann in Richtung Wald davon. Leo winkte ihr zu. Francesca hielt vor ihr an und tätschelte ihrem Pferd den Hals.
„Ist Leo gleich fertig?", fragte Charlotte sie.
„Oh nein, Signora! Wir können den ganzen Nachmittag reiten, ich auch. Massimo hat gesagt, wir sollen uns richtig austoben. Lucia hat sich gewundert. Sonst will er immer, dass sie die Stunden gleichmäßig auf alle Gäste verteilt – aber Sie sind wohl ‚besondere' Gäste..." Francesca sah sie neugierig an. Dann kicherte sie. „Leonardo sitzt wie ein Sack Kartoffeln auf dem Gaul..."
„Er ist noch nie geritten", verteidigte Charlotte ihren Sohn, der in der Tat keine besonders gute Figur auf dem Rücken des Pferdes abgab. Francesca stieß ihrem Pferd gekonnt die Füße in die Seite und trabte davon.
Sie ging zum Haus zurück. Ihre beiden Männer waren also den ganzen Nachmittag beschäftigt. So nahm sie sich ihre Badesachen, ging an den Swimmingpool und versuchte, sich in ihr Buch zu vertiefen. Zwischendurch dachte sie über die Grammatikregel für trennbare und nicht trennbare Verben nach. Aber sie wollte ihr einfach nicht einfallen.

Beim Abendessen berichteten Helmut und Leo begeistert von ihrem sportlich verbrachten Nachmittag. „Mein Gaul ist ein bisschen lahm, aber Lucia meinte, für mich als Anfänger wäre der gerade richtig. Aber er bleibt immerzu stehen."

„Weil du nicht reiten kannst. Das merken die Biester sofort", sagte Helmut. „Komm doch in den nächsten Tagen mal zum Tennisplatz, dann bring ich dir die Grundregeln bei. Oder du spielst mit Renzo. Der steht uns zur Verfügung."

„Ich finde, euch steht ein bisschen zuviel zur Verfügung. Ich meine, gleich der ganze Nachmittag!", bemerkte Charlotte unwirsch.

„Es passt dir also doch nicht?", fragte Helmut.

„Doch, doch. Ich gönne euch ja den Spaß."

„Aber für dich war es wohl nicht so spaßig? War's langweilig, mit dem Conte spazieren zu gehen? Hat er dir die Ohren voll gelabert, Mama?"

„Nein... ja... ach nein. Er ist ein ganz... anregender Plauderer. Vom Wandern hält er allerdings nicht viel. Auch ‚spazieren gehen' ist schon übertrieben – schreibt man das eigentlich zusammen? Wie ‚fehlgehen'? Ich glaub', ich gehe fehl... Ist auch egal. Wir sind nicht weit gekommen." Sie erzählte von den Sicherheitsvorkehrungen der Tenuta, was Helmut ausgesprochen gut gefiel.

„Also wohl doch ein ganz vernünftiger Kerl... Wie gut dieses Gulasch hier schmeckt, hm!" Er schob sich den letzten Bissen ‚Bocconcini di manzo' in den Mund.

„Ist toll, dass du dich für uns aufopferst, Mama. So, jetzt noch der Nachtisch, dann bin ich abgefüllt. Sport macht hungrig." Leo lehnte sich nach vorn, um zu sehen, was für einen Nachtisch die Kellner da auf ihrem Wägelchen durch den Saal schoben.

Es gab für alle Schokoladeneis. Mit Sahne.

Wie versprochen gesellten sie sich zu den anderen Gästen auf den Platz, wo man wieder Stühle und Fackeln aufgestellt hatte. Es sah romantisch aus. Das Licht der Fackeln spiegelte sich im Wasser des Brunnens. Die Nacht war warm, die Grillen zirpten noch, die Musiker machten sich zum Spielen fertig.

„Alfonso und seine Rentnerband spielen ganz ordentlich", meinte Leo, der nach Francesca Ausschau hielt. Sie kam mit ihrem Bruder an der Hand an, den sie neben Charlotte abstellte.

„Würden Sie so nett sein, auf ihn aufzupassen, bis meine Eltern kommen? Ich möchte mit Leonardo tanzen. Man kann ihn leider keine Minute aus den Augen lassen. Er stellt nur Blödsinn an."

Das tat Charlotte natürlich gern. Sie setzte sich Antonio auf die Knie und zeigte ihm ein Fingerspiel. Er machte begeistert mit.
Helmut stand ein paar Schritte von ihr entfernt bei Signor Martinelli und versuchte, sich mit ihm in einer Mischung aus Deutsch, Englisch und Italienisch über Tennis zu unterhalten. „Io... once played a lot... in Allemagna", hörte sie ihn sagen.
"Da ist mir der Kleine ja schon wieder ZUVORGEKOMMEN", sagte eine Stimme neben ihr. Der Conte hatte wirklich die Angewohnheit, lautlos neben einem aufzutauchen. Und sie hatte diese blöde Angewohnheit zusammenzuschrecken.
„Bin ich so Furcht erregend, oder furchterregend?", fragte er belustigt.
„Ich habe Sie nicht kommen hören. Sie schleichen... wie ein Panther. Ein schwarzer Panther." Er hatte seine schwarze Jeanskleidung an.
Er beugte sich zu Antonio hinunter, der noch auf Charlottes Knien saß. „Was bringt die deutsche Signora dir denn heute Abend bei? Heute früh das Schwimmen, und jetzt?"
Antonio machte ihm ein Fingerspiel vor, das sie ihm gerade gezeigt hatte. Er verrenkte sich fast seine ungeschickten Wurstfingerchen, war aber eifrig versucht, es hinzukriegen.
„Ah, Fingerfertigkeit. Das braucht man im Leben. Ich bin auch sehr geschickt in so was. Morgen Abend werde ich euch ein paar Zauberkunststückchen vormachen. Dafür braucht man sehr viel – Fingerfertigkeit. Aber heute Abend – wird getanzt! Totò, trittst du deine Partnerin mal an mich ab?"
Antonio schüttelte entschieden den Kopf. Er dachte nicht daran, seinen bequemen Platz zu verlassen. Charlotte strich ihm übers Haar.
„Was für ein lieber Junge. Man muss ihn nur richtig zu beschäftigen wissen. Seine Mutter scheint überlastet mit ihm zu sein." Sie sah die Tigerlilli auf sich zukommen, die heute einen schwarzen, kurzen Rock und eine tief ausgeschnittene, violette Bluse anhatte. Erst umarmte sie Massimo gefühlvoll, denn gab sie Charlotte die Hand.
„Danke, dass Sie auf Totò aufgepasst haben. Man kann ihn keine Sekunde aus den Augen lassen. Wir hätten unser Kindermädchen mitnehmen sollen, aber die will im August natürlich auch Urlaub machen. Im August wollen alle in Italien Urlaub machen." Dann hakte sie Massimo ein. „Und jetzt tanzen wir zwei erst einmal eine Runde! Du hast uns gestern hier vernachlässigt, du Böser. Ach, natürlich nur, wenn die Signora noch eine Weile auf Totò aufpassen würde?"

Charlotte nickte eifrig. Sie sei sowieso keine gute Tänzerin. Sie wolle den Abend gerne mit Antonio verbringen. Liliana zog Massimo mit sich und sie verschwanden unter den Tanzenden. Zu ihrer Überraschung sah sie in der Menge auch Helmut, der mit Signora Martinelli tanzte. Federico trat neben sie.
„Komm, Totò, die Signora will sicher auch mal kommen zum Tanzen. Ich kümmere mich mal um dich. Schließlich ich tanze nicht gern." Er zog seinen Sohn von ihr weg, der sich lautstark wehrte. Wie schade, dachte sie. Sie stand auf und ging zu ihrer Terrasse hoch. Von da aus hatte sie eine viel bessere Aussicht. Helmuts und Leos blonde Schöpfe waren leicht auszumachen im Getümmel. Die anderen konnte man kaum erkennen. Es waren zwar viele Ölfackeln aufgestellt worden, aber die Nacht war sehr dunkel. Schließlich waren sie auf dem Land. Keine Stadt mit ihren hellen Lichtern in der Nähe. Am Himmel nur die Sterne. Man sah viele hier. Sie konnte den großen Wagen erkennen und sogar die Milchstraße. Es war schön, hier zu sitzen, in die Sterne zu gucken und dabei die Tarantellamusik von unten heraufklingen zu hören. Eine lustige, kräftige Musik. Sie passte hierher. Zu dem Temperament dieser Menschen. Das Temperament der Menschen spiegelt sich in ihrer Musik wieder, dachte sie.
Seine temperamentvolle Stimme schallte im selben Moment zu ihr hoch.
„Sie glauben doch nicht, sich so mir nichts, dir nichts aus der Affäre ziehen zu können? Muss ich RAUFKOMMEN, oder Sie freiwillig wieder HERUNTERKOMMEN? Ist das eigentlich ein trennbares Verb?"
„Können wir die Deutschstunde nicht morgen weiterführen?", rief sie hinunter.
„Die Deutschstunde ja, aber die Tanzstunde nicht. Die ist jetzt dran! Also, KOMMEN Sie freiwillig, oder muss ich nachhelfen?" Auf halber Treppe blieb der schwarze Panther stehen.
„Aber vielleicht wollen Sie nur ein bisschen Theater spielen? Ich Romeo und Sie Giulia auf dem Balkon?"
„Ich spiele nicht – Sie sind der Spieler!"
„Dann sitzen Sie hier alleine, um in Ruhe über die Unlogik der Grammatik zu grübeln, oder gefällt Ihnen unsere Gesellschaft nicht?"
„Aber nein! Weder das eine noch das andere. Ich kann nur nicht tanzen."
„Das gibt es nicht – Menschen, die nicht tanzen können! Und bei Tarantella muss man nur herumhüpfen. Sie haben gestern Abend mit

Antonio getanzt, hat man mir erzählt. Ich habe hier meine Informanten! Werde allmählich neidisch auf den Knirps! Was hat er, was ich nicht habe? Nur, weil er läppische vierzig Jahre jünger ist als ich?"
Charlotte musste lachen: „Sie sind ein Überredungskünstler. Also, schön, ich komme mit – aber nicht zum Tanzen. Sie hatten doch versprochen, uns ihre Gäste vorzustellen. Ich hole jetzt meinen Mann und dann machen wir gemeinsam die Runde."
Er blickte nicht gerade begeistert, sagte aber: „Va bene. Versprochen ist versprochen. Sonst ist das Wort gebrochen. Ist das nicht eines von eures schönen deutschen Sprichwörter?"
„Die Sie auch in der Schule gelernt haben?"
Er lachte. „Schließlich kommen noch andere deutsche Touristen hier vorbei, nicht nur Sie. Von jedem kann man etwas lernen. Und ein Sprichwörtchen haben sie alle auf den Lippen, diese Teutonen. Das ist bei Sie so Brauch, ja?"
„Bei Ihnen so Brauch", verbesserte sie, während sie über den Platz gingen. „Sie haben immer Probleme mit dem Dativ. Das müssen wir morgen mal im Auge behalten."
„Oh, da freu ich mich schon drauf – ich liebe die Dativ! Und ich liebe es, Sie im Auge zu behalten."
„Den Dativ, IHN im Auge zu behalten – Akkusativ."
„Ich wollte aber sagen: SIE im Auge zu behalten."
Sie winkte Helmut zu sich heran. Der war aber zu sehr damit beschäftigt, mit Tigerlilli Tarantella zu tanzen.
„Wen Liliana einmal in ihren Klauen hat, den gibt sie nicht so leicht wieder her", bemerkte der Conte. Aber der Tanz ging zu Ende und sie bekam Helmut am Hemdsärmel zu fassen. Sie erklärte ihm, dass der Conte sie mit den anderen Gästen bekannt machen wolle. So machten sie gemeinsam die Runde, wurden vorgestellt und bekamen zu wissen, dass es sich in der Tat bei den meisten der Gäste um Freunde und Geschäftspartner des Conte handelte. Ein Ehepaar namens Franzelli aus Mailand hatte eine Kette von Bioläden, die übers ganze Land verstreut waren und seine Produkte vertrieben.
"Sie kommen her, um zu kontrollieren, ob es hier wirklich streng biomäßig zugeht", lachte der Conte. Signor Franzelli grinste. „Vertrauen ist gut, Kontrolle ist besser." Wie sich die Redensarten ähneln, dachte Charlotte.

Zu ihrer Überraschung war auch ein amerikanisches Ehepaar da: Mrs. and Mr. Robinson aus New York. Helmut, wohl in der Hoffnung, auf einen weiteren Tennisspieler zu stoßen, fragte den Mann: „Do you play tennis?" Er bekam aber eine Absage. „I hate any kind of sport." Dafür erklärte Mr. Robinson ihnen, dass er und seine Frau Ann eine Rundreise durch italienische Landgüter machten, auf der Suche nach 'Geheimtipps', die sie dann in einem Reiseführer veröffentlichen wollten. Sie bedauerten in höchstem Maße, dass der Conte Settembrini seine Einwilligung zum Eintrag seines „Agriturismo" verweigert habe, denn es sei mit Abstand eine der besten Adressen, die sie bisher ausfindig gemacht hätten.

Als Leo und Francesca eine Verschnaufpause machten und kurz neben ihnen stehen blieben, bemerkte Mrs. Robinson freundlich: „What a beautiful son you have!" Worauf Helmut es sich nicht entgehen ließ: „He looks like me, doesn't he?", zu fragen. Aber der Satz, der Charlotte jetzt unvermittelt herausrutschte, löste bei jedem der Anwesenden eine andere Reaktion aus: Mrs. Robinson lächelte süffisant, ihr Mann zog erstaunt die Augenbrauen hoch, Helmut guckte total verständnislos, Leo schüttelte missbilligend den Kopf, der Conte grinste belustigt und Charlotte wurde rot, während sie sagte: „And here's to you, Mrs. Robinson – Jesus loves you more than you will know."

Innerlich verfluchte sie ihre Angewohnheit, sich ständig an alte Songs zu erinnern. Um der Situation zu entkommen, führte der Conte sie zu den nächsten Gästen. Es waren meist Restaurantbesitzer und sie kamen aus unterschiedlichen Regionen Italiens. Im Ganzen waren etwa zwanzig bis dreißig Personen anwesend. Kaum hatten sie ihre Runde beendet, wurde der Conte von zwei Frauen in Beschlag genommen. Die eine hakte ihn rechts, die andere links unter. „Du tanzt jetzt mal mit uns, Massimo! Sonst sind wir beleidigt." Sie zogen ihn mit sich fort.

„Es ist also, wie ich es mir gedacht hatte: Er lädt seine Geschäftspartner ein, macht sie sich zu Freunden, sie verbringen hier einen angenehmen Urlaub – und er setzt seine Produkte gut ab. Eine intelligente Art von ‚Management & Publicity'", sinnierte Helmut. „Eigentlich passen wir gar nicht hierher – ich meine, von uns hat er doch kein Business-Feedback zu erwarten."

„Es scheint ihm aber auch ganz einfach Spaß zu machen. Vielleicht lässt er ab und zu ein paar neue Leute dazu kommen, das mischt die Gruppe auf. Und ich habe das Gefühl, er liebt die Abwechslung", sagte sie. Sie sah ihn unter den Tanzenden, sein Kopf ragte über die anderen hinweg. Er drehte sich abwechselnd mal mit der einen, mal mit der anderen Partnerin über den Platz.

„Ich bekomme allmählich auch Spaß an der Sache hier. Warum gehen wir in Berlin nicht mal tanzen? Das bringt Kreislauf und Gemüt in Schwung", schlug Helmut vor.

„Wir gehen in Berlin nicht tanzen, weil wir einfach keine Zeit dafür finden. Ich sagte dir ja, du musst beruflich kürzer treten."

„Du hast doch nichts dagegen, wenn ich diese Liliana noch mal zum Tanz auffordere? Ich meine, aus Höflichkeit... ich kann doch nicht warten, bis sie mich wieder am Ärmel zupft."

„Nein, nur zu. Aber – sei nicht zu höflich..."

Sie ging an die Rückseite des Brunnens. Hier konnte sie Alfonso und seinen Freunden beim Musizieren zusehen. Die drei Männer waren mit Begeisterung dabei. Jetzt stellten sich Lucia und Renzo neben die Minikappelle und sangen ein Volkslied zur Musik. Sie hatten schöne, kräftige Stimmen. „Sta lontano da chisto core... a te volo col pensiero... niente voglio niente spero..."

Sie verstand nicht viel vom Text, aber die Musik war sehr schön.

„Verstehen Sie auch unseren neapolitanischen Dialekt?" Der Conte war lautlos aus dem Dunkel aufgetaucht.

„Nein. Ich habe gerade überlegt, um welchen Dialekt es sich wohl handelt."

„Und ich habe gerade überlegt, ob ich es noch einmal wagen kann, Sie zum Tanzen zu überreden – oder hole ich mir wieder einen Korb?"

„Nehmen Sie es bitte nicht persönlich. Es hat nichts mit Ihnen zu tun. Ich habe ja auch nicht mit meinem Mann getanzt. Ich tanze einfach nicht gern."

„Aber mit Totò haben Sie getanzt."

„Das ist doch ganz etwas anderes. Ich mag Kinder. Und außerdem bin ich im Urlaub: Da will man doch endlich mal nur das tun, was einem wirklich Spaß macht, oder?"

„Man sollte immer nur das machen, was man wirklich will. Nicht nur im Urlaub. Und wenn Sie nicht tanzen wollen, dann tanzen wir eben nicht. Sie müssen immer nur das tun, was Sie wirklich wollen. Und es mir sagen. Ich mag es geradeheraus. Und wie Ihnen nicht entgangen sein wird, bin ich jemand, der immer geradeheraus auf sein Ziel zugeht."

„Abgemacht. Also, was ich jetzt gerade tun will? Ich will hier an diesen schönen Brunnen gelehnt stehen und dieser schönen Musik lauschen. Das Lied, was Lucia da gerade singt, gefällt mir gut. Wovon handelt es?"
Sie hörten eine Weile gemeinsam auf den Text. „È nato nu criaturo... è nato niro... e a mamma o' chiama Ciro, sissignore, o' chiama Ciro... chillo o' fatto è niro niro com'a cchè..."
"Das ist die ‚Tammuriata Nera', ein Lied aus Neapel, dem Neapel am Ende oder direkt nach dem zweiten Weltkrieg", erklärte er ihr. „In der Zeit, als die Amerikaner uns von euch Deutschen befreit hatten. Es waren damals viele schwarze Soldaten hier. Sie hatten uns nicht nur befreit, sie lebten auch sehr frei mit den hübschen Neapolitanerinnen... und dann kam es vor, dass schon mal ein schwarzes Kind geboren wurde.... ‚nu criaturo niro'... und alle fragten sich, wer das Kind denn schwarz gemacht habe... darum geht's in diesem Lied."
„Das gefällt mir... der Text und diese kraftvolle Musik dazu."
„Sie sind sehr musikalisch, nicht wahr?"
„Ich denke schon. Ich meine, nicht musikbegabt, im engeren Sinne. Ich spiele miserabel Klavier. Aber ich liebe Musik. Ich habe immer irgendein Lied im Ohr. Sozusagen zu jeder Lebenssituation passend. Oft summe ich etwas vor mich hin, ohne es zu bemerken. Und dann entstehen so peinliche Situationen wie vorhin mit Mrs. Robinson! Es passiert mir sogar im Unterricht! Meine Schüler machen mich manchmal darauf aufmerksam – oder sie machen sich darüber lustig. Aber... es ist ja auch das Recht der Schüler, sich über ihre Lehrer lustig zu machen. Besonders über ihre Schwächen", sagte sie lachend. „Sie haben mir den Spitznamen ‚die Nachtigall' verpasst!"
„Ah, da hätten wir noch eine ihrer Schwächen: Sie haben immer Musik im Kopf. Aber das ist doch eigentlich keine Schwäche, sondern eine Stärke. Wie sagt ein deutsches Sprichwort: Mit Musik geht alles besser?"
„Wo haben Sie Deutsch gelernt? An einer Sprachschule? Hier in der Gegend?"
„Wieso wollen Sie das wissen?"
„Weil es eine außergewöhnlich gute Schule gewesen sein muss. Sie haben heute Abend fast fehlerfrei Deutsch gesprochen... Ich habe darauf geachtet... und Sie kennen auch noch unsere Redensarten!"

Er rieb sich den Bart. „Ich... ich habe Deutsch direkt bei Goethe gelernt." Sie sah ihn verständnislos an.
„Na, so direkt nicht. So alt bin ich denn auch wieder nicht. Nein, einfach im Goethe-Institut in Rom. Während meines Studiums. Habe in Bologna und Perugia studiert, dann hier in Perugia promoviert, habe aber auch zwei Semester in Rom absolviert. Und da ich ein vielseitiges Bürschchen bin, habe ich meine römische Zeit genutzt, um meine Sprachkenntnisse zu verbessern. Wie soll Goethe gesagt haben: Wer eine Sprache mehr kann, hat auch ein Leben mehr. Und ich kann gar nicht genug davon bekommen: immer mehr Leben. So habe ich auch ein wenig Englisch am British Institute gemacht und am Goetheinstitut einen Deutschkurs. Es ist wirklich ein ausgezeichnetes Sprach- und Kulturinstitut... Sind Sie jetzt zufrieden?"
„Für heute bin ich zufrieden. Und das, was Sie gerade gesagt haben, über die Sprachen und das ‚zusätzliche' Leben, gefällt mir sehr."
„Sie selbst sprechen ja auch glänzend Italienisch, unterrichten Latein und Französisch, ich nehme an, Sie können auch Englisch..."
„Ja, Englisch lernen heutzutage alle Kinder gut in deutschen Schulen. Aber ich, ich kann kein Spanisch – das fehlt mir. Ich kann Pablo Nerudas Gedichte nicht im Original lesen – das ist ein großes Manko!"
„Dann gefällt Ihnen dieses:
Porque el amor,
mientras la vida nos acosa,
es simplemente una ola sobra las olas."
"Sie sprechen Spanisch?"
„Nein, aber auch mir gefällt Neruda. Besonders seine Liebesgedichte."
„Na gut – eine gemeinsame Schwäche. Aber jetzt bin ich vor allem müde. Wir sehen uns dann morgen Nachmittag. Dann möchte ich aber etwas mehr wandern – ohne ständig stehen zu bleiben! Wir könnten doch mal den ganzen Borgo umlaufen – dann bekomme ich einen Eindruck von seinen Ausmaßen."
„Das schaffen wir aber nicht in einer Stunde..."
„Bei meinem Laufschritt schon", lachte sie. „Gute Nacht."
Sie ging, ohne sich nach Helmut oder Leo umzuschauen. Sollten die doch die ganze Nacht durchtanzen, sie wollte jetzt in ihr Bett.

KAPITEL 7 (4. August)

Von der Unlogik der Sprache und des Lebens,
von 100 % Sicherheit und 100 % Verwirrung,
von Rosmarinbüschen und Röslein-rot

Sie verbrachten den Vormittag am Swimmingpool. Leo legte seinen ganzen Ehrgeiz daran, Francesca das Rückenschwimmen beizubringen. Aber sie ging regelmäßig nach zwei Schwimmstößen unter, was Leo regelmäßig die Gelegenheit gab, sie abzufangen. Charlotte beobachtete sie belustigt über den Rand ihres Buches hinweg. Wieder mal stieß sie Helmut an, der dann auch kurz seine Zeitungslektüre unterbrach.
„Guck mal, Leo lässt nichts anbrennen."
„Kommt ganz nach seinem Vater", sagte Helmut selbstgefällig.
„Wie lange habt ihr gestern Nacht eigentlich noch getanzt? Ich bin gleich eingeschlafen, habe euch gar nicht kommen hören."
„Hab nicht auf die Uhr geguckt. Wir sind gegangen, als die Gesellschaft sich aufzulösen begann. Die halten hier lange aus. Werden nachts erst so richtig munter, diese Südländer. Am Tag liegen sie faul am Pool ..."
„Wie wir ja auch", sagte sie. Sie blickte zu Antonio hinüber. Um den musste sie sich heute nicht kümmern: Man hatte am anderen Ende des Pools auf der Wiese ein großes, flaches Kinderbecken aus Plastik aufgestellt, in dem er selig herumplanschte.

Pünktlich um sechzehn Uhr sah sie ihn unten an der Pinie stehen. Er lächelte ihr freundlich entgegen. Heute hatte er Bluejeans und ein weißes Jeanshemd mit kurzen Ärmeln an. Viel mehr Phantasie als ich hat er auch nicht, was die Bekleidung betrifft, dachte sie befriedigt. Sie hatte wieder ihre hellblauen Bermudas angezogen. Es waren immer noch über 30 Grad draußen.
„Wir sollten, wenn möglich, im Schatten spazieren gehen", schlug sie vor.
„Dann nehmen wir den Weg, der ein Stück durch den Wald führt, bis wir an den Pferdeställen herauskommen. Dann unten herum, hinter dem Pool vorbei bis zu meinem Haus. Damit haben wir zwar nicht den ganzen Borgo umlaufen, wie Sie gestern gefordert hatten, aber das ist der einzig schattige Spazierweg hier."

Sie schlugen den Waldweg ein, sie schritt forsch drauflos. Und sie hatte auch das heutige Thema nicht aus den Augen verloren.

„Also, wie wir gestern festgestellt hatten, haben Sie Probleme mit dem Dativ. Der Dativ antwortet auf die Frage ‚WEM?' Zum Beispiel: Der Mann. Ich gebe DEM Mann Deutschunterricht. Die Frau. Ich gebe DER Frau ein Schokoladeneis. Das Kind. Ich gebe DEM Kind ein Schwimmbecken. Wem? Dem Kind. Wem? Der Frau. Ganz einfach."

Er lachte belustigt, sagte aber: „Was heißt hier: ganz einfach? Es ist überhaupt nicht logisch. Wieso wird DIE Frau im Dativ maskulin, zu DER Frau? Es ist schon schwer genug, eure drei Artikel auseinander zu halten, aber sie dann auch noch deklinieren zu müssen ist der reine Wahnsinn! Welche Sprache hat schon drei Artikel? Überhaupt, das Neutrum hat gar keine logische Existenzberechtigung! DAS Mädchen! Ist ein deutsches Mädchen bei euch neutralen Geschlechts? Aber DER deutsche Junge ist wenigstens maskulin. Wie soll ein Ausländer damit klar kommen? Gibt es eine Regel dafür?"

„Nein, dafür gibt es allerdings keine Regel – unsere drei Artikel folgen in der Tat keiner leicht erkennbaren Logik. Man muss sie einfach so hinnehmen, auswendig lernen. Wenn Sie eine Sprache ohne Artikel wollen, dann müssen Sie die slawischen Sprachen lernen. Die kommen tatsächlich ganz ohne Artikel aus."

„Ich exportiere aber nichts in slawische Länder", lachte er. „Ich brauche weder Polnisch noch Russisch. Das hilft mir also nicht weiter. Da lobe ich mir die Engländer. Mit dem kleinen Artikel THE ist alles abgedeckt. Und man braucht ihn nicht mal zu deklinieren. Eine herrlich praktische Sprache."

„Aber die vier Deklinationen haben wir doch von euren Vorfahren. Im Lateinischen gibt es sogar noch mehr Fälle: Neben dem Nominativ, dem Genitiv, dem Dativ, dem Akkusativ hatten die Lateiner noch den Ablativ und den Vokativ! Sie fordern doch immer Logik in der Sprache: Latein ist eine logische Sprache. Die Regeln stehen fest. Da ist ja auch niemand mehr, der daran rütteln könnte. Es ist eine tote Sprache."

„Das gefällt mir."

„Was – dass Latein eine tote Sprache ist?"

„Mir gefällt, dass Sie sagen, dass nur etwas Totes logisch sein kann. Alles Lebendige ist eben manchmal unlogisch. Wie halten Sie es denn nun mit der Logik?"

„Ich bin leider kein besonders logisch denkender Mensch. Das merke ich jedes Mal, wenn ich mit meinem Mann Schach spiele – er gewinnt fast immer."
„Fühlen Sie sich ihm deswegen unterlegen?"
„Aber nein. Ich kann gut verlieren. Das gehört zum Spiel. Ich könnte wetten, dass Sie eine Spielernatur sind, stimmt's? Und dass Sie nicht gern verlieren."
„Ich würde mich nicht als ‚Spieler' bezeichnen. Aber – wenn ich spiele... ja, dann will ich auch gewinnen. Was ist ein ‚Spielernatur'?"
„Jemand, der von Natur aus gerne spielt – mit Worten, mit Menschen, mit Karten, mit Geld beim Pferderennen und womit man sonst noch so spielen kann. Das bezeichnet man als Spielernatur."
„Der Spieler – die Natur – die Spielernatur. Eure zusammengesetzten Wörter. Damit ist es auch so ein Kreuz. Man weiß nie, welches Geschlecht man dem Wort denn nun geben soll. Das Kreuz, der Weg, das Kreuzweg, richtig?"
„Nein, der Kreuzweg. Aber das mit den zusammengesetzten Wörtern ist ganz einfach", sagte sie erleichtert, denn dafür war sie sich der Regel ganz sicher. „Das zusammengesetzte Wort nimmt immer das Geschlecht des letzten Wortes an. Da bin ich mir 100%ig sicher. Die Eisenbahn, der Schaffner, das Häuschen – DAS Eisenbahnschaffnerhäuschen! Das Gericht, der Beschluss, der Gerichtsbeschluss. Das Haus, die Frau, die Existenz – die Hausfrauenexistenz; die Frau dann bitte im Plural. Ganz einfach!" Sie strahlte ihn selbstsicher an. „Das Ballet, die Tänzerin, die Balletttänzerin – übrigens mit dreifachem ‚t' geschrieben."
„Wie grässlich und von wegen einfach! Diese nicht enden wollenden Wörter! Diese Bandwurmwörter! Das Band, der Wurm, das Wort, das Bandwurmwort! Wenn man hinten angekommen ist, hat man schon vergessen, wie es vorne angefangen hat!"
„Das ist aber auch keine spezifisch deutsche Schuld – die Zusammensetzung der Subjektive haben die Griechen erfunden."
„Wie viel meine brave Deutschlehrerin doch weiß! Und da sagten Sie, Sie kennen die Regeln nicht."
„Die kenne ich auch nicht alle. Aber so einige Kenntnisse über die Sprache habe ich mir erworben, weil ich eine Märchentante bin. Ich habe als Kind die Märchen der Gebrüder Grimm gelesen, die übrigens Berliner waren! Und als Erwachsene habe ich dann immer noch die Gebrüder Grimm gelesen – genau gesagt, deren philologische Studien.

Die sind noch aktuell, man sollte es kaum glauben. Es hat mir immer Spaß gemacht, mich mit Sprachen zu beschäftigen. Nicht nur, seitdem ich Latein und Französisch unterrichte. Ich gehe den Sprachen gern auf den Grund: Dazu braucht man erst einmal das Latein. Na gut, ich habe es auch als Studienfach gewählt, weil ich meinem Vater etwas beweisen wollte. Aber Französisch habe ich gewählt, weil ich den Klang der Sprache so gerne mag: Sie ist wie Musik."
„Aber Italienisch ist viel schöner - die Sprache der Oper!"
Charlotte lächelte nachsichtig. „Ihre patriotische Einstellung zu Ihrer Muttersprache in allen Ehren: Italienisch ist kraftvoller, bunter, vitaler, vielleicht sinnlicher. Aber Französisch ist eleganter, sanfter, poetischer. Hören Sie, wie schön das klingt: 'Plaisir d'amour, ne dure qu'un moment, chagrin d'amour – dure toute la vie… ', wunderschön!"
„Hm. Klingt schön, ist aber nicht schön. Diese gerissenen Franzosen schaffen es, unschöne Dinge schön auszudrücken. Sie führen einen hinters Licht, mit dem Klang ihrer Sprache."
„Aber ich habe Französisch nicht nur des melodischen Klanges wegen gewählt, sondern auch wegen der Hugenotten!"
„Wegen der Hugenotten? Was soll denn das heißen?"
„Also, dann jetzt ein bisschen Geschichtsunterricht, passend zum Deutschunterricht. Mit dem Edikt von Potsdam begann 1685 Berlins Geschichte als Kulturmetropole. Der weitsichtige Große Kurfürst bestimmte mit einem Erlass die Aufnahme von rund 20 000 Hugenotten, die auf Grund ihres protestantischen Glaubens aus dem katholischen Frankreich fliehen mussten. Die Masseneinwanderung von Fremden wird ja im Allgemeinen als eine Bürde empfunden, aber sie ist oft ein Glücksfall: Die Hugenotten waren hervorragende Handwerker und Wissenschaftler und bescherten der provinziellen Residenzstadt Berlin eine neue Blüte. Und das Französische mischte sich mit dem Deutschen: Noch heute findet man im Berliner Dialekt ganz ulkige, verballhornte Worte. Auch das hat mich animiert, Französisch zu studieren. Ich wollte der Sprache auf den Grund gehen. Was kieken Sie mich jetzt so plümerant an? Habe ich Sie in die Bredouille gebracht mit meinen Kinkerlitzchen? Ich habe gerade ein paar Berliner Fisimatenten gemacht."
Sie musste über seinen verdutzen Gesichtsausdruck herzlich lachen.
„Nein, das können Sie nicht verstehen! Das ‚plümerant' kommt von ‚bleu murant', was blassblau bedeutet und im Sinne von ‚unwohl'

benutzt wird. Die ‚Bredouille' bedeutet ‚Bedrängnis', die ‚Kinkerlitzchen' kommen von ‚quincaille', das sagen wir statt ‚Flausen, überflüssiges Drumherum', und die ‚Fisimatenten', das ist überhaupt das Allerwitzigste: Die Berliner wollen damit sagen ‚Schwierigkeiten, oder Dummheiten', aber es kommt vom französischen ‚Visite ma tente', zu Deutsch: ‚Besuche mich in meinem Zelt', ein Satz, den französische Soldaten und Hugenotten den jungen Berlinerinnen zuraunten. Mütter warnten ihre Töchter: ‚Mach mir keine Fisimatenten'!"
Auch der Conte lachte belustigt. „Das werde ich mir merken!"
„Ja, merken Sie es sich nur. Sind Sprachen nicht furchtbar interessant? Ich liebe es, den Worten nachzuforschen. Hiermit gestehe ich eine weitere meiner Schwächen: die Fremdsprachen."
„Ah, eine weitere Schwäche von Ihnen, doch wieder nur so eine harmlose. Aber ich bin erfreut, dass Sie so sicher mit dieser Regel bezüglich der zusammengesetzten Substantive sind... also, immer der letzte Teil gibt den Ton an: der Wein, die Ernte – die Weinernte. Ja?"
„Ja", sagte sie fröhlich. Da bin ich 100 % sicher."
„Schön. Das ist etwas, woran ich leicht denken kann, wenn ich Deutsch sprechen muss. Wenn ich in Deutschland auf einer Messe sein werde. Im Herbst geht es wieder los damit. Ich könnte dreimal im Jahr nach Deutschland fahren. Ich vertrete meine Produkte ja gerne selber. Und will dabei nicht die Hanswurst abgeben."
„Den Hanswurst", verbesserte sie. „Akkusativ!"
„Akkusativ – von was? Der Hans, die Wurst, die Hanswurst... das letzte Substantiv gibt das Geschlecht an, oder?"
Sie blieb wie angewurzelt stehen. Heute waren sie auf ihrem Spaziergang gut vorangeschritten, er war nur selten stehen geblieben. Aber nun hatte sie der Schlag gerührt. „Der Hans, die Wurst, der Hanswurst... die Hanswurst... ich glaube... das Hanswurst... ich denke, das... das fällt aus der Regel... ich meine aber, die Regel stimmt trotzdem... aber ich werde darüber nachdenken... vielleicht weiß ich es morgen..."
Er trat belustigt vor sie hin. Wieder mal einen Schritt zu nahe.
„Sie waren sich doch 100%ig sicher, vor einer Minute noch. Und jetzt fuchteln sie hier wie eine Ertrinkende mit den Armen in der Luft herum." Er trat noch näher an sie heran und flüsterte fast.
„Ich verrate Ihnen ein Geheimnis: Nichts, aber auch gar nichts ist 100%ig sicher auf dieser Welt. Und Sie werden es morgen auch nicht

besser wissen als heute. Weil es immer etwas gibt, was aus der Regel fällt."
Sie ging einen Schritt zur Seite und setzte ihren Weg fort. „Wann kommen wir aus diesem Wald heraus? Wo sind wir hier überhaupt?"
„Gleich hinter den Reitställen."
Sie beschleunigte ihren Schritt und sie erreichten die langen, flachen Gebäude. Es roch nach Pferden. Sie dachte, dass Leo hier irgendwo war, und der Gedanke an ihren Sohn tat ihr gut.
„Wollen wir Leo und Francesca beim Reiten zusehen?" fragte sie.
„Gern, wenn Sie es wollen." Sie betraten den Reitstall von hinten. Die beiden machten wohl gerade eine Pause, denn sie standen an eine Box gelehnt, den Kopf eines Pferdes zwischen sich, den sie abwechselnd streichelten. Mal fuhr Leo dem Tier über die Nase, mal Francesca. Sie schienen damit sehr beschäftigt, denn sie bemerkten ihre Anwesenheit nicht. Charlotte wollte zu ihnen gehen, aber der Conte hielt sie am Arm zurück.
„Wir sollten sie nicht stören, meinen Sie nicht?" Sie blieb neben ihm stehen.
„Sehr sportlich betätigen sie sich ja nicht gerade", fand Charlotte.
„Sie sind mit viel interessanteren Dingen beschäftigt – und ich finde sie rührend, auch wenn sie vielleicht nur ‚Fisimatenten' machen." Er sprach leise, um die beiden nicht aufzuschrecken.
„Ja, sie sind allerdings rührend, das finde ich auch." Dann sang sie leise vor sich hin: „Man müsste noch mal zwanzig sein, und so verliebt wie damals... Entschuldigung! Ein uralter, kitschiger deutscher Schlager. Kam mir gerade so in den Sinn."
„Muss man wirklich zwanzig sein, um sich zu verlieben?"
„Ich weiß nicht... nein, das kann wohl auch später noch passieren... ich denke, das ist an kein Alter gebunden. Nur... es ist dann nicht mehr dasselbe – die Unbefangenheit ist nicht mehr da. Die geht mit den Jahren – dahin."
„Wohin?", flüsterte er. Er stand schon wieder viel zu nahe neben ihr – und sie hatten keinen Pferdekopf zwischen sich.
Charlotte ging entschlossen auf die Turteltauben zu. „Na, Reitstunde schon zu Ende?"
Alle beide zuckten zusammen. „Nein. Wir haben nur eine Pause gemacht. Wir wollen jetzt noch eine Stunde reiten. Nur, Leonardos

Pferd bleibt immer stehen. Der alte Klepper brauchte wohl eine Pause. Wir haben sie ihm gegönnt", rechtfertigte sich Francesca.
„Welches Pferd hat Lucia ihm denn gegeben?", wollte der Conte wissen.
„Den alten Pippo. Der macht es nicht mehr lange."
„Das passt mir gar nicht, Leo, dass du auf so einem armen, alten Pferd reitest. Das klingt ja nach Tierquälerei! Kann man den Pippo nicht einfach in Rente schicken?", fragte Charlotte.
„In Rente schicken! Der kriegt hier sowieso schon sein Gnadenbrot. Aber ich werde mit Lucia sprechen. Morgen soll sie dir den Orlando satteln, Leonardo."
Francesca blickte ungläubig drein. „Du willst ihm dein Pferd abtreten, Massimo? Ich meine, wo du doch sonst so eigen mit dem bist... und Leonardo ist noch kein guter Reiter. Der Orlando..."
„Der Orlando ist auch älter geworden. Nicht nur ich. Früher nannten wir ihn ‚Orlando furioso', als er noch ein feuriger Rappe war. Aber er ist in die Jahre gekommen. Das ‚furioso' ist weg. Und er ist ein gutmütiger Kerl geworden. Muss er auch sein, wo er mich all die Jahre lang ERtragen – nein, GEtragen hat – wieder so ein Präfix, das den Unterschied ausmacht!" Massimo lachte. „Und ich komme in diesem Monat selten zum Reiten. Nur frühmorgens, vor dem Frühstück reite ich um die Tenuta herum. Dem Orlando wird die zusätzliche Bewegung gut tun. Francesca, sprich du bitte mit Lucia. Regel das bitte. Ich hab soviel anderes zu tun. Ich kann mich nicht um alles kümmern."
„Das glaubt sie mir nie... dass du Orlando ‚verleihst', aber ich will es versuchen."
„Wenn sie dir nicht glaubt, sag ihr, sie kriegt es noch mal mit mir zu tun. Wie vorgestern. Dann wird sie dir glauben. Und dem Orlando sag ich höchstpersönlich Bescheid." Er ging tatsächlich zu Orlandos Box, streichelte dem Pferd über den Hals und flüsterte ihm etwas ins Ohr. Ein Pferdeflüsterer!
Mit verschmitztem Grinsen kam er zurück. „So, nun lassen wir euch aber alleine. Ihr wollt sicher noch etwas ‚pausieren'. Viel Spaß dabei."
Im Vorbeigehen gab er Francesca einen Klaps auf ihr süßes Hinterteil. Leo zwinkerte er zu, was der aber nicht erwiderte. Die vertrauliche Geste des Conte gegenüber Francesca hatte ihm gar nicht gefallen. Sie traten ins Freie, wo sie Mrs. Robinson beggneten, die sie freundlich grüßte. Charlotte sah auf ihre Armbanduhr. Es war erst halb fünf.

„Lassen Sie uns hinüber zum Haus gehen", sagte er. „Hinter dem Pool geht ein Weg entlang – eine Abkürzung. Ich erzähle Ihnen inzwischen ein bisschen über die Geschichte des Borgo."
Er erklärte ihr, dass der Borgo in seinem Grundkern aus dem Mittelalter stamme. Zuerst sei der runde Turm da gewesen – ein Aussichtsturm, strategisch günstig hoch auf dem Hügel gelegen, mit einer weiten Aussicht über die Ländereien. Dann sei das Haupthaus dazugekommen, später die Häuser für die Landarbeiter und Bediensteten, in denen jetzt die Gäste untergebracht waren. Als er noch klein war, hätten hier unglaublich viele Leute gewohnt, sie seien eine richtige kleine Dorfgemeinschaft gewesen.
„Bis in die 60er Jahre hinein war das noch so. Dann kam der Wohlstand. Die Leute wollten in ihren eigenen Wohnungen leben, sie zogen nach Spello, nach Assisi. Alle hatten bald ein Auto. Man kam in den Borgo zur Arbeit gefahren und fuhr abends nach Hause. So standen die Häuser irgendwann leer. Dann bin ich auf die Idee gekommen, sie in Gästehäuser umzuwandeln. Es war eine riesige Restaurierungsaktion. Aber es hat sich gelohnt. So ist hier wenigstens den ganzen Sommer über Leben. Der Winter ist hingegen sehr einsam. Dann nehme ich Reißaus. Fahre in der Welt herum. Im kommenden Winter will ich für einen Monat nach Neuseeland. Erstens, weil dort dann Sommer ist und ich Weihnachten hier nicht ertrage. Zweitens habe ich einen alten Freund dort, den guten John Francis Gotty. Ein lustiger Typ. Ehemals deutscher Abstammung, hat sich dort bei den Maoris angesiedelt, ist Landwirt und schreibt Gedichte! Und drittens: zum Abgucken."
„Aller guten Dinge sind drei. Was gibt es denn in Neuseeland abzugucken?"
„Was wohl? Weinanbau natürlich", lachte er. „Die produzieren einen erstaunlich guten Sauvignon Blanc. Und kommen damit auf den internationalen Markt. Man muss seine Konkurrenten kennen, bevor man sie bekämpfen kann. Man findet ihren Wein hier schon im Supermarkt, wir haben ja sehr offene Märkte – leider. Demnächst lassen sie auch die Chinesen mit ihrem Billigwein herein! Das wird den kleinen Weinerzeugern hier in Italien einen schweren Schlag versetzten."
„Der Signor Conte nimmt seinen Weinanbau sehr ernst."
„Nennen Sie mich doch nicht so. Mein Name ist Massimo Settembrini. Der Titel ist meiner Familie vor fast zweihundert Jahren zugefallen und klebt seitdem an uns. Aber was ist schon ein ‚echter' Adelstitel? Nicht

einmal Goethe hatte ein echtes ‚von'. Aber Sie haben Recht: Meinen Weinanbau nehme ich in der Tat sehr ernst. Auch vielleicht, um mir selbst das Gefühl zu geben, mir das alles hier verdient zu haben. Ich hatte in meinem Leben mehr Glück, als mir zusteht."
„Jetzt haben Sie mich natürlich neugierig gemacht. Wie fällt einem denn ein Adelstitel zu?"
„Der letzte Conte starb 1832 – kinderlos und ohne Erben. Er hinterließ alles meinem Urgroßvater, der damals hier sein Verwalter war. Ein junger, tüchtiger Mann – der alte Conte muss wohl so was wie einen Sohn in ihm gesehen haben. Mein Urgroßvater hatte dann drei Töchter und einen Sohn, der alles erbte. Mein Großvater hat es noch auf zwei Kinder gebracht, eine Tochter und einen Sohn, meinen Vater. Ja, ich bin sein einziger Sohn. Und seit dem Tod des alten, letzten ‚echten' Conte haben die Leute die Herren des ‚Borgo dei Pini' einfach weiter als Conte bezeichnet. Das konnte man ihnen nicht ausreden, und es geht nun schon fast zweihundert Jahre lang so – was sich so fest eingebürgert hat, kriegt man nicht mehr weg. Ich mag den Titel nicht – hat zuviel ‚feudalen' Beigeschmack. Ich sehe mich als umbrischen Bauern – und basta."
Sie gingen durch eine kleine Obstplantage: ein paar Reihen Apfelbäume, Birnbäume, Kirschbäume, Pfirsichbäume. Hier kamen also die Früchte für ihre Obstschale her, die sie jeden Tag frisch aufgefüllt vorfanden.
„Nur für den Hausgebrauch", erklärte er. „Das Obst verkaufen wir nicht. Das essen wir selber. Leider ist die Kirschzeit vorbei, die ist im Juni. Sie können also mit mir heute keine Kirschen essen – schade, mit mir ist nämlich gut Kirschen essen!" Er lachte.
„Wenn man Sie nicht gerade in Rage gebracht hat, vielleicht. Wieder so ein kleines deutsches Sprichwort, das Sie in der Schule gelernt haben, ja?", fragte sie etwas spitz.
„Eine Apfelsorte ist schon reif, die können Sie probieren. Die anderen Sorten sind später dran. Aber ein paar Pfirsiche gibt es noch. Die Ernte geht zur Neige. Wir haben zwei verschiedene Sorten hier." Er pflückte einen rot-gelben Pfirsich ab, ging dann zu einem anderen Baum und pflückte einen gelblich-grünen Pfirsich.
„Probieren Sie mal beide. Welcher schmeckt besser?"
Sie biss erst in den einen, dann in den anderen. „Sie schmecken beide ausgezeichnet. Aber der gelblich-grüne ist saftiger."
„Nicht wahr? Das ist leider eine Sorte, die man heute kaum noch auf dem Markt findet. Weil sie sich nicht gut transportieren lassen. Die

Pfirsiche werden alle zur gleichen Zeit reif, man muss sie sofort essen, sonst werden sie matschig. Natalina kocht zentnerweise Marmelade davon ein."
Dann erklärte er ihr, wie sie es hier mit dem Bioanbau hielten. Es gab verschiedenen Methoden. „Wir setzen sogar Insekten ein, nach dem Motto: Die Starken verjagen die Schwachen. Man muss nur darauf achten, dass die Starken dann keine Pfirsiche mögen." Er habe einen jungen Biologen, der sich auf diesem Gebiet spezialisiert habe, und man käme zu ausgezeichneten Ergebnissen.
„Il Massimo", sagte sie. Sie hatte den saftigen Pfirsich aufgegessen, der Saft rann ihr an den Händen herunter. Er reichte ihr ein weißes Taschentuch. Sie nahm es gerne an, sah, dass ein MAS eingestickt war. Sie gab es ihm zurück.
„Das ist zu schade. Da ist sogar Ihr Monogramm eingestickt. Pfirsichsaft geht nicht mehr raus."
„Für Sie ist mir nichts zu schade... und Natalina kriegt alle Flecken wieder raus. Sie hat da ihre Kräutertinkturen... sie ist eine richtige Kräuterhexe."
Sie waren hinter dem Badehäuschen des Swimmingpools angekommen. Das Häuschen war von einer hohen Hecke umgeben. Charlotte blieb ungläubig davor stehen. „Das ist doch nicht etwa Rosmarin?"
„Doch – ganz gewöhnlicher Rosmarin. Was ist daran so erstaunlich?"
„Ich wusste nicht, dass der zu so hohen Sträuchern werden kann. Bei uns sieht man immer nur so kleine Pflanzen." Sie ließ ihre Finger über die hohe Hecke gleiten, die ihr fast bis zur Brust ging. Sofort hatten ihre Hände den Duft des Strauches angenommen.
„Nun, Rosmarin ist ein typisch mediterraner Halbstrauch. In euren kühlen, nordischen Gefilden kann dieser immergrüne, kälteempfindliche Lippenblütler wohl kaum gedeihen. Die Büsche stehen hier genau richtig: Die Wand des Badehäuschens schützt sie vor dem Nordwind, sie haben den ganzen Tag Sonne, da wachsen sie eben besonders gut. Sie müssten sie sehen, wenn sie blühen – dann sieht selbst eine so unscheinbare, stachelige Pflanze wie Rosmarin schön aus."
„Wann ist denn die Blütezeit, und wie sehen die Blüten aus?
„Ende April, Anfang Mai. Kommen Sie nächstes Jahr um diese Zeit – dann sehen Sie es selbst. Die Blüten sind klein, aber es sind viele – und sie haben so eine blassblaue Farbe – wie der Himmel, nein... wie Ihre Augen."

„Anfang Mai – da sind die Osterferien schon zu Ende", sagte sie.
Er blickte sie verständnislos an.
„Ich bin doch Lehrerin und damit an die Ferienzeiten gebunden. Im Mai haben wir nie Ferien bei uns. Da kann ich nicht kommen."
„Ach ja", sagte er langsam. „Sie sind... gebunden."
„Wie verwerten Sie den ganzen Rosmarin hier?"
„Da müssen Sie Natalina fragen. Die würde mir am liebsten jede freie Ecke mit irgendeinem Gewürz zupflanzen. Ich sagte ja, sie ist eine Kräuterhexe. Sogar unter meinem Bürofenster habe ich sie vor ein paar Jahren erwischt, als sie dabei war, die bunten, gemischten Blumen herauszurupfen, die dort wuchsen, weil sie unbedingt Petersilie, Salbei, Rosmarin und Thymian anpflanzen wollte. Sie sollte sich mit Alfonsos Garten zufrieden geben. Der lässt sie da alles machen, was sie will."
„Petersilie, Salbei, Rosmarin und Thymian. Parsley, sage, rosemary and thyme", sagte sie versonnen.
"Warum übersetzen Sie mir das ins Englische? Machen wir jetzt aus der Deutschstunde eine Englischstunde?"
Sie schüttelte lachend den Kopf. „Nein. Das ist wieder nur meine Manie – das ist eine Zeile aus einem alten, englischen Volkslied, wunderschön gesungen von Simon & Garfunkel und damit recht bekannt geworden."
„Wenn es ein Lied ist, dann müssen Sie es mir vorsingen."
Sie zögerte etwas. Da fügte er „Bitte" hinzu.
„Are you going to Scarborough Fair,
Parsley, sage, rosemary and thyme.
Remember me to one who lives there,
She once was a true love of mine."
"Ja, das Lied habe ich schon mal gehört. Auch so ein Lied um eine unerfüllte Liebe? Wie geht es denn weiter? Will er in der letzten Strophe auch still sein und sterben, wie in dem deutschen Volkslied, das Sie gestern gesungen haben?"
„Wenn ich mich recht erinnere: nein. In englischen Volksliedern wollen sie nicht sterben, die Verlassenen. Dafür ist dieses englische Volkslied voll von zweideutigen Bedeutungen."
„Ja, früher hatte alles eine symbolhafte Bedeutung, die heute keiner mehr kennt – aber Sie kennen sie natürlich – dafür könnte ich wetten."
Charlotte lachte verlegen. „Ja, ich habe halt ein bisschen nachgeforscht: Die Petersilie ist ein Küchengewürz, das nicht nur die Verdauung anregt, sondern dem Essen auch seinen bitteren Beigeschmack nimmt. Im

übertragenen Sinne soll es also die Bitternisse des Lebens mildern. Salbei hat heilende Wirkungen und stärkt den Organismus – er steht also für Stärke. Und der Thymian steht für Mut – dem Thymian-Absud wurde große Wirkung zugeschrieben und mit den Zweigen der Pflanze wurden im Mittelalter die Pferde und die Ritterrüstungen geschmückt... Aber wieder zum Thema: Wie haben Sie Natalina davon abhalten können, ihre Blumenbeete in Kräuterbeete umzugestalten?"
„Ich habe mir aus England edle Rosensträucher schicken lassen und sie unter mein Bürofenster gepflanzt. Kommen Sie, wir gehen dorthin. Ich möchte sie Ihnen zeigen. Schließlich... ist es nur ein Schritt vom Rosmarin zur Rose. Schon vom Wort her. Und es sind beides etwas stachelige Gewächse. Aber ich bevorzuge die Rose, die das wunderbare Anagramm enthält: Eros."
„Nur der Duft ist ganz anders", sagte sie. Sie knipste sich ein kleines Zweiglein ab, rieb es zwischen den Fingern und sog den Duft ein.
„Ich bevorzuge den Rosmarin. Ich finde, er riecht so würzig und... irgendwie... antik. Nun ja, das klingt jetzt etwas komisch... es ist ja nicht leicht, Düfte zu beschreiben. Und der Eindruck ist immer ganz subjektiv. Wie riecht eine Rose? Nach Rose eben. Aber... auch wenn Sie mich jetzt auslachen... Rosmarin riecht für mich antik."
Er lachte sie nicht aus. Brach sich auch ein Zweiglein ab und roch daran.
„Sie haben Recht. Es riecht antik. Komisch, dass mir das nicht früher aufgefallen ist. Aber, da ich gerade sehr aufmerksam Ihrer Symbolerklärung gelauscht habe, ist mir aufgefallen, dass Sie den Rosmarin übersprungen haben. Also, wofür steht der?"
„Oh, Rosmarin findet als Gewürz-, Zier- und Arzneipflanze viele Anwendungen und hat gleich drei gewichtige Symbolbedeutungen: Im alten Griechenland flocht man aus Rosmarinzweigen Brautkränze, als Symbol für eheliche Treue. Die alten Römer legten sich ein Rosmarinzweigchen für die Nacht unters Kissen – es sollte das Gedächtnis stärken! Und letztendlich ist Rosmarin einfach eine robuste Pflanze, die anfangs zwar nur langsam wächst, dann aber sehr resistent wird – im Mittelalter sah man darin ein Symbol für die weibliche Liebe."
Er blickte sie versonnen an. „Und da muss hier erst eine deutsche Frau auftauchen, die mir unsere antiken Symbole erklärt... nicht gerade alltäglich."

„Genauso wenig alltäglich, wie ein Italiener, der mir deutsche Gedichte zitiert!" Sie lachte.

„Alles Alltägliche wird irgendwann langweilig. Mit Ihnen wird es mir nicht langweilig." Er lächelte nachdenklich. „Ich könnte mich stundenlang mit Ihnen unterhalten. Aber jetzt gehen wir an meinen Rosen riechen. Wonach riechen Rosen?"

Der schmale Pfad, der bis zum alten Wehrturm führte, endete unter seinem Bürofenster, wo in der Tat ein kleiner Rosengarten angelegt worden war. Einige Sorten blühten noch, andere waren schon verblüht. Auch hier war die Hauptblütezeit eben der Monat Mai.

„Die kann mir Natalina nicht mehr so leicht rausreißen", lachte er.

„Sie sagten, Alfonso ließe Natalina alles in seinem Garten machen... sind die zwei... so was, wie ein altes Liebespaar?"

Belustigt schüttelte er den Kopf. „Aha, da habe ich eine weitere ihrer Schwächen entdeckt: Sie sind ja neugierig! Stecken Ihre hübsche, kleine Nase gern in die intimen Angelegenheiten anderer Leute."

Sie protestierte. „Aber nein... ich dachte nur... es läge doch nahe... ein älterer Mann, eine nicht mehr junge Frau, beide hier über Jahre hinweg zusammen... sie wirtschaftet in seinem Garten herum..."

Der Conte legte den Kopf in den Nacken und ließ sein schallendes Lachen ertönen. Als er sich beruhigt hatte, raunte er ihr leise zu: „Mag sein, dass sie sich des nachts heimlich aus meinem Haus schleicht. Mag sein, dass sie sich zum alten Alfonso schleicht. Mag sein, dass sie seit Jahren ein geheimes Verhältnis haben... aber ich denke, wenn sie es geheim halten wollen, sollten wir auch nicht daran rühren, oder? Es geht nur die beiden etwas an. Vielleicht ist so eine geheime Liebschaft viel aufregender als eine öffentlich geführte Ehe?"

„Mag sein", erwiderte sie knapp.

Er ließ sich auf den Rasen fallen. „Kommen Sie, ruhen Sie sich etwas aus. Wir sind für heute genug gelaufen. Ich liege hier gerne, gucke in den Himmel und atme den Duft meiner Rosen ein. Ich denke dann immer, dass man mit dem Leben eigentlich zufrieden sein muss – wenn man hier so träumen kann und an nichts anders denkt als an den Duft der Rosen."

Sie setzte sich neben ihn ins Gras und blickte auf die Rosen. Da sie noch den zweiten Pfirsich in der Hand hatte, begann sie ihn aufzuessen, während er ihr stolz die Namen seiner ‚Old English Roses' nannte: dort die gelbe Abraham Darby, die blassrosa Chaucer, die rote Braithwaite, die weißliche Cymbeline, die aufgeplusterte Peach-Blossom oder die dunkelrote, die Dark Lady. Und erst die drei Pemberton-Rosen: Felicia, Kathleen und Francesca – ja, sie hieße genauso wie die kleine Francesca. Und eine sei schöner als die andere und sie alle lägen im Wettstreit miteinander – eine wolle die andere ausstechen. Es gäbe kaum noch stark duftende Rosen auf dem Markt. Nur diese alten, englischen Sorten hätten noch so einen betörenden Duft.

Mit der linken Hand langte er in die Rosen, brach eine ab und hielt sie ihr hin. „Riechen Sie mal an dieser weißen Cymbeline: Sie riecht nach Myrte! Oder diese: Das ist die Mary Rose – meine Lieblingsrose. Riecht sie nicht antik – ein bisschen wie der Rosmarin? Sie hat diese volle, doppelte rosa Blüte, die erst im Herbst etwas blasser wird. Wenn sie aufblüht, macht sie ihrem Anagramm alle Ehre, diese erotische Rosemarie, aber selbst wenn sie schon verblüht ist, haben die Blütenblätter noch diesen seidigen Glanz und den süßen Duft."

Charlotte nahm die Rose in die Hand und sog den betäubend starken Duft ein. Sie musste ihn aber tadeln: „Sie hätten die arme Rose nicht abpflücken brauchen dafür. Ich hätte auch am Strauch an ihr riechen können. Jetzt wird sie schnell verwelken."

Da sang er leise mit seiner tiefen, melodischen Stimme: „Doch der wilde Knabe brach's, Röslein auf der Heiden... Röslein wehrte sich und stach... half ihr doch kein Weh und Ach... musst es eben leiden..."

Da blieb ihr ein Stück Pfirsich im Hals stecken. Sie begann zu husten und zu husten. Er klopfte ihr erst sanft, dann kräftiger auf den Rücken, bis sie sich beruhigte.

„Aber, aber, Sie werden mir hier doch nicht gleich wie Schneewittchen ohnmächtig werden, die sich an einem Stück Pfirsich verschluckt hatte? Was machen wir denn dann? Wo soll ich so schnell den Märchenprinzen herbekommen, um Sie wach zu küssen? Ich meine, ich könnte es natürlich auch selbst versuchen... verflixt, ich muss mich hier sowieso immer um alles selber kümmern..."

„Nein", sagte sie, immer noch hüstelnd.

„Wieso nein? Würden Sie lieber ersticken, als von mir geküsst zu werden?"

„Nein, ich sage nein, weil es kein Pfirsich war. Schneewittchen ist an einem Stück Apfel erstickt. Sie kennen sich mit Märchen nicht aus."

„Nein, mit Märchen kenne ich mich allerdings nicht aus. Dann war das mit dem Apfel bei Adam und Eva. In der Bibel kenne ich mich aus. Und Sie? Sie kennen sich dafür in der Bibel nicht aus", sagte er.

„Nein, in der Bibel kenne ich mich nicht aus. Aber ich habe mal gelesen, dass da gar nicht spezifisch von einem Apfel die Rede ist. Da steht nur: Eva reichte ihm die Frucht vom Baume der Erkenntnis. Und Adam, dieser Trottel, hat zugegriffen. Und wir müssen das seitdem alle ausbaden."

„So, so, Sie lesen also doch hin und wieder in der Bibel. Also gut, wenn es denn kein Apfel war, den die verführerische Eva dem armen Adam da aufgedrängt hat... bei Paris, dem Sohn des Priamos, war es aber mit Sicherheit ein Apfel. Der Glückliche hatte ja die Auswahl zwischen Hera, Athena und Aphrodite. Ah, gleich drei Schönheiten auf einmal! Also, ich denk immer, früher haben die irgendwie besser verstanden zu leben! Und Paris hat in seinem Urteil den Apfel dann der göttlichen Aphrodite geschenkt."

„Ja", sagte Charlotte, die sich als brave Lateinlehrerin natürlich in der antiken Mythologie auskannte. „Ja, aller guten Dinge sind drei, nicht wahr? Aber abgehauen ist er dann mit der vierten Frau. Schließlich hat er die schöne Helena geraubt."

„Und damit den Trojanischen Krieg ausgelöst. Also, was lernen wir daraus? Von Adam über Paris bis heute? Wer sich mit euch Frauen einlässt, erntet nichts als Ärger."

„Dann sind Sie ja gewarnt, Signor Conte. Was sind Sie nicht alles: ein falscher Conte, ein umbrischer Bauer, ein bibelfester Christ, ein Goethe zitierender Deutschschüler, ein an Rosen riechender Romantiker, und in der griechischen Mythologie sind Sie scheinbar auch bewandert... ich komme Ihnen schon noch auf die Schliche!"

Er tat beleidigt. „Das haben Sie von einem umbrischen Bauern nicht erwartet, nein? Ich habe zwar nur in Agrarwissenschaften promoviert, aber da lernt man nicht nur im Sand buddeln!"

„Aber nein, das wollte ich damit auch nicht gesagt haben! Entschuldigen Sie, wenn ich Ihnen da zu nahe getreten bin."

„Ich warte doch schon die ganze Zeit darauf, dass Sie mir mal zu nahe treten", lachte er.

„Aber", sagte sie streng, „ ich habe mich gerade weder an einem Pfirsich noch an einem Apfel verschluckt, sondern an einem ‚Röslein rot'! Wo haben Sie das Lied her? Sie wollen mir doch nicht weismachen, dass italienische Schulkinder in der ersten Klasse sitzen und ‚Sah ein Knab ein Röslein stehn' singen! Oder Erwachsene... in einem Kurs am Goetheinstitut!"

Er legte den Kopf in den Nacken und lachte schallend. So konnte nur er lachen. Als er sich beruhigt hatte, sagte er, er habe ihr doch schon ein paar Mal erklärt, das hier auch andere deutsche Touristen auftauchten und...

„Und die singen hier vom Röslein rot? Das nehme ich Ihnen nicht ab!"

„Warum nicht? Aber vielleicht habe ich es auch woanders gehört. Ich war mal in München, wo ich einen guten Geschäftspartner habe. Da war auch gerade dieses Oktoberfest. Nach ein paar Litern Bier schunkelt ihr Deutschen doch alle und fangt an zu singen!"

„Die singen dann aber ‚Wir machen durch bis morgen früh und ... schummswallera', aber nichts von Goethe!", rief sie entrüstet. Sie ließ ihre Faust ins Gras sausen.

Da beugte er sich zu ihr hinüber. Viel zu dicht. Sie musste in seine dunklen, großen Augen blicken, die von vielen Lachfältchen umrahmt waren. Zwar guckte er sie ernst an, aber um die Mundwinkel herum zuckte es verdächtig. „Was hat Sie denn so daran erschreckt? Das sich wehrende, stechende Röslein – oder der wilde Knabe, der es brach – oder das ihr kein Weh und Ach half? Es musste einfach sein."

Ohne darauf zu antworten, rappelte sie sich auf, strich sich die Kleidung glatt, stellte sich kampflustig vor ihn hin. Er war sitzen geblieben. „Ich glaube, Sie haben es faustdick hinter den Ohren!"

Mit einer nicht zu übertreffenden Unschuldsmiene fuhr er sich mit beiden Händen über seinen kahlen Schädel und hinter die Ohren. „Oh, da ist doch gar nichts. Nicht mal mehr Haare. Sie glauben mir nicht? Kommen Sie, treten Sie mir zu nahe und kontrollieren Sie selbst."

Aber sie blickte auf ihre Armbanduhr. „Es ist fünf Uhr. Genau gesagt, fünf nach fünf. Ich gehe jetzt zu den Tennisplätzen, meinem Mann zugucken."

„Sie machen aber genau Dienst nach Vorschrift, Frau Lehrerin! Kann ich Sie wenigsten noch bis zum Tennisplatz begleiten?"

„Ich kann Ihnen ja wohl kaum verbieten, sich frei auf Ihrem Grund und Boden zu bewegen. Aber die Deutschstunde ist hiermit beendet."

Entschlossen stapfte sie in Richtung Tennisplatz davon. Er lief wortlos neben ihr her.

Helmut spielte noch mit Federico. Sie lehnten sich gegen die Brüstung und sahen dem Spiel zu.
„Ihr Mann spielt gut, das muss man ihm lassen", sagte er ehrlicherweise.
„Was macht er eigentlich beruflich?"
„Er leitet die Filiale einer Bank."
„Kann man davon gut leben?"
„Für unsere Bedürfnisse reicht es", sagte sie kühl.
„Entschuldigung, jetzt bin ich Ihnen wohl zu nahe getreten. Ich wollte niemanden beleidigen."
Helmut und Federico schüttelten sich die Hände, bevor sie den Platz verließen und auf sie zukamen. Helmut wandte sich an den Conte: „Wollen Sie nicht mal gegen mich antreten? Ich wette, Sie sind ein guter Spieler. Ich meine, wenn man gleich zwei Tennisplätze vor der Haustür hat, ist doch wohl anzunehmen, dass man auch spielt."
Charlotte dachte, warum müssen Männer immer GEGENEINANDER spielen? Konnten sie nicht einfach MITEINANDER spielen?
Der Conte schüttelte bedauernd den Kopf. „Wenn Sie mich das vor zwei Jahren gefragt hätten – hätte ich gern angenommen – und hätte Sie haushoch geschlagen! Aber mein strenger Folterknecht hier..." Er wies auf Federico, der ihn auch sofort unterbrach.
„Wenn ich dich noch mal beim Tennisspielen erwische, bringe ich dich um. Mit meinem Skalpell! Noch einmal operiere ich dir das Knie nicht."
Erklärend wandte er sich an Charlotte. „Unser lieber Massimo hier übertreibt es gern – in allem. Nicht nur bei das Tennisspielen, nein. Er wirtschaftet hier auch ständig auf das Land herum, als müsse er allen beweisen, dass ein echter Kerl seine Bäume selber fällt. Vor zwei Jahren war dann das rechte Knie im Eimer... Meniskus, Kreuzband, alles kaputt. Ich hab es wieder hingekriegt. Aber noch mal lege ich da meine Hand nicht an." Er boxte Massimo gegen die Schulter. „Sei gewarnt, alter Freund."
Massimo lachte. „Komm Friedrich, darauf gehen wir ein Schlückchen Sekt trinken. Ich habe eine Flasche von der Sorte kalt gestellt, die du so magst. Du kannst jetzt was Frisches gebrauchen, nach dem anstrengenden Spiel mit deinem deutschen Gegner. Und ich auch – meine Deutschlehrerin hat mich kreuz und quer durch den Borgo geschleift." Er legte den Arm um die Schulter des Freundes, sie verabschiedeten sich und gingen auf sein Haus zu.

„Die schaffen wir – diese Italiener", kicherte Helmut fröhlich. „Du hast ihn in deinem deutschen Wanderschritt durch die Gegend getrieben? Kann ich mir gut vorstellen!"
„Ach was. Er bleibt alle drei Schritte lang stehen", sagte sie. „Aber irgendwie bin ich geschafft. Ich nehme jetzt noch ein kühles Bad im Pool."
„Wir sehen uns beim Abendessen", rief ihr Helmut nach, der wieder auf den Platz ging, wo ihn Renzo erwartete.
Am Pool waren nur noch wenige Gäste. Nachdem sie ihre Bahnen geschwommen war, beobachtete sie, wie auch die Letzten ihre Sachen packten und gingen. Sie machte es sich auf den weichen Kissen ihres Liegestuhles bequem. Die Gäste gehen, die Fledermäuse kommen, dachte sie, während sie in den Himmel über sich blickte. Die kleinen Tiere flitzten im Flug über den Pool, in dem sich die Nachmittagssonne spiegelte. Das ist die schönste Zeit, gegen Abend. Wenn man hier so liegt und dem Flug der Federmäuse zuschaut, kann man eigentlich mit sich und dem Leben zufrieden sein, dachte sie. Auch in den frühen Morgenstunden müsste es hier schön sein, wenn statt der Fledermäuse die Schwalben über einen dahinflogen. Sie nahm sich vor, am nächsten Morgen früh aufzustehen, bevor alle anderen Gäste wach wurden. Dann würde sie allein ein Bad nehmen und der Morgen würde nur ihr gehören. Aber erst mal war noch der Abend zu überstehen.

Beim Abendessen sah sie ihn seine Runde durch den Saal machen. Er kam aber nicht bis zu ihnen, da er schon an einem der ersten Tische hängen geblieben war.
Charlotte erzählte von ihrem heutigen Spaziergang mit ihm. Auch die Geschichte des ‚falschen' Conte. Helmut fand das nicht korrekt. Er meinte, man müsse den Leuten verbieten, einen Titel zu benutzen, wenn er einem nicht zustünde.
„Was heißt schon: zustehen. Ihm gefällt das ja auch nicht. Aber was sich jahrelang festgesetzt hat, ist eben nicht so leicht auszumerzen", verteidigte sie ihn. „Außerdem, auch Goethe hatte seinen Adelstitel nicht ererbt, sondern von seinem Weimarer Gönner verpasst bekommen."
„Was geht mich Goethe oder von Goethe an", brummte Helmut. „Wie kommst du denn auf den?"

„Ich weiß auch nicht. Vielleicht weil er ein paar Mal Goethe-Gedichte zitiert hat."
Nach dem leckeren Mahl fanden sie sich wieder auf dem Platz beim Brunnen ein. Es waren heute aber weniger Leute dort als gestern. Vielleicht, weil Alfonsos Freunde abgereist waren und so keine Tanzmusik mehr zur Verfügung stand. Renzo und Lucia klimperten zwar etwas auf einer Gitarre herum, aber zum Tanzen animierte das niemanden. Sie hatte auch gehört, dass in einem Nachbarort ein Sommertheater stattfand. Viele Gäste waren dorthin gefahren. Alfonso ging mit seiner Flasche Grappa in der kleinen Gruppe um und schenkte jedem, der es wollte, ein Gläschen ein. Charlotte beobachtete ihn. Er war noch sehr rüstig, aber bald würde er wohl doch in Pension gehen müssen. Wie Pippo. Dann musste sich der Conte einen neuen Verwalter suchen. Sie sah zu Natalina hinüber, die gerade neben Alfonso stehen geblieben war. Ein altes Liebespaar, dachte sie. Dafür hätte sie wetten können. Natalina war klein, aber zäh. Man sah ihr einen eisernen Willen an. Ein Feldwebel, hatte der Conte bei ihrer Ankunft gesagt. Eine Kräuterhexe hatte er sie heute genannt. Alfonso hingegen schien ein gutmütiger Typ zu sein. Ob sie hier wohl ein Wohnrecht auf Lebenszeit hatten? Aber was machte sie sich darüber Gedanken? Es ging sie doch gar nichts an. Auch das hatte er ihr heute zu verstehen gegeben. Die Lektion wollte sie sich merken. Noch mal stellte sie so eine Frage nicht. Dann beobachtete sie Renzo und Lucia, die leise zu dessen Gitarrenspiel sang. Auch ein Liebespaar - dafür hätte sie wetten können. Wie innig sie sich ansahen... Heute waren ein paar mehr junge Leute da. Sie nahm an, es handelte sich um Angestellte, vielleicht Personal aus der Küche. Sie meinte, einen Kellner erkannt zu haben. Nur Tigerlilli und Familie waren nicht anwesend. Sie fragte Leo nach ihnen.
„Sind alle zu diesem Sommertheater", sagte er mürrisch. „Francesca wollte gar nicht mit, das Stück interessierte sie überhaupt nicht. Sie haben sie gezwungen mitzufahren. Und morgen fahren sie alle nach Foligno. Auch da muss sie mit. Ihre Mutter kann sich echt durchsetzen. Aber zur Reitstunde will sie zurück sein."
Sie sah den Conte aus seinem Haus kommen, zusammen mit den Martinellis. Auf dem Platz angekommen rief ihm einer der jungen Leute zu: „He Massimo, il nostro mago!" Dann fragte er ihn, ob er nicht einen seiner neuen Zaubertricks vorführen wolle. Oder wollte er etwa kneifen? Aber Massimo kniff nie. Die Vorführung konnte beginnen.

Er trat auf Charlotte und Helmut zu. „An langen Winterabenden veranstalte ich jedes Jahr einen Zauberwettbewerb mit Freunden. Na ja, irgendwie muss man sich ja die Zeit vertreiben. In der Landwirtschaft ist nicht viel zu tun im Winter, um fünf Uhr nachmittags ist es dunkel. Also, jeder meiner Freunde muss einen neuen Zaubertrick vorführen können. Im letzten Winter habe ich den Vogel mit diesem Trick hier abgeschossen."
Er ließ sich von einem der jungen Leute einen Euro geben. Den steckte er in die linke Hosentasche. Dann steckte er die Hand in die rechte Tasche und holte zwei Eurostücke hervor.
„Pah", machte Leo. „Wo soll denn da der Witz sein? Die haben Sie doch schon in der Tasche gehabt."
„Dann kontrolliere jetzt meine Taschen, Leonardo!"
Leo fasste ihm in beide Hosentaschen. „Jetzt sind sie leer. So, jetzt verdoppeln Sie die Euros mal."
Der Conte sah ihn bedauernd an. „Jetzt sind sie natürlich nicht mehr in der Tasche. Jetzt sind sie hinter deinem Ohr." Er fuhr Leo mit einer raschen Bewegung hinters Ohr und hatte drei Euros in der Hand.
„Noch mal!", forderte Leo. „Aber etwas langsamer bitte."
„Aber ich bin ein Schneller – langsam geht das nicht. Und in welcher Hand habe ich das Geld jetzt?" Er hielt seine beiden geschlossenen Fäuste vor Charlotte hin. „Mal sehen, was meine strenge Deutschlehrerin rät."
Sie tippte auf die linke Hand. Er ließ sie aufspringen. Auf der offenen Handfläche lagen drei Euros. Dann ließ er auch die rechte aufspringen. Da lagen noch mal drei Euros. Die umstehenden Leute klatschten.
„Wie geht der Trick?", wollte Leo wissen.
„Ein guter Zauberer verrät seine Tricks nie! Alle wollen sie seitdem wissen, wie man das macht: Geld verdoppeln! Mein Freund Pietro hatte letztes Jahr auch einen ganz guten Trick: Er konnte sämtliche Knoten in einem Seil ganz schnell lösen, sogar die ganz festgezurrten. So was kann ja auch im Leben manchmal ganz nützlich sein. Aber Enrico hat sich vielleicht mit seinem Trick blamiert: Er konnte eine zerrissene Zeitung wieder zusammensetzen. Wann braucht man so was schon im Leben! Bei all dem Mist, der in der Zeitung steht – die kann man zerreißen, aber man will sie doch nicht wieder zusammenflicken! Aber meinen Trick, den wollen sie alle können: Alle wollen sie gern ihr Geld verdoppeln."
Er lachte sein unwiderstehliches Lachen. Die Leute um ihn herum

lachten mit. Einer der Jungen rief ihm keck zu, dass er die Preise für seinen Wein doch sowieso jedes Jahr verdoppele.

Helmut konnte sich eine Bemerkung nicht verkneifen. „An der Börse ist es mir auch einmal gelungen, den Einsatz zu verdoppeln. Dafür braucht man einen kühlen Verstand und ein Gespür für den Finanzmarkt. Mit faulen Tricks kommt man da nicht weit."

Der Conte sah ihn aus leicht zusammen gekniffenen Augen an. „Und wenn es kein fauler Trick war? Wenn ich wirklich zaubern kann? Wenn ich ein echter Zauberer bin?"

„So echt wie ein echter Conte?", fragte Helmut ironisch.

Charlotte sah ihren Mann entgeistert an. Wollte Helmut einen Streit vom Zaune brechen? Dann sah sie ängstlich zu Massimo. Seine hohe Stirn hatte sich gefährlich in Falten gelegt.

„Was wollen Sie damit sagen?"

„Nichts weiter. Habe nur gehört, dass Ihnen der Adelstitel eigentlich gar nicht zusteht. Bei uns in Deutschland gilt es als sehr unfein, sich mit fremden Federn zu schmücken."

Massimo trat ganz nahe an Helmut heran. Er schien sich beherrschen zu müssen. Relativ ruhig sagte er aber: „Ich würde mich nie mit ‚Federn' schmücken, weder mit eigenen noch mit fremden, weil ich das absolut – lächerlich fände. Und... außerdem... bleiben wir doch immer das, was wir wirklich sind – egal, wie uns die Leute nennen. Einen schönen Abend noch, Herr Bankdirektor." Er drehte sich auf dem Absatz um und gesellte sich zu den jungen Leuten, denen er seine magische Verdoppelung des Geldes noch einmal vorführte.

Helmut blieb einigermaßen verdattert zurück. "Was hat er denn damit gemeint? Warum nennt er mich Bankdirektor?"

Charlotte zuckte mit den Schultern. „Du hast ihn beleidigt. Du hast dich unmöglich benommen."

Sie blickten auf Leo, der bis über beide Ohren rot geworden war. Das sah man trotz der sie umgebenden Dunkelheit. „Leo", sagte Helmut drohend, „was hast du ihm erzählt?"

Leo stotterte, er habe dem Conte gar nichts erzählt, nur zu Francesca... na ja, der habe er gesagt, sein Vater sei Bankdirektor, Generaldirektor... der Deutschen Bank... sie gäbe auch immer so an mit ihrem Vater... der beste Chirurg in ganz Rom, im besten Krankenhaus und so weiter... da habe er eben auch ein bisschen dicker aufgetragen...

„Na bestens", stöhnte Helmut, „nun hält der falsche Conte mich für den Generaldirektor der Deutschen Bank."
„Hält er nicht. Ich habe ihm heute erzählt, was du machst", stellte Charlotte richtig.
„Noch besser", stöhnte er, „nun halten mich alle für einen Hochstapler. Leo, das stellst du morgen richtig!"
„Ich glaube nicht, dass der Conte damit hausieren geht", sagte Charlotte müde. „Er wird mit keinem darüber reden. Er ist ein diskreter Mann. Aber du solltest das selbst richtig stellen."
„Warum hat er das dann gerade so drohend gesagt, ‚Herr Bankdirektor'?"
„Der Hieb war für dich, nur für dich, mein lieber Helmut."
Sie drehte sich verärgert um und ging in ihre Wohnung hinauf. Vor dem Einschlafen kam ihr ein Gedicht Achim von Arnims in den Sinn. Es hatte den Titel ‚Rosmarin' und stimmte sie irgendwie versöhnlich:
‚Sie ging im Grünen her und hin,
statt Röslein fand sie Rosmarin.
So bist du, mein Getreuer, hin!
Kein Röslein ist zu finden,
kein Kränzelein so schön.'

KAPITEL 8 (5. August)

Von sterbenden Fledermäusen und ermordeten Schafen,
von unschuldigem Blut und schuldigen Tränen,
von traurigen Kindheitserinnerungen und einem lustigen Schachabend

Am nächsten Morgen war sie überraschend früh wach. Helmut und Leo schliefen noch. Sie schnappte sich ihren Badeanzug und schlich sich aus dem Haus, voller Vorfreude auf ein einsames Bad in der frischen Morgenluft. Unzählige Vögel zwitscherten – so laut, wie man sie sonst den ganzen Tag über nicht hörte.
Aber als sie am Schwimmbecken ankam, wurde sie enttäuscht: Sie war nicht alleine. Ausgerechnet Tigerlilli schwamm darin. Mit der hatte sie um diese frühe Morgenstunde am wenigsten gerechnet. Auch Liliana war überrascht. Sie begrüßten sich etwas kühl. Charlotte tröstete sich mit dem Gedanken, nun endlich mal mit jemandem Italienisch sprechen zu können.
Liliana kletterte aus dem Becken. „Sie sind also auch eine Frühaufsteherin?"
„Nein, eigentlich bin ich ein Morgenmuffel", gab Charlotte zu. „Aber hier in diesem Urlaub bin ich plötzlich morgens putzmunter. Ich verstehe das selbst nicht. Kommen Sie jeden Tag so früh zum Schwimmen hierher?"
„Ja. Das tut der Haut gut. Macht sie straffer. Und außerdem – meist treffe ich morgens hier Massimo an, der so früh durch die Gegend reitet. Und manchmal danach in den Pool springt. Das macht er nie, wenn die Gäste erst kommen. Es ist die einzige Zeit am Tag, wo man ihn mal allein zu fassen bekommt. Er ist ja immer so beschäftigt."
Aha, dachte Charlotte, interessante Auskunft. Tigerlilli will den Conte mal für sich allein haben! Haben die hier ein morgendliches Stelldichein? Und ich störe sie heute?
Mit einem etwas komischen Seitenblick sagte Liliana: „Aber Ihnen ist es ja gelungen, ihn jeden Nachmittag für eine Stunde zu belegen..."
„Ich belege niemanden. Er wollte es so. Er möchte sein Deutsch verbessern."
„Was Sie nicht sagen! Als ob er das nötig hätte." Liliana schnappte sich ihr Badehandtuch. „Ich gehe mich jetzt umziehen. Habe hier gestern Abend meine ganze Kleidung im Badehäuschen vergessen, weil ich im

Badeanzug nach Hause gelaufen bin. Man hatte mich gerufen – Antonio war hingefallen."
„Er hat sich hoffentlich nicht verletzt?"
„Nur das Knie aufgeschlagen, nichts Dramatisches. Aber ich bin natürlich kopfüber hier weg und zu ihm hin." Das verstand Charlotte. Für einen Moment wurde Tigerlilli ihr sogar sympathisch.
„Aber jetzt muss ich gehen. Wir fahren gleich nach dem Frühstück nach Foligno, dort ist heute ein Kunsthandwerkmarkt. Wir sehen uns dann wohl heute Abend."
Liliana ging ins Badehäuschen. Charlotte machte einen Kopfsprung ins Wasser. Aber als sie wieder auftauchte, hörte sie einen gellenden Schrei. Er kam aus dem Badehäuschen. Und es war Lilianas Stimme!
So schnell sie konnte, kletterte sie aus dem Wasser und lief in das Häuschen. Liliana stand noch im nassen Bikini da, blickte starr vor sich hin und schrie. Sonst war niemand anwesend. Es war nicht ersichtlich, warum sie so schrie. Charlotte folgte ihrem Blick - sie schien auf ihre Schuhe mit den hohen Absätzen zu starren, die unter einer Holzbank standen. Charlotte sah genauer hin: in einem Schuh lag etwas Pelziges, Braunes. Eine kleine Fledermaus! Wie mochte die darein gekommen sein? Hatte sie sich heute Nacht dorthin verirrt? War sie hineingefallen oder hineingekrochen? Oder hatte jemand Tigerlilli einen Streich spielen wollen und sie dort versteckt? Wie immer, es war nur eine kleine Fledermaus, und es bestand kein Grund, so herumzuschreien.
„Sie können aufhören zu schreien. Es ist nur eine Fledermaus."
„Ich hasse Fledermäuse", schrie sie.
„Beruhigen Sie sich doch! Sie wecken den ganzen Borgo auf." Charlotte rüttelte sie leicht an der Schulter, aber Liliana hörte einfach nicht auf mit dem Geschrei.
Von draußen hörte man Pferdegetrappel. Gleich darauf stürzte der Conte herein, in schwarzen Reithosen und Reitstiefeln. „Was ist hier los?" Er blickte verständnislos von einer Frau zur anderen.
Charlotte zeigte auf den Schuh. Er sah die Fledermaus. Dann trat er zu der schreienden Liliana, tat das Gleiche, was Charlotte schon versucht hatte. Sagte, sie solle sich beruhigen. Rüttelte sie an der Schulter. Erfolglos. Dann gab er ihr einen leichten Schlag auf die Wange. Nicht besonders fest, aber es half. Sie war sofort still, fiel ihm um den Hals und begann zu schluchzen.

„Oh Massimo, es war grauenvoll!... Ich wollte in meinen Schuh steigen, da liegt dieses ekelhafte Tier darin. Ich hätte es beinahe zerquetscht..." Sie krallte sich wie eine Ertrinkende an ihn. Er strich ihr beruhigend über den Rücken.
Charlotte drehte sich von der melodramatischen Szene weg. Welch eine kindische Reaktion! Eine Kindsfrau! Sollte Tigerlilli die Situation doch ausnutzen, um sich an seine Brust zu werfen! Charlotte wollte sich jetzt um die Fledermaus kümmern. Sie nahm das Tierchen vorsichtig aus dem Schuh heraus. Zu ihrer Verwunderung lebte es noch. Sie konnte das kleine Herz pochen fühlen, nur schwach, aber da war unverkennbar Leben. Sie überlegte gerade, wo sie das arme Tier hinbringen könnte – wo schliefen die Fledermäuse tagsüber? Aber plötzlich war das Pochen nicht mehr da. Die kleine Fledermaus hatte ihre Flügel leicht ausgebreitet, das mausähnliche Köpfchen hing schlaff herunter.
Sie erschreckte sich zutiefst. Warum bist du gestorben? Hätte ich dich nicht anfassen dürfen? Hat dich das so erschreckt? Oder war es Lilianas Geschrei? Hatten Fledermäuse nicht ein sehr feines Gehör? Aber sie war nicht nur über die Fledermaus erschreckt. Blitzartig hatte sie eine Erinnerung angefallen, eine von denen, die dich im Nacken packt und sich an dir festkrallt. Die dir in wenigen Sekunden einen Teil deines Lebens vorhält, an den du seit Jahren nicht mehr gedacht hast. Den du zu vergessen versucht hattest...
Sie war damals zehn Jahre alt gewesen. Vater war auf einer Vorlesungsreise in einer anderen Stadt, Mutter gab ein Konzert. Sie gab früher viele Konzerte auswärts. Charlotte war an jenem Abend nur mit ihrer Großmutter zu Hause gewesen. Das war nichts Ungewöhnliches. Es hieß immer: Du bist ja nicht allein – die Oma ist bei dir. Und der Großmutter sagten sie das gleiche: Du bist ja nicht allein, Charlotte ist doch bei dir. Doch seit ein paar Tagen ging es der Großmutter gar nicht gut. Ihr wurde es häufig schwindelig. Sie legte sich oft ins Bett. Auch an jenem Abend, schon vor dem Abendessen. Charlotte hatte ihr etwas vorgelesen, aber irgendwann machte Großmutter die Augen zu und schien gar nicht mehr zuzuhören. Charlotte hatte ihre Hand genommen. „Wie geht es dir? Schläfst du schon?" Die Großmutter antwortete nicht. Aber ihre Hand zuckte und auch in ihrem Gesicht zuckte es. Charlotte war es mulmig geworden, aber was konnte eine Zehnjährige in so einer Situation machen? In ihrem Leben hatte es bisher den Tod nicht gegeben. Sie wusste nicht einmal, wie sie ihn sich vorstellen sollte.

Vielleicht so, wie in den Märchen: als Gespenst, als Ungeheuer, als etwas, was sich drohend bemerkbar machte. Aber hier war nichts Drohendes. Plötzlich war die Hand der Großmutter in der ihren schlaff geworden, zuckte nicht mehr und auf ihrem Gesicht lag ein friedlicher Ausdruck. Charlotte hatte die ganze Nacht so bei ihr gesessen, ohne Großmutters Hand loszulassen... vielleicht konnte sie dadurch die Wärme in sie zurückbringen, hatte sie gehofft.
Als ihre Mutter spät in der Nacht von ihrem Konzert zurückkam, fand sie ihre Tochter immer noch in dieser Haltung vor. Sie zog Charlotte einfach von der Großmutter weg und befahl ihr, ins Bett zu gehen. Dann organisierte sie alles: Arzt, Krankenwagen, Anruf an Vater, der seine Vorlesungsreise sofort abbrach. Nach drei Tagen war Großmutter schon unter der Erde. Es war alles sehr schnell gegangen. Ihre Mutter hatte sich um alles gekümmert, nur um sie, Charlotte, hatte sich niemand gekümmert.
Dann stand sie eines Nachmittags hinter der verschlossenen Flügeltür und hörte ihre Eltern sich leise unterhalten. „Wir können ihr nichts vorwerfen. Sie ist erst zehn Jahre alt. Natürlich – hätte jemand rechtzeitig einen Krankenwagen gerufen – vielleicht wäre Mutter dann noch am Leben."
„Mach dir doch nichts vor, Ernst-August. Deine Mutter war 81 Jahre alt. Vielleicht hätte man ihr Leben noch um ein paar Tage, ein paar Wochen verlängern können – aber mehr auch nicht."
„Du solltest mit deinen Konzerten aufhören, Marie-Sophie. Jemand von uns hätte anwesend sein müssen. Wir haben sie zu oft allein gelassen."
Charlotte hatte nicht weiter zugehört. War in ihr Zimmer geschlichen und hatte sich aufs Bett gelegt und an die Decke gestarrt. DU BIST SCHULD, stand da. Sie blickte an die Wand, wo ihre Poster mit Tierbildern hingen. Auch da stand es, in großen Buchstaben. Sie blickte auf ihren Teddybär neben sich auf dem Bett. Aber auch der öffnete seinen Mund und sagte: DU BIST SCHULD... Sie hielt sich die Ohren zu, aber da hörte sie es nur noch deutlicher: DU BIST SCHULD.
Und jetzt stand sie in einem nassen Badeanzug in einem Badhäuschen in einem fremden Land und das kleine Herz in ihrer Hand hatte aufgehört zu schlagen. Und dummerweise liefen ihr Tränen über die Wangen. Sie hätte sie gerne abgewischt, aber sie hatte ja diese Fledermaus in den Händen. Hinter sich hörte sie Massimos beruhigende Stimme.

„So, Liliana, nun ist es gut. Du nimmst jetzt deine Sachen, ziehst dir was Trockenes an und dann gehst du zu Natalina und lässt dir einen extra starken Espresso machen. Und dann vergisst du den Vorfall einfach."
„Ich mach alles, was du willst", hauchte Liliana überschwänglich. Sie nahm ihre Kleidung vom Haken. Die Schuhe ließ sie stehen. Die würde sie nie mehr anrühren. Endlich war sie hinaus.
Charlotte hoffte, auch er sei gegangen. Sie lauschte auf seine Schritte. Aber den Gefallen tat er ihr nicht. Unbeweglich blieb sie stehen, zur Wand blickend. Da legte er ihr von hinten ein Badehandtuch um die Schultern. Als er vor sie hintrat, sah sie seinen erstaunten Blick. Sie verfluchte sich innerlich: Jetzt denkt er natürlich, ich flenne hier wegen einer toten Fledermaus. Hält mich für eine sentimentale Zicke. Soll er doch denken, was er will. Da streckte er seine Hand nach ihr aus. Für den Bruchteil einer Sekunde glaubte sie, er wolle auch ihr eine Backpfeife geben: Er hatte es hier mit zwei hysterischen Weibern zu tun – die eine schrie, die andere heulte. Aber er tat nichts dergleichen. Er wischte ihr mit seiner Hand einfach die Tränen ab, erst rechts, dann links. Dann legte er seine Hände unter die ihren und sagte einfach: „Und jetzt – loslassen. Einfach – fallen lassen." Sie öffnete die Handflächen und ließ die tote Fledermaus in seine Hände fallen.
„Und jetzt ziehst du dir was an und holst dir auch bei Natalina einen doppelten Espresso." Er ging hinaus. Kurz darauf hörte sie die sich entfernenden Pferdehufe.
Sie wusch sich die Hände im Waschbecken, zog sich an. Zu Natalina ging sie aber nicht. Sie hatte keine Lust, Tigerlilli dort anzutreffen und zuhören zu müssen, wie sie die Geschichte ihrer dramatischen Rettung vor einer harmlosen Fledermaus zum Besten gab.
An diesem Vormittag vertiefte sie sich in ihr Buch. Das dünne Bändchen ‚Geh, wohin dein Herz dich trägt' hatte sie schnell durch. Eine schöne Aufforderung, ein rührendes Buch. Jetzt waren die ‚Promessi Sposi' dran. Die Lektüre half ihr, sich abzulenken. Trotzdem fragte sie sich, was er wohl mit der toten Fledermaus gemacht habe. Sie mochte auch nicht an die heutige Deutschstunde denken. Sollte sie absagen? Nein, das wäre wohl übertrieben. Aber sie wäre heute gerne alleine spazieren gegangen.
Als sie um vier Uhr die Treppe hinunterging, sah sie ihn schon unten warten. Er stand, wie am Vortag, im Schatten der Pinie vor dem Haus, in ausgewaschenen Jeans und weißem T-Shirt, und lächelte ihr entgegen.

„Salve", grüßte sie. „Wohin wollen Sie mich heute führen?"
„Wohin SIE wollen. Haben Sie unsere ‚Pecorino'-Produzenten schon gesehen?"
„Nein, wer ist das?"
„Aber unseres leckeres Schafskäse haben Sie gestern Abend doch schon probiert", lachte er. „Kommen Sie, wir gehen unseres Schafe besuchen. Das ist genau eine Weg für eine Stunde, bis zur Wiese. Dann sind Sie pünktlich um fünf Uhr zurück bei ihren Lieben. Das perfekte Timing."
Sie lachte. „Ja, das perfekte Timing. Aber nicht der perfekte Akkusativ. Sie sprechen heute aber schlecht Deutsch. Gestern hingegen waren Sie fast perfekt. Also, heute hapert es bei Ihnen mit den Akkusativen. Der Akkusativ antwortet auf die Frage: WEN? Unseren leckeren Schafskäse."
Er übte sich brav im Akkusativ: „WEN wollen Sie sehen? Unsere Schafe. WEN haben Sie gesehen? Eine Fledermaus."
Sie hatte nicht die geringste Lust, ihm irgendetwas zu erklären und sagte ziemlich scharf: „Hören Sie, der Vorfall heute Morgen war absolut lächerlich, und hatte eigentlich auch nichts mit der Fledermaus zu tun, weder bei Liliana noch bei mir. Ich weiß nicht, was bei Liliana diese hysterische Phobie ausgelöst hat – aber normal war das ja wohl nicht! Und bei mir... nun ja, es war einfach eine dieser dummen Kindheitserinnerungen, die einen manchmal so anfallen."
„Wollen Sie darüber sprechen?"
„Nein." Sie liefen eine Weile schweigend nebeneinander her, bis sie die Stille unterbrach: „Aber statt einer Erklärung sag ich Ihnen ein Gedicht auf. Es ist eine Strophe aus einem meiner Lieblingsgedichte von Rainer Maria Rilke, das kennen Sie bestimmt nicht: es heißt ‚Kindheit'."
Er sah sie nur aufmunternd an.
Ohne Grund, dachte sie, kamen die Erinnerungen. Ohne Grund auch die Gedichte. Dann sagte sie die Verse, an die sie sich erinnerte, auf:
„ ... und in das alles fern hinauszuschauen:
Männer und Frauen, Männer, Männer, Frauen,
und Kinder, welche anders sind und bunt;
und da ein Haus und dann und wann ein Hund
und Schrecken lautlos wechselnd mit Vertrauen –
oh Trauer ohne Sinn, oh Traum oh Grauen,
oh Tiefe ohne Grund."

Er öffnete den Mund, um etwas zu sagen, aber da klingelte sein Handy. „Sie entschuldigen", sagte er höflich, während er es aus der Hosentasche zog. „Che è successo, Pietruccio?" Am anderen Ende der Leitung hörte man eine junge Stimme aufgeregt etwas erzählen.
Der Conte hörte mit gerunzelter Stirn zu. „Maremma maiala!", schrie er in den Hörer. Dann sagte er knapp: "Vengo subito." Bedauernd wandte er sich an Charlotte. „Erst Liliana, dann Sie, nun Pietruccio – non c'è due senza tre! Ich muss schnellstens zur Schafsherde. Wir müssen unsere Deutschstunde leider auf morgen verschieben."
„Da wollten wir doch sowieso hin. Ich kann gern schneller laufen."
„Nein, ich muss den Jeep nehmen. Eile ist geboten. Ein Tier ist verletzt." Mit ausladenden Schritten ging er den Weg zurück. Sie hastete hinterher. Vielleicht konnte sie den miesen Eindruck, den sie heute Morgen bei ihm hinterlassen haben musste, wieder gutmachen, dachte sie. Er musste sie doch jetzt für ein schlappes Sensibelchen halten. Als sie auf dem schattigen Parkplatz ankamen, auf dem sein Jeep immer fahrbereit mit steckendem Schlüssel parkte, sagte sie entschlossen: „Ich komme mit. Ich verstehe etwas von Tieren. Ich bin Tierschützerin."
Aber er blickte sie zweifelnd an. „Ich glaube, das wird kein Spektakel für Sie."
Aber sie war schon auf den Beifahrersitz gesprungen. „Wofür halten Sie mich? Für eine verwöhnte Stadtmaus?"
Jetzt musste er schmunzeln. „Hm, Maus ist ein netter Vergleich. Na, dann kommen Sie nur mit, Sie kleines Feldmäuschen." Er schwang sich hinters Steuer und fuhr in atemberaubenden Tempo den holprigen Pfad hinunter und auf der anderen Seite des Hügels herauf. Ihr wurde fast schlecht. Sie sollte ihren Beschluss aber aus anderen Gründen bereuen.
Während der kurzen Fahrt schimpfte er. „Alles muss ich hier selber machen. Aber Pietruccio, der Hirtenjunge, ist mit der Sache überfordert. Er ist sowieso nicht der Hellste. Zweimal in der Schule sitzen geblieben. Dann von der Schule geflogen. Ohne Abschluss. Seine Mutter, eine Frau aus dem Dorf, die bei uns sauber macht, hat mich bekniet, ihm eine Stellung zu geben. Ich habe gedacht: Stell ihn zu den Schafen, da ist er gut aufgehoben. Da kann er nichts falsch machen. Aber selbst da ist er fehl am Platz."
Sie musste laut gegen den Autolärm und das Gerüttel ansprechen. „Warum entlassen Sie ihn nicht?"

„Weil er ein gutmütiger Trottel ist. Sonst nimmt ihn ja keiner. Die Familie braucht das Geld."
„Das ist großzügig von Ihnen. Ein Handy kann er immerhin bedienen. Aber warum ruft er Sie an? Hätte er nicht besser Alfonso um Hilfe gerufen?"
„Er sagte, er hätte es probiert. Aber Alfonso antwortet nicht, der hört sein Handy nie klingeln, wird mir allmählich schwerhörig. Mein Personal ist eben trottelig oder überaltert. Alles muss ich selber machen. Es ist hoffnungslos."
Endlich waren sie angekommen. Er hielt am Hang eines grünen Hügels, auf dem die Schafe weideten. Sie grasten friedlich und hoben nur kurz die Köpfe, als sie das Auto hörten. Ein malerisches Bild des Friedens, kein Anzeichen eines Unglücks. Drei große, weiße Hunde mit halblangem, zotteligem Fell kamen auf sie zugelaufen. Von Ferne sahen sie selbst wie Schafe aus. Der Conte kraulte sie vertraulich hinter den Ohren.
„Unsere maremmanischen Schäferhunde, pastori maremmani. Auch die nehmen ihren Job hier sehr ernst. Die verstehen was vom Schafe hüten. Im Gegensatz zu diesem Idioten." Er formte seine Hände zu einem Sprachrohr und ließ seine Baritonstimme wie einen Donner erklingen: „Pietruciooo!"
„Das hat man bis nach Assisi gehört", sagte sie trocken.
„Hoffentlich hat es dieser Trottel gehört", meinte er nur.
Da kam auch schon ein plumper Junge von vielleicht knapp zwanzig Jahren über den Hügel gelaufen. Er gestikulierte wild mit den Händen und sprach so schnell in dem Dialekt der Gegend, dass Charlotte kein Wort verstand. Aber sie sollte die Bescherung kurz darauf selbst sehen. Sie waren Pietruccio auf die andere Seite des Hügels gefolgt, wo dieser stark abfiel und blickten eine ziemlich steile Böschung hinunter. Unten lag das abgerutschte Schaf und rührte sich nicht. Unter Flüchen schrie der Conte den verschreckten Pietruccio an, er habe ihm doch mehrmals befohlen, den Zaun zu flicken, bevor er die Herde auf diese Weide treibe. Pietruccio verzog weinerlich das tumbe Gesicht.
„Alles muss ich hier selber machen. Es ist hoffnungslos", sagte er wieder zu Charlotte. Dann ließ er sich behände den Hang hinuntergleiten, während Charlotte und Pietruccio ihm nachsahen. Da kommt er nicht von alleine wieder hoch, dachte sie. Was Pietruccio

hinter seiner flachen Stirn dachte, wusste sie nicht. Wahrscheinlich bangte der um seinen Job.
Der Conte war bei dem armen Tier angekommen und tastete es ab. „Beine gebrochen und schwer am Kopf verletzt. Bewusstlos", rief er nach oben.
Sie rief nach unten: „Wir werden es bergen. Sie haben doch sicher Seile im Auto? Ich gehe sie holen."
Aber er rief: „No! Pietruccio – il tuo coltello!" Pietruccio zog ein Schnitzmesser aus dem Gürtel, mit dem er wahrscheinlich sonst Ruten schnitt, wenn es ihm langweilig wurde beim Schafe Hüten. Er warf es so ungeschickt den Hang hinunter, dass es fast den Conte getroffen hätte. „Willst du mich umbringen oder das Schaf?", schrie er von unten.
Charlotte bekam Panik. „Nein! Halt! Bitte nicht abstechen. Da muss es doch noch eine andere Lösung geben!"
Er hatte das Messer schon gepackt, hielt für einen Moment inne und rief zurück: „Gnädige Frau, ich habe gerade meinen Revolver nicht dabei, um dem Tier den Gnadenschuss zu geben. Und es handelt sich hier auch nicht um ein edles Reitpferd, sondern um ein dummes Schaf, das sich in den Abgrund gestürzt hat. Selber Schuld."
Diese Argumentation ging ihr gegen den Strich. „Aber es lebt noch und leidet", rief sie verzweifelt.
„Und genau davon werde ich es jetzt erlösen. Sie gehen jetzt zum Auto zurück und warten da auf mich." Das war ein Befehl.
Schnurstracks kehrte sie um. Wahrlich, sie hatte keine Lust zuzusehen, wie er dem armen Tier den Hals durchsäbelte. Sie rannte fast zurück. Am Jeep angekommen setzte sie sich in seinen Schatten und begann zu warten. Betrachtete die still weidende Schafherde. Wie war das noch, jene biblische Geschichte vom guten Hirten und dem verlorenen Schaf? Der gute Hirte suchte nach seinem verloren gegangenen Schützling, um es auf den rechten Weg zurückzubringen. Diese Geschichte hier ging anders aus. Ob der Conte es gerne tat? War er im Grunde ein brutaler Typ?
Das idyllische Bild um sie herum erschien ihr plötzlich trügerisch. Die Schafe schienen sie jetzt misstrauisch anzusehen. Und die Stille war zu still. Nur die Zikaden zirpten wie immer. Sie überlegte, ob sie nicht zu Fuß zurückgehen sollte, aber sie war sich nicht sicher, ob der Weg nicht ein paar Abzweigungen gemacht hatte. Am Ende würde sie sich noch verlaufen.

Es dauerte eine ganze Weile, bis er wieder auftauchte. Im Gehen sprach er in sein Handy. Sie hörte, wie er mit Natalina redete. Er wies sie an, Alfonso zu suchen, der mit noch mindestens zwei weiteren Männern kommen solle, um das tote Schaf abzutransportieren. Die Drecksarbeit habe er schon gemacht, aber er kriege das Vieh jetzt nicht auch noch den Hang hoch. Sei selber kaum wieder hochgekommen, schrie er ins Handy. Erneut stieß er einen deftigen Fluch aus. „Und heute Abend gibt's Hammelbraten!" Dann steckte er sein Handy in die Hosentasche und blieb vor ihr stehen. Sie wich unwillkürlich ein paar Schritte zurück und sah ihn entgeistert an. Er sah Furcht erregend aus: total von Erde verschmutzt, das weiße T-Shirt blutbespritzt. Sie starrte ihn einfach nur an. Er blickte an sich herab.

„Hm", machte er. „Toll. Aber ich komme auch nicht gerade von einer Geburtstagsparty". Ohne weitere Umstände zog er sich das T-Shirt über den Kopf und schmiss es auf den Rücksitz des Jeeps. Ein braungebrannter, muskulöser Oberkörper kam zum Vorschein. Ohne Goldkettchen, dachte sie überflüssigerweise. Sie war sich gar nicht bewusst, dass sie ihn immerzu anstarrte.

Ihm entging es natürlich nicht. Fragend zog er die Schultern hoch: „Oder war's mit T-Shirt doch besser?"

Da wachte sie aus ihrer Starre auf. Nervös begann sie, mit den Händen hin und her zu fuchteln. „Nein, nein. Das war nur... ich hatte... es war nur so ein schreckliches Erlebnis, erst die Fledermaus... verstehen Sie... nein, Sie verstehen nicht... ich meine, dann das Schaf... können wir jetzt bitte zurückfahren?"

Er grinst sie an. So frech konnte nur er grinsen. „Steigen sie ein. Ich bringe die Stadtmaus in die Zivilisation zurück. Zu ihrem Mann."

Auf der Rückfahrt vermied sie es geflissentlich, ihn anzusehen. Erst kurz bevor sie den Borgo erreichten, bat sie: „Würden Sie mich bitte hier aussteigen lassen? Ich gehe die letzten paar Schritte zu Fuß."

Er sah sie belustigt von der Seite an, hielt aber sofort. „Sie meinen, Ihr Mann sollte uns besser nicht SO zurückkommen sehen? Würde vielleicht falsche Schlüsse daraus ziehen?"

„Nein, das würde er nicht", sagte sie betont kühl.

„Ganz sicher nicht?"

„Ganz sicher nicht." Sie langte zum Türgriff des Jeeps, um auszusteigen. Plötzlich hatte sie es eilig, aus dem Auto zu kommen. Aber der blöde Griff klemmte. Nervös nestelte sie an ihm herum.

„Sie gestatten", sagte er betont höflich, bog sich dabei nach rechts zur Seite und öffnete die Tür mit einem Ruck von innen. Für eine Sekunde lag sein nackter Oberkörper auf ihren Knien. Sie beeilte sich, aus dem Auto zu springen. Im Abfahren rief er noch: „Dann bis morgen um vier."

Das muss ich mir noch überlegen, dachte sie. Diese „Deutschstunde" hatte sie ziemlich verwirrt. Und das lag nicht nur an dem armen, toten Schaf.

Beim Abendessen erzählte sie zwar nichts von der Fledermaus, dafür aber die Schreckensgeschichte vom Schaf in allen blutigen Details. Nur den nackten Oberkörper ließ sie unter den Tisch fallen.

„Als er zurückkam, war er total mit Blut bespritzt. Es war einfach grässlich", schloss sie ab.

„Mein armes Mäuschen", sagte Helmut mitfühlend. Bei dem Wort Mäuschen stutzte sie kurz. Helmut fuhr fort: „Das muss schlimm für dich gewesen sein. Ich weiß ja, wie du immer mit den gequälten Tieren mitleidest. Er hätte dich da nicht mitnehmen dürfen. Das war ja wohl nicht nötig. Er ist nicht korrekt."

Und Leo meinte, ihr einen guten Rat geben zu müssen: „Sei bloß vorsichtig, Mama. Du sagst doch selbst immer: Wer brutal zu Tieren ist, ist es auch zu Menschen. Also ich würde die Deutschstunden von nun an nur in der Nähe anderer Menschen abhalten. Am Swimmingpool, zum Beispiel. Lass dich nicht in dunkle Ecken zerren! Wahrscheinlich ist er so eine gespaltene Persönlichkeit: in der Öffentlichkeit immer den Sunnyboy spielen – aber dann, bei passender Gelegenheit: zack, das Messer raus und..."

„Leo, du übertreibst! Deine Phantasie geht mit dir durch", unterbrach sie ihn, obwohl ihr heute Nachmittag da an der Schafswiese doch ganz ähnlich düstere Gedanken gekommen waren.

„Dein Sohn guckt zu viele Horrorfilme im Fernsehen." Helmut sagte das vorwurfsvoll zu ihr.

„Dann verbiete es ihm doch", konterte sie patzig. Scheinheilig fragte sie, ob sie unter diesen Umständen den Deutschunterricht nicht vielleicht ganz aufgeben solle. Beide protestierten wie aus einem Mund, das sei nun wirklich übertrieben. Leo war entrüstet: „Denk an unsere Sportstunden."

„Soll ich nun eigentlich an euch oder an mich denken?"

Ihr gerade noch so mitfühlender Ehemann räusperte sich streng: „Also, Charlotte, nun sieh es doch mal mit Abstand: Was hätte der arme Kerl denn tun sollen? Das schwer verletzte Tier umständlich bergen, um es dann mit Blaulicht ins nächste Krankenhaus bringen zu lassen? Er hat das einzig Richtige getan. Und früher oder später wäre das Schaf sowieso auf unserem Teller gelandet." So sprechend schob er sich ein Spießchen mit ‚pecora arrosta' in den Mund, das, wie er noch hinzufügte, köstlich schmecke.

Als sich nach dem Abendessen alle wieder auf dem Platz einfanden, blieb sie auf der Terrasse sitzen. Sie wollte den Manzoni weiterlesen. Eine kleine Wandlampe über der Tür spendete zwar nicht gerade viel Licht, aber es reichte. Plötzlich stand der kleine Antonio vor ihr. Sie hatte ihn gar nicht die Treppe raufkommen gehört und schrak zusammen. Der konnte genauso gut schleichen wie der Conte, dachte sie.
„Hallo, Totò. Wie geht es deinem Knie? Ich habe gehört, du bist hingefallen?"
Antonio machte eine abfällige Geste. „War nur ne Schramme. Aber Mamma hat sich furchtbar aufgeregt. Sie macht gern Theater. Liest du mir was vor, Signora?", fragte er hoffnungsvoll.
„Ich glaube, dieses Buch ist nichts für dich. Aber wir könnten etwas spielen. Ich bringe dir das Schachspielen bei – oder kannst du das schon?"
Antonio verneinte, war aber von dem Vorschlag begeistert. Sie holte ihr Reiseschachspiel hervor und begann, ihm die Züge zu erklären. Kann man einem Fünfjährigen das Schachspiel an einem Abend beibringen? Kann man schon. Man darf nur nicht erwarten, dass er dann wie ein Erwachsener spielt. Sie spielten mit etwas vereinfachten Regeln: Die Bauern durften immer nur ein Kästchen weiterrücken, alle anderen Figuren konnten sich querfeldein bewegen, wie sie wollten. Sie warfen sich gegenseitig in hohem Bogen raus und es machte beiden ungeheuren Spaß. Besonders wenn Antonio mit seinem Pferdchen herumhüpfte, war äußerste Vorsicht geboten.
„Totò! Totò! Wo bist du?" Seine Mutter stand unten an der Treppe.
Antonio lehnte sich über die Brüstung. „Ich bleibe noch hier bei der Signora. Ich kann jetzt Schach spielen, Mamma."

Charlotte trat neben ihn. „Lassen Sie ihn doch noch etwas hier. Holen Sie ihn erst ab, wenn Sie gehen wollen. Wir amüsieren uns hier bestens, Totò und ich."
„Na, gern, wenn er nicht stört."
Sie sah, wie Liliana zum Brunnen zurückging und sich neben Massimo setzte. Der blickte zu ihnen hinüber. Er stand auf, ging drei Schritte in ihre Richtung, winkte ihr und Antonio zu. Dann schien er es sich aber anders zu überlegen und ging zum Brunnen zurück. Sie setzten ihr Schachspiel fort.
„Wenn der Conte jetzt hier heraufkommt und uns stören will – dann lassen wir ihn nicht mitspielen, einverstanden?", fragte Antonio sie.
„Einverstanden. Schach kann man sowieso nur zu zweit spielen."
„Du bist eine nette Signora. Mein Papa sagt, du seiest ‚apart'."
„Ah. Und was sagt deine Mutter?"
„Sie sagt, du könntest mehr aus dir machen."
„Ah. Und was sagst du, Totò?"
„Ich finde, du siehst aus wie Aschenputtel in einem Disneyfilm. Oder wie eine gute Fee, aber nicht die im Cinderella-Film, die ist alt und sieht aus wie meine Oma. Tu sei bellissima! Aber jetzt konzentrier dich auf unser Spiel – sonst verlierst du wieder."
„Du bist ein netter Junge – und für deine fünf Jahre verflixt schlau", sagte sie und strich ihm über seinen Lockenkopf. Und du bist ein richtiger, kleiner Italiener, fügte sie in Gedanken hinzu. Übst dich früh darin, Frauen Komplimente zu machen. Früh übt sich, wer ein Meister werden will!
Während sie spielten, trällerte der kleine Meister ein Kinderlied vor sich hin: „Ma era bella, bella davvero, in via dei matti, numero zero...", und warf ihre Königin in hohem Bogen heraus.
„Wie schön du singen kannst", lobte sie ihn. „Sing mir noch ein Lied vor!"
„Nein. Du bist jetzt dran. Oder kannst du nicht singen?"
„Doch – jedenfalls besser als Schach spielen", gestand sie. Während sie überlegte, welches deutsche Kinderlied sie ihm vorsingen könne, holte sie tief Luft. Es war ihr, als läge in der milden Nachtluft ein Hauch von Rosmarinduft – die Sträucher standen ja nicht weit entfernt und der leichte Wind kam aus der Richtung des Badehäuschens, hinter dem die gigantische Rosmarinhecke wuchs. Deshalb sang sie ihm eine Strophe aus dem Scarborough-Lied vor.

„If she tells me, she can't, I'll reply,
Parsley, sage, rosemary and thyme,
Let me know that at least she will try,
And then she'll be a true love of mine."
"Ich kann kein Englisch – und du kannst wirklich nicht gut Schach spielen." Totò hatte sie unbarmherzig schachmatt gesetzt. Dass es dabei nicht so ganz mit rechten Dingen zugegangen war, störte Charlotte nicht weiter. Während sie ihre Figuren erneut in Position stellten, wollte er wissen, worum es in dem Lied ginge. Sie erklärte es ihm gern, denn sie liebte dieses alte englische Volkslied sehr.
„Es ist ein Lied aus dem Mittelalter. Ein Mann singt es in Erinnerung an eine verflossene Liebe, an die er aber immer noch denkt. Als er eines Tages einen Reisenden trifft, der auf den großen Jahrmarkt nach Scarborough geht, trägt er diesem auf, eine Liebesbotschaft zu überbringen. Scarborough ist eine Hafenstadt in Yorkshire, nördlich von York, direkt an der Nordsee. Eine alte Stadt, einst von Wikingern gegründet, sie hatte den Namen ‚Skartha', was dann zu ‚Skarthaborg' wurde, denn ‚Borg' bedeutet ja Dorf, kleine Stadt..."
„Wie Borgo dei Pini", warf Totò ein.
„Ja, das ist wortverwandt. Also, in Scarborough fand jedes Jahr ein ganz wichtiger Jahrmarkt statt, der 45 Tage lang dauerte, von Mitte August bis Ende September, und zu dem die Leute aus der ganzen Grafschaft kamen, nein, aus ganz England und sogar aus dem Ausland, mit Handelsschiffen. Dahin zog es also auch unseren Reisenden, dem von jenem melancholischen Sänger die Botschaft an seine frühere Geliebte aufgetragen wurde, in der Hoffnung, sie möge noch dort leben und der Reisende möge sie antreffen."
„Und, trifft er die?", fragte Totò, nicht übermäßig interessiert, während er seine Bauern vorwärts rücken ließ.
„Darüber sagt uns das Lied nichts. Der Text beinhaltet nur die Botschaft: Er will sich damit bei ihr in Erinnerung bringen, bittet sie, ihm ein Leinenhemd zu nähen, trägt ihr aber auf, keine Nadel dazu zu benutzen, dann soll sie es waschen, aber ohne Wasser..."
„Das geht doch gar nicht", protestierte Totò. Er warf mit seinem Pferdchen drei von ihren Bauern heraus, was zwar auch nicht ging, von Charlotte aber nicht beanstandet wurde.
„Ja, er hat eine ganze Reihe solch unerfüllbarer Forderungen..."

„Der Text gefällt mir nicht besonders, aber die Melodie ist schön. Sing doch noch eine Strophe!"
„Love imposes impossible tasks,
parsley, sage, rosemary and thyme,
though not more than any heart asks,
and I must know she's a true love of mine."
Charlotte seufzte. „Falls sie sagen sollte, dass sie das alles nicht kann, dann möchte er, dass sie es wenigstens versuche... auch wenn die Liebe einen vor schier unmögliche Aufgaben stelle, doch alle Herzen wollen im Grunde das gleiche, und nur so könne er wissen, ob sie seine wahre Liebe sei..."
Totò sah sie kopfschüttelnd an. „Und du, Signora, willst du eigentlich gar nicht gewinnen? Das Spiel hier geht schon wieder schlecht für dich aus. Und wie geht das Lied aus?"
„Dear, when thou has finished thy task,
parsley, sage, rosemary and thyme,
come to me, my hand for to ask,
for thou then art a true love of mine...
Wenn sie also alle ihre Aufgaben erfüllt habe, dann soll sie zu ihm kommen und ihn um seine Hand bitten und dann würde sie endlich seine wahre Liebe."
„Was? Das kann so nicht stimmen – es muss umgekehrt sein: Die Männer bitten um die Hand der Frauen! Auch Papa hat um Mamas Hand angehalten, bei Kerzenlicht und Sekt, hat Mama mir selbst erzählt." Totò war sich seiner Sache ganz sicher. Auch daran, dass man mit dem König direkt von einer Ecke des Schachbrettes in die gegenüberliegende ziehen konnte, hatte er keine Zweifel.
Aber auch Charlotte war sich ihrer Sache sicher. „In diesem Lied ist es aber umgekehrt. Ich habe nachgeforscht – mir den altenglischen Originaltext beschafft! Wenn mich eine Sache wirklich interessiert, dann gehe ich ihr auf den Grund!"
„Und mir gehst du auf den Leim – scacco matto!" Totò grinst sie frech an.
Sie grinste zurück. „Solange ich dir mit meinem Lied nicht auf den Wecker gehe, ist doch alles bestens. Du bist verflixt gerissen – und spielst verflixt gut Schach."

Versonnen strich sie ihm über seinen Lockenkopf und murmelte geistesabwesend: „Petersilie, Salbei, Rosmarin und Thymian... gibt es auf dem Jahrmarkt..."
„Was soll das mit den Kräutern?" Totò baute seine Figuren schon wieder auf. Er wollte immer die weißen behalten, die schwarzen schob er ihr hin.
„Du magst doch bestimmt gerne Pizza, oder? Da sind diese Gewürze alle drauf, bis auf den Rosmarin vielleicht. Da eignet sich der Majoran besser, der ist für die Pizza angebrachter."
„Und für dich, Signora, wäre es jetzt angebrachter, du würdest die Gewürze und das englische Volkslied vergessen und dich auf unser Schachspiel konzentrieren!"
Charlotte gehorchte und sie schafften mindestens zwanzig Spiele an diesem Abend, von denen sie sogar das eine oder andere doch noch gewann.
Als Liliana ihren Sohn später abholte, dachte Charlotte, dass es nach diesem seltsamen Tag mit einer toten Fledermaus und mit einem toten Schaf – doch wenigstens noch einen lustigen Abend gegeben hatte.

KAPITEL 9 (6. August)

Von einer falschen Prinzessin und einem falschen Conte,
von steilen Olivenhängen und verknacksten Füßen,
von unerwartetem Schlummer und unerwarteten Beichten

Am nächsten Tag wurde sie wieder früh wach. Sie fühlte sich ausgeruht und unglaublich unternehmungslustig. Mit beiden Beinen zugleich sprang sie aus dem Bett, riss das Fenster auf und ließ die frische Morgenluft herein. Helmut wurde von den Geräuschen wach.
„Schon so munter? Du wirst hier ja zum Frühaufsteher!"
"Und du zum Langschläfer! Lass uns heute einen ausgiebigen Spaziergang machen! Warum nicht Spello besichtigen? Das soll ein hübscher Ort sein."
Helmut glaubte nicht recht gehört zu haben. „Zu Fuß? Das sind mindestens fünf Kilometer hin und fünf zurück!"
„Ich brauche unbedingt Bewegung. Riech doch, wie würzig und kühl die Luft ist. Der Morgen ist die beste Tageszeit!"
„In Berlin bist du da sonst ganz anderer Meinung."
„In Berlin ist eben alles anders."
„Binnen einer Stunde knallt hier die Sonne vom Himmel, da wirst du deinen Entschluss schon bereuen."
Sie ließ sich aber nicht von ihrer Idee abbringen, zog sich ein knöchellanges Baumwollkleid an, das sie in Berlin schon lange nicht mehr trug, mit blauen und roten Streublümchen. Hier passt es her, dachte sie. Es hatte so etwas ländlich Naives, deshalb hatte sie es in den Koffer gepackt. Dann setzte sie sich ihren roten Strohhut auf, denn mit der Sonne würde Helmut wahrscheinlich Recht behalten. Er war faul im Bett liegen geblieben, hatte sich sogar das Kopfkissen über den Kopf gezogen. Sie zog es ihm weg. „Wie sehe ich aus?"
„Zum Pilze pflücken."
„Scheusal!" Dann versuchte sie es auch mit Leo. Platzte bei ihm herein und fragte, ob wenigstens er mitkommen wolle.
„Im Morgen-Grauen! Wie grauenvoll", kam die verschlafene Antwort.
Sie ließ nicht locker. „Leo, wie sehe ich aus?"
Leo tat ihr tatsächlich den Gefallen, sie noch mal anzublinzeln. „Geht Rotkäppchen jetzt die Oma besuchen? Wo hat sie denn ihr Körbchen?"

Enttäuscht pfefferte sie den roten Strohhut in eine Ecke. Wahrscheinlich sehe ich damit wirklich wie eine doofe Touristin aus. „Dann gehe ich eben allein. Verschlaft nur euren Urlaub hier."
Schnell schnappte sie sich noch ihren winzigen Rucksack, packte eine Flasche Wasser ein und knallte die Tür besonders laut hinter sich zu. Auf das Frühstück im Borgo verzichtete sie heute, um gleich loszumarschieren. In kurzer Zeit gelangte sie unten an der Landstraße an. Bei der frischen Morgenluft kam sie wirklich gut voran. Wenige Autos rasten an ihr vorbei. Ob die es hier wirklich alle so eilig hatten, oder ob die Italiener einfach nicht anders konnten, als zu rasen, sinnierte sie. Sie genoss es, die schöne Landschaft in Ruhe zu betrachten, ging an wogenden Maisfeldern und blühenden Tabakplantagen vorbei, an von Zypressen gesäumten Straßen, die zu privaten Landhäusern führten. Nur zu Fuß gehend sah man bestimmte Details: einen Falken, der im Sturzflug auf ein Stoppelfeld herunterschoss, einen wilden Hasen, der quer über die Straße huschte, braune Erdschollen, die auf einem umgepflügten Acker in der Sonne trockneten, kleine bunte Blumen, die am Wegesrand wild blühten. Streublümchen, wie auf meinem Kleid, dachte sie fröhlich. Das lange Kleid wehte sanft um ihre Beine und verursachte einen angenehmen Lufthauch. Die Afrikaner wissen schon, warum sie lange Kaftane trugen: das fächelt Luft. Allmählich wurde das auch nötig. Helmut hatte mal wieder Recht behalten. Die Sonne stach nun vom Himmel, obwohl es erst neun Uhr war, und sie hatte nur etwa die Hälfte des Weges zurückgelegt. Für den Rest brauchte sie dann auch noch eine gute Stunde. Und der Straßenverkehr hatte inzwischen auch zugenommen. Manche Autos fuhren so dicht an ihr vorbei, dass sie gerade noch zur Seite springen konnte, um nicht gestreift zu werden. Als sie Spello in der Ferne auftauchen sah, war sie froh. Sie betrat das Städtchen durch eines seiner mittelalterlichen Stadttore. In den engen Gassen wurde die Luft sofort etwas frischer, denn die Sonnenstrahlen kamen hier nicht so direkt herein. Es herrschte eine angenehme Ruhe, die wenigen Leute, denen sie begegnete, grüßten sie freundlich. Das ‚Centro Storico' hatte seinen mittelalterlichen Ursprungscharakter fast einheitlich beibehalten. Es gab kaum Häuser neueren Datums. Die Häuser waren aus massivem Stein, der eine sanfte rosa-beige Farbe hatte. Es gab viele kleine Handwerksläden mit verlockenden Artikeln, Keramik, Stickarbeiten, örtliche Spezialitäten. Als sie auf der Piazza angelangt war, hielt sie erschöpft inne. Zur Erfrischung beschloss sie, in

die Kirche vor ihr zu gehen. Sie war nicht religiös, aber die ruhige, kühle Atmosphäre in Kirchen legte sich jedes Mal wie ein zärtlicher, manchmal auch tröstender Arm um sie. In der ‚Chiesa di Santa Maria Maggiore' blieb sie zunächst ein paar Minuten auf einer der hölzernen Kirchenbänke sitzen, dann machte sie einen kleinen Rundgang durch diese schöne, der Madonna geweihten Kirche. Vor einer Seitenkapelle blieb sie stehen, weil ein Gemälde ihre Aufmerksamkeit hervorrief. Auf einem Schild daneben las sie: 'Cappella Baglioni, Annunciazione, Pinturicchio, 1501'. Sie betrachtete, wie sich der Maler Pinturicchio also den Moment der Verkündung der ‚frohen Botschaft' vorgestellt hatte: Eine junge, blonde Maria stand da, zu Boden blickend, und hob die Hände wie in einer Geste der Abwehr. Vor ihr kniete ein wunderschöner Engel, mit wallendem Haar: Er hatte eine Hand erhoben, was eine segnende oder grüßende Geste sein konnte. In der anderen Hand hielt er einen grünen Zweig. Beide Figuren waren prunkvoll gekleidet, standen in einem edlen Raum mit hohen Marmorsäulen, der im Hintergrund in eine paradiesische Landschaft überging. Das war kein palästinensisches Ambiente im Jahre Null, sondern Pinturicchios italienische Welt um 1500, dachte Charlotte belustigt. Welch ein schönes Paar hatte der Maler da festgehalten, in wunderbar frischen Farben, in einer so romantischen Umgebung, gleich würde der Engel sich erheben und die junge Frau dort in den Arm nehmen, vielleicht würde er mit ihr wegfliegen, in jene paradiesische Landschaft dort hinten... und irgendwann später bekam Maria ihren Sohn. Charlotte schüttelte den Kopf: Ich sollte nicht in Kirchen gehen, um mich zu erfrischen, mir kommen hier keine himmlischen, sondern nur sehr irdische Gedanken, schalt sie sich. Als sie wieder draußen war, sah sie sich nach einer Bar um.
Auf der nächsten Piazza erspähte sie eine Bar mit Tischen im Schatten. Sie ließ sich dort nieder und bestellte einen ‚Cappuccino freddo'. Es dauerte eine Weile, bis man sie bediente, aber der Cappuccino war dann so lecker, dass sie der Kellnerin die Bummelei vergab. Sie sah sich genüsslich auf dem kleinen Platz um: Da war natürlich die nächste Kirche, San Lorenzo, auf der gegenüber liegenden Seite, deren Portal einladend offen stand. Gleich neben der Kirche lag eine kleine Weinhandlung. Ein Schild ‚Enoteca – degustazioni' baumelte an der Glastür.
Dann wurde die Stille plötzlich von quietschenden Autoreifen zerrissen.

Ein ihr wohlbekannter Jeep hielt vor der Enoteca, im absoluten Halteverbot. Der Conte sprang heraus und verschwand in dem Lädchen. Ich muss schnell in die Kirche kommen, bevor er mich hier entdecken kann, fuhr es ihr durch den Kopf. Der Schreck des gestrigen Tages steckte ihr noch in den Knochen. Auf keinen Fall wollte sie ihm begegnen. Sie rief in die Bar hinein: „Il conto, prego", aber die Bedienung kam wieder nicht. Da ging sie selbst zur Kasse nach innen und bezahlte. Als sie wieder herauskam, sah sie ihn aus der Weinhandlung kommen. Er hatte einem kleinen, dicken Mann seinen Arm freundschaftlich um die Schulter gelegt, und sie lachten beide. Der Kleine boxte ihn aus Spaß auf die Brust, als er sich von ihm verabschiedete.
Was für ein unverkrampftes Körpergefühl sie hier haben, dachte sie. Und was für ein herzliches Verhältnis selbst Männer offen zeigten. In Deutschland sieht man solche Szenen nicht auf der Straße.
Solange sie da stehen und scherzen, schaffe ich es vielleicht bis zur Kirche, überlegte sie. Wenn ich warte, bis er am Jeep ist, muss er mich sehen. Sie startete schnellsten Schrittes.
„Ciao Niccolò", hörte sie ihn rufen. „Ich schicke dir dann zehn Kisten von dem Roten."
Sie war fast am Eingang der Kirche angelangt, als sie seinen aufgekratzten Bariton hinter sich hörte. Ohne sich umzublicken, blieb sie stehen.
„Hallo, schönes deutsches junges Frau. Darf ich Sie sprechen an? Oder ist das nicht trennbar – und heißt ansprechen?" Es blieb ihr nicht anderes übrig, als sich umzudrehen.
„Sie haben es aber eilig in die Kirsche zu kommen. Zum Beischten?"
„In die Kirche, zum Beichten", verbesserte sie automatisch, das „ch" betonend...
Er kam vertraulich näher. „Sie haben also etwas zu beichten?"
„Aber nein", lachte sie verlegen.
Da war wieder sein Grinsen unter dem Bart. „Sie haben also nichts zu beichten? Aber wir alle haben etwas zu beichten, wir alle sind Sünder. Besonders ich." Er beugte sich vor und flüsterte ihr ins Ohr: „Mea culpa, mea culpa, mea grandissima culpa! Ich habe gestern ein armes, wehrloses Tier abgemurkst und danach eine unschuldige, deutsche Touristin unsittlich erschreckt." Er trat einen Schritt zurück, legte den Kopf in den Nacken und ließ sein donnerndes Lachen ertönen. So

konnte nur er lachen. Aber es war ansteckend. Ohne es eigentlich zu wollen, prustete auch sie los. Nachdem er sich beruhigt hatte, fragte er: „Sie sind mir also nicht mehr böse, wegen gestern? Sie haben mir vergeben?"
„Ihr Katholiken habt es doch so einfach: erst sündigen, dann beichten, dann wird euch alles vergeben."
„Aber vergeben ist doch etwas sehr Schönes – oder etwa nicht? Etwas, was in allen Religionen gefordert, nur leider meist nicht von den Menschen eingehalten wird."
„Aber dafür vergibt euch eurer Gott ja alles, nicht wahr?"
„Ihnen auch – aber Sie haben ja nie etwas zu bereuen, nicht wahr?"
„Ich versuche, so zu leben, dass ich nichts bereuen muss."
„Das versuche ich auch, bin aber ehrlich genug zuzugeben, dass es mir nicht immer gelingt. Also, vergeben Sie mir nun oder nicht?"
„Ach, reden wir besser nicht mehr davon", winkte sie ab.
„Sie wollten doch in die Kirche. Also gehen wir in die Kirche." Er hatte sie am Ellbogen gepackt und schob sie durch das Portal. Der Gegensatz von draußen nach drinnen war enorm: In der Kirche war es so dunkel, dass man im ersten Moment fast nichts sah. Die Augen brauchten eine Weile, um sich an das spärlich einfallende Licht zu gewöhnen. Es roch nach Weihrauch. Keine Menschenseele außer ihnen war hier drin. Sie gingen stumm an den alten Wandmalereien vorbei, an kleinen Nischen mit Heiligenfiguren. Dann blieben sie vor dem Hauptaltar stehen. Er war festlich mit weißen Rosen geschmückt. Auch auf dem Mittelgang standen die gleichen Rosensträuße. „Dekoration für eine Hochzeit. In Italien wird jeden Tag in jeder Kirche eine Hochzeit abgehalten", übertrieb er. „Haben Sie kirchlich geheiratet?"
„Nein, standesamtlich."
Er schien verdutzt. „Heißt das soviel wie ‚standesgemäß'?"
„Nein", lachte sie. „Al comune."
„Ach so, dann war es wohl Ihre zweite Hochzeit. Das ist hier auch so: erst pompös in der Kirche, nach der Scheidung muss man dann zur ‚Sacra Rota', um die Ehe annullieren zu lassen, was nicht so leicht ist. Sonst bleibt einem nur – wie sagten sie? Das Standesamt?"
Sie blickte ihn belustigt an. „Mein Mann und ich sind konfessionslos. Wir sind gleich ins Standesamt gegangen."
Er zog erstaunt die Brauen hoch. „Dann sind Sie immer mit der gleiche Mann verheiratet gewesen?"

„Mit demselben Mann", verbesserte sie. „Finden Sie das so ungewöhnlich?"
„Na, heutzutage schon. Obwohl, ich bewundere immer Leuten, die so lange ausdauern."
Sie hatte keine Lust, ihn zu verbessern. Sie sagte einfach. „Ich bin eben altmodisch."
Er lächelte sie verschmitzt an, sein Blick glitt an ihr hinunter. Oh Gott, dachte sie, das altmodische Blümchenkleid! Jetzt wurde sie auch noch rot. Sie ärgerte sich über sich selber, über die Streublümchen, über ihre infantile Art, noch zu erröten, über sein verstecktes Grinsen. Sie beschloss, den Spieß umzudrehen.
„Ich wundere mich immer, warum die Kirchen in diesem katholischen Land so leer sind... Selbst bei Gottesdiensten sitzen nur ein paar alte Mütterchen in den ersten zwei Reihen... Nur bei Hochzeiten füllen sie sich. Haben Sie in der Kirche geheiratet?"
„Ja, natürlich." Jetzt schien er wortkarg zu werden. Sie bohrte belustigt weiter. „Und beim zweiten mal? Im Standesamt?"
„Es gab kein zweites Mal."
„Ich könnte wetten, Sie gehen nie freiwillig in die Kirche."
„Wette schon verloren", grinste er. „Wo bin ich denn gerade?" Er machte eine ausladende Bewegung mit den Armen.
„Sie können wohl nie mal für zehn Minuten ernst bleiben. Sie führen andere gern an der Nase herum."
„Doch kann ich ernst bleiben - für zehn Minuten, über den Tag verteilt."
„Ich meinte: an einem Stück!"
„Schon schwieriger. Aber das mit der Nase und dem herumführen, das gefällt mir." Er tippte ihr mit seinem Zeigefinger ganz leicht an die Nasenspitze. „Und ich führe sie gern herum. Darf ich Sie in meine Ölplantage führen? Da muss ich gerade sowieso hin, begleiten Sie mich doch."
Er wartete gar keine Antwort ab, schob sie am Ellbogen aus der Kirche heraus, so wie er sie hineingeschoben hatte und dann zum Jeep. Sie dachte an Leos Worte: Lass dich nicht in dunkle Ecken ziehen! Das war natürlich Quatsch, aber sie sagte sich doch: Vorsicht, das ist einer, der gewohnt ist, dass die Leute ihm folgen. Der keine Widerrede erwartet. Der jedes Spiel gewinnen will.
„Na schön, aber zum Mittag wollte ich wieder im Borgo zurück sein."

„Ich auch. Das schaffen wir leicht. Wo haben Sie denn Ihren Wagen geparkt?"
„Ich bin zu Fuß hier."
Er starrte sie ungläubig an. „Das ist ein strammer Spaziergang von mindestens drei Stunden."
„Zwei", untertrieb sie kühn.
Er pfiff durch die Zähne. „Flotte Lotte."
„Wo haben Sie denn meinen Spitznamen gehört?"
„Ihr Sohn rief sie neulich mal so. Kann ich Sie nicht einfach Lotte nennen? Das klingt so niedlich. Und wäre so viel einfacher!"
Sie zögerte. „Charlotte. Die Lotte ist meinem Sohn und meinem Mann vorbehalten."
„Benissimo. Also Charlotte, bitte steige ein. Schön, dass du keine große Geschichte aus dem Suzen und Diezen machst. Ihr Deutschen seid da sonst immer so steif."
Sie verbesserte lachend: „Duzen und Siezen".
Auf der Fahrt plauderte er muntern weiter. „Dass ich Massimo heiße, hast du ja schon mitbekommen. Dass Massimo der Maximus ist, habe ich ja auch gleich am ersten Tag erklärt. Bei euch der Maximilian, als Max abgekürzt, nicht wahr? Jetzt analysieren wir mal die Charlotte. Auf Italienisch wäre das die Carlotta. Da stecken Carla und Lotta drin. Das gefällt mir gar nicht. Ein harter Name ‚Carlotta', erst die herbe ‚Carla', dann die ‚Lotta', was auf Deutsch ‚Kampf' bedeutet. Das passt überhaupt nicht zu dir. Wie haben sie dich nur so nennen können? Aber ‚Charlotte'klingt gut."
Sie musste lachen „Ich glaube, über diese Bedeutung haben sich meine Eltern keine Gedanken gemacht. Ich wurde ganz einfach nach der Preußenkönigin Sophie-Charlotte benannt. Ich bin in Berlin-Charlottenburg geboren. Da gibt es den Sophie-Charlotte-Platz, die Charlottenburger-Brücke, das Charlottenburger Rathaus, das Schloss Charlottenburg... Meine Eltern haben einfach das Nächstliegende gewählt."
Aber er war mit dieser Erklärung nicht zufrieden. „Das glaube ich nicht, das mit dem Nächstliegenden. Sie haben dir einen wichtigen Namen gegeben: den Namen einer Königin. War sie eine ‚gute' Königin?"
„Na, zunächst war sie einfach nur eine preußische Prinzessin, die den großen Kurfürsten Friedrich geheiratet hatte. Der wurde dann später zum Preußenkönig Friedrich I. und sie wurde damit zur Königin. Ob sie eine

gute Königin war? Nun ja, immerhin haben sie und ihr Gemahl einiges für die kulturelle Entwicklung unseres Landes getan. Der König hat Berlin zur Hauptstadt von Brandenburg-Preußen gemacht und sie führten einen recht intellektuellen Hof. Sie haben die Akademien der Wissenschaften und der Künste gegründet, und die existieren bis heute... Ich habe tatsächlich diesen Doppelnamen: Sophie-Charlotte. In unserer Familie sind Doppelnamen die Tradition: Meine Mutter heißt Marie-Sophie, mein Vater Ernst-August. Aber ich habe nie den Namen meiner Mutter tragen wollen, so ließ ich die Sophie weg und nenne mich nur Charlotte."

„Ich habe auch einen zweiten Namen, aber nicht als Doppelnamen gedacht. Meine Eltern wurden sich einfach nicht einig, wie sie mich nennen sollten: Mein Vater wollte den Massimo, meine Mutter wollte mich Amedeo nennen. So gaben sie mir beide Namen, aber natürlich hat sich nur der erste durchgesetzt. Mit anderen Worten: Mein Vater hatte sich durchgesetzt. Niemand nennt mich Amedeo."

„Dabei ist das ein so schöner Name", sagte sie. „Amedeo - Amadeus. Wie Wolfgang Amadeus Mozart. Ein Name für jemanden, der Gott und Musik liebt. Gottesfürchtig sind Sie, eh – bist du ja, musikalisch auch?"

„Es hält sich in Grenzen. Ich spiele kein Instrument, wenn du das meinst. Aber ich höre gern und viel Musik. Ja, so ein Name verpflichtet. Fühlst du dich deinem hoheitlichen Namen nicht verpflichtet? Deine Eltern haben sicher große Hoffnungen in dich gesetzt."

Sie dachte: ja, viel zu große Hoffnungen und viel zu hohe Ansprüche hatten sie an mich, ihre kleine ‚Prinzessin'. Laut sagte sie aber: „Nein, ich fühle mich meinem Namen nicht verpflichtet. Nomen est omen! Als meine Eltern sich kennen lernten, hielten sie es für eine Fügung des Schicksals: Es gab nämlich im 17. Jahrhundert wirklich eine Sophie von der Pfalz, die den Hannoveraner Fürsten Ernst-August geheiratet hatte."

„Aber das ist doch sehr amüsant", fand Massimo. „Und, ist die Ehe deiner Eltern der historischen Ehe ähnlich?"

„Überhaupt nicht! Die Ironie des Schicksals ist, dass meine Eltern eine sehr harmonische Ehe führen, ganz im Gegensatz zu der eher unglücklichen Ehe ihrer historischen Vorgänger. Sophie von der Pfalz war zwar eine gewissenhafte, gebildete und ehrgeizige Frau, was durchaus auf meine Mutter zutrifft, aber der Fürst Ernst-August war ein vitaler, barocker Lebemann, der an jedem weiblichen Wesen Gefallen fand. Aus ihrer Ehe gingen sechs Söhne und eine Tochter hervor, jene

Sophie-Charlotte eben. Sofort nach der Geburt seiner Tochter soll er wieder in alte Gewohnheiten verfallen sein und sich nach anderen Frauen umgesehen haben. Dabei zog es ihn oft hierher, ins sonnige Italien, wo er sich nicht nur dem Musik- und Kunstgenuss hingab, sondern sich auch mit Maria Mancini vergnügte, der schönen Nichte Mazarins und Jugendgeliebten Ludwigs XIV. Und sie war wohl nicht die einzige Favoritin, denn die hintergangene Ehefrau Sophie schrieb in ihr Tagebuch, das ‚heilige Land der Ehe habe den galanten Sinn des Herrn Herzogs nicht geändert, es langweilte ihn nun einmal, immer die gleiche Sache zu besitzen'." Charlotte hielt lächelnd inne. „Ich kann mich so gut an dieses Zitat erinnern, weil ich, als ich es damals las, denken musste, dass meine Mutter nie Grund hatte, ihrem Tagebuch so einen Satz anzuvertrauen."

„Bist du da so sicher?", wollte Massimo wissen.

„Oh ja! Mein Vater Ernst-August lebt nur für seine Frau und seine Studien."

„Und, wie war die historische Sophie-Charlotte? Hat sich nicht doch etwas von ihrem ‚omen' auf dich übertragen?"

„Gott sei Dank nicht! Sonst wäre ich jetzt schon tot – sie starb nämlich mit nur 36 Jahren. Man hatte die Ärmste, noch nicht mal sechszehnjährig, mit Friedrich, dem Kurprinzen von Brandenburg-Preußen verheiratet, einem viel älteren, charakterschwachen und überdies auch noch buckeligen Mann, den die Berliner spöttisch den ‚schiefen Fritz' nannten. Obwohl die Ehe unglücklich war, hatten sie immerhin einen Sohn zustande gebracht. Sophie-Charlotte scheint sich ihr trübes Leben mit schöngeistigen Dingen versüßt zu haben: Sie war sehr belesen, sprach vier Sprachen, liebte Kunst und Musik... sie soll sehr gut Cello und Cembalo gespielt haben, ja, sogar eigene Kompositionen. Ansonsten ging sie mit ihrem Freund, dem Philosophen Gottfried Wilhelm Leibniz, im Schlossgarten spazieren und diskutierte über Gott und die Welt mit ihm – was wohl einiges kompensiert hat."

Sie machte wieder eine kleine Pause, die Massimo nutzte.

„Und du bist sicher, sie hat nur komponiert, kompensiert und ‚konversiert' – und nicht ein bisschen ‚kontaktiert'? Eine gepflegte Konversation mit Leibniz im Garten geführt und danach eine geheime Affäre im Gartenpavillon gepflegt?"

„Nein, hat sie nicht. Jedenfalls überliefert uns die Geschichtsschreibung nichts in dieser Hinsicht." Charlotte kramte in ihrem Gedächtnis: In ihrer Jugend hatte sie sich eingehend mit der Geschichte ihrer berühmten Namensvetterin befasst – die Wissbegierde einer Heranwachsenden, die herausfinden wollte, warum man ihr diesen altmodischen Namen verpasst hatte. Sie erinnerte sich, damals gelesen zu haben, die Kurfürstin Dorothea habe in Hofkreisen das Gerücht verbreitet, ihre Schwiegertochter Sophie-Charlotte sei nicht als Jungfrau in die Ehe gegangen, womit sowohl die Ehre der ungeliebten Schwiegertochter als auch die des Thronfolgers in Zweifel gezogen wurde. Nach Meinung der Historiker handelte es sich aber dabei um üble Verleumdungen.

„Von amourösen Abenteuern steht nichts in den Geschichtsbüchern. Als junges Mädchen ist sie mal nach Paris gereist, wo sie den Sonnenkönig kennen gelernt hat, den sie als charmanten Gastgeber beschrieb. Es scheint Pläne gegeben zu haben, sie mit dem Dauphin zu verheiraten, aus denen aber nichts wurde. Und später, als erwachsene Frau, hatte sie eine Begegnung mit Zar Peter dem Großen. Ihre Mutter und sie haben sich den auf Europareise befindlichen Zar einfach zu einem Souper nach Hannover eingeladen."

„Und - war ihr werter schiefer Gemahl anwesend?"

„Nein, der war in Berlin."

„Aha!"

„Nichts: aha! Die beiden Frauen hatten einfach ihre weibliche Neugier befriedigen wollen, man erwartete einen ‚russischen Barbaren' und war überrascht, einen zivilisierten, intelligenten Mann anzutreffen. Der Abend endete mit Musik und Tanz und dem obligatorischen Austausch von Tabakdosen. Der Zar hatte ihr einen großen Koffer mit kostbarem Brokat und Zobelpelzen als Geschenk gemacht. Und als Friedrich ihn später einmal fragte, was ihm denn auf seiner Europareise am besten gefallen hätte, soll Peter ganz galant geantwortet haben: ‚Was könnte einem besser gefallen als deine Frau'."

„Da haben wir doch den Beweis!", rief Massimo fröhlich.

„Was für einen Beweis?" Charlotte sah ihn misstrauisch an, bevor sie entschlossen hinzufügte: „Aber ich bin Charlotte – nicht Sophie-Charlotte! Obwohl sie mir sympathisch ist. Aber ich bin nur eine kleine Lehrerin, eine glücklich verheiratete Frau und keine unglückliche Prinzessin, allenfalls eine falsche Prinzessin!"

„Und ich bin ein falscher Conte", lachte er. „Dann passen wir doch eigentlich gut zusammen: eine falsche Prinzessin und ein falscher Conte."

Auch Charlotte musste lachen. „Aber das mit der ‚Lotta', die Kampf bedeutet, gefällt mir. Wieso glaubst du, ich könne nicht kämpfen? Ich bin aktiv im Tierschutz tätig!"
Er warf ihr einen Seitenblick zu. „Gehörst du zu den Idioten, die alten Mütterchen hinterrücks Tomatensaft auf die lang ersparten Pelzmäntel spritzen? Das kann ich mir nicht vorstellen!"
„Nein", lachte sie. „Das nicht gerade. Ich bin mehr für die friedlichen Mittel des Protests. Aber gegen Pelzmäntel bin ich natürlich. Wie kann man sich mit toten Tieren behängen! Aber man kann auch auf friedliche Weise kämpfen und damit viel bewegen."
Sie konnte zu diesem Zeitpunkt nicht ahnen, dass sie in nur wenigen Tagen ihrem Namen alle Ehre machen sollte.

Inzwischen waren sie aus Spello hinausgefahren, durch ein anderes Stadttor. Es ging fast sofort durch Olivenhaine. Im Jeep sitzend überkam sie wieder ein beklommenes Gefühl. Er fuhr auch viel zu schnell für ihren Geschmack. Sie musste an die gestrige Rüttel- und Schüttelpartie denken. Aber es sollte noch viel schlimmer kommen.
Sie fuhren eine gepflasterte, aber schmale Landstraße entlang. Zwischen einer Kurve und der anderen tauchte am Horizont ein winziger Ort auf einem winzigen Hügel auf. Es sah verlockend aus.
„Was ist denn das da hinten für ein Ort? Wenn du etwas langsamer fahren würdest, könnte ich alles besser erkennen."
„Das ist Collevino – ein Zauberort. Wenn du ihn sehen möchtest, fahren wir einfach hin. Ich muss nur schnell mit meinem Biotechniker reden. Er wartet auf mich unten im Olivenhain, wir haben eine Verabredung. Ein Problem mit Pilzbefall. Ich kann dir sagen, manchmal verwünsche ich den ganzen biologischen Anbau! Manchmal möchte man alles ganz einfach spritzen, ganz brutal, kiloweise DDT! Jetzt sind wir gezwungen, wahrscheinlich 30 bis 50 Bäume zu fällen!"
„Musst du das auch selber machen?"
„Nein", lachte er. „Das überlasse ich gern den Maschinensägen. Nicht wegen der Anstrengung, aber mir tut es um jeden Baum leid. Die Bäume hier an diesem Hang sind mehr als hundert Jahre alt. Sie geben uns vorzügliche Oliven, aus denen wir ein hochwertiges, kaltgepresstes ‚Olio d'oliva extra vergine' machen."
Er sprach mit Liebe und Stolz von seinen Bäumen. Gerade fing er an, ihr sympathischer zu werden, aber es dauerte nicht lange, da schwenkte das

Schicksal in eine andere Richtung. Buchstäblich. Er bremste plötzlich scharf und bog von der Landstraße abrupt nach rechts in einen staubigen Feldweg ab, der zudem noch steil nach unten führte.
„Ist diese Straße hier überhaupt befahrbar?", rief sie ängstlich.
„Natürlich. Und wozu habe ich denn einen ‚fuoristrada', einen Geländewagen? Wir sind gleich da."
Sie hielt den Atem an. Es war wie auf der Achterbahn und da war sie nur einmal in ihrem Leben gewesen. Und dann nie wieder. Es war wie bei einem Flugzeugabsturz. Den hatte sie ja unzählige Male virtuell in ihrer panischen Angst durchgestanden. Er konnte natürlich nichts von ihren Ängsten wissen. Sie klammerte sich an die Wagentür und schloss die Augen, während das Auto immer steiler nach unten fuhr. Die Fahrt kam ihr endlos vor.
Endlich hielt der Jeep. Sie waren unten am Hang angekommen. Ein paar Männer standen da und warteten offensichtlich auf ihn. Sie hatten irgendwelche Messgeräte in der Hand. Charlotte sah sie alle wie durch einen Schleier hindurch.
Massimo blickte sie erschreckt an. „Charlotte, was hast du? Du bist ja ganz bleich? Geht es dir nicht gut? Ist dir schlecht?"
Sie konnte nicht sofort antworten, versuchte, sich zu beherrschen. Er sollte nichts merken. „Es geht schon. Ich vertrage das Gerüttel nicht. Ich glaube, ich gehe lieber zu Fuß zurück nach oben."
„Nein, das schaffst du nicht zu Fuß. Du bist tot, wenn du oben ankommst. Du wirst sehen, die Rückfahrt ist besser. Warte hier bitte auf mich, ich muss mit meinen Männern nur kurz etwas besprechen, mir die kranken Bäume ansehen, dann geht es zurück."
Er ging zu den Männern. Der Gedanke, den Hang wieder raufzufahren, war für sie unerträglich. Sie wartete, bis er ein Stück weg war, dann begann sie den Aufstieg. Sie spürte die Blicke der Männer im Rücken und hörte Massimo noch ihren Namen rufen, aber sie ließ sich nicht aufhalten.
Das erste Stück kam sie ganz gut voran. Gestern ist er einen Hang heraufgekraxelt, der viel steiler war als dieser, machte sie sich Mut. Und er hatte es geschafft. Nur dieser hier war dafür viel länger. Ja, er nahm und nahm kein Ende. Der Weg war steinig, voller Geröll, das sie ständig zurückrutschen ließ. Die Sonne brannte ihr im Nacken. Warum hatte sie bloß ihren Strohhut nicht aufbehalten? Lieber eine *doofe* Touristin als eine *verbrannte*. Warum war sie überhaupt hier - in dieser Situation?

Warum lag sie nicht bequem am Swimmingpool, im Schatten, neben ihrem zeitungslesenden Mann? Hätte sie bloß auf ihn gehört! Man soll nicht zu Fremden ins Auto steigen, hatte ihre Mutter immer gepredigt. Gleich würde er an ihr vorbeifahren, doch sie würde nicht einsteigen. Auf keinen Fall. Aber kein Auto fuhr an ihr vorbei.

Die Gedanken gingen ihr quer durcheinander, während sie unermüdlich weiter kraxelte, ausrutsche, sich aufrappelte, weiterlief. Doch schließlich musste sie stehen bleiben: Die Puste ging ihr aus und sie war klitschnass geschwitzt. Die Streublümchen klebten ihr am Körper, das lange Kleid wickelte sich ständig um ihre Beine und behinderte sie beim Gehen. Sie schob es sich bis über die Schenkel hoch und machte vorn einen Knoten rein. So, so ging es besser. Sah hier sowieso keiner. Ihr Mund war ausgetrocknet. Aber sie hatte doch eine Flasche Wasser eingesteckt! In den Rucksack. Nur der Rucksack lag im Auto! Sie hatte vergessen, ihn herauszunehmen...

Und das Auto kam nicht! Die glühende Hitze, der feine Staub, den sie beim Gehen aufwirbelte, das eintönige Zirpen der Zikaden – alles war dazu erschaffen, an ihren Nerven zu zerren. Ihre Augen brannten. Sonnenbrille auch im Rucksack. Sie nahm ihre ganze Kraft zusammen und ging weiter. Die Straße konnte doch nicht mehr weit sein. Bald würde sie sie erreichen. Sie musste an Leo denken: Bleib unter Leuten! Er hatte Spaß gemacht, aber das hier war kein Spaß. Sie schloss die brennenden Augen. Sie sah Massimo im Geiste hinter einem Olivenbaum hervorschnellen, ein Schnitzmesser in der Hand. Und dann: Zack! Jetzt krieg ich Wahnvorstellungen, dachte sie. Alte Filme kamen ihr in den Sinn, in denen sich die Helden durch die Wüste robbten, halb tot vor Durst, und irgendwann eine Fata Morgana sahen! Schnell riss sie die Augen wieder auf: Aber um sie herum waren nur die knorrigen Olivenbäume, kein Mensch weit und breit. Sie blickte zurück in das Tal unter ihr. Unter normalen Umständen hätte sie die Aussicht genossen, aber jetzt hatte sie keinen Blick dafür. Mit fast übermenschlicher Anstrengung schaffte sie noch ein Stück: Dann sah sie oben die Landstraße. Bei den letzten paar Schritten wurde sie unvorsichtig und rannte fast. Das hätte sie nicht tun sollen, denn sie rutsche böse aus und verknackste sich den linken Fuß. Ein stechender Schmerz durchfuhr sie. Weit würde sie nun nicht mehr laufen können. Nur jetzt nicht aufgeben! Oben auf der Straße würde sie ein Auto anhalten. Irgendeiner würde sie schon bis Spello mitnehmen, oder gleich weiter. Sie würde einsteigen.

Und wenn es so ein perverser Serienkiller war, der nur herumfuhr, um bescheuerte Touristinnen wie sie aufzugabeln? Sie würde einsteigen. Erst würde er sie vergewaltigen und dann in Stücke zerteilen. Sie hörte Helmut, der bei ihrer Beerdigung vorwurfsvoll die Grabrede hielt: Sie war erst 37, nur ein Jahr älter als ihre historische Vorgängerin! Aber sie hatte es so gewollt, sie war allein losgelaufen, es sei ihre eigene Schuld gewesen, sie sei das dumme Schaf, das den Abhang runtergerutscht sei...
Ich glaube, ich habe einen Sonnenstich, dachte sie, als sie oben an der Straße ankam. Aber zu ihrem großen Erstaunen stand da schon der Jeep. Und Massimo darin.
Ihr erster Gedanke war: Er ist nicht an mir vorbeigefahren. Es gab also noch einen anderen Weg zurück. Der zweite war: Das hat er extra gemacht. Das soll er mir büßen! Sie richtete sich kerzengerade auf und versuchte, so souverän wie möglich auf ihn zuzugehen. Aber wenn man hinkte, konnte man nicht besonders souverän wirken. Sie humpelte also auf ihn zu. Wenn er jetzt so einen flotten Spruch abließe, im Tone von: ‚kleine deutsche Frau große Angst haben' oder so was Ähnliches – sie würde ihn umbringen!
Schnaubend blieb sie vor ihm stehen. Aber er sagte nichts dergleichen. Er sagte überhaupt nichts. Er starrte sie nur entsetzt an. Sie blickte an sich herunter: Ihr Kleid war staubig, verschwitzt und hochgeknotet! Schleunigst fing sie an, an dem Knoten zu zerren – warum hatte sie ihn nur so festgezurrt? Das verdammte Ding wollte nicht mehr aufgehen. Ihre Hände zitterten, ihr Kinn auch.
Da kam er auf sie zu, schob ihre flatterigen Hände einfach beiseite und zog mit einem Ruck den Knoten auf. Das lange Kleid fiel ihr in tausend Falten hübsch verknittert um die Beine. Er zog sich ein blütenweißes Batisttaschentuch aus der Hosentasche und hielt es ihr hin. Sie nahm es diesmal an, wischte sich damit über Stirn und Nacken. Das Tuch war nun nicht mehr weiß – in einer Ecke sah sie sein eingesticktes Monogramm: MAS. Dann band sie sich einfach damit die Haare zum Pferdeschwanz zusammen. Heute Morgen war sie mit wehendem Kleid und wehendem Haar losgelaufen – ich blöde Romantikerin, schalt sie sich.
Betroffen brach er schließlich die Stille: „Charlotte, ich konnte nicht ahnen, dass es dir so viel ausmacht, ich meine, die Fahrt..."
„Wasser", brachte ihr ausgetrockneter Mund heraus.

Er griff hinten in den Jeep und reichte ihr ihre Wasserflasche. Die hätte im Rucksack sein sollen, fiel ihr auf. Sie lag aber auf dem Rücksitz. Er hatte also in ihrem Rucksack geschnüffelt. Mit Genugtuung stellte sie im Stillen fest, dass ihre grauen Zellen im Gehirn doch nicht alle gleich mit ausgetrocknet waren.

„Trink nicht so hastig", mahnte er. „Das tut dir nicht gut."

Das Wasser schmeckte ekelhaft warm, fast heiß, aber es löste den Knoten in ihrer Kehle.

„Du bist nicht an mir vorbeigefahren", stieß sie hervor.

„Nein. Natürlich nicht. Mein Jeep hätte das zwar geschafft, aber es gibt eine seichte Auffahrt am Südhang. Ich wollte es dir sagen, aber du warst ja so schnell weg."

Aha, es war natürlich alles ihre Schuld. Sehr knapp forderte sie: „Bring mich zurück in den Borgo."

„Sofort." Er sprang in den Jeep. Aber als sie einsteigen wollte, knickt der verletze Fuß noch mal weg. Mit einem kleinen Schrei ließ sie sich auf den Sitz fallen und griff nach ihrem Knöchel, der merklich angeschwollen war. Erschreckt sah er es. „Das muss sofort gekühlt werden, sonst kannst du für die restlichen Tage hier keinen Schritt mehr tun. Mit wem soll ich denn dann spazieren gehen? Den Fuß stellen wir jetzt in einen Eimer mit Eis. Vielleicht kriegen wir ihn dann wieder hin!"

Sie fragte nicht, wo er in dieser Ölwüste einen Eimer mit Eis herzaubern wollte. Aber der Gedanke an kühles Eis war verlockend wie eine Fata Morgana.

Er brauste geradeaus. Nach der nächsten Kurve tauchte der kleine Ort Collevino vor ihnen auf. Die Fahrt hatte nur ein paar Minuten gedauert, dann hielt er auf einem Parkplatz vor dem Stadttor an. Collevino war ein Ort ohne Vororte: Ringsherum war nur die Natur, dann kam die Stadtmauer und hinter dieser lag das winzige Örtchen, so wie es wohl Hunderte von Jahren da von seinen Mauern geschützt überlebt hatte.

„Kannst du nicht mit dem Wagen in den Ort? Ich habe doch heute gesehen, dass du dich an Halteverbotsschildern nicht besonders störst. Ich meine, das Laufen fällt mir wirklich schwer."

„Die Halteverbotsschilder stören mich in der Tat nicht – sie sind für den Conte hier auch nicht gültig. Die stellen wir für die Touristen auf, um ihnen dann deftige Strafzettel zu verpassen."

„Wie reizend! Bella Italia."

„Aber nein, im Ernst. Man kann gar nicht nach Collevino hineinfahren. Die Gassen sind zu eng, da passt kein Auto durch. Der Ort wurde eben gebaut, als sich kein Mensch vorstellen konnte, es würde jemals so etwas Grässliches wie Autos erfunden werden. Aber ich kann dir meinen Arm als Stützte anbieten, wenn du gestattest."
Sie hakte sich bei ihm ein. Es blieb ihr auch gar nichts anderes übrig, sonst hätte sie die paar Schritte nicht geschafft. Gleich hinter dem Stadttor stand eine Tränke, dort hielt sie an und warf sich das kühle Wasser ins Gesicht und über den Hals und fuhr sich mit den nassen Händen übers Haar. Das verschmierte die Staubschicht zwar nur noch mehr, aber es tat gut.
Während sie eine schmale Gasse hinuntergingen, betrachtete sie die schönen, alten Häuser, alle aus diesem hellen beige-rosa Stein gebaut, sogar die Pflasterung der Gassen war aus demselben Stein. Die braunen Fensterläden aus Holz waren fast alle geschlossen, was dem Ort etwas Verlassenes gab. Sie sprach ihn darauf an.
„Ja, es wohnen nur noch etwa zwanzig Familien hier, ständig. Viele Wohnungen stehen leer, werden nur noch an Wochenenden benutzt oder an Feriengäste vermietet. Und außerdem ist es Mittagszeit – da macht man die Fensterläden vor der Hitze zu."
Sie waren auf einer Piazza in der Mitte des Ortes angelangt. Die einzige Piazza. Mit der einzigen Bar. Daneben das einzige Restaurant. Ein einzigartiger Ort, dachte sie. Wie hatte er gesagt? Ein Zauberort. Sie gingen in die Bar. Ein junges, überschlankes Mädchen saß gelangweilt hinter der Theke. Als sie Massimo hereinkommen sah, kam Leben in sie.
„Oh, Signor Conte", rief sie und begrüßte ihn überschwänglich.
„Ciao, Faustina, come stai?", fragte er freundlich und bestellte zwei Gläser ‚Tè freddo'.
„Mit viel Eis drin", fügte Charlotte hinzu.
„Für dich ohne, du bist zu erhitzt, das ist nicht gut."
Wortlos stellte Faustina die zwei Gläser vor sie hin. Sie blickte Charlotte feindselig an. So schien es ihr jedenfalls. Massimo hingegen bekam ein schmachtendes Lächeln von ihr und ein Schälchen mit Chips und Erdnüssen, von dem er allerdings nichts anrührte. Hinter der Theke befand sich eine Spiegelwand, wahrscheinlich, um die kleine Bar optisch zu vergrößern. In der Tat waren die Flaschen mit Grappa, Amaro, Amaretto und Sambuca, die davor standen, sozusagen im Spiegel verdoppelt. Charlotte entdeckte ihr staubverschmiertes Gesicht

zwischen den Flaschen und erschrak über die Vogelscheuche, die ihr entgegenblickte.

„Hat die Bar eine Toilette? Ich würde mich gern etwas frisch machen."

„Il bagno è guasto", sagte Faustina lakonisch. Nicht funktionierende Waschräume sind ein in italienischen Bars chronischer Zustand.

Massimo ging nicht darauf ein, bat sie nur freundlich, alle vorhandenen Eiswürfeln in einen Eimer zu werfen und ihm dann seinen Schlüssel zu geben.

Widerwillig tat sie es: kratzte alle Eiswürfel aus dem Kühlschrank und schmiss sie unwirsch in einen Blecheimer, den sie wohl sonst zum Aufwischen benutzte. „Sind aber sehr kalt – ich meine, wenn man erhitzt ist", sagte sie spitz.

„Die Signora soll sie auch nicht trinken. Den Schlüssel bitte."

Zögernd kramte sie in einer Schublade herum und schob dann einen Schlüssel über die Theke, während sie Massimo herausfordernd anblickte. Der bedankte sich nur knapp, schnappte sich den Eimer und dann Charlotte. Als sie außer Hörweite waren, bemerkte Charlotte: „Die scheint sich gewundert zu haben, mit welcher Vogelscheuche der Conte hier auftaucht."

„Fausta kann sich wundern, soviel sie will. Es ist mir gleichgültig, was die meisten Leute über mich denken", sagte er kühl. Etwas milder fügte er hinzu: „Aber ein bisschen Leid tut sie mir doch. Das arme Mädchen findet keinen Mann."

„Kein Wunder, bei dem unfreundlichen Charakter", meinte Charlotte. „Wo gehen wir eigentlich hin? Ich dachte, ich soll mich jetzt hier auf die Piazza setzen und meinen Fuß kaltstellen?"

„Ja, aber nicht hier mitten auf der Piazza. Da wollen wir doch keine Show abziehen."

Also, so ganz egal war es ihm doch nicht, was die Leute dachten. Er lenkte sie um ein paar Ecken, dann standen sie in einem kleinen Innenhof, von dem aus eine kurze Steintreppe in eine Wohnung hinauf führte.

„Ich besitze hier eine Wohnung. Da kannst du dich ungesehen und ungestört frisch machen."

Aber an der ersten Treppenstufe kapitulierte sie schon. Der verdammte Fuß schmerzte zu sehr. Ohne zu zögern stellte er den Eimer ab, nahm sie auf die Arme und trug sie die paar Stufen hoch. Vor der Tür setzte er sie ab, holte den Eimer nach. Dann schloss er auf.

„Das Bad ist rechts." Sie ging hinein. Es war klein und sehr einfach, aber das Nötigste war da: Seife, ein frisches Handtuch. Sie wusch sich den Staub vom Gesicht und kämmte ihre verklebten Haare.

Als sie in den Wohnraum zurückkam, hatte er den Eimer schon voll Wasser laufen lassen. Sie setzte sich auf einen Stuhl und tauchte den schmerzenden Fuß in das Eiswasser. Im ersten Moment tat es fast noch mehr weh, dann aber hatte es eine betäubende Wirkung.

„Kann ich dich hier zehn Minuten allein lassen? Ich möchte kurz Bruno begrüßen, den Besitzer der Bar und des Restaurants. Wie du dir denken kannst, beliefere ich ihn mit unserem Wein und Öl. Ich möchte die Gelegenheit nutzen, etwas Geschäftliches mit ihm zu besprechen."

„Natürlich, geh nur. Je länger ich hier auf Eis liege, umso besser für mich."

Mit zwei großen Schritten war er bei ihr, beugte sich über sie und gab ihr einen flüchtigen Kuss auf den Scheitel. Mit zwei weiteren Schritten war er draußen.

Wenn er gleich zurückkommt, dachte sie, und glaubt, diese Situation ausnützen zu können, bringe ich ihn um. Das hatte sie heute schon mal gedacht. Aber er kam nicht so schnell zurück. Während sie auf ihrem Stuhl sitzen blieb, blickte sie sich in dem Raum um. Rechts die Tür zum Bad. Links eine andere. Wahrscheinlich der Schlafraum. Ob er wohl mit Frauen hierher kam? Damit es zu Hause nicht so auffiel? Er achtete ja auf Diskretion. Aber wie eine gräfliche Absteige sah das hier eigentlich nicht aus. Alles war sehr schlicht, fast ärmlich: weiß getünchte Wände, ein alter Steinfußboden, wenige karge Holzmöbel, eine Küchenkredenz, eine gemauerte und gekachelte Kochnische, in der Mitte des Raumes ein verkratzter Bauernesstisch, vier Stühle. Auf einem davon saß sie. Er wackelte und die Bastbespannung war geplatzt und piekte. Nach zehn Minuten wurde es langweilig. Obwohl sie sich so gut es ging gewaschen hatte, fühlte sie sich verschwitzt. Sie wäre gern unter die Dusche gesprungen, aber wenn er gleich wieder auftauchte? Von ihm unter der Dusche entdeckt zu werden, dazu hatte sie wahrlich keine Lust.

Aber er kam nicht. Er wird mit diesem Bruno ins Plaudern gekommen sein, vermutete sie. Als er nach zwanzig Minuten noch immer nicht zurück war, stand sie auf. Ihre Neugier hatte gesiegt. Sie war überrascht, wie gut sie auftreten konnte. Das Eiswasser hatte Wunder gewirkt. Der Knöchel war sogar schon etwas abgeschwollen. Sie ging auf die andere Tür zu, die sie magisch anzog. Vorsichtig drückte sie die Klinke

herunter und sah, dass sie richtig geraten hatte: In dem kleinen Raum stand nur ein Doppelbett aus schwarzem Eisen, eine weiße, bestickte Leinendecke lag darauf. Daneben stand eine alte Holztruhe. Über dem Bett hing ein süßliches Marienbild. Sie ging an das kleine Fenster und sah hinaus, in das grüne Tal mit den silbrig schimmernden Olivenbäumen. Als sie zur Tür hinausgehen wollte, fiel ihr Blick auf das Nachtschränkchen, auf dem ein vergilbtes Foto in einem altmodischen ovalen Rahmen stand. Sie setzte sich auf die Bettkante und nahm es in die Hand. Es zeigte einen sehr großen, schon nicht mehr jungen Mann, der seinen Arm schützend um eine sehr schöne, sehr junge Frau gelegt hatte. Irgendwie kamen ihr die Gesichter bekannt vor.
Natürlich, seine Eltern! Die Ähnlichkeit war unverkennbar. Massimo hatte die stattliche Statur seines Vaters geerbt, die feinen Gesichtszüge hatte er von seiner Mutter. Aber sie sahen nicht gerade wie Conte und Contessa aus in ihrer bäuerlichen Tracht. Doch Charlotte war zu erschöpft und müde, um weiter darüber nachzudenken. Heute morgen der Marsch nach Spello, dann die wahnsinnige Kraxelpartie! In ihrem Fuß pochte es und sie zog das Bein hoch aufs Bett. Das tat gut. Hochlegen. Hinlegen. Die Augen kurz schließen. Nur für drei Minuten. Dann schlief sie ein.

Als sie wieder aufwachte, war es halbdunkel im Zimmer. Hatte sie etwa bis zum Abend geschlafen? Sie fuhr erschreckt hoch, lehnte sich mit dem Rücken an das Eisengestell des Bettes und blickte zum Fenster. Da stand Massimo, ihr den Rücken zugekehrt, ins Tal hinaus blickend. Mit seinem breiten Rücken verstellte er das ganze Fenster und hatte so das Sonnenlicht ausgesperrt. Sie versuchte, auf dem Zifferblatt ihrer Uhr etwas zu erkennen.
Bei dem leichten Knacken, das das Eisengestell des Bettes verursachte, als sie sich aufsetzte, drehte er sich um. „Wie fühlst du dich?"
„Wie spät ist es?", fragte sie, statt zu antworten.
„Du hast das Mittagessen verschlafen. Ich hab mich wohl ein bisschen zu lange von Bruno bequatschen lassen. Als ich zurückkam, schliefst du so fest. Ich hatte nicht das Herz, dich zu wecken. Da bin ich wieder zu Bruno, einen Teller Pasta essen. Als ich zurückkam, schliefst du noch immer. Du warst ja total erschöpft."
„Ja, ich hab's heute mit dem Wandern entschieden übertrieben. Schließlich bin ich nicht mehr zwanzig." Ihr Blick fiel auf das gerahmte

Foto. Es war ihr beim Einschlafen wohl aus der Hand gerutscht, denn es lag mitten auf dem Bett. Sie stellte es zurück auf den Nachtschrank.

„Deine Eltern?"

„Ja, dies ist die Wohnung meiner Mutter. Vielmehr – das war sie. Ich habe sie so belassen, wie man sie mir hinterlassen hat." Er kam ins Erzählen. „ Stell dir vor, sie lebten hier zu viert, sie, ihre Schwester und ihre Eltern. Sie kam aus einfachen Verhältnissen. Als sie meinen Vater heiratete, war sie noch keine zwanzig, er schon fast fünfzig. Der alte Conte Giovanni und Cristiana, das junge Bauernmädchen! Das hatte damals hier in der Gegend noch Schlagzeilen gemacht. Heute findet keiner mehr etwas dabei, wenn ein König eine Journalistin heiratet oder wenn sich eine Prinzessin einen Zirkusdompteur nimmt. Ist wohl auch ganz gut so", sinnierte er. Seine Augen blieben an dem Foto haften und er schien in Erinnerungen zu versinken. „Sie war das schönste Mädchen weit und breit. Mein Vater hat sie vom Fleck weg geheiratet. Er war verrückt nach ihr, und sie liebte ihn sehr. Ihr großes Pech war, dass er es eilig hatte, Nachfahren zu zeugen. Er war ein alter Schwerenöter, der sich jahrelang als Junggeselle ausgetobt hatte, dann endlich ‚vernünftig' geworden war und von einer ganzen Kinderschar träumte. Er hatte ein junges, gesundes Bauernmädchen geheiratet und das sollte nun viele Erben zur Welt bringen... aber meine Mutter brachte gerade mal mich zur Welt. Sie wurde kränklich, immer schwächer. Sie... sie konnte ihm irgendwann nicht mehr die Frau sein, die er brauchte. Da war er enttäuscht. Hat sich das, was er brauchte, auswärts gesucht. Jede Samstagnacht soll er im Bordell gewesen sein. Damals gab es noch Bordelle hier in Italien. Einer unserer ‚moralischen' Politiker namens Merlin hat die ‚geschlossenen Häuser' dann per Gesetz im Jahre 1958 abgeschafft. Als könne man die Prostitution damit abschaffen! Seitdem stehen die Mädchen am Straßenrand. Ja, soviel nur nebenbei zur ‚Moral' unserer Politiker. Also, mein Vater, der saß dann jeden Sonntagmorgen in der Kirche, in der ersten Reihe, neben meiner Mutter und schlief. Schlief sich aus, von seinen nächtlichen Eskapaden. Und danach ging er zur Beichte, um sich seine Sünden vergeben zu lassen... Ja, soviel zur ‚Moral' meines Vaters... Es ist nicht auszuschließen, dass ich da draußen x-uneheliche Brüder und Schwestern habe." Massimo blickte wieder zum Fenster hinaus. Dann sprach er weiter.

„Ich wünschte es mir jedenfalls. Viele Jahre lang habe ich mich dabei ertappt, in die Gesichter fremder Menschen zu sehen, wenn ich durch

die umliegenden Dörfer ging. Ähnelt der mir da nicht? Oder die dort?" Er seufzte. „Aber es hat sich nie jemand in dieser Hinsicht gemeldet, und sei es nur, um Ansprüche zu stellen."
„Und deine Mutter? Wie hat sie das verkraftet, dass dein Vater...?"
„Sie hat wohl von seinen Ausschweifungen nichts gemerkt. Er war bei allem... sehr diskret. Und wenn doch – dann hat sie wohl so getan, als merke sie nichts. Das hat man damals so von einer Frau erwartet."
„Wie traurig – eine unglückliche Ehe", meinte Charlotte.
„Wieso?" Er war ehrlich verdutzt. „Mein Vater hat sie weiterhin auf Händen getragen. Keine Vorwürfe. Wie schon gesagt, man war damals sehr diskret. Nur heute geben die Leute mit ihren Affären an. Man kann keine Zeitung aufschlagen, ohne lesen zu müssen, wer mit wem und wo... widerlich!" Er blickte verächtlich vor sich hin. „Nein, mein Vater war immer für sie da, bis zu ihrem Tod. Er hatte sie zu allen berühmten Ärzten Italiens gebracht, aber ihre schleichende Krankheit war nicht aufzuhalten, man war damals noch nicht einmal in der Lage, genau zu diagnostizieren, was sie hatte. So starb sie früh, zu früh. Zu jung. Ich kann mich eigentlich gar nicht richtig an sie erinnern. Ich war erst fünf Jahre alt. An meinen Vater erinnere ich mich gut. Er ist alt geworden. Ein alter, verschlossener Mann. Nach ihrem Tod hat er sich plötzlich ganz aus der Gesellschaft zurückgezogen. Hat wie ein Mönch gelebt, im Turm, im Borgo dei Pini."
„Eine Geschichte wie aus einem Buch – deine Geschichte. Wie verschieden Ehen verlaufen können – jede Ehe eine andere Geschichte", sagte sie versonnen.
„Ja, aber das ist ein weites Feld." Er blickte auf die Uhr. „Ich glaube, wir sollten zurückfahren, bevor deine Männer Suchtrupps nach dir ausschicken."
Er kam auf sie zu, beugte sich über das Bett. Für einen Augenblick durchfuhr es sie: Ging er jetzt doch noch zum Angriff über? Fast hysterisch sprang sie auf. Aber nein, er stützte sich mit der linken Hand auf das Bett, mit der Rechten fuhr er unter die Kissen, zog einen Briefumschlag hervor.
„Was ist denn das?" fragte sie entgeistert.
„Ach", seufzte er. „Faustina schreibt mir anonyme Liebesbriefe, die sie immer unter dem Kopfkissen versteckt. Ich weiß natürlich, dass sie von ihr sind. Schließlich hat sie den Schlüssel und macht hier sauber."

Ohne ihn gelesen zu haben, steckte er den Brief in die Hosentasche, dann ging er zur Tür. „Meinst du, du kannst laufen?"
Sie trat fest auf. „Es geht bestens. Deine Eistherapie hat Wunder gewirkt."
„Ja, wenn man's sofort macht, wirkt es. Es war gut, dass wir hierher gefahren sind."
Als sie auf der Straße waren, bat er sie, schon zum Auto vorzugehen, er wolle unterdessen den Schlüssel zu Faustina zurückbringen. Sie ging allein durch die Gassen bis zum Parkplatz vor dem Stadttor. Was hatte er gesagt? ‚Das ist ein weites Feld.' Kam nach Goethe jetzt Fontane dran? Und wie gut er die ganze Zeit über Deutsch gesprochen hatte! Hatte er überhaupt noch Fehler gemacht? Sie nahm sich vor, bewusster darauf zu achten.
Auf der Rückfahrt war er recht einsilbig. Vielleicht hatte er schon zuviel gesprochen, heute. In den Kurven blickte sie sich manchmal um, um noch mal einen Blick auf den immer kleiner werdenden Ort zu werfen. Ein Ort wie aus einem Märchen. Ein Zauberort.
„Was für wunderschöne, versteckte Orte ihr hier habt in Umbrien. Dieses Collevino, es ist so unverfälscht, so echt, so authentisch."
„Nicht wahr? Nur was authentisch ist, kann auch wirklich schön sein. Der Ort ist ein Kleinod. Und wir sind zum Glück ein traditionsreiches Völkchen. Wir hängen an unseren Schätzen und pflegen sie. Collevino war ursprünglich ein ‚Castello', man hat es vor einigen Jahren sehr intelligent und behutsam restauriert."
Sie wechselte das Thema. „Nur dieser Faustina haben wir heute einen miesen Tag beschert. Sie wird sich gewundert haben, warum du diesmal mit so einer Vogelscheuche wie mir hier aufgetaucht bist. Ich nehme an, deine Begleiterinnen sind sonst präsentabler? Oder lässt du sie erst alle einen Hang hochklettern?"
Er schenkte ihr einen verdutzten, aber amüsierten Seitenblick. „Ich bringe nie Frauen in diese Wohnung. Es ist die Wohnung meiner Mutter! Mein Ort der Erinnerungen. Der Besinnung. Ich ziehe mich hierher zurück, wenn ich das Bedürfnis habe, mal ganz ungestört zu sein. Im Borgo bin ich das nie – da ist die Arbeit, das Personal und das ständig läutende Telefon."
Sie ärgerte sich über sich selbst: Warum hatte sie ihn danach gefragt? Sein Privatleben ging sie doch gar nichts an.

„Und was Faustina betrifft", nahm er das Gespräch wieder auf, „sie sollte endlich heiraten. Sie ist Brunos Tochter. Tagsüber in der Bar, abends im Restaurant. Das ist der Nachteil an Familienbetrieben. Sie kommt nie raus. Und im Ort wohnen fast nur noch alte Leute. Sie braucht endlich einen Mann!"

„Aber sie will dich. Sie möchte die Geschichte deiner Eltern wiederholen: der reiche Conte und das Mädchen aus dem Volk."

„Schon möglich, du hast viel Intuition", sagte er. „Aber wie ich schon mehrmals erwähnt habe, kümmere ich mich hier zwar selbst um alles – doch das ginge zu weit!" Er warf ihr wieder einen Seitenblick zu. Aber Charlotte sagte lieber nichts mehr.

Als der Borgo in Sicht kam, legte sie ihm ihre linke Hand auf den Arm. „Würdest du hier bitte schon anhalten? Ich möchte das letzte Stück zu Fuß gehen."

Er verlangsamte zwar die Fahrt, hielt aber nicht an. Unter seinem Bart breitete sich wieder das verschmitzte Lächeln aus. „Warum soll ich denn heute nicht vorfahren? Ich bin doch weder blutbespritzt noch nackt. Deine Mann kann heute wirklich nicht aufkommen schlechte Gedanken – oder – sagt man: AUF schlechte Gedanken KOMMEN? Und wir haben doch auch nichts Unsittliches getan, oder? Wie sagen eine deutsche Sprichwort: wer schläft, sündigt nicht?" Er blickte ihr belustigt in die Augen.

„Lassen wir bitte keine falschen Gedanken AUFKOMMEN! Ich möchte einfach ausprobieren, ob ich schon wieder richtig laufen kann."

„Ich finde, du bist für heute genug gelaufen. Du legst dich jetzt wieder aufs Bett – dein Bett – legst das Füßchen schön hoch und ruhst dich aus." Er hielt direkt vor ihrem Haus. Sprang aus dem Jeep, lief hinten herum und öffnete ihr die Tür, noch bevor sie wieder an dem klemmenden Türgriff ziehen musste.

Eine ironische Bemerkung konnte sie sich nicht verkneifen. „Ach, man kann die Tür auch von *außen* aufmachen?" Versteckt lachte er in sich hinein. Dann blickte er ihr in die Augen und sagte bestimmt: „Wir gehen morgen nicht spazieren. Der Fuß sollte noch geschont werden. Ich erwarte dich morgen um vier Uhr bei mir im Haus: ‚visite ma tente'!"

Schon war er wieder im Jeep und brauste davon. Sie überlegte noch, ob das eine Einladung oder ein Befehl gewesen sei, bevor sie zu ihrer Wohnung hochging.

Helmut und Leo waren dabei, sich für ihre Sportstunden umzuziehen. Entgeistert blickten sie Charlotte an. „Wo bist du denn so lange gewesen? Du siehst ja aus, als seist du unters Auto gekommen!"
„Fast", sagte sie knapp. Aber dann musste sie doch irgendetwas Erklärendes sagen. „Ich hab's heute mit dem spazieren gehen wohl reichlich übertrieben. Bin zu Fuß nach Spello und zurück, habe sogar noch einen Umweg über ein anderes Städtchen namens Collevino gemacht." Sie wusste selber nicht, warum sie nur die halbe Wahrheit erzählte.
„Das Wandern, das ist Lottis Lust, das Wa-han-dern", trällerte Leo.
„Du bist verrückt, bei der Hitze so weit zu laufen. Du vergisst, dass du nicht mehr zwanzig bist! Ich hatte dir davon abgeraten, aber auf mich hörst du ja nicht", sagte Helmut vorwurfsvoll, während er in seine bunten Shorts stieg. Dann bemerkte er, dass sie leicht einen Fuß beim Gehen nach sich zog.
„Hast du dir ordentlich die Füße wund gelaufen? Du hinkst ja. Na, geschieht dir Recht. Des Menschen Wille ist sein Himmelreich, und des Menschen Füße tragen ihn dorthin."
„Ich hab mir den Fuß verknackst. Habt ihr euch Sorgen gemacht?" fragte sie kleinlaut.
„Enorme", beteuerte Leo.
„Warum hast du nicht wenigstens für die Rückfahrt einen Bus genommen?", fragte Helmut anklagend.
„Da fährt kein Bus auf dieser Strecke. Habe jedenfalls keinen gesehen."
„Dann hättest du es doch wenigstens mit Autostopp versuchen können", meinte Leo locker.
„Ach", entrüstete sie sich, „und vielleicht einem Sexualverbrecher in die Hände fallen?"
„Aber Mama, in deinem Alter ist man doch keine Beute für..."
„Was sollen denn eigentlich diese Anspielungen auf mein Alter?", rief sie verärgert. „Ich denk, ihr habt euch Sorgen gemacht! Seid ihr nicht auf die Idee gekommen, nach mir suchen zu lassen? Ich könnte unterdessen geschunden in irgendeinem Olivenhain liegen, die Fliegen würden über mich hinsummen, und ihr Egoisten denkt nur an eure Sportstunden."
Helmut guckte betreten. „Na, es ist doch bei dir nun wirklich nichts Außergewöhnliches, wenn du stundenlang in der Gegend herumläufst.

Ich meine, das sind wir doch von dir gewöhnt, da macht man doch nicht gleich auf Panik..."

Leo hatte seine eigene Art, um Versöhnung zu bitten. Er umarmte sie freundschaftlich und sagte: „Mama, du siehst heute zwar echt verknittert, aber trotzdem noch reizend aus – wie ein junges Bauernmädel nach dem Heuen."

Helmut sah auf die Uhr. „Sag mal, es ist vier Uhr. Solltest du dich nicht ein bisschen frisch machen, bevor du zu deiner Deutschstunde gehst?"

„Die fällt heute aus. Bin zu kaputt."

„Du willst schwänzen? Setz dich mit dem Conte gemütlich unter eine Pinie, du unterrichtest doch nicht mit den Füßen!", warf Leo ein.

„Eure Sportstunden sind dadurch nicht gefährdet", entgegnete sie spitz. „Und nun haut schon ab, ich will mich ausruhen."

Sie war froh, als sie endlich allein war. Schmiss sich aufs Bett und legte den Fuß hoch, wie Massimo es ihr befohlen hatte. Warum hatte sie geflunkert? Warum hatte sie nicht einfach alles so erzählt, wie es war? Gestern hatte sie doch auch einen genauen Bericht von dem Unglück mit dem Schaf abgegeben. Sie hätte doch einfach sagen können: Unterwegs habe ich den Conte getroffen, er hat mir seine Ölplantagen gezeigt, ich bin ausgerutscht, habe mir den Knöchel verknackst, der musste gekühlt werden, dazu sind wir in seine Wohnung nach Collevino gefahren, und da habe ich ein paar Stunden geschlafen. Danach hat er mich zurückgebracht. Das war die ganze Wahrheit. Und doch war da irgendetwas an der Geschichte, von dem sie meinte, es klänge unwahrscheinlich. Manchmal ist eine Lüge eben wahrscheinlicher als die Wahrheit. Aber sie kam zu keiner plausiblen Erklärung. Dann ging sie endlich unter die Dusche. Aber vorher warf sie das schmutzige, verknitterte Streublümchenkleid in den Abfalleimer im Badezimmer. So, du hast ausgedient, sagte sie zum Kleid.

Beim Abendessen hatten alle gute Laune. Leo berichtete von seinem Tag: „Ich habe heute mit Francesca Tennis gespielt. Obwohl sie Tennisstunden in Rom nimmt, spielt sie schlechter als ich! Wie sie hinter dem Ball herhechtete! Wir sind vor lauter Lachen kaum zum Spielen gekommen!"

„Du hast mein Talent geerbt", sagte Helmut nicht ohne Stolz. „Du musst sie aber ab und zu einen Ball kriegen lassen, sonst wird sie sauer. Frauen

sind natürlich meistens unterlegen, aber man darf sie das nicht so spüren lassen. So mach ich's auch beim Schachspiel mir deiner Mutter."
„Hört, hört den Frauenkenner!" flötete Charlotte.
Massimo betrat den Saal und winkte ihr zu. „Wie geht es deinem Fuß?", rief er quer durch den Raum. „Gut", rief sie zurück. Dann begann er seine Runde zu drehen.
Helmut hatte aufgehorcht. „Woher weiß er von deinem verknacksten Fuß?"
„Er hat mich die letzten paar Meter auf der Landstraße aufgegabelt und vor dem Haus abgesetzt."
„Und hat er nicht gerade ‚du' gesagt? Seit wann duzt ihr euch denn?"
„Och", sagte sie. „Hast du noch nicht bemerkt, dass sich hier alle duzen? Die Italiener sind da nicht so steif wie wir. Du solltest ihm auch das Du anbieten."
„Muss das nicht von dem Älteren kommen? Oder zumindest von dem Gastgeber, nicht von dem Gast?" Helmut war sich da nicht so ganz der ‚Gut-Benimm-Regel' sicher.
„Also, ich glaub, an so was denkt hier keiner. Da kommt er." Charlotte wies in den Saal.
Schon stand Massimo an ihrem Tisch. „Wie es schmecken?"
„Es schmeckt köstlich. Die ‚Zuppa di verdura' ist ausgezeichnet. Man merkt, dass alle Gemüsezutaten frisch sind", sagte Charlotte begeistert.
Helmut rang sichtbar mit sich und den Benimm-Regeln. Aber dann begann er doch umständlich: „Ich habe gehört, dass Sie mit meiner Frau per Du sind. Vielleicht sollten auch wir..."
Massimo ließ ihn gar nicht ausreden. Er schien auch nicht nachtragend zu sein. „Das ist ein Wort, Helmut!" Zur Bekräftigung des Paktes schlug er dem armen Helmut kräftig auf die Schulter. Der hatte den Schlag nicht erwartet und landete mit dem Kopf fast in der Suppentasse.
Massimo fuhr aufgekratzt fort. „Bei euch Deutschen bin ich da immer ein bisschen vorsichtig. Ihr braucht da immer etwas Zeit, bevor ihr euch locker macht: Ihr lasst ja erst eine paar Jahre Freundschaft verstreichen, dann müsst ihr gemeinsam eine Bär erlegen, dann Blutsbrüderschaft machen und dann eine Flaschen Korn leeren, bevor ihr euch dürft duzen." Er legte den Kopf in den Nacken und lachte laut über seine Witzigkeit.
Auch Helmut machte „He he he", ließ sich aber nicht lumpen. „Ja, wir steifen Germanen sind da eben etwas zurück. Das hat historische

Gründe: Man muss schließlich bedenken, dass wir noch als zottelige Barbaren in Höhlen lebten und kleine Strichmännchen in die Steinwände ritzten, während Michelangelo die Sixtinische Kapelle ausmalte."
Massimo überhörte geflissentlich den ironischen Unterton und brach wieder in sein Gelächter aus. Im Saal drehten sich alle Köpfe nach ihnen um. So konnte nur er lachen, dachte Charlotte.
„Das gefällt mir, Helmut. Du hast ja Humor!" Schon holte er zu einem erneuten Schlag auf die Schulter aus, dem Helmut aber geschickt durch eine schnelle Seitendrehung ausweichen konnte. Dafür streckt ihm Helmut etwas steif seine Hand zum Handschlag entgegen und sagte völlig überflüssigerweise: „Also, ich heiße Helmut!"
Massimo guckte recht verdutzt, spielte das Spielchen aber mit und ergriff die ausgestreckt Hand. Betont steif sagte er: „Also, ich heiße Massimo."
Aber er ließ Helmuts Hand gar nicht mehr los, schüttelte und schüttelte sie. Charlotte dachte: Er zerquetscht sie ihm! Leo war die Szene peinlich, oder ihm tat sein Vater Leid, jedenfalls lenkte er die Aufmerksamkeit auf sich. „Na, und mich haben Sie ja von Anfang an geduzt – dann darf ich wohl auch Massimo sagen?"
„Klar Leo." Massimo ließ endlich von Helmut ab. „Kinder duz' ich sowieso sofort."
Leo war pikiert. „Nächstes Jahr werde ich achtzehn – volljährig", sagte er gedehnt.
„Dann wirst du sein erwachsen und für alles verantwortlich, was du anstellst. Du hast also nur noch eine Jahr Zeit, um alle Dummheiten der Welt zu machen – nutze es!" Massimo wünschte ihnen noch einen schönen Abend und setzte seinen Rundgang fort.
Als er außer Hörweite war, sagte Helmut, während er seine schmerzende Hand unter dem Tisch massierte: „Der Kerl hat vielleicht einen Händedruck! Der hätte das arme Schaf gestern erwürgen können – mit einer Hand. Da hätte er sich das Messer und das Blutbad erspart. Ich hoffe, er hat dir nicht auch so auf den Rücken gehauen, als er dir das Du anbot?"
Charlotte löffelte ihre Suppe aus. „Er hat mir weder die Hand gedrückt, noch auf den Rücken gehauen." Sie dachte: Er hat mir kurz auf die Nasenspitze getippt, mich eine Treppe hochgetragen und mir einen Kuss auf den Scheitel gegeben. Aber das könnte Helmut missverstehen. Sie

stand auf, ging zum Büffet und schaufelte sich die doppelte Menge an Gemüse auf den Teller. Schließlich hatte sie kein Mittagessen gehabt. Was für ein komischer Urlaub, dachte sie. Ich verschweige Dinge, die ich nicht verschweigen muss. Was werde ich noch alles verschweigen? Am nächsten Tag sollte sie es wissen.

Nach dem Abendessen ging sie in ihr Zimmer hinauf. Leo und Helmut blieben unten am Brunnen. Alfonso ging schon wieder mit seine Flasche Grappa umher. Heute hatte einer der Kellner eine Geige dabei. Zusammen mit Renzo, der auf seiner Gitarre spielte, machten sie eine hübsche Volksmusik. Charlotte erkannte ein schönes Lied von Angelo Branduardi: ‚Bella che così fiera vai, non lo rimpiangerai, cogli la prima mela… ' Ein paar der jungen Leute tanzten dazu.
Sie zog es vor, in der Wohnung zu bleiben, ließ aber die Fenster weit offen, um die Musik hören zu können. ‚Bella che così fiera vai, non ti pentire mai, cogli la prima mela...'
Ihr war nicht nach Tanzen zu Mute – zum einen schmerzte ihr Fuß noch, zum anderen wollte sie Massimo nicht mehr begegnen. Warum, wusste sie auch nicht. ‚Non lo rimpiangerai... non ti pentire mai...' Nein, sie hatte nichts zu bedauern oder zu bereuen. Und er hatte sich heute eigentlich tadellos benommen, wenn man mal von der wilden Bergfahrt absah. Sonst aber ganz Gentleman.
Sie blickte vom Wohnzimmerfenster hinunter auf den Platz, den man gut sehen konnte, auch wenn es schon dunkel war, denn man hatte wieder die Ölfackeln um den Brunnen herum aufgestellt. Der Platz füllte sich allmählich, die Gäste fanden sich nach und nach ein. Sie erblickte auch Leo und Francesca unter den Hüpfenden. Wo war Helmut? Ah, da, am Brunnenrand, in ein Gespräch mit Liliana vertieft. Ah, und sieh an, diese schaffte es wieder, ihn auf die Tanzfläche zu ziehen. Er schien diesmal auch gar keinen Widerstand zu leisten, tanzte fröhlich mit. Wie ausgelassen er sein konnte, dachte sie belustigt. In Berlin war er immer so angespannt.
Dann suchten ihre Augen nach Massimo. Aber der war nicht auszumachen. Doch, da war er ja: Er schlenderte mit einem Gast – war es nicht der Dottore, Federico Veronese? - auf sein Haus zu, um darin zu verschwinden. Kurz darauf gingen ein paar Lichter im Haus an. Sie zogen sich wohl zu einer Besprechung zurück. Schließlich war Federico sein Freund und Arzt.

Ihr Blick ging zurück zum Platz. Tanzten Leo und Helmut noch? Doch keiner war mehr zu sehen, weder ihre beiden Männer noch deren Tänzerinnen. Aber sie war zu müde, um weiter nach ihnen Ausschau zu halten. Erschöpft fiel sie ins Bett.

‚Cogli la prima mela…' sangen sie da draußen.

KAPITEL 10 (7. August)

Von belauschten Gesprächen und aufgedeckten Geheimnissen,
von einer Zeltbesichtigung im Allerheiligsten und drei Fotos auf dem Kamin,
von der himmlischen und der irdischen Liebe

Den nächsten Vormittag vertrödelten sie wie immer am Pool, wo es recht voll war. Die Luft war schon am frühen Morgen extrem warm – es versprach, ein besonders heißer Tag zu werden.
„Wie lange hast du gestern eigentlich noch mit Liliana getanzt? Ich habe euch irgendwann nicht mehr gesehen."
„Hast du uns etwa bespitzelt?" Helmut unterbrach erstaunt seine Zeitungslektüre.
„Ach was, ich habe einfach eine Zeit lang aus dem Fenster geguckt. Es sah lustig aus, euch da herumhüpfen zu sehen. Und plötzlich ward ihr weg. Auch Leo und Francesca."
„Also, wo Leo war, weiß ich nicht. Ich spioniere ihm auch nicht hinterher. Aber wo ich war, kann ich dir sagen. Ich habe Liliana noch bis zu ihrer Wohnung begleitet. Ihr Mann war mit dem Conte verschwunden und hat sie alleine zurück gelassen."
„Alleine in der Wüste zurückgelassen – die Ärmste! Und du hast den Kavalier gespielt und sie nach Hause begleitet! Sie wohnt doch in den Gebäuden uns gegenüber. Das sind keine hundert Schritte."
„Bist du etwa eifersüchtig?" fragte Helmut belustigt. „Sie wollte nicht im Dunkeln da rüber gehen. Hier ist es doch nachts wirklich stockfinster. Außerdem war sie noch geschockt von einem grässlichen Erlebnis mit einer Fledermaus, die sich in ihren Schuh verirrt hatte. Stell dir so was Absurdes mal vor!" Helmut schien vor Mitleid zu zerfließen, von Charlottes Gegenwart bei jenem Spektakel aber nichts zu wissen. Sie sah ihn misstrauisch von der Seite an. Er hatte sich schon wieder in seine Zeitung vertieft. Suchend ließ sie ihre Blicke über den Pool schweifen: Von Leo und Francesca war nichts zu sehen.
„Dein Sohn hat sich schon wieder mit seiner Freundin unsichtbar gemacht. Wo die wohl sind?" Helmut reagierte nicht.
„Hast du eigentlich gar keine Bedenken – ich meine... keine Angst, die beiden könnten zu weit gehen? Ich muss immer daran denken, dass ich nur drei Jahre älter war als Leo, als ich Mutter wurde..."

Jetzt blickte Helmut sie an. „Nein, da habe ich keine Bedenken! Leo ist alt genug zu wissen, was er tut. Außerdem weißt du ja selbst, wie es bei den Jugendlichen ist: viel Show im Vordergrund – nichts dahinter." Er blickte wieder in die Zeitung. „Die UNO will sich nicht in den Irak-Krieg einmischen."

„Ich auch nicht", sagte Charlotte und stand auf. Sie wollte sich woanders einmischen. Ob die Teenies im Badehäuschen waren? Sie ging bis zur Tür. Dann hinten herum. Bei den Rosmarinsträuchern blieb sie stehen. Über ihr befand sich ein angelehntes Fenster. Man konnte nicht hineinsehen, dafür lag es zu hoch, aber man hörte Stimmen.

„Seid ihr eigentlich alle blond und blauäugig da bei euch im Norden?", fragte Francesca.

„Nein, überhaupt nicht. Ich und meine Eltern gehören bald zu den Ausnahmen. Das Dunkle setzt sich in den Genen durch", sagte Leo gebildet. „Aber dafür ist deine Mutter rassig rot."

„Pah, gefärbt. Viele italienische Frauen werden schon ab Mitte Dreißig grauhaarig – dann wird gefärbt. Und Papa steht auf rothaarige Frauen. Da muss sie eben künstlich nachhelfen. Sie will ihn doch nicht verlieren. Du kannst dir gar nicht vorstellen, wie begehrt er ist. Im Krankenhaus laufen alle Krankenschwestern hinter ihm her. Ich möchte nicht wissen, was sich da so im Nachtdienst abspielt... Bei uns zu Hause spielen sich häufig Eifersuchtsszenen ab – da fliegen die Tassen! Haben deine Eltern in dieser Hinsicht nie Probleme?"

„Nie. Sie führen eine kreuzbrave Ehe."

„Kann man sich kaum vorstellen. Ich meine, dein Vater ist doch auch sehr attraktiv. Na gut, deine Mutter auch – aber sie müsste mehr aus sich machen, läuft immer in den gleichen Bermudas herum. Sie vernachlässigt sich."

„Ich finde, meine Mutter ist richtig so, wie sie ist. Wenn sie ein paar Mark, pardon, Euro, übrig hat, spendet sie das Geld dem Tierschutzverein, statt sich Kosmetik oder Klamotten dafür zu kaufen."

Charlotte war gerührt. Da stand sie zwischen den Rosmarinsträuchern, hatte ihren Sohn für sonst was verdächtigt, und da saß er mit einem Mädchen allein in diesem Haus und tuschelte Nettes über seine Mutter! Sie kam sich richtig schäbig vor. Gleichzeitig war es ihr warm ums Herz geworden. So blieb sie noch stehen, um mehr von diesem Gespräch zu hören – noch einen kleinen Nachschlag an Seelensalbung, bitte.

„Und du bist auch ganz schön begehrt", kicherte Francesca. „Jeden Tag guckt uns diese Mrs. Robinson beim Reiten zu – das heißt, sie guckt dir zu! Hast du ihre sehnsüchtigen Blicke nicht bemerkt?"
„Ach was! Das bildest du dir ein, Francesca. Und wenn – soll sie doch glotzen. Ich finde dich toll und steh nicht auf so abgetakelte Fregatten wie diese alte Amerikanerin."
„Na, so alt ist sie gar nicht. Wird das Alter deiner Mutter haben, sieht nur nicht mehr so knackig aus."
„He, ich habe keine Ödipuskomplexe! Für mich gehört auch meine Mutter zu den alten Fregatten – in jener Hinsicht jedenfalls! Wenn eine Frau fast 40 ist, dann ist sie doch eh schon jenseits von Gut und Böse..."
Charlotte hatte genug gehört. Sie setzte sich wieder neben Helmut in den Liegestuhl und vertiefte sich in den Manzoni. Hätte sie doch besser auf den ‚Nachschlag' verzichtet...

Nach dem Mittagsschlaf zog sie sich um. Heute mal keine Turnschuhe und Bermudas. Sie zog ein hellblaues T-Shirt Kleid und offene Sandalen an. Heute sollte es ja keinen Spaziergang geben. Er hatte sie in sein Zelt eingeladen.
Pünktlich um vier Uhr ging sie hinüber. Mit gemischten Gefühlen. Natalina öffnete auf ihr Klopfen. Sie möge hier in der Halle warten, der Conte würde gleich kommen. Sie könne aber auch in das Wartezimmer gehen. Sie wies auf eine Tür nach rechts.
Charlotte blieb in der großen Eingangshalle stehen. Es war dämmrig und angenehm kühl hier drin. Natalina war hinter einer der Türen verschwunden, die von der Halle ausgingen. Eine große, geschwungene Treppe führte in den ersten Stock. Charlotte besah sich den Terracotta-Fußboden. Er schien sehr alt zu sein, hatte kleine bunte Keramikeinlagen. Von der Decke hing ein großer eiserner Kronleuchter herab. Sonst war die Halle ziemlich leer. An zwei Wänden befanden sich Garderobenschränke und ein riesiger Spiegel, der mit den Jahren ganz blind geworden war.
Sie ging in das Wartezimmer. Hier waren die Wände mit ‚Stucco veneziano' hellblau gestrichen. Ein hellblaues Sofa und zwei dazu passende Sessel standen um einen kleinen Marmortisch herum, auf dem ein Stapel Zeitschriften lag. Sie las den Titel der obersten: 'Vigne Vini, rivista italiana di enologia viticoltura e mercati'. Natürlich, hier drehte sich alles um den Wein.

Sie besah sich ein Ölgemälde an der Wand über dem Sofa, ein schönes Stillleben: ein Obstkorb auf einer glänzenden hellblauen Tischdecke, goldene Weintrauben hingen über seinen Rand, daneben lag ein Buch, eine Vase mit dunkelblauen Kornblumen stand im Hintergrund.
„Gefällt es dir?" Natürlich hatte sie ihn wieder nicht kommen hören und schrak zusammen.
„Entschuldige, ich wollte dich nicht erschrecken und ich wollte dich auch nicht warten lassen. Habe nur gerade noch einen wichtigen Anruf bekommen, den ich nicht so schnell abwimmeln konnte."
„Warum schleichst du dich immer so an? Das bringt einen ganz aus der Fassung!"
„Aber ich schleiche überhaupt nicht! Du bist so versunken in dich und deine Gedanken, dass du nichts um dich herum wahrnimmst! Und dann stehst du da – mit weit aufgerissenen Augen und siehst aus wie ein kleines Mädchen, das man gerade mit den Fingern im Marmeladenglas erwischt hat! Ist dir das überhaupt bewusst?"
„Nein. Das hat mir auch noch niemand gesagt. Ich habe aber nichts ausgefressen!"
„Dann sehe ich vielleicht Dinge, die andere nicht sehen. Und – wenn du nichts ausgefressen hast, wird es vielleicht Zeit, dass du es mal tust!" Er lächelte sie belustigt an.
„Ich finde, das ist kein guter Anfang für unsere Deutschstunde in deinem Haus. Das mit dem Erschrecken, meine ich. Also, wo beginnen wir mit der Besichtigungstour?", fragte sie.
„Lass uns im Keller beginnen – da ist es so schön gruselig! Dann bekommen deine vor Schreck geweiteten Augen endlich einen plausiblen Grund!" Er fasste sie lachend am Ellenbogen und zog sie wieder in die Halle. Dort öffnete er eine schwere Eichentür, knipste das Licht an und ging ihr voraus. Eine recht steile Steintreppe führte tief in riesige Kellergewölbe, wo reihenweise Holzfässer standen.
„Du wolltest doch meinen privaten Weinkeller sehen. Hier lagern wir die Jahrgänge, die sich dafür eignen. Nach der Gärung in den Edelstahltanks besteht die Möglichkeit, den Wein im Fass, in den ‚botti', reifen zu lassen, wo er dann seinen typisch alten, leicht holzigen Geschmack bekommt. Für den, der es mag. Der Markt zieht heute allerdings die frischen Weine vor, ich übrigens auch."
Sie gingen an den Reihen mit den Fässern vorbei. Manche waren größer, manche kleiner, rechts die mit Weißwein, links die mit Rotwein.

Er begann, mit Begeisterung zu erklären: „Diese Riserva hier muss mindestens drei Jahre im Fass reifen und einen Alkoholgehalt von 12,5% aufweisen. Während seiner jahrlangen Alterung auf der Flasche entwickelt dieser Rotwein dann seine ausgeprägten Aromen und seine feine Tiefe. Der Wein ist wie ich! Er passt vorzüglich zu gebratenem Fleisch – aber das passt ja nicht zu dir! Aber auch als Begleiter schwarzer Trüffelgerichte ist er unschlagbar. Du müsstest im Spätherbst herkommen, zur Trüffelzeit – da bin ich auch unschlagbar! Dieser Wein hier lässt so manches behäbige, lokale Gewächs weit hinter sich: Er ist körperreich, gehaltvoll und selbstbewusst – wie sein Erzeuger! Er ist das reinste Gedicht – ein starkes und gleichzeitig sinnliches Gedicht!" Er stieß ein fröhliches Lachen aus, ehe er sich zu einer Reihe kleinerer Fässer wandte. „Dieser Bianco hier besteht hauptsächlich aus Trebbiano und etwas Grechetto. Er kann mehrere Jahre in der Flasche gelagert werden, vor allem, wenn er aus einer guten Lage kommt und in diesen kleinen Eichenfässern gereift ist. Nach jahrelangen Versuchen meines Önologen und dank meiner hohen Investitionen haben wir den hier zustande gebracht: Sein kräftiger, fruchtiger Charakter und seine polyphenolstarke Struktur verkörpern am besten die außergewöhnliche Selektion, die ich anstrebe. Möchtest du eine Sorte probieren?"
Sie lehnte dankend ab. „Ich möchte wieder nach oben gehen. Ich bin nicht – gern unter der Erde."
Er sah sie verdutzt an. „Was heißt hier: unter der Erde. Mein Weinkeller ist doch kein Grab!"
„Selbstverständlich nicht. Ich wollte nur sagen: Es ist mir zu dunkel hier."
„Natürlich haben wir hier kein Neonlicht - mein Weinkeller ist auch kein Operationssaal. Das Licht ist den Verhältnissen angemessen."
„Ich will deinen noblen Weinkeller wirklich nicht in Frage stellen. Es ist - nur mein Problem. Ich brauche eben... mehr Licht."
„Mehr Licht?" Massimo blickte nachdenklich.
Sie ging zurück zur Steintreppe. „Wie kriegt ihr die Fässer diese steile Treppe rauf – beziehungsweise den Wein hier herunter?"
Er wies in den hinteren Teil der Kellergewölbe. „Natürlich nicht über diese Treppe. Hinten rechts ist eine Rampe, die in den Garten führt. Man kann sie von hier aus nicht sehen, sie liegt dahinten im Dunkeln. Dort sind wir unter dem Turm. Da sind auch die Verließe. Im Mittelalter waren das richtige Kerker. Fing man umherziehende Briganten ein, warf

man sie da hinein und ließ sie verhungern. Heute... nutzte ich ihn nur noch selten... Willst du den Kerker sehen? Ich habe allerdings nicht aufgeräumt... es liegen da immer... so ein paar Knochen herum... Knochen von... umherziehenden Touristinnen... ahnungslosen, blauäugigen Touristinnen..." Seine tiefe Stimme war bei den letzten Worten noch eine Oktave tiefer gerutscht und er war bis auf zwei Schritte an sie herangetreten.

„Massimo, jetzt reicht es!" Sie stampfte mit dem Fuß auf und lief die Treppe hinauf. Sein schallendes Lachen tönte hinter ihr her, vom Echo in den Gewölben vervielfacht.

Wieder oben in der Halle angekommen, sagte er tadelnd: „Charlotte, es ist viel zu einfach, dich zu erschrecken."

„Ich weiß. Ich will ja auch eigentlich gar nicht so sein."

„Es ist nicht genug zu wissen, man muss es auch anwenden. Es ist nicht genug zu wollen, man muss es auch tun. Stammt leider nicht von mir, der schöne Satz, soll Goethe gesagt haben. Ich finde, man kann den Satz in allen Lebensbereichen anwenden. Bitte, tu das, was du wirklich willst." Er machte eine einladende Handbewegung. „Gehen wir nach oben. Da ist es sehr licht, sonnig und warm", sagte er.

„Was sind denn da oben für Zimmer? Ich meine, wir haben doch hier unten noch nicht alles gesehen."

„Also, hier unten ist erst mal Natalinas Wohnung. Sie ist zwar im Moment nicht anwesend, ich habe sie einkaufen geschickt – ich habe nicht gerne Augenzeugen bei meinen Delikten - aber wir gehen trotzdem besser nicht in ihre Wohnung. Sie ist da sehr eigen. Und man legt sich lieber nicht mit ihr an, sonst riskiert man es, dass sie einem ein paar giftige Kräuter in den Tee mixt – und dann wird es wirklich lebensgefährlich." Er lachte leise. „Dann sind hier unten noch die Wirtschaftsräume und Bäder. Wir gucken nur mal kurz in die Küche, die ist sehenswert."

Es war eine große altmodische Küche, an den Wänden hingen Töpfe aus blankem Kupfer, in der Mitte des Raumes stand ein klobiger Holztisch, an dessen Kerben man sah, dass hier viele Jahre lang Fleisch geschnitten, Gemüse geputzt, Pasta geknetet worden war. Ein riesiger alter Kamin, so groß, dass man hineingehen konnte, nahm fast eine halbe Wand ein.

„Hier haben sie früher ein halbes Rind am Stück gebraten. Aber sieh dir die alten Kacheln aus Deruta an. Die sind schön und wertvoll." Um den

Kamin herum war die ganze Wand mit blau-gelb-weißen handbemalten Kacheln bedeckt, die wunderschöne Blumen- und Drachenmuster hatten. Er erklärte ihr, dass Deruta eine Stadt hier in der Nähe sei, mit einer alten Tradition der Keramikherstellung.

„Kommt die Schale in unserer Ferienwohnung auch daher? Sie ist mir gleich aufgefallen und hat mir gefallen."

„Ja, sie ist daher. Aufgefallen, gefallen, fallen – bloß nicht fallen lassen!" Er lachte. „Da wären wir wieder bei den kleinen Vorsilben, die den großen Unterschied ausmachen. AUSMACHEN – warte ich muss noch das Licht im Keller AUS MACHEN, im Sinne von ausknipsen. Kann man den kleinen Unterschied auch ausknipsen? Nein, ist das eine unlogische Sprache, eure deutsche Sprache!" Er ging zurück in den Keller und machte das Licht aus. Während sie die Treppe nach oben gingen, setzte sie den Diskurs fort.

„Ein Licht kann man ausmachen oder es wieder anmachen. Ein Feuer kann man ausmachen oder anmachen. Wenn ich aus dem Fenster gucke, kann ich am Horizont einen Baum ausmachen. Aber ich kann ihn nicht anmachen. Ein Junge kann ein Mädchen ‚anmachen' – ein schrecklicher Ausdruck! Aber er kann sie nicht ausmachen. Es kann mir etwas ausmachen, in einen Keller hinabzusteigen, aber es könnte mir auch etwas ausmachen, in den ersten Stock hinaufzusteigen. Ich finde, wir sollten abmachen, uns nichts vorzumachen."

„Abgemacht. Komm, das hier ist das schönste Zimmer im ganzen Haus." Er stieß eine Tür auf und sie standen in einem großen Esssaal. Ein langer Tisch, an dem mindestens zwanzig bis dreißig Personen bequem Platz finden konnten, stand in der Mitte, drei große Flügeltüren führten auf eine breite Terrasse heraus, von der aus man wiederum beidseitig in den hinter dem Haus liegenden Garten hinuntersteigen konnte. Es war ein heller, sonnendurchfluteter Raum. Von der Decke hingen venezianische Glasleuchter, auch an den Wänden waren Kerzenleuchter aus Glas. Aber der absolute Clou war ein Deckengemälde, auf das er sie hinwies.

„Das ist die ‚Himmlische und die Irdische Liebe' – eine Kopie natürlich, des berühmten Gemäldes von Tiziano, ‚Amor Sacro e Amor Profano'. Und gar nicht mal eine schlechte Kopie. Der letzte Conte hat sie im Jahre 1814 anfertigen lassen, also genau 300 Jahre später als das Tizian-Original. Natürlich hatte er kein Geld, ein Genie zu engagieren, aber er hat einen ganz braven Kopisten gefunden, finde ich. Ich liebe alles an

diesem Bild: die linke Dame, die schön bekleidet ist und die irdische Liebe darstellt, sowie die rechte, unbekleidete Dame, welche die himmlische Liebe verkörpert. Schau, sie hat eine Flamme in der Hand, als Symbol der ewig brennenden göttlichen Liebe. Und auch der kleine Amor da in der Mitte zwischen ihnen – ist der nicht süß? Und wo sitzen die beiden Schönen? An einem alten Steinbrunnen – mitten in der Landschaft, in der Natur, in unserer schönen italienischen ‚campagna'. Und was sehen wir da links im Hintergrund? Einen Borgo, wie den ‚Borgo dei Pini'. Ich finde, der runde Wehrturm da sieht genau aus wie der unsrige. Und rechts im Hintergrund – ein Weiher, ein Dorf mit Kirchturm, eine Schafherde, ein Hirte und ein Liebespaar. Das kann man leider kaum erkennen, es ist ganz klein gemalt. Und hier ist die Decke so hoch, du kannst es nicht sehen. Aber auf dem Original habe ich es ganz genau gesehen. Ich habe es mir oft angeguckt."
„Wo hängt denn das Original?"
„In der Galleria Borghese in Rom. Bist du nie da gewesen?"
„Nein. Wenn ich das nächste Mal nach Rom fahre, werde ich es mir ansehen - du kennst das Bild wirklich in allen Details und siehst darin deine Umgebung wieder... und in die beiden Damen bist du verliebt", fügte sie schmunzelnd hinzu.
„Als kleiner Junge habe ich mich oft heimlich hier auf den Esstisch gelegt, auf den Rücken, und mir stundenlang das Bild angeguckt. Na ja, mit zehn Jahren interessierte mich damals natürlich vor allem die unbekleidete Dame, die himmlische Liebe, die mir so viel irdischer vorkam als ihre bekleidete Schwester. Obwohl", lachte er, „gewisse Vorlieben behält man dann sein ganzes Leben lang. Und als Kind habe ich immer gedacht: Wenn der liebe Gott uns so viel Schönheit zum Ansehen gegeben hat, soll man auch immer genau hingucken und genießen. Als ich mich dann später, als Erwachsener, etwas ernsthafter mit dem Gemälde beschäftigte, habe ich festgestellt, dass ich als zehnjähriger, rotziger Knirps gar nicht so falsch gelegen habe: Tiziano vertrat die neoplatonische Auffassung, der zur Folge die Betrachtung der Schönheit der Schöpfung zum Erkennen der Perfektion des himmlischen Kosmos führe."
Er hatte mit soviel Begeisterung gesprochen. Sie sah ihn schweigend an, wie er gelassen da stand, die Hände in den Hosentaschen seiner Jeans, die Ärmel des weißen Baumwollhemdes hochgekrempelt, den Blick nach oben an die Decke gerichtet. Diese Mischung aus Gelassenheit,

Begeisterungsfähigkeit, Intellekt und Schönheit – erschien ihr in diesem Moment als die Perfektion schlechthin, des himmlischen Kosmos oder des irdischen Verlangens, amore sacro e amore profano.
Jetzt blickte er sie fragend an. „Warum guckst du wieder so überrascht? Wir hatten doch abgemacht, uns nichts vorzumachen... so bin ich in Wirklichkeit! Ein verträumter Romantiker!"
„Was nichts Negatives ist. Es ist nichts auszusetzen an einem verträumten Romantiker. Aber ich glaube... du bist eher... ein romantischer Träumer. Einer, der fähig ist, sich seinen Träumen hinzugeben. Eine heute... selten gewordene Eigenschaft."
„Sich seinen Träumen hingeben", wiederholte er. „Sich etwas hingeben, sich einer Sache hingeben, sich einer Person hingeben... ich gebe mich dich hin, du gibst dich mich hin..."
„Nein, das Verb zieht den Dativ nach sich: ich gebe mich dir hin, du gibst dich mir hin... und so weiter."
„Da ist wieder dieser schöne Dativ – ich sagte ja schon, ich liebe den Dativ."
„Und du sprichst perfekt Deutsch. Wenn du nur willst. Wenn du nicht gerade VORGIBST, nicht richtig Deutsch sprechen zu können. VERGIBST du mir, wenn ich die anderen Zimmer auch noch sehen will? GIBST du mir noch etwas Zeit?... Mir GEBEN – ohne Vorsilbe, Dativ."
„Ich gebe dir alles, was du willst. Mit oder ohne Vorsilbe. Im Dativ oder in einem anderen Fall. In jedem Fall."
„Dann zeig mir – gefälligst - die anderen Zimmer hier oben."
„Also, interessant sind dann noch die zwei Nebenräume. Hier rechts haben wir ein, sagen wir, Spielzimmer für Erwachsene." Er führte sie in einen Raum, in dem ein grüner Billardtisch stand. Dann noch ein kleinerer, runder Tisch, wohl zum Kartenspielen.
Fast entschuldigend sagte er: „Irgendwie muss ich mir ja die Zeit an langen Winterabenden vertreiben. Erst tafeln wir fürstlich nebenan, meine Freunde und ich. Dann ziehen wir uns zu einer Partie Billard oder Karten hier zurück. Oder, wenn es ein kulturell etwas anspruchsvollerer Abend werden soll, gehen wir in das linke Zimmer." Sie durchquerten wieder den Esssaal und er führte sie in einen Raum, in dem ein schwarzer Steinway-Flügel stand.
„Kannst du spielen?"

„Nein, leider nicht. Auch sonst niemand hier im Haus. Früher mal. Eine... Hausdame... vor vielen Jahren, hat hier gespielt. Aber den Flügel hat mein Vater schon gekauft. Und ich lade mir im Winter oft Musikschüler ein, hauptsächlich aus Spoleto. Begabte junge Menschen, die sich gern etwas Geld fürs Studium verdienen und uns alten Knaben hier die Abende mit ihrer Kunst verschönen. Aber du kannst spielen, nicht wahr?"
„Leider auch nicht. Oder, sagen wir, kaum. Als Kind musste ich viel Klavier spielen – ich habe es damals hassen gelernt... "
Sie trat auf die Terrasse hinaus und blickte über den weitläufigen Garten. Dann wandte sie ihren Blick zur Rückseite des Hauses. An den alten Steinwänden rankte sich wilder Wein empor. In großen Terracottatöpfen standen hellblaue Hortensiensträucher auf der Schattenseite der Terrasse. Zur Rechten sah sie den runden, hohen Turm.
„Schön hast du es hier. Ein wahrhaft gräfliches Haus – für einen echten Conte. Habe ich jetzt alles gesehen?"
„Unten im Turm wäre noch mein Büro zu besichtigen."
„Und oben?"
„Ist mein Allerheiligstes. Bist du neugierig? War es gestern, als ich deine Schwäche der Neugier entdeckt habe? Ich wette, du bist neugierig."
Sie lachte leise. „Es ist ja wohl nicht allzu schwer zu erraten, um welchen Raum es sich da handelt. Wenn du nicht gerade die Angewohnheit des zehnjährigen Knaben in dir beibehalten hast, und jeden Abend dein Nachtlager auf dem Esstisch hier aufschlägst, dürfte sich da oben im Turm wohl das hochgräfliche Schlafgemach befinden."
„Nur zur Hälfte richtig geraten. Willst du die beiden Hälften sehen? Ergeben im Ganzen mein Allerheiligstes."
„Wenn es denn so heilig ist... will ich es nicht entweihen." Sie ging quer durch den Esssaal, die Treppe hinunter zur Halle. Er lief hinter ihr her. Mitten in der Halle bekam er sie am Ellbogen zu fassen.
„Du willst doch nicht etwa schon gehen?"
Sie zeigte auf eine große Standuhr neben dem Eingang. „Es ist fünf Uhr... Aschenputtel musste pünktlich um Mitternacht gehen, ich pünktlich um fünf." Sie lachte leise. „Ich habe dir ja gesagt, ich bin eine Märchentante."

„Und ich habe dir ja gezeigt: ich bin ein Zauberer... Komm, sieh dir wenigstens noch mein Büro an. Von dort aus kann man den Swimmingpool sehen." Er zog sie in das Zimmer links vom Eingang. Es war ein großer, runder Raum, der ein geräumiges Büro enthielt, hell, mit zwei großen Fenstern. Er ließ sich in einen schwarzen, ledernen Drehstuhl mit hoher Rückenlehne fallen, der hinter einem gläsernen Schreibtisch stand. Nahm einen Füllfederhalter aus einem Glasbehälter und klopfte damit streng auf den Tisch.

„Frau Lehrerin! Sie könnten heute eigentlich mal eine Überstunde machen. Gestern haben Sie die Deutschstunde um vier Uhr geschwänzt!"

„Herr Direktor, darf ich Sie daran erinnern, dass wir gestern von etwa zehn Uhr morgens bis etwa vier Uhr nachmittags zusammen waren und Deutsch gesprochen haben. Da habe ich ja wohl einiges vorgearbeitet."

„Quatsch! Die meiste Zeit haben Sie geschlafen!"

Sie musste lachen. „Also gut, sehen wir uns dieses Hightech-Büro an."

Sie ging an der runden Wand entlang. Er blieb in seinem Drehsessel sitzen, drehte sich aber mit ihren Schritten mit und verfolgte sie mit seinen Blicken. Hier in diesem Raum herrschte eine ganz andere Atmosphäre als im Rest des Hauses: keine Antiquitäten, alles war neu, modern, sachlich und zweckmäßig: Regale aus Glas und Stahl mit Fachbüchern und Zeitschriften, alle über landwirtschaftliche Themen. Er kommt wohl nicht dazu, etwas anderes zu lesen, dachte sie. Dann stand da noch ein Schreibtisch mit einem Computer und einem Faxgerät darauf an der Wand. Sie blickte ihn fragend an.

„Der gehört meiner Sekretärin. Sie kommt nur morgens, macht mir den Bürokram. Jetzt im August ist sie aber auch im Urlaub. Kommt nur zweimal in der Woche aus Assisi hier herauf und schafft das Nötigste weg. Irgendein Brief ist immer zu schreiben. Ich schlachte lieber eigenhändig ein Schaf, als dass ich einen Brief schreibe."

Er erntete einen vorwurfsvollen Blick von ihr.

„Va bene, sagen wir: Ich hebe lieber eine drei Meter tiefe Grube aus, als dass ich mich mit Bürokram beschäftige. Das war mir immer ein Gräuel: Abrechnungen, Steuererklärungen, der ganze Verwaltungsmist... Ich ziehe den Stallmist vor!" Er lachte.

„Ich wette, sie ist jung und hübsch – deine Sekretärin."

„Oh ja! Blutjung und bildhübsch! In meinem Alter braucht man so ein junges Ding, dem man ordentlich was diktieren kann." Er sah sie ernst an, dann brach er erneut in das Donnerlachen aus.
„Charlotte! Da hast du dein neugieriges Näschen schon wieder in fremde Angelegenheiten gesteckt! Aber es ist alles ganz anders, als du denkst: Corona ist eine korrekte, schon grauhaarige Dame, eine pensionierte Sekretärin, die früher in einer großen Import-Exportfirma gearbeitet hat und sich jetzt die magere Pension durch diese Nebenarbeit auffrischt. Sie ist absolut versiert, spricht zwei Sprachen – eine wahre Perle. Ich hoffe nur, sie bleibt mir noch ein paar Jahre erhalten. Sie deutet ab und zu an, sie wolle sich nun bald nur noch um ihre Enkelkinder kümmern! Eine furchtbare Vorstellung für mich. Sie ist einfach unersetzlich. Man braucht ihr überhaupt nichts zu erklären. Sie macht alles von alleine."
Charlotte sah aus dem Fenster. Man konnte den Pool in der Tat gut sehen. Dann ging sie weiter. Blieb kurz vor einer schmalen Nische stehen, von der aus eine Steintreppe steil in den oberen Teil des Turmes führte. Sie ging schnell weiter. Neben diesem Aufgangr hing ein großer, flacher Bildschirm an der Wand.
„Guckst du hier Fernsehen?"
„Die Tagesschau. Und manchmal einen alten italienischen Spielfilm. Wenn sie einen aus den fünfziger Jahren bringen. Für die habe ich eine Schwäche. Aber ansonsten – gibt es im italienischen Fernsehen nicht viel zu gucken."
„Im deutschen auch nicht. Ich habe übrigens auch eine Schwäche für die Filme aus jener Zeit. Vor allem alte, amerikanische Filme. ‚Vom Winde verweht' oder ‚Casablanca' – mit oder ohne Happyend, Hauptsache was zum Träumen."
Er hatte die Arme hinter dem Kopf verschränkt und drehte sich ein wenig im Drehstuhl hin und her. „Aha, alte Filme, noch eine gemeinsame Schwäche – neben dem Schokoladeneis mit Sahne... Sollten wir jetzt nicht endlich herausfinden, welche gemeinsamen Schwächen wir sonst noch haben? Für andere Dinge... oder einfach... eine Schwäche für einander?"
Sie stellte sich vor ihn vor den Schreibtisch, schob einen Stapel Papier und den Laptop zur Seite, legte die Hände flach auf die Glasplatte und beugte sich leicht nach vorn auf ihn zu.
„Ich trete dir hiermit zu nahe, um endlich herauszufinden, wieso du unsere Sprache so gut kannst! Also, raus mit der Sprache!"

„Alle meine Erklärungen haben dich nicht überzeugt?"
„Vielleicht in den ersten zwei Tagen – dann nicht mehr. Du hast erst ganz schlecht gesprochen... dann immer besser..."
„Das macht dein Einfluss! Eine gute Deutschlehrerin ist eben viel wert! Das habe ich früher in der Schule schon immer gesagt: Wenn die Schüler schlecht sind, liegt das immer am Lehrer. Sind sie gut, hatten sie das Glück, einen Lehrer gehabt zu haben, der sich diese Berufsbezeichnung verdient hatte."
„Haben wir nicht ABGEMACHT, uns nichts VORZUMACHEN? Weißt du...", sie musste lachen, „dass Leo dich für eine gespaltene Persönlichkeit hält? So eine Art Dr. Jekyll und Mr. Hyde."
„Ausgerechnet mich! Ich bin ganz aus einem Stück", protestierte er, fügte aber belustigt hinzu: „Nun, das kann ich natürlich nicht auf mir sitzen lassen, dass mich dein netter Sohn für einen Schurken hält. Also gut – lüften wir das Geheimnis." Er stand auf und ging die Treppe hinauf.
Sie blieb unten stehen. „Und dazu müssen wir da raufgehen?"
Auf halber Treppe blieb er stehen. „Es macht es leichter. Ich will dir hier oben etwas zeigen, was alles besser erklärt. Kommst du?"
Sie blieb unten stehen. Ihr Mut hatte sie plötzlich verlassen.
Da ging er die Treppe wieder herunter und stellte sich dicht vor sie hin. Sah sie bittend an. „Charlotte, steh doch nicht da wie eine zum Tode verurteilte Sünderin! Da oben wartet kein Schafott auf dich. Auch keine – Fisimatenten, wenn du nicht willst. Da oben... sind zwei Zimmer. Eines ist meine private Bibliothek. Da möchte ich dir etwas zeigen. Du musst nur bis dahin mitkommen. Du musst... sowieso nur immer das tun, was du auch wirklich willst. Aber, wenn du weißt, was du willst, dann musst du es auch tun. Hör auf Goethe! Kommst du jetzt mit?"
Sie nickte. Er ging die Treppe voran hoch. Diesmal hat er mich nicht am Ellbogen mit sich gezogen, dachte sie noch erstaunt.
Oben drückte er die Eisenklinke einer schweren Eichentür herunter, die knarrend aufging. Sie standen in einem halbrunden Raum – einer Bibliothek: alte Holzregale, voll mit Büchern, bis unter die Decke. Er ging ans Fenster und winkte sie zu sich heran. „Nur einen Augenblick, komm, erst der Ausblick, der Weitblick... dann der Einblick, der Tiefblick!"
Sie stellte sich neben ihn ans Fenster und sah hinaus. Man hatte eine unglaublich weite Aussicht in die Ferne. Er machte das Fenster auf und

wies mit der Hand hinaus. „Das ist meine Welt. Da hinter dem Berg liegt Assisi, die Stadt des San Francesco, meines verehrten, geliebten Nachbarn. Der Berg ist der Monte Subasio, wo meine Chianina-Kühe stehen, die du nicht essen willst. Dahinter liegt Spello, wohin du so tapfer zu Fuß marschiert bist. Und Collevino, wo du dich vom Wandern ausgeruht hast. Und hier drin", er wandte sich um zu den Büchern, „stehen alle Lebensgeschichten der Welt. Die der Heiligen und die der Sünder. Und diese Bücher da", er wies auf eines der Regale, „haben mit meiner ganz privaten Lebensgeschichte zu tun. Komm!" Er winkte sie wieder zu sich heran, zog eines der alten Bücher aus dem Regal und hielt es ihr hin. Es war ein Band mit Goethe-Gedichten. Auf der Rückseite des Titelblattes war ein Exlibris eingestempelt: Dieses Buch gehört Emma Vogelhuber.

Charlotte ließ ihre Blicke über die anderen Buchrücken gleiten. Von allem, was in der deutschen Literatur Rang und Namen hatte, war etwas vertreten: Wolfram von Eschenbach, Walther von der Vogelweide, Martin Luther, Gryphius, Klopstock, Goethe, Schiller, Hölderlin, Novalis, Eichendorff, Hesse, Heine, Nietzsche, Rilke, Thomas Mann. Dann noch etwas Tucholsky, mit Brecht hörte die Sammlung auf.

„So eine Bibliothek möchte ich haben... Hast du das alles auch gelesen?"

„Nein, das nicht. Einiges schon, aber vieles hat man mir vorgelesen."

„Und wer ist nun Emma Vogelhuber?"

Er ging quer durch das Zimmer. An der einzigen, nicht runden Wand war noch eine Tür. Die Tür zum zweiten Teil des Allerheiligsten, dachte sie. Daneben war ein Kamin, über dem alte Fotos hingen. Er winkte sie wieder zu sich. „Du musst schon kommen. Mir auf diesem kleinen, privaten Rundgang folgen."

Er zeigte auf drei Fotos, die auf dem Kaminsims standen. In der Mitte ein Foto, auf dem sein Vater abgebildet war. Sie erkannte ihn sofort wieder, den großen, stattlichen Mann mit dem entschlossenen Gesichtsausdruck, den sie ja schon gestern auf dem Nachttischfoto gesehen hatte. Auch das Foto rechts daneben war ihr schon bekannt. Es zeigte seine junge Mutter, die auf diesem Bild strahlend lachte. Sie hatte den Kopf leicht in den Nacken gelegt, eine Kaskade von lockigem, schwarzem Haar fiel ihr den Rücken hinunter. Sie sah fast überirdisch schön aus.

Aber links vom Foto seines Vaters war noch ein Porträt. Eine etwa fünfzigjährige Frau blickte streng, aber nicht unfreundlich ihren

Betrachter an. Sie hatte ihr grau-blondes Haar zu einem altmodischen Dutt hochgesteckt, ihre weiße Bluse war mit einer ovalen Brosche hoch unter dem Hals geschlossen. Man hatte sie auf auf der Terrasse hinter dem Haus fotografiert. Charlotte erkannte es sofort. Vor wenigen Minuten hatte sie selbst da gestanden.

„Ja, das ist Emma, die ehemalige Besitzerin der deutschen Büchersammlung und mein Kindermädchen. Ich habe dir ja gestern erzählt, dass meine Mutter schon längere Zeit vor ihrem Tod schwächlich, kränklich war. Mein Vater... aber komm, wir können uns auch hinsetzen. Warum soll ich die ganze Geschichte im Stehen zum Besten geben. Machen wir es uns gemütlich." In der Mitte des Zimmers stand ein hoher Ohrensessel aus rotem Leder, zu dem begleitete er sie. Er selbst machte es sich auf einem Kanapee bequem. Zwischen Sessel und Kanapee stand nur ein niedriges Tischchen zur Ablage von Büchern.

„Also, mein Vater war in jener Situation mit meiner Erziehung überfordert. Er hatte auch nicht genügend Zeit für mich. Und meine Mutter hatte nicht genügend Kraft. So suchte er ein Kindermädchen. In unseren noblen Kreisen war es damals sowieso üblich, entweder eine englische oder eine deutsche Nanny im Hause zu haben. Er hätte eigentlich eine Engländerin vorgezogen, da er an die Deutschen ungute Erinnerungen hatte, die bösen Kriegserinnerungen seiner Generation. Aber dann tauchte Emma hier auf. Sie war eine kinderlose Witwe aus Frankfurt am Main, auf der Reise durch Italien – auf Goethes Spuren sozusagen. Sie war bis runter nach Sizilien. Auf dem Rückweg kam sie hier vorbei. Hatte von der freien Stelle bei uns gehört. Sie machte einen guten Eindruck auf meinen Vater: Sie war höflich, zurückhaltend, belesen, und so stellte er sie zur Probe ein. Eigentlich hatte sie nur ein Jahr bleiben wollen – und dann: heim ins Reich. Aber sie blieb hier. Ließ sich nur ihre Kleidung und ihre Bücher aus Frankfurt kommen und blieb hier. Bis zu ihrem Tod. Sie hat meinen Vater sogar um ein Jahr überlebt. Und sie hatte ein ähnlich schnelles Ende. Mein Vater fiel einfach eines Tages, er war schon fast achtzig, unten in der Halle um, wie ein Baum, den man fällt. Herzversagen. Sie hingegen fand man morgens tot in ihrem Bett. Sie hatte die Wohnung, in der Natalina jetzt wohnt. Ihr Tod kam für uns alle sehr überraschend. Wenn sie krank gewesen sein sollte, dann hat sie es gut zu verbergen gewusst. Sie war ein sehr verschlossener Typ – wie mein Vater. Ich glaube, sie passten gut zusammen... Ja, und ich wurde von ihr mit teutonischem Eifer erzogen. Sie las mir alle eure nordischen Heldensagen vor, von der ‚Edda' bis zu den ‚Nibelungen'. Dann ihren geliebten Goethe, immer wieder Goethe. Die ‚Römischen Elegien' blieben mir nicht erspart. ‚Wilhelm Meisters Lehrjahre' wurden auch die meinen. Die ‚Leiden des jungen Werther' wurden auch meine Leiden... und was für Leiden! ‚Reineke Fuchs' statt der ‚Gestiefelte Kater', ‚Faust' statt ‚Däumling', ‚Götz von Berlichingen' statt ‚Hänsel und Gretel'. Der deftige Götz mit der eisernen Hand und dem frechen Mundwerk wurde übrigens zu einer meiner Lieblingsfiguren. Und dann... Gedichte und nochmals Gedichte, bis zum Abwinken." Er lachte und machte eine abwinkende Bewegung mit der Hand.

„Das erklärt einiges", sagte Charlotte knapp. Sie stand von ihrem Sessel auf und ging zu dem Foto. Emma hatte einen hellen, intelligenten Blick. Ihr Gesicht war verschlossen, aber nicht unsympathisch.

„Hat sie dir die Mutter ersetzt?"

„Nein, das nicht. Sie war... kein herzlicher, fröhlicher Typ wie meine Mutter, die trotz ihres schlechten Gesundheitszustandes immer guter Dinge war. So habe ich sie jedenfalls in Erinnerung, das wenige, was einem Fünfjährigen an Erinnerung geblieben ist. Aber ich kann Emma nichts vorwerfen: Sie hat sich perfekt um mich gekümmert. War immer für mich da. Nur... ich wusste, sie nahm ihre... Arbeit sehr ernst. Sie war... mein Kindermädchen. Wurde von meinem Vater dafür bezahlt, mir über den Kopf zu streicheln. Aber sie hatte immer einen besonderen Platz in meinem Leben, auch nach ihrem Tod hat sie den erhalten: Sie liegt in unserer Familiengruft begraben, neben meinem Vater und meiner Mutter."

Auch er war aufgestanden, hatte sich hinter sie gestellt und sah ihr über die Schulter, auf die drei Fotos, die mit den Jahren zu vergilben begannen.

„War sie... ich meine... hatte sie mit deinem Vater...", Charlotte räusperte sich.

„Ob sie ein Verhältnis hatten?" Sie hörte ihn leise belustigt hinter sich lachen. „Mit deiner Intuition steckst du dein Näschen wieder..."

„Wieder in Sachen, die mich nichts angehen. Entschuldigung."

Er legte ihr seine Hände auf die Schultern. „Va bene - ist schon gut. Mag sein, dass sie mehr war als eine Kinderdame. Mag sein, dass die beiden ein Liebespaar waren. Mag sein, dass sie sich heimlich nachts zu ihm ins

Turmzimmer schlich. Aber wenn sie es getan hat, dann war sie sehr diskret dabei. Weder ich habe je etwas davon bemerkt, noch hat das Hauspersonal je über etwas in dieser Richtung getuschelt. Sie haben beide ihr Geheimnis, wenn denn da eines war, mit ins Grab genommen, und ich finde, was immer sich in diesem Zimmer hier nebenan abgespielt haben mag, ging nur die beiden etwas an."
Charlotte rechnete nach. „Du warst also etwa vier oder fünf Jahre alt, als sie zu euch kam. Als sie starb, warst du...?"
„War ich gerade mit dem Studium fertig. Da war ich sechsundzwanzig."
„Mehr als zwanzig Jahre... war sie hier. Zwanzig Jahre sind eine lange Zeit."
„Ja. Eine lange Zeit."
„Und sie hat immer nur Deutsch mit dir gesprochen? "
„Ja. Mein Vater wollte das so."
„Du bist zweisprachig aufgewachsen. Du sprichst perfekt Deutsch. Du kennst die deutsche Literatur besser als ich. Du brauchst gar keinen – Deutschunterricht."
Sie hörte ihn hinter sich tief durchatmen. Er hatte seine Hände auf ihren Schultern liegengelassen, dreht sie jetzt einfach zu sich herum. „Nein. Ich brauche keinen Deutschunterricht. Ich brauche... die Deutschlehrerin." Er sah sie direkt an. Direkter konnte man keinen Menschen ansehen. „Ist das so schlimm?"
„Nein", sagte sie, nickte aber dabei mit dem Kopf. Dann sagte sie: „Doch", schüttelte aber den Kopf dabei. „Ach was, ich... ich finde nur, das ganze Kauderwelsch, der oder die Hanswurst... ich fühle mich eben einfach... etwas auf den Arm genommen..."
„Auf den Arm nehmen", sagte er langsam. „Das habe ich doch gestern schon getan, als ich dich die Treppe hochtrug." Und dann nahm er sie einfach auf den Arm und blickte sie nur an... und wartete. Es schien fast, als hielte er den Atem an. Er wartet auf ein Zeichen, dachte sie. Sie war sich sicher, sie hätte bloß sagen brauchen: Lass mich wieder runter. Er hätte sie sofort abgesetzt und unverfänglich weitergeplaudert. Oder vielmehr: Sie hätte nicht einmal etwas sagen müssen. Ein leichtes Kopfschütteln hatte genügt, er hätte sie wieder abgesetzt und alles Weitere wäre nie geschehen. Aber sie tat nichts von beidem. Sie legte einfach ihre Arme um seinen Hals. Es war auch viel bequemer so. Es war natürlich. Es war das Einfachste der Welt.

Sie hörte ihn erleichtert ausatmen. „Und das habe ich gestern auch schon tun wollen", sagte er noch, bevor er sie küsste. Und sie dachte noch: Und warum hast du es nicht schon gestern getan?
Aber dann dachte sie gar nichts mehr. Denn nun wurde sie doch noch in das Allerheiligste getragen, und was sich in diesem Zimmer abspielte, ging nur sie beide etwas an.

Auch als sie später in ihrer Wohnung allein war, dachte sie noch, dass es nur sie etwas anginge. Auch als sie im Swimmingpool danach ein paar Bahnen schwimmen ging, dachte sie das noch. Auch, als sie Helmut und Leo dort traf, dachte sie es noch. Aber als sie ihnen beim Abendessen gegenüber saß, wunderte sie sich doch, dass man ihr nichts anmerkte. Aber wenn es niemanden etwas anginge, warum hätten sie etwas merken sollen?
Nur hatte sie plötzlich das Bedürfnis, über alles selbst in Ruhe nachzudenken. Beim Abschied an der Tür hatte er gesagt: dann bis morgen, um vier Uhr. Das schien ihr jetzt zu nahe. Sie wollte etwas Zeit für sich gewinnen.
Während des Essens sprachen sie über den Tag. Leo fragte sie, wie denn das Haus des Conte von innen aussehe. Sie beschrieb ihnen alle Zimmer – bis auf das letzte.
Helmut schien derweil an anderes zu denken. „Ich muss mir unbedingt ein paar Tennisshorts kaufen. In meinen bunten Shorts gebe ich den Hanswurst ab – oder die Hanswurst? – egal. Und das, obwohl ich der beste Spieler hier weit und breit bin. Hast du gesehen, wie piekfein die hier alle auftreten? Alle in Designerklamotten. Du bist doch gestern den ganzen Tag in diesem Ort Spello herumgelaufen. Da gibt es doch sicher ein gutes Sportgeschäft?"
Sie musste angestrengt überlegen. „Nette, kleine Krämerläden gibt's da, Keramik, Kunsthandwerk, Kirchen... Weinhandlungen... aber ein Sportwarengeschäft ist mir nicht aufgefallen. Vielleicht mehr im neuen Teil der Stadt, da war ich ja nicht."
Sie musste nachdenken. Nachdenken. Nachdenken. Abstand, Abstand, Abstand gewinnen. Leicht gesagt. Es würde schneller als je zuvor wieder vier Uhr nachmittags sein. Wie kann ich nur Abstand gewinnen? Wegfahren. Für einen Tag. Wohin? Einfach einen Ausflug machen. Ja, das war eine gute Idee. Wollte Helmut nicht Tennisshorts kaufen? Natürlich nicht in Spello. Nach Assisi oder nach Perugia könnte man

fahren. Alle drei. Und dabei die Städte besichtigen. Und erst gegen Abend zurückkommen. Sie war stolz auf ihre Idee. So locker wie möglich wollte sie es vorschlagen.

„Dieser Signor Martinelli spielt wirklich gut", sagte Helmut gerade.
„Aber gegen dich hat er keine Chance, Papa", entgegnete Leo stolz. „Du hast ihn an die Wand gespielt. Er schien echt sauer."
„Ja, einer der nicht gut verlieren kann. Für morgen hat er ‚Revanche' gefordert. Genugtuung sozusagen." Helmut kicherte in sich hinein.
„Wird mir eine Ehre sein, Signore."
Dann blickte er zu Charlotte hinüber. „Du siehst so nachdenklich aus." Er schien fast ein schlechtes Gewissen zu bekommen. „Ich glaube, wir vernachlässigen Mama zu sehr. Während wir uns hier vergnügen, lassen wir sie mit diesem langweiligen, falschen Conte allein. Stimmt's, Liebling?" Er streichelte über ihren Arm. Charlotte zuckte fast zusammen.
„Na ja, nicht direkt", stotterte sie. Aber sie steuerte gleich auf ihr Anliegen zu. Die Gelegenheit war günstig. So dachte sie wenigstens. „Aber...", sie holte tief Luft, „aber vielleicht wäre es doch an der Zeit, mal was anderes zu machen. Wir sind nun schon sieben Tage hier. Erholt haben wir uns. Wir sollten morgen einen Ausflug machen. Nach Assisi. Und du wolltest doch einkaufen." Sie unterbreitete ihnen ihre Idee. Dann blickte sie in die nicht gerade entzückten Gesichter ihrer Männer.
„Na ja", überlegte Helmut. „Wenn wir morgens recht früh losfahren und uns ein bisschen beeilen, könnten wir um vier Uhr wieder zurück sein. Dann verpass' ich mein Match nicht, und du deine Deutschstunde."
Das war natürlich nicht in ihrem Sinn. „Warum sollen wir uns denn beeilen? Wir sind nur einmal hier, und wir sollten uns endlich die Gegend ansehen. Tennis kannst du auch in Berlin spielen."
Helmut seufzte und Leo stöhnte.
„Warum fahren wir nicht nach Rom!", forderte sie kühn. Dann sind wir um vier Uhr auf keinen Fall wieder hier, dachte sie. Jetzt trat Entsetzen in Leos Blick. Er sah zu Francesca hinüber, die mit ihren Eltern am anderen Ende des Saales beim Essen saß.
„Du willst doch wohl nicht einen ganzen Tag in dieser stinkenden Großstadt herumlaufen?" Und auch Helmut begab zu bedenken: „Das sind mindestens zwei Stunden Hinfahrt, zwei Stunden Rückfahrt. Lohnt sich das überhaupt für einen Tag?"

„Dann lass uns zwei Tage bleiben", rief sie mit aufgesetzter Begeisterung.
Jetzt stöhnte Leo, als hätte ihm jemand den Bauch aufgeschlitzt. „Warum fragt mich eigentlich keiner, ob ich überhaupt mit will? Schließlich hab ich hier auch meine Verpflichtungen. Habe Francesca versprochen, ihr morgen das Kraulen beizubringen." Er wurde rot. „Im Schwimmbecken, den Schwimmstil, meine ich."
„Wir haben auch an nichts anderes gedacht, mein Sohn. Und ich hatte diesem Martinelli die Revanche versprochen... Ob es in Rom jetzt so kurzfristig überhaupt ein freies Hotelzimmer gibt? So mitten in der Saison, ein erschwingliches Hotel, meine ich?" Helmuts Zweifel nahmen zu. Sein Blick wanderte zum Nachbartisch, zu den Martinellis. Signor Martinelli sah auch gerade herüber und winkte Helmut zu. Charlotte bemerkte, dass er nur an sein Tennisspiel dachte und wurde ärgerlich. Sie nutzte sein schlechtes Gewissen aus.
„Schließlich sind wir mit dem Auto von Berlin bis hierher gefahren, um damit weitere Ausflüge zu machen. Bislang stand es nur auf dem Parkplatz!" Dem konnte man nicht widersprechen.
Helmut wand sich wie ein gefangener Aal. „Na ja, nichts gegen einen Ausflug. Aber muss es gleich Rom sein? Da warst du doch schon so oft. Lass uns nach Assisi fahren. Das ist nicht so anstrengend. Mein Gott, da sind wir endlich auf dem Land, wo du uns hingelockt hast, bei Schafen, Kühen und guter Luft und dann willst unbedingt DU in die Großstadt!"
Leo rief entschlossen: „Da komm ich nicht mit! In Assisi gibt es nichts zu sehen außer ein paar alten Kirchen. Das interessiert mich nicht. Ich bin konfessionslos!"
Charlotte wurde es schwindelig. Sie stützte den Kopf auf ihre Hände und schloss für einen Moment die Augen. Da hörte sie Helmut nachgeben: „Na gut, wenn du es unbedingt willst. Dann kannst du dem Conte gleich die Deutschstunde absagen. Da kommt er."
Charlotte öffnete die Augen. Massimo stand schon an ihrem Tisch. Er lächelte freundlich und, wie es ihr schien, etwas unsicher in die Runde. „Hm, ich störe beim Familienstreit?"
„Wir streiten nie", sagte Leo keck, „wir diskutieren nur."
„Na, das war aber eine heftige Diskussion. Ich beobachte euch schon eine ganze Weile. Ich will ja nicht aufdringlich sein... aber sollte es irgendetwas mit unserem Service hier zu tun haben... Ich meine, wenn

ich irgendwie behilflich sein kann? Ich hoffe, es ist nichts... Unangenehmes passiert?"
„Mama will nach Rom", platzte Leo heraus.
Helmut fühlte sich zu einer Erklärung genötigt. „Mit dem Service ist alles bestens. Meine Frau möchte morgen gern nach Rom fahren, aber mein Sohn hat keine große Lust dazu". Er schob mal wieder alles auf Leo, dachte Charlotte. Massimo sah Leo an, der schmachtend zu Francesca hinüber sah. Fast weinerlich sagte Leo: „Und gleich für zwei Tage will sie nach Rom. Und Papa gibt auch noch nach." Der Grund für Leos Unlust war Massimo nicht entgangen. Auch er blickte kurz zum Tisch der Veroneses hinüber.
„Ich verstehe", sagte er. „Und du", wandte er sich nun an Helmut, „du möchtest nach Rom?"
„Na ja", gestand Helmut, „wenn ich ehrlich sein soll, ich bin nicht begeistert. Es gefällt mir wirklich ausnehmend gut hier auf dem Lande. Die Ruhe hier tauscht man nicht gern gegen eine Großstadt ein. Wir kommen schließlich aus einer Großstadt." Vorwurfsvoll blickte er auf Charlotte. Aber als er bemerkte, wie blass sie aussah, lenkte er ein: „Aber da meiner Frau soviel daran liegt, fahren wir natürlich."
„Ich verstehe", sagte Massimo wieder. Er blickte auf Charlotte und begann mit der linken Hand in seinem Bart herumzukratzen. Diese Geste kannte sie nun schon zu gut. Was heckte er jetzt aus? Eine ganze Weile sagte keiner etwas.
Dann holte Massimo tief Luft: „So ein Zufall! Vielleicht kann ich euch doch behilflich sein. Ich muss morgen sowieso nach Rom fahren und ein paar Geschäftspartner treffen. Abends bin auf einer Winzerkonferenz eingeladen. Ich soll einen Vortrag über Biodynamik im Weinanbau halten. Wenn ihr wollt, nehme ich euch alle gern mit. Im Auto ist genug Platz, ihr müsst nicht selber durch den römischen Verkehr fahren und ich setze euch in einem guten Hotel im Centro Storico ab."
„Das ist sehr nett", sagte Helmut zögernd. „Aber wird noch Platz im Hotel sein?"
„In sehr guten Hotels ist immer Platz. Und der Besitzer ist ein Freund von mir. Kein Problem."
Charlotte sah ihren Mann stumm bittend an. Sie fürchtete, er würde jetzt sagen: In sehr guten Hotels ist immer Platz, weil sie sehr hohe Preise haben. Aber Helmut interpretierte ihren bittenden Blick ganz anders.
„Ja... wenn meine Frau unbedingt will..."

Da machte Leo allen einen Strich durch die Rechnung: „Dann fahrt doch! Ich bleibe hier. Hier bin ich bestens aufgehoben." Er sah in das betretene Gesicht seines Vaters. „Und Papa bleibt auch hier. Er hat ein wichtiges Tennismatch. Signor Martinelli wird denken, du kneifst, wenn du morgen nicht mit ihm spielst. Lass Mama doch allein mitfahren. Das ist doch eine prima Mitfahrgelegenheit. Und ein Einzelzimmer ist billiger als ein Dreibettzimmer." Leo hatte wirklich alle Geschütze aufgefahren. Charlotte hätte ihrem Sohn den Hals umdrehen können. Ihr so in den Rücken zu fallen! Zu ihrem Entsetzen aber sah sie, dass Helmut seinen Kopf bedenklich hin und her wiegte.
„Da ist was dran", meinte er. „Würde es dir etwas ausmachen... allein mitzufahren? Ich meine, wenn der Conte so freundlich ist, dich mitzunehmen?"
Massimo nickte nur kurz. Der Conte war so freundlich. Charlotte wusste nicht mehr, was sie denken oder sagen sollte. Unglaublich: ihre beiden Männer schoben sie einfach ab.
„Ich hatte eigentlich mehr an einen Familienausflug gedacht", sagte sie schwach.
Massimo sah sie mit sanften Rehaugen an. „Du müsstest natürlich alleine durch Rom laufen, und auch abends bin ich leider verhindert... Ich verstehe, dass das nicht gerade verlockend ist..."
„Das macht Mama nichts aus. Sie läuft kilometerweise allein durch die Gegend", blökte Leo.
Und Helmut fragte scheinheilig: „Du wolltest doch unbedingt nach Rom fahren?" Er betonte das „Du".
Sie blickte erst Helmut, dann Leo, dann wieder Helmut an. Doch mit etwas Genugtuung dachte sie: Was immer von jetzt an geschieht – es ist auch eure Schuld. Es tat ihr gut, ein bisschen von ihrer Verantwortung auf die beiden abzuschieben.
Laut sagte sie: „Wenn ihr es unbedingt so wollt." Das ‚ihr' betonend.
Erleichterung machte sich auf den Gesichtern ihrer beiden Männer breit.
Nein, auf den Gesichtern von drei Männern.

KAPITEL 11 (8. August)

Von Gesprächen über Gott und Goethe,
von Fischen im Netz und lebenden Statuen im Museum,
von einem Rundflug über die Ewige Stadt und Gedanken über die
Ewigkeit

In dieser Nacht schlief sie sehr schlecht. Sie warf sich im Bett hin und her, und als sie morgens aufwachte, erinnerte sie sich schwach an die wirren Träume. Und sie musste sich eingestehen, dass in allen Massimo vorkam, der ihr zuraunte: ‚Komm, wir reiten auf den Sonnenstrahlen davon... ich zeig dir, was Glück bedeutet.' Er hatte ihre Hand genommen und zog sie hoch. Plötzlich konnten sie fliegen und sie überflogen Poggio dei Pini. Es sah alles so winzig aus von oben, so weit weg, so unwirklich... der Borgo, die Weinberge, die Felder, die Olivenbäume, die Wiesen mit den Schafen. Sie überflogen Collevino, flogen immer weiter, in der frischen Luft, bis zum Meer. Jetzt geht's runter, rief er, halt dich fest, wir landen! Sie landeten im Meer, tauchten tief in das kühle Wasser ein, waren plötzlich zwei Delphine, die nebeneinander her schwammen, aus dem Wasser herausschossen, eine Drehung in der Luft vollzogen, so wie es nur Delphine können, wieder eintauchten...
Dann war sie wach geworden. Fühlte sich einen Moment lang glücklich und wäre gern wieder in den Traum getaucht, in das prickelnde, salzige Meereswasser... Aber sie hatte zu lange gezögert. Die Wirklichkeit hatte sie schon eingeholt. Sie war wach. Grausam wach. Die Erinnerung an den vergangenen Tag stürzte über sie hernieder. Die Holzbalkendecke schien sich auf sie zu zubewegen. Schnell stand sie auf, sprang unter die kalte Dusche. Als sie aus dem Bad kam, hatte sie furchtbar schlechte Laune. Wie war sie nur in diese Situation geraten?
„Hast du das Reisetäschchen mit deinen sieben Sachen schon gepackt?", fragte Helmut fröhlich.
„Nein, ich habe meine sieben Sachen noch nicht gepackt", äffte sie ihn nach. „Weißt du überhaupt, woher dieser Ausdruck stammt? Oder benutzt du ihn total unreflektiert?"
„Zugegeben, ich weiß nicht, woher dieser Ausdruck stammt, aber du wirst es mir gleich erklären, ja, Frau Schlaumeier?"
„Er stammt aus dem Mittelalter: die Ritterrüstungen bestanden aus sieben Teilen, die man sich nacheinander anlegte – und wenn man

verreiste, durfte kein Teil fehlen, man packte seine sieben Sachen und zog in den Kampf!" Das letzte Wort kam ihr sehr kampflustig über die Lippen. „Und ich könnte wetten, du kennst auch den Ursprung des Wortes ‚Schlaumeier' nicht!"
Verdutzt schaute er sie an, mit dem Blick eines Mannes, der die Welt nicht mehr verstand: Nun hatte sie ihre Romfahrt und war auch noch schlecht gelaunt. Aber ein paar Gewissensbisse beschlichen ihn wohl doch, denn er zog großzügig einige Geldscheine aus der Tasche und hielt sie ihr hin. „Hier, die wirst du brauchen. Das Hotel wird nicht billig sein. Und kauf' dir was Nettes. Und – die Wette hast du natürlich gewonnen, Frau Schlaumeier."
Wortlos nahm sie das Geld und machte sich daran, das Nötigste in ihre Reisetasche zu stopfen.
Nach dem Frühstück stand Massimo wie versprochen vor der Tür. Er hatte einen leichten, hellen Leinenanzug an und sah ungewöhnlich elegant aus. Ausnehmend freundlich plauderte er mit Helmut über Tennis.
„Zeig es dem Martinelli heute nur richtig. Der ist ein aufgeblasener Sack und hält sich für ein Tennisass." Massimo nahm ihr die Reisetasche ab und steuerte auf einen schwarzen Ferrari zu, den Alfonso vorgefahren hatte. „Booh", machte Leo bewundernd.
„Wir können doch nicht mit dem Hummer nach Rom fahren", lachte Massimo und hielt ihr die Tür auf zum Einsteigen. Leo lief tatsächlich auf sie zu und gab ihr ein Küsschen. Er hatte wohl auch ein schlechtes Gewissen. „Dann viel Spaß, Mama. Und lass kein Museum aus."
Massimo schlug Leo freundschaftlich auf die Schulter. „Du bist in Ordnung, Leo. Ich bring dir deine Mutter morgen Abend wohlbehalten zurück. Sie ist bei mir in guten Händen. Grüß Francesca von mir."
Helmut gab noch zu Bedenken: „Fahre bloß nicht zu schnell mit diesem Flitzer. Das mag meine Frau gar nicht."
„Ich weiß", sagte Massimo knapp und hatte schon die Tür zugeknallt. Leo und Helmut winkten hinterher. „Mach's gut, Lotte. Ruf mich dann heute Abend an..." Charlotte nickte beklommen.
Massimo drückte schnell aufs Gaspedal und brauste davon.

Schweigend fuhren sie über die Landstraßen. Charlotte versuchte, einen klaren Gedanken zu fassen. Wie unlogisch diese Situation war: Jetzt hatten Helmut und Leo das schlechte Gewissen, das doch eigentlich sie

haben müsste. Aber sie war nur sprachlos. Sie fühlte sich irgendwie überrumpelt. Von Helmut. Von Leo. Von Massimo.
Ihn anzublicken wagte sie nicht. Sie sah nur auf seine starken, braunen Hände, die den Wagen sicher durch die Gegend lenkten. Er bemühte sich sogar, nicht zu schnell zu fahren. Das merkte man direkt, aber es schien ihm und dem Auto schwer zu fallen. Hin und wieder warf er ihr einen kurzen Seitenblick zu. Sie blickte starr geradeaus.
Kurz vor der Abzweigung nach Foligno bremste er plötzlich scharf und parkte mit quietschenden Reifen an einem Seitenstreifen. Auch er blickte geradeaus, hielt das Lenkrad fest und lehnte sich im Sitz zurück.
Sie starrte wie gebannt auf die Straße, als gäbe es da etwas ungeheuer Interessantes zu sehen. Dann hörte sie ihn tief durchatmen. Seinen Arm nach ihr ausstreckend fuhr er ihr sanft mit der Hand unters Kinn und drehte ihren Kopf zu sich um, so dass sie ihn ansehen musste.
„Wenn du willst, kehre ich hier um und wir fahren zurück."
Aber sie schüttelte langsam den Kopf. „Kein zurück", sagte sie leise.
Er gab ihr einen leichten Kuss auf die Stirn. Dann trat er wieder aufs Gaspedal und lenkte den Wagen auf die Hauptstraße Richtung Rom.

Charlotte betrachtete die an ihnen vorbeifliegende Landschaft. Wäre er langsamer gefahren, sie hätte sie noch mehr genießen können. Aber in einem Ferrari war das wohl unmöglich. So war sie eine Weile lang still. Aber dann musste sie ihn doch auf die Situation hin ansprechen.
„Du bist schnell im Autofahren... und im Ausreden erfinden, oder hast du wirklich geschäftlich in Rom zu tun?"
„Natürlich nicht. Mitten im August sind doch keine Winzerkonferenzen in Rom! Das war zwar eine schnelle, aber total blöde Ausrede! Die Römer liegen im August alle am Strand, die Stadt ist wie ausgestorben. Na ja, Hauptsache dein Mann hat es geglaubt."
„Im ersten Moment hatte ich es auch geglaubt – es klang einfach glaubwürdig. Du bist eben ein geschickter Wortjongleur!"
„Und ich hatte im ersten Moment gedacht, gehofft, du wolltest mir eine goldene Brücke bauen, um mit mir allein nach Rom zu fahren. Aber du wolltest tatsächlich gemeinsam, alle...?"
„Natürlich."
„Dann... wolltest du vor mir fliehen? Warum?"
„Aber nein, was heißt fliehen! Ich wollte... ein wenig Abstand gewinnen... zu dem, was gestern geschehen ist. Verstehst du das nicht?

Für dich mag das... normal sein... für mich... nicht. Ich wollte in Ruhe über alles nachdenken. Auch... über die möglichen Folgen."
„Dann denken wir eben gemeinsam über alles nach. Wir haben zwei Tage Zeit. Ist doch auch viel unterhaltsamer zu zweit. Und wenn dir irgendwelche Zweifel kommen, bin ich sofort zur Stelle, um sie dir auszutreiben."
„Wenn mir jemand vor unserer Abreise aus Berlin gesagt hätte: Charlotte, du wirst in einer Woche mit einem fremden Mann im Auto sitzen, nach Rom fahren und die Nacht mit ihm verbringen – ich hätte es nie und nimmer geglaubt. Es ist total irreal, unlogisch."
Er sah sie von der Seite an. „Lebendige Menschen sind eben manchmal unlogisch. Das hast du mir selbst erklärt. Aber ich bin kein fremder Mann mehr. Wir haben uns gestern doch ziemlich aus der Nähe kennen gelernt."
Sie schob ihm ihren linken Zeigefinger unters Kinn, um seinen Kopf wieder in Fahrbahnrichtung zu lenken. „Guck geradeaus, wenn du mit 150 Stundenkilometern durch die Gegend saust."
Er lachte. „Ich muss dich aber ansehen, wenn ich mit dir spreche. Ich muss den Menschen immer in die Augen sehen beim Reden. Deshalb telefoniere ich zum Beispiel nicht gerne. Man beschwert sich oft über mich am Telefon: ich sei unfreundlich. Dabei bin ich nur kurz angebunden. Ich leide wirklich darunter, in eine Muschel zu sprechen, ohne meinen Gesprächspartner dabei sehen zu können. Ich kann es kaum erwarten, dass ich einen festen Telefonanschluß mit Bildschirm bekomme."
„Hier in diesem Flitzer hast du keine andere Wahl... so wie ich keine andere Wahl hatte. Oder hatte ich eine?"
Er bremste stark ab, um es zu schaffen, auf den Haltestreifen zu fahren. Mit quietschenden Reifen brachte er den Wagen abermals zum Stehen. Charlotte blieb dabei fast das Herz stehen.
Herausfordernd sah er sie an. Scheinbar konnte er wirklich nicht anders. So wie er auch immer beim spazieren gehen stehen geblieben war, wenn er etwas Wichtiges sagen wollte, so hatte er hier eben den Wagen angehalten.
Er sah sie durchdringend an und sagte gelassen: „Du hattest und hast immer eine Wahl. Natürlich hatte ich meine Netze großzügig ausgeworfen – aber meine Netze sind... großmaschig. Du kannst rein- und wieder rausschwimmen. Aber du bist hineingeschwommen.

Worüber machst du dir jetzt Gedanken? Du bist bei mir hier gut aufgehoben. Dein Mann und dein Sohn sind auf meiner Tenuta gut aufgehoben. Sie sind auch gut beschäftigt und..."
„Dafür hast du ja gründlich gesorgt", unterbrach sie ihn.
„Ja, ich habe für alles gesorgt. Und jetzt sorge ich mich um dich. Es gibt im Leben für alles eine Zeit. Eine Zeit zum Schweigen und eine Zeit zum Reden. Eine Zeit zum Pflanzen und eine Zeit zum Ernten. Eine Zeit zum Umarmen und eine Zeit, den Umarmungen fern zu bleiben. Eine Zeit zum Lieben und eine Zeit zum Hassen. Jetzt ist unsere Zeit zum Lieben gekommen... und wir sollten sie nicht vertun."
„Das ist aus einem Lied von ‚Simon and Garfunkel', nicht wahr? There is a time, time ‚time..."
„Das ist aus der Bibel."
„Ist das nicht irgendwie unlogisch, für unser Verhalten hier eine Rechtfertigung ausgerechnet in der Bibel zu suchen?"
Er lachte. „Mit der Bibel kann man fast alles rechtfertigen, vom heiligen Krieg bis zum seligen Frieden. Die ‚Auge um Auge' Verfechter kommen ebenso auf ihre Kosten wie die Pazifisten, kommt nur drauf an, welche Stellen sie zitieren... Da ist mir ja eine schöner Fisch ins Netz gegangen! Erst erklärst du mir den Sinn der Unlogik, und dann willst du ihn nicht wahrhaben. Alles ist logisch und unlogisch zugleich. Auch die Bibel. Es steht alles in ihr. Deine und meine Geschichte. Und auch das Gegenteil von allem. Es kommt darauf an, wie wir es sehen und für uns auslegen."
„Wie bequem! Aber dir ist kein großer Fisch ins Netz gegangen. Ich bin nur ein Fischchen, das ziemlich ziellos herumschwimmt und im Moment total die Richtung und den Anschluss an seinen Schwarm verloren hat."
Er lächelte sie an. Nahm eine ihrer blonden Haarsträhnen in die Hand und ließ sie durch seine Finger gleiten. „Ein kleiner unscheinbarer Fisch, aber einer von denen, die, wenn sie aus der Tiefe des Wassers an die Oberfläche schwimmen, dahin, wo das Licht einfallen kann, langsam anfangen, ganz bunt zu schillern. So tief blau und grün und türkis und transparent, mit einem gold-gelben Streifen in der Mitte. Wehre dich doch nicht dagegen zu schillern. Das steht dir gut. Schwimm raus aus deinen dunklen Tiefen, ans Licht. Und du wirst sehen, es wird dir gut tun."
„Aber wenn ich vielleicht einer von diesen unscheinbaren Fischen bin, den grauen, mit den versteckten, spitzen, scharfen Zähnen?"

Er legte den Kopf in den Nacken und lachte schallend. „Ah, mein kleiner Piranha, dann beiß doch zu! Ich freu mich schon drauf!" Er sah sie wieder ernster an. „Aber du bist kein graues Fischchen. Ich habe dich schillern sehen. Mehrmals in den vergangenen Tagen. Und gestern. Und jetzt sage mir, was du willst: Fahren wir weiter nach Rom?"
„Ja. Ich will nach Rom. Mit dir... aber für den Rest der Fahrt sprechen wir über nichts Verfängliches mehr, damit du immer schön geradeaus gucken kannst, ohne mich anzusehen und ohne stehen zu bleiben. Noch so eine Vollbremsung überlebe ich nicht."
„Ganz zu Befehl, Frau Lehrerin. Ich mache alles, was du willst." Er ließ den Motor wieder an. Hielt aber noch mal inne, bevor er losbrauste, und wiederholte: „Ich mache alles, was du willst... also, dann... ist es vielleicht umgekehrt? Vielleicht bist DU MIR gar nicht ins Netz gegangen – vielleicht hast DU MICH an deiner Angel – und lässt mich zappeln? Akkusativ statt Dativ?"
Sie antwortete ihm nicht. Sie sah ihn nur mit einem kleinen Lächeln an, so ein winziges, verhaltenes Lächeln, bei dem sich die Mundwinkel nur minimal verziehen. Mit seinem Zeigefinger zog er die Konturen ihres Mundes nach, fuhr um dieses kleine Lächeln herum.
„Wäre das so schlimm?", fragte sie.
„Nein. Ich bin gerne an deiner Angel."
„Und ich bin gerne in deinem Netz."
„Va bene. Dann lass uns keine Zeit mehr verlieren. Die ewige Stadt wartet nicht ewig auf uns."

Bevor sie in die Innenstadt kamen, mussten sie erst die modernen Vorstädte durchfahren. Charlotte besah sich die hohen Betonklötze und dachte, dass doch alle Großstädte in Europa sich in ihren scheußlichen Vorstädten ähnelten, ob es Paris, London, Berlin oder Rom war. Die Menschen wurden überall in diese grauen Bienenstöcke gesteckt, diese seelen- und phantasielosen Hochhäuser – je mehr Menschen da rein passten, umso besser, umso rentabler. Kein Wunder, dass auch die Menschen immer phantasieloser, immer grauer wurden. So kam es ihr jedenfalls vor.
Massimo gab ihr Recht. „Ja. Wenn man sieht, wie sie noch bis ins letzte Jahrhundert hinein gebaut haben, bis in die zwanziger, dreißiger Jahre – die Gebäude sollten nie nur zweckmäßig sein, sie sollten auch immer ‚schön' sein. Es war immer ein Anspruch da, etwas Schönes, Bleibendes

zu schaffen. Heute will man es weder schön noch bleibend. Man geht gleich davon aus, dass alles in der nächsten Generation sowieso wieder abgerissen wird", stimmte er ihr zu. „Erzähl mir etwas von deiner Stadt. Von Berlin."
„Berlin!" Es schien ihr so weit weg, Berlin. „In Berlin ist leider nicht viel von der alten, schönen Architektur stehen geblieben. Der Krieg hat das meiste zerstört. In Berlin kann man noch heute Häuser mit Einschusslöchern sehen. Man versucht, das, was noch zu retten ist, zu erhalten, mit mehr oder weniger gelungenen Restaurierungsaktionen. Wenn ich zum Beispiel an die Restaurierung des Nikolaiviertels im ehemaligen Osten der Stadt denke – scheußlich. Man hat viel Beton benutzt und alles auf Neu getrimmt. Und das, obwohl die Nikolaikirche die älteste Kirche Berlins ist und auch eine der wenigen, die nicht total ausgebombt worden waren. Hingegen sind die Jugendstilhäuser am Prenzlauerberg sehr schön restauriert worden, ebenso wie in Charlottenburg, oder die Hackeschen Höfe und auch die Sophienhöfe."
„Was sind das für – Höfe?"
„Innenhöfe, ehemalige Gewerbehöfe, die haben einen ganz unscheinbaren Hauseingang, aber dann kommt man von einem Innenhof in den nächsten. Das sind so Ruheinseln in der Großstadt. Ehemals waren es Handwerker und Proletarier, die dort wohnten. Leider sind sie in den letzten Jahren ‚schick' geworden. Man hat zu viele Cafés, Kinos, Galerien, Boutiquen da reingelassen. Anderes hat man hingegen nie wieder aufgebaut, noch bis vor ein paar Jahren wurden Reste einfach weggesprengt. Das Berliner Schloss, zum Beispiel, das man jetzt wieder errichten will, mit originalgetreuer Fassade und neuem Innenleben – eine wahnwitzige Idee, auch wahnsinnig teuer, aber ein Zeichen für die Sehnsucht nach der verlorenen Heimat, nach der alten Glorie, nach dem Vergangenen, Schönen, nach dem, was war und nicht mehr ist..."
Sie unterbrach sich, um ihren Gedanken nachzuhängen. Ihre Gefühle zum Wiederaufbau des Schlosses waren gemischt: Einerseits verstand sie die darin enthaltene romantische Sehnsucht nur allzu gut, andererseits schien es ihr doch sinnlos, entgültig Verlorenes künstlich wiederzubeleben...
„Das haben sie in Venedig übrigens auch gemacht", warf Massimo ein. „Vor ein paar Jahren brannte das historische Opernhaus ‚La Fenice' total ab – man hat es originalgetreu wiederaufgebaut, in kürzester Zeit – der

aus der Asche auferstandene Phönix! Die Venezianer sind sehr stolz darauf!"

„In Berlin sind wir nicht so schnell... außerdem suchen sie noch nach privaten Geldgebern. Jeder kann einen Baustein kaufen und damit zum ‚Bürgerschloss' beitragen. Helmuts Bank will gleich mehrere kaufen, was natürlich nicht nur Liebe zur Heimatstadt ist, sondern einfach auch geschickte Reklame durch ‚Sponsoring'. Man will auch einen Gegenpunkt zur heutigen Architektur setzen; modernste Architektur bestimmt das Berliner Stadtbild, und manche Konstruktion aus Glas und Stahl ist sogar recht ästhetisch, obwohl sie – für meinen Geschmack – damit übertreiben. Ich finde es reizvoll, einen dieser futuristischen Glaskästen neben ein historisches Gebäude zu setzen, damit es sich im Glas spiegeln kann, das Alte spiegelt sich im Neuen – das ist Poesie. Aber heute spiegeln sich die Glaskästen gegenseitig an – ein Jahrmarkt architektonischer Eitelkeiten. Eine Kirche hat man immer als Ruine stehen lassen: die Gedächtniskirche. Zum Gedenken an all die sinnlose Zerstörung, die der Krieg mit sich gebracht hat, die jeder Krieg mit sich bringt. Ja, Berlin: unsere alte, neue Hauptstadt. Berlin, das Herz Deutschlands. Das ehemals kurfürstliche Herz, das königliche Herz, das zerstörte, das wieder aufgebaute, das geteilte, das wieder vereinte Herz."

„Was man alles mit Herzen machen kann", sinnierte er. „Und wie ist die Atmosphäre in der Stadt? Wie sind die Herzen der Berliner?"

Sie sang einen alten Schlager von Hildegard Knef:

„Berlin, dein Gesicht hat Sommersprossen,
und dein Mund ist viel zu groß.
Dein Silberblick ist unverdrossen
und nie fragst du: was mach ich bloß?"

Massimo protestiert belustigt: „Aber du hast keine Sommersprossen, keinen Silberblick und eine große Klappe hast du auch nicht!"

„Man sagt den Berlinern nach, sie hätten ‚Herz und Schnauze' – aber ich bin wohl keine typische Berlinerin. Ich frage mich auch viel zu oft: was mach ich bloß?! Aber auch du bist kein typischer Italiener, mit deiner italo-germanischen Erziehung."

„Da, wo die Menschen aufhören, typisch zu sein, werden sie interessant! So, nun sind wir gleich im Herzen der Ewigen Stadt. Was möchte sich meine ‚herzallerliebste' Berlinerin hier ansehen?"

„Auf keinen Fall das Kolosseum, das Forum Romanum, die Caracalla Thermen, das Archäologische Museum und auch nicht das Pantheon!

Die alten Römerstätten klappere ich alle zwei-drei Jahre mit meinen Schulklassen ab. Ich möchte Dinge sehen, die ich mir sonst nicht in Ruhe angucken kann. Den Petersdom zum Beispiel, oder die Vatikanischen Museen."
„Aha, dem Papst einen Besuch abstatten?"
„Nein. Nicht mein Fall. Aber der Pietà von Michelangelo wegen. Die liebe ich. Auch in die ‚Galleria d'arte moderna' würde ich gerne. Oder ein anderes Museum, das ich nicht kenne."
„Du warst doch noch nie in der ‚Galleria Borghese', stimmt's?"
„Stimmt. Ich wollte vor ein paar Jahren mal rein, aber sie war wegen Restaurierungsarbeiten geschlossen."
„Ja, die Restaurierung hat viele Jahre gedauert. Ich war seit der Wiedereröffnung auch nicht wieder drin. Aber früher, sehr oft. Musste mir doch das Original der ‚Himmlischen und Irdischen Liebe' genau ansehen. Würde gerne noch mal einen Blick drauf werfen."
„Dann lass uns also die Galleria Borghese besichtigen. Die liegt doch auch in so einem schönen Park. Da können wir danach noch etwas spazieren gehen."
„Das sieht dir ähnlich", lachte er. „Wandern durch die Villa Borghese, im Schnellschritt."
Sie waren unterdessen mitten im römischen Stadtverkehr angelangt, der ihr, wie immer, chaotisch erschien: Die Autos fuhren einfach wild durcheinander, und Massimo fuhr natürlich viel zu schnell in diesem Karussell ohne erkennbare Regeln.
„Massimo, auf den Verkehrsschildern hier steht 50!"
„Das sind die Schilder für die Fußgänger."
Er schlängelte sich geschickt durch den immer dichter werdenden Verkehr. „Heute ist kaum Verkehr", sagte er. „Man merkt, es ist August. Alle in Urlaub."
„Ich habe gerade das Gegenteil gedacht. Und hier sind überhaupt keine Fahrstreifen auf der Straße. Man weiß gar nicht, wie viele Spuren es hier gibt."
„Ist doch auch praktischer so: jetzt fahren wir dreispurig. Wenn viel Verkehr ist, kann man vier- oder fünfspurig fahren. Man quetscht sich dann eben etwas zusammen."
„Hast du keine Angst, das man dir dein teures Auto zerquetscht – oder zumindest anschrammt? Die Karre war doch wohl nicht ganz billig."

„Erstens: Angst habe ich keine. Zweitens: Kratzer kann man wieder ausbessern. Drittens: Die ‚Karre' ist zwar wertvoll, aber im Endeffekt auch nur ein Auto. Sie macht auf dich nicht den geringsten Eindruck, nicht wahr? Ich glaube, das gefällt mir besonders an dir."
„Doch. Sie macht auf mich einen Eindruck: einen negativen. Sie ist zu teuer, zu schnell, zu angeberisch. Und man sitzt auch unbequem – zu flach. Ich mag hohe Autos lieber. Am liebsten solche Oldtimer, in denen man nur im Schneckentempo fahren konnte."
Er brach in sein schallendes Gelächter aus. „Also, um es gleich zu sagen: Ich habe mir den Wagen weder gekauft, um damit anzugeben, noch finde ich ihn unbequem. Es ist einfach ein sehr schnelles, sehr gutes Auto. Das Einzige, was mich wurmt, ist, dass wir das schnellste Auto der Welt haben – aber ihr habt den schnellsten Fahrer."
„Du meinst diesen Rennfahrer, den Michael Schumacher?"
„Ja. Ein toller Kerl. Kühl, überlegen. Und was können wir daraus lernen?"
„Können wir etwas daraus lernen?"
„Ja. Dass italienisches Temperament, wie es in einem Ferrari steckt, gepaart mit deutschem, kühlem Verstand, wie ihn euer Schumi hat, ein unschlagbares Gespann ergibt." Er lachte. Dann wurde er wieder ernster. „Du musst bedenken: ich bin geschäftlich viel unterwegs. Und im Winter fahre ich oft nach Rom, wenn ich in ein gutes Konzert will oder ins Theater. Schließlich wohne ich auf dem Lande und da zieht es einen hin und wieder in die Kultur. Dann ist es einfach ein Vorteil, wenn ich für eine Fahrt nur eine statt zwei Stunden brauche. Und was das Geld angeht: Ich musste keinen Kredit für dieses Auto aufnehmen. Es war – sagen wir: übrig."
„Wenn man so viel Geld übrig hat, sollte man es denen geben, die zu wenig haben."
Er seufzte leicht. „Womit meine strenge Lehrerin auch Recht hat. Ich bin eben nicht San Francesco. Aber du hältst mich also für einen, der nichts abgibt?"
Sie kam nicht dazu, zu antworten. In flottem Tempo fuhr er auf eine große Kreuzung zu. Charlotte sah die Ampel auf Gelb umspringen. „Das schaffst du nicht", rief sie.
Worauf er entschieden aufs Gaspedal drückte und bei Rot über die Kreuzung raste. Ihr in dieser Situation eh schon strapaziertes Herz machte einen Sprung. „Bist du wahnsinnig geworden?"

„Warum? Du hast doch gerade gerufen: Das schaffst du noch. Und ich habe es ja auch geschafft."
„Ich hatte: das schaffst du NICHT gesagt. Wenn jetzt ein anderer Autofahrer, auf der Gegenseite der Kreuzung, auch so losgedonnert wäre, ihr hättet euch in der Mitte getroffen und wir hätten die Galleria Borghese nie mehr zu sehen bekommen!"
Er lenkte rechts an den Straßenrand und blieb schon wieder mit quietschenden Reifen stehen. Ihr wurde fast schlecht.
Mit leicht gerunzelter Stirn blickte er sie an. „Glaubst du wirklich, das würde ich riskieren? Nichts liegt mir so am Herzen, wie mit dir gleich durch das Museum zu gehen. Charlotte, hör mir gut zu: Ich fahre in dieser Stadt genauso Auto, wie man in dieser Stadt Auto fahren muss. Ich kann ein Risiko einkalkulieren. Hätte ich gerade an der Ampel abgebremst, hätte ich einen Auffahrunfall verursacht. Niemand hinter mir hätte damit gerechnet, dass ein schwarzer Ferrari an einer gelben Ampel bremst. Ich fahre seit fast 30 Jahren unfallfrei Auto. Von wenigen Kratzern und Beulen mal abgesehen. Was soll ich dir noch sagen, um dich zu beruhigen?" Er lächelte sie versöhnlich an, hielt ihr seine rechte, geöffnete Hand hin. „Du legst jetzt einfach dein Leben hier in meine Hand – und vertraust mir... wenigstens für diese zwei Tage, ja?"
Stumm blickte sie auf seine Handfläche, rührte sich aber nicht. Da nahm er mit seiner linken Hand einfach ihre rechte und legte sie in die seine.
„So, so einfach ist das. Und jetzt fahren wir zur Galleria und sagen der Paolina Borghese guten Tag. Da freu ich mich schon richtig drauf. Und auf alle diese göttlichen Marmorstatuen von Bernini."
Er stellte das Auto auf einem bewachten Parkplatz in der Nähe des Museums ab und sie gingen ein kurzes Stück durch den Park, bis die große Villa auftauchte, in der die Galleria untergebracht war. Sie betrachteten die reich verzierte Fassade des eleganten Gebäudes aus dem frühen 17. Jahrhundert, bevor sie hineingingen. Aber an der Kasse erwartete sie eine böse Überraschung. Der junge Angestellte hinter dem Schalter erklärte ihnen, dass man das Museum nur noch mit vorbestellten Karten besichtigen könne. Man müsse mehrere Tage vorher anrufen. Das sei seit der Wiedereröffnung so, um den Besucherandrang zu regulieren.
„Das mag ja ganz vernünftig sein – aber wir sind nur heute hier. Und wir müssen UNBEDINGT hier rein", versuchte Massimo den Angestellten

zu erweichen. Aber der schüttelte nur bedauernd den Kopf und wandte sich dem nächsten Fragesteller zu. Enttäuscht sahen sie sich an.
„Dann gehen wir eben woanders hin." Charlotte dachte an die Pietà im Petersdom.
„So schnell gebe ich nicht auf", erwiderte Massimo. Er ließ seinen Raubtierblick über die Warteschlange von Touristen gleiten, die sich vor dem Eingang ansammelte, da wohl gleich ein Besucherturnus dran war. Eine junge Frau in Shorts rief ihre Reisegruppe zusammen, die unverkennbar aus Amerikanern bestand. „Come on! It's our turn! Get your tickets ready!"
Danach kam eine Gruppe von artig aufgereihten Japanern. Aber dazwischen standen zwei junge Männer, die sehr italienisch aussahen. Der eine hatte schwarze Locken, der andere ganz kurzes Haar. Beide waren in ausgewaschene Jeans und einfache T-Shirts gekleidet. An ihnen blieb Massimos Blick hängen, dann stürzte er auf sie zu wie ein Adler auf seine Beute.
„Na Jungs, wo kommt ihr denn her?"
„Wir studieren Kunstgeschichte in Neapel", sagte der Lockige.
„Ah, bella Napoli! Wie Bernini selbst. Wusstet ihr, dass Bernini ein gebürtiger Neapolitaner war? Ich liebe eure Stadt! Muss unbedingt mal wieder hin. Und nun wollt ihr in dieses schöne Museum hier und euch Berninis Kunstwerke ansehen – und ward so schlau, euch Eintrittskarten vorzubestellen, richtig?"
„Natürlich", sagte der Kurzhaarige unfreundlich, „das weiß man doch, dass das hier nötig ist."
Massimo überhörte den unterschwelligen Vorwurf und ging weiter auf sein Ziel los. „Und eure Freundinnen habt ihr zu Hause gelassen? Ich wette, ihr habt zwei tolle Mädchen, die in Neapel auf euch warten."
„Worauf wollen Sie hinaus?", fragte der Lockige misstrauisch.
Massimo schien über diese Frage hocherfreut. „Du bist ein intelligenter Junge. Also, ich will, dass ihr in Neapel an einem der nächsten Abende mit euren hübschen Freundinnen ganz feudal essen geht, in ein wirklich gutes Restaurant, mit weitem Blick über den Golf, bis hin zum Vesuvio." Fast unmerklich zog er sich einen Geldschein aus der Hosentasche und steckte ihn dem Lockigen zu. „Und dann will ich noch, dass ihr ihnen auch ein nettes Souvenir aus Rom mitbringt." Jetzt steckte er dem Kurzhaarigen einen Schein zu. „Und dann will ich mit meiner Begleiterin jetzt – sofort – in dieses Museum hier!"

Der Lockige zuckte nachlässig mit den Schultern. „Also, wenn Ihnen so viel daran liegt... was meinst du, Riccardo?" Der Kurzhaarige sagte nur: „Ich komme sowieso nächsten Monat wieder nach Rom. Ich kann mir das Museum auch später ansehen." Ohne Umschweife gaben sie Massimo ihre Tickets und machten den Platz in der Schlange frei. Massimo winkte Charlotte eifrig zu, die ungläubig dastand.
„Na, nun komm schon, wir sind gleich dran." Er zog sie am Ellenbogen zu sich in die Schlange. Die Japaner hinter ihnen hatten die Szene mit Aufmerksamkeit verfolgt. Sie blickten alle sehr interessiert auf Charlotte und ihn. Massimo faltete die Hände wie zum Gebet zusammen, machte eine kleine Verbeugung in Richtung der Japaner und sagte freundlich grinsend: „Sayonara." Die Japaner grüßten freundlich nickend zurück.
Die Gruppe Amerikaner war nun durch und sie waren dran. Massimo gab dem Mann am Eingang die Tickets, dann waren sie im Museum. Während sie dem Besucherstrom folgend eine Treppe hochstiegen, zischte Charlotte: „Das war Bestechung."
„Was für ein hässliches Wort, dafür dass ich zwei mittellose Studenten mit ihren Freundinnen zum Abendessen eingeladen habe! Natürlich können die das Geld auch beim Pferderennen verwetten. Kann mir ja egal sein, Hauptsache, wir sind jetzt hier drin. Aber mir gefällt die Vorstellung, dass sie alle gut essen gehen, es sich schmecken lassen, und sich danach, unterm Sternenhimmel, am Strand oder sonst wo lieben. Und dabei dankbar an den Spender des schönen Abends denken. Ist doch eine reizende Vorstellung, oder?"
Unterdessen waren sie im ersten Stock angelangt. Die Touristen schoben sich durch die Eingangstür und verteilten sich auf die Räume.
„Das passt mir gar nicht, dass sie uns hier alle erst in die Pinakothek schicken. Komm, wir gucken nur kurz beim Kardinal Scipione vorbei, dann gehen wir wieder runter. Schließlich haben wir ihm den Ursprung dieser Kunstsammlung zu verdanken, aber deshalb müssen wir ja nicht mit der Hammelherde von Touristen mitlaufen."
Er führte sie in den ersten Saal, in dem eine Marmorbüste stand, die einen rundlichen, recht gemütlich aussehenden Mann mit einem Spitzbärtchen darstellte.
„Darf ich vorstellen: Cardinale Scipio Borghese, Neffe oder Enkel – ich erinnere mich nicht so genau - des Papstes Renzo V. Ja, dieser getreue Gottesdiener hier hat die wunderbare Sammlung der sinnlichen, erotischen Kunstwerke, die wir gleich sehen werden, gegründet und zum

großen Teil auch selbst zusammengetragen. Man fragt sich: Wie konnte ein frommer Mann so viel Erotik ertragen? Er konnte. Ich finde, man sieht es ihm auch an. Also, ich könnte mir gut vorstellen, einen unterhaltsamen Abend mit dem zu verbringen, ein Gläschen Wein, ein Schwätzchen... Diese Büste stellte übrigens, wegen ihrer ungewöhnlichen Lebendigkeit, eine Wende in der Porträtkunst dar. Und stell dir vor: Gian Lorenzo Bernini hat sie gemacht, als er erst siebzehn Jahre alt war!"
„Siebzehn Jahre! So alt wie Leo, der überhaupt nicht kunstbegabt ist. Wenn er ein Pferd malen soll, sieht es immer aus wie ein Hund. Unglaublich, dieser Bernini. Ein Genie! Aber wieso steht die Büste doppelt da?" Sie wies auf ein zweites Exemplar der Büste, fast identisch mit dem ersten.
„Weil die erste einen Riss bekam, da hat er sie einfach noch mal gemacht – eben ein Genie. Ja, und jetzt gehen wir wieder runter. Erst Paolina Borghese begrüßen." Sie stiegen die Treppe wieder herunter und gingen durch zwei Säle im Erdgeschoss. Hier waren sie in der Tat fast allein. Die Touristen waren ja alle oben. Vor einer klassizistischen Marmorstatue blieb er stehen.
„So, das ist also Paolina. Sie war die Schwester Napoleons. Ist durch ihre Heirat mit Camillo Borghese hierher gekommen. Dieser Camillo war ein Vollidiot: Er hat einen Großteil der archäologischen Sammlung dieser Galerie an jenes Schlitzohr von Napoleon Bonaparte verkauft, besser gesagt, verschleudert. Die Franzosen haben damit ihren Louvre gefüllt. Na ja, um die Sache dann einigermaßen wieder gut zu machen, hat er diese Marmorstatue seiner Schwester Paolina bei Antonio Canova in Auftrag gegeben. Ich bin fast versucht, ihm dafür den miesen Kunstdeal zu vergeben. Aber lass dich nicht von Paolina täuschen: So unnahbar, wie sie dreinblickt, war sie nicht – nein, sie war gewiss kein Kind von Traurigkeit! Hat ihrem Camillo alle für sie erreichbaren Hörner aufgesetzt... Ist sie nicht schön?"
Charlotte sah ihn belustigt an. So wie er mit wahrer Begeisterung gesprochen hatte, so begeistert blickte er die marmorne Dame an, die vor ihnen in ganzer Länge auf einem Kanapee lag. Sie blickte ihren Bewunderer nicht an, hatte den auf ihren Arm gestützten Kopf zur Seite gedreht und sah unbeteiligt in den Saal. Ihr geringeltes Haar war hochgesteckt, außer einem Armreifen und einem locker um die Hüften

geschlungenen Tuch hatte sie nichts an. Ganz entspannt lag sie da, ihr Körper schien sich in das marmorne Kissen unter ihr einzudrücken.
„Ja, sie ist sehr schön. Mir gefällt ihr kleines, verhaltenes Lächeln. Aber – schau mal – war sie in deinem Obstgarten? Sie hat einen Pfirsich in der linken Hand!"
„Es ist kein Pfirsich. Es ist ein kleiner Apfel, womit wir wieder beim Apfel des Paris wären", sagte er lachend. „Der gute Canova musste sie als ‚Venere vincitrice' darstellen. Wie hätte er es sonst wagen können, sie so hüllenlos daliegen zu lassen? Da musste er eine Dame von ihrem hohen Rang eben in eine antike Göttin verwandeln. Es war damals, 1805, als er sie erschuf, ziemlich gewagt. Und was das Tollste ist – und das weiß kaum einer, weil man es nicht sieht: Canova hat unter diesem Sofa, dieser Art von Kanapee, eine Drehvorrichtung eingebaut. Die ganze Statue konnte sich um sich selbst drehen. Stell Dir das vor: Eine noble Gesellschaft von ehrwürdigen Herren sitzt da des Nachts – bei Kerzenlicht – und bewundert sie, wie sie sich da so im Raume dreht und zum Leben erwacht. Man hat ihr bei der letzten Restaurierung klugerweise die Wachspatina, die all die Kerzen hinterlassen hatten, die man um sie herum angezündet hatte, nicht wegrestauriert. Dadurch hat sie diesen antiken, weichen Glanz. Komm, lass uns um sie herum gehen. Sie ist von allen Seiten sehenswert."
Charlotte sah den Glanz in seinen Augen. „Ein wahrer Kunstkenner, das bist du also auch noch, neben dem umbrischen Bauern und all dem anderen. Woher weißt du all diese Details? Hast du gestern Nacht noch schnell einen Kunstführer auswendig gelernt?"
Er lächelte ein wenig, ließ den Blick aber nicht von Paolina. „Auf die Details kommt es immer an. Aber nein, mein Wissen habe ich aus keinem Kunstführer. Ich habe einfach ein gutes Gedächtnis. Zumal für alles Schöne. Und die paar Fakten hat mir meine ehemalige Frau beigebracht – sie war Kunstgeschichtlerin." Er sagte das so nebenher, während sie um die Statue herumgingen, die er nicht aus den Augen ließ. „Sie hieß Elisabetta."
Aber dann riss er sich von Paolinas Anblick los. „So, aber wir wollen hier ja schließlich keine Wurzeln schlagen. Man hat uns nur zwei Stunden Zeit für diese Museumsbesichtigung gegeben, das steht hier auf dem Ticket. Jetzt begrenzen sie einem auch noch den Kunstgenuss! Also, auf zu Berninis Meisterwerken."

Er führte sie in einen anderen Saal. „Hier ist der berühmte David in einem Moment der höchsten Spannung dargestellt: kurz vor dem Wurf mit der Steinschleuder. Sieh nur sein grimmig entschlossenes Gesicht. Es soll übrigens die Züge Berninis tragen. Aber komm, die nächsten Statuen sind noch besser."

Während sie wieder einige Säle durchquerten, besah sich Charlotte flüchtig die schöne Ausstattung der Villa. Alle Räume waren prunkvoll dekoriert und schon an sich sehenswert, auch ohne die in ihnen enthaltenen Kunstschätze. Aber er ließ ihr wenig Zeit dafür. Auch für die Betrachtung anderer Statuen, wie die eines schlafenden, römischen Hermaphroditen oder die Büsten von römischen Imperatoren hatte er keine Zeit. Sie merkte, dies hier war seine Führung. Er gab den Ton an, er wollte das sehen, was ihn interessierte. Aber sie wehrte sich nicht. Sie hatte das Gefühl, einen besonderen Kunstführer neben sich zu haben.

Vor einem weiteren Werk Berninis blieb er stehen. „Der Raub der Proserpina. Hier hat der Meister den Marmor zu Wachs werden lassen."

Sie betrachteten die berühmte Marmorgruppe, die einen muskulösen nackten Mann darstellte, der eine ebenso nackte Frau auf dem Arm hielt. Er war dabei, sie fortzutragen, sie wehrte sich aus Leibeskräften gegen ihn. Aber er hatte sie fest im Griff. Seine rechte Hand griff in ihren Oberschenkel, die Finger hatten sich ihr tief in die Haut gedrückt. Man hätte glauben können, sie seien aus Fleisch und Blut statt aus kühlem, weißen Marmor.

Charlotte kramte ihre Kenntnisse der Antike zusammen. „Das ist aus den Metamorphosen des Ovid. Pluto, der Gott der Unterwelt, entführt die Göttin Proserpina ins Reich der Toten."

„Ja, ja", sagte Massimo. „So hat er es denn wohl nennen müssen. Aber ich sehe nur eins: Mann will Frau."

„Und Frau wehrt sich. Immerhin trägt Pluto sie in die Unterwelt."

„Quatsch. Auf die nächste Wiese trägt er sie. Und wenn sie nur so tut, als ob sie sich wehre?"

Charlotte lachte belustigt. „Dann ist das wohl deine sehr persönliche Interpretation."

„Komm." Er zog sie mit sich. „Zum nächsten Beispiel. Eine andere Variation des gleichen Themas."

Sie blieben vor einer Marmorgruppe stehen, die sie als Apollo und Daphne erkannte. Ihre Lateinkenntnisse waren doch zu etwas mehr gut, als nur ihre Schüler damit zu strapazieren. „Auch das ist aus den

Metamorphosen des Ovid: Die Nymphe Daphne wird vom Gott Apollo verfolgt. Aber in dem Moment, in dem er sie zu fassen kriegt, verwandelt sie sich in einen Lorbeerbaum. Wie toll dieser Bernini das dargestellt hat! Sieh nur, wie ihre Haare sich in Blätter verwandeln, ihre Finger in Zweige, ein Bein ist schon zum Baumstamm geworden. Diese Statue ist wirklich wunderschön. Wie steht es bei Ovid: alles wandelt sich, nichts vergeht'", sagte sie betroffen.
„Ja. Obwohl ich da nicht seiner Meinung bin. Alles wandelt sich und alles vergeht. Und darüber hinaus sehe ich wieder nur das eine: Mann will Frau."
Sie sah ihn kopfschüttelnd an. „Aber sie will ihn nicht."
„Aber doch will sie! Und sie wird durch seine Berührung in etwas so Wunderbares wie einen Lorbeerbaum verwandelt. Und... sie ähnelt dir."
Stirnrunzelnd sah sie ihn an. „Ich glaube, hier haben wir wieder ein Beispiel für deine sehr subjektive Interpretationsfähigkeit. Aber wenn du schon dabei bist, nach Ähnlichkeiten zu suchen, dann habe ich auch eine für dich: Der kräftige Pluto gerade war dir nicht unähnlich, von seinem lockigen Haarschopf mal abgesehen."
Er legte den Kopf in den Nacken und lachte schallend. So konnte nur er lachen. Ein paar Touristen sahen neugierig zu ihnen hinüber. „Du bist eben mit einem umbrischen Bauern im Museum und nicht mit einem vergeistigten Intellektuellen. Aber – probieren wir mal aus, wie sich Daphne-Charlotte durch die Berührung von Pluto-Massimo verändert." Er schloss sie in seine Arme. „Schreiben wir die Metamorphosen des Ovid einfach ein bisschen um und tauschen die Götter und Göttinnen gegeneinander aus und lassen sie zu Fleisch werden, so wie Bernini es gewollt hat." Er zog sie fester an sich.
„Massimo, wir sind hier nicht allein."
„Es ist in einem italienischen Museum nicht verboten, sich zu umarmen. Es ist vielleicht verboten, mit Blitzlicht zu fotografieren oder zu rauchen oder die Kunstwerke zu berühren, was mir immer besonders schwer fällt, denn ich bin einer, der gerne zufasst. Aber es ist nicht verboten, eine schöne Frau zu umfassen, zumal wenn sie sich nicht wehrt."
Charlotte blickte verstohlen um sich. „Ich wehre mich aber gleich. Jeden Moment kann meine Alarmanlage losgehen."
Lachend ließ er sie los. „Das kann ich natürlich nicht riskieren. Also, lass uns nach oben in die Pinakothek gehen. Bald sind unsere zwei Stunden Aufenthaltsgenehmigung um."

Die oberen Räume waren nach Zeitepochen und Malereischulen unterteilt: die Florentinische Schule des 16. Jahrhunderts, die Schule von Ferrara, von Siena, die Venezianische Schule, die Malerei des 17. und 18. Jahrhunderts. Sie sah dramatische Schlachtengemälde, sinnliche Darstellungen von Venus und Amor, Porträts aller Art. Und dann waren da natürlich die unzähligen Madonnenbilder. Die mütterliche Maria mit dem Jesuskind auf dem Arm. Die streng blickende Madonna. Die fromm lächelnde Madonna. Die sehr irdische Madonna Caravaggios, die gemeinsam mit ihrem schon größeren Jesuskind den Kopf einer Schlange zertrat. Aber Caravaggio gefiel ihr nicht, trotz seiner unbestreitbaren Malkunst. In den Gesichtern seiner jungen Männer war etwas, das sie abstieß. Den Raum mit den vielen Caravaggio-Gemälden verließ sie schnell. In einem der Säle, in dem ein paar Madonnenbilder hingen, die ihr gefielen, ließ sie sich auf einem der Samtsofas, die man für müde Touristen aufgestellt hatte, nieder. Massimo setzte sich neben sie.
„Angesichts dieser frommen Madonnen kommst du wenigstens von deinen ‚Mann will Frau' Obsessionen los", sagte sie lachend.
Aber er verneinte grinsend: „Tut mir leid – aber es ist immer das Gleiche: Mann will Frau. Auch hier. In diesem Fall will er die Frau als Mutter. Will das Kind sein, das sie da an ihre Brust drückt, das sie da in ihrem Arm hält, das auf ihren Knien sitzt. Nein, Charlotte, wir kommen hier nicht weg vom Thema. Es ist nur eine Variation."
„Aber Massimo, wie kannst gerade du als Katholik angesichts dieser Madonnen, die doch wohl als Ausdruck innigster Frömmigkeit gedacht waren, immer so irdisch bleiben?"
„Weil ich erdverbunden bin. Ich bin eben..."
„Ja, ja, ein umbrischer Bauer. Aber ich, die ich ja nun gar nichts mit all diesen kirchlichen Symbolen zu tun habe, ich sehe etwas in diesen Gesichtern, was schon mit einem heiligen Geheimnis zu tun hat. Sieh dir diese Madonna da an, die mit der Rose – die gefällt mir besonders. Sie hat dieses kleine, zarte, verhaltene Lächeln auf den Lippen, wie es so viele andere Madonnen auch haben, ein nur angedeutetes Lächeln, nur ein winziges Verziehen der Mundwinkel. Es ist das gleiche, verhaltene Lächeln wie auch bei manchen antiken Venusstatuen, wie auch bei der Monalisa. Immer, wenn ich mit meinen Schülern in Paris bin, gehe ich in den Louvre, nur wegen ihr. Meine Schüler sind jedes Mal enttäuscht: Das soll die schönste Frau der Welt sein? Aber dann sage ich ihnen:

Seht doch nur ihr Lächeln. Aber sie verstehen es nicht. Es ist das gleiche Lächeln wie bei den Madonnen. Sie haben alle ein Geheimnis. Die Kunstgeschichtler haben ja viel um das Lächeln der Monalisa herumgerätselt, und um den seltsamen Hintergrund: die Gralslandschaft? War sie Leonardo da Vincis Geliebte? Oder ähnelte sie eher seinem jungen Geliebten? Oder ist es ein verschlüsseltes Selbstporträt? Und das verhaltene Lächeln der Madonna? Die wunder-same Herkunft ihres Kindes... Wer war der himmlisch-schöne, engel-gleiche Unbekannte, der mit Engelszungen reden konnte? Für mich liest sich jene wunder-schöne Geschichte wie ein wunder-bares Gleichnis... von einer wunder-vollen Verführung." Charlotte blickte Massimo unsicher an. „Ich weiß, ihr Katholiken glaubt an die unbefleckte Empfängnis. Ich will dir und deinem Glauben wirklich nicht zu nahe treten. Vor ein paar hundert Jahren hätte mich deine Kirche auf dem Scheiterhaufen verbrannt für meine Worte. Heute darf ich das immerhin ungestraft sagen. Massimo, ich will dich aber auf keinen Fall damit in deinen Gefühlen verletzten. Schließlich kann doch jeder glauben, woran er will. Bist du jetzt entsetzt über meine ketzerischen Ansichten?"

Er hatte ihr ernst zugehört. „Nein. Erstens glaube ich an Wunder, zweitens akzeptiere ich auch wunder-liche Ansichten, und, drittens, fand ich deinen Exkurs sehr interessant. Besonders das mit dem kleinen Lächeln." Er fuhr ihr mit seinem Zeigefinger ganz leicht um die Lippen. „Ihr habt alle ein kleines Geheimnis, nicht wahr? Eines, das wir Männer nicht verstehen und vielleicht nie verstehen werden." Dann lächelte er verschwörerisch. „Ich werde deine ketzerischen Ansichten für mich behalten, schließlich unterhalten wir uns hier unter einem Marienporträt mit Rose, ‚sub rosa', wie die Lateiner sagten. Die alten Römer pflegten den Brauch, eine Rose über den Eingang zu ihren geheimen Treffpunkten zu hängen – als Zeichen der Verschwiegenheit." Plötzlich zog er eine Geldmünze aus seiner Hosentasche, hielt sie ihr in der geöffneten Handfläche hin. Sie dachte schon, er wolle eines seiner Zauberkunststückchen vorführen, wie neulich abends im Borgo. Aber er warf den Euro kurz in die Luft. Der drehte sich um und blieb mit der Kehrseite auf seiner Handfläche liegen.

„Und wenn das, was du eben über Maria gesagt hast, und das, was die Bibel über sie sagt, nur die beiden Seiten der selben Münze sind? Auf die ganze Münze kommt es an. Auf das Ergebnis. Mag sein, sie hat ihr Kind von einem Liebhaber, der dem jungen, naiven Mädchen wie ein

Engel erschien. Mag sein, der Heilige Geist war im Spiel. Wenn es denn ihr kleines Geheimnis ist, dann wollen wir es ihr lassen. Aber ich glaube eben, dass hinter all diesen Möglichkeiten... ein göttliches Wunder steckt. Denn das Ergebnis war Jesus Christus, der größte aller Wunderheiler und Friedensprediger. Einer, der noch im Sterben seinen Mördern vergab – das ist so übermenschlich, dass es göttlich wird. Und seit zweitausend Jahren wird unsere Kultur, unser Denken, unser Gewissen durch ihn beeinflusst. Wir haben unsere Zeitrechnung nach ihm gestellt. Ich glaube, vor diesem Ergebnis, das vielleicht aus einem kleinen Geheimnis entstanden ist, dann aber zu einer großen Botschaft wurde, kann sich so leicht keiner verschließen."
„Aber wo ist der Botschafter gelandet?" Sie zeigte auf ein Bild hinten im Saal, das eine Kreuzabnahme darstellte.
„Ja. Das lehrt uns die Geschichte: Predige den Frieden und du landest am Kreuz. Oder du hast plötzlich eine Kugel im Kopf, wie deine Vorbilder, der Gandhi und der Martin Luther King. Aber wenn du Krieg machst", er zeigte auf ein Schlachtenbild, „dann landest du auf dem Thron, als Held auf riesigen Ölschinken und als siegreicher Feldherr in den Geschichtsbüchern."
Sie betrachteten das große Bild, das eine grausame Schlacht darstellte: Soldaten wurden von Lanzen durchbohrt, unter den Reitern brachen die Pferde zusammen. Im Hintergrund stand ihr Anführer in Siegespose auf einer Anhöhe. Massimo nickte angewidert. „Die Geschichte wird von den Gewinnern geschrieben. Das hat schon Napoleon festgestellt: Was ist denn die Geschichtsschreibung? Eine Geschichte, über die man sich geeinigt hat."
„Sollten wir daraus lernen, dass es lohnender ist, sich mit dem Krieg als mit dem Frieden abzugeben?", fragte sie.
„Das wäre logisch. Aber wir singen doch das Lob der Unlogik, wir zwei, oder?" Er lachte sie fröhlich an. „Aber lass uns jetzt zum Tiziano gehen, bevor sie uns hier rausschmeißen."
Sie betraten den letzten Saal. Schon von weitem sah sie das lange, schmale Gemälde. Schließlich hatte sie die Kopie ja schon an der Decke in seinem Esszimmer gesehen. Das Original war natürlich um vieles schöner, feiner gemalt, harmonischer in den Farben... und man konnte ganz nahe herangehen. Es hing ja auch an der Wand und nicht an einer hohen Decke.

„Auch wenn ich dir damit auf den Geist gehe: Wir sind hier natürlich wieder beim Thema ‚Mann will Frau'. Hier gleich in doppelter Ausführung. Und genau so will er sie: die eine wunderschön bekleidet – sieh nur, wie die schwere Seide ihres hellen Gewandes glänzt - die andere nackt, bis auf das rote Tuch, das ihr gleich von der Schulter rutscht. Tizian hat dieses Bild anlässlich der Hochzeit eines venezianischen Edelmannes gemalt. Und was malt der Knabe? Tizian war erst fünfundzwanzig Jahre alt, als er dieses Bild gemalt hat."
„Noch eines eurer italienischen Genies."
„Ja. Was malt er also, statt eines braven Hochzeitsbildes, so mit Braut und Bräutigam zusammen auf dem Sofa sitzend, so, wie Hochzeitsbilder im Allgemeinen aussehen? Nein, er malt die gleiche, blonde, üppige Frau zweimal, und muss das Ganze dann als ‚Himmlische und Irdische Liebe' verkaufen, damit man es ihm abnimmt!" Massimo sprach mit Belustigung. „Weißt du, dass im Jahre 1899 der Bankier Rothschild dieses Gemälde kaufen wollte? Für eine damals ungeheure Summe, eine Summe, welche die Gesamtsumme des Wertes der ganzen Galleria Borghese überstieg, kannst du dir das vorstellen? Da will so ein überheblicher Bankier so ein göttliches Kunstwerk ganz für sich haben, um dann bei sich, im stillen Kämmerlein zu sitzen, es ganz allein zu betrachten! Und denkt, mit Geld ließe sich alles machen! Aber die damaligen Verwalter der Villa Borghese waren nicht so geldgierig und blöd wie jener Camillo, der so viele unserer Schätze an Napoleon verhökert hatte. Man hat dem Baron Rothschild das Bild nicht verkauft. Es ist uns erhalten geblieben."
„Und die Erinnerungen an all diese Fakten sind dir... dank deiner ehemaligen Frau Elisabetta erhalten geblieben?"
„Ja. Die Fakten habe ich von ihr gelernt. Die verkorksten Gedanken dazu sind von mir... von jeder Frau, mit der ich seitdem zusammen war, habe ich etwas gelernt. Und... man lernt im Leben nie aus. Das ist das Schöne. Es gibt immer noch ein Detail, das man nicht kennt. Komm, schau dir dieses Detail an." Er winkte sie ganz nahe an das Bild heran.
„Also, hier links im Hintergrund ist ja unser Borgo. Da sind auch ein paar Reiter, der eine auf einem weißen, der andere auf einem schwarzen Pferd. Da links ist unser Turm und rechts der Weiher. Aber sieh dir den Brunnen hier in der Mitte genauer an, das Relief darauf: Ein Mann wird brutal von seinem Pferd heruntergezogen, und da kämpfen zwei, oder

vielmehr, ein Mann schlägt auf einen anderen ein, während eine weibliche Gestalt dabei zuschaut. Eine Kastigation?"
Charlotte zuckte nur mit den Schultern. „Manches will man gar nicht so genau wissen."
„Früher hatte alles eine Symbolbedeutung, die wir heute oft nicht mehr verstehen. Ob es die Gleichnisse in der Bibel sind, der Rosmarin in deinem alten, englischen Volkslied, oder dieser Brunnen auf diesem Gemälde, der bei genauerer Betrachtung auch gar kein Brunnen ist, obwohl er als solcher genutzt wird, denn der kleine Amor dort planscht ja mit seiner Hand im Wasser. Aber eigentlich ist es ein antiker Sarkophag, dessen Relief eine Warnung enthält: Vielleicht für die untreue Ehefrau? Oder kämpfen da zwei Männer um eine Frau? Wer weiß..."
Charlotte sah in missmutig an. „Hast du keine netteren Details für mich?"
„Doch", erwiderte er belustigt. „Hier rechts im Hintergrund, da ist unsere Schafswiese. Und guck mal da, da liegt ein Liebespaar. Das sind wir."
Sie bemühte sich, ein winziges Etwas neben den Schafen zu erkennen. Es hätte durchaus ein Liebespaar sein können. Aber vielleicht auch nicht, es war sehr klein gemalt.
„Mag sein, es ist ein Liebespaar. Mag sein oder nicht sein. Dann ist es eben Tizians Geheimnis", sagte sie, während sie ihn lächelnd ansah. „Aber vielleicht ist es auch nur... wieder eine deiner ganz privaten Interpretationen."
Er nahm sie in die Arme. „Ich wünschte, wir zwei könnten das jetzt hier... ganz privat weiter interpretieren."
Sie blickte sich im Saal um. „Massimo, wir sind hier nicht alleine."
„Leider nicht."
„Massimo, die Leute gucken."
„Lass sie doch gucken. Sie haben sich da unten im Erdgeschoss all die schönen Marmorstatuen von Bernini angeguckt. Jetzt können sie mal eine lebende Statue angucken. Wir sind doch ein schönes Paar, die zarte Daphne und der kräftige Pluto, findest du nicht?"
„Massimo, meine Alarmanlage..."
"Die stell ich jetzt ab!" Er küsste sie einfach.

„Massimo, ich finde, wir sollten diese Diskussion später und woanders fortsetzten. Wir wollen doch auch noch was von Rom sehen, heute! Wir können doch hier nicht ewig rumstehen – du bäuerlicher Philosoph!"
Er lachte. „Nein. Ich bin nur ein philosophierender Bauer und du bist meine mich belehrende Philosophin!"
„Nein, ich bin nur eine philosophierende Lehrerin."
„Na gut. Dann lass uns zwei philosophierende Dilettanten noch mal runtergehen. Uns von Paolina verabschieden, und dann raus hier."
„Warum müssen wir uns denn noch von Paolina verabschieden?"
„Ohne Abschied geht man nicht. Das wäre unhöflich." Er hatte wirklich so seine ganz eigene Art, ein Museum zu besichtigen. Also gingen sie noch einmal die Treppe hinunter, was kein Umweg war, denn der Ausgang war sowieso unten. Vor Paolina blieb er kurz stehen, machte eine leichte Verbeugung zum Abschied. „Liebe Paolina, du musst uns nun entschuldigen. Es ist Mittagszeit und wir haben Hunger. Wir werden jetzt einen kleinen Imbiss nehmen, in einem netten Restaurant. Willst du nicht mitkommen?"
Aber Paolina antwortete nicht. Sie blickte kühl lächelnd zur Seite.
Dafür antwortete Charlotte. „Wenn du sie mit ins Restaurant nehmen willst, vergiss nicht, ihr vorher etwas überzuziehen."
Massimo blickte Charlotte nachdenklich an. „Eigentlich keine schlechte Idee. Ich denke gerade: Ich möchte dich heute Abend ganz groß zum Essen ausführen. Aber vorher kaufe ich dir was zum Anziehen. Wir machen gleich nach dem Mittagsimbiss ein bisschen Shopping."
Sie blickte an ihrem weißen Leinenkleid herunter. Es war ganz schlicht, aber es war das Beste, was sie überhaupt im Koffer gehabt hatte.
„Stimmt etwas nicht mit meinem Aussehen?", fragte sie unsicher.
„Aber nein, du siehst in allem, was du trägst, entzückend aus. Auch in jenem geblümten Nachthemd neulich in Collevino sahst du noch reizend aus. Ich finde nur, du solltest mal etwas – Schillerndes – tragen. Etwas, was besser zu dir passt."
Sie wusste nicht, ob ihr das eigentlich ‚passte'. Aber Massimo war einer, der sich nicht so leicht von einem seiner Gedanken abbringen ließ. Sie verließen das Museum und gingen durch den Park der Villa Borghese. Obwohl es in der Stadt sehr heiß war, ließ es sich in dem weitläufigen Park gut aushalten. Der alte Baumbestand spendete großzügig Schatten. Charlotte sah auf den Wiesen Mütter mit Kindern, die Ball spielten. Ein paar Leute machten Picknick, es war ja Mittagszeit. Rentner führten ihre

Hunde aus. Andere lasen Bücher, auf dem Rasen sitzend, an einen Baumstamm gelehnt. Liebespaare lagen im Gras und kümmerten sich nicht um ihre Umwelt. Männer, Männer, Frauen und Kinder, welche anders sind und bunt, und hier ein Brunnen und dann und wann ein Hund. Doch kein Schrecken, lautlos wechseln mit Vertrauen, alles war so harmonisch im Schatten der alten Bäume. Er hatte seinen Arm vertraulich um sie gelegt, so schlenderten sie durch den Park. Glücklich, ohne Grund.

„Wir können immer weiter bis zum Pincio gehen, dann sind wir an der Piazza del Popolo, von da aus gehen wir runter ins Zentrum", überlegte er.

„Mir soll alles recht sein. Immer, wenn ich durch so einen Park gehe, dann scheinen sich meine Gedanken von alleine zu ordnen. In Berlin laufe ich oft durch den Tiergarten, wenn ich das Gefühl habe, klarer sehen zu müssen. Wenn ich mal wieder ziellos im Ozean meines Lebens herumschwimme und die Richtung verloren habe. Ich meine, in der Natur ist alles so klar, so geregelt: Auf den Frühling folgt der Sommer, auf den Tag die Nacht, auf den Regen der Sonnenschein. Das ist unumstößlich. Es tut manchmal gut zu spüren, dass es noch etwas Unumstößliches gibt. Naturgesetze sind die einzigen Gesetze, an die wir uns halten können. Etwas, was ewig ist und wahr bleibt."

„Ach, meine kleine Charlotte! Ich will jetzt nicht deine romantische Naturansicht durcheinander bringen und damit dein zerbrechliches Bild vom Unumstößlichen umstoßen, aber... als umbrischer Bauer kann ich dir versichern, dass nichts so unvorhersehbar ist wie die Natur! Ein kräftiger Hagelschauer kurz vor der Weinernte kann mir die ganze Ernte kaputt machen! Ein heftiger Sturm schmeißt mir das Obst von den Bäumen, ein starkes Gewitter kann einen ganzen Hang zum Rutschen bringen!"

Sie waren am Pincio angekommen, einer großen Aussichtsterrasse mit einem schönen Blick über die Stadt. Er machte eine ausladende Geste mit seinem Arm.

„Da ist sie – die Ewige Stadt. Aber – was heißt schon: ewig? Sie hat Glück gehabt. Seit mehr als zweitausend Jahren hat sie einfach Glück gehabt. Und wir haben an diesem Glück teil: Wir können zweitausend Jahre Architekturgeschichte hier sehen, Menschheitsgeschichte. Da stehen die Gebäude aus der Römerzeit, neben denen des Mittelalters, neben denen der Renaissance, neben denen des Barocks, neben denen des 19. Jahrhunderts. Gott sei Dank wenig aus unserer heutigen, architektonisch verarmten Zeit. Aber ewig? Ha! Ein kräftiges Erdbeben könnte – in wenigen Sekunden – alles vernichten, was in mehr als zweitausend Jahren von Menschen mühsam aufgebaut wurde. Ganz Italien ist ‚territorio sismico'. Bei uns in Umbrien hat es vor wenigen Jahren tüchtig gewackelt. Das Städtchen Nocera Umbra ist heute eine Geisterstadt. Im Borgo haben wir Glück gehabt, aber in Assisi ist in der Kirche des San Francesco ein Deckengewölbe eingestürzt, hat alte Gemälde zerstört und ein paar Menschen, die unten in der Kirche standen, gleich mit in den Tod gerissen."

„Ja, die Natur kann grausamer sein als der Mensch mit seinen Kriegen. Hoffen wir, dass die ewige Stadt auf ewig von solchen Katastrophen verschont bleibt."

Sie gingen zur ‚Piazza del Popolo' hinunter, überquerten den großen Platz mit dem Obelisken und dem hohen Stadttor und ließen sich in einem der Restaurants am Rande des Platzes nieder, dessen Tische draußen standen. Sie bestellten ein leichtes Mittagessen, er einen Teller Pasta, sie einen Salat. Dazu nur Mineralwasser.

„Du trinkst keinen Wein?"

„Mittags nie. Alle denken immer, ein Weinbauer trinke von früh bis spät Wein, aber ich mag Wein nur abends, zum Essen. Möchtest du ein Glas? Ich bestelle es für dich. Du musst dich hier nicht an meine Gepflogenheiten halten." Aber sie wehrte ab. Sie blickte über die Piazza mit den Zwillingskirchen direkt vor ihnen, die nur durch die Via del Corso getrennt waren. Er erklärte bereitwillig: „Santa Maria dei Miracoli und Santa Maria in Montesanto, um 1670 unter Mitarbeit von Bernini erbaut. Und da hinten", er wies in Richtung des Stadttors, „die dritte im Bunde: Santa Maria del Popolo."

„Gleich drei Marienkirchen! Doppelt hält besser, aber drei ist die magische Zahl." Sie musste an den Gendarmenmarkt denken. „Weißt du, dass wir in Berlin einen Platz haben, der diesem hier nachempfunden wurde? Für mich ist es Berlins schönster Platz, ein Höhepunkt klassizistischer Baukunst. Auch da stehen zwei Kirchen, zu Beginn des 18. Jahrhunderts als architektonische Schwestern erbaut: der Deutsche und der Französische Dom, der noch heute von der Hugenottischen Gemeinde genutzt wird. Aber in der Mitte des Platzes befindet sich kein Obelisk, wie hier, sondern ein Konzerthaus, das ursprünglich als

Schauspielhaus diente und wo Goethes ‚Iphigenie auf Tauris' aufgeführt wurde."

„Aber geschrieben hat er seine Iphigenie hier in Rom, in der Stadt, die er sehr geliebt hat und die er durch dieses Stadttor dort, die ‚Porta del Popolo', betreten hat. Ist es nicht seltsam, wie viel wir gemeinsam haben?"

Charlotte blickte versonnen. „Goethe und wir? Berlin und Rom? Du und ich?"

„Ja, alles zusammen."

Aus einer der Kirchen kam gerade eine Hochzeitsgesellschaft heraus. Fotografen knieten vor dem Hochzeitspaar und schossen wie wild Fotos. Verwandte und Freunde warfen mit Reiskörnern, Kinder liefen durcheinander herum und streuten Blumen. Alle waren sehr festlich gekleidet, die Braut in einem pompösen weißen Kleid aus Taft und Spitze. In ihre Haare hatte ein geschickter Coiffeur weiße Blumen geflochten.

„Irgendwelche Berühmtheiten?", fragte sie ihn.

Er lachte. „Nein. Eine ganz normale, italienische Hochzeit. Und sie sind spät dran. Jetzt müssen sie sich beeilen, zum Essen zu kommen. Dann tafeln sie alle bis heute Abend. Und dann fährt das junge Paar auf Hochzeitsreise. So macht man das hier noch. Ganz traditionell."

„So viel Aufwand für diesen einen Tag. Sicher kostet das eine Unsumme. Und nach ein paar Jahren lassen sie sich scheiden."

„Jetzt bist du aber wieder streng", tadelte er, während er sich die letzte Gabel mit Nudeln in den Mund schob. „Sicher. Es ist viel Aufwand. Es gibt hier Familien, die verschulden sich für eine Hochzeit. Das kann man natürlich nicht gutheißen. Und vielleicht hält ihre Ehe auch nicht ein ganzes Leben, obwohl sie sich das gerade geschworen haben. Aber – sieh dir die Braut da an! Ich glaube, von Nahem besehen ist sie nicht besonders hübsch. Aber in diesem Kleid da sieht sie heute wunderschön aus. Und wenn dann demnächst der Alltag über dieses Paar hereinbricht, dann können sie sich noch immer ihr Hochzeitsbild ansehen und sich an diesen besonderen Tag erinnern, an dem sie schön und glücklich und jung waren. Und voller Hoffnungen auf ein erfülltes, gemeinsames Leben. Ich finde das geradezu rührend."

„Weil du ein romantischer Träumer bist. Ich sehe nur: viel Lärm um Nichts. Und die Statistiken sprechen klar: Bei den hohen Scheidungsraten fragt man sich, ob man überhaupt noch heiraten sollte.

Obwohl – hier in Italien lassen sich ja, im Gegensatz zu unseren nördlicheren Breiten, relativ wenig Leute scheiden. Habt ihr neben dem Rezept für die perfekte Pasta auch das Rezept für die perfekte Ehe gefunden?"

Er winkte den Kellner heran. „Du kannst doch sicher auch noch einen Nachtisch vertragen?" Er wartete ihre Antwort gar nicht ab und bestellte zweimal Schokoladeneis mit Sahne. Dann blickte er nachdenklich vor sich hin, bevor er weitersprach. „Wir haben in Italien eine relativ niedrige Scheidungsquote, ja. Vielleicht haben wir Italiener uns nur noch nicht richtig an diese Möglichkeit gewöhnt – schließlich kann man sich hier erst seit Anfang der 70er Jahre legal scheiden lassen. Obwohl ich damals jung war, vielleicht etwa so alt wie Leo, erinnere ich mich noch gut an die heißen Diskussionen zu jener Zeit, an die Volksabstimmungen, an den Konflikt zwischen Kirche und Politik. Du fragst mich: die perfekte Ehe? Ich weiß nicht, was das ist. Da kann ich nicht mitreden. Das müsstest du mir doch besser erklären können – ihr seid doch seit fast zwanzig Jahren zusammen, oder? Wie macht man das? Was ist das – Geheimrezept?"

Jetzt sah sie ihn nachdenklich an. Du erzählst mir nicht alles, dachte sie. Aber sie wollte nicht nach ‚Elisabetta' fragen, um nicht wieder gesagt zu bekommen, sie solle ihre hübsche Nase nicht neugierig in fremde Angelegenheiten stecken. Aber von mir will er etwas über meine Ehe wissen! Wie du mir, so ich dir!

„Es gibt kein Geheimrezept. Entweder klappt es oder es klappt nicht", sagte sie kurz.

Genüsslich löffelte er seinen Becher Eis aus. „Aha. So einfach ist das. Wie schön." Er grinst sie an. Sein freches, schalkhaftes Grinsen. Dann rief er den Kellner, bestellte noch einen Espresso und bezahlte.

Sie gingen nicht die ‚Via del Corso' hinunter, obwohl es da von Bekleidungsgeschäften nur so wimmelte. „Hier gibt es nichts, was dir angemessen wäre." Stattdessen nahmen sie die Parallelstraße, bummelten die ‚Via del Babbuino' hinunter, blieben vor den Schaufenstern der noblen Boutiquen und der Antiquitätengeschäfte stehen, die ihn sehr interessierten. Dann kamen sie unterhalb der Spanischen Treppe an. Sie sah die vielen Stufen der breiten, geschwungenen Freitreppe hinauf, bis zum kleinen Obelisken, der oben vor der Kirche ‚Trinità dei monti' stand.

„Wenn ich mit meinen Schulklassen in Rom bin, ruhen wir uns hier immer aus. Ich sehe meine Schüler im Geiste direkt vor mir, wie sie sich auf den Stufen niederlassen und stöhnen: Genug der Besichtigungstour! Wir sind müde! Wir können nicht mehr laufen!"
„Aber du schleifst sie natürlich weiter, du strenge Lehrerin! Lass sie doch eine Weile hier sitzen und das Leben genießen. Sich ein bisschen sonnen, ein bisschen mit der Klassenkameradin anbändeln, mit der man schon immer gerne..."
„Dafür muss man nicht nach Rom fahren. Das kann man auch in Berlin tun. Sonnenschein vorausgesetzt."
„Aber es ist dann nicht das gleiche. Unsere Geschichte wäre uns in Berlin nicht so passiert."
Er bog mit ihr rechts in die ‚Via Condotti' ein, aber nicht ohne sie noch auf den schiffsähnlichen Brunnen auf der Piazza hinzuweisen. „Auch von Bernini."
„Dann hat der nicht nur erotische Statuen erschaffen?"
„Aber nein! Die Kolonnaden vor dem Petersdom gehen genauso auf sein Konto wie die Engel auf der Engelsbrücke. – Komm, mein Engel, gefällt dir das?" Vor einem Geschäft mit bunten Kleidern im Fenster blieb er stehen. Sie schüttelte den Kopf.
„Gott sei Dank, mir auch nicht. Aber ich bräuchte eigentlich noch einen Kaffee, bevor wir hier weitermachen. Wir Italiener brauchen ständig immer noch einen Espresso." Er zeigte auf ein altes Café direkt vor ihnen. „Das ist das Café Greco. Hier hat schon Goethe seinen Espresso getrunken." In dem altmodischen Café nahm er also noch einen Espresso im Stehen ein. Während Charlotte sich die stuckverzierten Wände, die verschossenen Plüschsofas und die Ölbilder darüber ansah, plauderte Massimo von den berühmten Gästen des Cafés, das mit seinem verstaubten Charme an die vergangen, glanzvollen Zeiten erinnerte.
„Hier trafen sich Goethe und Heine, Goldoni und Gogol, Schopenhauer und Buffalo Bill. Hier um die Spanische Treppe herum haben sie alle mal gewohnt: Gregorovius, Stendhal, Balzac, Liszt, Richard Wagner, Axel Munthe, Byron, Keats, Andersen. Und viele mehr. Hier traf sich die Welt."
„Auch Hans Christian Andersen war hier?"
„Ja, auch der, mit seinen Märchen. Und alle haben sie sich dann hier im Greco getroffen, haben sich unterhalten, über Kunst, über Musik, über

Poesie, über Literatur, über Gott und die Welt – so wie wir heute. Ist das nicht toll? Sie haben hier gesessen und Teile ihrer Bücher geschrieben. Schau mal da hinten – siehst du ihn?"
Sie spähte in das Lokal hinein, das schmal und lang war. „Wen?"
„Na, Goethe natürlich! Er sieht hier nicht aus wie in Deutschland, der strenge Herr Geheimrat mit der schwarzen Jacke und dem Orden auf der Brust. Er hat eine bequeme braune Kniebundhose an und ein offenes, weißes Leinenhemd. Auch die langen Haare trägt er locker zum Pferdeschwanz zusammengebunden, wie du deine. Er sitzt da hinten, da in der letzten, dunklen Ecke und schreibt gerade an seiner ‚Iphigenie'. Oder vielleicht am Tagebuch seiner ‚Italienischen Reise.' Er schreibt gerade den Satz: ‚Ich betrachte die Ruinen, die Gebäude, besuche die eine und die andere Villa, die größten Merkwürdigkeiten. Ich tue nur die Augen auf und seh und geh und komme wieder, denn man kann sich nur in Rom auf Rom vorbereiten.'"
„Das hat er geschrieben?"
„Ja. Genau so. Ganz genau so. Du glaubst mir wieder nicht! Meine arme Charlotte, darauf warst du nicht vorbereitet – auf meine Art von Romführung! Weißt du, dass Goethe so alt war wie du, 37, als er nach Rom kam? Und dass er später, als alter Mann, gesagt hat, er sei in seinem ganzen Leben dann nie wieder so glücklich gewesen wie hier? Aber bitte: mach es einfach wie Goethe. Tue nur die Augen auf und seh und geh mit mir durch die Stadt. Durch die ewige – nicht ewige Stadt. Durch die schönste Stadt der Welt. Denn nur in Rom kann man sich auf Rom vorbereiten. Und – wenn es dir gefallen hat, dann komme wieder. Willst du das tun?"
Sie blickte ihn an. Ein Zauberer! Für einen kurzen Moment war sie versucht, ihm alles zu versprechen. Alles, was er wollte. Aber nur für einen Moment. Schon als sie wieder auf der Straße waren und er weiterhin Ausschau nach einem Kleid für sie hielt, protestierte sie.
„Massimo, eigentlich brauche ich nicht extra ein Kleid für heute Abend. Ich meine, wir brauchen auch nicht groß essen zu gehen. Mir reicht eine nette, kleine Trattoria."
"Aber Hausmannskost habe ich alle Tage! Wenn ich in Rom bin, brauche ich etwas ‚Glamour'. Wir gehen zu Sabatini, ins Domus Aurea oder in die Osteria dell'Orso! Oder zu Angelino a Tormargana, einem netten Restaurant unterhalb des Kapitols, wo auch schon Goethe gegessen haben soll."

„Du hast einen Goethe-Verfolgungswahn!" Sie musste lachen. „Ich will weder in ein Restaurant, nur weil der alte Goethe mal da war, noch in so ein Nobelrestaurant, wo die Kellner um einen herumstehen und mir beim Kauen zusehen! Und ich brauch auch kein extra Kleid dafür."
Er blieb stehen und sah sie bittend an. „Va bene. Wir gehen essen, wo du willst. Aber das Kleid hat damit nichts zu tun. Das ziehst du nur für mich an. Tu es nur für mich, bitte."
„Na schön. Wenn dir so viel daran liegt. Aber ich kaufe es mir selber. Helmut hat mir extra Geld mitgegeben, damit ich mir was kaufen kann."
„Lass bloß dein Taschengeld stecken. Das Kleid war meine Idee und ist daher meine Sache." Aus. Schluss. Keine Widerrede. Massimo hatte gesprochen. Sie kam nicht gegen ihn an.
Vor einem Schaufenster, in dem nur ein einziges Kleid ausgestellt war, blieb er wie angewurzelt stehen. „Das ist es. Das haben sie für dich gemacht."
Sie betrachtete das schwarze, glänzende Seidenkleid. Es war ganz schlicht, figurnah geschnitten, hatte Spaghettiträger und einen tiefen Ausschnitt. Man hatte der Schaufensterpuppe das dazugehörige, kurze Jäckchen einfach über den Arm gehängt. Es sah so aus, als würde es ihr gleich herunterrutschen. Den Kopf der Puppe hatte man mit einem transparenten, schwarzen Organzaschal verhüllt. Darunter sah man ihren strengen Blick, der hochnäsig über sie hinwegging. Sie hatte hochgestecktes, blondes Haar. Charlotte konnte kein Preisschild entdecken.
„Das Kleid ist sehr schön, aber es wird sündhaft teuer sein, und ich habe in Berlin keine Gelegenheit, so etwas Elegantes zu tragen. Ich führe kein mondänes Leben."
„Du sollst es ja auch nicht in Berlin, sondern hier tragen. Und alles andere ist unwichtig."
Massimo war schon an der Tür. Man musste klingeln. Eine spindeldürre Verkäuferin, die noch hochnäsiger als die Schaufensterpuppe blickte, öffnete ihnen. Massimo zeigte auf das Kleid. Charlotte sah sich im Laden um. In der riesigen, leeren Halle aus sandfarbenem Marmor hatte man das Gefühl, sie hätten hier nur dieses eine Kleid zu verkaufen. Es hingen vereinzelt noch ein paar Stücke an wenigen Ständern. Aber ansonsten las man hauptsächlich den Namen des italienischen Modeschöpfers in goldenen Lettern an allen Wänden.

Unwillig und widerstrebend folgte sie der blasierten Verkäuferin in die Umkleidekabine. Als sie das Kleid anhatte, trat sie heraus, vor einen Spiegel. Es passte ihr – von der Größe her. Es passte ihr nicht – von der Situation her. Während sie sich das dazugehörige Jäckchen überzog, suchte sie an den Anhängern nach einem Preisschild, fand aber immer nur den Namen des Modeschöpfers und die Bezeichnung ‚Pura Seta'. In diesem Tempel der Eitelkeiten spielten Preise und Geld keine Rolle, schwante es ihr.
Plötzlich geriet Leben in die gerippige Verkäuferin. Sie plapperte etwas wie ‚bellissima... un miracolo... fatta per Lei... una rivelazione...' Charlotte blickte unsicher zu Massimo hinüber. Der stand nur lächelnd da, die Hände in den Hosentaschen, und sah sie bewundernd an. Er bat die Verkäuferin, ihnen das Kleid und den Schal einzupacken.
Den Organzaschal hätte man der Schaufensterpuppe nur zur Dekoration umgebunden, entgegnete die Verkäuferin, nun wieder sehr blasiert.
„Dann nehmen Sie ihn jetzt der Puppe da sofort ab und verkaufen uns die Dekoration." Massimo ging zur Kasse und schob seine Kreditkarte hinüber. Die Verkäuferin streckte ihre Nase zwar noch ein paar Zentimeter höher in die Luft, tat aber, wie er ihr befohlen hatte.
Als sie wieder auf der Straße waren, fragte Charlotte patzig: „Warum tun eigentlich alle, was du von ihnen verlangst?"
Massimo zuckte kurz mit den Schultern. „Tun sie das?"
„Warum tu ICH eigentlich, was DU willst? Was soll ich denn mit dem Schal? Willst du mich als Schwarze Witwe verkleiden?"
Er lachte. „Aber nein. Ich dachte, er könnte dir nützlich sein. Du kannst damit dein Haar hochbinden – das steht dir gut."
„Und warum werde ich das tun?"
„Weil du es auch willst. Du weißt es nur noch nicht. Aber es ist so. So, und was willst du jetzt tun? Was möchtest du noch besichtigen?"
„Warum fragst du mich das? Wir machen dann ja doch, was DU willst!"
Er nahm sie lachend in den Arm. „Ich bin ein despotischer Macho, ja?"
„Ja."
„Aber ein liebenswerter, despotischer Macho, ja?"
„Na ja."
„Was kann ich tun, um die Gunst meiner Prinzessin wieder zurückzugewinnen?"

„Mein Prinz sollte nicht immer so sicher sein, schon im Voraus zu wissen, was seine Prinzessin nun will oder nicht, was ihr steht oder nicht, was gut für sie ist oder nicht."
„Ich verstehe zwar nicht viel von Märchen – aber soviel ich weiß, sind es immer die Prinzen, die die Prinzessinnen wach küssen. Das heißt: ihr schlaft, wir sind wach. Und wenn man hellwach ist, sieht man eben mehr als mit geschlossenen Augen." Er küsste sie sanft auf die Stirn.
„So, und nun holen wir uns mein Auto, meine Karre, zurück, dann fahren wir auf den Gianicolo und genießen die Nachmittagssonne über der Stadt, dann parke ich in der Nähe der Wohnung, dann ziehen wir uns fürs Abendessen um und dann gehen wir in ein Restaurant, in das DU willst. Gefällt dir mein Programm? Es ist doch genau das, was DU auch willst, oder?"
„Genau", sagte sie ergeben. „Ich komme nicht gegen dich an."
„Dann versuch es gar nicht mehr." Er hakte sich bei ihr unter, sie gingen zur ‚Via del Corso', wo er ein Taxi anhalten wollte. Da sie gerade vor einem Sportgeschäft standen, sprang sie dort noch schnell hinein und kaufte weiße Tennisshorts für Helmut und eine Sportkappe für Leo, die er beim Reiten aufsetzen konnte. Dann fuhren sie im Taxi zurück zu dem bewachten Parkplatz an der Villa Borghese, wo der Ferrari stand. Als sie die ‚Via Veneto' hinauffuhren, ließ Massimo den Taxifahrer noch mal kurz vor der ‚Porta Pinciana' wenden, die Straße ein Stück zurückfahren und vor einem Schuhgeschäft halten.
„Hier kann man gut Schuhe kaufen. Wir haben die Schuhe für dich vergessen", sagte er zu Charlotte. Zum Taxifahrer sagte er, er möge zehn Minuten warten. Sie protestierte zwar, aber es war natürlich zwecklos. Aber wenigstens konnte sie sich bei der Wahl der Schuhe durchsetzten: ein paar schlichte, schwarze Ledersandalen mit nicht allzu hohem Absatz, statt der verrückten, perlenbesetzten Kreationen, die ihr der Verkäufer anschleppte.
Massimo hatte sich unterwegs noch eine Tageszeitung an einem Zeitungsstand gekauft. Das hatte sie an Helmut erinnert. Ohne Zeitung konnten sie scheinbar beide keinen Tag verbringen. Während er in seinem flotten Tempo durch die Stadt fuhr, warf er immer mal einen Blick auf die Schlagzeilen der Zeitung. Sie schloss einfach die Augen. So sehe ich wenigstens keine roten Ampeln, keine Kreuzungen, keine Gefahren mehr, dachte sie. Erst als er hielt, schlug sie die Augen wieder auf. Sie waren auf einem der Hügel über der Stadt angelangt. Er parkte

den Wagen auf einem großen Platz, in dessen Mitte ein pompöses Denkmal des Giuseppe Garibaldi stand. Vor ihnen eine breite Aussichtsterrasse mit einem weiten Blick über Rom. Der Gianicolohügel war höher gelegen als der Pincio und man konnte deshalb viel weiter blicken. Die Nachmittagssonne stand schon tief und warf ihre Strahlen flach über die Stadt, die Kuppeln der vielen Kirchen glänzten sanft und die ockergelben und rotbraunen Häuser Roms wurden in ein pfirsichfarbenes Licht getaucht. Auf dem Hügel hinter ihnen standen hohen Pinien; sie waren in einer grünen Oase hoch über der Stadt.

„Wie schön hier: in der Natur stehen und auf die Stadt schauen", sagte sie beeindruckt.

„Ja, Natur und Kunst, die schönste aller Verbindungen. Das schönste aller Ehen."

„Die Ehe", verbesserte sie automatisch. Manchmal machte er eben doch noch einen Fehler.

„Ah, die Ehe. Weiblichen Geschlechts. Das ist mal logisch, dieser Artikel. Ist ja auch eine weibliche Erfindung."

„Ach ja?" Sie blickte ihn misstrauisch an. War da nicht wieder der Schalk in seinen Augen?

„Natürlich. Eine durchaus nützliche weibliche Erfindung. Schließlich ist es für das Weibchen von Vorteil, wenn das Männchen bei der Erziehung der Küken hilfreich zur Seite steht."

„Hm! Aber im Italienischen ist es doch männlich: il matrimonio. Eine männliche Erfindung, um das Weibchen an sich zu binden. Damit es einem nicht davonläuft. Damit es kein anderer Rivale so leicht wegschnappen kann!"

Er sah sie belustigt an. Die Sache machte ihm einen Heidenspaß. „DIE Scheidung. Weiblich. Eine weibliche Erfindung, damit man den alten Macho irgendwann wieder loswerden kann, um für einen neuen Platz zu machen."

„Auf Italienisch heißt es aber: il divorzio. Eine männliche Erfindung, damit der Macho die ausgediente Ehefrau in die Wüste schicken kann, um für die nächste, jüngere Platz zu machen."

Er legte den Kopf in den Nacken und lachte. So konnte nur er lachen.

„Dein Lachen hört man jetzt in ganz Rom. So laut, wie die Kirchenglocken im Petersdom."

„So laut, wie der Kanonenschuss, den sie hier seit dem Mittelalter vom Gianicolo aus abfeuern", sagte er und zeigte auf einen kleinen Platz unter ihnen, von dem aus täglich um zwölf Uhr mittags ein donnernder Kanonenschuss über die Stadt ging.

„Du Schuft. Das Ehe! He! Das ich nicht lache! Du hast dich extra vertan! Du kennst unsere deutschen Artikel besser als ich! Du wolltest mich nur wieder hochnehmen!"

„Hochnehmen", er kratzte sich versonnen den Bart. Zack, hatte er sie hochgenommen und auf die Steinbrüstung gesetzt, mit den Füßen auf die andere Seite, so wie man Kinder zur besseren Aussicht auf eine Absperrung setzt.

Sie sah den Abgrund unter sich, die Stadt vor sich, den endlos weiten Himmel über sich und ihr wurde es schwindelig. „Lass mich... sofort... wieder... runter."

„Du brauchst keine Angst zu haben. Ich halte dich fest." Er hatte ihr von hinten die Arme um die Taille gelegt und hielt sie fest umklammert.

„Massimo... ich mach jetzt keinen Spaß... ich leide unter Höhenangst." Sie gab es nur ungern zu, aber schließlich wollte sie schnellstens wieder auf ihren Beinen stehen.

„Quatsch. Wir fliegen jetzt beide über die Stadt. Lass uns einfach auf den Strahlen der Abendsonne reiten. Wir haben doch so wenig Zeit, um alles zu sehen. Nur zwei Tage. Da kommt ein kleiner Rundflug ganz gelegen. Ich möchte dir so viel zeigen. Von dem, was mir gefällt, natürlich. Und was – natürlich - dir auch gefallen wird."

Sie holte tief Luft, schloss die Augen, in der Hoffnung, das Schwindelgefühl zu bekämpfen.

„Jetzt sollte meine Prinzessin aber ihre blauen Augen schon öffnen, sonst sieht sie nichts von den Wundern, die ihr Prinz ihr zeigen will." Er hatte seinen Kopf auf ihrer Schulter abgestützt, sprach ihr ins Ohr. Sie zwang sich, die Augen wieder zu öffnen.

„Festschnallen. Es geht los." Er zog seinen Griff um ihre Taille noch ein bisschen fester, dann ging es los.

„Im Sturzflug runter. Da vor uns ist Regina Coeli. Leider verbirgt sich hinter diesem königlich klingenden Namen nur das römische Stadtgefängnis. Siehst du die verbarrikadierten Fenster? Aber wir fliegen jetzt schnell darüber hinweg – es soll doch ein schöner Rundflug werden, nicht? He, guck mal, da haben wir ja das Pantheon vor uns. Siehst du das große Loch in der Kuppel, durch das die heidnischen Geister entfliehen konnten? Im Jahre 27 vor Christus erbaut, den Göttern des himmlischen Pantheons geweiht. Komm, wir gucken mal von oben rein, das ist viel lustiger, als von unten nach oben zu gucken. Ist die Kuppel nicht perfekt? Die Höhe des Innenraums ist gleich seinem Durchmesser. Der Durchmesser übertrifft sogar um ein weniges den der Peterskuppel. Pst! Nicht so laut sprechen, damit es der Papst nicht hört. Wir sind hier ganz in seiner Nähe. Aber diese zweitausend Jahre alte heidnische Raumkugel ist nun mal der Innbegriff der Vollkommenheit. Und was sehen wir innen im Pantheon? Da unten ist ein weiteres unserer Malergenies begraben: Raffaello Sanzio liegt da, der leider viel zu jung gestorben ist, sonst hätte er uns noch mehr wunderschöne Bilder hinterlassen können. Und wer liegt da noch? Vittorio Emanuele. Einer unserer Könige. Stell dir vor, welche Ehre für ihn: ein unbedeutender König, neben einem göttlichen Malergenie in einem heidnischen Tempel bestattet! Ist das nicht wunderbar unlogisch? Das sind so die Dinge, die mir gefallen. Aber auf, lass uns zur nächsten Unlogik fliegen. Wir überfliegen gerade Trastevere, da ist die Kirche San Francesco a Ripa. Guck mal durchs Fenster: Da liegt die selige Ludovica Albertoni leidenschaftlich auf einem Bett. Die hat unser Freund Bernini gemacht, als er schon 78 war, der alte Schlingel. Kunst hält jung, wie man sieht. Erotik auch. Schau mal, wie sie sich stöhnend an die Brust fasst, und das in einer Kirche! Ist das nicht toll unlogisch? Und da wir wieder beim Thema sind, gleich noch so eine verzückte Dame, natürlich auch von Bernini. Da, in der Kirche Santa Maria della Vittoria – noch eine Marienkirche, die vierte heute: Da liegt die Heilige Theresa. Ein Engel versucht ihr gerade ihr wallendes Gewand über der Brust anzuheben, will ihr den Pfeil der Liebe in die Brust stoßen und sie fällt dabei fast in Ohnmacht vor Vergnügen: Das ist exaltierte Frömmigkeit für den Genießer. Aber genug von Bernini und seinen Altersphantasien. Wir haben noch gar nichts von Michelangelo gesehen. Auf zum Moses. Auf nach San Pietro in Vincoli. Da hinten ist der Turm. Aber vorher kommen wir am Forum Romanum und am Kolosseum vorbei. Aber das kennst du ja zur Genüge von deinen Schulausflügen, da brauchen wir uns nicht aufhalten. Übers Kolosseum fliegen wir ganz schnell hinweg. Guck nicht rein, es finden gerade Gladiatorenkämpfe statt: Löwen gegen Sklaven. Das ist nichts für dein zartes Gemüt. Für mich übrigens auch nicht, auch wenn ich schon mal ein Schaf abmurkse... Ah, da ist schon die Kirche. Hier, von einem Fenster aus kannst du ihn sehen: den Moses von Michelangelo. Wie er sich mit der rechten Hand in den Bart fasst... eine Angewohnheit, die ich auch habe. Nur dass mein Bart nicht so lang

ist. Schade, man hat ihm Hörner aufgesetzt. Soll auf einen Übersetzungsfehler aus der Bibel zurückgehen, oder so. Da sieht man mal, wie wichtig Sprachkenntnisse sind. Und da wir schon mal bei Michelangelo sind, bleiben wir bei ihm. Jetzt fliegen wir übers Kapitol. Der Platz dort ist von Michelangelo entworfen worden. Man sieht das harmonische, geometrische Muster viel besser von oben, als wenn man unten auf dem Platz steht. Das Denkmal in der Mitte, das ist das Reiterstandbild des Mark Aurel, er hebt gerade die Hand, um uns zuzuwinken. Komm, wir winken zurück. Natürlich könnten wir nun noch weiter südlich fliegen, bis zu den Bergen da am Horizont. Da hinten liegt Frascati, ein kleines Weingebiet, das die ganze Welt mit seinem Traubensaft beliefert – und die Leute glauben das! Heute ist eine gute Fernsicht. Aber wir kommen vom Wege ab, es würde zu weit führen. Ich will auch deine Höhenangst nicht überstrapazieren. Also: fliegen wir wieder über die Stadt. Der große Palast da hinten ist der Palazzo auf dem Quirinal. Einst Sommersitz der Päpste, dann Sitz unseres jeweiligen Staatsoberhauptes. Ja, von der kirchlichen zur weltlichen Macht – ein kleiner Schritt. Aber wollen wir uns doch nicht den kurzen Rundflug mit Gedanken über unsere unwichtigen Politiker verderben. Da schaue ich weder nach rechts noch nach links. Weiter mit der Kunst. Also, zum Abschluss noch zur Pietà. Wir fliegen jetzt links um den Gianicolo herum bis zum Petersdom, den man von hier aus nicht sieht. Aber wir sehen ihn natürlich trotzdem, nicht wahr? Jetzt kannst du ruhig deine Augen zumachen. Stell dir vor, wir sind über der Kuppel Michelangelos, an der er bis zu seinem Tod gearbeitet hat. Wir landen auf den Vordächern. Und jetzt steigen wir über eine Geheimtreppe in die Kirche hinab. Die Treppe ist ungefähr so steil, wie die Steintreppe, die in meinen Turm führt, ins Allerheiligste. Komm, wir schleichen uns bis zur Pietà. Michelangelo hat sie gemacht, als er fünfundzwanzig Jahre alt war. Was habe ich eigentlich gemacht mit fünfundzwanzig? Wahrscheinlich nur Blödsinn. Da ist sie. Du sagtest doch heute früh, du gingest sie gerne besuchen. Was fasziniert dich so an ihr?"
Charlotte musste sich räuspern. Der Flug hatte ihr erst mal die Sprache verschlagen. „Sie, Maria... sie sitzt so still und ergeben da. Hält ihren toten Sohn im Arm. Ich glaube, das ist der größte aller Schmerzen, der einer Mutter zustoßen kann. Den eigenen Sohn zu verlieren. Sie... sie sieht so jung aus, fast jünger als ihr Sohn. Aber vielleicht ist es auch gar nicht ihr Sohn, sondern ein Geliebter. Oder ein fremder Mann. Einer von

den vielen dahingemeuchelten Friedenspredigern, einer von denen, die das Gute wollten und dafür ein böses Ende nahmen. Ein toter Soldat, ein sinnlos Gefallener, in einem sinnlosen Krieg, mit einem sinnlosen Ende. Irgendein Sohn, irgendein Mann, von irgendeiner Frau geboren. Eine Frau, der am Ende nur die Trauer bleibt... und ein toter Körper in ihren Armen. Oh Trauer ohne Sinn, oh Traum, oh Grauen, oh Tiefe ohne Grund. Und alles war umsonst."
Massimo nahm sie sachte wieder von der Mauer herunter, stellte sie vor sich hin, hielt sie aber weiterhin umschlungen. Eine Weile standen sie einfach so da, hielten sich in den Armen, ohne ein Wort zu sprechen. Dann sagte er leise: „Vielleicht war doch nicht alles so ganz umsonst, so sinnlos. Vielleicht gibt es doch einen Sinn – am Ende. Und wenn es nur der ist, dass Menschen vor dieser Pietà stehen und über sie nachdenken. So wie du."
„Danke für den Rundflug."
„Wo ist denn am Ende deine Höhenangst geblieben?"
„Mit weggeflogen... jedenfalls für eine kurze Weile."
„Es wird Abend. Wir sollten nach Hause fahren. Uns umziehen und zum Essen gehen. Ich bekomme allmählich Hunger." Sie blickten noch mal auf die Stadt unter ihnen, die weich in der Abendsonne verschwamm. Dann gingen sie zum Auto zurück und fuhren hinunter ins Zentrum.

„Was heißt eigentlich: nach Hause fahren? Ich denke, du hast hier einen Freund, der ein Hotel hat? Oder war das nur geflunkert, wie so vieles andere auch?"
„Aber nein, ich habe hier durchaus einen Freund, der ein nobles Hotel mit Restaurant hat. Er ist auch mein Kunde. Das war nicht gelogen. Nur habe ich auch eine kleine Wohnung. Da müssen wir doch nicht ins Hotel gehen."
„Hast du eigentlich überall Wohnungen?"
„Nein, nur noch diese. Und in der hat die meiste Zeit Elisabetta gewohnt, nicht ich."
Sie bogen von der großen Straße, die am Tiber entlang führt, ab in ein Labyrinth aus engen Gassen. Irgendwann wurde es schwer, mit dem Wagen weiterzukommen. Er hielt an und ließ sie aussteigen.
„Geh da rechts in den Vicolo hinein. Es ist das dritte oder vierte Haus links. Du kannst es nicht verfehlen, es steht eine sinnreiche, lateinische Inschrift über der Eingangstür. Dann gehst du rauf, bis unters Dach.

Auch das kannst du nicht verfehlen, es ist die einzige Attico-Wohnung im Haus. Ich fahre den Wagen in eine bewachte Garage. Einen Ferrari parkt man in Rom nicht einfach am Straßenrand. Mach es dir oben gemütlich, in zehn Minuten komme ich nach." Er drückte ihr die Schlüssel in die Hand und brauste davon.

Hoffentlich werden aus den zehn Minuten nicht ein paar Stunden, wie in Collevino, dachte sie. Dann fand sie das Haus mit der Inschrift: ‚Intra fortunam manendum'. Im dritten Stock angekommen, schloss sie eine Gittertür auf, die auf einen Balkon führte, über den man in die Wohnung gelang. Auf dem Messingschild neben der Klingel stand: Elisabetta Bellomo. Als sie eintrat, traf sie erst einmal ein Hitzeschlag. Es war unerträglich heiß hier drinnen, direkt unter dem Dach, da hatte sich die Luft ordentlich aufgeheizt. Sie öffnete sofort alle Fenster. Die Wohnung war nicht groß, bestand nur aus einem Korridor mit einer kleinen Einbauküche, einem Badezimmer, einem Wohnzimmer und einem winzigen Schlafzimmer. Dann war da noch ein Raum mit einem großen Fenster, durch das viel Licht einfiel. Hier standen ein Tisch mit Stühlen und eine Staffelei direkt am Fenster, auf der hatte man ein halbfertiges Ölbild zurückgelassen hatte. Es sollte wohl eine Rom-Ansicht, von oben gesehen, werden. Als sie aus dem Fenster blickte, sah sie, was es war: Jemand hatte die Dächer gemalt, die man von hier aus sah. Sie ließ ihre Blicke über die Einrichtung wandern. Irgendwie erinnerte sie an die Wohnung im Borgo, nur waren die Farben hier frischer und die Möbel alle in modernem, italienischem Design. Auch hier stand eine schöne Schale, ohne Obst, auf dem Tisch, allerdings nicht aus Keramik, sondern aus edlem Muranoglas, in blau-weißen Farbtönen, die sich in der Wohnung wiederholten. Der Fußboden war weiß gekachelt und der darauf liegende gewebte Teppich mit blau-weißem Rankenmuster gab einen schönen Kontrast ab. Hier war derselbe Innenarchitekt am Werk gewesen wie im Borgo, schloss Charlotte.

An einer Wand im Wohnzimmer hingen eingerahmte Poster: Schwarzweißfotos von alten Filmen. Sie erkannte einen, den sie sehr mochte: ‚Vacanze romane', die ‚Römischen Ferien' also. Warum hatte man das damals mit dem kitschigen Titel ‚Ein Herz und eine Krone' übersetzt? Das Foto zeigte Audrey Hepburn und Gregory Peck, die auf einer Vespa durch Rom fuhren. Ein anderes Poster zeigte Anita Eckberg und Marcello Mastroianni, die ein Bad im Trevi-Brunnen nahmen. Sie erinnerte sich auch an den alten Fellini-Film gut: ‚La dolce vita', dem

war Gott sei Dank die deutsche Übersetzung erspart geblieben. Und gerade habe ich auf der Via Veneto Schuhe gekauft, dachte sie belustigt. Dann waren da noch Poster von italienischen Filmen, die sie nicht kannte: Ein Mann saß vor einem Teller Spaghetti, die er in sich hineinschaufelte. Auf einem anderen Poster stand ein hässliches, kleines Männchen auf einem Tisch, auch mit einer Schüssel Spaghetti in der Hand, darunter stand ‚Totò'.
„Hier hängen keine antiken Ölbilder, es war unsere Studentenwohnung. Kennst du Totò?"
Sie schrak zusammen, weil sie ihn natürlich wieder nicht kommen gehört hatte.
„Nein, Totò kenne ich nicht. Ich kenne nur einen kleinen Antonio, den man so ruft. Ich bezweifle, dass dieser Film-Totò in Deutschland bekannt ist."
„Er war unser Nationalkomiker! Totò – Conte De Curtis! So nannte er sich – obwohl Zweifel an seinem Adelstitel bestanden. Vielleicht hatte er sich den selber verpasst. Er war wirklich sehr witzig, und seine Filme sehr lustig. Man kann sie sich noch heute ansehen und Spaß daran haben. Sag bloß, den da kennt ihr auch nicht – Alberto Sordi?"
„Ich kenne ihn nicht. Was aber nichts heißt, denn ich kenne mich besser bei den alten, amerikanischen Spielfilmen aus. Die zwei da auf dem Moped – kannst du dich an die Geschichte erinnern?"
Massimo kratze sich den Bart. „Das war ‚Vacanze Romane', ja – ich erinnere mich: Die aparte Audrey Hepburn spielte eine fremde Prinzessin, die, ihres eintönigen Hoflebens überdrüssig, eines Nachts aus ihrem Palazzo ausriss, um die Stadt auf eigene Faust zu erkunden. Dann traf sie auf den smarten Gregory Peck, der einen Reporter spielte und zusammen mit einem pfiffigen Freund heimlich Fotos von ihr machte, welche die beiden Schlitzohren dann als Scoop teuer an die Klatschpresse verkaufen wollten. Aber – ich weiß nicht mehr, wie es weiterging..."
„Er führte sie durch ganz Rom. Sie hatten viel Spaß miteinander. Die Sache komplizierte sich, weil die beiden sich dann verliebten. Zum Schluss hat er ihr die Fotos geschenkt, statt sie zu veröffentlichen und – sie kehrte zurück in ihren Palast, zu ihren Verpflichtungen und dann in ihr Land."
„War das dann ein Happyend, ein tragischer Schluss oder ein offenes Ende?"

Charlotte überlegte ein wenig. „Kommt drauf an, wie man es sieht." Sie ging in das Atelier, blieb vor der Staffelei stehen. „Aber in dieser ‚Studentenwohnung' hängen nicht nur Poster. Hier hat sich jemand in Öl versucht. Hattest du früher solche künstlerischen Ambitionen?"
„Nein, ich kann überhaupt nicht malen." Er ging in den Flur, wo in der Kochnische ein Kühlschrank stand und kam mit einer kleinen Flasche Sekt und zwei Gläsern wieder. „Der Sekt hier war ein Experiment. Wir machen ja eigentlich nur Wein. Vor drei Jahren wollte ich es mal probieren, ob man aus unserem Chardonnay mit Pinot Nero einen ‚Spumante metodo classico' herstellen kann und..."
„Massimo! Schenk mir jetzt ein Glas Sekt ein und danach reinen Wein, bitte."
Er lächelte ergeben. Sie stießen mit ihren Sektgläsern an, dann machte er es sich auf einem Stuhl bequem, streckte die Beine weit von sich, ließ einen Arm über die Lehne hängen, sah versonnen auf die Staffelei und begann endlich zu erzählen.
„Da gibt es gar nicht viel zu sagen. Elisabetta, die ich aber immer Lili nannte, Lili und ich waren nur vier Jahre verheiratet. Nicht gerade eine Rekordzeit. Eigentlich waren es nur drei, im vierten Jahr lagen wir schon in Scheidung... Sie war die Tochter des Rechtsanwaltes meines Vaters, aus Perugia, wo sie Kunstgeschichte studierte. Sie war erst zwanzig als wir heirateten. Ich war siebenundzwanzig, gerade mit dem Studium fertig und hatte die Tenuta übernommen. Es waren damals die Bellomos, ihre Eltern, die auf eine Hochzeit drangen. Nicht, dass wir dagegen waren – nein, wir waren sehr verliebt. Aber wir hätten es damit nicht so eilig gehabt. Meine Eltern waren beide tot, ich war total mit der Tenuta beschäftigt und sie war noch viel zu jung. Aber du kannst dir gar nicht vorstellen, wie kleinbürgerlich man damals hier in Italien war. Aber – was heißt eigentlich ‚damals'? Es ist erst zwanzig Jahre her. Wie sehr sich unsere Gesellschaft hier in zwanzig Jahren verändert hat! Es ist ein unglaublicher Wandel vonstatten gegangen. Die jungen Leute leben heute zusammen, wie bei euch schon lange, und entscheiden sich in aller Ruhe für oder gegen eine Heirat. Das wurde vor zwanzig Jahren so nicht akzeptiert."
„Komm wieder zum Thema!"
„Gut – wir waren zunächst einmal glücklich. Lili war wunderbar. Hatte eine unbändige Lebenslust, einen zielsicheren Geschmack – sie hat mir die Gästewohnungen im Borgo und auch diese Wohnung eingerichtet.

Sie hat die ganze Restaurierung mit wahrer Begeisterung in die Hand genommen. Sie tat alles, was sie tat, mit Elan und aus Überzeugung. Sie malte auch sehr talentiert, und ihr Studium war ihr sehr wichtig. Irgendwann wollte sie dann ein oder zwei Semester in Rom studieren - sie meinte, hier sei sie mehr ‚an der Quelle der Kunst'. Ich hatte nichts dagegen, obwohl wir uns dann nur an den Wochenenden sehen konnten. Sie zog also in diese Wohnung, die mein Vater mir damals schon gekauft hatte, als ich ein paar Semester in Rom studierte. Ich konnte ihren Wunsch daher durchaus gut verstehen. Und war froh, dass sie nicht in ein Studentenwohnheim ziehen musste. Das hielt ich damals für – gefährlicher. Nun, sie hat sich dann auch nicht in einen Kommilitonen, sondern in ihren Dozenten verliebt."

„Und dann bist du hier überraschend aufgetaucht und hast die beiden erwischt?"

„Aber nein! Das wäre doch peinlich gewesen! Ich habe es ihr einfach sofort angemerkt. Ein Mann merkt so was doch sofort. Ich verstehe gar nicht, dass dein Mann nicht gleich..."

„Woran hätte er es denn merken sollen? Woran hast denn du gemerkt, dass da noch ein anderer Mann in ihrem Leben aufgetaucht war?"

„Das merkt man – an allem Möglichen – an einem ausweichenden Seitenblick, an einem nicht zu Ende gesprochenen Satz, an einem anders ausgesprochenen Wort, an – einem veränderten Geruch, an einer winzigen Metamorphose..."

„Nicht alle haben deinen – Instinkt, Massimo, und deinen Blick für Details. Und dann – hast du sie gleich zur Rede gestellt?"

„Aber nein! Ich habe eine Weile so getan, als merke ich nichts. Schließlich hoffte ich doch, dass sie bei mir bliebe. Ich dachte, wenn es eine Affäre ist, dann wird sie aufhören, so wie sie angefangen hat. Warum hätte ich sie beschämen sollen? Schließlich liebte ich sie wirklich."

„Aber dann bist DU auf der Strecke geblieben."

„Aber nein! Seh' ich aus wie einer, der auf der Strecke geblieben ist?" Er sah sie entrüstet an. „Na gut. In der ersten Zeit hatte ich ganz schön daran zu knacken. Ich meine, ich hatte meinen Schwur ernsthaft in der Kirche abgegeben: bis an das Ende unserer Tage, in den guten wie in den schlechten Zeiten... und so weiter. Ich hatte mit ihr alt werden wollen. Aber sie wollte es eben mit einem anderen – gemeinsam alt werden. Er konnte ihr wohl besser die Kunstwerke erklären als ich. Wie

du gemerkt hast, habe ich ja etwas krause, ‚subjektive' Kunstansichten. Er wusste eben mehr über Pinselführung, Kunstschulen, Stilrichtungen. Konnte darüber diskutieren, welcher Maler sich von wem hatte beeinflussen lassen, wer von wem abgeguckt hatte – so Dinge, die mich nie interessierten. Ich bin ja nur ein umbrischer Bauer. Gut, er war eben der Bessere. Der Stärkere. Der Bessere sollte immer gewinnen. Der stärkere Löwe verjagt den schwächeren Löwen. Ein Naturgesetz. Ein richtiges."
„Hasst du sie für das, was sie dir angetan hat?"
„Aber nein! Warum sollte ich sie denn hassen? Sie hat den für sich richtigen Weg gewählt, hatte den Mut, diesen Weg zu gehen. Das ist doch bewundernswürdig! Ich meine, sie konnte ihr Leben doch nicht mit mir vertun, wenn ich eben nicht der Richtige für sie war. Wir haben alle nur ein Leben, das wir nicht vertun dürfen. Ihr war das bewusst, dass sie nur ein Leben hat – zumindest in dieser Form. Und welch eine schöne Form sie hatte!... Sie lebt seit Jahren mit ihm verheiratet in Mailand, wo sie eine Kunstgalerie führt. Sie haben zwei wunderbare Kinder – sie ist glücklich... und ich bin dankbar, dass sie es ist. Ich meine – wenn man jemanden... wirklich geliebt hat, dann wünscht man ihm doch immer alles Gute – oder nicht? Das hört doch nicht irgendwann auf!"
„Wenn man das schafft – dann ist das wohl das Beste, was einem passieren kann. Ihr seid also in gegenseitigem Einverständnis auseinander gegangen, wie das so schön heißt. Seht ihr euch noch regelmäßig?"
„Aber nein! Was vorbei ist, ist vorbei. Ich hätte das nicht gekonnt: hinterher Freunde bleiben oder so. Man macht aus der geliebten Frau von heute nicht plötzlich die nette Freundin von morgen. Alles, was ich über ihr späteres Leben weiß, habe ich von ihrer Familie gehört. Ihr Vater war bis zu seiner Pensionierung auch mein Rechtsanwalt. Er hat mir ab und zu von ihr erzählt und Fotos seiner Enkel aus seiner Brieftasche gezogen, der stolze Opa!"
„Nun, ihr hattet zum Glück keine Kinder. Sonst hättet ihr auch nach eurer Trennung noch Kontakt haben müssen. Nach dem Ehestreit geht der Streit um die Kinder los. Immer mehr Geschiedene schaffen es aber auch, sich zu neuen Familienbänden zusammen zu tun, so nach dem Motto: Du bringst deine Kinder mit, ich bring meine Kinder mit, und dann gründen wir eine neue Familie. Nicht schlecht, wenn's klappt."

„Nun ja, Kinder hatte wir zum Glück nicht... aber... was heißt zum Glück! Ich könnte jetzt einen Sohn haben, im Alter von Leo, wenn wir... aber das haben wir nicht geschafft, in den drei Jahren unserer Ehe. Wir haben nur... ein halbfertiges Gemälde zustande gebracht."
Er war aufgestanden, war vor der Staffelei stehen geblieben. „Ich hatte ihr stundenlang zusehen können, wenn sie hier am Fenster stand und malte. Sie war dann ganz in diese Tätigkeit versunken, ganz konzentriert. Und ich saß hier auf diesem Stuhl und war in ihren Anblick versunken. Stundenlang. Und habe mich nicht gelangweilt."
Jetzt stand er am Fenster, die Hände in den Hosentaschen, die Ärmel seines weißen Hemdes locker hochgekrempelt, und blickte in die dunkle Nacht hinaus.
„Ihr Name steht noch an der Tür – du kannst sie nicht vergessen! Liebst du sie noch?"
„Aber nein! Von ‚Liebe' kann keine Rede mehr sein, von ‚Vergessen' aber auch nicht! Ich vergesse nie jemanden – schon gar keine Frau! Aber in dieser Wohnung wohnt seitdem niemand mehr – da ist es auch egal, wessen Name an der Tür steht. Das ist die ganze, banale Wahrheit."
Charlotte sah nur seinen breiten Rücken. Sie raffte ihren Mut noch mal zusammen, um ihn etwas zu fragen, auch wenn er vielleicht wieder ‚aber nein' rufen würde.
„Seitdem sind zwanzig Jahre vergangen. Eine lange Zeit. Du hast doch sicherlich nicht wie dein Vater zurückgezogen im Turm gelebt. Ich denke, du hattest genug Zeit und Gelegenheit, es noch mal zu probieren, oder?"
„Viel Zeit – ja. Viele Frauen – auch. Viele schöne Erinnerungen – auch. Viele erlebenswerte Gelegenheiten – und ich habe so leicht keine ausgelassen. Ich... bin kein Heiliger. Ich...bin Massimo. Aber... ich habe eben nie wieder eine Frau getroffen, mit der ich mein ganzes Leben verbringen wollte..."
Er hatte sich umgedreht bei den letzten Worten und sah sie ernst an.
Sie lächelte. Es war nur so ein kleines Lächeln. Dann sagte sie entschlossen: „Aber nein! Genug mit den ‚schönen' Erinnerungen. Ich finde, wir sollten uns jetzt endlich fürs Abendessen umziehen und dann zusehen, dass wir etwas zwischen die Zähne bekommen. Ich habe allmählich Hunger! Und will mein schönes Kleid anziehen."
„Aber ja! Das ist mal ein Wort! Ich helfe dir – beim Anziehen..."

Als sie endlich ausgehfertig waren, ging sie noch mal schnell ins Bad, um sich vor dem Spiegel die Haare mit dem schwarzen Organzaschal hochzubinden. Es wurde eine richtig klassizistische Frisur – sie lächelte ihr Spiegelbild an. Sie sah so anders aus – in dieser ungewohnten Robe, mit dieser Frisur. Und für den Bruchteil einer Sekunde konnte sie sich der Illusion hingeben, es sei gar nicht sie selbst, die sich in dieser Situation befand: eine schöne fremde Schauspielerin, in einem schönen fremden Kleid, in einer schönen fremden Rolle, mit einem schönen fremden Mann...

Er wartete auf dem Balkon auf sie. Hatte sich einen nachtblauen Anzug mit einem ebenso dunkelblauen, seidigen T-Shirt darunter angezogen und sah noch eleganter aus als in dem hellen Leinenanzug, den er den Tag über getragen hatte.

„Und ich dachte, du trägst nur weiße Hemden oder schwarze T-Shirts", sagte sie belustigt.

„Wenn ich Hemden trage, ja, dann nur weiße. Aber T-Shirts trage ich in allen Farben – man bekommt so seine Marotten, mit den Jahren." Er lächelte sie strahlend an. „Aber du – du siehst wunderbar aus – Audrey Hepburn in blonder Version, Frühstück bei Tiffany, du lachst genau wie sie – hat dir das schon mal jemand gesagt?"

„Nein", lachte sie. „Warum reicht dir mein Lachen dann nicht – warum liegt dir soviel daran, was ich anhabe?"

„Weil ich finde, dass du wunderschön bist – und es nicht verstecken solltest. Du solltest – schillern." Er strich über die glänzende, schwere Seide des Kleides. „Es steht dir gut – und es tut dir gut."

„Womit du schon wieder dabei bist, zu wissen, was mir gut tut und was nicht."

„Va bene, va bene. Und jetzt wird dir ein üppiges, italienisches Essen gut tun. Komm. Los."

Sie schlenderten durch die dunklen Gassen, überquerten die ‚Via Arenula', tauchten wieder in dunkle Vicoli ein, kamen dann an einem Brunnen vorbei, der sie in helle Entzückung versetzte. Es waren vier schlanke Jünglinge in natürlicher Größe dargestellt, die auf dem Rand der unteren Brunnenschale saßen und mit je einer Hand rückwärts eine Schildkröte in den oberen Teil des Brunnens schoben. Er spielte pflichtbewusst den Reiseführer. „Der Schildkrötenbrunnen von Giacomo della Porta und Taddeo Landini."

„Deine Elisabetta hat dich gut präpariert. Die Knaben sehen aus wie viermal Leo."
Massimo lachte. „Jeder hat eben so seine Obsessionen! Du siehst eben deinen Sohn überall. Die Schildkröten hat man übrigens erst hundert Jahre später, nach der Aufstellung des Brunnens hier im Ghetto, dazugefügt."
„Wieso, sind wir hier im ehemaligen Ghetto?" Sie machte einen unsicheren Gesichtsausdruck.
„Ja. Hier gibt es ein paar nette, jüdische Restaurants, wo man ausgezeichnet essen kann. Das wolltest du doch – nichts Außergewöhnliches, sondern einfach und gut, oder habe ich das missverstanden?"
„Nein, nein. Aber du musst verstehen – ich als Deutsche – ausgerechnet im Judenviertel – nach all dem, was wir Deutschen ihnen angetan haben..."
Massimo blickte sie verständnislos an. „Und deshalb kannst du nicht hier essen gehen? Du trägst dich mit der Schuld deiner Väter oder Großväter herum? Aber das ist doch absurd! Was soll ich als Italiener denn dann machen? Mich wegen Mussolini schämen? Oder vielleicht besser: gleich wegen Giulio Cesare? Und all den blutigen Feldherren in unserer langen Geschichte mit ihren blutigen Eroberungskriegen? Unrecht verjährt doch nicht – ob es zweitausend Jahre, zweihundert Jahre oder zwanzig Jahre her ist. Nur – ich selbst kann mich nur für das verantwortlich fühlen, was ich selber getan habe. So sehe ich das jedenfalls. Also, gehen wir jetzt weiter bis zum Portico d'Ottavia und essen dort?"
„Ich würde lieber woanders essen gehen", sagte sie kleinlaut.
„Charlotte, du kannst doch nicht immer weiter durchs Leben gehen, deine Augen ängstlich aufreißen oder ängstlich verschließen, je nach dem, weil du dich für alles mögliche schuldig fühlst!" Er legte ihr seinen Arm um die Schultern.
„Tu ich doch gar nicht. Es ist mir einfach – unangenehm. Und du hast es gerade selbst gesagt: Unrecht verjährt nicht. Und hier in diesem ‚Ghetto' ist es so präsent."
„Du bist ganz schön kompliziert", seufzte er, überlegte aber, wohin sie stattdessen gehen könnten. Sie kehrten um, zurück bis zur Piazza Farnese, wo er noch ein gutes Restaurant kannte. Als sie den ‚Campo dei Fiori' überquerten, den alten Marktplatz der Stadt, fragte sie ihn, wen

die mitten auf dem Platz stehende, überlebensgroße Bronzestatur darstelle.
„Giordano Bruno. Ein vernünftiger Mann, den die Heilige Inquisition für seine vernünftigen Worte genau hier auf diesem Platz vor 500 Jahren verbrannt hat. Ich könnte dir jetzt einiges über die Logik und Unlogik der Kirche erzählen, denke aber nicht daran, weil ich jetzt wirklich Hunger habe." Sie waren nach links in eine Gasse eingebogen, standen auf der Piazza Farnese. Er zeigte auf ein Restaurant. „Draußen oder drinnen?"
„Draußen. Hier in der Stadt ist es so schwül, viel heißer, als bei euch auf dem Lande. Wenn ich an deine heiße Wohnung denke – das wird eine heiße Nacht. Aber, bekommen wir um diese Zeit noch was zu essen?"
„In Rom kannst du auch noch um Mitternacht ins Restaurant gehen – hier verhungert keiner. Und gegen eine ‚heiße Nacht' habe ich eigentlich nichts einzuwenden. Ja, natürlich, in der Wohnung hätte ich eine Klimaanlage einbauen lassen sollen. Aber dann denke ich wieder, es lohnt sich nicht. Im Sommer bin ich eigentlich selten hier, mehr im Winter. Ich sagte dir ja, dass ich des Öfteren nach Rom fahre, um Konzerte, Theater oder Freunde besuchen. Dann bin ich immer froh, nach Hause zu kommen, in die eigenen vier Wände. Ich bin beruflich viel unterwegs – immer in Hotels. Da ist es jedes Mal schön, wenn man wieder im eigenen Bett schlafen kann. Sonst hätte ich diese Wohnung schon längst verkauft."
Sie nahmen Platz an einem der Tische unter den großen Segeltuchschirmen, die man vor dem Restaurant aufgestellt hatte. Ein Kellner brachte sofort die Weinkarte, in die Massimo sich ohne Zeit zu verlieren, vertiefte. Sie betrachtete ihn amüsiert. Er hatte den kahlen Kopf in beide Hände gestützt und studierte sie eingehend. Er war dabei ganz in sich versunken.
„Fällt die Auswahl so schwer?", fragte sie nach einer Weile.
Jetzt schreckte er fast ein wenig auf. „Nein, nein. Ich habe meine Wahl schon längst getroffen. Nur, ich wundere mich immer, wie sie ihre Weinkarten zusammenstellen. Da stehen ein paar wirklich gute Weine neben ganz mittelmäßigen... und die guten kosten nicht viel mehr als die andern. Man versteht es einfach nicht." Er bestellte eine Flasche Wasser und einen Barolo. Dann vertiefte er sich in die Speisekarte. „Was essen wir denn Gutes?"

Er sagte natürlich ‚wir'. Sie erinnerte ihn daran, dass sie kein Fleisch aß. Und auch keinen Fisch. Ansonsten könne er für sie bestellen, was er wolle.
Vorwurfsvoll blickte er sie über den Rand der Karte an. „Was machen wir bloß mit dir? Essen ist in Italien eine sehr ernste Sache. Man ernährt sich nicht nur - man will genießen. Man nimmt sich Zeit für mindestens drei Gänge. Wie kannst du dich nur von Gemüse ernähren?"
„Wie du siehst, bin ich damit gut ernährt."
Er sagte zwar nichts mehr, man sah ihm die Missbilligung aber an. Dann bestellte er für sich ein ‚antipast misto, canelloni con ricotta, saltimbocca alla romana', dazu ‚verdura di stagione'. Sie hatte ein Gericht mit ‚funghi porcini' entdeckt und hätte es gern gegessen, aber er verzog nur das Gesicht: „Steinpilze – im August! Wer weiß, wo die herkommen." Für sie entschied er: ‚verdure gratinate, linguine al pesto fresco, melanzane alla parmigiana' – aber ohne Fleischeinlage, wies er den Kellner an – ‚insalata di rughetta con pomodori'. "Das ist ein einfaches, deftiges Essen. Aber wenn man Hunger hat wie wir, genau richtig. Den Nachtisch entscheiden wir zum Schluss."
„Das schaffe ich nie im Leben, alles zu essen."
„Du sollst es ja auch nicht irgendwann in deinem Leben essen, sondern heute Abend. So, es wird eine Weile dauern, bis sie es uns servieren. Hier kocht man noch frisch – auf Bestellung. Die Wartezeit können wir nutzen.Du musst sie nutzen."
Sie sah ihn verständnislos an.
Plötzlich wurde er ernst: „Du musst jetzt etwas tun, was du versprochen hattest."
„Was muss ich denn tun?", fragte sie entgeistert.
„Deinen Mann anrufen."
Sie hatte überhaupt nicht mehr an Helmut gedacht: Er kam in dem Film, in dem sie gerade mitspielte, nicht vor.
„Erinnere dich: Du hast es ihm versprochen. Er erwartet es. Du rufst ihn jetzt an." Das war wieder ein Befehl. Sie war verunsichert, hätte sich gern in Ruhe ein paar Worte zurechtgelegt, aber Massimo hatte schon sein Handy aus der Jackentasche gezogen und wählte die Nummer.
„In der Küche haben sie ein mobiles Telefon. Sie werden es deinem Mann bringen. Mit etwas Glück sitzen sie jetzt noch beim Essen, wahrscheinlich beim Nachtisch."

Ihre rechte Hand hatte sich um ihre Stoffserviette verkrampft. Leichte Panik stieg in ihr hoch. Als der Klingelton erschien, reichte er ihr das Handy. Widerwillig nahm sie es. Natalina war am Apparat. „Tenuta Poggio dei Pini", hörte sie sie hastig sagen. Sie war offensichtlich in der Küche beschäftigt und die Störung passte ihr nicht. Charlotte stellte sich kurz vor und bat darum, mit ihrem Mann verbunden zu werden. Sie bekam keine Antwort, aber man hörte Teller im Hintergrund klappern. Das war die Küche. Dann Stimmengewirr. Das war der Speisesaal. Dann Helmuts Stimme. „He Lotte, wo bist du gerade?"
„Im Restaurant, beim Essen."
„Wir auch. Es gab ‚pollo alla cacciatora'. Köstlich! Und jetzt noch eine ‚creme caramelle'. Wie war dein Tag? Was hast du gemacht?"
„Ich war vormittags in der ‚Galleria Borghese'... danach im Park spazieren..."
„Das sieht dir ähnlich", lachte er, „selbst in Rom musst du durch die Grünanlagen laufen."
„Dafür war ich nachmittags Einkaufen. Habe mir was Nettes gekauft. Das hattest du mir doch aufgetragen. Und dir ein paar Tennisshorts."
„Prima, hast du richtig gemacht. Du hör mal, ich hab den Martinelli haushoch geschlagen! Der war vielleicht sauer! Hat den Tennisschläger vor Wut hingeschmissen." Helmut kicherte.
„Nicht gerade sportlich", kommentierte sie.
„Nein, wirklich nicht. Aber Temperament haben sie ja, die Italiener. Und nachtragend sind sie auch nicht. Er kam gerade vorbei und hat mich auf einen Drink nach dem Essen eingeladen. Friedenstrunk sozusagen."
„Gute Idee."
„Du, Leo nervt mich hier schon die ganze Zeit. Er will seiner Mama noch Gute Nacht sagen. Also, ich geb' den Hörer ab. Bis morgen."
Sie konnte kaum seinen Gruß erwidern, da hatte sie schon Leo an der Strippe. „Na, Rotkäppchen, hast du dich nicht in der großen Stadt verlaufen?"
„Doch, aber ich bin zum Glück dem bösen Wolf begegnet und der will mich jetzt fressen."
„Na, dann ist ja alles in Ordnung." Er senkte die Stimme: „Du, Mama, ich muss dir was erzählen. Was von ... Francesca und mir".
Sie hielt den Atem an. „Ach ja?" Sie schluckte. „Was denn?", fragte sie zögernd.
„Wart's ab", sagte er geheimnisvoll. „Wann kommst du denn zurück?"

„Morgen Abend. Ich will die zwei Tage voll ausnutzen. Und der Conte fährt auch erst abends zurück, hat er gesagt."
„Nutz es nur aus. Gute Nacht. Küsschen." Schon klickte es.
„Gute Nacht", sagte sie überflüssigerweise, denn sie hörten es schon nicht mehr.

Im weit, sehr weit entfernten Umbrien hatte Leo den Hörer aufgelegt. Ein Kellner kam vorbei und trug den Apparat zurück in die Küche.
„Papa, ich hab eigentlich ein schlechtes Gewissen. Na ja, ICH hab doch Mama überredet, alleine nach Rom zu fahren. Ich meine, sie sitzt da jetzt mutterseelenallein in einem Restaurant..."
„Ja, vielleicht waren wir da ein bisschen egoistisch", gab Helmut zu. „Aber wenn man sich gut versteht, wie deine Mutter und ich, muss man nicht immer alles gemeinsam machen. Sie ist den ganzen Tag in Rom herumgelaufen, isst jetzt ihren Salatteller und wird gleich todmüde ins Bett fallen. Aber sie wollte es doch so. Es soll jeder nach seiner Fasson glücklich werden. Wir hätten sie womöglich nur gestört. Du maulst ständig rum: nicht ins Museum, bäh, nur keine Kirchen besichtigen, bäh... und ich hasse es auch, bei der Hitze über den aufgeweichten Asphalt zu laufen... nein, es ist schon besser so. Nun ist sie nicht an uns gebunden und kann alles in Ruhe besichtigen, was sie sich angucken will. Sie ist eben viel freier so."
Leo war noch nicht ganz beruhigt. „Dieser Conte... also Massimo, der wird's doch nicht bei ihr versuchen?"
„Wie kommst du denn darauf?", fragte Helmut verblüfft.
„Na ja, ich meine... ich glaube, der hat's faustdick hinter den Ohren. Hast du nicht gesehen, wie der mit Francescas Mutter herumschäkert? ,Mia bella Liliana' – Küsschen rechts – Küsschen links – und auch Francesca muss er ständig betätscheln. Mal zupft er sie am Ohrläppchen, mal gibt er ihr einen Klaps auf den Hintern!" Leo sprach mit echter Entrüstung.
Helmut musste lachen. „Du bist ja eifersüchtig! Ach, aber nein. Das ist so die Art der Italiener. Dieses Überschwängliche. Südländer, eben. Wir sind da anders. Und was deine Mutter betrifft... Sollte er es bei ihr versuchen, wie du dich ausdrückst, sie würde ihn kläglich auflaufen lassen. Ich kenne sie gut. Auf so einen Don Giovanni fällt sie nicht herein." Damit war für ihn das Thema abgehakt.

Jetzt wechselte auch Leo das Thema. „Du gehst doch gleich noch mit dem Martinelli ein Schlückchen trinken? Da wäre ich allein. Ich dachte... ich könnte Francesca noch zu einem kleinen Spaziergang einladen? Hast du was dagegen?"
„Nein, wenn SIE nichts dagegen hat", sagte Helmut. Dann stutzte er kurz. „Ihr geht doch NUR spazieren?"
„Natürlich, Papa." Dann senkte er die Stimme. „Können wir mal... von Mann zu Mann reden?"
„Von Mann zu Mann – schieß los", forderte Helmut seinen Sohn auf.
Leo senkte seine Stimme noch mehr. „Vielleicht küsse ich sie heute Abend zum ersten Mal. Meinst du, sie wird mir eine runterhauen?"
„Woher soll ich das wissen?" Helmut war verdutzt. Dann wurde er nachdenklich. „Du bist siebzehn. Ich war neunzehn, als ich deine Mutter zum ersten Mal geküsst habe."
„Und? Hat sie dich geohrfeigt?"
„Nein, hat sie nicht." Helmut lächelte, in Erinnerung versunken.
„Also, ich probier es heute bei Francesca", sagte Leo mutig.
Helmuts Blick war plötzlich doch recht besorgt. Leo sah es und versicherte: „Mach dir nur keine Gedanken. Ich werde demnächst achtzehn. Sie ist doch erst fünfzehn. Ich bin fast erwachsen – sie ist noch ein Kind. Ich kenne meine Verantwortung." Leo sagte das so todernst, dass Helmut ein Grinsen unterdrücken musste.
Er räusperte sich. „Na, dann viel Glück, mein Sohn. Das, was du gerade von der Verantwortung gesagt hast, das gefiel mir. Wichtig ist nur, dass du dich", er räusperte sich nochmals, „ im entscheidenden Augenblick daran erinnerst."
„Alles paletti", rief Leo und machte sich über seinen Nachtisch her. Er hatte es plötzlich sehr eilig, damit fertig zu werden.

Im weit, sehr weit entfernten Rom saß Charlotte und nippte verlegen an ihrem Weinglas. Sie hatte Massimo das Handy zurückgegeben. Der sah sie prüfend an. Sie blickte stur auf ihre zerknüllte Serviette.
Ohne Ironie meinte er: „Das hast du aber gut gemacht. Du hast nicht mal gelogen".
„Ja, man muss nur das Wesentliche weglassen. So einfach ist das. Es kommt im Leben immer nur auf das Wesentliche an. Entweder man spricht es aus – oder man lässt es weg." Aber ihr Atem ging schwer und verriet, dass es alles andere als einfach gewesen war. Schon allein der

Klang der beiden vertrauten Stimmen hatte sie aus der Bahn geworfen. Warum hatte er sie gezwungen, diesen Anruf hier und jetzt zu tätigen? Sie hätte doch auch morgen anrufen können.
Er schien ihre Gedanken zu lesen: „Du kannst vor der Verantwortung nicht davonlaufen. Man löst Probleme nicht, indem man sie aufschiebt. Man muss den Dingen in die Augen sehen."
Verdammt, sie wusste ja, dass er Recht hatte. ‚Half ihr doch kein Weh und Ach, musst es eben leiden...' Warum hatte er immer Recht? Was sein muss, muss sein, nicht wahr? Wie das mit dem Schaf. Sie sah auf ihre Hände und wunderte sich, dass sie nicht blutbefleckt waren.
Aber er war ein geistreicher Plauderer und brachte es tatsächlich fertig, die Stimmung wieder aufzulockern. Während sie sich das Essen schmecken ließen, erzählte er etwas über die Piazza Farnese, die dort befindlichen wannenähnlichen Brunnen aus der Römerzeit, den Palazzo Farnese mit der von Michelangelo entworfenen Fassade.
„Leider kann man nicht mehr hinein, um ihn zu besichtigen. Oder vielmehr, nur mit Spezialgenehmigung. Den haben die schlauen Franzosen sich unter den Nagel gerissen. Da ist die Französische Botschaft drin. So wie sie die Villa Medici zu ihrer Akademie gemacht haben."
„Du bist nicht gut auf die Franzosen zu sprechen, was? Ich erinnere mich, was du über ihren Wein gesagt hast..."
„Ach was. Zwischen Italienern und Franzosen herrscht seit eh und je so eine Rivalität: Mal behaupten sie, sie hätte die bessere Mode, wir behaupten das Gegenteil, dann geht es um Wein oder um unsere Lebensart... Tatsache ist, dass sie beides gut machen, Mode und Wein. Man beneidet ja nur, was man auch bewundert, oder? Also, wir beneiden uns gegenseitig. Und bewundern uns gegenseitig. Sie machen einen hervorragenden Bordeaux, aus dieser sublimen Mischung von Cabernet Sauvignon und Merlot – und das, obwohl sie nicht unsere klimatisch guten Bedingungen haben. Dafür bewundere ich sie. Aber – das muss ich ja keinem Franzosen auf die Nase binden, oder?" Er lachte. „Ich sag es dir – als Deutsche." Mit Begeisterung machte er sich über seine Pasta her.
„Unser deutsch-italienisches Verhältnis ist dafür komplizierter – und nicht gerade von gegenseitiger Bewunderung geprägt. Es gibt so viele Vorurteile." Sie dachte an die Sätze ihrer Mutter und ihrer Schwiegermutter, die sie ihr noch an der Tür nachgerufen hatten. An die

vielen Allgemeinplätze, auf denen sich die Gedanken der Menschen gern tummelten.
„Dazu fällt mir ein kluger Satz von Hans ein – ein Münchner Feinkosthändler. Kommt fast jedes Jahr zu uns in Urlaub. Vor ein paar Wochen, im Juli, war er hier. Er ist mehr als nur ein Kunde, ein wirklich netter Mann, hat sogar Humor... was man von euch Deutschen ja im Allgemeinen nicht sagen kann."
„Findest du?"
„Allerdings. Also, er nennt sich selbst den ‚Würstelhänsel'. Verkauft aber neben seinen Weißwürstchen auch mein Olivenöl. Also, der sagte da neulich so einen Spruch, an dem viel dran ist. Warte, wie drückte er sich aus? ‚Die Deutschen lieben die Italiener, aber sie schätzen sie nicht. Während die Italiener die Deutschen schätzen, aber sie nicht lieben.' Ich finde, das bringt es ganz treffend auf einen Nenner. Wir schätzen euch Teutonen: immer korrekt, immer pünktlich, immer so ernst. Ihr baut solide Autos, gut funktionierende Waschmaschinen, hervorragende technische Geräte – das ‚Made in Germany' ist ein echtes Gütezeichen. Das muss man alles schätzen. Aber... was eure menschliche Seite angeht: ihr seid verschlossen, ein wenig hölzern, humorlos, braucht literweise Bier, um aufzutauen. So richtig lieben – als Volk – kann man euch nicht."
Charlotte blickt ihn etwas beleidigt an. „Dafür lieben wir euch, aber auch nur, was den ersten Eindruck angeht. Die Italiener: ein lustiges Völkchen. Gastfreundlich. Gutgelaunt. Immer ein Lächeln, ein Späßchen auf den Lippen. Immer ein Liedchen bei der Arbeit singend. O sole mio! Aber die Arbeit dabei ein bisschen hinschleudern. Und dann ‚il sole' - die Sonne! Natürlich sieht alles bei strahlendem Sonnenschein himmlisch schön aus. Auch ihr Italiener! Aber im Geschäft muss man höllisch aufpassen, dass die schöne Verkäuferin einem das Wechselgeld richtig herausgibt. Ich kenne auch persönlich einen Italiener, einen höllisch-schönen, sehr italienischen Italiener, der mich ganz schön übers Ohr gehauen hat. Kein Würstelhänsel – sondern eine Hanswurst." Sie sah ihn verschmitzt an.
Er wollte sich gerade ein Stück ‚Saltimbocca' in den Mund schieben, hielt aber inne, legte den Kopf in den Nacken und brach in sein Donnerlachen aus. Charlotte blickte sich im Lokal um, aber es saßen nur noch wenige Gäste auf der Terrasse.

„Wärest du mit mir spazieren gegangen – ohne die Ausrede mit der Deutschstunde?"
„Ich weiß nicht."
„Siehst du – ich wusste es auch nicht. Ich war mir nicht sicher – ich hatte keine andere Wahl, als dich ein wenig ‚übers Ohr zu hauen': eine bisschen schlechte Deutsch zu sprechen, du verstehen? Ich wusste nur, dass ich mit dir zusammen sein wollte – von Anfang an. Von dem Moment an, als ich dich da im Auto habe ankommen sehen."
„Von Anfang an war mir nichts klar. Aber dann habe ich dich... auf unseren Spaziergängen schätzten gelernt, obwohl du eine Spielernatur bist."
„Dann müssen wir den Spruch etwas umändern: Du liebst mich, weil ich Italiener bin, und schätzt mich, weil ich Massimo bin. Und ich schätzte dich, weil du Deutsche bist. Und... liebe dich, weil du Charlotte bist."
Sie lächelte ihn etwas unsicher an. „Vielleicht sollten wir das alles überwinden – all dieses Nationaltypische, diese Allgemeinplätze... Wir sind Europäer! Kant sagt in seiner ‚Anthropologie': ‚Das Genie schlägt bei den Deutschen mehr in die Wurzel, bei den Italienern in die Krone, bei den Franzosen in die Blüte und bei den Engländern in die Frucht.' Ich denke, er meint damit, dass der Deutsche in die Tiefe geht, das Hintergründige sucht, während der Italiener auf das Großartige aus ist, der Franzose hingegen die Poesie und das Glorifizierende liebt, für den praktischen Engländer aber die Wirkung, das Ergebnis zählt. Aber ich, Charlotte, sehe einen starken, europäischen Baum, zu dem alle etwas beitragen können, und nur das zählt!"
„Ja", stimmte Massimo ihr zu. „Unsere alten europäischen Werte sollten wir gemeinsam pflegen, statt sie gegeneinander auszuspielen. Trotzdem ist es wichtig, dass jedes Volk seine Eigenarten beibehält – ich fände es grässlich, wenn wir uns irgendwann alle ähneln sollten."
Ihr wurden gerade die ‚Melanzane alla parmigiana' serviert. „Das schaffe ich nicht mehr."
„Das schaffst du noch. Lass dir Zeit dabei."
„Haben wir Zeit?"
„So viel Zeit, wie DU willst. Ich sehe da keine Begrenzung."
„Weil DU unbegrenzt bist, aber ICH nicht. Wenn man sich an Ideale hält, dann können diese zu Grenzen werden. Ideale wie Treue..."
„Grenzen und Ideale sind gefährlich. Und Treue, na ja, darüber haben wir ja schon gesprochen."

„Ja, über die Treue der Hunde. Und die der Menschen? Wie hältst du es damit?"
Er aß seinen Teller mit Saltimbocca zu Ende. Dann trank er ein paar Schluck Wein. Sah sie nachdenklich an.
Sie musste lachen. „So lange musst du überlegen! Fällt die Antwort so schwer wie die Auswahl des Weines?"
„Ich wusste sofort, welchen Wein ich wollte. Ich habe auch meine Antwort auf deine Frage längst parat. Ich... habe nur überlegt, wie ich es dir sagen soll..."
„Massimo!" Sie sah in vorwurfsvoll an. „Wir haben doch gestern erst AUSgemacht, uns nichts VORzumachen! Ich habe dich heute Morgen mit meinen Ansichten über die Jungfrau Maria geschockt. Schocke mich jetzt ruhig mit deinen Ansichten über die Treue. Sag mir einfach die Wahrheit. Warst du deiner Elisabetta treu?"
„Du hast mich nicht geschockt mit deinen Ansichten. Also, was meine kurze Ehe anbetrifft: Drei Jahre lang konnte ich schon treu sein. Aber es waren nur drei Jahre. Ich weiß nicht, was in dreizehn – oder gar dreißig Jahren passiert wäre. Ich kann mir das nicht vorstellen, über viele Jahre hinweg in diesem – fleischlichen, irdischen Sinne treu zu sein. Ich meine – heute in der Galleria Borghese – da sind wir doch nicht wieder rausgegangen, nachdem wir die Paolina gesehen hatten. Wir wollten die anderen Schönen doch auch noch sehen. Ich finde, Treue ist eine Geisteshaltung. Wie die ‚himmlische Liebe'. Mit der ‚irdischen' sieht es anders aus: Man kann mit einer Frau ein Leben lang zusammen sein – und glücklich sein, wenn man diese Geisteshaltung beibehält." Er sah sie unsicher an. „Jetzt bist du schockiert."
Sie stocherte in ihrem Auberginengericht herum. „Das schockt mich nicht. Aber es ist wohl eine sehr männliche Ansicht der Dinge. DIE Treue – LA fedeltà, ist in beiden Sprachen weiblichen Geschlechts."
„Ich bin nun mal ein Mann. Daran kann und will ich auch nichts ändern. Ein hoch entwickeltes Säugetier. Im Tierreich kommt Monogamie so gut wie nicht vor – außer bei einigen Sorten von Wildgänsen, glaube ich. Auch bei Schwänen, so viel ich weiß. Aber – es sind immer Ausnahmen von der Regel. Wo DU doch so an die Naturgesetze glaubst – das müsste dir doch einleuchten. Der Hund ist seinem Herrn treu – nicht der Hündin. Die verlässt er, nachdem er seinen Spaß gehabt und seine Schuldigkeit getan hat. In der Natur geht es ja auch immer um die Fortpflanzung der Rasse. Die Aufzucht der Jungen überlässt die Natur

den Weibchen. Ein Mann kann seinem Freund treu bleiben – aber seine Frau? Und wenn, dann nur in einem geistigen, übertragenen Sinne."
„Aber die Aufzucht der Jungen dauert bei den Menschensäuglingen eben viel länger als bei dem Wurf kleiner Hunde. Die Katzenmutter kümmert sich rührend um ihre Jungen, aber es dauert nur wenige Wochen. Die kleinen Vögel sind schnell flügge und aus dem Nest. Die Menschenkinder nicht. Die brauchen mindestens achtzehn Jahre dazu. Und sie brauchen für eine gesunde Entwicklung beides: Mutter und Vater."
„Aber da bin ich doch ganz deiner Meinung, Charlotte. Die Ehe ist eine durchaus nützliche Einrichtung, eine aus sozialen, politischen und religiösen Gründen sinnvolle Einrichtung. Es ist schön, wenn zwei zusammen alt werden wollen, ihre Kinder großziehen, sich lieben bis an das Ende ihrer Tage – aber müssen sie sich deshalb bis an das Ende ihrer Tage in ihren Instinkten beschränken?"
Ihr fiel ein alter, deutscher Schlager ein. Sie konnte nicht anders, sie sang leise vor sich hin: „Warum soll so was Schönes nur einem gefallen... der Mond und die Sterne... gehör'n doch auch allen."
Er lächelte sie an. „Richtig. Meine schöne Charlotte."
„Mein schöner, unbeschränkter Massimo. Gelten in deiner Weltansicht... die gleichen Rechte für Männer und Frauen? Die gleiche – Unbeschränktheit?"
Er hatte seinen Teller leer gegessen und blickte vorwurfsvoll auf ihren noch halb vollen. „Du solltest aufessen. Ich bestell uns jetzt noch einen Nachtisch."
„Ich will keinen Nachtisch. Ich will eine Antwort."
„Meine strenge Lehrerin lässt nicht locker, was?"
„Wenn man einen Aufsatz anfängt, muss man ihn auch zu Ende schreiben. Sonst gibt es eine schlechte Note. Man kann ihn auch – schlecht zu Ende schreiben. Aber nicht halbfertig abliefern."
„Na gut. Die Vorstellung ist nicht gerade – angenehm. Aber – richtig, gerecht. Natürlich habt ihr die gleichen Rechte wie wir. Ich bin kein arabischer Hengst! Aber – das polygame Ehemodell ist das der Natur besser nachempfundene."
Sie musste an Susi und deren Vorstellungen vom Leben im Harem denken. „Dein Modell – ist es das hier in Italien übliche? Ich meine, habt ihr so wenig Scheidungen, weil ihr es so haltet, wie du es mir gerade beschrieben hast?"

„Boh, ich weiß nicht, ob ich da stellvertretend für andere bin. Ich sollte da vielleicht auch gar nicht mitreden, als unverheirateter Schwerenöter. Viele meiner Freunde halten es so, aber ich denke, es gibt auch viele Italiener, die ihren Frauen in jeder Hinsicht treu sind. Weil sie es so wollen. Auch, weil die katholische Kirche ihnen das so vorschreibt."
„Und was sagt da der unbeschränkte Massimo zum katholischen Massimo?"
„Jetzt willst du es aber ganz genau wissen, was? Also, ich finde... wir sollten jetzt endlich den Nachtisch bestellen. Ich möchte ein Stück Charlotte."
„Was?"
Er rief den Kellner und bestellte zwei Stück Kuchen. Charlotte-Kuchen. Man brachte ihnen zwei Stück Torte. Ein Stück Kuchen mit Löffelbisquits und einer hellen Cremefüllung.
„Und das heißt wirklich ,Charlotte'?" Sie starrte ungläubig auf den Kuchenteller.
„Der Kellner hat es doch verstanden. Hätte er es uns sonst gebracht? Du glaubst mir wieder nicht." Er winkte noch mal den Kellner heran und ließ sich die Karte bringen. Da stand es schwarz auf weiß: Tiramisu, Torta alla Frutta, Torta Charlotte.
"Bekommst du in jedem besseren Restaurant. Was kann ich dafür, wenn du dich in der italienischen Küche nicht auskennst?" Er freute sich diebisch.
„Bekomme ich von dir auch noch eine Antwort auf meine Frage? Von einem, der sich so gut in der Küche, im Leben und in der Bibel auskennt?"
Er seufzte. Legte aber die Kuchengabel noch mal auf den Teller und sah sie an. „Aber ich halte es ja mit der Bibel. Mit dem höchsten aller Sprüche, aller Ansprüche: ,Liebe deinen Nächsten wie dich selbst'. Man darf niemandem wehtun bei dem, was man tut."
„Das ist aber oft unvermeidlich und... meine Bibelkenntnisse sind zugegebenermaßen bescheiden, aber ich glaube, mich auch an ein weiteres Gebot zu erinnern: Begehre nicht die Frau eines anderen, oder so ähnlich."
Massimo wich ihr diesmal nicht aus. Sah sie ernst an. „Glaubst du, ich laufe in der Gegend herum und begehre jede schöne Frau? Da ist doch viel mehr im Spiel. Und was heißt: eines anderen? Das klingt nach

Besitz. Niemand gehört einem anderen. Du gehörst nicht deinem Mann. Und du gehörst auch nicht mir. Jeder gehört nur sich selbst – und Gott."
„So wie du sehr subjektive Kunstansichten hast, hast du auch sehr subjektive Bibelansichten."
Er lachte leise. „Das mag stimmen. Basteln wir uns nicht alle, jeder für sich, seine subjektiven Lebensansichten? Ich mag auch das mit den Modellen gar nicht. Nicht das mit den Idealen. Aber ich, ich bin sowieso aus allem fein raus." In seinen Augen sprühte plötzlich der Schalk. Die Funken hüpften nur so über den Tisch.
„Wieso bist du aus allem raus? Weil du Massimo bist?"
„Nein. Weil ich keine Haare habe. In der Bibel steht, dass alle kahlköpfigen Männer immer von Natur aus ‚rein' sind." Er strich sich lachend übers kahle Haupt.
„Du spinnst."
„Aber nein! Du glaubst mir wieder nicht. Soll ich den Kellner heranwinken und mir die Bibel bringen lassen? Ich fürchte, die haben sie nicht auf der Speisekarte. Aber lies es bei Gelegenheit nach: drittes Buch Moses, Vers 13:40."
Er schüttelte sich vor Lachen. Sie schüttelte nur den Kopf.
„Was kann ich dafür, wenn du dich in der Bibel nicht auskennst!" Als er sich beruhigt hatte, rief er den Kellner heran. „Können Sie uns eine Bibel bringen?"
Der Kellner schüttelte den Kopf ohne eine Miene zu verziehen.
„Dann bringen sie uns die Rechnung." Sie waren die letzten Gäste im Lokal. Die Kellner hatten schweigend und missmutig herumgestanden, aber niemand hatte es gewagt, die beiden diskutierenden Gäste zu unterbrechen oder gar hinauszuwerfen. Massimo gab ein großzügiges Trinkgeld, dann gingen sie.
„Wir haben zu viel gequatscht", sagte er. „Warum haben wir nicht einfach das Essen genossen? Stattdessen musst du mich über so ein kompliziertes Thema wie die Treue ausquetschen."
„Und ich habe zu viel gegessen. Ich möchte jetzt noch ein paar Schritte gehen. Der Tiber ist doch ganz in der Nähe – lass uns einen Blick auf den Fluss bei Nacht werfen."
Massimo stöhnte. „Also zum Spazieren habe ich um diese Uhrzeit wirklich keine Lust mehr. Ich hätte jetzt Lust auf ein weiteres Stück Charlotte."

„Aber du hast doch schon eines gegessen. Und mein halbes noch mit, weil ich es nicht mehr geschafft habe."
„Non c'è due senza tre. Aller guten Dinge sind drei. Und das dritte Stück ist das beste."
Er blieb stehen und zog sie an sich. Sie lächelte ironisch: „Die Vorfreude ist das Beste. Nachdem wir zum Tiber spaziert sind, bekommst du noch ein Stück Charlotte. Also, lass uns gehen. Du machst doch alles, was ich will, oder?"
„Hm, hm, hm. Zum Glück sind es wirklich nur drei Minuten zu Fuß. Nur über die ‚Via Giulia' rüber." Schweigend schlenderten sie die wenigen Schritte bis zum Tiber, der dunkel und behäbig durch die Nacht floss. Sie lehnten sich an die steinerne Mauer aus Travertin, lehnten sich hinunter, so wie sich die Zweige der großen Platanenbäume hinuntersenkten, welche den Lungotevere, die Uferstraße, säumten. Der Fluss lag tief unten, von hohen Mauern im Zaum gehalten.
„Das war eine notwendige Baumaßnahme. Jahrhunderte lang ist der Fluss über seine Ufer getreten, hat die Stadt überschwemmt, sie zu einem Sumpf gemacht, Zerstörung und Malaria mit sich gebracht. Auch wenn es schade ist, dass man nicht mehr direkt am Fluss stehen kann. Das heißt, wir könnten hier die Treppen heruntergehen. Was aber nicht ratsam ist. Wir wollen doch weder ‚Barboni', Stadtstreicher, aufscheuchen, noch Liebespärchen, noch Fixer."
„Ist es eigentlich nicht gefährlich, so spät in Rom noch auf der Straße zu sein?", fragte sie ängstlich.
„Erstens, du bist mit mir zusammen. Da ist nichts gefährlich. Und zweitens, Rom ist keine brutale Stadt. Rom ist alles in allem eine friedliche Stadt. Mamma Roma, wie die Römer sie nennen."
„Aber du würdest dich natürlich verteidigen, wenn dich jemand angreift?"
„Natürlich. Wenn mir einer eine in die Fresse haut, kriegt er es doppelt zurück."
Charlotte musste über seine Ausdrucksweise schmunzeln. „Diesen Ausdruck hast du aber nicht bei Goethe gelesen, sondern wohl eher von dem bayerischen Würstelhänsel gehört... Du würdest also nicht – die andere Seite der Wange hinhalten? Steht da nicht so was in der Bibel? Von der rechten und der linken Wange?"

Er stöhnte. „Jetzt fängst du schon wieder mit einem so komplizierten Thema an! Also gut: Ich würde mich instinktiv wehren. Und damit vielleicht das Falsche tun. Würdest du dich denn nicht wehren?"
Sie blickte hinunter in den Fluss. „Vor ein paar Jahren bin ich mal nachts auf der Straße in Berlin von einem Drogensüchtigen angehalten worden. Ich hätte natürlich um jene Nachtzeit nicht alleine durch die Straßen laufen sollen. Es war auch meine Schuld. Da stand plötzlich ein Mann vor mir, hielt drohend eine Spritze in der zitternden Hand und sagte: Geld her, oder... Er konnte den Satz gar nicht zu Ende sprechen, weil auch seine Stimme zitterte. Ich glaube, er hatte mehr Angst als ich. Ich... ich habe ihm einfach die ganze Handtasche gegeben. Helmut hat mich dafür hinterher ausgeschimpft. Er meinte, es hätte doch gereicht, wenn ich ihm die Geldbörse gegeben hätte. Und überhaupt, ich hätte ihn vors Schienbein treten sollen oder wenigstens schreien. Er wäre höchstwahrscheinlich davon gelaufen. Natürlich hatte Helmut Recht. Das Geld, die ganzen Papiere, der Haustürschlüssel, alles war weg. Na ja, du kannst dir vorstellen, was das bedeutete. Aber... ich war... unfähig... irgendwie anders zu reagieren. Ich habe nur dieses blasse, kranke Fixergesicht vor mir gesehen. Ich sehe es noch heute vor mir."
Sie hob hilflos die Arme und ließ sie wieder sinken. „So bin ich. Ich bin schwach. Hier stehe ich. Ich kann nicht anders."
Massimo sah sie nachdenklich an. „Und damit hast du instinktiv das Richtige getan. Gewalt erzeugt nur Gewalt. Deine Schwäche ist auch deine Stärke. Und meine Stärke... ist auch meine Schwäche."
„Aber du hattest Recht – wir quasseln zu viel. Lass uns morgen nichts besichtigen. Nichts tun, was zu komplizierten Gesprächsthemen anregt. Irgendetwas ganz unverfängliches. Etwas, bei dem wir weder vom Wege noch vom Thema abkommen."
Er zog zweifelnd die Augenbrauen hoch. „Ob wir zwei das schaffen? Wir sind doch Spezialisten auf dem Gebiet – vom Thema und vom Wege abzukommen. Aber: Vielleicht kommen wir gar nicht vom rechten Wege auf den falschen Weg ab? Vielleicht kommen wir – vom falschen auf den richtigen Weg?"
„Wobei wir uns schon wieder auf moralisches und theologisches Glatteis begeben", lachte sie.
Er lächelte sanft. So konnte nur er lächeln. „Halten wir uns an den Spruch: ‚Sei nicht schnell mit deinem Munde und lass dein Herz nicht eilen, etwas zu reden vor Gott; denn Gott ist im Himmel und du auf

Erden; darum lass deiner Worte wenig sein, denn wo viel Mühe ist, da kommen Träume, und wo viele Worte sind, da hört man den Toren.'"
„Warum drückst du dich plötzlich so altmodisch aus?"
„Weil die Worte nicht von mir sind, sondern vom weisen Salomon, Prediger, Buch fünf, Vers eins und zwei."
„So steht das da? Mit den Worten und den Träumen und den Toren?"
„Genau so. Du glaubst mir wieder nicht?"
„Ich bin bald soweit, dir alles zu glauben. Ich komme nicht gegen dich an."
„Dann lass es. Und morgen machen wir, was ich sage. Wir fahren einfach ans Meer."
Sie blickte auf den Fluss. „Der Tiber fließt ins Meer..." Ihr fiel der Refrain eines Liedes von Hannes Wader ein und sie sang ihn leise: „Für die Nacht sind wir geborgen, unsere Ängste vor dem Morgen trägt der Fluss bis in das Meer.
Und es kämmt ein sanfter Wind das grüne Haar der Trauerweiden, hörst du auch das Raunen dieser Stimme überm Fluss?
Lauschen will ich, nur nicht fragen: Was wird aus uns beiden?
Weil ich weiß, dass ich mich vor der Antwort fürchten muss."
„Du musst dich vor nichts fürchten." Er hielt sie eng umschlungen. „Das ist ein schönes Lied. Aber du hattest mir doch noch etwas anderes, schönes versprochen? Ein süßes Stück Charlotte?"
„Dann lass uns aufhören zu fragen, lass uns nur noch lauschen. Von der Nacht ist nicht mehr viel übrig."
Sie hatten es jetzt beide sehr eilig, in die Wohnung zu kommen. Nach Hause. Ein zu Hause, wenigstens für den Rest einer Nacht.

Später, mitten in der Nacht, wurde sie wach. Es war so schwül in der Wohnung. Und stockfinster, sie sah kaum seine Umrisse. Aber sie hörte sein ruhiges Atmen neben sich. Es war seit siebzehn Jahren das erste Mal, dass diese Umrisse und dieses Atmen nicht zu ihrem Mann gehörten. Es war irgendwie unwirklich. So wie diese ganze Situation unwirklich war. Dies war gar nicht ihr Leben. Es war ein anderes. Oder ein Film. Oder ein Traum.
Sie brauchte Luft. Vorsichtig stand sie auf und tappte leise aus dem Schlafzimmer. Im Wohnzimmer machte sie das Fenster auf. Irgendwo in der Wohnung hatte sie doch einen alten Ventilator herumstehen gesehen. Sie holte ihn, stellte ihn hinter sich vor das Fenster und sich dazwischen.

Das gab etwas Durchzug und tat gut. Sie hoffte, er möge von dem leisen Summen des Gerätes nicht wach werden. Ihr leichtes Nachthemd klebte ihr am Körper. Sie zog es aus, es war einfach zu heiß. Jeder Stofffetzen störte. Sie hätte es nicht zu ihren sieben Sachen in die Reisetasche packen brauchen. Massimo hatte es richtig gemacht: Er hatte seinen Schlafanzug erst gar nicht mitgenommen.

Die durchsichtige Gardine bedeckte sie zwar nicht, aber das war auch nicht nötig, denn es gab kein direktes gegenüber, nur die dunkle Stadt, eine unzählige Reihe von Dächern mit alten Ziegeln. Man sah den Mond nicht, nur die Sterne blinkten am Himmel. Immer, wenn sie nicht schlafen konnte, nahm sie sich ein Buch zur Hand – das half für gewöhnlich. Wo gab es hier etwas zu lesen? Sie war erfreut, in einem Regal mit Kunstbänden auch ein vergilbtes Büchlein mit lateinischen Gedichten zu finden. Mit dem stellte sie sich ans Fenster, um die Sterne als Lichtquelle zu nutzen. Ah, da war ja etwas von Ovid: Ianitor, der Pförtner! Das schien zum heutigen Tag und zur Nacht zu passen:

‚Urbe silent tota, vitreoque madentia rore - tempora noctis eunt, excute poste seram!

Aut ego iam ferroque ignique paratior ipse, quem face sustineo, tecta superba petam?

Nox et amor vinumque nihil moderabile suadent: illa pudore vacat, liber amorque metu.'

Sie dachte, eine kleine Übersetzungsübung wäre jetzt schlafförderlich, und so versuchte sie, sich den Text frei zu übersetzen:

Still ist rings die Stadt und im kristallenen Frühtau,

Pförtner, streicht die Nacht hin, macht doch jetzt auf!

Oder soll ich selber mit Schwert und Feuer, mit der Fackel dieses Dach erstürmen?

Liebe, Wein und Nacht, stimmt nicht zu Schwächlichkeiten;

Nacht kennt keine Scham und Liebe ist furchtlos.

Sie schauerte leicht: wie wahr! Was die alten Römer schon alles wussten... nur der Schlaf wollte sich nicht einstellen. Sie blickte in die dunkle Stadt hinaus. Rom war nachts nur ganz schwach beleuchtet. Sie dachte: Man spart an Strom hier. Sehr vernünftig. Aber vielleicht war das nicht der einzige Grund. So wie wir Menschen bei Kerzenschein schöner und jünger aussehen, so auch eine alte Stadt... die Falten in den Gesichtern wurden ausgebügelt und der sich abblätternde Putz der Häuserfassaden war nicht zu sehen. Aber vielleicht war auch das nicht

der wahre Grund. Vielleicht wollten die Römer sich nachts zurückversetzen können, in die Zeiten, in denen es keine elektrische Beleuchtung gab, ins Barock, damit die Putten im Dämmerlicht der Kirchen Leben bekamen, durch die Kirchenschiffe schweben konnten, zu den Heiligenfiguren, zu den verzückt daliegenden oder den streng dreinblickenden, zu den keuschen und den sündigen, die fromme Madonna nimmt sich ihren Heiligenschein vom Kopf und gibt ihn ihrem Kind wie einen Spielreifen in die Hand, Paolina erhebt sich von ihrem Lager und geht zum jungen David, der seine Steinschleuder niederlegt und sie umarmt, denn Nacht kennt keine Scham, sie stellen sich zu den andern, zu Daphne, zu Proserpina, die sich nun nicht mehr wehren, denn Liebe ist furchtlos, zurück in die Renaissance, in der Fackeln die Arkadengänge der edlen Palazzi erleuchteten, Michelangelos marmorne Statuen würden sich im flackernden Schein der Kerzen bewegen, die Pietà, die junge Mutter würde ihren schlafenden Sohn aufwecken, im kristallenen Frühtau, der alte Moses fährt sich mit der Hand durch den Bart und lacht über alles, was über ihn geschrieben wurde, er nimmt sich die albernen Hörner vom Kopf und wirft sie in den Tiber, zurück zu den Zeiten der alten Römer, die des Nachts durch die dunklen Gassen huschten, im Verborgenen, der Herr zur Sklavin, die Sklavin zu ihrem Herrn, den Kopf unter einer Toga verbergend, der Pförtner öffnet das Tor, eine Öllampe in der Hand, einen Dolch im Gürtel ...
Sie schreckte zusammen. Massimo stand hinter ihr und hatte ihr seine Hände auf die Schultern gelegt. Er konnte Gedanken lesen. Das wusste sie inzwischen. Und zaubern konnte er auch. Sie drehte sich nicht um. Blickte hinaus in die Dunkelheit. Er nahm ihren Kopf zwischen die offenen Handflächen, bewegte sie leicht hin und her. Dann ballte er die Hände zu Fäusten zusammen und streckte sie rechts und links neben ihr aus, hielt sie ausgestreckt aus dem Fenster raus.
„Siehst du, da sind sie drin."
„Was?"
„Deine Gedanken. Ich habe sie in meinen Händen. Und nun sieh, was ich mache – ich lasse sie frei." Er öffnete sprungartig die Handflächen und warf sie aus dem Fenster. Dann verschränkte er seine Arme vor ihrer Brust und sprach leise, eindringlich auf sie ein.
„Sieh ihnen nach, wie sie davonfliegen. Siehst du, sie sehen aus wie kleine schillernde Libellen, sie flattern über die alten Dächer davon, über die ewige nicht ewige Stadt, ins ewige nicht ewige Dunkel, diese ewigen

nicht ewigen Gedanken, die nicht neu sind, denn es gibt nichts Neues, was diese Stadt und diese Sterne nicht schon gesehen haben, diese alten neuen Gedanken über Wahrheit und Lüge, über Moral und Unmoral, über Treue und Untreue, über Lust und über Leid... über Leben und über Tod... sieh, deine Libellen sind verschwunden, und die Stadt sieht noch genauso aus wie vorher, die alten Dächer sind um ein paar Sekunden älter geworden, die Sterne stehen noch an ihrem Platz, bald verblassen sie im Morgengrauen, aber in der nächsten Nacht werden sie wieder da sein, nur... unmerklich verrückt... verrückt in eine Ewigkeit, die wir nicht verstehen können..."

Plötzlich fröstelte es sie. Langsam drehte sie sich zu ihm um, wollte ihm ins Gesicht sehen, aber sie sah nur den Umriss seines Kopfes. Was hatte er gesagt? War das seine Stimme gewesen? Oder waren es nur ihre Gedanken gewesen? Oder war es überhaupt nur ein Traum?

Sie lehnte ihren nun so leichten, gedankenlosen Kopf an seine Schulter und sagte leise: „Lass uns wieder ins Bett gehen."

KAPITEL 12 (9. August)

Von römischen Katzen und etruskischen Wildgänsen,
von einer unbequemen Umkleidekabine und unbequemen Umdenken,
vom Morgen Land am Meeresstrand und gestrandeten Göttern

Am nächsten Morgen verschlief sie den kristallenen Frühtau. Als sie aufstand, stand die Sonne schon hoch am Himmel. Sie fand Massimo gut gelaunt in der Küche vor. Er hatte wieder seine helle Leinenhose mit einem frischen weißen Hemd an und trug sich gerade die zweite Tasse Espresso an den Tisch, wo die aufgeschlagene Zeitung von gestern lag.
„Guten Morgen, Langschläferin. Um diese Uhrzeit habe ich für gewöhnlich schon meinen Ausritt rund um die Tenuta hinter mir, habe ein Bad im Pool genommen, bin mit dem Frühstück und dem Zeitungslesen fertig und trinke meinen Kaffee im Büro. Möchtest du auch eine Tasse?"
Sie schüttelte verschlafen den Kopf.
„Nun zieh dir schnell dein hübsches, weißes Leinenkleidchen an und dann ab ans Meer. Ich hole derweil das Auto aus der Garage."
„Ach, warte nur drei Minuten. Ich komme mit. Ich laufe gern noch mal ein paar Schritte durch die Stadt."
„Wenn du dich an unsere Abmachung von gestern Abend hältst: keine verfänglichen Diskussionen mehr! Wir spielen heute ein ganz normales Liebespaar. Ohne Abwege. Ohne Umwege."
Sie beeilte sich. Als sie ausgehfertig war, fiel ihr das Gedichtbändchen ein. Sie fragte Massimo, ob sie es mitnehmen könne.
„Du kannst es behalten. Es gehörte Lili und ich kann damit nichts anfangen – ich war ein ganz mieser Lateinschüler und habe alles vergessen."
Sie mussten ein Stück laufen, kamen dabei am Largo Argentina vorbei. Die alte Tempelanlage lag ein Stück tiefer als die heutige Stadt. Man konnte auf sie hinuntersehen, aber nicht hinuntergehen, sie war abgesperrt. Um die stillen Tempel, zwischen deren Resten Pinien standen und Gras wuchs, brauste der römische Stadtverkehr.
Massimo blieb stehen. „Ich will zwar keine Zeit mehr verlieren – aber schau mal genau, was da so zwischen den Tempelresten herumschleicht. Das ist etwas für dich."

Sie sah genauer hin. Erblickte erst eine Katze, die faul im Schatten lag und schlief, dann noch eine und noch eine. Die ganze Anlage schien von Katzen bewohnt zu sein, schwarzen, weißen, bunt gefleckten Katzen.
„Das ist ja toll. Und die lässt man hier so einfach frei herumlaufen? Laufen die nicht Gefahr, unters Auto zu kommen?"
„Ich denke, so blöd sind die Katzen nicht. Das sind gerissene Tierchen. Denen geht es doch da unten besser als uns hier oben. Sie werden sogar gefüttert. Sieh mal da." Er wies auf eine Frau, die mit einem Teller Katzenfutter die Treppen hinunter in die Tempelanlage stieg. Als sie wieder heraufkam, sprach Charlotte sie an und fragte sie, ob sie das aus eigener Initiative mache. Die Frau hatte ein nettes Gesicht, war mittleren Alters und erklärte ihnen freundlich, dass sie zu einer Organisation von Tierschützern gehöre, der die Stadtverwaltung das Recht eingeräumt hatte, die Tempelanlage zu betreten, um sich um die vielen streunenden Katzen dort zu kümmern. Die Kolonie wurde von ihnen überwacht, weibliche Katzen sterilisiert, kranke Katzen zum Tierarzt gebracht und alle Katzen wurden von ihnen regelmäßig gefüttert. Das sei nicht immer so gewesen. Frühere Stadtverwaltungen hätten auch schon mal alle Katzen vergiftet. Aber die Katzen kamen immer wieder, von Menschen hier ausgesetzt. Leider hätten die Katzen kein Wahlrecht, seien aber eben auch den politischen Zuständen unterworfen. Die Frau lachte, als sie das sagte.
Charlotte lächelte sie an. Tierschützer ähnelten sich alle, dachte sie. Sie zog ihre Geldbörse aus der Handtasche und gab der Frau den Rest des Geldes, das nach dem Kauf der Tennisshorts und der Sportkappe übrig geblieben war. Sie würde hier sowieso nichts mehr davon brauchen, denn Massimo bezahlte ja alles. Und sie kam nicht gegen ihn an.
Die Frau war hocherfreut. Drückte ihr eine Postkarte in die Hand, die vorne eine Katze auf einer Säule zeigte, hinten die Adresse des Tierschutzvereins, mit seiner Kontonummer für weitere Spenden. Charlotte wollte sie in ihre Handtasche stecken, aber Massimo nahm sie ihr aus der Hand und steckt sie sich in die Tasche seines Jacketts. „Lass mir auch ein Andenken", sagte er. Als sie an einer Bar vorbeikamen, aus der verlockender Kaffeegeruch strömte, fiel ihr ein, dass sie noch gar nicht gefrühstückt hatte. Sie bestellte sich einen Cappuccino und ein Cornetto. Er trank noch einen Espresso.
„Wie kannst du morgens nur so viel starken Kaffee trinken ohne etwas dazu zu essen? Das ist doch nicht gerade gesund. Es tut dir nicht gut."

Er zuckte die Achseln. „Ob es gesund ist, weiß ich nicht. Ich weiß nur, dass es mir gut tut. Ich habe morgens eben keinen Hunger. Dafür abends umso mehr."

„Das fand ich gerade toll, die Katzen da in der Tempelanlage, und die Frau, die sich als Volontärin um sie kümmert. Und wie gut die organisiert sind. Wer kümmert sich eigentlich bei euch auf der Tenuta um die Katzen? Ich habe in den letzten Tagen hin und wieder eine Katze durch die Gegend huschen sehen, mal saß eine getigerte unten am Brunnen, mal lag eine honigfarbene im Schatten eines Strauches, dann habe ich sogar eine Katzenmutter im Pferdestall entdeckt. Sie hatte einen ganzen Wurf junger Kätzchen zu versorgen. Was macht ihr mit den Kätzchen? Verschenkt ihr sie? Oder behaltet ihr sie alle?"

Massimo zuckte wieder nur die Schultern und trank seinen Espresso aus. „Ich weiß es ehrlich gesagt nicht. Natalina kümmert sich um die Katzen. Wenn es zu viele werden, regelt sie das irgendwie. Oder Alfonso. Oder die Natur regelt das auf ihre Weise. Das ist auf dem Lande so: Die Schwachen sterben, nur die Kräftigen überleben."

Charlotte sah ihn vorwurfsvoll an. „Also deine darwinistischen Ansichten dienen Natalina wohl bestens zur Rückendeckung. Wahrscheinlich vergiftet sie die Katzen klammheimlich mit ihren Kräutermischungen oder Alfonso ertränkt sie im Weiher!"

„Ich kann mich doch nun wirklich nicht um alles kümmern. Ich kümmere mich um die Pferde, um die Schafe, auch um unsere Kühe auf dem Monte Subasio, aber jetzt auch noch um die Katzen? Gar nicht zu reden von den landwirtschaftlichen und kommerziellen Aspekten der Tenuta. Es wächst mir manchmal wirklich alles über den Kopf."

Er hakte sich bei ihr ein und sie gingen weiter durch die morgendlich frischen Straßen. Es waren für römische Verhältnisse wenige Menschen unterwegs. Man merkte der Stadt die Urlaubsstimmung an. An jedem dritten Geschäft, an jeder dritten Bar stand das Schild: ‚Chiuso per ferie'. Massimo fuhr unterdessen mit seiner Klage fort.

„Ich muss einiges einfach delegieren. Muss – sozusagen – Talente verteilen. Jedes Mal, wenn ich für ein paar Tage wegfahre, so wie jetzt mit dir, hinterlasse ich das meiste an Natalina und Alfonso. Und meiner Sekretärin Corona. Jeder von ihnen hat wirklich viel zu tun, erhält viele Talente. Und jedes Mal, wenn ich zurückkomme, haben sie mehr getan, als man erwarten konnte. Sie sind alle drei Gold wert. Aber da sind auch die vielen anderen Angestellten. Dem einen gebe ich mehr auf, dem

anderen weniger. Doch ist immer ein Taugenichts da, der gar nichts geschafft hat, obwohl ich ihm schon sehr wenig aufgetragen hatte."
Sie waren an der Garage angekommen, in der er das Auto abgestellt hatte. Während sie sich im Auto anschnallte, sagte sie, mehr zu sich als zu ihm: „Ihr Männer haltet euch immer für unabkömmlich. Helmut ist da genauso." Aber an Helmut wollte sie jetzt nicht denken: Ich will nur denken, was ich will! Dabei fiel ihr die zweite Strophe des alten deutschen Volksliedes ein und sie sang sie leise vor sich hin:
„Ich denke was ich will, und was mich beglücket,
doch alles in der Still und wie es sich schicket.
Kein Wunsch und Begehren, kann niemand verwehren,
Es bleibet dabei: die Gedanken sind frei."
Bevor er Gas gab und losbrauste, sagte er noch: „ Du kannst mir die ganze Fahrt über etwas vorsingen. Deiner Lieder werde ich nie müde, Prinzessin. Aber zu meinem Fahrstil: pst! So, jetzt lehnst du dich entspannt zurück, genießt die Fahrt, und: pst! Kein Wort mehr, bis wir am Meer sind, einverstanden?"
Sie schaffte es sogar ganz gut. Man war schnell aus der Stadt herausgekommen, es war an diesem Morgen kaum Verkehr. Massimo fuhr Richtung Norden. Er erklärte, dass das Meereswasser in der direkten Nähe der Stadt, in Ostia, nicht sauber genug sei. Man müsse mindestens 50 km nördlich oder südlich von Rom ans Meer fahren. Er wollte bis nach Capalbio kommen. Die Via Aurelia, die sie bis ans Meer führen sollte, war eine schöne, breite Konsularstraße, die durch eine Landschaft führte, die vom blassen Grün hoher Eukalyptusbäume geprägt war. Bald sah man auch linker Hand den glitzernden Streifen des Tyrrhenischen Meeres am Horizont. Nach einer guten Stunde Fahrt sah sie ein Hinweisschild: Tarquinia, Ausfahrt 1 km. Das kannte sie aus den Lateinbüchern. Auf einem der Schulbücher für die Quinta war ein Flötenspieler abgebildet, aus einem Etruskergrab in Tarquinia. Sie fragte ihn danach. „Ist das hier, wo die Etrusker Nekropole ist?"
„Ja. Willst du sie sehen?"
„Wäre ganz interessant. Vielleicht kann ich in Zukunft dann mal mit einer Schulkasse hierher fahren. Wenn es kein großer Umweg ist."
„Es ist kein Umweg." Er bremste unvermittelt ab und verließ die Straße, um nach Tarquinia abzubiegen. Charlotte dankte innerlich ihrem Schicksal, dass auch dieses brüske Abbiegemanöver heil vonstatten gegangen war. „Es war doch nur so eine Idee."

„Aber dein Wunsch ist mir Befehl. Wenn du die Etrusker besuchen willst, dann besuchen wir eben die Etrusker. Außerdem liegt es wirklich auf dem Weg. Warum sollten wir es nicht mitnehmen? Wir fahren danach dann hier an den Strand, wir müssen ja nicht bis nach Capalbio kommen. Hauptsache, wir kommen nicht vom Thema ab: Heute ist die Leichtigkeit des Seins angesagt! Nicht, dass du mich gleich angesichts der vielen Gräber nach dem Sinn des Lebens ausquetschst!"
Charlotte musste lachen. „Wenn du nicht davon anfängst."
Sie fuhren erst in die Stadt, zum Palazzo Vitelleschi, dem Sitz des Nationalmuseums, und ließen sich den Weg zur Nekropole beschreiben, die etwas außerhalb lag. Als sie dort ankamen, stellten sie erfreut fest, dass man hier weder Schlange stehen, noch Karten vorbestellen musste. Sie waren praktisch allein, nur ganz wenige Touristen waren außer ihnen noch da. Mit Genugtuung bemerkte Massimo: „Die Leute liegen alle am Strand. Wir sind mit den Etruskern allein."
Sie standen auf einer Hochebene, mit weitem Blick ins Land. Ein überraschend frischer Wind wehte über sie her. Nur wenige Bäume wuchsen hier, dafür war die Feld- und Wiesenlandschaft ringsherum ziemlich trocken. Winzige Häuschen standen in der Landschaft, die sich beim näheren Hinsehen als Eingänge zu den Gräbern erwiesen. Man hatte sie zum Schutz der Gräber gebaut, manche waren verschlossen, andere standen offen. Massimo hatte am Eingang zu dieser Ausgrabungsstätte einen kleinen Führer gekauft, in dem er herumblätterte.
„Nicht alle sind geöffnet. Wir halten uns am besten an den Plan hier."
„Du kennst dich hier nicht so gut aus wie in der Villa Borghese, was?"
„Nein. Grabführungen sind nicht mein Metier. Und es ist Jahre her, dass ich hier war."
An jedem Häuschen war eine Tafel, die den Namen des jeweiligen Grabes, sowie Hinweise zu seiner Entdeckungsgeschichte, seiner Ausmalung und seinen besonderen architektonischen Merkmalen enthielt. Die Gräber hießen mal nach ihren Entdeckern, Tomba del Barone, von Baron von Stackelberg am Ende des 19. Jahrhunderts entdeckt, Tomba Bartoccini, Tomba Cardarelli, zu Ehren eines Dichters so genannt. Aber die meisten Namen bezogen sich einfach auf die Abbildungen der Fresken: das Löwinnengrab, das Leopardengrab, das Jagd- und Fischfanggrab, das Lotusblütengrab, das Grab der Stiere, das Grab der Gaukler und so fort. Die meisten waren vor etwa hundert

Jahren ausgegraben worden, einige aber auch erst in den sechziger Jahren. Laut Führer befanden sich Tausende von Gräbern unter diesen Hügeln. Man hatte allerdings nur die schön ausgemalten für das Publikum restauriert und begehbar gemacht. Wie sich herausstellte, ging vom Eingang eines jeden der Winzlingshäuser eine steile steinerne Treppe tief hinab in die Unterwelt. In den Gräbern war es dunkel, aber man konnte sie durch Knopfdruck elektrisch beleuchten, so ähnlich wie in einem dunklen Hausflur. Um die Fresken zu erhalten, musste das künstliche Licht so sparsam wie möglich eingesetzt werden. Auch waren die inneren Grabkammern durch Glasscheiben geschützt. Es roch moderig da unten. Wären da nicht die interessanten Fresken – und Massimo an ihrer Seite – gewesen, Charlotte hätte diese Besichtigung schnell abgebrochen. Sie besah sich die Fresken, die ihnen das Leben der Etrusker von vor fast 3000 Jahren zeigten. Jedes Grab bestand aus ein oder zwei Räumen, Steinbänke als Ruhelager der Leichname waren in die Wände gemauert. An den niedrigen Decken und Wänden verliefen die Friese, die Fresken. Man hatte den Toten ihre Bilder aus dem Leben mitgegeben: die einen fischten, die anderen jagten, andere wiederum lagen bei einem Festmahl und gingen tanzend, singend, musizierend, trinkend ins Reich der Toten. In einem der Gräber faszinierte sie die Darstellung eines alten Mannes, der auf einen Stock gestützt, von einem Jüngling geleitet, gebeugt den Weg ins Grab ging. Gebeugt von der Schwere seines langen Lebens, oder gebeugt, weil der vor ihm liegende Weg noch schwerer war. Massimo gefiel das Antlitz eines jungen Mädchens namens Velca. Der Name war neben ihrem Porträt in den Fels geritzt.

„Sei gegrüßt, Velca", sagte er mit leichter Verbeugung. „Auch wenn du schon 2600 Jahre alt bist – du bist noch immer wunderschön."

Charlotte besah sich dafür die schlanken Leoparden in dem gleichnamigen Grab genauer. Die gescheckten Wildkatzen standen sich im Giebelfeld eines Grabes gegenüber. Darunter war ein Festgelage in vollem Gange, an dem drei Paare in halb liegender Stellung teilnahmen. Eine Frau wendet sich ihrem Mann zu, der in einer Hand ein Ei hochhält, wohl als Zeichen für die Kontinuität des Lebens. An den Stirnwänden sah man viele Personen, die alle der Bankettszene zugewandt agierten, einer trägt eine Schale, andere spielen Flöte, Leier oder Zither. Auch ihr Flötenspieler vom Lateinbuchumschlag war darunter. Alle wirkten sehr lebendig in ihren Bewegungen, mit reich

verzierten Gewändern geschmückt, und bewegten sich zum Takt einer Musik, die man mit etwas Phantasie fast zu hören glaubte.
„Wie schön und frisch die Farben sind", bemerkte sie. „Obwohl die Farbskala recht dürftig ist: Sie haben fast nur beige-weiß, rostrot, ocker und ein wenig blau benutzt."
Im Grab der ‚Auguren' besah er sich eine Kampfszene genauer. Zwei nackte, muskulöse Männer kämpften fast wie Stiere miteinander: Kopf an Kopf standen sie sich gebeugt gegenüber, links von ihnen stand ein Schiedsrichter, Wildgänse flogen über die Ringenden hinweg.
„Es sind immer nur Männer als Kämpfer abgebildet. Sind es nur wir Männer, die immer kämpfen müssen – seit Jahrtausenden?" sinnierte er.
„Wir Frauen kämpfen auch – mit subtileren Mitteln. Die kann man nicht so leicht auf Fresken abbilden wie eure Handgreiflichkeiten", sagte sie.
Nach diesem Grab wollte sie eine kleine Pause. Als sie oben an der frischen Luft waren, holte sie ein paar Mal tief Atem.
„Strengt das Treppensteigen dich an?", fragte er besorgt.
„Aber nein! So alt und klapprig bin ich noch nicht, dass mir ein bisschen treppauf, treppab etwas ausmachen könnte. Ich habe auch eine ganz gute Kondition, weil ich immer so viel zu Fuß gehe. Ich bin eben nicht gern unter der Erde."
Er kratzte sich nachdenklich den Bart. „Mehr Licht?"
Sie nickte nur. Dann sagte sie nachdenklich: „Was wird wohl von UNS übrig bleiben, nach zwei- oder dreitausend Jahren? Sicher keine ausgemalten Gräber. Die Etrusker sind ausgestorben. Ihre Sprache ist verschwunden. Wie die lateinische Sprache. Ich lehre meinen Schülern eine tote Sprache. Und was muss ich mit ihnen im Unterricht lesen? Caesars Gallischen Krieg, ein Kriegsbuch. Zum Glück gibt es da noch die Dichtungen des Virgil und des Ovid als Ausgleich. Da habe ich gerade dran gedacht, als ich die beiden Kämpfer da unten sah."
„In zweitausend Jahren wird auch die italienische Sprache ausgestorben sein. Weißt du, dass wir hier in Italien eine sehr niedrige Geburtenrate haben? Die niedrigste Europas! Weil unsere kurzsichtigen Politiker es nicht schaffen, eine langfristige Familienpolitik zu betreiben."
„Nein. Das wusste ich nicht. Man stellt sich Italien immer noch als das Land der dicken, Nudel kochenden Mamas mit einer ganzen Schar von Bambini um sie herum vor."
„Das war mal. Noch bis in die 50er, 60er Jahre hinein. Dann kam der Wohlstand und man merkte plötzlich, dass Kinder teuer sind. Ich

fürchte, in zweitausend Jahren werden wir Italiener genauso verschwunden sein wie die alten Etrusker."
„In zwei- oder dreitausend Jahren wird vielleicht unsere ganze europäische Kultur verschwunden sein. Die Welt spricht dann nur noch Chinesisch, oder Arabisch. Deutsch wird eine tote Sprache sein. Was werden die Kinder dann im Unterricht lesen? Stell dir vor, ein findiger Archäologe sucht nach einem Lesestoff, den meine Kollegin in der fernen Zukunft im Unterricht mit ihren Schülern als didaktisches Material benutzen soll, und das einzige Buch in deutscher Sprache, das er ausbuddelt, wäre Hitlers ‚Mein Kampf'. Ist das nicht eine furchtbare Vorstellung?"
Massimo blickte sie an. „Ja, das ist eine furchtbare Vorstellung, aber gar nicht mal so abwegig. Die Geschichtsschreibung setzt ja allen Massenmördern, allen Kriegshelden, allen Heeresführern, all diesen Halunken setzt sie früher oder später den Lorbeerkranz auf. Oder, wie es Voltaire ausdrückte: Wenn du willst, dass man dir Denkmäler setze und dich einen Großen nenne, dann musst du wenigstens 100.000 deiner Mitmenschen auf heroische Weise um die Ecke gebracht haben. Hitler hat ja sehr viel mehr geschafft – er hat gute Chancen. Ist nur eine Frage der Zeit. Wir können dann nur hoffen, dass ein anderer, findiger Archäologe noch etwas tiefer buddelt und einen alten Band mit Goethegedichten findet... zum Ausgleich."
Sie nickte nur. Er blickte sie wieder besorgt an. „Und du? Wie fühlst du dich? Können wir unsere kleinen Abstiege in die Hölle fortsetzen? Es sind noch ein paar Gräber zu besichtigen."
Sie nickte wieder. „Natürlich. ‚Audaces fortuna iuvat!' Sie sind ja auch gar nicht so ‚höllisch'. Sie sind alle wunderschön. Wenn die Hölle so ist wie diese Gräber, dann ist sie vielleicht ein paradiesischer Ort?"
„Komm! Auf in die paradiesische Hölle oder das höllische Paradies." Er nahm sie an der Hand und sie stiegen in das nächste Grab.
Das Grab der Löwinnen gefiel ihnen beiden gleichermaßen. Dort handelte es sich um eine Feuerbestattung: Zwei Figuren bewachten die Aschenurne, die wohl in Wirklichkeit ihren Platz in der darunter befindlichen Nische hatte. Der Fries schloss mit einer wunderschönen Borte ab: Von einem Streifen in leuchtendem Grün gingen nach unten pflanzliche Motive, Palmenzweige und Lotusblüten. Darunter verlief ein Wellenfries, über dem Vögel und grüne und blaue Delphine das Meer andeuteten.

„Das machen wir auch gleich", sagte Massimo, „wie die Delphine ins Meer springen."
An den Seitenwänden sah man Tänzer, besonders ein Paar zog ihre Aufmerksamkeit auf sich. Da tanzte eine junge Frau, den Körper nur von einem durchsichtigen Schleier verhüllt, ihrem jungen Partner zugewandt, der sich, völlig nackt, rhythmisch und synchron zu ihren Bewegungen bewegte. „Eine Orgie", sagte er.
„Das siehst du! Nein, es ist ein Totentanz."
„Das siehst du! Aber schau mal da links." Er zeigte auf das Bild einer weiblichen Figur, die vollkommen bekleidet in einer stoffreichen Tunika mit Blümchenmuster auf der gegenüberliegenden Wandseite abgebildet war. „Das erinnert mich an dein Blümchenkleid. Aber dieses hier ist wenigstens ein bisschen durchsichtig." Er lachte leise.
„Ha ha", machte sie ironisch. „Mein Blümchenkleid war vielleicht ein etwas altmodisches Modell, aber eben ein klassisches Modell, wie man hier sieht. Außerdem finde ich, die Dame hier wirkt sehr elegant."
„Nur knapp 3000 Jahre alt!", lachte er. „Aber elegant sieht sie aus, da gebe ich dir Recht. Und sie bildet einen gelungenen Kontrast zu den rhythmischen Linien des graziösen nackten Paares da."
Er legte ihr seine Arme um die Schultern. „Schön, dass wir hier alleine sind, nicht?"
„Oben in der Natur ist es schöner. Ich finde es doch reichlich beklemmend hier unten. Wir sind immerhin in einem Grab, auch wenn von den Leichnamen, die hier lagen, kein Knochen mehr übrig ist. Aber irgendwie umweht einen der Hauch des Todes hier unten."
„Der umweht uns oben auch – wir merken es nur nicht so."
„Ich will wieder hoch. Musste gerade an deine Worte von gestern denken: dass ganz Italien erdbebengefährdet sei. Stell dir vor, die Erde bebte jetzt... in diesem Moment... die Decke würde über uns einstürzen... und..." Sie erschauerte leicht.
Er zog sie fester an sich. „Was du für Vorstellungen hast!" Er zuckte mit den Schultern. „Sollte das jetzt passieren... dann hätten wir... ein sehr edles Grab."
Sie brachte ein schiefes Lächeln zustande. Aber trotz der Aussicht auf ein edles Grab beeilte sie sich, wieder nach oben zu kommen.
Es war nur noch ein Grab zu besichtigen, dann hatten sie alle durch. Eigentlich hatte sie genug.
„Ich finde, das letzte können wir uns schenken, oder?"

„Warum denn? Vielleicht ist das letzte das beste. Mal sehen, was unser schlauer Reiseführer hier sagt." Er las vor: „Das Grab der Stiere: eines der ältesten und schönsten Beispiele der tarquinisch-etruskischen Kunst, zum einen als Zeugnis der Lebensfreude dieser und der griechisch-orientalischen Kunst, zum anderen wegen des mythischen Inhalts der Darstellungen und nicht zuletzt wegen der manchmal brutalen Obszönität einiger Bilder."
Er sah sie belustigt an. „Das wollen wir uns doch nicht entgehen lassen, oder?", packte sie am Ellbogen und zog sie mit zum Eingang. Die Treppe hier schien steiler und tiefer als alle vorherigen zu sein. Auch war der Geruch nach modriger Erde und stockender Feuchtigkeit hier noch intensiver. Der Tod war hier irgendwie... greifbar. Nahe... zu nahe. Charlotte besah sich die mythologischen Szenen der griechischen Heldensagen nur oberflächlich, obwohl die Malereien sehr schön waren. Hinter einem Brunnen lauerte Achilles auf den Prinzen Troilus, der auf einem Pferd daherreitet, mit etruskischem Schuhwerk bekleidet und einem merkwürdigen Kopfschmuck mit flatterndem Schwanz. Auch Achilles war etruskisch gemalt, mit nacktem Oberkörper, einem Schurz um die Lenden und einem griechischen Helm auf dem Kopf. Ringsum blühte eine exotische, orientalische Vegetation mit einer großen Palme in der Mitte. Die architektonische und bildliche Gestaltung der drei Räume war sehr interessant. Sowohl im Vorraum wie in den beiden Zimmern war der zentrale Deckenbalken mit großen Sockeln versehen, die mit Widderköpfen und pflanzlichen Motiven bemalt waren. Auf der Stirnseite des Vorraums war eine Chimäre abgebildet, zeichnerisch besonders klar und deutlich, was die flinke Beweglichkeit des Monsters unterstrich. Dahinter eine kleine Sphinx. Auf der rechten Seite verfolgte ein Stier einen Reiter. Seitlich waren Meeresszenen, leider in sehr schlechtem Erhaltungszustand. Unter dem Giebel war ein breiter Fries angelegt.
Massimo betrachtete ihn sich genauer. „Wo sind denn nun die versprochenen Obszönitäten?"
„Vielleicht nicht mehr erhalten", sagte sie hoffnungsfroh. „Komm, gehen wir wieder ans Licht."
Da pfiff er durch die Zähne. „Te, te, te. Schau dir die da an." Er wies auf ein Bild in der rechten Ecke, kaum zu sehen. Sie musste sich stark nach rechts beugen, um etwas zu erspähen.
„Was siehst du?", fragte er.

Sie seufzte. „Eine Frau zwischen zwei Männern. Eindeutig in erotische Praktiken verstrickt. Der Mann links von ihr hat eine Rute in der Hand. Wahrscheinlich, um sie zu schlagen, dieser Wüstling."
„Also, eine Frau, zwei Männer. Zwei Liebhaber, oder ist der eine ihr Mann? Der mit der Rute?"
„Ach, und der haut sie – zur Bestrafung? Will ich nicht hoffen!"
Massimo lachte. „Nein. Ich sehe auch ganz etwas anderes."
„Was siehst du denn?"
„Das älteste Gewerbe der Welt. Eine arme Nutte, die sich für ihre Dienste auch noch von diesem Sadisten da verdreschen lassen muss."
„Mag sein. Mag nicht sein. Wir werden dieses Geheimnis der Etrusker nie herausfinden."
„Mal sehen, wie unser Kunstführer das erklärt." Massimo hielt das Buch unter die Lampe, die nur ein spärliches Licht abgab. „Die gemalten Szenen dieses Grabes kann man als Gegensatz der Unumgänglichkeit des Todes zu der grausamen Wirklichkeit des Lebens verstehen." Er blickte unwillig drein. „So ein Quatsch. Das haben sich wieder diese verkorksten Kunstgeschichtler ausgedacht. Also, ich vermute, hier liegt wahrscheinlich ein perverser Wüstling begraben, dem man nach seinem Abgang noch einen Denkzettel an sein ausschweifendes Leben verpasst hat. ‚Grausame Wirklichkeit des Lebens' – so ein hirnverbrannter Blödsinn!"
Charlotte zupfte ihn am Ärmel. „Dann können wir ja wieder nach oben gehen. Mir ist es hier zu dunkel."
Aber er legte seine Arme um sie. „Brauchst du wieder – mehr Licht? Oder hast du immer noch Angst, die Erde könnte genau jetzt beben? Oder wovor hast du eigentlich – Angst?"
„Ich... ich habe gar keine Angst. Ich... fühle mich nur nicht wohl... unter der Erde. Ich finde es... beklemmend."
„Weil wir hier in einem Grab sind?"
„Nein. Nicht nur. Ich finde auch U-Bahnen... beklemmend. Und Fahrstühle. Und Tunnel. Und Keller."
Er sah sie nachdenklich an. „Wenn ich dir irgendwie... aus der Klemme helfen kann, dann lass es mich wissen. Ich bin hier."
„Danke. Ohne dich... könnte ich hier auch gar nicht stehen. Nicht länger als drei Minuten, jedenfalls."
„Charlotte, Charlotte, Charlotte. Was mache ich nur mit dir?" Er sah sie ernst an.

„Gar nichts. Und jetzt führ dich nicht wie mein Psychotherapeut auf! So was kann ich schon gar nicht haben."
„Du hast einen Psychotherapeuten?"
„Aber nein! Als ob ich so was bräuchte! Ich brauch jetzt nur wieder frische Luft." Sie machte sich ärgerlich aus seiner Umarmung los und stapfte die Treppen hinauf. Oben angekommen holte sie tief Luft. Aber da ihr die Knie etwas weich geworden waren, setzte sie sich ins Gras unter einen knorrigen Olivenbaum. Er setzte sich neben sie, sagte aber nichts.
Sie hatte vor Jahren mal einen Yogakurs mitgemacht. Beruhigende Atemübungen. Die machte sie jetzt. Nach einer Weile wirkten sie auch.
„Ich finde, wir sollten jetzt endlich ans Meer fahren. Vielleicht war mein Einfall, Gräber zu besichtigen, doch nicht so gut."
„Hm. Ich fand ihn aber sehr gut."
„Sollen wir jetzt fahren?"
„Hm."
„Warum stehst du dann nicht auf?"
„Nur, wenn du mir vorher noch ein Lied vorsingst. Eins, das zu dieser Situation hier passt. Eins, das dir gerade so in den Sinn kommt, wie sonst immer."
„Mir kommt jetzt aber keines in den Sinn. Ich kenne auch keine Totengesänge. Und das Requiem von Mozart lässt sich so schwer trällern", erwiderte sie patzig.
„Hm. Mozarts Requiem. Gar nicht so abwegig. Vielleicht sind wir dann beim Thema."
„Bei welchem Thema?"
„Ja, ach, bei welchem Thema eigentlich? Hilf mir auf die Sprünge. Du weißt, ich komme so leicht vom Thema ab." Er kaute lässig an einem Grashalm, den er sich abgerupft hatte.
„Das Thema ist: Fahren wir jetzt ans Meer, wie wir es vorgehabt hatten, oder nicht?"
„Hm. Natürlich fahren wir gleich ans Meer. Bleiben wir hier nur noch ein Weilchen sitzen, weil wir hier doch ganz gut sitzen. So schön ruhig. Und fast allein. Mit dieser frischen Brise auf dieser Hochebene. Am Meer wird es gleich sehr laut, sehr überfüllt, sehr heiß sein. Lass uns noch ein paar Minuten... inne halten. Ruhe tanken."

„Dann sag mir Bescheid, wenn du mit dem Tanken fertig bist, ja?"
Trotzig verschränkte sie die Arme über der Brust und blickte in die Zweige des Olivenbaumes über ihnen.
Er kratzte sich den Bart und fing belanglos zu plaudern an. „Weißt du, dass alle diese Gräber reichlich mit Gegenständen ausgestattet waren, die man den Toten auf ihrer Reise ins Jenseits mitgegeben hatte: Weinkrüge, Amphoren mit Öl, Schalen aus Bucchero, Essgeschirr, damit sie auf der langen Reise in die Nacht nicht verhungerten. Auch Schmuck und kleine Statuen fand man in den Gräbern. Mag sein, als Trost für die Toten oder als Geschenk für die Götter, um sie milde zu stimmen. Vieles von diesen Schätzen hat die Zeit zerstört, vieles haben ‚Tombaroli', Grabplünderer, zerstört oder geklaut, und das wenige, was erhalten geblieben ist, steht seitdem in unseren Archäologischen Nationalmuseen. Mit wie viel Aufwand sie ihre Toten begruben, diese Etrusker! Und mit wie wenig Aufwand tun wir es heute. Da drüben sieht man übrigens den heutigen Friedhof von Tarquinia." Er wies mit dem Arm auf eine Gruppe hoher Zypressen am Horizont, die den modernen Friedhof einrahmten.
Charlotte wiegte den Kopf. „Na, hier in Italien betreibt man doch noch einen ziemlichen Aufwand. Wenn man eure Friedhöfe mit den unsrigen in Deutschland vergleicht: hier der viele Marmor, die luxuriösen Kappellen, die großen Familiengrüfte, die blumengeschmückten Gräber in den hohen Wänden, die ihr hier für die Särge baut, jedes Grab nicht nur mit dem Namen, sondern auch oft mit einem Foto des Verstorbenen versehen. Ich war mal in Rom auf dem Verano-Friedhof. Ich fand das – bombastisch! Unsere deutschen Friedhöfe hingegen sind schlichte Parkanlagen. Die Särge werden einfach in die Erde versenkt, manche der Angehörigen des Verstorbenen stellen nicht mal einen Stein mit einem Namen auf das Grab. Dafür viel Grün, viele Pflanzen und Bäume."
Sie fuhr mit der linken Hand durch die sandige Erde, auf der sie saßen, und nahm eine Hand voll davon hoch. „Schließlich sollen wir doch alle wieder zu dem hier werden – Staub, aus dem wir gemacht wurden, oder?"
„Also du willst sagen: hier in Italien wieder mal zu viel Aufwand? Wie bei den bombastischen Hochzeiten? Viel Lärm um nichts?"
„Na ja. Was sagen uns denn alle diese Grabbilder hier unter uns? Ihr könnt euch alle ein Leben lang abstrampeln, jagen, fischen, kämpfen, tanzen, singen, essen, trinken, euch lieben oder auch nicht – am Ende

werdet ihr doch alle – Staub unter unseren Füßen. Am Ende ist alles – umsonst."
„Ich würde es anders interpretieren. Mir sagen die Fresken da unten: Natürlich müsst ihr früher oder später ins Gras beißen, aber vorher vergnügt euch des Lebens! Tanzt, singt, musiziert, geht jagen, geht fischen, deckt eure Tafel zum Festmahl reichlich. Kämpft, wenn es nötig ist, und... liebt, solange ihr könnt. Und macht euch die Götter zu Freunden. Und, wenn es dann soweit ist, wenn die Zeit da ist abzutreten, dann lasst jemanden dazu auf einer Flöte spielen."
„Die Götter!", sagte sie höhnisch. „Ob man nun an die Götter glaubt oder nur an einen Gott oder an das Schicksal oder an gar nichts. Ob die Götter uns wohl gesonnen sind oder nicht, immer enden wir im Staub. Ich überlege gerade, ob in diesem Staub hier in meiner Hand noch etwas, noch ein Körnchen von einem alten Etrusker drin ist? Wenn sich all die Bilder erhalten haben – warum nicht auch ein Milligramm Knochenmehl?"
„Mag sein. Der starke Wind, der hier oben weht, hat vielleicht das meiste davon schon bis ins Meer getragen. Wir sind hier nur wenige Kilometer vom Meer entfernt. Ich finde, man riecht es auch in der Luft. Aber das ist auch eine schöne Vorstellung: wie der Staub der Etrusker sich mit dem Meereswasser vermengt."
„Also, fahren wir jetzt endlich ans Meer? Ich hab genug von Gräbern, von Gesprächen über Tote, von zweideutigen Bildern! Ich will mich gleich in die Fluten stürzen, ohne an darin schwimmende Etruskerleichen zu denken!" Angeekelt verzog sie ihr Gesicht.
„Charlotte! Nun hör aber auf, dich wie ein bockiges Kind zu benehmen. Das passt doch gar nicht zu dir!"
„Ich habe nun mal meine Schwierigkeiten mit deinen zweideutigen Erklärungen."
„Hm. Mir scheint, du hast eine ganze Menge... Schwierigkeiten."
Sie blitzte ihn ärgerlich an. Warum lächelte er die ganze Zeit über so allwissend vor sich hin? So, wie er vor einer Stunde da unten in einem der Gräber das Mädchen Velca freundlich gegrüßt und angelächelt hatte. Ich bin kein etruskisches Wandgemälde! Ich bin auch nichts, was du hinterschauen sollst. Oder gar durchschauen! Sie musste an all die Bilder denken, die da unter ihnen waren. Wie viele Jahre, Tausende von Jahren hatten sie da unter der Erde gewartet, bis man sie entdeckte. Und dann lächelt einen da heute ein fremdes Mädchen an. Velca hatte eine

Blume im kunstvoll hochgesteckten Haar, ihren schlanken Hals zierten edle Ketten. So festlich geschmückt war sie in den Tod gegangen oder in ein anderes Leben. Oder vielleicht war sie einfach die Geliebte des Verstorbenen gewesen und er wollte ihr geschmücktes Antlitz sozusagen als Andenken mit hinüber nehmen. Aber wer immer sie auch war, sie hätte ein Mädchen von heute sein können. Einfach ein Mädchen, mit dem Wunsch, schön zu sein. Ihr Gesicht war so jung, frisch und lebendig. Wie alle die Figuren da unten. Alle, die da abgebildet waren – es waren nur ihre Spiegelbilder. Es waren ihre verstorbenen Brüder und Schwestern. Es waren sie selbst.
Sie hörte Massimo ruhig fragen: „Dann war deiner Meinung nach alles umsonst? All der Bestattungsaufwand? Und das wir uns all das noch immer und immer wieder angucken?"
Sie schüttelte den Kopf. „Nein. Seltsam. Gerade habe ich gedacht, dass es doch nicht alles umsonst war. Ich meine, vielleicht liegt da doch ein Sinn drin. Vielleicht ist es den Etruskern doch gelungen, ihre Götter milde zu stimmen, wenn sie uns das alles dann gnädigerweise erhalten haben, wenn weder ein Erdbeben noch der Zahn der Zeit, noch die Grabschänder es geschafft haben, alles zu vernichten, dann hat wohl doch ein günstiges Schicksal seine Hand darüber gehalten. Damit wir heute noch in diese Gesichter – wie in ein Spiegelbild – sehen können."
Massimo sah sie schweigend an. Sah in sein Spiegelbild. Sie wusste seinen Blick nicht so recht zu deuten. Es war der gleiche Blick wie vor ein paar Tagen, da am Weiher. Als sie ihm das deutsche Volkslied vorgesungen hatte. Als er danach nicht schnell genug in den Borgo zurückkommen konnte. Was hatte sie gerade gesagt? Etwas Dummes, Abwegiges, Unlogisches? Charlotte sah verlegen auf ihre Schuhspitzen.
„Wann fahrt ihr ab?", hörte sie ihn fragen.
„Am fünfzehnten August."
„Heute ist der neunte August." Er war aufgestanden, hielt ihr die Hand hin, um auch ihr beim Aufstehen zu helfen. Ob er noch mit mir ans Meer will?, zweifelte sie. Sie ergriff seine Hand und ließ sich hochziehen.
„Das heißt: noch sechs Tage. Ich weiß nicht, ob mir sechs Tage reichen werden. Um mit dir über alles Logische und Unlogische zu reden. Über alles Wichtige und Unwichtige. Über alles Ewige und nicht Ewige. Über das, was umsonst war und nicht umsonst ist... Bist du sicher, dass du am fünfzehnten abfährst?"
Sie sah ihn unsicher an, nickte aber.

„100 Prozent sicher?"
„Wenn ich jetzt ‚ja' sage – widerlegst du es mir dann? So, wie du mir meine Grammatikregeln widerlegt hast?"
„Vielleicht. Ich würde es gerne. Aber ich will dich zu nichts überreden. Nur: Sechs Tage sind eine verdammt kurze Zeit."
„Sechs Tage, das sind zwei mal drei Tage. Das ist eine gute Zahl. Aller guten Dinge sind drei. Und hier gleich zweimal."
„Charlotte... meine Lehrerin, meine Rose, mein Rosmarin, meine Charlotte." Er fuhr ihr sanft mit den Händen durchs Haar.
Sie musste leise vor sich hinlachen. „Massimo, so spricht heute keiner mehr. Meine Rose! Mein Rosmarin! Da ist dir wieder Goethe dazwischen gekommen! Kein deutscher Mann würde heutzutage noch so etwas sagen."
Er seufzte. „Na ja, Goethe kommt mir eben manchmal in die Quere. Aber was würde denn ein deutscher Mann in so einer Situation sagen?"
Charlotte zuckte mit den Schultern. „Wahrscheinlich gar nichts. Er würde mich höchstens küssen."
Massimo seufzte wieder. „Na ja, wo sie Recht haben, haben sie Recht."
Und dann küsste er sie. Und so konnte nur er küssen.
Und der Schwarm Wildgänse, der gerade über sie dahinflog, wunderte sich über nichts. Denn seit Tausenden von Jahren sahen sie die Menschen da unten so stehen – mal miteinander kämpfend, mal sich küssend.

Massimo hatte Recht gehabt: Am Meer war es sehr laut, sehr überfüllt, sehr heiß. Trotzdem waren sie entschlossen, nun zur Leichtigkeit des Seins überzugehen. Aber erst mal hieß es, dazu den geeigneten Strandflecken zu finden. Massimo fuhr ein paar ‚Stabilimenti' an, wo man Badekabinen, Sonnenschirme und Liegestühle mieten konnte. Aber alle waren total ausverkauft. Er war bald genervt zu hören: ‚mi dispiace, completo.'
„Wir brauchen eigentlich doch auch gar keinen Liegestuhl und das alles. Wir legen uns einfach in den Sand. Lange können wir doch sowieso nicht bleiben. Ich finde, zum Abendessen sollten wir wieder zu Hause – ich meine – im Borgo sein", fand Charlotte. „Lass uns hier irgendwo ein freies Strandstück finden, wo auch nicht so viele Leute sind."
„Du wirst in ganz Italien im August keinen freien Strand finden. Ich schätze es ja, dass du dich mit mir jetzt gerne an ein einsames Plätzchen

zurückziehen möchtest – ihr Frauen denkt ja immer nur an das Eine - aber ich fürchte, das wird heute nicht möglich sein. Wir müssen überhaupt froh sein, wenn wir noch einen Quadratmeter Platz an einem Strand finden, an dem keine Stabilimenti sind. Dabei fällt mir auch ein, dass ich gar keine Badesachen dabei habe. Ein Besuch am Strand war ja nicht geplant."

Auch Charlotte hatte natürlich nichts dergleichen eingepackt. Also fuhr er kurzerhand in die Ortsmitte und hielt vor einem Geschäft. Parkte in der zweiten Reihe, da auch nirgends ein Parkplatz zu finden war.

„Ich hole uns alles Nötige da aus dem Geschäft. Bleib du derweil im Auto sitzen. Ich bin in zehn Minuten wieder hier. Sollte die Verkehrspolizei vorbeisehen, lächle sie einfach nett an." Massimo stieg aus.

„Meinst du, das reicht?", rief sie ihm ängstlich hinterher.

Er kam zurück zum Auto, gab ihr durchs Fenster hindurch einen Kuss auf die Stirn. „Ich habe höchstes Vertrauen in dein Lächeln." Dann drehte er sich um.

Sie rief ihn zurück. „Du kennst doch meine Größe gar nicht."

Er kam noch mal zum Auto zurück. „Habe heute Nacht genau Maß genommen." Sie bekam noch einen Stirnkuss, dann ging er wieder. Nach drei Schritten drehte er sich noch mal zu ihr um. „Noch irgend ein Zweifel?", fragte er mit seinem ihm eigenen breiten Lächeln, in dem seine weißen Zähne leuchteten.

Sie schüttelte den Kopf. „Beeil dich." Dann war er weg.

Es waren wohl gerade fünf Minuten vergangen, als der Fahrer des neben ihnen parkenden Autos kam und wegfahren wollte. Er bat sie, ihr Auto doch etwas vor- oder zurückzusetzen, damit er aus der Parklücke käme. Aber sie traute sich nicht, den Wagen zu bedienen. So bat sie den Mann höflich, sich noch fünf Minuten zu gedulden, der Fahrer käme gleich wieder. Der Mann war so freundlich. Nutzte die Wartezeit, um sich den Ferrari genauer zu betrachten. Ging mehrmals ums Auto herum, guckte neugierig in das Innere des Wagens.

Endlich kam Massimo, mit zwei Tüten beladen, aus dem Geschäft. Misstrauisch sah er auf den fremden Mann, sagte etwas in unwirschem Ton zu ihm, was fast nach einem Schimpfwort klang. Charlotte dachte, dass es manchmal gut sei, nicht alles so genau zu verstehen. Der Mann entgegnete auch etwas recht Unfreundliches. Dann fuhren sie ab.

„Warum warst du so unfreundlich zu ihm? Immerhin warst du im Unrecht – du hattest ihn zugeparkt und er hat geduldig gewartet."
„Wollte der was von dir?"
„Nein. Überhaupt nicht. Er bat mich nur, den Wagen zu versetzen."
Massimo sagte dazu nichts mehr. Erzählte ihr, er habe sich von der Verkäuferin nicht nur beim Kauf der Badesachen beraten lassen, sondern sich auch einen Geheimtipp für einen Strand geben lassen, der trotz dieser Jahreszeit nie überfüllt war. Sie mussten nur ein gutes Stück weiter nördlich fahren. Der Strand, den sie fanden, war zwar nicht leer, aber man konnte immerhin noch einen Platz für sein Handtuch finden, ohne mit einem angrenzenden Handtuch in Berührung zu kommen. Sie parkten das Auto am Straßenrand und blickten hinaus auf Meer und Strand, an dem es allerdings auch keine Stabilimenti, also keine Badekabinen gab.

„Jetzt musst du mir nur noch verraten, wie wir in unsere Badesachen kommen sollen", sagte Massimo.

„Ach, das ist doch ganz einfach. Wir ziehen uns hier im Auto um, das machen wir in der Normandie immer so im Urlaub. Darin habe ich Übung."

„Aber wir sind hier nicht in der einsamen Normandie, sondern im vollen Italien. Hier kommen doch ständig Leute vorbei und gucken uns ins Auto rein."

„Was gibt es denn da zu gucken?" Charlotte verstand seine Bedenken nicht.

„Wir sind hier in einem konservativen Land. Man zieht sich hier nicht im Auto aus, man macht kein FKK, man duldet gerade mal ‚oben-ohne', was aber eher eine Ausnahme hier ist."

"Also, ihr habt schon eine komische Moral. Aber lassen wir das Thema lieber. Ich mach dir jetzt vor, wie man das ganz diskret macht."

Sie griff in eine der Tüten, die er aus dem Geschäft mitgebracht hatte. Die eine enthielt zwei große, flauschige Strandlaken und eine Sonnenmilch, die kleine Tüte einen Bikini und eine Badehose für ihn.

Sie hatte unter ihrem Kleid schnell den Slip gegen die Bikinihose ausgetauscht. Auch mit dem Oberteil wurde sie geschickt fertig.

Nicht ohne Bewunderung fragte er: „Warst du mal beim Zirkus? So eine, die im Abendkleid hinter einem Vorhang verschwindet und dann eine Sekunde später im Hosenanzug wieder erscheint?"

„Das macht jahrelange Übung. Wenn ich mit Helmut und Leo in der Normandie..."
„Ja, ja. Hab schon verstanden." Er schien nicht sehr erpicht auf Details über ihren Familienurlaub.
„Ein knapperes Bikinimodell hatten sie wohl nicht", bemerkte sie ironisch. Der Bikini bedeckte nur das Nötigste, passte aber.
„Ich hatte die Verkäuferin gebeten, sie solle mir etwas Hellblaues heraussuchen. Ich habe bemerkt, dass du viel in dieser Farbe trägst, da dachte ich..."
„Ja, ja. Ist schon recht." Der Bikini hatte in der Tat eine schöne, leuchtend hellblaue Farbe. Sie hielt ihm seine Badehose hin. „So, jetzt zeig, was du kannst."
„Das wird hier eher ein ‚zeig-was-du-hast'! Also wie war das? Ganz einfach, ja: man schiebe sich das Kleidchen ein Stückchen hoch und..."
„Massimo, nun stell dich doch nicht so umständlich an! Warte, ich halte das Badehandtuch über dich." Sie konnte sich das Lachen kaum noch verkneifen. Er hatte schon eine komische Moral: ein unlogischer Kontrast zwischen persönlicher Ungehemmtheit im Denken und Handeln und übertriebener Diskretion in der Öffentlichkeit.
„Pass auf, dass dir das Handtuch nicht aus den Händen rutscht. Ich packe meine Kronjuwelen nicht gern vor fremdem Publikum aus."
Unter Stöhnen und Seufzen fing er an, unter dem Badehandtuch herumzuhantieren. Natürlich hatte er dazu nicht viel Bewegungsfreiheit. Er hatte beachtliche Schwierigkeiten, seine langen Beine unter dem Lenkrad hoch zu bekommen. Wer noch nie in einem Ferrari gesessen hat, kann sich gar nicht vorstellen, wie wenig der sich als Umkleidekabine eignet!
Massimo fluchte und fluchte. Charlotte lachte und lachte. Diese seine Mischung aus Hemmungslosigkeit und Schamhaftigkeit war einfach zu komisch. Ein kleiner Junge kam an der Hand seiner Mutter ganz dicht am Auto vorbei, blieb stehen und guckte interessiert auf das Geschehen. Massimo schnitt ihm eine Furcht erregende Grimasse und machte „Baaah!" Der Junge lief eingeschüchtert weiter.
„Du Kinderschreck! Du hast ihm Angst gemacht!"
„Oh! Wollte ich gar nicht", flötete er.
Charlotte liefen die Lachtränen über die Wangen. Als er es endlich geschafft hatte, lehnte er sich erschöpft im Autositz zurück und atmete ein paar Mal tief durch. Mit dem linken Zipfel des Handtuches wischte

er sich den Schweiß von der Stirn. Mit dem rechten Zipfel trocknete sie sich ihre Lachtränen im Gesicht.
Dann warf er ihr einen vorwurfsvollen Seitenblick zu, begann aber bald zu lächeln. „Na, letztendlich hat die Plackerei doch noch einen Sinn gehabt: Ich habe dich mal richtig lachen gesehen."
Danach hielt sie aber nichts mehr im Auto. Sie ließen ihre Kleidung darin zurück, warfen sich die Badehandtücher über die Schulter und rannten über den Strand. Der Sand war zum Verbrennen heiß. Sie hatten keine Badeschuhe und konnten kaum auftreten. Umso schneller rannten sie bis zum Wasser, ließen kurz vorher die Badehandtücher in den Sand fallen und stürzten sich kopfüber in die Fluten. Das Wasser war an jener Stelle fast sofort tief.
Nachdem sie sich wie die Delphine ausgetobt hatten, streckten sie sich auf den Badehandtüchern zum Trocknen aus.
„Lange kann ich hier nicht so liegen, ohne zu verbrennen." Charlotte blinzelte in die Sonne, die hoch über ihnen stand und erbarmungslos auf sie nieder brannte. „Hast du die Sonnencreme im Auto gelassen?"
„Ja, ich gehe sie gleich holen. Aber ich habe eine bessere Idee: Wenn wir trocken sind, gehen wir etwas zu Mittag essen, und danach nehmen wir noch ein Bad. Hast du denn noch keinen Hunger?"
„Ich vergesse manchmal das Mittagessen."
„Du kannst es ja vergessen, aber wie kann dein Magen es vergessen? Der müsste sich doch von alleine melden."
„Ich habe meinen Magen eben meinem Willen unterworfen, damit wenigstens einer meinem Willen unterworfen ist", meinte sie lachend.
„Du vergisst mich – ich bin auch deinem Willen unterworfen. Also, gehen wir jetzt etwas Essen? Das da hinten scheint ein ganz hübsches Strandlokal zu sein."
Sie gingen zurück zum Auto, zogen sich ihre Kleidung einfach über die nur halb trockenen Badesachen und setzten sich dann auf die Terrasse des kleinen, einfachen Strandlokals. Man hatte von dort einen schönen Blick auf das Meer, über die Menge der Badenden hinweg. Ein leichtes Dach aus Bambus spendete einen durchbrochenen Schatten. Es gab keine Speisekarte, was auch nicht nötig war, weil sich herausstellte, dass es nur drei Pastagerichte und drei Fischgerichte zur Auswahl gab, die ihnen vom Besitzer aufgezählt wurden.
„Das sind manchmal die besten Lokale", sagte Massimo. „Solche, die immer alles Mögliche auf der Karte haben, sind eher mit Vorsicht zu

genießen." Er bestellte sich ‚Spaghetti alle vongole veraci' und sie nahm ‚Gnocchi alla salvia'. Man stellte ihnen eine Karaffe Wasser mit Eiswürfeln auf den Tisch. Massimo hielt ihr verlockend seine Gabel mit einer Vongola drauf hin.
„Na, willst du die nicht mal probieren? Das sind doch gar keine richtigen Tiere – wir nennen sie ‚frutti di mare', Meeresfrüchte."
„Aber sie leben. Man hat sie sogar lebend in heißes Öl geworfen, um sie darin zu kochen."
Er seufzte ergeben.
„Massimo, gib es auf. Du stimmst mich nicht um... in dieser Hinsicht."
„Seit wann bist du Vegetarierin?"
„Seit... seit meiner Jugend."
„Hatten deine Eltern nichts dagegen oder seid ihr bei euch zu Hause alle Kartoffel- und Kohlesser?"
„Nein, meine Eltern essen alles. Ich habe mich irgendwann geweigert, Fleisch zu essen."
„Und sie haben dir das erlaubt? Oder haben sie dich mal tüchtig versohlt?"
„Warum das denn? Sie waren zwar dagegen, aber sie haben nie die Hand gegen mich erhoben. Das hätte auch noch gefehlt."
„Dann warst du sonst immer ein braves Mädchen?"
„Nein, ich war durchaus nicht immer brav. Wer ist in seinen Entwicklungsjahren denn schon immer brav? Außer Leo. Der hat uns nie Schwierigkeiten gemacht. Auch als alle seine Freunde in ihre Sturm- und Drangzeit kamen, anfingen zu rauchen, die eine oder andere Droge auszuprobieren, nächtelang umherzogen, da hat Leo nie mitgemacht. Er hat so ein sonniges, ausgeglichenes Gemüt. Wir haben einfach viel Glück mit ihm gehabt."
„Er hat einfach eine gute Mutter. Gute Eltern – gut geratene Kinder."
„So einfach geht die Rechnung leider nicht immer auf. Ich kenne viele ‚gute' Eltern, deren Kinder dann doch ins Schleudern geraten. Aber das sind komplizierte Situationen, die jemand, der keine Kinder hat, kaum verstehen kann."
„Du lässt aber auch keine Gelegenheit aus, mir das zu verstehen zu geben. Meine Kinderlosigkeit war nicht geplant, hat sich einfach so als Konsequenz meines Lebens ergeben."

Er schob seinen leeren Teller Nudeln zur Seite und bestellte sich einen Meeresfisch, einen ‚Fragolino'. Sie wollte nur noch einen gemischten Salat.
„Fragolino hießt Erdbeerfisch. Den könntest du doch eigentlich essen. Er hat bis zu seinem Fang frei im Meer gelebt, hat keine langen, quälenden Tiertransporte durch ganz Europa hinter sich, die ich übrigens auch ekelhaft und tierunwürdig finde, und er sieht so rosig aus wie Erdbeeren." Er sah sie verschmitzt an.
Charlotte musste lachen. „Aber er ist nach seinem Fang kläglich auf dem Schiff erstickt. Und er ist eben keine Erdbeere. Und du kannst deine rührenden Überredungskünste wirklich aufgeben."
Massimo langte mit seiner Hand über den Tisch und ergriff die ihre. „Das hast du richtig gemacht. Lass dich nicht von mir zu etwas überreden. Nicht von mir und... von keinem anderen. Wenn du so von etwas überzeugt bist, wie von deiner vegetarischen Ernährung, dann halte ruhig daran fest. Tu immer nur das, was du wirklich willst. In allem. Mag sein, dass ich dich in den nächsten Tagen zu irgendetwas überreden will. Dann denke an meine Worte."
„Wozu solltest du mich denn überreden wollen?"
„Ich könnte dich zum Beispiel überreden wollen, deinen Urlaub hier zu verlängern."
„Aber das ist ganz unmöglich. Ich und Leo haben zwar noch vier Wochen Schulferien, aber Helmut muss zurück in die Bank."
„Ich habe auch keinesfalls an Helmut gedacht."
„Du hast jetzt so schnell gedacht, wie du Auto fährst. Denke jetzt mal so langsam, wie du spazieren gehst – bleibe öfter mal stehen, halte inne und denke nach. Dann wirst du sehen, dass es nicht so einfach ist, wie du denkst."
„Va bene. Du hast natürlich Recht. Aber in einer anderen Hinsicht gebe ich nicht nach: Du hattest gerade angefangen, etwas von dir zu erzählen, bist dann aber flink auf deinen Sohn umgeschwenkt. Nichts gegen Leo, den ich auch für einen Prachtburschen halte – aber... du könntest ruhig etwas mehr von seiner Mutter erzählen. Während ich hier genüsslich mein Erdbeerfischlein zerlege und verspeise, hast du Zeit und Muße, mich mit deiner amüsanten Lebensgeschichte gekonnt zu unterhalten."
Sie blickte verschlossen aufs Meer hinaus. „Habe aber keine Lust dazu. Von mir gibt es auch nichts Amüsantes gekonnt zu erzählen. Und wir wollen uns doch nicht den schönen Tag verderben."

„Ist sie denn so ‚verderblich', deine Lebensgeschichte?"
„Überhaupt nicht. Nur stinklangweilig. Massimo – wir fragen uns jetzt nichts mehr. Wir springen gleich noch mal ins Meer, weil das heute der Programmpunkt ist. Aber ich kann dir zur Unterhaltung während des Essens ein lateinisches Gedicht aus Lilis Bändchen vorlesen, das zum heutigen Tag passt." Sie kramte das Buch aus ihrer Handtasche und suchte ein Gedicht von Horaz. „Hör zu:
'Tu ne quaesieris, scire nefas, quem mihi,
quem tibi finem di dederint, Leuconoe,
nec Babylonios templaris numeros.
Ut melius, quidquid erit, pati.
Seu pluris hiemes seu tribuit Iuppiter ultimam,
quae nunc oppositis debilitat pumicibus mare Tyrrhenum:
sapias, vina liques et spatio brevi spem longam reseces.
Dum loquimur, fugerit invida aetas:
CARPE DIEM quam minimum credula postero'."
Massimo schüttelte bedauernd den Kopf: „Habe nur den letzten Satz verstanden. Bitte, Frau Lehrerin, übersetzen!"
Sie versuchte eine ad hoc Übersetzung:
„Forsche du nicht, welches Ziel die Götter
dir und mir gesetzt haben, Leukonoe,
wissen darfst du es nicht. Lasse von Astrologie,
stelle nicht das Horoskop, nimm einfach hin, was auch kommt.
Ob uns die Gottheit noch weitere Winter beschert
oder ob es der letzte, der jetzt die Wogen
des Tyrrhenischen Meeres am zermürbten Tropfstein bricht:
handle klug, kläre den Wein und der Hoffnung Gespinst,
dass du lang hin gezogen, schneid es zurück.
Zeit gönnt keinen Verzug. Sprichst du, ist sie schon zerronnen.
Gib auf die Zukunft nichts: KOSTE DEN TAG AUS,
denn heute ist heut!"
Massimo legte sein Besteck nieder, blickte sie wortlos an, dann sah er für ein paar Minuten aufs Meer hinaus, bevor er sich – kommentarlos – seinem Essen zuwandte.
Als sie wieder in ihren Badeanzügen auf den Handtüchern lagen, begann sie sich einzucremen.

„Den Rücken übernehme ich. Umdrehen", befahl er ihr, während er ihr die Sonnencreme aus der Hand nahm. Sie drehte sich folgsam auf den Bauch, legte den Kopf auf die verschränkten Arme und genoss es.
„Du hättest Masseur statt Weinbauer werden sollen. Die Frauen würden vor deiner Praxis Schlange stehen", hauchte sie, ohne die Augen zu öffnen.
Er lachte leise. „Eine schöne Vorstellung. Aber der Wein war mein Schicksal. Die Frauen mein Verhängnis."
„Nun übertreib nicht so. Möchte nicht wissen, wie vielen du zum Verhängnis geworden bist."
Sie stütze sich auf die Ellenbogen und sah ihn belustigt an. Er hatte sich flach auf den Rücken gelegt, die Arme rechts und links rechtwinklig von sich gestreckt. Wie er so entspannt da lag! Sie beneidete ihn darum. So selbstverständlich, so ohne Ängste, ohne Zweifel, ohne Grenzen... nicht wie sie, die voller Fragen, Unsicherheiten und Grenzen war. Er hatte die Augen geschlossen und genoss die Sonne auf seiner braunen Haut. Ein Sonnenanbeter, ein perfekter Körper, ein gestrandeter Odysseus, eine antike Statue - aus dem Meer gefischt, ein in den Sand geschriebenes Gedicht, die Antwort auf alle ihre Fragen... es tat ihr fast weh, ihn zu betrachten. Wie schön wäre es, sich von ihm zu allem Möglichen überreden zu lassen. Aber es schien alles so unmöglich.
Er öffnete die Augen um einen Schlitz und blinzelte sie belustigt an. „Du genießt die schöne Aussicht oder die noch schönere Ansicht?", fragte er selbstbewusst.
Sie schüttelte lächelnd den Kopf. „Leo hat gleich am ersten Tag festgestellt, dass du bei der Vergabe der Bescheidenheit durch den lieben Gott nicht anwesend warst, oder so ähnlich."
Massimos liegender Körper erbebte unter seinem Donnerlachen.
„Köstlich! Das merke ich mir. Aber schau ruhig weiter. So was Schönes wie mich bekommt man nicht alle Tage zu sehen."
„Du Macho! Du bist dir deiner Ausstrahlung voll bewusst und versuchst es nicht einmal, dies zu verstecken. Ich habe dir insgeheim einen Spitznamen verpasst. Das ist so eine Manie von mir."
„Was muss ich tun, damit du ihn mir verrätst?"
Sie beugte sich nah an sein Ohr und sagte: „Ich singe es dir vor, was du tun musst:
Oh, will you find me an acre of land,
parsley, sage, rosemary and thyme,

between the sea shore and the sea sand,
or never be a true love of mine."
Er setzte sich auf und sah aufs Meer. Sie lagen direkt am Wasser, da sonst kein Platz mehr am Strand war. Ihre Füße wurden ab und zu von den kommenden und gehenden Wellen berührt.
„Einen Morgen Land soll ich dir finden, zwischen dem Meeresgestade und dem Meeresstrand? Nur dann kann ich deine wahre Liebe erringen? Das wird knapp. Da ist wenig Platz für einen Morgen Land. Wenig Platz für mich? Knapp – wie unsere Zeit? Wenig Zeit für mich? Deine Lieder wie deine Gedichte haben es verdammt in sich, Prinzessin."
„Es war doch nur ein Lied. Eine weitere Strophe aus dem Scarborough-Lied."
„Aber deine Lieder passen immer so verflixt genau zur Situation. Und wie ist nun dieser geheimnisvolle Spitzname, den du mir verpasst hast?"
Sie lachte verschmitzt. „Ich habe dich Yul Brunner getauft."
„Wer ist das denn?", fragte er verdutzt.
„Den kennst du nicht? Ein kahlköpfiger, amerikanischer Schauspieler – na ja, ein alter amerikanischer Schauspieler, der leider inzwischen verstorben ist."
„Was? Du wagst es, mich mit einem alten, amerikanischen, abgetakelten und auch noch abgelebten Schauspieler zu vergleichen? Das sollst du mir büßen!"
Er bog sich über sie, um sie zu küssen.
„Massimo, wir sind hier nicht allein am Strand."
„Es ist an einem italienischen Strand nicht verboten, seine Geliebte zu küssen. Man darf hier nur keine Hunde frei herumlaufen lassen und kein FKK machen, aber ansonsten darf man hier alles. Du brauchst auch keine Alarmanlage, wie im Museum. Und was stören mich die anderen Leute? Ich störe sie doch auch nicht. Wir sind auch nicht das einzige Liebespaar hier – sieh dich doch um."
Charlotte machte sich trotzdem unter ihm frei und setzte sich auf.
„Massimo, zu deiner Beruhigung, was Yul Brunner noch betrifft: er galt gemeinhin als Sexsymbol."
„Ach ja? Warum hast du das nicht gleich gesagt! Dann vergleich mich ruhig mit ihm." Er schmiss sich lachend rückwärts auf sein Badehandtuch.
„Ich nehme noch ein Bad. Kommst du mit?" Sie stand auf.

„Hier in Italien sagt jede Mama ihrem Kind, dass man nach dem Essen drei Stunden lang nicht ins kalte Wasser sollte, das könnte die Verdauung blockieren. Es ist besser, du wartest noch damit", gab er zu Bedenken.
„So ein Quatsch. In der Normandie gingen wir immer sofort nach dem Mittagessen baden. Das waren die einzigen warmen Sonnenstunden da. Wir müssten also schon längst tot sein. Wenn ich jetzt drei Stunden warten soll, ist es Zeit zum Abfahren. Also, ich gehe jetzt."
„Geh nur todesmutig. Ich komme dich nicht retten – ich habe dich ja gewarnt."
„Ave Cesare. Moribondi te salutant!" Sie stürzte sich in die Wellen. Von wegen kaltes Wasser, dachte sie, während sie hinausschwamm. Im Gegensatz zur kalten Nordsee erschien ihr das Mittelmeer wie eine Badewanne. Sie genoss das Schwimmen im ruhigen, lauen Wasser. Als sie nach einer guten halben Stunde ans Ufer zurückschwimmen wollte, packte sie plötzlich etwas unter dem Wasser an den Beinen. Für einen Augenblick dachte sie doch an die blockierte Verdauung, an die ‚ars moriendi' oder an einen weißen Hai, dann aber wurde sie von Massimo hochgehoben. So unbemerkt wie er sich heranschleichen konnte, so unbemerkt konnte er sich auch herantauchen! Ohne sich zu versehen, saß sie auf seinen Schultern und wurde so aus dem Wasser getragen. Sie musste sich an seinem Kopf festklammern, um nicht das Gleichgewicht zu verlieren. Es half ihr auch wenig, ‚lass-mich-runter' und ‚ich bin doch kein Kind mehr' zu rufen. Sie wurde bis zum Handtuch getragen, wo er sie endlich von den Schultern rutschen ließ.
„Das war die Rache für den abgetakelten Schauspieler", lachte er und warf sich auf den Bauch. „Und was heißt ‚ich bin kein Kind mehr' – du benimmst dich aber manchmal noch so." Er stützte sich auf die Ellenbogen und grinste sie an, wie sie schmollend auf ihrem Handtuch saß. "Und das ergibt so eine unwiderstehliche Mischung: die strenge Lehrerin und das unschuldige Mädchen."
„Vielleicht ist die Lehrerin nicht so streng und das Mädchen nicht so unschuldig, wie du glaubst. Aber weil das immerhin ein schönes Kompliment war, will ich dir auch noch ein schönes, ein wirklich schönes Kompliment machen." Sie sah ihn unsicher an. Überlegte, ob sie es ihm sagen sollte. Aber jetzt hatte sie davon angefangen. Er blickte sie natürlich neugierig an.

„Was muss ich tun, damit du es mir verrätst? Bitte, nicht noch eine Strophe aus dem Scarborough-Lied mit so einer unerfüllbaren Forderung!"
Sie schüttelte den Kopf. „Du musst mir nur versprechen, mich nicht auszulachen."
Er blickte etwas unsicher. „Du kennst ja meinen Hang zum Frohsinn... aber ich verspreche es dir. Also, rück raus mit dem tollen Kompliment. Oder hast du noch einen Frankenstein für mich auf Lager?"
Sie schüttelte lachend den Kopf, rückte aber nicht gleich mit der Sprache heraus. Mit den Händen versuchte sie, sich das getrocknete Salzwasser von der brennenden Haut zu wischen. Es piekte und juckte unangenehm.
„Keine Stabilimenti, keine Umkleidekabinen, keinen Duschen", sagte er hämisch, sah auf den feinen, weißen Salzfilm, der sich über ihre empfindliche Haut gezogen hatte und half ihr, ihn abzuwischen. Mit sanften, raschen Bewegungen seiner Hände putzte er alles, aber auch alles ab. Sie ließ ihn machen, und als er auch das letzte Salzkörnchen von ihrem Körper entfernt hatte und leise sagte: „Wirklich zu schade, dass wir nicht an einem einsamen Strand sind", da konnte sie nur zustimmend nicken. Diese seine Mischung aus Entschiedenheit und Zärtlichkeit war einfach unwiderstehlich...
„Also, wenn wir schon nichts Vernünftiges machen können, dann mach mir wenigstens dein versprochenes, schönes Kompliment..."
„Gut... ich muss dazu etwas weiter ausholen. Vor achtzehn Jahren habe ich mit Helmut meinen ersten Urlaub gemacht. In Italien. Es war das erste und letzte Mal, dass wir gemeinsam in Italien waren. Wir waren damals erst ein paar Monate zusammen, frisch verliebt. Es blieb dann auch unser einziger Urlaub zu zweit, danach kam dann ja gleich Leo zur Welt und dann waren wir nur noch Eltern. Wir waren also ein junges Liebespaar und fuhren mit einem klapprigen VW-Käfer durchs Land. Auf der Reise durch die Toskana machten wir in Florenz Halt, für zwei oder drei Tage. Da war gerade eine Ausstellung zweier antiker Bronzestatuen, die man in Kalabrien im Meer gefunden hatte, nach Florenz zur Restaurierung gebracht und danach dort für eine begrenzte Zeit ausgestellt hatte. Es stand eine unwahrscheinlich lange Warteschlange vor dem Museum. Wir wussten nicht mal, um was es in der Ausstellung ging, wir stellten uns einfach mit in die Schlange, nach dem Motto: Wenn Hunderte von Menschen hier rein wollen, muss es wohl etwas Lohnendes zu sehen geben... Es war lohnend. Die beiden

antiken Bronzestatuen waren fast zwei Meter hoch, stellten höchstwahrscheinlich griechische Krieger dar, obwohl das nicht ganz sicher ist. Speere oder Schilder, die sie vielleicht ursprünglich in den Händen gehalten hatte, waren mit den Jahrtausenden verloren gegangen. Oder das Meer hat sie nicht wieder hergegeben. Aber ich stell sie mir eigentlich lieber als Götter vor. Das Meer hat uns diese beiden göttergleichen Statuen zurückgegeben – und die sind von einer solchen Perfektion der Proportionen... Genauigkeit der Details... von einer ungeheuren Ausstrahlungskraft... eben von einer solch überwältigenden Schönheit, dass... ich mich damals kaum von ihrem Anblick hatte losreißen können. Helmut hat mich dann regelrecht von ihnen weggezogen. Ich glaube, er war sogar eifersüchtig. Auf zwei nackte Männer aus Bronze! Ich habe diesen Anblick nie vergessen. Tatsache ist, dass ich in jenem Italienurlaub schwanger geworden bin, neun Monate später war ich Mutter. Ich hätte meinen Sohn gerne nach dem Künstler benannt, der jene Kunstwerke geschaffen hatte, aber sein Name ist ja leider unbekannt. So nannten wir unseren Sohn Leonhard, was wenigstens an euer größtes aller Künstlergenies erinnert. Und nun", sie unterbrach sich, weil sie plötzlich lachen musste, „kann unser kleiner Leonardo da Vinci nicht mal zeichnen! Ich kann mich noch an sein erstes Bild erinnern: Er kam aus dem Kindergarten und zeigte mir stolz etwas, was er für sein größtes Kunstwerk hielt: einen Elefanten, von einer Schlange verschluckt. Aber er hatte die Schlange von außen gezeichnet: Sie sah aus wie ein alter Hut! Er zeigte das Bild allen, aber keiner erriet, was es darstellte. Nur ich, weil ich ihm am Abend davor die Geschichte aus dem Buch ‚Der kleine Prinz' vorgelesen hatte. Aber das ist jetzt auch nebensächlich. Ich will nur sagen: der viel versprechende Künstlername hat ihm nichts genutzt: er malt noch heute so kläglich. Aber das ist auch egal, wir haben ihm das nie vorgeworfen. Er hat andere Qualitäten." Sie blickte nachdenklich vor sich hin und schien mit ihren Gedanken weit weg zu sein.
Massimo holte sie zurück. „Und... wo bleibt mein Kompliment?"
„Na ja", sagte sie schüchtern, „du erinnerst mich irgendwie an diese Statuen..."
Er lächelte ein wenig geschmeichelt, ein wenig belustigt. „Du hast mir gerade von den ‚Bronzi di Riace' erzählt, die zweifelsohne zu dem Schönsten gehören, was die Antike uns hinterlassen hat. Sie stehen jetzt wieder in Kalabrien, im Museum in Reggio Calabria. In Riace hat sie ein

glücklicher Taucher ganz zufällig im Jahre 1972 gefunden. Nur zweihundert Meter vom Strand entfernt sah er eine Hand aus dem Sand ragen – als hätte einer der beiden Männer da unterm Sand ihm zugewinkt: Hol mich hier raus. Ich kann mich noch so gut daran erinnern, weil ich früher selbst Tauchsport betrieben habe und immer hoffte, auch mal etwas zu entdecken. Aber außer kleinen, schillernden Fischchen habe ich nie etwas anderes gesehen in den Tiefen des Meeres... Sollen wir nach Reggio fahren und sie uns ansehen? In ein paar Stunden wären wir da. Ich habe ein schnelles Auto!" Er war ganz begeistert von seiner Idee.

„Das hätte mir jetzt gerade noch gefehlt! Eine rasante Autofahrt quer durch Italien bis nach Kalabrien. Das ist doch ganz unten im Stiefel. Du bist wieder mal zu schnell, Massimo. Mit deinen Gedanken. Zu unbegrenzt! Erzähl lieber weiter."

„Nach der Ausstellung in Florenz kamen die Statuen dann zur Ausstellung nach Rom, wo ich sie im Sommer darauf besichtigt habe. Wir hatten damals einen sehr fähigen Staatspräsidenten namens Pertini – er war ein besonderer Politiker. Er hatte die Intelligenz und die Sensibilität, den Quirinalspalast als Ausstellungsraum für die ‚Bronzi di Riace' zu öffnen – und den Statuen damit den ihnen angemessenen Rahmen zu geben. Auch daran kann ich mich so gut erinnern, weil das damals ein riesigen Aufsehen erregt hatte: Die Menschen standen zu Tausenden Schlange vor dem Eingang, im Ganzen haben Hunderttausende die Bronzen besichtigt. Es sollen damals viele ohnmächtig geworden sein, und nicht nur, weil sie stundenlang in der sengenden Sonne auf den Einlass gewartet hatten, sondern weil der Anblick der Statuen zu viel für sie war."

„Und du hast dich stundenlang mit in die Schlange eingereiht, oder hast du jemanden bestochen, dir deinen Platz abzutreten?"

Er lächelte, in Erinnerung versunken. „Das war nicht nötig gewesen. Ich habe die Statuen zusammen mit Lili besucht. Sie kannte jemanden von der ‚Sovrintendenza dei Beni Culturali' – man hat uns durch einen Seiteneingang hineingelassen, gleich nach Besichtigungsschluss. Wir hatten sogar das Privileg, die Statuen quasi allein und ungestört zu sehen. Auch auf mich und – vor allem auf Lili – hatten sie einen großen Eindruck gemacht... auch wenn sie bei ihr nicht den fruchtbaren Effekt hatten wie bei dir."

Er machte eine Erinnerungspause, blickte aufs Meer. Die Sonne stand schon lange nicht mehr hoch, ihre Strahlen glitzerten auf dem Wasser, die Wellen schwappten leise an den Strand und berührten nun ihre Füße. Sie zogen sie nicht weg. Es war ein gutes Gefühl, so vom Meer umspült dazusitzen und in schönen Erinnerungen zu schwelgen. Sie erinnerten sich an die gleichen Kunstwerke, nur die Partner, mit denen sie diese gesehen hatten, waren verschieden.

„Warum haben wir uns damals nicht getroffen? Da bei den ‚Bronzi di Riace'?", fragte sie.

„Weil du in Florenz warst und ich in Rom. Weil wir zu verschiedenen Zeiten an verschiedenen Orten waren. Mit verschiedenen Partnern. Aber – jetzt sind wir hier. Wir sind am selben Ort, zur selben Zeit. Wir haben uns endlich getroffen. Ich finde, nur das zählt. Und, ich danke dir für das schöne Kompliment! Mit diesen Riace Bronzen hat mich noch nie jemand verglichen! Ich bin natürlich eitel genug, um mich geschmeichelt zu fühlen, aber auch ehrlich genug, um dir für die darin liegende Übertreibung zu danken. Wann ist dir denn aufgegangen, dass ich im Grunde einer der beiden Götter oder Krieger bin?"

„Ehrlich gesagt in - einem ganz unpassenden Moment, als du dir das blutbespritzte T-Shirt über den Kopf gezogen hattest..."

„Was?", rief Massimo entrüstet. „Warum bist du mir nicht gleich um den Hals gefallen? Ich meine, wenn man plötzlich einen antiken, griechischen Gott vor sich hat, fällt man doch erst mal auf die Knie, um ihn anzubeten, und dann fällt man ihm um den Hals, um... also, wir hätten uns ein paar Tage Wartezeit erspart, ich eine Menge Kauderwelsch und den Hanswurst... aber ihr Frauen wartet immer, bis wir Männer den ersten Schritt tun! Wisst ihr eigentlich, wie anstrengend das ist? Immer müssen wir armen Männer uns abstrampeln, uns die Körbe holen..."

Er hatte sich richtig in Rage geredet. Sie fuhr mit einer Hand sanft über seinen breiten Rücken, über seine muskulösen Schultern, ließ die Hand lächelnd auf seinem starken Arm liegen, blickte in sein braungebranntes Gesicht mit den schönen, schwarzen Augen und sagte leise: „Mein lieber Massimo, es hat uns beiden aber Spaß gemacht, Kauderwelsch und Wartezeit... und wenn man schon mal die Gelegenheit hat, einen sich abstrampelnden griechischen Gott anzusehen... dann sollte man sie auch auskosten, finde ich...."

Massimo sah sie verdutzt an, blickte tief in ihre unschuldigen blauen Augen. Dann legte er seinen Kopf in den Nacken und brach in ein Lachen aus, das man bis in die Gräber von Tarquinia hörte, wo ein Mädchen namens Velca erstaunt den Kopf hob.
Nur hatte er damit sein Versprechen gebrochen, sie nicht auszulachen.

Die ihnen bemessene Zeit war begrenzt. Und am späten Nachmittag mussten sie aufbrechen, damit sie zum Abendessen zurück im Borgo waren. Sie fuhren nicht über Rom, sondern über Orvieto zurück und schafften es gerade so, rechtzeitig im ‚Poggio dei Pini' einzutreffen. Als sie von der Landstraße abbogen, in die Auffahrt zur Tenuta, hielt er den Wagen kurz an und schaltete den Motor aus. Sie blickte nach rechts, auf den Weiher.
„Komisch, dass ich den bei unserer Ankunft gar nicht gesehen habe. Wir waren so damit beschäftigt, den richtigen Weg zu finden..."
„Charlotte, was machen wir mit morgen? Ich müsste eigentlich nach Spoleto, auf eine Art Sommerfest der Stadt, ich bin da einer der offiziellen Sponsoren. Es ist alles seit langem geplant. Man erwartet mich morgen. Aber ich überlege schon die ganze Fahrt über, ob ich meine Teilnahme nicht einfach absage und..."
„Das wirst du auf keinen Fall tun! Du liebst doch deine Arbeit. Und du präsentierst deine Produkte gerne selbst, wie du mal gesagt hast. Nein, du sagst nichts ab!"
„Aber wenn ich da auftauche, komme ich den ganzen Tag nicht wieder weg. Das weiß ich jetzt schon. Ich werde da eine Menge Bekannte treffen. Man wird mich festnageln. Um vier Uhr werde ich auf keinen Fall zurück sein. Außerdem hatte ich auch Francesca versprochen, sie mitzunehmen. Sie spielt da so eine Art Hostess. Das hat sie letztes Jahr schon mal gemacht. Es machte ihr einen Heidenspaß. Wie diese jungen Mädchen so sind, mit ihren Träumen: Sie will später mal was mit ‚Public relations' machen, wie sie es ausdrückt. Ins Fernsehen, in die Modebranche oder so was. Lass sie träumen! Sie findet, das sei eine gute Übung, bei mir Hostess zu spielen. Wenn ich da morgen hinfahre, dann nur, um sie nicht zu enttäuschen. Aber... ich wäre natürlich viel lieber mit dir... Charlotte... das wird morgen ein verlorener Tag für uns!" Er sah sie gequält an.
„Massimo! Erstens: Du hast es Francesca versprochen – und was man verspricht, muss man halten. Daran hast du mich selber gestern Abend

erinnert. Zweitens: Es ist deine Arbeit - erst die Pflicht, dann das Vergnügen."
Er lächelte sie an. „Da hat jetzt die pflichtbewusste, preußische Prinzessin aus dir gesprochen."
„Vielleicht. Die Sophie-Charlotte kommt mir manchmal in die Quere. Und drittens, denn aller guten Dinge sind drei: Das gibt mir morgen die Gelegenheit, endlich mit meinen beiden faulen Männern Assisi und Perugia zu besichtigen. Wir können hier nicht wieder wegfahren, ohne diese Städte gesehen zu haben. Und, ich hatte ja schon vorgestern mit ihnen da hinfahren wollen, um ein bisschen in Ruhe nachdenken zu können. Um etwas Abstand zu gewinnen."
Er sah sie entsetzt an. „Dann sag ich doch alle Termine morgen ab. Schließlich will ich nicht, dass du ‚Abstand' gewinnst."
Sie schüttelte entschieden den Kopf. „Wir fahren morgen nach Perugia und Assisi und du fährst nach Spoleto. Das ist jetzt mal ein Befehl von mir. Und du gehorchst. Und jetzt fahr weiter, sonst kommen wir zu spät zum Abendessen."
Aber er gehorchte nicht gleich. „Wir werden uns dann wenigstens abends sehen. Morgen ist der zehnte August – die Nacht von San Lorenzo."
„Was bedeutet denn das? Ein Fest zu Ehren eines Heiligen?"
„Es ist die Nacht, in der die meisten Sternschnuppen im Jahr zu sehen sind. Man kann sie hier auf dem Land besonders gut sehen, weil es ringsum dunkel ist. Es ist Brauch in Italien, diese Nacht unter freiem Himmel zu verbringen, in die Sterne zu gucken und sich bei jeder fallenden Sternschnuppe heimlich etwas zu wünschen. Lucia und Renzo organisieren das immer ganz nett, so ein bisschen Zauber um den Swimmingpool herum. Man kann das Spektakel natürlich auch ganz nüchtern mit ‚Leonidenstürmen' erklären – aber eigentlich ist es viel schöner, an den Zauber zu glauben. Obwohl ich mir im Moment nicht sicher bin, ob ich es dieses Jahr schön finden werde. Du wirst ja sicherlich mit deinem Mann da Liegestuhl an Liegestuhl liegen und wir werden kaum Gelegenheit und Zeit für uns finden..."
„Eine halbe Stunde wird schon herausspringen..."
„Was ist schon eine halbe Stunde, Charlotte?"
„Ein weiser Mann soll mal gesagt haben: Tue lieber die unwichtigste Beschäftigung der Welt, als dass du eine halbe Stunde für wenig Zeit

hältst. Wenn wir die halbe Stunde gut nutzen, dann wird sie nicht umsonst sein."
„Und wer soll das gesagt haben?"
„Daran erinnere ich mich nicht mehr. Vielleicht Goethe. Es gibt so Sätze, die liest man irgendwann mal irgendwo, und sie bleiben in einer unserer grauen Zellen hängen. CARPE DIEM - koste den Tag aus – koste eine halbe Stunde aus!"
„Also, hoffen wir auf unsere halbe Stunde Zeit morgen." Er beugte sich zu ihr herüber und küsste sie auf den Hals. Dann fuhr er die Auffahrt hoch und setzte sie vor ihrer Wohnung ab.

Beim Abendessen erzählte sie von den beiden Tagen, alles, so wie es gewesen war, nur das Wesentliche weglassend. Helmut hatte sich über die Shorts gefreut. Leo über die Kappe. Sie hatte ihm vorher auch ihr Kleid gezeigt.
„Wo willst du das denn in Berlin tragen! Oder bist du zum nächsten Presseball eingeladen? Sieht sehr elegant, aber auch teuer aus. Hat das Geld, das ich dir mitgegeben hatte, gereicht? Fürs Hotel, fürs Abendessen und für all die Sachen hier?"
Sie sagte irgendetwas von ‚ganz billig' und ‚Ausverkauf' und von ‚sparsam gegessen' und ‚bescheidenem Hotel' und kam sich dabei ein bisschen schäbig vor. Aber was hätte sie sonst sagen sollen? Im Stillen nahm sie sich vor, die Etiketten im Kleid herauszutrennen. Aber wahrscheinlich kannte Helmut den Namen des italienischen Modeschöpfers sowieso nicht.
Sie sah, wie Massimo seine Runde durch den Saal drehte. Er hielt an ihrem Tisch nicht an, winkte nur mal mit einer Hand zu ihnen hinüber. Nach dem Essen kam er auch nicht auf den Platz am Brunnen, aber sie sah das Licht in seinem Büro. Er hatte sich also gleich an die Arbeit gemacht. Sie selbst setzte sich auch nur kurz zu den Gästen, bevor sie sich von Helmut verabschiedete, der sich mit Federico-Friedrich in einem Gemisch aus Deutsch und Italienisch unterhielt.
„Bleib du ruhig noch hier. Ich gehe schon hoch – ins Bett. Bin müde von der Fahrt."
Dann ging sie zu Leo, der gerade nach Francesca Ausschau hielt. „Leo, du sagtest doch gestern am Telefon, du müsstest mir etwas von dir – und Francesca erzählen. Du hast mich richtig neugierig gemacht."

Aber Leo blickte abwesend. „Ach, da war eigentlich gar nichts Besonderes. Sie kommt uns vielleicht mal in den nächsten Ferien in Berlin besuchen. Das wäre gut für ihre Deutschkenntnisse, meint sie. Meine ich auch. Was meinst du? Du hättest doch nichts dagegen, oder?"
„Nein, natürlich nicht. Das ist eine gute Idee. War das... alles, was du mir sagen wolltest?"
„Ja. Amantes amentes." Er sah in diesem Moment Francesca ankommen und ließ seine Mutter einfach stehen. Sie blieb mit offenem Mund zurück.
Seit wann zitierte ihr Sohn lateinische Sprüche? ‚Verliebt verdreht' hatte er gesagt! Na, vielleicht war die Liebe doch die angenehmste Form aller Geisteskrankheiten.
Als sie im Bett lag, dachte sie niedergeschlagen: Schenkt er mir nicht mehr sein Vertrauen? Er hatte ihr sonst immer alles erzählt. Auch die ‚Leiden des jungen Leonhard' mit seinen Freundinnen. Erzählte er von nun an mehr seinem Vater als ihr? Männergespräche?
Es gab ihr einen Stich. Wie der Stich einer dornigen Rose. Aber nicht in den Finger. Sondern ins Herz.

KAPITEL 13 (10. August)

Vom Heiligen Franziskus und vom umgekehrten Schneewittchen,
von aufgeschlagenen Knien und fallenden Sternen,
von sanfter Erinnerung und wilder Eifersucht

Während sie am nächsten Morgen auf ihrer Terrasse saßen und frühstückten, überredete sie ihre beiden Männer tatsächlich zu einem Besuch in Perugia und Assisi. Die beiden waren das schlechte Gewissen in Person und schlugen ihr nichts mehr ab. Man kam allerdings darin überein, um vier Uhr nachmittags zurück zu sein. Wenn man sofort nach dem Frühstück losfuhr, hatte man wohl genügend Zeit, die beiden Städtchen zu besichtigen. Unten auf dem Platz sahen sie Massimo vorfahren. Er hatte Francesca schon neben sich sitzen. Sie hielten unterhalb ihrer Wohnung und winkten zu ihnen hinauf. Charlotte und Leo gingen hinunter. Helmut blieb, in seine Zeitung vertieft, oben sitzen.
„Ich bring dir Francesca heute Abend unversehrt wieder, Leo. Pünktlich, um mit ihr in die Sterne zu gucken", rief Massimo fröhlich, während er aus dem Ferrari stieg. Auch Francesca kletterte heraus.
„Guck mal Leo, wie ich aussehe!" Sie drehte sich einmal stolz um sich selbst herum, um ihm ihr neues Kostüm zu präsentieren. Es war ein elegantes, rotes Leinenkostüm, bestehend aus einem kurzen, engen Rock und einer kurzärmeligen Jacke ohne Bluse darunter. Sie hatte blaue Schuhe an und eine dazu passende blaue Umhängetasche über der Schulter hängen. Francesca hatte sich dezent geschminkt, was sie älter wirken ließ als sie war, ihr aber sehr gut stand. Eine wirklich bezaubernde Erscheinung, und Leo konnte seine bewundernden Blicke gar nicht von ihr abwenden. Charlotte betrachtete sich dafür Massimo, der einen eleganten, mittelblauen Anzug mit dem unvermeidlichen weißen Hemd darunter trug. Heute hatte er sich korrekterweise noch eine Krawatte umgebunden, in dem gleichen Rot wie Francescas Kostüm.
„Ihr habt euch aber in Schale geworfen", sagte Charlotte belustigt. „Da werden die Kunden nur so auf euch zuströmen."
„Auf Francesca werden sie zuströmen. Wenn ich allein dastünde, käme auch nicht einer, meinen Wein probieren, und er würde so nie erfahren, dass mein Wein der beste der Welt ist. Aber wenn Francesca ihnen mit freundlichem Lächeln ein gefülltes Glas Wein hinhält, dann drängeln sie

sich alle nur so um unseren Stand herum und bestellen danach meinen Wein im Dutzend. So läuft der Markt heute ab: egal, ob du Autoreifen, Badewannen, Schnürsenkel oder Zahnpasta verkaufen willst: Setz ein junges, hübsches Mädchen davor, dann verkaufst du alles." Massimo lachte Francesca an und kniff ihr in die Wangen. Leo blickte nicht mehr so begeistert.

Francesca dagegen sprudelte über vor Unternehmungslust: „Massimo hat mir das Kostüm extra für diesen Anlass heute gekauft. Wir waren vor ein paar Tagen zusammen in Perugia. Er meinte, die Investition würde sich lohnen."

„Das wird sie – davon bin ich überzeugt." Massimo hatte Leos sich immer mehr verfinsternden Blick bemerkt, ging auf ihn zu und legte ihm freundschaftlich seine Hand auf die Schulter.

„Es ist sehr großzügig von dir, Leo, dass du heute für einen Tag auf Francesca verzichtest. Ich kann dich gut verstehen – ein Tag kann sehr lang sein. Du musst dir... um nichts Sorgen machen." Er blickte kurz zu Charlotte hinüber.

Dann stiegen sie wieder ins Auto und er brauste davon. Charlotte und Leo blickten dem Auto hinterher, bis es aus ihrem Blickfeld verschwunden war.

„Was heißt, ich muss mir um nichts Sorgen machen? Der alte, geile Kerl wird doch nicht über sie herfallen?"

„Aber Leo! Wie sprichst du denn von ihm! Massimo ist siebenundvierzig und Francesca ist fünfzehn!"

„Sie sieht aber heute aus wie zwanzig! Und er sieht noch aus wie vierzig. Hält sich verflixt gut, der alte Wolf, trotz der Glatze. Das ist doch ein gefundenes Fressen für ihn! Mama, du bist immer so naiv... weißt du denn nicht, dass Männer in dem Alter auf so junge Dinger stehen? Und ich sage dir, der hat es faustdick hinter den Ohren. Ein Wolf im Schafspelz..." Leo blickte untröstlich vor sich hin.

Aber Charlotte schüttelte den Kopf. „Leo, der erste Eindruck trügt. Er ist sicher... kein Kind von Traurigkeit, aber auch nicht das, wofür du ihn gerade hältst. Ich habe ihn immerhin... in den letzten Tagen hier... etwas besser kennen gelernt. Und... es ist nicht so, wie du denkst. Du musst dir wirklich um nichts Sorgen machen."

Aber Leo ging nur kopfschüttelnd die Treppe hoch. „Du lebst in einer anderen Welt, Mama. In einer Märchenwelt."

Eine halbe Stunde später waren sie in Perugia. Sie parkten das Auto auf einem Parkplatz im neueren Teil der Stadt, von dem aus man bequem über Rolltreppen in den historischen Teil Perugias hochfahren konnte, der auf einem Hügel lag. Helmut lobte diese geschickte städtebauliche Lösung. So war es den Stadtplanern hier gelungen, die Altstadt vom Durchgangsverkehr frei zu halten.

Sie begannen ihren Rundgang auf der Piazza IV Novembre, die von herrschaftlichen Palazzi umgeben war. In der Mitte des Platzes stand ein großer Brunnen, die Fontana Maggiore, die aus zwei reliefgeschmückten Wannen bestand, deren allegorische Figuren die Monate des Jahres darstellten. Dann gingen sie in die Kathedrale aus dem 14. Jahrhundert, deren Seiteneingang auch an dieser Piazza lag, besahen sich die Fresken und kamen am Hauptausgang auf der Piazza Dante heraus. Sie schlugen den Corso Vannucci ein, bewunderten die schöne Fassade des Palazzo Comunale mit seinen gotischen Formen aus Marmor, Kalkstein und Travertin. Charlotte wäre gerne hineingegangen und hätte die dort befindliche ‚Galleria Nazionale dell'Umbria' besucht, aber sie scheiterte am Protest ihrer Männer: dazu sei keine Zeit. Also verpasste sie die Werke des Beato Angelico, des Piero della Francesca, des Pinturicchio und des Perugino, die ihr Reiseführer besonders hervorhob; auch in das ‚Collegio del Cambio' bekam sie die Beiden nicht hinein, wo ihr ein ganz von Perugino ausgemalter Saal entging. Der Gedanke beschlich sie, dass sie besser mit Massimo hierher gefahren wäre. Sie schlenderten durch die pittoreske ‚Via delle Volte' mit ihren charakteristischen Haustürmen, kamen an den schönen Kirchen Sant'Angelo und Santa Maria di Monteluce vorbei, in die sie nur kurz hineinguckten, gingen durch einen etruskischen Torbogen, den ‚Arco Etrusco' aus dem III-II Jahrhundert vor Chr., der einst auch das Haupteingangstor zur Stadt gewesen war.

„Was für alte Gemäuer hier noch herumstehen", bemerkte Leo wenigstens anerkennend. An der Piazza Matteotti besahen sie sich den Palazzo dell'Università Vecchia. Ob er hier studiert hat, fragte sich Charlotte im Stillen. Welch ein schöner Ort zum Studieren! Am hinteren Ende des Platzes öffnete sich die ‚Volta della Pace', ein langer, enger Bogengang aus dem 14. Jahrhundert. Sie gingen bis zur Porta San Pietro, besichtigten die gleichnamige Kirche aus dem 11. Jahrhundert, in deren Sakristei sie endlich vier schöne Gemälde des berühmten Perugino zu sehen bekam. Dann bummelten sie zurück zum ‚Corso Vannucci', der die Altstadt als Hauptstraße durchquerte und dessen schöne Palazzi und elegante Geschäfte allen gefielen. Da es gegen Mittag war, begannen sie nach einer Trattoria Ausschau zu halten. Leo entdeckte eine einfache, aber sehr typische ‚Tavola Calda', wo man ganz unkompliziert an rustikalen Holztischen Pizza mit Schinken und frischen Feigen serviert bekam. Charlotte freute sich, statt des Schinkens einen ausgezeichneten ‚Formaggio allo zafferano', einen safrangelben Käse, zu bekommen. Dazu ein Glas kühlen Weißwein, und alle waren zufrieden.

„Jetzt könnten wir eigentlich zurückfahren und unsere Siesta halten", meinte Helmut gemütlich.

„Nicht, ohne Assisi besichtigt zu haben! Darauf verzichte ich nicht!", protestiert sie.

„Wir können doch ein anderes Mal hinfahren", fand auch Leo, dessen Besichtigungseifer merklich nachgelassen hatte.

„Kommt gar nicht in Frage! Ich trau dem Braten nicht, bei euch ist verschoben gleich aufgehoben – wir fahren jetzt sofort nach Assisi!" Charlotte hatte heute das Sagen.

In Assisi steuerten sie schnurstracks auf die Basilika des San Francesco zu, die sich in obere und untere Kirche aufteilte. Sie gingen zuerst in die Unterkirche, in deren Krypta die sterblichen Überreste des Heiligen Franz aufbewahrt wurden und einige schöne Freskengemälde des Simone Martini zu sehen waren. Die Kirche war nur schwach ausgeleuchtet und für Charlottes Geschmack natürlich zu düster, aber die daraus resultierende suggestive Atmosphäre fing sie alle drei ein. Vor dem in ein Grabmahl aus Felsenstein eingelassenen Sarg blieben sie stehen.

Charlotte las laut aus einem kleinen Prospekt vor, den sie am Eingang der Kirche erstanden hatte: „Am Abend des dritten Oktobers 1226 beschloss Franziskus fröhlichen Herzens seine irdische Pilgerschaft. Er sang dazu die letzte Strophe des Sonnengesanges, die ‚unserem Bruder, dem leiblichen Tod' gilt."

Leo unterbrach sie: „He, Mama, wie du - immer ein Liedchen auf den Lippen. Hatte Humor, der Knabe. Noch bei seinem Ableben sich ein Ständchen zu bringen!"

Charlotte räusperte sich vorwurfsvoll bevor sie weiterlas: „Hier nun ruhen seit 1230 seine Gebeine. Er und seine Anhänger haben es in ihrer Zeit fertig gebracht, die Schranken der sozialen Klassentrennung zu

durchbrechen und das großartige Beispiel christlicher Brüderlichkeit vorzuleben. Rund um sein Grab herum sind die Gräber seiner vier treuesten Gefährten, Frate Leone, Masseo, Rufino und Angelo." Sie gingen um das Grab herum und besahen sich die vier Grabnischen. Wo die beiden Eingangstreppen in die Krypta einmündeten, fanden sie aber noch ein Grab: ‚Frate Jacopa' stand darauf.
„Das war denn wohl der Fünfte im Bunde", meinte Helmut trocken.
Aber Charlotte las aus dem Prospektheftchen vor: „Hier liegt die adelige Römerin Jacopa Settesoli begraben. Franziskus hatte sie ‚Bruder Jacopa' genannt."
Jetzt unterbrach Helmut sie: „Ha, der Knabe hatte nicht nur Humor, sondern war auch so schlau, seine adelige Freundin hier als ‚Bruder' einzuschleusen. Wird mir richtig sympathisch, dieser Franz."
Charlotte räusperte sich wieder vorwurfsvoll und meinte, man solle doch besser jetzt nach oben gehen.
Im großen, hellen Teil der Oberen Basilika befand sich der herrliche Freskenzyklus des Giotto, der das Leben des Heiligen erzählte. Charlotte war von der Farbenpracht und Klarheit der Gemälde ganz begeistert und versuchte, ihre zwei fußfaulen Mitläufer bei guter Laune zu halten.
„Bedenkt nur", las sie aus ihrem Reiseführer vor, „die Basilika wurde im Jahre 1253 eingeweiht, aber mit dem Bau hatte man schon im Jahre 1228 begonnen, nur zwei Jahre nach dem Tod des San Francesco. Viele große Künstler haben hier bis zum 15. Jahrhundert an der Ausschmückung dieser Kirche mitgewirkt. Eine reiche, luxuriöse Kirche für einen Mann, der einen Orden der Minderen Brüder, der Armen Mönche gegründet hat, der seine teuren Kleider öffentlich auf dem Platz ausgezogen hat..." Sie wies auf das Wandgemälde hin, auf dem genau diese Szene dargestellt war: Erst gab San Francesco seinen beigefarbenen Samtmantel an einen Bettler ab, stand selbst nur noch in einem hellblauen Umhang dar, dann legte er auch diesen ab und blieb nackt unter den verwunderten Blicken der ihn umringenden Menge zurück. Von da an hatte Giotto ihn nur noch in der braunen Franziskaner-Kutte gemalt, barfuß oder mit Sandalen, wie die Franziskaner sie noch heute tragen.
„Stellt euch vor, welchen Eindruck dieser Mann auf seine Zeitgenossen gemacht haben muss und welchen Einfluss er durch die Jahrhunderte hindurch behalten hat, bis heute."

Aber weder Leo noch Helmut schien das sonderlich zu beeindrucken, also versuchte sie es mit mehr prosaischen Fakten. „Im Jahre 1996 hat ein schweres Erdbeben Umbrien erschüttert. Das Deckengewölbe, unter dem wir gerade stehen, ist heruntergefallen und hat mehrer Menschen unter sich begraben." Die beiden blickten interessiert nach oben, auf die restaurierte Decke, der kein Schaden mehr anzusehen war. Einen Teil hatte man schon wieder ausgemalt – in zu bunten Farben, wie Charlotte fand. Leo pfiff durch die Zähne. „Ach du heiliger Strohsack! Hoffentlich bebt es nicht, solange wir hier stehen!"

Charlotte nutzte diesen Moment der andächtigen Deckenbeschau, um an den Wandfresken vorbeizugehen und das Leben des Francesco an sich vorbeiziehen zu lassen. Die kräftigen Blau- und Türkisfarbtöne des Hintergrundes, die hellen Pastellfarben der Häuser, die zart gemalten Gesichter – sie hätte sich gerne auf eine Kirchenbank gesetzt, um die Atmosphäre in Ruhe auf sich wirken zu lassen, aber Helmut und Leo standen schon wieder unbarmherzig neben ihr.

„Na, hast du dich satt gesehen oder willst du dich selbst zum katholischen Glauben bekehren?" Helmut wurde etwas ungeduldig.

„Weder das eine noch das andere. Aber die Bilder sind so interessant. Sieh mal da: Das ist San Francesco, er steht dort unter einem gotischen Bogen, und neben ihm, unter dem nächsten Bogen, steht Santa Clara, seine Gefährtin im Glauben und im Geiste."

„Und vielleicht auch im Alkoven", fügte Helmut hinzu.

„Mag sein, dass sie ein Paar waren, oder auch nicht. Wie immer es war, ich finde, es geht nur die beiden etwas an!" Charlottes Gesichtsausdruck war entschieden, aber verschlossen.

Helmut machte eine abfällige Handbewegung. „Von mir aus konnten und können die alle treiben, was sie wollen, diese heiligen oder scheinheiligen Kirchenmänner und -frauen. Ich finde nur, sie sollten ihren armen Schäfchen nicht ständig mit Moral und schlechtem Gewissen kommen und das predigen, was sie dann selbst nicht einhalten."

Charlotte ging nicht darauf ein. „Jetzt besichtigen wir noch die Kirche der Heiligen Clara, die ja immerhin den Klarissenorden gegründet hat."

Aber da stieß sie doch auf heftigen Protest. Die Zeit rann davon und man kam überein, noch ein wenig durch die Straßen Assisis zu bummeln, aber dann zurück in den Borgo zu fahren. Sie gingen die ‚Via San Francesco' hinunter, die von mittelalterlichen und barocken Häusern gesäumt war. Am Dom angelangt, der San Rufino geweiht war, bewunderte sie die schöne romanische Fassade, aber hineingehen wollten die beiden nicht mehr. Ständig blickten sie auf ihre Uhren, was Charlotte allmählich in Rage brachte. Hinterlistig schlug sie eine enge Straße ein, die zur ‚Rocca Maggiore', einer Burgfestung hoch auf dem Hügel über der Stadt führte. Die beiden merkten nicht gleich, dass Charlotte sie auf Abwege geführt hatte. Aber als sie endlich oben angelangt waren, verschwitzt und durstig, wurden sie von der herrlichen Aussicht mit einem Rundumblick von 360 Grad belohnt: Man blickte auf unzählige Hügel, braune und grüner Felder, ferne Ortschaften und Waldgebiete, die sich zu einem buntgefleckten Patchworkmuster zusammenfügten und am Horizont an eine blaue Bergkette stießen. Sie stellte sich vor, wie San Francesco hier einst dieses Panorama betrachtet haben mochte, mit den Vögeln und seinem Gott sprechend. Aber für solche Gedankenausflüge war keine Zeit, ihre Begleiter hatten schon wieder den Abstieg begonnen.

In den Straßen wimmelte es nur so von Andenkenläden, fast alle mit Klimbim zum Thema. Kleine, dicke Franziskanermönche waren als Nippesfiguren aus Keramik in allen erdenklichen Posen zu haben, sogar als Weinkrüge. Selbst vor San Francesco und Santa Chiara hatte man nicht Halt gemacht: Sie waren als Wein trinkendes Paar selig beieinander sitzend karikiert. Charlotte hatte immer eine instinktive Abscheu vor diesem Kirchenkitsch gehabt. Auch wenn sie in Rom die Andenkenläden um den Petersdom herum mit ihrer Schulklasse besuchen musste, weil die Schüler begeistert solches Zeugs kauften, sah sie immer befremdet auf all die Papstkonterfeie auf Schlüsselanhängern, Porzellantellern, Kugelschreibern, Pillendöschen und Kaffeelöffeln.

Um halb vier blickte Helmut auf seine Armbanduhr. „Wir sollten allmählich den Rückweg antreten. Ich hab um vier Uhr ein Doppelspiel: Renzo und ich gegen Martinelli und Friedrich. Das wird ein spannender Vierer."

Leo war es zwar egal, wann sie zurück sein würden, Francesca war ja sowieso nicht da, aber zum Reiten wollte er trotzdem. Charlotte wäre noch gerne in dieser schönen Stadt geblieben. Sie hatten auch längst nicht alles Sehenswürdige besichtigt. Der Reiseführer empfahl unbedingt noch ein paar Kirchen, aber ihre Überzeugungskraft und ihr Einfluss auf die beiden Kunstbanausen neben ihr ging zu Ende. Also gab sie auf und sie marschierten zum Auto zurück.

Charlotte war froh, als sie allein am Swimmingpool lag. Helmut hatte seinen Vierer, Leo war zum Reiten gegangen. So hatte sie endlich doch noch ein wenig Zeit zum Nachdenken. Sie wäre so gern mit ihren Gedanken ins Klare gekommen. Die Situation drohte ihr über den Kopf zu wachsen.

Aber klare Gedanken wollten ihr einfach nicht kommen, dafür kam Antonio. Stand plötzlich neben ihrem Liegestuhl und klopfte ihr mit seinem Patschhändchen aufs Knie. Sie schrak zusammen und öffnete die Augen.

„Signora, du bist allein heute. Ich bin auch allein. Francesca ist nicht da, um auf mich aufzupassen, Mama und Papa liegen in ihren Liegestühlen und schlafen. Ich dachte, da leiste ich dir Gesellschaft."

„Das ist aber lieb von dir, Totò. Ich kann's gut brauchen, es bringt mich auf andere Gedanken. Erzähl mir doch eine Geschichte, ein Märchen!"

„Erstens, du sollst mir eine Geschichte erzählen, weil es immer die Großen sind, die den Kleinen Geschichten erzählen. Und zweitens: Ich kenne nur ganz wenige Märchen."

„Wieso kennst du kaum Märchen, Totò? Erzählen deine Eltern dir keine Märchen?"

„Nein, die sind gegen Märchen. Mama sagt, in Märchen kommen zu viele Hexen und Zauberer und böse Geister vor – davon kriegen kleine Kinder nur Alpträume. Und Papa meint, der ganze Hokuspokus sei sowieso nicht wahr. Im richtigen Leben gibt es kein Happyend."

Antonio kletterte einfach auf ihren Schoß und fügte flüsternd hinzu: „Aber wenn unsere Oma Schilling aus Deutschland uns besuchen kommt, erzählt sie mir heimlich Märchen, abends vor dem Einschlafen."

Charlotte schüttelte missbilligend den Kopf. „Und deine Eltern, was erzählen die dir, abends vor dem Einschlafen? Lesen sie dir wenigstens Bilderbücher vor?"

„Gar nicht. Papa kommt so oft spät nach Hause und Mama schläft beim Vorlesen immer ein. Aber ich habe ganz viele Videokassetten, mit Disneyfilmen. Die darf ich dann gucken."

Charlotte blickte stirnrunzelnd zu seinen Eltern auf der anderen Seite des Pools hinüber, die dösend in ihren Liegestühlen lagen.

„Erzähl mir Schneewittchen!", befahl Totò. „Ich habe nämlich einen Disneyfilm von Schneewittchen. Den hat mir mal Tante Enrica geschenkt – meine Eltern haben da nicht so aufgepasst." Er kicherte.

„Ja, manchmal habt ihr Kinder Glück, wenn die Erwachsenen nicht so aufpassen. Dann tun sie genau das Richtige, wenn sie so schön schusselig sind. Du kennst also Schneewittchen und möchtest es trotzdem noch mal hören, von mir?"
„Ja, so richtig hören. Es richtig erzählt bekommen. Auch wenn es mir nicht so gefällt, wenn die böse Stiefmutter Schneewittchen in den Wald schickt, um sie vom Jäger umbringen zu lassen. So was macht doch keine Mutter! Was ist eigentlich eine Stiefmutter?"
Charlotte blickte ihn nachdenklich an. Dann hatte sie eine Idee. „Hör zu, Antonio. Auch mir gefällt da so einiges nicht in diesem Märchen. Irgendetwas stimmt mit Schneewittchen nicht so recht. Vielleicht wegen jener Schwarzweißmalerei: ihr Haar war so schwarz wie Ebenholz und ihre Haut so weiß wie Schnee! Das erinnert mich zu sehr an meine Freundin Helene... aber das tut hier nichts zur Sache. Und wieso soll eine Stiefmutter immer böse sein? Also, wir werden das Märchen einfach umschreiben! Wir machen alles umgekehrt: Aus den guten Personen machen wir die Bösen und aus den Bösen machen wir die Guten!"
„Kann man das denn?", fragte Antonio verblüfft.
„Mit Phantasie kann man alles, Totò. Also hör gut zu: Es war einmal ein guter König, der hatte eine hübsche Tochter namens Schneewittchen. Als seine Frau, Schneewittchens Mutter - leider viel zu jung – verstarb, heiratete der König eine neue Frau. Sie war eine sehr schöne Frau und sehr gütig, auch sehr darum bemüht, eine gute Mutter zu werden, aber Schneewittchen sah nur die böse Stiefmutter in ihr. Sie wuchs zu einem schwierigen Teenager heran, betrachtete sich stundenlang im Spiegel, schminkte sich und fragte den Spiegel, ob sie die Schönste im ganzen Land sei."
„Wie meine Schwester", war Antonios Kommentar.
„Aber der Spiegel antwortete jedes Mal, dass ihre Mutter viel schöner und edler sei als sie. So beschloss sie, eines Nachts aus dem Schloss zu fliehen. Sie traf im Wald einen jungen Mann, einen Jäger, und machte ihn in sich verliebt, denn sie war ein gerissenes Früchtchen. Aber als sie versuchte, den Jäger dazu zu überreden, ihre Stiefmutter umzubringen, begriff dieser, mit wem er sich da eingelassen hatte und suchte schnell das Weite. Dann irrte Schneewittchen allein durch den Wald, bis sie in der Ferne ein schwaches Licht sah. Sie kam zu einem kleinen Häuschen, in dem sieben kleine Wesen wohnten."

„Die sieben Zwerge", rief Antonio erfreut. Die mochte er.
„Ja, aber in unserer Version ist doch alles umgekehrt. Es waren sieben fiese, hinterlistige Gnome, die sich mit Schneewittchen verbündeten. Sie konnte sie für ihre Mordpläne gewinnen. Die Gnome präparierten sieben Körbe mit vergifteten Äpfeln, die sie bis ans Schloss brachten. Sie hatten sie mit starken Pflanzenschutzmitteln gespritzt, aber nicht nur so, wie das Obst heute gespritzt wird, das wir im Supermarkt zu kaufen bekommen und das uns zwar nicht sofort umbringt, sondern langsam, in zwanzig oder dreißig Jahren. Nein, es sollte ja schnell, sofort wirken. Die Gnome hatten in jeden Apfel noch eine Extraportion Gift gespritzt. Die gütige Königin dankte den Gnomen zwar für ihre Gaben, ließ sie aber am Tor stehen und rührte die sieben Körbe nicht an, denn sie hatte in ihrem Garten einen Apfelbaum, der ungespritzte Äpfel trug, und da die Königin nicht nur schön und gütig war, sondern auch intelligent, aß sie nur von ihrem Baum. Da enthielt zwar jeder Apfel eine kleine Made..."
Antonio verzog das Gesicht und machte „Igitt!"
„... Aber die Maden schnitt sie heraus und legte sie aufs Fensterbrett als Futter für die Vögel. Zum Dank sangen jeden Morgen Hunderte von Vögeln ein Lied vor ihrem Fenster. Schneewittchen wartete inzwischen im Waldhäuschen auf die Rückkehr der Gnome. Die hatten ihr drei gute, nicht gespritzte Äpfel auf dem Tisch liegen lassen, falls sie Hunger bekommen sollte. Aber einer der vergifteten Äpfel war dem kleinsten Gnom aus dem Korb gekullert, weil er ihn zu voll gepackt hatte, und lag in einer Ecke des Zimmers. Schneewittchen sah ihn und er war röter und schöner und größer als die drei Äpfel auf dem Tisch. Und da Schneewittchen nicht nur ein verzogener, hinterlistiger Teenager war, sondern auch ziemlich dumm, denn sie hatte in der Schule im Mathematikunterricht nie aufgepasst – ja, sie konnte wirklich nicht bis drei zählen..."
Antonio unterbrach sie triumphierend. „Ich kann schon bis dreißig zählen, und ich gehe noch in den Kindergarten!"
„Du bist ja auch ein intelligenter Junge. Du wirst in der Schule immer gut aufpassen, so wie du hier gerade aufpasst, während du mir zuhörst. Siehst du, deshalb ist es so wichtig, dass man Kindern Märchen erzählt, weil sie dabei lernen, einem zuzuhören. Im nächsten Jahr kommst du in die Schule, dann wirst du stundenlang deiner Lehrerin zuhören müssen.

So etwas sollte man vorher geübt haben. Nichts gegen deine Disneykassetten, aber sie haben nicht den gleichen Effekt."
„Jetzt erzähl aber weiter", befahl er ungeduldig.
„Also, das dumme Schneewittchen biss in den vergifteten Apfel und fiel tot um."
„Nein, nur: wie tot", verbesserte Antonio, „denn sie war gar nicht richtig tot."
„Ja, du hast Recht. Sie war nur im Koma. Die Gnome bahrten sie in einem gläsernen Sarg auf, und dann kam ein Prinz vorbeigeritten und sah sie da liegen...und da sie sehr schön war..."
„... küsste er sie und starb auch an dem giftigen Apfel, der ihr noch in der Kehle steckte." Totò war schnell zum Ende gekommen.
Aber Charlotte war mit diesem Ende nicht einverstanden. „Ach, Totò, nicht so schnell! Ich finde, Märchen sollten doch immer gut enden. Sonst ist es kein richtiges Märchen. Also, der Prinz küsste sie und dann schlug sie die Augen auf und sah ihn an und..."
Antonio unterbrach sie wieder. „Und er hatte so blaue Augen und blonde Haare wie du und Leo, und dann trug er sie auf seinem weißen Pferd, auf einem schönen Schimmel, davon und..."
„Nein. Er hatte schwarze Augen und so dunkle Locken wie du, Totò, und er saß auf einem schwarzen Pferd, einem feurigen Rappen, und... und als Schneewittchen die Augen aufschlug und ihn sah, da... da wusste sie, dass sie noch nie etwas so Schönes gesehen hatte und... und wenn wir Menschen plötzlich mit soviel Schönheit konfrontiert werden, dann können wir dadurch geläutert werden..."
Sie machte plötzlich eine Pause. Antonio nutzte sie, um zu fragen, was das hieße, geläutert werden. Das Wort kam in seinem beschränkten deutschen Wortschatz nicht vor und er suchte nach einer Erklärung. „Hat es was mit läuten zu tun? So wie die Kirchenglocken zu Weihnachten läuten? Oma Schilling sagt dann immer: Wenn die Glocken zur Messe läuten, soll man in die Kirche gehen. Dann würde man ein besserer Mensch werden."
Charlotte sah ihn überrascht an. „Ich weiß zwar im Moment nicht, ob das die treffende sprachhistorische Erklärung ist... aber du hast das ganz richtig gesagt: Schneewittchen wurde geläutert und wurde zu einem besseren Menschen. Der Prinz hob sie hoch... auf sein Pferd. Dann ritten sie zum Schloss ihrer Eltern und sie entschuldigte sich bei ihrer... Mutter für ihre schlechten Gedanken... und ihre Mutter verzieh ihr..."

Antonio rüttelte sie an der Schulter. „He, guck nicht so versonnen, Signora! Und dann lebten sie glücklich und zufrieden bis an das Ende ihrer Tage, ja? So enden doch alle Märchen, oder?"
„Ja, so sollten alle Märchen enden." Charlotte strich ihm liebevoll über seine schwarzen Locken.
„Gefällt dir diese neue Version des Märchens? Wir haben alles umgekehrt erzählt, und am Ende... ist Schneewittchen... umgekehrt."
„Ja, diese Version war auch gut. Kann man das auch mit anderen Märchen machen?"
„Mit allen Märchen kann man das machen. Ich sagte ja, mit Phantasie kann man alles machen."
„Warum findest du, dass Märchen so wichtig sind? Wegen der Phantasie? Papa sagt immer, ich hätte zu viel Phantasie. Und Oma auch. Er mag auch nicht, wenn sie uns mit in die Kirche nehmen will. Märchen stimmen nicht. Nur in der Bibel und im Märchen siegt immer das Böse über das Gute, im Leben nicht."
Charlotte überlegte kurz, wie sie einem Fünfjährigen erklären konnte, warum sie Märchen so wichtig fand. Sie versuchte, es so einfach wie möglich auszudrücken. „Antonio, es stimmt, dass im Leben nicht alles, nein – ehrlich gesagt, sehr wenig gut ausgeht. Aber wenn du – als Kind wenigstens mal gehört hast, gewünscht hast, geglaubt hast, dass das Gute über das Böse siegen kann, dann wirst du dich als Erwachsener später mal – vielleicht - daran erinnern, und dann wirst du anders handeln, als wenn du es nie geglaubt hast. Ich könnte dir noch so viel mehr dazu sagen. Aber ich will dir nur noch ein Beispiel geben, das mir persönlich am Herzen liegt: In den Märchen können die Tiere alle sprechen, hast du das bemerkt?"
„Ja. In meinen Disneyfilmen auch."
„Gut. Das ist ein Pluspunkt für die Disneyfilme. Man muss das als Kind mal gehört haben, wie die Tiere sprechen, denn als Kind kann man das wirklich noch hören. Und wenn man das als Kind mal gehört, mal geglaubt hat, dann wirst du dich auch als Erwachsener daran erinnern, und du wirst dich Tieren gegenüber anders benehmen, als wenn du es nie gehört hättest."
Antonio legte seinen kleinen Zeigefinger vor die Lippen und machte „Pst. Da kommt Papa. Dem sagen wir nichts von dem Märchen und der Phantasie, va bene?"
„Abgemacht."

Federico blieb neben ihrem Liegestuhl stehen. „Vieni, Antonio, du hast der Signora lange genug auf die Knien gesessen. Ich habe eine bisschen eine schlechte Gewissen: Heute sollte ich sein Babysitter für Totò, weil Francesca ist ja weg – mit Massimo. Meine Frau braucht Ruhe – so ich bin verantwortlich für Totò, aber ich war eingeschlaft. Hat er sie sehr gelästigt?"
„Er hat mich überhaupt nicht belästigt."
„Heute ist Francesca weg, gestern und vorgestern Sie waren weg – alle sind mal weg mit Massimo. War es... schön?"
Charlotte sah ihn misstrauisch an. Was wusste er? Was wusste er nicht? Sie war sich eigentlich sicher, dass Massimo ihm nichts Genaueres erzählt hatte. Sie kannte ja sein Gefühl für Diskretion. Aber dieser Federico-Friedrich ahnte sicherlich etwas. Er war Arzt und er war Massimos Freund – damit hatte er mehr Intuition als alle anderen hier zusammen.
Sehr knapp und kühl sagte sie nur: „Ja."
Er nickte nur kurz als hätte er verstanden, zog dann den sich wehrenden Antonio von ihren Knien herunter und verabschiedete sich freundlich. Totò drehte sich noch mal um. „Ich komme morgen wieder", rief er ihr über die Schulter zu.
„Ich freu mich drauf", rief sie zurück. Und das war ganz ehrlich gemeint. Sie war heute Nachmittag zwar nicht zum Nachdenken über ihre vertrackte Situation gekommen, aber dafür hatte sie etwas viel Schöneres und Beruhigenderes getan: Sie hatte Schneewittchen umkehren lassen. Mit etwas Phantasie konnte man ja alles tun.

Als sie alle beim Abendessen saßen, waren Francesca und Massimo noch nicht zurück. Leo blickte nervös auf die Eingangstür, in der Hoffnung, sie möge jeden Moment aufgehen. Er stocherte missmutig an seiner ‚Lombata ai ferri' herum.
„Sie kommen sicher bald", versuchte Charlotte ihn aufzumuntern. Aber vielleicht wollte sie auch nur sich selbst aufmuntern. Ab und zu blickte sie zu den Veroneses hinüber. Es schien ihr, als ob auch diese verstohlen zu ihr hinüberblickten, und sie meinte, eine Spur von Feindseligkeit in Tigerlillis Blick zu entdecken.
„Wenn er Francesca nicht pünktlich zum Sternegucken zurückbringt, dann kriegt er es mal zur Abwechslung mit mir zu tun! Heute Abend ist doch die Nacht von San Lorenzo!" Leos Miene verhieß nichts Gutes.

Zum Glück für alle ging die Tür endlich auf und Francesca stürmte herein, gefolgt von Massimo. Sie hatte sich umgezogen, trug ein buntes Trägerkleid, vom Duschen waren ihre Haare noch nass, nun blieb sie vor ihrem Tisch stehen.
„War es schön?", fragte Leo.
„Es war toll! Es hat so viel Spaß gemacht – all die Leute! Und alle wollten sie Wein probieren und alle wollten sie dann welchen bestellen... aber jetzt habe ich einen Mordshunger. Hoffentlich haben sie mir hier was übrig gelassen... wir sehen uns doch gleich, zum Sternegucken?" Sie strahlte Leo an. Der strahlte zurück. Sein Ärger war schnell verflogen.
Francesca setzte sich zu ihren Eltern. Massimo kam an ihren Tisch. Auch er hatte den eleganten Anzug gegen eine bequeme, ausgebeulte helle Leinenhose und ein frisches weißes Hemd eingetauscht. „War das anstrengend heute", stöhnte er. „Ich weiß gar nicht, warum ich mir so was noch antue. Wir brauchen überhaupt keine neuen Kunden mehr. Aber... solange mein Unternehmen expandiert, habe ich das Gefühl, dass es immer weitergeht." Er sah etwas müde und versonnen aus.
„Und es ist ja auch ganz schön, wenn es mit dem Geldverdienen immer weitergeht", meinte Helmut spitz.
Massimo stutzte zwar etwas, sagte aber ehrlich: „Ich meinte eher, dass es mit dem Leben immer weitergeht. Vielleicht ist das nur mein Lauf gegen die Zeit, gegen das Alter, auch wenn man das nicht gerne zugibt."
Er lächelte Charlotte an: „Sehen wir uns gleich, zum Sternegucken?"
Helmut antwortete für sie: „Natürlich. Das scheint ja heute Abend Pflicht zu sein. Dabei sind die Sternschnuppen nichts anderes als ein astronomisches Phänomen, wie Sonnen- oder Mondfinsternisse und dergleichen."
Massimo sah ihn fast verächtlich an. „Immerhin ein Phänomen – und jeder kann darin das sehen, was er will." Dann ging er zum Nebentisch und plauderte mit den Martinellis.
Lucia und Renzo hatten wirklich alles sehr romantisch um den Swimmingpool herum arrangiert: Ein paar wenige Fackeln erleuchteten nur schwach die Umgebung, um dem Schauspiel der fallenden Sterne nicht durch zu viel Licht die Schau zu stehlen. Die Liegestühle waren mit dunkelblauen Tüchern abgedeckt, die ein kleines Sternenmuster hatten. Sie hatten meterweise Stoff gekauft, um daraus diese passenden Tücher zu nähen. An einem Tischchen stand ein Weinkühler mit dem

hauseigenen Sekt, Sektkelche daneben zur Selbstbedienung. Auch eine große Platte mit ganz kleinen Kuchenpasteten, die sie hier ‚Pastarelle Mignon' nannten, war für die Gäste da. Vor dem Badehäuschen hatte Renzo eine Stereoanlage aufgebaut, aus der leise klassische Musik über die Anwesenden rieselte. Mit der Zeit verteilten sich alle Gäste auf die Liegestühle, immer paarweise: Lucia lag neben Renzo, Liliana neben Federico, aber sie hatten Antonio in ihre Mitte genommen, Signor Martinelli neben seiner Gattin, sogar Natalina hatte es sich im Liegestuhl neben Alfonso bequem gemacht, so wie denn auch alle übrigen Paare. In einiger Entfernung erkannte Charlotte Mr. und Mrs. Robinson. Bei dieser Gelegenheit stellte sie fest, dass wirklich keine Einzelpersonen unter den Gästen waren. Leo und Francesca hatten ihre Liegestühle etwas abseits vom Pool auf die Wiese gerückt und kicherten bereits herum. Charlotte ließ sich neben Helmut nieder, der genüsslich an einem Glas Sekt nippte.

„Willst du wirklich keinen Schluck probieren? Der Sekt ist ausgezeichnet, trocken, feinperlig, eiskalt, so wie er eben sein sollte. Bleib ruhig liegen, ich hole dir ein Glas."

„Nein, ich trinke lieber nichts. Von Sekt bekomme ich so leicht Kopfschmerzen. Aber die denken hier wirklich an alles, das musst du doch zugeben. Es ist alles so perfekt."

Da ging ein Raunen durch die Menge. Auch Charlotte machte „Ahhh" als eine Sternschnuppe über den dunklen Himmel zog. Es ging wahnsinnig schnell, und man musste seinen Blick gerade an der richtigen Stelle haben, um überhaupt etwas zu sehen, aber der Lichtschweif, der nur eine Sekunde andauerte, war beeindruckend. Leider hatte Helmut sie nicht gesehen.

„Du musst schon in den Himmel sehen, wenn du von dem astronomischen Schauspiel etwas mitbekommen willst, die Sterne fallen dir nicht ins Sektglas."

„Ich habe für diesen Hokuspokus heute Abend nicht so den rechten Sinn. Irgendwie muss ich ständig an die Bank denken. Mir ist, als ob da irgendetwas nicht stimme."

„Seit wann hast du Vorahnungen? Das passt ja gar nicht zur dir."

„Allerdings nicht. Dann ist es eben, weil ich seit zehn Tagen hier bin und seitdem mit niemanden dort gesprochen habe. Ich hätte Lust, Hermann anzurufen. So ganz informell, am liebsten jetzt, zu Hause bei ihm. Dann klingt es nicht so nach Kontrollanruf – schließlich ist er mein

Stellvertreter und stolz darauf, den Laden ohne mich zu schmeißen. Aber wie soll ich ihn anrufen – ohne mein Handy!"
„Dann frag Massimo, wo du hier mal telefonieren kannst. Obwohl ich der Meinung bin, du solltest es sein lassen. Die kommen da bestimmt bestens ohne dich aus. Niemand ist unersetzlich – auch du nicht."
Aber Helmut war aufgestanden und sah sich um. In dem Moment fiel die nächste Sternschnuppe und man hörte Antonio begeistert rufen: „Eccolà. Voglio un trenino!"
Charlotte musste lachen. „Antonio hat vor lauter Begeisterung die Regeln vergessen: Man darf seinen Wunsch doch nicht laut äußern. Jetzt wissen alle, dass er eine Eisenbahn will."
„Die wird er dann schon zu Weihnachten bekommen", sagte Helmut abwesend, während er nach Massimo Ausschau hielt, ihn aber nirgends entdeckte. „Wenn man den Signor Conte braucht, ist er nicht da."
„Wenn man vom Teufel spricht, steht er direkt hinter einem." Massimos tiefe Stimme klang belustigt. Helmut fuhr überrascht herum.
„Ah, Sie – eh – dich suchte ich gerade. Sag mal, könnte ich hier irgendwo telefonieren? Ich müsste dringend meinen Stellvertreter in Berlin anrufen."
„Natürlich. Benutze das Telefon in der Küche."
„Ist da geöffnet?"
„Hier wird nichts abgeschlossen. Geh nur."
Helmut ließ sich das nicht zweimal sagen. Massimo blieb unschlüssig vor dem freigewordenen Liegestuhl stehen. „Dann ist das wohl jetzt unsere halbe Stunde, was?"
Charlotte wies wortlos auf den freien Platz neben sich. Er ließ sich seufzend darauf nieder. „Das war ein harter Tag heute. Nicht nur, weil so viel Betrieb war. Francesca hat es natürlich Spaß gemacht. Diese jungen Mädchen sind nicht klein zu kriegen."
„Mit fünfzehn waren wir auch nicht klein zu kriegen, wenn wir etwas taten, woran wir Spaß hatten, oder?"
„Ja. Sonst macht es mir ja auch Spaß, man kommt unter die Leute, trifft alte Bekannte, der Bürgermeister bedankt sich in einer netten Rede bei mir für das Sponsoring, man spricht über Wein, über Landwirtschaft, über alles Mögliche. Nur heute hätte ich alles Mögliche darum gegeben, mit einer preußischen Prinzessin weit weg zu sein. Am Meer, in Reggio Calabria bei den ‚Bronzi di Riace' oder am besten gleich auf einem Stern da oben! Wie war dein Tag heute?"

Charlotte erzählte von ihrem Besuch in Perugia und Assisi. Sie erwähnte besonders die Kirche des Heiligen Franziskus und das ihr die Fresken Giottos so gut gefallen hatten.
„Hoffentlich hat dein Mann ein langes, kompliziertes Telefongespräch zu führen."
„Dann lass uns diese halbe Stunde nicht vertun. Lass uns aufmerksam in die Sterne gucken, damit wir uns etwas wünschen können." Während sie das sagte, zog erneut eine Sternschnuppe über sie hinweg, immer begleitet vom Raunen derjenigen, die sie gesehen hatten. Man sah unglaublich viele Sterne am Himmel – je länger man ins unendliche Blau spähte, desto besser gewöhnten die Augen sich an die Dunkelheit, desto mehr Sterne entdeckte man, desto mehr Sternschnuppen sah man fallen. Also wandten sie ihre Blicke nicht mehr vom Nachthimmel ab. Mozarts Kleine Nachtmusik tönte gerade dazu aus der Stereoanlage.
„Kannst du mir nicht etwas zur Musik vorsingen? Damit ich mich besser entspannen kann?"
„Zur Kleinen Nachtmusik? Ein deutsches Schlafliedchen vielleicht? Weißt du, wie viel Sternlein stehen, oben hoch am Himmelszelt." Sie lachte leise. „Lieber nicht! Dann schläfst du mir noch ein vor lauter Entspannung. Genieße lieber Mozart. Aber mir ist gerade, während ich so in die Sterne guckte, ein Gedicht von Eichendorff eingefallen."
„Ein zur Situation passendes?"
Wieder lachte sie leise. „Mir fallen immer nur passende Lieder oder Gedichte ein:
Es war, als hätt' der Himmel die Erde still geküsst,
Dass sie im Blütenschimmer von ihm nur träumen müsst.
Die Luft ging durch die Felder, die Ähren wogten sacht,
es rauschten leis' die Wälder, so sternklar war die Nacht.
Und meine Seele spannte weit ihre Flügel aus,
flog durch die stillen Lande, als flöge sie nach Haus."
Massimo seufzte. „Willst du nach Haus?"
„Wo ist das?"
„Hier."
„Wir wollen alle... immer nach Hause. Aber wir wissen nicht, wo das ist." Charlotte hatte nicht seine Gewissheiten.
„Vielleicht ist es da oben. Irgendwann mal, für uns alle. Wenn ich irgendwann in weiter Ferne, sagen wir, in gut fünfzig Jahren, dieses

Jammertal verlassen muss, dann weiß ich schon, auf welchen Stern ich will", sagte Massimo. „Rat mal."
Das war ein Ratespiel nach Charlottes Geschmack. „Auf den Mond – damit du dem einsamen Mann im Mond Gesellschaft leisten kannst."
„Ach was, was soll ich alleine mit einem alten Mann?", lachte er verächtlich. „Auf der dunklen Seite des Mondes werden alle unsere unvollendeten Taten, unsere törichten Fehler, unsere unvernünftigen Handlungen aufbewahrt. So steht es bei Ariosto. Nachdem Astolfo erst in der Hölle, dann im Paradies war, kam er auf den Mond und fand dort die verlorene Vernunft des Orlando Furioso wieder. Nein, auf den Mond will ich nicht. Rat noch mal."
„Dann auf die Sonne – sie ist die Schönste und Größte, die, mit dem meisten Licht. Gerade richtig für einen, der Massimo heißt." Charlotte dachte, sie hätte es geraten, aber er verneinte.
„Das wäre vermessen. Die Sonne ist nur den Besten vorbehalten. Da im ewigen Licht sitzen nur die ganz Großen. San Francesco und die andere Heiligen. Da kann ich nicht mithalten. Ich bin nur ein kleines Licht. Also, jetzt hast du nur noch einmal – man kann doch immer nur dreimal raten, nicht wahr? Aller guten Dinge sind drei – non c'è due senza tre. Jetzt musst du dich anstrengen."
Charlotte überlegte kurz, dann hatte sie es. Sie schüttelte den Kopf über sich selbst, weil sie nicht gleich darauf gekommen war. „Du willst natürlich auf die Venus. Wohin sonst."
„Natürlich. Da sitzen schon einige meiner alten Freunde. Der Johann Wolfgang und der Wolfgang Amadeus sind da so sicher wie der alte Giacomo Casanova und der noch relativ frische Rodolfo Valentino. Und sie alle plaudern aus dem Nähkästchen und amüsieren sich über das, was sie da unten auf der Erde sehen. Lachen sich über uns Ameisen hier kaputt – kannst du das hören, ihr Lachen?"
„Ich höre Mozart – der spielt uns ja auch gerade etwas vor, warte – ich komm gleich darauf, was es ist... ah, das ist die Ouvertüre aus dem Don Giovanni – passt vorzüglich zum Thema. Der Don Giovanni sitzt auch da oben auf der Venus, ja? Hast du die Musik für heute Abend zusammengestellt?"
„Nein. Darum konnte ich mich wirklich nicht kümmern. Lucia hat sich bei meinen CDs bedient. Aber du hast Recht, sie hat das Passende gefunden. So wie du immer mit deinen hinterhältigen Liedchen. Und auf welchen Stern willst DU?"

„Ich will eigentlich auf keinen Stern. Höchstens auf einen ganz kleinen, auf den, wo der Kleine Prinz wohnt, der mit dem kleinen Schaf."
„Den kenn ich leider nicht. Und wieso hat der ein Schaf bei sich?"
„Wenn du ihn nicht kennst, dann musst du ihn besuchen, wenn du da oben sein wirst. Ich weiß allerdings nicht, wie sein Stern heißt, aber du kannst seinen Vater, den Antoine fragen, der sitzt vielleicht auch auf der Venus. Aber du findest den kleinen Stern vielleicht auch von selbst. Es wird nicht so viele Sterne da oben geben, mit einem kleinen Prinzen darauf und einem Schaf. Das Schaf ist übrigens nicht angebunden, das ist noch ganz wichtig zu wissen. Also, ich wünsch dir schon mal viel Glück. Und grüß ihn von mir."
„Warum kommst du nicht selbst mit?"
„Weil ich, wenn ich dieses Jammertal verlassen muss, lieber auf der Erde wiedergeboren werden möchte, statt da oben als... Geisteswesen herumzuschweben. Den Menschen war doch ursprünglich das Paradies auf der Erde zugedacht – oder? Ich finde, hier gehören wir auch hin! Persönlich glaube ich zwar weder ernsthaft an die eine noch an die andere Theorie – aber es sind ja auch nur Phantasien. Da noch keiner zurückgekehrt ist, weder aus dem Himmel noch aus der Hölle, und uns erzählt hat, was nun eigentlich danach kommt, können wir ja unserer Phantasie freien Lauf lassen... was ich auch liebend gerne tue."
„Und als was möchtest du deiner Phantasie folgend wiedergeboren werden? Bestimmt als Tier, wie ich dich kenne!"
„Natürlich, das war ja einfach zu raten. Aber als was für ein Tier?"
„Das ist zu schwer zu raten! Grenze den Bereich ein wenig ein, in Wirbeltiere, Säugetiere, Insekten oder sonst was – es gibt zu viele Tiere, als dass ich darauf kommen könnte!"
Charlotte lachte amüsiert über seinen Protest. „Es gibt auch viele Sterne, und ich bin trotzdem darauf gekommen. Aber gut, ich will dir entgegen kommen: Wenn ich als Tier wiedergeboren werde, dann möchte ich ein Tier... hier in deinem Borgo sein."
Massimo schwieg betroffen. Er brauchte eine Weile, bevor er raten konnte. Als die nächste Sternschnuppe fiel, sagte er mutig: „Ein Hund – weil die Hunde so verlässliche Tiere sind, so rührende Tiere in ihrer Treue und Anhänglichkeit."
Charlotte schüttelte lächelnd den Kopf. „Ich mag Hunde wirklich sehr gern – aber nein, an sie habe ich nicht gedacht."

„Dann eine Katze – weil Katzen so elegante, geschmeidige Tiere sind. Eine Katzenmutter, mit einem Wurf junger Kätzchen, um die sie sich mütterlich aufopfernd kümmert."
„Auch das ist sehr anrührend, aber es war nicht mein Gedanke."
„Dann ein Pferd – ein edles Reitpferd, damit ich morgens mit dir gemeinsam ausreiten kann."
„Das ist sehr edel, aber ich habe nicht an ein Pferd gedacht. Damit hast du dreimal geraten und – es vertan."
Massimo stütze sich mit dem Ellbogen auf die Lehne seines Liegestuhles und sah sie herausfordernd an. „Ich habe noch dreimal – weil ich Massimo heiße."
Sie sah ihn lächelnd an. „Ich gebe dir noch drei Chancen, aber nicht, weil du Massimo heißt, sondern weil du auch... Amedeo heißt."
Er holte tief Luft. „Jetzt muss ich also aufpassen. Muss vielleicht die emotionale Seite ganz ausschalten und rational vorgehen."
„Aber wie sprichst du denn plötzlich! Das passt doch gar nicht zu dir: die emotionale Seite!" Sie lachte ironisch vor sich hin.
„Va bene. Ich will mal nur meinen Verstand einschalten und mein Herz etwas beiseite schieben, vielleicht habe ich dann mehr Erfolg. Also: schließen wir erst einmal die Tiere aus, die gar nicht in Betracht zu ziehen sind. Schließen wir die Schafe aus, denn an die hast du sicher nur ungute Erinnerungen, obwohl es so sanfte und friedliebende Tiere sind, die dein Kleiner Prinz auch mag, wer immer das auch sei. Gehe ich recht in der Annahme, dass ich die Schafe ausschließen kann? Das zählt jetzt aber nicht als Frage!"
„Ja, du gehst recht."
„Gehe ich ferner recht in der Annahme, dass ich auch die Kühe ausschließen kann? Obwohl die da oben auf dem Monte Subasio in absoluter Freiheit stehen – aber sie landen dann später doch auf meinem Teller, und das ist ja nicht in deinem Sinne. Oder?"
„Nein, das ist nicht in meinem Sinne. Du kannst die Kühe getrost ausschließen."
„Gut. Dann hier mein erster Rateversuch: Aus der Stadtmaus ist eine Feldmaus geworden... so ein kleines, süßes Mäuschen, das sich des Nachts in den Mauerritzen versteckt und ungesehen in alle Zimmer huscht, um auszuspionieren, wer da wohl zu wem schleicht..."
Charlotte kicherte. „O Gott, ist das süß mit dem Mäuschen! Aber es ist nicht die Lösung des Rätsels."

Massimo nahm sofort den nächsten Anlauf. „Aber das Mäuschen war gut, ja? Dann ist es die Fledermaus! So ein fliegendes Mäuschen, das in der Dämmerung über den Pool hier huscht, sich die Tenuta von oben betrachtet, dann weiterfliegt, einen Rundflug über Rom macht, bis übers Meer fliegt, um dann hierher zurück zu kommen, um manchmal hysterische Gäste zu erschrecken, sich in deren Schuhen zu verstecken, um dann irgendwann in meine Hände zu fallen... wo es gut aufgehoben ist."
Jetzt war Charlotte eine Weile still. Dann sagte sie leise: „Ich bezweifele, dass kleine Fledermäuse überhaupt so weit fliegen können – gleich bis ans Meer! Das ist wieder der unbegrenzte Massimo, der da spricht. Aber... die Vorstellung... war wirklich sehr schön, nur... es war nicht die, an die ich gedacht habe."
„Charlotte. Du kannst einen umhauen mit deinem Märchenraten! Jetzt habe ich nur noch einen Vorschlag offen, ja?"
„Ja."
„Was passt zur Charlotte?" Er sah sie mit gerunzelter Stirn an. Ihr wurde plötzlich klar, dass er alles viel zu ernst nahm. War aus ihrem Spiel Ernst geworden? Er dachte wirklich angestrengt nach und tat ihr fast Leid dabei. „Lass dich von mir nicht umhauen. Das passt nicht zu Massimo."
„Zu dir passt etwas Schillerndes. Eine bunt schillernde Libelle, die ganz dicht über der Wasseroberfläche des Weihers dahin fliegt. Die sich in schillernde Gedanken verwandeln kann, die über römische Dächer fliegen. Aber nein! Halt! Die Libelle ist beim genauen Hinsehen nur grau und sie schillert dann nicht mehr so bunt. Du bist hingegen ein kleines, graues Fischchen, das tief unten in meinem Weiher schwimmt. Das aber, wenn es an die Oberfläche kommt, anfängt, zu schillern... ja, das bist DU! Bitte sag, dass ich es richtig geraten habe!"
Er sah sie fast flehend an, und beinahe hätte sie nachgegeben und ja gesagt. Aber es wäre eine Lüge gewesen, und sie hatten doch abgemacht, sich nichts vorzumachen...
Sie schüttelte traurig den Kopf. „Du warst so nah dran, Massimo. Aber du hättest dein Herz nicht so weit zur Seite schieben dürfen. Dein Verstand hat dich irregeführt. Er hat dich bis zum Weiher geführt, wo du ganz richtig warst: nur in einem ruhigen Teich spiegelt sich das Licht der Sterne, sagt ein chinesisches Sprichwort. Aber spätestens da... hättest du dein Herz einschalten sollen. Denn ich hatte an nichts Graues und an

nichts Schillerndes gedacht, sondern an etwas Weißes. Etwas, was weder IM Wasser schwimmt noch ÜBER das Wasser fliegt. Etwas, was AUF dem Wasser schwimmt... ich wäre gern ein weißer Schwan auf deinem Weiher... neben einem anderen weißen Schwan schwimmend."
Er ließ sich langsam in den Liegestuhl zurücksinken, legte müde eine Hand über die Augen. Nach einer Weile hörte sie ihn leise sagen: „Es ist unverzeihlich, dass ich nicht darauf gekommen bin. Du hast mich sechsmal raten lassen, das ist zweimal drei und ich bin nicht darauf gekommen. Dabei... lag es doch auf der Hand."
„Ja, ich finde auch – es lag auf der Hand."
„Dann habe ich versagt. Und außerdem bedeutet es noch, dass wir immer an verschiedenen Orten leben werden – ich auf einem Stern und du auf meinem Weiher. Nicht mal fürs Jenseits lässt du mir eine Hoffnung?"
„Wenn du unbedingt auf die Venus willst... ich will da oben nicht hin. Das ist mir zu weit weg. Da müsste ich auch einen weiten Flug auf mich nehmen, und ich habe Angst vorm Fliegen. Und da oben ist es mir auch zu kalt. Ich brauche Wärme. Aber... ich finde... Hoffnung ist immer. Vielleicht... hilft uns ein kleiner Prinz. Vielleicht... kannst du dich ja doch noch für die Schwanenversion... erwärmen."
Massimo sah sie an, so wie man ein Wesen von einem anderen Stern ansehen würde. Zum einen wurde er aus ihren Orakeln nicht so recht schlau, zum anderen war er fast überzeugt, sie käme wirklich von einem anderen Stern. Welcher Zauber hatte sie hierher, zu ihm, verschlagen? Aber er konnte sich die Antwort darauf nicht geben, auch weil plötzlich Helmut vor ihm stand und fragte: „Was für eine Schwanenversion?"
Charlotte war ausnahmsweise schneller als Massimo mit der Antwort. „Wir haben gerade ein Gespräch über die Tiere auf dieser Tenuta geführt."
„Das sieht meiner Frau ähnlich. Die Tiere sind ihr Lieblingsthema, gleich nach den Märchen. Ich habe inzwischen ein Gespräch mit meinem Stellvertreter geführt, der mit einer Sommergrippe im Bett liegt. Und der Vertreter meines Vertreters ist überraschenderweise für drei Tage in Sonderurlaub gegangen, weil irgendein entfernter Onkel von ihm gestorben ist! Ich hatte es geahnt: Ich kann keine zwei Wochen in Urlaub fahren! Da geht alles drunter und drüber in der Bank!" Helmut warf einen Blick der Verzweiflung in den Sternenhimmel.

„Flieg doch einfach mit dem nächsten Flugzeug zurück. Du kannst deine Frau und deinen Sohn gerne hier lassen und später – irgendwann – abholen." Jetzt war Massimo sehr schnell gewesen. Zu schnell.

„Das wäre... keine Lösung. Manchmal bringt die Lösung eines Problems nur ein anderes Problem mit sich", warf Charlotte ein.

Eine Minute lang sagte keiner etwas. Wie unendlich lang konnte eine Minute sein! Helmut stand wartend vor seinem Liegestuhl. Aber Massimo machte keine Anstalten aufzustehen. Charlotte wurde es schwindlig. Sie schloss die Augen. Sie hörte, wie Helmut zuerst das Wort ergriff.

„Das Telefonat ist etwas länger ausgefallen als ich gedacht hatte. Setz es mir dann auf die Rechnung, wenn wir abfahren."

Aber Massimo winkte müde ab. „Vergiss es." Helmut konnte das Telefonat wohl vergessen, seinen Platz hatte er nicht vergessen. Er stand immer noch wartend da. Warum steht Massimo nicht auf, dachte Charlotte gequält. Wie sollte das hier ausgehen?

Plötzlich drehte Helmut sich um, ging zum Badehäuschen, an dessen Wand weitere zusammengeklappte Liegestühle lehnten, schnappte sich einen davon und stellte ihn neben Charlotte auf. Sie hätte am liebsten nicht nur ihre Augen, sondern auch ihre Ohren verschlossen. Aus der Stereoanlage klang die Sopranstimme der Königin der Nacht. Auch Mozarts Zauberflöte blieb ihr nicht erspart, nur wurde sie übertönt von einem starken Knistern. Es klang wie das Knistern einer alten Schallplatte, aber das war es ja nicht, sondern das Knistern, das die elektrisierte Luft um sie herum verursachte. Schicksal, lass es gut ausgehen! Durch das Knistergeräusch hindurch fuhr ein ‚Ahhh' der Gäste, die wieder eine Sternschnuppe erspäht hatten. Sie hatte dank ihrer geschlossenen Augen nichts gesehen, aber Helmut und Massimo hatten sie gesehen. Als sie Massimos tiefe Stimme rechts neben sich hörte, sackte sie noch tiefer in ihren Liegestuhl.

„Was hast du dir gewünscht, Helmut?"

Als sie Helmuts helle Stimme links neben sich hörte, hörte sie auf zu denken.

„Ich wünsche mir, dass das Aktienpaket, das ich vor ein paar Wochen erstanden habe, sich im Preis verdoppelt. Das wäre ein lohnender Wunsch."

„Du träumst vom Geld, Helmut?" Es klang verächtlich.

„Na, träumen wir nicht alle von Geld, Luxus und Macht, vom großen Lotteriegewinn und so weiter... das ist doch menschlich. Aber, wenn man schon genug Geld hat, wie du, dann braucht man natürlich nicht davon träumen." Das klang sarkastisch.
„Wovon träumst du sonst noch?" Die Frage kam wie ein Pistolenschuss.
„Na, vom Üblichen! Ich wünsche mir vor allem Gesundheit für mich und meine Familie... und ein glückliches, langes Leben mit meiner Frau!"
„Du kennst die Regeln für den heutigen Abend nicht: Man darf seine Wünsche nicht verraten, sonst gehen sie nicht in Erfüllung." Das klang gehässig.
„Warum fragen Sie mich dann so unverschämt aus?" Helmut wurde ärgerlich.
„Weil man auf dumme Fragen auch dumme Antworten bekommt." Massimo stand dabei abrupt auf. „Wünsche allen noch einen schönen Abend."
Charlotte blickte ihm nach, wie er in Richtung seines Hauses davoneilte.
„Warum kannst du ihn eigentlich nicht leiden?"
„Weil er nur ein aufgeblasener Lackaffe ist, ein selbstgefälliger, eingebildeter Angeber! Einer, dem alles durch Erbschaft in die Hände gefallen ist. Das ist doch kein Kunststück! Wo ist sein Verdienst? Ich habe mir alles selbst erarbeitet – und bin stolz darauf."
Sie seufzte nur. Natürlich hätte sie Helmuts Ansichten widerlegen können, hätte ihm erklären können, dass der erste Eindruck trog, dass alles anders war, als es schien... aber wie hätte sie ihre Erklärungen rechtfertigen sollen? Wie konnte sie überhaupt etwas rechtfertigen, von dem was geschah? Sie schob alle Gedanken beiseite. Heute Abend, in dieser Nacht des San Lorenzo, wollte sie nur noch der Musik lauschen, der Arie, die gerade erklang.
Sarastros Bassstimme: „In diesen heiligen Hallen... kennt man die Rache nicht." Und sie hörte es wie ein Echo in den fernen Hallen: ‚Rache, Rache, Rache.'
„Und ist ein Mensch gefallen, führt Liebe ihn zur Pflicht." Pflicht, Pflicht, Pflicht... machte das Echo in ihrem Kopf.
„Dann wandeln wir an Freundes Hand, vergnügt und froh ins bess're Land." Welches war das ‚bessere Land', Land, Land?

„In diesen heil'gen Mauern, wo Mensch den Menschen liebt, kann kein Verräter lauern, weil man dem Feind vergibt." Liebt, vergibt, liebt, vergibt, liebt, vergibt... machte das Echo in ihrem Herzen.
„Wen diese Worte nicht erfreu'n, verdient es nicht, ein Mensch zu sein." Sarastros Arie klang aus. Ach Sarastro! Du alter Freimaurer, du kannst die Mauern einreißen, die Schranken zerbrechen, die Gedanken befreien, du kannst in die Köpfe der Menschen blicken, du bist der Richter...
Ach Mozart! Du junger Schlingel da oben auf der Venus – schick mir doch bitte eine Sternschnuppe, nur für mich!
Bei der nächsten Sternschnuppe wünschte sie sich, dass auch ihre Geschichte hier so zauberhaft ausklingen möge wie die Zauberflöte.

Massimo war im Haus angekommen, ging aber nicht gleich in den Turm hinauf, sondern erst in den Weinkeller hinunter. Holte sich eine Flasche des alten Weines, den noch sein Vater abgefüllt hatte, aus dem Regal, wischte die Spinnweben ab und sagte zu der Flasche: „Jetzt bist du dran!" Hatte er diesem Helmut nicht am ersten Tag, bei der Rundfahrt durch die Tenuta, versprochen, eine Flasche von seinem alten Wein gemeinsam mit ihm zu trinken? Er dachte nicht mehr daran! Der verstand doch sowieso nichts von gutem Wein. Diese Flasche würde er heute Nacht ganz allein trinken. Er setzte sich oben in sein Allerheiligstes, in die Bibliothek, entkorkte die Flasche und goss das erste Glas hinunter als wäre es Wasser. Ein Verbrechen, bei einem guten, alten Wein! Aber heute war ihm nicht nach Weindegustier-Zeremonie. Ihm hatte die Sterngucker-Zeremonie gereicht! Wie sie da alle lagen, Seite an Seite, all diese Paare, und sich ein langes, gemeinsames Leben wünschten! Wie Philemon und Baucis, das alte Ehepaar der griechischen Sage, das die Götter um einen gleichzeitigen Tod bat, da keiner alleine zurückbleiben wollte. Und was hatten die Götter dann getan? Die beiden in eine Eiche und in eine Linde verwandelt, deren Äste sich umschlingen... Ja, auch dieses schöne Bild war aus den Metamorphosen des Ovid, und Massimo sah es in der Dunkelheit vor sich, auch wenn kein Bernini es je in Marmor gemeißelt hatte.
Alle wünschten sie sich das – die mit den guten Ehen und die mit den schlechten Ehen. Aber was hieß schon ‚gute' oder ‚schlechte' Ehe? Er dachte an die Ehen seiner Freunde. War Federicos Ehe mit Liliana gut oder schlecht? Er wusste, dass Federico seine Frau mit jeder hübschen

Krankenschwester betrog, aber auf seine Weise blieb er seiner Frau treu. Für Federico waren seine Abenteuer eine Art Nachtsport, so wie er morgens durch die Gegend joggte, zum Frühsport. Beides hielt ihn fit. Er verliebte sich nie dabei. Nur ich, ich Trottel, muss jedes Mal meine Gefühle mit einbringen. Warum kann ich die nicht einfach ablegen, wie die Kleidung, und sie mir später wieder anziehen, wenn's vorbei ist? Wie praktisch das wäre!

Und Liliana? Massimo hätte bloß bei ihr anklopfen brauchen – sie hätte ihm alle Türen geöffnet. Aber er tat es nicht. Erstens war sie trotz ihrer attraktiven Erscheinung nicht interessant für ihn. Er wusste, dass sie sich verzweifelt um ihre Schönheit bemühte, darüber hinaus hatte ein mit Federico befreundeter Schönheitschirurg hier und da Hand angelegt, um ihr auf der Suche nach dem perfekten Körper und der immerwährenden Jugend weiterzuhelfen. Aber wie weit half es? Für Massimo war nur Authentisches wirklich schön. Und zweitens war sie die Frau eines seiner besten Freunde, und kam damit für ihn gar nicht in Frage. Aber dieser Helmut, der war nicht sein Freund. Nein, er konnte ihn auch nicht leiden. Aber seine Frau...

Was faszinierte ihn nur so an ihr? Warum sie? Warum komplizierte er sich plötzlich sein Leben mit einer verheirateten Frau? Das hatte er doch in all den vergangenen Jahren nicht getan. Er brauchte bloß auf die Feste zu gehen, auf die er ständig eingeladen wurde, da hatte er die Auswahl. Besonders die Zwanzig- bis Dreißigjährigen flogen auf ihn. Für eine Weile war das dann ganz lustig: man verreiste zusammen, man ging zusammen aus, man ging schön essen, danach wollten die ganz Jungen noch in eine Disco, in eine Piano Bar, und in der Nacht wollten sie dann x-mal hintereinander geliebt werden... das hatte er viele Jahre lang mitgemacht, aber seit einiger Zeit wurde es anstrengend. Dann hatte er es sein lassen. Und die Dreißigjährigen, was wollten die? Die wollten dann heiraten, suchten den Halt, der ihrem Leben fehlte, suchten die Schulter zum Anlehnen, suchten den starken Mann... alles durchaus respektable Ansprüche. Aber er, er wollte nie wieder heiraten. Das hatte er einmal versucht – und nie wieder.

Er überlegte, ob er nicht einfach zu seinem Freund Corrado fahren sollte, der ganz in der Nähe einen ‚Agriturismo' betrieb, auf dem es immer von flotten Singles wimmelte, dafür sorgte Corrados lebenslustige Schwester Pina. Dort würde sich schon eine einsame

Sterneguckerin für ihn finden, und für die heutige Nacht wäre er gerettet...
Aber er fuhr nicht zu Corrado. Sein Platz war hier, in seinem Borgo. Und hier war SIE! Völlig unerwartet war sie hier aufgetaucht, so wie vor vielen Jahren Emma hier plötzlich bei seinem Vater aufgetaucht war. Nur war Emma eine kinderlose Witwe gewesen – und Charlotte eine verheiratete Frau mit Sohn!
Warum SIE? Sie war 37 und sie war nicht frei... Warum sich also in eine so komplizierte Geschichte verstricken? Er wusste nur, dass er, als sie da im Auto neben ihrem Mann saß, bei ihrer Ankunft, und ihn aus dem Fenster heraus gefragt hatte, ob sie IHM behilflich sein könnte, da hatte er sofort gespürt, dass er ihre Hilfe tatsächlich brauchte, dass er hätte „Ja" sagen wollen, dass er sie am liebsten aus dem Auto gezogen hätte, ins Haus getragen und gesagt hätte: Du bist angekommen.
In den Tagen danach hatte er sich dann selbst einen alternden Romantiker gescholten. An Liebe auf den ersten Blick hatte er nie geglaubt. Das war so etwas, was Emma ihm mit all ihren rührseligen, schwermütigen, deutschen Gedichten hatte einreden wollen. Aber auch die hatte er seit Jahren hinter sich gelassen. Warum waren sie plötzlich wieder da?
Die Flasche Wein war leer. Aber wie das so mit alten Weinen ist: Sie erfüllen einen nicht nur mit ihrem melancholischen, schweren Geschmack, sie bringen auch melancholische Erinnerungen mit sich. Er ging zum Bücherregal und zog eines der Bücher aus Emmas Nachlass hervor. Irgendeines. Schlug irgendeine Seite auf. Las irgendein Gedicht. Rilke, Herbsttag:
‚Herr, es ist Zeit. Der Sommer war sehr groß,
leg deinen Schatten auf die Sonnenuhren,
und auf den Fluren lass die Winde los.
Befehl den letzten Früchten voll zu sein,
gib ihnen noch zwei südlichere Tage,
dränge sie zur Vollendung hin und jage
die letzte Süße in den schweren Wein.
Wer jetzt kein Haus hat, baut sich keines mehr,
wer jetzt allein ist, wird es lange bleiben,
wird wachen, lesen, lange Briefe schreiben
und wird in den Alleen hin und her
unruhig wandern, wenn die Blätter treiben.'

Er schmetterte das Buch gegen die Wand. Musste er ausgerechnet auf das falsche Gedicht stoßen? Aber vielleicht waren all diese Gedichte hier heute Abend falsch – er hätte jedes x-beliebige lesen können, es wäre falsch gewesen. Er griff mit der linken Hand hinter einen Stapel Bücher, zog sie heraus und schmiss sie auf den Boden. Ein Buch fiel ihm direkt vor die Füße: Goethe. Dem gab er noch einen extra Tritt, dass es bis zum Kamin schlitterte. Er wusste, morgen früh würde er sie alle wieder reumütig ins Regal sortieren, verknickte Seiten glätten, gelöste Buchrücken vom Buchbinder reparieren lassen. Aber heute Abend tat es ihm gut, sie mit Füßen zu treten. Schade, dass die Weinflasche leer war. Aber da musste doch noch irgendwo eine Flasche schottischer Whisky stehen, die ihm ein Freund geschenkt hatte, obwohl er keinen Whisky trank. Er trank außer seinem Wein überhaupt keinen Alkohol und auch den Wein nur zum Essen. Jetzt nahm er ein paar kräftige Schlucke direkt aus der Flasche. Es schmeckte scheußlich! Wie konnten Menschen so etwas Ekelhaftes trinken? Aber er trank es, weil es so schön in der Kehle brannte. Da merkte man das Brennen im Herzen nicht so...
Die Standuhr unten in der Halle schlug Mitternacht. Ihm wurde es heiß und schwindlig, darum ging er ans Fenster und öffnete es. Zum Glück konnte man den Pool in der Dunkelheit nicht sehen, aber die Musik hörte er. Sie spielten jetzt Vivaldis „Quattro Stagioni". Endlich mal was Italienisches, dachte er erleichtert. Aber welche der vier Jahreszeiten war jetzt dran? Der Herbst? Verdammt! Er schloss das Fenster wieder. Machte taumelnd einen Schritt rückwärts und trat dabei auf ein Buch - ein Nietzsche-Band war offen liegen geblieben. Er wischte den Schmutz, den sein Schuhabdruck hinterlassen hatte, ab und las den Titel des Gedichts auf dieser Seite: ‚Das trunkene Lied'. Na, das schien ja zum heutigen Abend zu passen – war Charlottes Gabe, immer das Passende zu finden, auf ihn übergesprungen? Die Buchstaben tanzten ihm zwar vor den Augen, aber er versuchte, das Gedicht trotzdem zu lesen – bei Nietzsche, dem Vernunftmensch, war man ja vor sentimentalen Überraschungen sicher. Also las er mutig:
‚O Mensch! Gib acht! Was spricht die tiefe Mitternacht?
Ich schlief, ich schlief – aus tiefem Traum bin ich erwacht:
Die Welt ist tief, und tiefer, als der Tag gedacht.
Tief ist ihr Weh – Lust – tiefer noch als Herzeleid,
Weh spricht: vergeh! Doch alle Lust will Ewigkeit –
Will tiefe, tiefe Ewigkeit!'

Auch Nietzsche landete mit einem kräftigen Wurf an der Wand. Im Zimmer war es nicht mehr auszuhalten. Er musste hier raus. Er musste sie einfach sehen. Nur sehen. Eine andere Rolle blieb ihm für diesen Abend nicht: die Rolle des Zuschauers, des Betrachters des Glückes der Anderen.
So schlich er sich den Pfad entlang, vom Garten aus bis hinter das Badehäuschen. Da konnte er ungestört und ungesehen zwischen den Rosmarinsträuchern stehen und um die Ecke blicken. Und da lag sie, friedlich neben ihrem Mann und wünschte sich bei jeder Sternschnuppe irgendetwas, was er vielleicht nie erfahren würde...
Verdammt! Da fiel ihm plötzlich wieder eine Szene aus seinen Kindertagen ein... eine dieser Erinnerungen, die dich unversehens von hinten im Nacken packen, sich festkrallen, dich nicht mehr loslassen... wie oft hatte er so dagestanden... zugesehen... der kleine sieben- oder zehnjährige Junge. Er hatte immer mit den Söhnen der Landarbeiter gespielt, die damals noch in den Gesindehäusern wohnten, in denen heute die Gäste untergebracht waren. Man spielte um den alten Brunnen herum Fußball. Der Platz war damals noch nicht gepflastert gewesen, das Steinpflaster um den Brunnen herum hatte er später anlegen lassen. Einer der kleinen Fußballspieler fiel immer hin, einer schlug sich immer das Knie blutig. Dann begleitete die ganze Bande den Verunglückten nach Hause, zu dessen Mutter. Die Mütter waren damals immer in der Küche, morgens wurde da der Pastateig fürs Mittagessen geknetet, nachmittags das Gemüse geputzt, eingemacht, gekocht, und die Freunde begleiteten den armen Verletzten eben, um ihm beizustehen, denn die italienischen Mammas brachen angesichts der zerrissenen Hosen erst einmal in ein Gezeter aus tausend Vorwürfen aus, und dann musste man den Freund in Schutz nehmen, und irgendeiner von ihnen sagte dann ‚der Fabrizio oder der Enrico oder der Pietro', der habe ihn doch geschubst und den Unglückssohn träfe doch gar keine Schuld, aber die italienischen Mammas kannten da kein Pardon, und wenn es denn eine neue, gute Hose war, die nun ein Loch hatte, das man stopfen musste, dann gab es obendrein auch noch eine Ohrfeige für den armen Verletzten, und dann war das Geschrei besonders groß... aber dann kam erst das Schlimmste, dann wurde der nasse Schwamm geholt und über die Wunde gerubbelt, damit Schmutz und kleine Steinchen abgewaschen wurden, und es kratzte und brannte furchtbar und dann wurde das Geschrei noch größer und die kleine Freundesschar sah mit

ehrfürchtigem Erschauern und wahrer Anteilnahme zu... aber dann war für sie das Spektakel vorbei, sie zogen wieder nach draußen, um weiter Fußball zu spielen... nur er blieb hinter der Tür stehen und ging noch nicht, drückte sich in eine Ecke jener armseligen Küche, denn dann kam das Schönste für ihn... dann hatte sich die wild gewordene Mamma beruhigt, sie nahm ihren Unglückssohn auf den Schoß und wischte ihm mit dem Zipfel ihrer Kittelschürze die Tränen ab, und dann drückte sie ihn an ihre Brust und gab ihm viele kleine Küsse auf die Wange und wiegte ihn und sang leise „Giro giro tondo... casca il mondo"... und er drückte sich in die Ecke, damit keiner sah, das er weinte, obwohl er sich doch gar kein Knie blutig geschlagen hatte...

Mein Gott, er hatte zuviel Wein getrunken, stand da in den Rosmarinbüschen und betrachtete sie, wie sie da friedlich im Liegestuhl lag...

... und manchmal war auch er es, der sich das Knie aufgeschlagen hatte... dann begleitete ihn die Freundesschar nach Hause, in die blitzblanke Küche des herrschaftlichen Hauses, wo Emma ihn in Empfang nahm. Die schickte die Kinder dann freundlich, aber bestimmt weg... es gab keine Vorwürfe und keine Ohrfeigen für ihn und auch keinen kratzigen Schwamm, sie brachte ihn ins Bad, hatte Mullläppchen, Pinzette und Desinfizierlösungen bereit, das Knie wurde fachmännisch versorgt, es brannte zwar, aber er biss die Zähne aufeinander, dann bekam er eine neue Hose an und Emma strich ihm über seine schwarzen Locken und sagte: „Brav bist du. Ein deutscher Junge weint nicht." Und dann gab sie ihm einen Apfel und manchmal sogar ein Stück Schokolade...

Charlotte lag im Liegestuhl, sah in die Sterne, wünschte sich alles und wusste eigentlich nicht, was sie sich wirklich wünschen sollte. Am besten, man lauschte nur der Musik, dann konnte man nichts falsch machen. Nach dem Vivaldi war jetzt Albinoni dran – das wehmütige, wunderbare ‚Adagio', das liebte sie sehr... Aber es war spät nach Mitternacht und sie wurde müde. Sie setzte sich auf und blickte um sich. Einige der Gäste waren schon gegangen, andere hielten es noch aus. Wo waren Leo und Francesca? Ihre Plätze waren leer. Wieder begann sie, sich Gedanken zu machen: Ob die erneut im Badehäuschen hockten? Sie strich sich über die Arme, auf denen sich eine Gänsehaut ausbreitete, denn es war kühl geworden. Das leichte Baumwollkleid reichte nicht, sie hätte sich eine Jacke mitnehmen sollen. Neben dem Tischchen mit dem Sekt lag ein Stapel Decken, die man dort vorsorglich bereitgestellt hatte. Renzo hatte auch daran gedacht. Sie stand auf und holte sich eine. Aber als sie zu ihrem Liegestuhl zurückkam, bemerkte sie, dass Helmut neben ihr eingeschlafen war. Sie sah in sein schlafendes Gesicht – er glich immer Leo, wenn er so entspannt war. Und Leo glich ihm, wenn er schlief. So deckte sie Helmut mit der Decke zu, so wie Helmut sie auf der Hinfahrt in eine Decke gewickelt hatte. Sie legte die Decke aber nur locker über ihn, ohne sie an den Seiten festzustecken. Sonst bekommst du noch Alpträume, dachte sie, Alpträume von untreuen Ehefrauen...

Eigentlich wollte sie in ihre Wohnung zurückgehen. Aber wo waren Leo und Francesca? Sollte sie doch mal ins Badehäuschen schauen... diesmal plauderten sie vielleicht nicht nur...

Ihre Neugier war stärker als ihre Vernunft. Sie schlich sich bis zum Badehäuschen, aber da war nur die Musik lauter zu hören... adagio, adagio... so ging sie um die Ecke herum, denn an der Rückwand des Häuschens war doch dieses Fenster, durch das man vielleicht etwas hören konnte...

Unversehens wurde sie unsanft am Ellbogen gepackt und in die Rosmarinbüsche gezogen.

„Da bist du ja endlich! Wolltest du zu mir kommen?"

Sie brauchte ein paar Sekunden, um zu begreifen, dass es Massimo war. „Nein, ich wollte nicht zu dir kommen. Du weißt, dass das heute Abend ganz unmöglich ist."

„Nichts ist unmöglich."

Sie bemerkte seinen Alkoholgeruch. „Massimo, du hast zuviel getrunken. Was stehst du hier herum, beobachtest du uns heimlich?" Es verursachte ein ungutes Gefühl in ihr.

„Ich kann soviel trinken, wie ich will – schließlich produziere ich Wein. Und ich kann hier herumstehen, solange ich will, schließlich stehe ich auf meinem Grund und Boden."

Er hatte sie gegen die Wand gedrückt und versuchte, sie zu küssen. Aber das wollte sie nicht. So nicht. „Lass mich, Massimo." Sie sprach leise, aus Angst, es könnte doch jemand im Badehäuschen sein und sie hören...

„Hast du ihn schön zugedeckt, deinen großen Buben? Der Gute-Nacht-Kuss fehlte noch. Den kannst du jetzt ja mir geben." Er versuchte, ihr Kleid hochzuschieben. Energisch schubste sie seine Hand weg.

„Lass das", wiederholte sie etwas lauter. „So geht das nicht! Du kannst hier nicht machen, was du willst! Man könnte uns auch hören."

„Das ist mir egal! Ich kann hier machen, was ich will, weil mir hier alles gehört."

„Aber nicht ich!" Sie stieß ihn entschlossen von sich weg. Er taumelte ein paar Schritte zurück. Für eine Sekunde fürchtete sie, er würde umkippen, aber das geschah zum Glück nicht. Er drehte sich nur wortlos um und verschwand in der Dunkelheit.

Sie atmete erleichtert auf. Was bildete er sich ein? Er könne mit ihr machen, was er wolle? Warum hatte er so viel getrunken? Das passte doch gar nicht zu ihm. Auch dieses Verhalten passte nicht zu ihm. Was ging hier vor? Warum hatte sie sich nur in eine so komplizierte Situation begeben? Sie führte schließlich eine glückliche Ehe, hatte ein friedliches Leben, sollte sich um ihren Sohn sorgen, statt hier in diesen Rosmarinbüschen zu STEHEN und die Welt nicht mehr zu VERSTEHEN...

Als sie zum Liegestuhl zurückkam, sah sie, dass Helmut weg war. Sie ging unverzüglich in die Wohnung, wo sie ihn – Schicksal sei Dank – schlafend im Bett fand. Sie legte sich sofort neben ihn und schlief – zu ihrer eigenen Überraschung – sofort ein.

Und sie träumte nicht einmal etwas, weder von untreuen Ehefrauen, noch von eifersüchtigen Männern, noch von unauffindbaren Söhnen... sie schlief traumlos, denn sie hatte alle ihre Träume in die Sterne geschickt.

Sollten die da oben damit fertig werden.

KAPITEL 14 (11. August)

> Von Märchenglück und Menschenleid,
> von Bibelsprüchen und vom Bäumefällen,
> von Gewittern, Geheimrezepten und... drei Worten

Als sie am nächsten Vormittag am Schwimmbecken lag, gelang es ihr sogar, sich auf ihre mitgebrachte Lektüre zu konzentrieren. Den Manzoni hatte sie fast durchgelesen. Dafür war Helmut nicht konzentriert. Er blickte abwechselnd in die Zeitung, dann auf sie, dann in der Gegend herum.
„Warum bist du so unruhig?"
„Weiß auch nicht. Irgendetwas stimmt nicht. Wahrscheinlich geht mir einfach die Situation in der Bank nicht aus dem Kopf. Warum hast du die Idee, ich könne vor euch nach Hause fliegen, so schnell abgetan? Es wäre doch immerhin möglich, wenn..."
„Helmut! Wir sind zusammen hergekommen und wir werden zusammen zurückfahren. Alles andere würdest du... bereuen. Deine Kollegen in der Bank kommen die paar Tage auch noch ohne dich aus. Lass deine Mitarbeiter doch mal beweisen, was sie können."
„Ja, ja. Aber es sind wichtige Verträge abzuzeichnen, Entscheidungen zu treffen... damit sind sie ohne mich und Hermann überfordert."
„Dann werden die Verträge eben erst in ein paar Tagen abgezeichnet werden. Deine Kollegen sind nicht überfordert – sie sind gefordert."
„Aber es liegt so viel Dringendes an... das liegt jetzt alles im Argen...", jammerte er.
„Helmut, die halbe Welt liegt im Argen! Liegt im Elend! Liegt im Krieg! Liegt in einer Hungersnot, liegt in zerbombten Krankenhäusern, liegt krank auf der Straße, Ehepaare liegen in Scheidung... und du kümmerst dich nur um deine blöde Bank!"
„Na, und du liegst mir jetzt in den Ohren mit deinem ganzen Weltschmerz! Die ‚blöde' Bank ist unsere Lebensgrundlage. Oder soll ich mich als Freiwilliger in einer Hilfsorganisation melden und wir leben dann nur noch von deinem Gehalt? Sei nicht unfair."
Natürlich hatte er Recht. Ja, sie war unfair. „Ich meinte nur... man sollte nicht den Blick für das Wesentliche verlieren. Ich spreche auch gar nicht vom Geld. Ich spreche... davon, dass man mehr auf das sehen sollte, was wirklich wichtig ist. Unsere Ehe, zum Beispiel."

„Du faselst nur wieder unlogisch herum. Natürlich ist mir unser gemeinsamer Urlaub hier wichtig. Also gut, ich werde nicht vor euch abfliegen – ich denke, so kurzfristig bekomme ich auch gar keinen Flug mehr, außer in der ersten Klasse. Und das geht dann wieder auf meine Kosten. Warum soll ich die Bank auf meine Kosten retten?"
„Du musst sie nicht retten. Sie liegt nicht im Untergehen", sagte sie noch müde. Er würde nicht fahren, aber der Grund für sein Bleiben war nicht sie. Warum war Helmut dann der Grund, aus dem sie sich ihre Skrupel machte? War es nicht endlich an der Zeit, sich grundlegend Gedanken über ihre Ehe zu machen? Sollten wir nicht alle unsere Ehen von Zeit zu Zeit überprüfen – auf Tauglichkeit, auf Sinnlichkeit, auf Glücklichsein? Wir lassen unsere Autos regelmäßig prüfen, wir renovieren alle paar Jahre unsere Wohnungen, wir gehen zweimal im Jahr zum Zahnarzt, lassen Vorsorgeuntersuchungen machen – aber was tun wir für unsere Ehe? Wir sagen einmal ‚Ja' und hoffen dann, dass es für immer hält... War das ein Märchenglauben?
Zum Glück brauchte sie sich die Frage jetzt nicht zu beantworten, denn Antonio kam strahlend auf sie zugelaufen: „Hier bin ich! Habe dir doch versprochen zu kommen. Auch wenn du heute nicht allein bist, kann ich dir doch trotzdem Gesellschaft leisten, Signora?" Antonio blickte abwechseln auf sie und auf Helmut.
„Aber gern. Deine Gesellschaft ist auch viel... unterhaltsamer." Sie warf einen vorwurfsvollen Blick auf ihren Mann, der aber gar nicht zuhörte, weil er sich wieder in seine Zeitung vertieft hatte.
„Du hast einen tollen neuen Bikini", stellte Antonio sachkundig fest. „Er hat das gleiche Blau wie deine Augen." Dem kleinen Schlaumeier entging aber auch nichts.
„Ja, wurde auch Zeit meinen alten Badeanzug auszurangieren."
„Und du erzählst mir noch ein Märchen, ja? Aber diesmal richtig herum!" Aha, erst die Komplimente, dann die Forderungen. Charlotte blickte ihn amüsiert an: ein echter Italiener! Dann stand sie auf, nahm ihn auf den Arm und ging ein paar Schritte von Helmut weg. Wie schwer Antonio war! Wie schwer wogen schon fünf Jahre...
Sie blickte über die Hügel hinweg. „Welches Märchen möchtest du denn heute hören?"
„Irgendeines. Welches DU willst."
Charlotte drehte sich mit ihm einmal im Kreis. „Siehst du den großen Turm da? Weißt du, wer da oben im Turmzimmer wohnt?"

„Klar, der Conte."
„Ja. Heute. Aber früher wohnte da Rapunzel, die ließ ihre langen, zum Zopf geflochtenen Haare aus dem Fenster herunter, damit ein junger Prinz daran, wie auf einer Leiter, heimlich zu ihr hinaufsteigen konnte. Und siehst du das Rosenbeet da unten? Auch das kommt in dem Märchen vor. Wegen der Dornen. Aber es kommt auch in einem anderen Märchen vor, bei Dornröschen. Welches von beiden möchtest du hören?"
„Alle beide." Antonios Antwort kam ohne Zögern. Charlotte seufzte. Noch einer, der sich nicht so leicht mit wenig zufrieden gab. Auch wenn er erst ein ‚kleiner' Mann war. Ob der ‚große' da drinnen in seinem Büro saß? Ihr war, als wäre über Nacht ein tiefer Graben gezogen worden zwischen dem Turm und dem Schwimmbecken. Sie stand auf der anderen Seite dieses Wassergrabens. Natürlich fiel ihr das passende Lied dazu ein:
„Es waren zwei Königskinder, die hatten einander so lieb,
sie konnten zusammen nicht kommen,
das Wasser war viel zu tief, das Wasser war viel zu tief."
„Ein Märchenlied?", fragte Antonio begeistert.
Massimo stand plötzlich am offenen Fenster und sah zu ihnen hinüber. Sah sie da stehen, in dem hellblauen Bikini, mit Antonio auf dem Arm. In der ersten Sekunde löste sein Anblick eine Flutwelle von Glück in ihr aus, in der zweiten erinnerte sie sich an die vergangene Nacht. Hatte er sie schon wieder beobachtet, von seinem Büro aus, so wie gestern vom Badehäuschen aus? Sie mochte das nicht, beobachtet werden. Sie hatte das nie gemocht, schon als Kind nicht. Sie kam sich dann immer so – nichtig vor.
Jetzt hob Massimo die Hand und winkte ihnen zu. Antonio winkte ganz wild zurück und rief auf Italienisch: „Dov'è Rapunzel?"
Charlotte winkte nicht. Sie bekam die Hand einfach nicht hoch. Zum einen, weil sie Antonio mit beiden Händen festhielt, zum anderen, weil ihr Stolz noch ein wenig gekränkt wegen seines gestrigen Benehmens war... Sie drehte sich einfach um, ging zu ihrem Liegestuhl zurück und setzte sich dort mit Antonio auf den Knien nieder, um ihm erst das Märchen von Rapunzel, dann das von Dornröschen zu erzählen.

Massimo schloss das Fenster und die Augen. Sie hatte nicht zurückgewinkt! Sie hätte ihm genauso gut ins Gesicht schlagen können,

es wäre dasselbe gewesen. Er hätte auch die andere Wange hingehalten – er hatte es wohl verdient. Wenn man sich so benahm, wie er gestern, dann hatte man es wohl so verdient. Auch die wahnsinnigen Kopfschmerzen, die ihn schon den ganzen Morgen plagten, waren wohl verdient. Wie viel hatte er eigentlich getrunken, gestern? Aber das war auch schon egal, und er konnte das auch nicht als Ausrede für sein Verhalten anbringen, höchstens als Erklärung, aber auch das nur zum Teil. Stöhnend ließ er sich in den schwarzen Drehstuhl hinter dem Schreibtisch fallen. Corona, seine Sekretärin, blickte erstaunt auf.
„Ihnen geht es heute nicht besonders gut, Conte, nicht wahr?" Sie blickte ihn aufmerksam an. Müde sah er aus.
Er schüttelte leicht den Kopf. „Nein, nicht besonders. Habe gestern... ein Glas Wein zu viel getrunken. Und nun habe ich Kopfschmerzen. Das geschieht mir recht."
Corona blickte auf die Espressotasse auf dem Schreibtisch. Sie hatte ihn heute schon mindestens drei davon trinken sehen. Entschieden stand sie auf. „Dann hole ich Ihnen jetzt ein Aspirin. Wenn der Kaffe nicht hilft."
Schon war sie zur Tür hinaus, holte sich bei Natalina in der Küche ein Glas Wasser und die Tablettenschachtel und stellt beides vor ihn hin. Er nahm es sogar brav ein, obwohl er sonst nie irgendwelche Medizin nahm. Aber heute schien ihm alles egal. Auch die Geschäftsbriefe, die zu beantworten waren, diktierte er ihr nur halbherzig. Ständig schweiften seine Gedanken ab, blieb ein Satz unvollendet, vergaß er plötzlich, an wen der Brief überhaupt gerichtet war. Corona kannte ihn seit Jahren. Sie kannte ihn zu gut, als zu glauben, dass an seiner Niedergeschlagenheit nur die Kopfschmerzen schuld waren. Aber sie würde sich hüten, ihn nach dem wahren Grund zu fragen! Sie wusste, dann hatte sie ein Donnerwetter zu erwarten.
Stattdessen sagte sie nur: „Conte, Sie sollten Urlaub machen, wie alle andern auch im August! Sich faul an einen Strand legen und nichts tun! Stattdessen laden Sie sich die vielen Gäste hier ein und halsen sich noch mehr Arbeit auf, als Sie ohnehin schon haben."
Aber er winkte müde ab. „Ach was! Das macht mir doch Spaß. Außerdem habe ich gerade zwei Tage Urlaub gemacht, war sogar zwei Stunden am Meer."
„Zwei Tage, zwei Stunden! Sie sollten zwei Wochen wegfahren."
„Du weißt, ich kann hier nicht zwei Wochen weg. Höchstens im Winter kann ich mir das erlauben. Werde es ja auch tun, die Reise nach

Neuseeland ist geplant und steht fest. Einen ganzen Monat weg! Das wird mir gut tun. Im Moment habe ich andere Sorgen. Sagen wir, mit einem neuen Kunden."

Er sah Corona an. Sie saß an ihrem Schreibtisch vor dem Computer, an dem sie bis eben die Briefe getippt hatte. Sie war nicht mehr jung, man sah ihr ihr Alter an, aber sie hatte eine gepflegte Erscheinung und einen warmherzigen Blick – er mochte sie sehr. In all den Jahren war sie so etwas wie eine mütterliche Vertraute geworden, ohne allerdings je die Grenzen der Diskretion überschritten zu haben. Mit ihren 65 Jahren hatte sie genug Erfahrung, Feingefühl und Takt, um ihn zu verstehen, auch ohne viele Worte. Er hätte gerne ihre Meinung zu seinem Problem gehört – wollte sie aber nicht direkt fragen. Das hätte bei ihr Verlegenheit ausgelöst.

„Warum nennst du mich bloß immer noch ‚Conte' – ist das nicht lächerlich, nach all den Jahren?"

Sie lächelte verlegen. „Insgeheim nenne ich Sie Massimo, wie alle hier. Aber offiziell, beruflich finde ich es... schicklich, Conte zu sagen. Ich bin nur eine altmodische, pensionierte Sekretärin, aber wenn ich den Leuten erzählen kann, ich arbeite beim ‚Conte Settembrini', dann fühle ich mich eben wieder ein kleines bisschen wichtig. Bitte, lassen Sie mich weiterhin ‚Conte' sagen."

Massimo lachte leise. „Sag, was du willst. Mach auch, was du willst. Ich weiß gar nicht, warum ich dir noch Briefe diktiere – du würdest sie allein viel besser schreiben. Ich muss davon wegkommen zu denken, ich müsse mich um alles selber kümmern. Dabei habe ich die besten Mitarbeiter der Welt! Du, Natalina, Alfonso, auch seine zwei Neffen sind recht viel versprechend... verlasst mich bloß nicht so bald."

Corona biss sich auf die Unterlippe. Eigentlich hatte sie ihm heute – so ganz nebenbei – andeuten wollen, dass sie sich ab diesem Herbst nur noch um ihre Enkel zu kümmern gedachte. Ihre Tochter Concetta hatte noch einen Nachzügler bekommen, und sie sollte Babysitter spielen, was sie auch liebend gerne machen wollte. Sie hatte ihre zwei Töchter damals, als sie jung war und immer mitarbeiten musste, weil das Gehalt ihres Mannes nie ausreichte, nicht selbst großgezogen, sondern in eine Kinderkrippe bringen müssen. Aber sie hatte auch ihre Arbeit geliebt, in der großen Import-Export Firma. Irgendwann jedoch sollte Schluss sein damit, mit dem Arbeitsleben. Jetzt wollte sie nur noch ihre Enkel genießen. Doch das musste sie Massimo ja nicht unbedingt heute auf die

Nase binden. Heute war nicht der richtige Tag dafür. So hatte sie ihn noch nie gesehen. Sie kannte niemanden, der so hart und ausdauernd arbeiten konnte wie er. Sie kannte aber auch niemanden, der das Leben so genießen konnte wie er. Und das war nicht ‚ihr Conte', der da saß, den Kopf in die Hände gestützt.
„Sie sagten etwas von einem neuen Kunden? Kenne ich ihn?"
„Nein. Er ist... ganz neu."
„Conte, wir brauchen keine neuen Kunden. Die Nachfrage übersteigt bei weitem das Angebot. Schon die Bestellungen für den ‚Vino Novello' im November werden wir nicht erfüllen können. Jeder vernünftige Geschäftsmann würde jetzt die Gelegenheit nutzen, die Preise anzuziehen. Wir werden gut verkaufen und damit gute Gewinne erzielen. Hohe Gewinne. Ich hoffe, Ihr neuer Kunde hat nicht wieder eine Kette von Feinkostläden im Schlepptau und will..."
„Nein. Es ist ein... Einzelkunde."
„Ach so. Na ja, auf einen mehr oder weniger kommt es dann auch nicht an. Sie brauchen ihn als Prestigeobjekt? Als Aushängeschild? Um mit ihm Reklame zu machen?"
„Nein. Ich brauche ihn und – basta."
„Eine wichtige Persönlichkeit?"
„Nein. Aber für mich wichtig. Hör Corona, er ist – vertraglich schon anderweitig gebunden. Ich will aber, dass er mein Vertragspartner wird. Was soll ich tun?"
„Das, was wir immer getan haben: Sie müssen ihn von der Güte Ihrer Produkte überzeugen – dann wird er seinen anderen Vertrag lösen. Oder warten, bis der ausläuft. Oder er kann dort weiterhin beziehen, und auch bei uns."
„Ich will, dass er exklusiv bei mir bezieht. Auch wenn sein Vertrag nicht ausläuft und wenn es nicht so leicht sein wird, da herauszukommen. Ich bin noch dabei, ihn von der ‚Güte' meiner Produkte zu überzeugen, habe aber Fehler gemacht, und weiß auch nicht, ob es mir am Ende... gelingt."
„Wer ist denn sein anderer Partner? Ist er so gut? Machen Sie es doch wie damals, bei Bianchi, den sie verklagt haben. Man muss miese Geschäftemacher doch nicht..."
„Bianchi war ein Weinpanscher, der unsere ganze Branche in Verruf brachte. Ich habe ihn zu Recht verklagt. Dieser hier... ist weder gut noch schlecht. Ich glaube sogar, er ist eine ganz ehrliche Haut. Er ist nur ihrer... des neuen Geschäftspartners... nicht würdig. Es wäre viel

einfacher, wenn er ein Halunke wäre, dann könnte ich ihn wenigstens mit gutem Gewissen bekämpfen."
„Das wird Ihr neuer, von Ihnen so gewünschter Geschäftspartner dann schon mit der Zeit merken. Ich meine, Qualität setzt sich früher oder später immer durch – das ist doch Ihre Devise, Conte."
„Wir haben aber keine Zeit. Sagen wir, er hat eine sehr knappe Terminplanung."
„Dann machen Sie etwas Dampf – mit ein paar Tricks, zum Beispiel..."
„Das habe ich auch schon versucht und das ist total schief gegangen." Er stieß dabei mit dem Fuß gegen den Schreibtisch, dass die Glasplatte zu platzen drohte.
Corona sah ihn prüfend an. Eine neue Frau! Was wollte er ihr da vormachen? Natürlich ging es um eine Frauengeschichte. Diesmal wohl um eine besonders komplizierte. Aber sie machte das Spiel weiter mit. Wenn er es so ‚diskret' wollte...
„Also, dann unterbieten Sie den anderen. Ich weiß, Sie verkaufen nicht gern unter dem Preis, aber es soll ja nur für den Anfang sein, als Köder sozusagen. Wenn der neue Partner erst mal angebissen hat, dann erhöhen Sie die Preise schnell. Das hat doch bisher auch hin und wieder Erfolg gehabt. Ich meine, jeder Geschäftsmann ist, wenn es um Geld geht, schwach..."
„Nicht der! Geld interessiert ihn überhaupt nicht."
„Nun, vielleicht nicht das Geld selbst, aber was man davon kaufen kann. Das interessiert doch jeden. Da hilft nur noch Bestechung. Ein schönes Werbegeschenk, wie damals beim Geschäft mit diesem englischen Adligen, der die Weinhandlungen in London hat. Als Sie ihm die schöne, antike Keramikschale schenkten, hat er angebissen! Seit wie vielen Jahren ist er seitdem unser Kunde! Wie wäre es im jetzigen Fall mit... einem goldenen Kugelschreiber zu Beispiel? Oder einem Collier, für dessen Frau, wenn er eine hat?"
Massimo schüttelte müde den Kopf. „Das interessiert... ihn alles nicht."
„Was interessiert ihn denn?"
„Ich habe noch nicht so recht herausbekommen, was ihn eigentlich interessiert." Er kratzte sich den Bart. Dabei schien ihm etwas einzufallen. Er stand auf, suchte in seinen Hosentaschen herum, dann zwischen den Papieren auf seinem Schreibtisch. Zog eine verknickte Karte hervor, kritzelte eine Zahl darauf und reichte sie an Corona.

„Überweisen Sie diesen Betrag bei Gelegenheit an die dort angegebene Adresse."
Corona blickte erstaunt auf die Karte, die vorne eine Katze auf einer Säule zeigte. Was sollte das jetzt? Er war heute ein Buch mit sieben Siegeln.
„Anonym, wie immer?", fragte sie.
„Wie immer."
„Ich finde, Sie sollten sich oben etwas hinlegen, bis die Tablette wirkt."
Auch darin gehorchte er ihr. Ging stumm die Steintreppe hinauf. Sie blickte ihm kopfschüttelnd nach. Was konnte eine Frau bloß aus einem Mann machen? Sogar aus einem wie ihm. Hoffentlich ist es diesmal die Richtige. Sie wünschte es ihm. Sie wünschte es ihm aufrichtig.

Er streckte sich auf dem Kanapee aus. Wann wirkte dieses Aspirin endlich?! Sollte er noch eine Tablette nehmen? Er hatte sich die Schachtel mit hoch genommen, sah sie sich an. Aspirina C, hergestellt in Germany, Leverkusen. Diese Deutschen! Erst bereiten sie der Welt Kopfschmerzen und dann beliefern sie die Welt mit diesem Kopfschmerzmittel!
Er schmiss die Schachtel gegen die Wand. Nein, noch eine Tablette nahm er nicht! Genug Chemie für heute. Auf dem Lesetischchen neben ihm lag die Bibel. Die hatte er immer da liegen, weil er vor dem Schlafengehen manchmal darin las. Vielleicht wirkte die, besser als die Chemie. Er machte es, wie gestern Abend mit dem Gedichtband: schlug sie einfach an irgendeiner Stelle auf, las einen x-beliebigen Abschnitt. Prediger, zwei.
„Ich sprach in meinem Herzen: Wohlan, ich will wohl leben und gute Tage haben. Aber siehe, das war auch eitel. Ich sprach zum Lachen: Du bist toll! Und zur Freude: Was schaffst du? Da dachte ich in meinem Herzen, meinen Leib mit Wein zu laben, doch so, dass mein Herz mich mit Weisheit leitete, und mich an Torheit zu halten, bis ich sähe, was den Menschen zu tun gut wäre, solange sie unter dem Himmel leben."
Erleichtert atmete er auf: hier hatte er die richtige Stelle aufgeschlagen, er konnte also getrost weiterlesen!
„Ich tat große Dinge: ich baute mir Häuser, ich pflanzte mir Weinberge, ich machte mir Gärten und Lustgärten und pflanzte allerlei fruchtbare Bäume hinein; ich machte mir Teiche, daraus zu bewässern den Wald der grünenden Bäume. Ich erwarb mir Knechte und Mägde und auch

Gesinde, im Haus geboren; ich hatte eine größere Herde an Rindern und Schafen, als alle, die vor mir zu Jerusalem waren. Ich sammelte mir auch Silber und Gold und was Könige und Länder besitzen; ich beschaffte mir Sänger und Sängerinnen und die Wonne der Menschen, Frauen in Menge und war größer als alle, die vor mir zu Jerusalem waren. Auch da blieb meine Weisheit bei mir. Und alles, was meine Augen wünschten, das gab ich ihnen und verwehrte meinem Herzen keine Freude, so dass es fröhlich war von aller meiner Mühe; und das war mein Teil von aller meiner Mühe."
Die Kopfschmerzen waren weg. Massimo konnte es kaum glauben: Er las seine eigene Geschichte! Und sie war nach seinem Geschmack! Er konnte also beruhigt weiterlesen.
„Als ich aber ansah, alle meine Werke, die meine Hand getan hatten, und die Mühe, die ich gehabt hatte, siehe, da war es alles eitel und Haschen nach Wind und kein Gewinn unter der Sonne."
Er klappte die Bibel schnell zu. Also doch die falsche Stelle aufgeschlagen! Hatte sie ihn zum Schluss doch noch an der Nase herumgeführt! Aber er warf sie nicht an die Wand, so wie den Rilke, den Nietzsche oder das Aspirin. Nein! Die Bibel denn doch nicht. Das wäre so, als ob man alle Bücher der Welt an die Wand würfe. Denn alle Geschichten der Welt standen darin, seine wie die aller anderen Menschen. Und die durfte man nicht an die Wand werfen. Das hätte einen Schriftzug dort hinterlassen: Gewogen – und zu leicht befunden!
Aber vielleicht bin ich schon längst gewogen und als zu leicht befunden worden? Dann war sowieso alles eitel, was er tat. Und all diese Bücher um ihn herum – enthielten nichts als Variationen der Themen, die alle schon in diesem einen Buch da geschrieben standen. Nein, das durfte er nicht an die Wand werfen. Das könnte ein Erdbeben auslösen. Alle Bücher der Welt, in allen Bibliotheken und Buchhandlungen der Welt, würden aus ihren Regalen fallen und wer würde sie alle wieder aufstellen? So wie er heute früh die Bücher wieder fein säuberlich ins Regal einsortiert hatte, die er gestern in seiner Rage herausgerissen hatte. Das konnte er nicht riskieren. Also legte er die Bibel sanft auf den Tisch neben sich und stand auf. Er wollte hinaus an die frische Luft, bevor die Kopfschmerzen wiederkamen. Auch das wollte er nicht riskieren. Er brauchte frische Luft, wollte sich den Wind um die Nase wehen lassen.
Wenn denn schon alles... nur ein Haschen nach Wind war!

Helmut blickte genervt von seiner Zeitung auf. „Kannst du deine Märchen nicht etwas leiser erzählen?"
„Wieso? Lässt sich der Dow Jones von Dornröschen beeinflussen?"
„Beeinflussen nicht, aber stören. Hat Rapunzel ihre Haare jetzt oft genug heruntergelassen? Warum lässt sie sich den langen Zopf nicht lieber abschneiden?"
„Warum gehst du nicht lieber schwimmen?"
„Ich würde lieber noch mal telefonieren gehen. Heute morgen. Jetzt, mit der Bank."
„Dann geh doch. Die Küche ist immer auf."
„Ich kann doch nicht einfach, ohne den großen ‚Zampano' zu fragen, da stundenlang herumtelefonieren. Es ist schließlich ein Auslandsgespräch. Nochmals vielen Dank, dass du unsere Handys zu Hause gelassen hast! Aber... ich könnte nach Spello fahren, zu einer Telefonzelle ..."
„Und ich kann dir versichern, dass es dem großen ‚Zampano' schnurz und piepe ist, wie lange du da herumtelefonierst." In Gedanken fügte sie hinzu: Und am liebsten würde er dir auch das Flugticket nach Berlin spendieren, wenn du nur abführest... aber das will ich nicht. Bleib hier, Helmut. Wenn du alleine nach Berlin fährst, falle ich in ein großes, dunkles Loch...
„Dann fahre ich jetzt nach Spello. Ich will nicht... in seiner Schuld stehen."
Charlotte sah ihm nach. Welch ein Ausdruck: in seiner Schuld stehen!
„Den sind wir los", sagte Antonio fröhlich. Er war abwartend auf ihrem Schoß sitzen geblieben. „Wer ist denn der große ‚Zampano' – eine andere Märchenfigur?"
„Na ja. So etwas in der Richtung."
„Dann erzähl mir noch ein Märchen! Das dritte heute. Aller guten Dinge sind drei!" Antonio konnte gut befehlen. Und die magische Zahl drei kannte er auch.
„Dem Argument kann ich mich nicht widersetzen. Wovon soll es denn handeln, das dritte Märchen?"
„Von dir. Und von Oma Schilling. Nur ihr beide könnt so toll Märchen erzählen. Oma kommt erst Weihnachten wieder – das ist noch so lange hin!"
„Kommt sie euch nur zu Weihnachten besuchen?"
„Manchmal auch zu Ostern, aber im Sommer nie. Da ist es ihr hier zu heiß. Da bleibt sie lieber in München, bei ihrem alten Bruder. Aber zu

Weihnachten, da ist es ihr zu kalt in München, da kommt sie immer zu uns."
„Und spielt den Weihnachtsmann für euch, ja?"
Antonio schüttelte den Kopf. „Den Weihnachtsmann, den gibt es nicht. Hat mir Francesca letztes Jahr gesagt."
„Wieso hat sie dir so etwas Gemeines gesagt? Alle fünfjährigen Kinder glauben an den Weihnachtsmann!"
„Ich habe ja früher auch an ihn geglaubt, aber dann... na ja, ein bisschen war es auch meine Schuld, dass sie mir das gesagt hat. Das kam so: Ich durfte zu Hause eine Geburtstagsparty veranstalten – ich habe nämlich im Dezember Geburtstag. Meine Freunde und ich wollten Indianer spielen. Da habe ich Francescas Schminkkästchen stibitzt, und wir haben uns alle damit schön angemalt. Bis alles alle war, auch die Lippenstifte, der Lidschatten und der ganze Kram, den sie sich da immer anschmiert, bevor sie zur Schule geht. Als sie es entdeckte, hat sie ein Riesentheater veranstaltet. Um sie zu beruhigen, habe ich gesagt, sie solle sich doch ein neues Schminkkästchen vom Weihnachtsmann wünschen – es war ja bald Weihnachten. Und da hat sie gesagt, nur ich Rotznase glaubte noch an den Weihnachtsmann, den gäbe es gar nicht und Papa und Mama würden ihr keine neue Schminke schenken, weil die sowieso dagegen waren, dass sie sich immer so anmalte." Antonio guckte betrübt vor sich hin. Dann aber hellte sich sein Blick auf. „Aber, Signora, ich kann dir sagen: Ich war der Indianer mit der wildesten Kriegsbemalung von allen!"
Charlotte sah in sein süßes Gesicht und konnte ihn sich gut als Indianer vorstellen. Sie kicherten beide vor sich hin, bis Antonio wieder zum Thema kam. „Also, ein Märchen von dir, von mir, von Oma Schilling und vom Weihnachtsmann! Alle müssen darin vorkommen", befahl er fröhlich.
„Das wird aber schwierig, Totò." Sie kramte in ihrem Gedächtnis herum. Ihr Fundus an Märchen war beachtlich, aber bei den Gebrüdern Grimm fand sie nichts Passendes. Aber bei Hans Christian Andersen... mit einem Funken Phantasie konnte man da vielleicht etwas zurechtbiegen...
„Es war einmal, vor vielen Jahren, ein kleines Mädchen namens... sagen wir: sie hieß Charlotte... sie war sehr arm, ihre Eltern schickten sie hinaus, um Geld zu verdienen. Sie sollte Zündhölzer verkaufen. Auch in jenem kalten Winter... in München... am Weihnachtsabend... lief sie

barfuß durch die Straßen und pries ihre Zündhölzer an. Aber niemand hatte an jenem Tag Zeit, stehen zu bleiben, inne zu halten, weil alle schnell noch die letzten Geschenke für Weihnachten kaufen wollten. Alle hasteten an ihr vorbei, und am Abend traute sie sich nicht nach Hause zu gehen, weil sie ihre Eltern nicht enttäuschen wollte. Sie hatte keinen Taler in der Tasche, hatte ihre Talente vertan. Es hatte auch nicht viel Sinn, nach Hause zu gehen, denn auch da war es bitterkalt, da sie kein Geld für Feuerholz hatten. So setzte sie sich in eine Straßenecke, kauerte sich zusammen, damit sie die Kälte nicht so spürte, schob die nackten Füße unter ihren in Lumpen gekleideten Körper und zündete sich ein Streichholz an, um sich ein wenig an dem kurzen Feuer zu wärmen. Für ein paar Sekunden erschien es ihr, als säße sie vor einem offenen Kamin und ein Feuerchen knisterte lustig darin. Für einen Moment war es warm, dann ging das Zündholz aus. So strich sie noch eins an der Mauer lang, um es anzuzünden. Da, wo das Zündlicht die Mauer erhellte, schien diese durchsichtig zu werden. Sie konnte für einen Moment in das dahinter liegende Zimmer blicken: der Tisch war festlich für den Weihnachtsabend gedeckt, ein großer Gänsebraten stand darauf. Für einen Moment schien es, als wolle die Gans aufspringen und zu ihr gelaufen kommen, mit der Gabel im Rücken... Das kleine Mädchen hatte so großen Hunger, sie hatte den ganzen Tag nichts gegessen... aber da war das Zündholz niedergebrannt und das Zimmer, der Gänsebraten, alles verschwand und die Wand wurde wieder undurchsichtig. Sie zündete schnell das dritte Streichholz an, um den Weihnachtsbaum besser sehen zu können. Viele bunte Geschenke lagen darunter, viele rote Kerzen brannten an den mit Goldlametta geschmückten Zweigen. Die Lichter am Weihnachtsbaum begannen sich zu bewegen, flogen in die Höhe, an ihr vorbei, über die Dächer der Stadt, bis zu den Sternen, ja, sie wurden zu Sternen. Da fiel eine Sternschnuppe auf sie herunter. Jemand stirbt gerade, dachte sie. Ihre Großmutter hatte ihr früher erzählt, dass immer, wenn eine Sternschnuppe fiel, eine Seele zum Himmel aufstieg. Aber dann war auch Großmutter gestorben, und niemand erzählte ihr mehr von diesen Dingen."
Charlotte unterbrach sich und kramte in ihrer Handtasche neben dem Liegestuhl herum.
„Warum erzählst du nicht weiter?" Totò gefiel die Unterbrechung nicht.
„Mir ist etwas ins Auge geflogen", sagte sie, während sie sich mit einem

weißen Batisttaschentuch, das ein eingesticktes Monogramm hatte, die Augen wischte.
„Also, was machte das kleine Mädchen? Sie überlegte, ob sie sich noch ein Streichholz anzünden sollte. Sie hatte doch schon drei vertan. Sollte sie noch ein viertes opfern? Ihre Eltern würden sie ausschimpfen, aber ihr war so kalt... da zündete sie noch eines an, und im Licht dieses vierten Zündholzes erschien ihr plötzlich das Gesicht ihrer Großmutter, die sie liebevoll anlächelte. ‚Großmutter', rief sie, ‚nimm mich mit zu dir. Ich will hier nicht alleine zurückbleiben.' Schnell zündete sie die ganze Packung Streichhölzer an. Da wurde es ganz hell, das Bild ganz klar, die Großmutter nahm sie in die Arme und nahm sie mit, brachte sie dorthin, wo es immer warm war, wo es keinen Hunger und kein Elend gab, an einen Ort, wo ewige Schönheit und Freude herrschten, wo ganz viel Licht war..."
Antonio nahm ihr das Taschentuch aus der Hand und schnäuzte sich die Nase. Dann fragte er mit unterdrückter Stimme: „Und wann komme ich in dem Märchen vor?"
„Jetzt. Das Märchen ist nämlich noch nicht zu Ende. Wir schreiben es weiter... wir schreiben... einen Anhang."
„Kann man das denn?"
„Mit Phantasie kann man alles. Also: am nächsten Morgen kam ein Mann an der Straßenecke vorbei und sah das kleine Mädchen dort liegen. Sie hatte ein winziges Lächeln auf den blauen Lippen. ‚Arme Kleine', dachte er, ging aber weiter, ohne stehen zu bleiben. Aber dann kam ein kleiner Junge vorbei. Er war etwa fünf Jahr alt, hatte schwarze Locken und..."
„Ich!", rief Totò erfreut.
„Vielleicht. Er ähnelte dir. Es könntest du gewesen sein. Also, der Junge blieb neben dem Mädchen stehen und blickte es an... wie es da schlief..."
„Sie war gar nicht tot, nein? So wie Schneewittchen, nur im Koma, ja?"
„Nun warte ab, Totò. Nichts übereilen. Du fährst zu schnell durch deine Gedanken. So einfach geht das nicht. Der kleine Junge musste etwas Wichtiges tun. Er war ein Junge aus einem reichen Haus und hatte von allem viel, viel zu viel. Er konnte etwas davon abgeben. Er zog seinen dicken Wintermantel aus, der aus reiner Wolle war, und legte ihn um das Mädchen, und da war es ihm, als bewege sie sich ganz leicht und als ob sich das Lächeln in ihren Mundwinkeln etwas vertiefte. Das machte ihm Mut und..."

„Ich habe so einen dicken Wintermantel, den will ich ihr gerne geben. Ich will sie aber nicht küssen. Ich küsse keine Mädchen", protestierte Antonio.
„Na gut, dann nicht. Der kleine Junge umarmte sie aber ganz fest – das könntest du doch auch tun, oder? Und die Wärme, die von seinem Körper ausging, erwärmte auch sie und sie schlug die Augen weit auf... und sah ihn erstaunt an. Da nahm er sie an der Hand und führte sie in sein Haus."
Antonio unterbrach sie und rief begeistert: „Und dann sage ich zu ihr: Du bist angekommen! Hallo Kleine, ich bin der Weihnachtsmann!"
Charlotte war einen Moment lang sprachlos. „Genau! Genau das hat er gesagt. Nun erzähl du das Märchen zu Ende, Totò."
„Er nahm sie mit nach Hause und sie aßen den Gänsebraten." Antonio war zufrieden, aber dann korrigierte er sich. „Aber nein! Es ist ja früh morgens, da isst man doch keinen Gänsebraten! Es ist doch der Weihnachtsmorgen, da macht Oma Schilling uns eine Tasse heiße Schokolade, mit Sahne drauf und Schokoladenflocken darüber gerieben und dazu soll es Topfkuchen geben – das ist überhaupt das Tollste, was es gibt! Und dann frühstücken sie gemeinsam und dann weiß das Mädchen, dass sie bei ihm zu Hause ist. Und sie leben zusammen, glücklich und zufrieden, bis an das Ende ihrer Tage!" Antonio blickte triumphierend. „Habe ich das so richtig zu Ende erzählt?"
Charlotte blickt ihn staunend an. Wie intelligent Kinder mit fünf Jahren waren! Diesen Grad von Intelligenz würden sie dann in ihrem späteren Leben nie, aber auch nie wieder erreichen!
Sie nahm ihm zwar noch mal das Taschentuch aus der Hand, um sich die Nase zu putzen, sagte dann aber mit fester Stimme: „Antonio, das hast du genau richtig erzählt. Ganz genauso steht es in dem Anhang geschrieben. Wort für Wort."
„Wird der Anhang nun auch im Märchenbuch gedruckt? Ich meine, damit ihn alle Kinder lesen können? Ich finde, das Märchen sollte gut ausgehen, Signora – du hast doch gestern gesagt, im Märchen geht alles immer gut aus. Auch dieses Märchen muss gut ausgehen. Darum sind Märchen so wichtig, hast du gesagt. Wenn die anderen aber nun unseren Anhang nicht kennen? Wer hat denn dieses Märchen geschrieben? Du musst ihm sagen, er soll unser Ende noch daran hängen!"
„Hans Christian Andersen lebt leider nicht mehr. Aber ich werde alles tun, um einen seiner Nachfahren, seiner Anhänger zu finden, der uns das

druckt. Es gibt immer noch Herausgeber, die sich auf Märchen einlassen. Es ist immer noch Hoffnung. Darum sind Märchen auch wichtig, Antonio, weil sie uns Hoffnung machen."
„Das Märchen gerade wäre aber, ohne unseren Anhang, ziemlich hoffnungslos, ziemlich traurig."
„Aber auch deshalb ist es ein wichtiges Märchen! Höre, Antonio, wenn du groß bist, wirst du dich vielleicht an meine Worte und an dieses Märchen erinnern: Heute erfriert kein Mädchen mehr in München, auch nicht im kältesten Winter. Dieses Märchen spielte vor langer Zeit, als das bei uns noch geschah. Aber auch heute, in andere Teilen der Welt, kann das noch passieren, in armen Teilen des kalten großen Russland, in Rumänien – und das ist gar nicht so weit weg von hier, könntest du das Mädchen mit den Zündhölzern in einer Straßenecke sitzen sehen. Dann wirst DU stehen bleiben, Antonio! Und auch die vielen anderen Märchengestalten, wie zum Beispiel Hänsel und Gretel, die von ihren armen Eltern im Wald ausgesetzt worden waren, weil sie nichts zu essen hatten, die laufen heute noch irgendwo auf der Welt umher, in Südamerika, in Afrika... Antonio, du würdest stehen bleiben, wenn du sie siehst, nicht wahr? Man muss das als Kind mal gehört haben, damit man sich als Erwachsener daran erinnert."
Aber Antonio antwortete nicht. Er hatte sich auf sie gelegt und war ganz einfach eingeschlafen. Auch dazu waren Märchen gut, dachte sie noch: Kinder können dabei so gut einschlafen. Sie bewegte sich ganz vorsichtig, um ihn nicht zu wecken, denn man sollte den Schlaf von Kindern nicht stören. Das nasse Taschentuch ließ sie wieder in ihre Handtasche rutschen. Sie würde es am Abend noch mal auswaschen. Für heute hatte es gute Dienste geleistet.

Massimo hatte sich inzwischen eine ganze Menge frischen Windes um die Nase wehen lassen. Er hatte sich Orlando gesattelt und war durch seine Weinberge geritten. Dann hatte er seinen Kontrollritt um die Tenuta herum nachgeholt, den er heute Morgen wegen der Kopfschmerzen hatte ausfallen lassen. Jetzt hätte er eigentlich zurückreiten können. Die Kopfschmerzen waren weg, der Kopf war wieder klar und auch seine Gemütsverfassung war wieder die alte, gewohnte Massimo-Verfassung. Oder – fast. Der Massimo, die Verfassung, die Massimoverfassung? Diese zusammengesetzten deutschen Substantive! Eigentlich ganz bequem. Man konnte sich einfach mal so ein Wort erfinden, indem man zwei zusammensetzte. Das ging in der italienischen Sprache nicht. Aber was machten die Deutschen alles damit! Massimo schüttelte den Kopf. Er hatte Orlando einfach weiter traben lassen, die Auffahrtsstraße hinunter bis zum Mühlbach. Jetzt blieb Orlando am Weiher stehen, um aus dem Wasser zu trinken. Natürlich hatte er Durst, Massimo war recht wild mit ihm herumgaloppiert. Und Orlando war nicht mehr der Jüngste. Aber er war Massimo nicht böse. Hatte sich gerne daran erinnert, dass er früher mal den Beinamen ‚Il Furioso' getragen hatte. Und es war schön, sich an die guten, alten Zeiten zu erinnern. Auch Pferden tat das gut.

Massimo sprang von seinem Pferd herunter und ließ sich am Ufer des Weihers nieder. Was machten die Deutschen alles mit ihren zusammengesetzten Worten: Aus Liebe und Kummer machten sie Liebeskummer. Aus Welt und Schmerz machten sie Weltschmerz. Aus Tod und Sehnsucht machten sie Todessehnsucht. Die Artikel ließ man am besten ganz weg, dachte er. Leidenschaft – die Eigenschaft, die Leiden schafft. Hübsche Zusammensetzung!

Er nahm ein Steinchen vom Boden auf und ließ es über die Wasseroberfläche hüpfen. Wie oft hatte er das als Kind getan, wenn Emma ihn hierher geschleift hatte! Bei jedem Wetter... es gibt kein schlechtes oder gutes Wetter... es gibt nur die falsche oder richtige Kleidung, hatte sie immer gesagt. Also, auch im Winter blaue Gummistiefel an, gelbes Regencape um und losmarschiert... eins, zwei, eins, zwei... Mal hatte ihm ihre Wanderlust Spaß gemacht, mal hatte er sie gehasst. Aber Emma hatte diesen Weiher hier geliebt. Er muss sie wohl irgendwie an ihre Heimat erinnert haben, mit den Trauerweiden um ihn herum, dieser sumpfig-trüben Atmosphäre. Sicher hatte sie öfter Heimweh nach ihrem Deutschland, nach ihrem zu Hause... Vielleicht hatte sie ihm deshalb immer diese traurigen Gedichte vorgelesen... diese schönen, schrecklichen, deutschen Gedichte, die immer so sanft anfingen, von Jugend und Schönheit handelten, von Glück und Liebe, aber dann reimte sich Herz auf Schmerz und sie endeten mit Trauer und Tod... Lass mich in Ruhe mit deinen Gedichten, Emma... aber sie ließ ihn nicht in Ruhe...

„Zu suchen haben wir nichts mehr... das Herz ist satt... die Welt ist leer,
hinunter zu der süßen Braut, zu Jesus, dem Geliebten,
getrost, die Abenddämmerung graut, den Liebenden, Betrübten,
ein Traum bricht unsre Bände los... und senkt uns in des Vaters Schoß."

Schluss, Emma! Schluss, Novalis! Von wegen! Mein Herz ist noch lange nicht satt und die Welt ist nicht leer, sie ist voller Versprechungen – auch wenn am Ende alles ein Haschen nach Wind ist. Massimo warf noch einen Stein in den Teich. Schade, dass die Schwäne nicht mehr hier waren. Aber dafür war Emma heute hier. Und Emma war hartnäckig.
„Mit gelben Birnen hänget und voll mit wilden Rosen
das Land in den See, ihr holden Schwäne,
und trunken von Küssen,
tunkt ihr das Haupt ins heilignüchterne Wasser.
Weh mir, wo nehm' ich wenn es Winter ist,
die Blumen, und wo den Sonnenschein und Schatten der Erde?
Die Mauern stehen, sprachlos und kalt, im Winde klirren die Fahnen."
Schluss, Emma! Schluss mit Hölderlin! Emma erinnerte ihn boshafterweise auch noch an den Titel dieses Gedichtes: ‚Hälfte des Lebens'. Es hieß tatsächlich so: ‚Hälfte des Lebens!' Er warf noch einen Stein, der hüpfte viermal übers Wasser, hei-lig-nüch-tern', ha! Sogar die Adjektive setzten sie nach Belieben zusammen, diese Deutschen. Und immer kamen die Schwäne und die Rosen in ihren Gedichten vor. „Sah ein Knab ein Röslein stehn, Röslein auf der Heiden..." Wie oft hatte sie ihm das vorgesungen! Oder dieses schrecklich schöne Schlaflied, das ihm Alpträume verursacht hatte! Und nicht wegen der Rosen!
„Guten Abend, gute Nacht, mit Rosen bedacht,
mit Näglein besteckt, schlupf unter die Deck.
Morgen früh, wenn Gott will,
wirst du wieder geweckt."
Puh! Was war das für ein Gott – Emmas deutscher Gott, der dich am nächsten Morgen vielleicht nicht wieder aufwecken wollte! Sein italienischer Gott war ein lieber alter Mann mit Rauschebart, dem so etwas nicht in den Sinn gekommen wäre. Der alles vergab und alles verstand. Jedenfalls hatte seine Mutter ihm früher ganz andere Schlaflieder vorgesungen... Na ja, Emma war dann ja auch so gestorben... man hatte sie morgens tot in ihrem Bett vorgefunden... ihr Gott hatte eben keine Lust gehabt, sie wieder zu wecken!
Als Kind hatte er versucht, sich einen Reim auf alles zu machen. Mit der Weisheit eines zehnjährigen Knirpses hatte er schon verstanden, dass sie melancholisch war, eine Witwe, die ihren Mann früh verloren hatte, der Tod war zu früh in ihrem Leben aufgetaucht, aber auch in seinem Leben und dem Leben seines Vaters war der Tod zu früh aufgetaucht... hatte

Emma seinen Vater da mit reingezogen, in ihre Melancholie? Sein Vater, der, als seine Mutter noch lebte, ein stürmischer, ausgelassener Mann gewesen war, der sich dann später mürrisch und verschlossen in den Turm zurückgezogen hatte... er, Massimo, musste aufpassen... er würde sich in nichts hineinziehen lassen... er war Italiener und er war stolz darauf! Aber jetzt war diese fremde, unbekannte und doch bekannte deutsche Frau hier aufgetaucht, und mit ihr Emma und all diese Erinnerungen, die so tief verschüttet gewesen waren... Hatte es Sinn, die noch mal aus den Tiefen herauf zu holen? Aber als sie hier am Weiher gestanden und ihm Emmas Lied vom ‚Kühlen Grunde' vorgesungen hatte, da war alles plötzlich wieder da gewesen... aus dem Weiher aufgetaucht wie das Seeungeheuer von Lochness, nur das der Drachen Emmas Gesichtszüge trug und statt Feuer zu speien – Gedichte zitierte!

„... mein Liebchen ist verschwunden... sie hat mir Treu versprochen, gab mir ein' Ring dabei, sie hat die Treu gebrochen, das Ringlein brach entzwei..."

Ja, das hatte schon mal eine Frau mit ihm gemacht. Nein, noch mal würde ihm das nicht passieren.

‚Hör ich das Mühlrad gehen, ich weiß nicht, was ich will, ich möchte am liebsten sterben, dann wär's auf einmal still.'

Massimo sprang auf sein Pferd. „Ich weiß zwar nicht so recht, was ich will, im Moment", sagte er zu Orlando. „Aber sterben will ich nicht. Das kommt bei mir nicht in Frage! Ich bin Massimo und werde hundert Jahre alt. Und ich bin Italiener."

Kerzengerade saß er auf seinem Pferd und atmete tief durch, atmete die Luft ein, die auch seiner Väter Lebensluft gewesen war, er atmete sie mit tiefem Einverständnis, mit großer Selbstverständlichkeit und viel Selbstbewusstsein ein. Bequem und nicht ohne Würde trug er auf seinen Schultern das ihm aufgebürdete Erbe. Und auf seinen breiten Schultern konnte er noch so einiges mehr tragen.

Er schnalzte mit der Zunge, zog die Zügel an und verließ im Galopp den ‚kühlen Grund'. Und Orlando gab noch mal sein Bestes. So ein Reststückchen vom ‚Furioso' steckte doch noch drin in ihm.

Federico kam um den Pool herum auf sie zu. Ihm stand das schlechte Gewissen im Gesicht. „Hat Totò es sich schon wieder bei Sie bequem

gemacht! Und diesmal – richtig – bequem!" Er sah auf seinen schlafenden Sohn. Fasste ihn leicht an die Schulter, um ihn zu wecken.
„Lassen Sie ihn doch ausschlafen! Wie oft soll ich Ihnen noch sagen, dass er mich nicht stört."
„Aber er drückt Sie platt! Wieder muss ich Babysitter spielen! Alle sie haben mich alleine gelassen! Meine Tochter ist mit ihre Sohn verschwunden, meine Frau mit ihre Mann, ich habe Massimo gesucht, um eine bisschen mit ihm zu plaudern, aber auch er ist verschwunden: Weder Natalina noch seine Sekretärin wissen, wo ist er abgeblieben! Wissen Sie es?"
„Warum sollte gerade ich wissen, wo Massimo ist? Und wieso ist mein Mann mit ihrer Frau weg?"
„Ach – ich dachte Sie wissen... ganz einfach, Liliana wollte nach Spello, um sich eine neue Badeanzug zu kaufen, vielleicht weil sie hat gesehen Ihre schöne, neue Bikini – na, und wir haben ihren Mann getroffen, am Auto, als auch er wollte fahren nach Spello, zum Telefonieren. Wir dachten, sei eine gute Idee, wenn sie fahren zusammen... ich hoffe, Sie haben nichts dafür einzuwenden?"
„Nein, ich habe natürlich nichts dagegen einzuwenden. Was ist gegen eine nette Mitfahrgelegenheit schon einzuwenden?"
„Nicht wahr?" Federico sah sie durchdringend an. „Auch ihre Mann hat Sie mit Massimo nach Rom fahren lassen... er hatte nichts dagegen, nicht wahr? Und, man sieht, es hat Ihnen gut getan... Sie haben etwas Bräune abbekommen und sehen in diese neue Badeanzug sehr schön aus. Ich glaube, Sie haben hier auch ein oder zwei Kilo zugenommen, das ist gut für Sie. Sie waren so blass und dünn, als sie hier kamen an."
Charlotte sah ihn misstrauisch an. Sprach hier der Mann Friedrich zu ihr oder der Arzt Federico? Beides war ihr nicht recht.
Aber er fuhr fort. „Wann haben Sie zu letzte Mal eine Bluttest machen lassen? Sie sind Vegetarierin, ja? Da sollten Sie das öfter überprüfen."
Noch einer, der sich plötzlich um mich kümmern will? Der weiß, was für mich gut ist und was nicht? Sie wurde etwas ungehalten. „Ich bin kerngesund – und keinesfalls anämisch. Und Sie sind nicht mein Arzt, Federico."
„Ein Arzt bleibt aber immer ein Arzt, so wie eine Lehrerin immer bleibt eine Lehrerin, nicht wahr? Auch im Urlaub." Er lächelte sie freundlich an, was sie wieder milder stimmte.

„Das mag sein. Ich danke Ihnen für Ihren ärztlichen Rat – aber ich weiß ganz gut mit meiner Gesundheit umzugehen."
Federico blickte sie etwas unschlüssig an, dann setzte er sich einfach in den freien Liegestuhl neben sie. „Das denken die meisten Menschen und dann landen sie irgendwann auf meinem Operationstisch und ich denke: Mensch! Warum hast du geraucht, zu viel Alkohol getrunken, dich falsch ernährt, ungesund gelebt, dann hättest du hier nicht liegen brauchen..." Er blickte sie freundlich an. „Ich meine damit aber nicht Sie – gegen eine ausgewogene vegetarische Ernährung ist aus medizinischer Sicht nichts einzuwenden. Ich nehme an, Sie wissen das klug auszubalancieren, die tierischen und pflanzlichen Proteine, die Kohlenhydrate, die Vitamine... wenn man die richtige Balance findet, kann man damit bestens leben. Auf eine vernünftige Balance kommt es doch sowieso immer an im Leben, oder?"
„Da bin ich ganz Ihrer Meinung. Aber warum sind Sie dann so unvernünftig und verbieten Ihren Kindern die Märchen? Auch die gehören zur Balance einer ausgewogenen Erziehung."
Federico sah sie einen Moment lang überrascht an, ging dann aber auf den Themenwechsel ein. „Weil ich will, dass meine Kinder mit einem klaren Menschenverstand aufwachsen. Ich wünsche mir, dass sie es zu etwas bringen in ihrem Leben, vielleicht gute Wissenschaftler werden. Dazu brauchen sie einen kühlen Intellekt, aber keine Märchen, auch keine Religion. Märchen sind Träume, und Religion ist Opium fürs Volk. Wobei gegen Träume als solche nichts einzuwenden ist, auch gegen Opium an sich nicht, aus medizinischer Sicht. Wir Ärzte benutzen ja durchaus Drogen zur Schmerzbekämpfung. Wenn man sie richtig dosiert, sind sie sehr nützlich – auf die richtige Balance kommt es eben auch hier an. Morphium ist für Krebskranke im Endstadium ein Segen. Aber ich kann Ihnen versichern, dass an einer Nierentransplantation nichts Mystisches ist, und nichts Romantisches an der Entfernung eines Brusttumors. Wenn ich mein Skalpell ansetzte, dann hilft kein Beten, kein Bangen und kein Betteln, sondern nur ein nüchterner Menschenverstand, exakte wissenschaftliche Kenntnisse und eine ruhige Hand. Und es muss mir auch egal sein, ob da ein alter Mann liegt, ein zwanzigjähriges Mädchen oder eine Mutter von drei Kindern – sie sind alle gleich wichtig, und Emotionen haben im OP-Saal keinen Platz. Nein, meine Kinder sollen so rational wie möglich aufwachsen."

Charlotte hatte ihm aufmerksam zugehört. „Aber Sie hoffen doch auch, dass jede Operation gut ausgeht – auch wenn alle Prognosen negativ sind, oder?"

„Natürlich. Leider muss ich aber hin und wieder operieren, obwohl ich weiß, dass eigentlich keine Hoffnung besteht. Und man muss es dann trotzdem versuchen – es ist verdammt hart, wenn einem der Patient unter den Händen wegstirbt."

„Aber Sie tun es trotzdem – denn immer dann, wenn die drei Komponenten versagen, Ihr nüchterner Menschenverstand, Ihr exaktes wissenschaftlichen Wissen und Ihre ruhige Hand nicht ausreichen... dann gibt es immer noch die Hoffnung auf die vierte Komponente, das Wunder, wie im Märchen, wenn das Gute über das Böse siegt, trotz allem..."

Auch Federico hatte ihr aufmerksam zugehört. Er lächelte etwas schmerzlich. „Da kommen Sie mir jetzt mit Ihren Märchen, so wie Massimo mir immer mit seinen Bibelsprüchen kommt. Wir haben oft heiße Diskussionen über dieses Thema. Ich habe ihn kürzlich gefragt, was er denn der jungen Mutter gesagt hätte, deren zehnjähriger, leukämiekranker Sohn diesen Sommer nicht überleben wird. Sie saß allein im Wartezimmer und betete, und ich musste es ihr sagen."

„Und? Was sagte Massimo?"

„Er fragte mich, ob ich mir 100%ig sicher sei. Und dann hatte er natürlich irgendso eine Bibelgeschichte parat. Wir haben uns dann richtig gestritten, über die Diskrepanz zwischen Idee und Erfahrung, über objektive Tatsachen und subjektive Empfindungen... er nennt das immer unseren ‚Wettstreit über die Urpflanze'! Aber auf einen gemeinsamen Nenner kommen wir nicht. Doch dann trinken wir gemeinsam eine Flasche Sekt und vertragen uns wieder. Denn im Grunde – mag ich euch ja, euch Träumer. Nur bin ICH dazu verurteilt, immer wach zu bleiben."

Er blickte versonnen auf den schlafenden Antonio. „Was wohl mal aus dir wird, mein Sohn?"

„Lassen Sie ihn das werden, was er will: ein träumender Wissenschaftler oder ein wissenschaftlicher Träumer. Das klingt unlogisch – aber es muss sich nicht ausschließen", sagte Charlotte leise.

Von ihrem Gespräch war Antonio schließlich wach geworden. Er rieb sich schläfrig die Augen. Sein kleiner, warmer Körper hatte einen roten,

verschwitzten Abdruck auf ihrem Körper hinterlassen. Sie wischte sich die Schweißperlen mit der Hand weg.
„Er hat Sie gedrückt platt! Komm, Totò! Es ist Zeit, sich zum Mittag umzuziehen." Aber Antonio rührte sich nicht vom Fleck.
„Ich schicke ihn in drei Minuten zu Ihnen rüber, ja?" Charlotte gab ihn nicht so gerne her.
„In drei Minuten. Drei Minuten kann ich noch warten. Sicher kommen unsere Ehepartner gleich zurück, zum Mittagessen. Sie hingegen waren ja etwas länger weg, mit Massimo. Sie haben ihn... gut behandelt, wie ich Sie geraten hatte, Sie erinnern sich, gleich am ersten Abend hier?"
Charlotte fand, dass das zu weit ging. „Ob ich ihn gut behandelt habe? Das müssen Sie ihn schon selber fragen."
Er nickte nur kurz, dieses kurze, schnelle Nicken, als würde er alles verstehen. Zögerte eine Sekunde, bevor er leise hinzufügte: „Er ist nicht der Machotyp, für den er sich selber gern hält. Aber... das haben Sie in der Zwischenzeit sicher schon selbst herausgefunden, nicht wahr?" Er wartete keine Antwort ab und ging zuück zu seinem Liegestuhl.
„Warum fragt Papa, ob du den Conte gut behandelt hast? Er sollte besser fragen, ob der Conte dich gut behandelt hat. Der kann ganz schön die Cholera haben."
Charlotte musste lachen. „Cholera?"
„Ja, hat Papa selbst mal gesagt: Der Conte hat die Cholera. Papa ist Arzt, er kennt sich da aus. Aber warte, nein: Vielleicht hat er gesagt, der Conte hat Koliken."
Sie sah ihn ungläubig an. Aber das war ja immerhin möglich. „Wann hat dein Papa das denn festgestellt?"
Antonio flüsterte jetzt. „Weißt du, was der Conte letztes Jahr hier gemacht hat? Er hat einen Gast rausgeschmissen – mit Fußtritten. Und warum? Weil der ihm ein Pferd lahm geritten hatte. Das hat hier ein Aufsehen gegeben! Der Conte hatte eben Koliken."
Charlotte dachte einen Moment mitleidig an das arme Pferd, dann aber fing sie an, leise zu lachen. „Antonio, hat dein Vater nicht eher gesagt: der Conte ist manchmal cholerisch?"
„Ja, genau das hat er gesagt. Das habe ich doch auch gesagt: der Conte hat Cholerisch!"
Charlotte legte den Kopf in den Nacken und brach in ein helles Gelächter aus. Das man bis hinauf in den Turm hinter ihr hörte und das Massimo aufrichtig erfreut hätte. Aber Massimo war ja nicht da.

Antonio kletterte von ihrem Schoß herunter. „Ich gehe lieber, bevor auch Papa die Cholera bekommt. Und wenn ich Francesca sehe, sage ich ihr, dass es den Weihnachtsmann doch gibt! Und dass ICH der Weihnachtsmann bin!" Er wollte wegrennen, aber sie hielt ihn noch mal kurz zurück.
„Totò, warte. Sag es ihnen noch nicht – warte bis Weihnachten damit. Ich meine... wir sind jetzt mitten im August... und sie würden dich nicht verstehen, wenn du es ihnen jetzt sagst – und mich gleich mit – denn die Erwachsenen tun sich manchmal etwas schwer, auch die einfachsten Dinge zu kapieren. Ja, meistens kapieren sie überhaupt nichts. Kannst du das Geheimnis nicht ein paar Monate aufbewahren? In nur vier Monaten ist Weihnachten, dann malst du für deine Eltern ein schönes Bild, und von deinem Taschengeld kaufst du Francesca einen roten Lippenstift und das legst du alles heimlich unter den Weihnachtsbaum und dann sagst du ihnen: Hallo Leute, ich bin der Weihnachtsmann! Dann hast du eine Chance, eine kleine Chance, dass sie dir glauben... Kannst du das Geheimnis so lange aufbewahren?"
Klar konnte er das. Er nickte verschwörerisch. Mit fünf Jahren fanden Kinder Geheimnisse ganz toll und konnten sie auch phantastisch aufbewahren. Denn mit fünf Jahren können sie noch alles. Aber auch wirklich alles, dachte Charlotte, während sie ihm nachsah.

Massimo hatte ihr Lachen nicht hören können, denn er stand auf dem Monte Subasio. Er hatte Orlando gegen seinen Hummer eingetauscht, hatte seine Kühe besucht, hatte sie beneidet, weil sie einfach nur dastanden, grasten, sich den kühlen Wind auf diesem fast 1300 Meter hohen Berg um ihre breite Nase wehen lassen konnten... sie brauchten über nichts nachzudenken, nicht über das Leben und nicht über den Tod, über beides entschieden die Menschen für sie.
Dann war er hinunter nach Collevino gefahren und hatte bei Bruno mit Appetit zu Mittag gegessen. Als er vor ein paar Tagen hier mit ihr in Collevino war, hatte er ihr zwar vorgelogen, er sei bei Bruno zu Mittag eingekehrt, hatte aber in Wahrheit nur ein längeres Schwätzchen mit ihm gehalten, war dann in die Wohnung zurückgekehrt, wo er sie schlafend vorgefunden hatte. Er hatte sie einfach stundenlang beim Schlafen betrachtet. Und es war ihm nicht langweilig dabei geworden...
Aber heute war sie nicht da. Heute hatte er Hunger. Heute hatte er es vermieden, in die Wohnung seiner Mutter zu gehen. Heute hatte er

fröhlich mit Bruno gespeist, danach wollte er zurückfahren. Als er am Olivenhain vorbeifuhr, kam ihm der Gedanke, nachzuprüfen, ob man die kranken Bäume dort schon gefällt hatte.

Er bog den schmalen Weg ein, der steil den Hang hinab führte, und der ihr solche Angst gemacht hatte, dass sie ihn nicht wieder hatte hochfahren wollen. Er schüttelte verständnislos den Kopf. Was war an dieser Abfahrt so schlimm? Na gut, sie war zugegebenermaßen steil, aber für den Hummer gar kein Problem. Unzählige Male war er sie hinuntergefahren. Er bekam eine Ahnung von ihren Ängsten, von ihrer Unsicherheit. Was schleppte sie da bloß mit sich herum?

Unten angekommen stieg er aus dem Auto aus. Drehte sich um und sah den Hang hinauf, sah sie da hinaufkraxeln, in der sengenden Sonne. Wie war sie bloß auf so eine verrückte Idee gekommen? Wovor hatte sie Angst? Aber mit welcher Entschlossenheit war sie, dieses zarte Geschöpf, da hinaufgelaufen. Diese Mischung aus Zerbrechlichkeit und Zähigkeit erschien ihm einfach unwiderstehlich...

Und er hatte sich auch noch einen Spaß daraus gemacht, ihr hin und wieder Angst einzujagen! Und dann gestern Abend! Und heute Morgen – sie hatte nicht zurückgewinkt! Es traf ihn wieder wie ein Hieb. Verdammt!

Um sich abzulenken, besah er sich die Olivenbäume. Natürlich hatten die Arbeiter nichts gemacht. Im August tat hier keiner etwas. Immerhin waren die kranken Bäume gekennzeichnet worden; mit roter Farbe hatten sie einen Ring um den Stamm gemalt bekommen. Es waren zu viele rote Ringe da! Er ging auf den ersten gekennzeichneten Olivenbaum zu, lehnte sich an ihn. Es war ein knorriger, schon gespaltener Baum. Wie alt mochte der sein? Hundert Jahre? Und jetzt musste er weg. Er drehte sich zum Baum um und sagte zu ihm: Wenn du weg musst, musst du weg! Was sein muss, muss sein! Er fühlte plötzlich einen ungeheuren Tatendrang in sich, lief zum Auto, machte den Kofferraum auf und begann, darin herumzusuchen. Zog eine Axt zwischen anderem Werkzeug hervor, das er immer bei sich hatte. Ehe der Baum sich versah, hatte ihn der erste Hieb getroffen. Dann der zweite, der dritte und immer so fort. Wie hart altes Holz war, sah so morsch aus, war aber wie versteinert. Massimo rann der Schweiß in Strömen herunter, über den Rücken, über die Brust, sein T-Shirt war bald durchnässt. Da zog er es einfach über den Kopf und warf es zu Boden.

„Ich krieg dich", sagte er laut zum Baum. Aber der ließ sich nicht so leicht kriegen. Leistete ganz schön Widerstand. Was in hundert Jahren gewachsen war, gab nicht so leicht auf. Aber Massimo auch nicht, er setzte Hieb an Hieb, immer rundherum, bis ihm die rechte Schulter zu schmerzen begann, aber er achtete nicht weiter darauf. Wischte sich nur ab und zu den Schweiß von der Stirn und machte weiter. Bis er ein leichtes Ächzen hörte.
„Jetzt hab ich dich!" Er lehnte sich mit dem Rücken gegen den Stamm und drückte ihn nach hinten. Mit einem leisen Knacken ging der Olivenbaum zu Boden, aber nicht, ohne sich vorher noch zu rächen: Ein Holzsplitter schob sich ihm zwischen den Schulterblättern ins Fleisch, blieb da stecken und verursachte einen stechenden Schmerz. Aber Massimo achtete auch nicht weiter darauf, denn er wunderte sich nur, dass das Fallen des Baumes so wenig Lärm verursacht hatte. Er war so langsam, fast lautlos gefallen. Dann hatten die Zweige und Blätter noch eine kleine Weile vor sich hingewippt, aber dann war auch das vorbei und ringsum war wieder die Stille eingetreten, die hier seit Jahrtausenden herrschte, begleitet nur vom eintönigen Zirpen der Zikaden. Er nahm sein T-Shirt vom Boden auf und wischte sich damit über den Kopf. Es war natürlich eine verrückte Idee gewesen, sich hier so zu verausgaben. Aber er hatte es ja geschafft, er konnte seine Bäume noch selber fällen, er war noch nicht zu alt dazu. Und er dachte, dass er, solange er das noch konnte, immer noch die andere ‚Hälfte des Lebens' vor sich haben würde. Und, zur Hölle mit Hölderlin!
Er zog sich das nasse, schmutzige T-Shirt wieder über, wurde sich aber klar, dass er so nirgendwo auftauchen konnte. Er sah wie eine Vogelscheuche aus. Nun musste er doch noch schnell in die Wohnung in Collevino, wenigstens duschen und dann in den Borgo zurückfahren. Wie spät mochte es sein? Wie meistens hatte er keine Armbanduhr um, da er sich ganz gut am Stand der Sonne orientieren konnte. Am nördlichen Himmel schien sich etwas zusammenzubrauen. Vielleicht war ein Sommergewitter im Anzug. Die Luft erschien ihm plötzlich auch schwül und drückend, aber das konnte auch von der Anstrengung kommen. Und es sah so aus, als würden die Wolken gegen Osten abziehen. Die Sonne stand hoch am Himmel – es mochte auf drei Uhr zugehen. Wenn er sich beeilte, konnte er pünktlich um vier Uhr auf der Tenuta sein, zur Deutschstunde. Ob sie kommen würde? Verdammt! Sie hatte ihm heute Morgen nicht zugewinkt…

Er sprang in den Jeep, fuhr mit Vollgas in den Ort, rannte zur Bar, verlangte ohne zu grüßen den Schlüssel von Faustina, nahm in drei Sätzen die Stufen zur Wohnung. Dann stellte er sich unter die Dusche, was sie vor ein paar Tagen auch gern gemacht hätte, sich aber nicht gewagt hatte. Aber das wusste er ja nicht...

Faustina hatte ihm wortlos den Schlüssel zu seiner Wohnung überreicht. Sie hatte sich nicht getraut, etwas zu sagen, geschweige denn zu fragen. Er hatte Furcht erregend ausgesehen: schmutzig, verschwitzt, und als sie ihm nachblickte, sah sie auch den Blutfleck am Rücken, den der Holzsplitter verursacht und auf dem weißen T-Shirt hinterlassen hatte. Was ging hier vor? Kürzlich taucht er hier mit dieser verknitterten Touristin auf, und nun sieht er aus, als käme er aus einer Schlacht! Warum musste er sich in Gefahr begeben oder in irgendeine unmögliche Situation? Sie erwartete ihn jeden Tag. Jeden Morgen stand sie auf und überlegte: Was ziehe ich heute an? Wird er kommen? Aber er kam nur selten. Trotzdem schminkte sie sich jeden Tag sorgfältig, für ihn. Irgendwann würden ihm schon die Augen aufgehen, er würde sehen, dass sie jung und schön war, und er würde ihre Liebesbriefe lesen und verstehen, dass sie die Richtige für ihn war. Sie konnte warten. Es würde sich lohnen, auf ihn zu warten. Heute würde er einen besonders gut gelungenen Brief unter dem Kopfkissen finden – auf den musste er einfach antworten. Den konnte er nicht übersehen. So, wie er sie immer übersah. Sie blickte an ihrem neuen Kleid herunter, es war schwarz mit rosa Rosen drauf. Hatte er das überhaupt bemerkt? Sie stand angelehnt an der offenen Tür der Bar, auf den leeren Platz davor blickend. Aber sein Blick war heute so leer gewesen wie dieser Platz hier.

Massimo verließ die Dusche, ohne sich abzutrocknen oder anzuziehen. Er ging ins Schlafzimmer hinüber und blickte auf das Bett, das Faustina frisch bezogen hatte. Was putzte die hier immer herum, dachte er unwillig, auch wenn es gar nichts zu putzen gab.
Da hatte SIE gelegen, total erschöpft, tief schlafend. Ihr Gesicht hatte so einen entspannten Ausdruck, den es sonst nie hatte. Entweder blickte sie erschrocken drein, oder misstrauisch, oder angestrengt, oder einfach nachdenklich, aber nie so gelassen. Und dabei sah sie so schön aus, wenn sie gelassen war. Ihr Gesicht war ein Gemälde in Pastelltönen, es war das Gesicht der Madonnen auf den Gemälden des Filippo Lippi, es

war irgendwie... durchsichtig. Wie ihre ganze Gestalt irgendwie durchsichtig war. Selbst in jenem verknitterten Blümchenkleid sah sie durchsichtig aus. Sie erinnerte ihn an die Flora, die Göttin der Natur, auf dem berühmten Gemälde „La Primavera" von Botticelli, das ihm so gut gefiel, auch wegen der drei Grazien und dem Paris am Apfelbaum, die noch darauf waren. Da stand jene frühlingshafte Flora in einem durchsichtigen Blümchenkleid mit Blumen im Haar und um den Hals und verteilte Blütenblätter auf ihrem Weg, und Zefiro blies einen frischen Windhauch dazu ... Und er war sich sicher, dass auf ihrem Gesicht, auch wenn eines Tages die blonden Haare grau sein werden, immer noch ein Hauch von Eros ruhen würde.
Aber er wusste auch: Sie war alles andere als durchsichtig. Sie ließ keinen in sich hineinblicken. Und diese Mischung aus Durchsichtigkeit und Undurchsichtigkeit war für ihn einfach unwiderstehlich...
Und während er vor ein paar Tagen – wie lange war das eigentlich her? – hier stundenlang gestanden hatte und versucht hatte, durch sie hindurch oder wenigstens ein bisschen in sie hineinzublicken, da hatte er nicht geahnt, dass er schon hoffnungslos verloren war... Als er bei sich dachte, dass es doch eine schöne Lebensaufgabe wäre, auf ihrem Gesicht diesen gelassenen Ausdruck festzuhalten, immer, auch wenn sie ihre großen, blauen Augen geöffnet hatte und nicht schlief, da hatte er noch nicht geahnt, dass Faust dabei war, seine Seele an den Teufel zu verkaufen, nur um ans Gretchen zu kommen. Und dabei hätte gerade er das doch wissen müssen, denn ein umbrischer Bauer wusste, dass es immer die gleiche, alte Geschichte war: Mann will Frau.
Während er jetzt hier stand und auf das leer Bett blickte, tauchte Emma noch einmal in seinen Gedanken auf, belästigte ihn schon wieder mit einem Gedicht von Klopstock, welches ihr besonders lieb gewesen war: ‚Das Rosenband'. Hör zu, raunte Emma:
‚Im Frühlingsschatten fand ich sie, da band ich sie mit Rosenbändern,
sie fühlt es nicht und schlummerte. Ich sah sie an, mein Leben hing
mit diesem Blick an ihrem Leben. Ich fühlt es wohl und wußt es nicht.
Doch lispelt ich ihr sprachlos zu, und rauschte mit den Rosenbändern:
Da wachte sie vom Schlummer auf, sie sah mich an, ihr Leben hing
mit diesem Blick an meinem Leben – und um uns wards Elysium.'
Er verstand dieses Gedicht nun, nach so vielen Jahren. Aber jetzt wurde er von einer unglaublichen Müdigkeit übermannt. Der Baum rächte sich noch mal – versetzte ihm einen Hieb. Massimo ließ sich mit einem

leisen Ächzen langsam aufs Bett sinken, auf die Stelle, wo sie gelegen hatte, erst auf den Rücken, aber das schmerzte, denn den Splitter zwischen den Schulterblättern hatte er nicht herausbekommen können. So drehte er sich auf den Bauch, automatisch griff er mit einer Hand unters Kissen, zog den unvermeidlichen Brief Faustinas hervor, zerknüllte ihn unbesehen und ungelesen, warf ihn in eine Ecke, wo er liegen blieb. Da kann er mich nicht stören, dachte er müde. Er blieb auf dem Bett liegen, mit dem Kopf auf dem Kissen, auf dem auch sie gelegen hatte. Verdammt! Sie hatte ihm heute Morgen nicht zurückgewinkt!
Mit der Absicht, für nur drei Minuten die Augen zu schließen, schlief er ein.

Helmut und Liliana waren pünktlich zum Mittag zurück. Alle hatten gute Laune. Liliana, weil sie sich einen neuen, schwarzen Bikini mit dem passenden Zubehör gekauft hatte. Helmut, weil er in der Bank angerufen hatte und dort zu seiner Erleichterung seinen Stellvertreter angetroffen hatte, der zwar nicht von der Grippe genesen, aber, trotz leichten Fiebers, im Büro aufgekreuzt war, um wenigstens die wichtigsten Unterschriften zu tätigen. Leonardo und Francesca waren sowieso immer guter Laune, Hauptsache, sie waren zusammen. Charlotte nahm das Mittagessen recht still ein und ließ die anderen reden. Danach hielten sie alle ihre gewohnte Mittagsruhe. Gegen vier Uhr rüsteten Helmut und Leo sich für ihre Sportstunden. Sie blieb etwas unschlüssig zurück. Sollte sie hinüber gehen oder nicht? Einerseits sehnte sie sich nach ihm. Andererseits fragte sie sich: Hatte das alles überhaupt einen Sinn? Eine Zukunft? Wohin sollte diese Geschichte führen? Zu dem, was sich gestern Abend angedeutet hatte? Sie war ihm nicht mehr böse, sie war nur noch besorgt.
Aber ihre Sehnsucht siegte. Da waren noch unsichtbare Salzkörnchen auf ihrer Haut, die er wegwischen sollte. Als sie zum Haupthaus hinüber ging, bemerkte sie die dunklen Wolken, die von Norden her aufzogen. Wenn es gleich ein Gewitter geben sollte, würden die Sportstunden ausfallen. Dann wären ihre beiden Männer schnell zurück. In der Halle traf sie auf Natalina, die ihr recht unfreundlich bestellte, der Conte sei nicht im Haus. Nein, sie wisse auch nicht, wo er sei. Nein, er hatte auch keine Nachricht hinterlassen. Charlotte verließ wortlos das Haus. Nun hatte sie auch Natalina gegen sich. Was hatte sie bloß getan?

Unschlüssig stand sie vor der Tür. In so einer Situation half nur die Natur. Die verlässliche Natur mit ihren verlässlichen Regeln. Spazieren gehen. Nein, wandern. Sie schlug den Weg zur Schafswiese ein. Was hatte er gesagt? Eine halbe Stunde hin, eine halbe Stunde zurück? Ha, nicht bei ihrem flotten Schritt! Sie würde in einer viertel Stunde da sein. Sie brauchte dann aber doch etwas länger, und als sie an der Wiese ankam, fielen die ersten Tropfen Regen. Es waren riesengroße, schwere Wassertropfen, die da vom Himmel platschten. Man war sofort durchnässt davon. Also beschloss sie, sich bei den Schafen unterzustellen und dort abzuwarten, bis der Schauer vorbei sei. Oben auf der Wiese war eine Art Unterstand, mit einer Tränke drin und ein paar großen Heuballen. Die Schafe fingen an, sich dort ängstlich zusammenzudrängen als der erste Donnerschlag kam. Auch die maremmanischen Schäferhunde kamen vorbeigelaufen, sahen sie misstrauisch an – sie war ein Eindringling in deren Reich. Plötzlich war da wieder jene unheimliche Atmosphäre, die sie schon gespürt hatte, als sie das erste Mal hier gewesen war. Wo war wohl Pietruccio? Ob der sich auch hier unterstellen würde? Oder stand er schon wartend hinter den Strohballen? Ob er sein Messer dabei hatte? Sie wich ein paar Schritte rückwärts, weil ein Schaf immer näher auf sie zukam. Blickte das Schaf sie drohend an – oder bildete sie sich das nur ein? Unglücklicherweise fiel sie rückwärts über einen Heuballen. Zu Tode erschreckt stieß sie einen Schrei aus und dann schrie sie einfach immer weiter. Aber nicht, weil ihr das Gewitter Angst machte, auch nicht die Hunde oder der sich vielleicht nahende Pietruccio, und schon gar nicht die unschuldigen Schafe. Nein, sie schrie sich ihre ganze Angst vor sich selbst aus dem Leibe. Und das tat sogar gut.

Als Massimo wach wurde, war es halbdunkel im Zimmer. Er erschrak – wie lange hatte er geschlafen? Schnell sprang er ans Fenster, um die Sonne zu sehen, die aber hinter dicken, dunklen Wolken verschwunden war. Das wird das erste Gewitter nach dem heißen Sommer, und er wusste wie solche Gewitter hier in der Gegend ausfielen: heftig, entfesselt und lang! Danach würde das Wetter sofort wieder schön werden, aber für ein paar Stunden war die Hölle los. Hoffentlich war es noch nicht vier Uhr! Er musste schnellstens in den Borgo. Er verließ die Wohnung fast fluchtartig, schloss nicht einmal ab und ließ den Schlüssel

in der Tür stecken. Als er am Auto war, fielen die ersten Tropfen, als er im Borgo ankam, war das Gewitter schon in vollem Gange.
Er hielt vor seinem Haus und wollte hineinspringen, als er den Jungen bemerkte, der draußen an einer Hecke herumschnitt. Alfonso hatte ihn kürzlich eingestellt, er konnte sich nicht mal an den Namen des Jungen erinnern, hatte nur bemerkt, dass er seit Tagen mit derselben Hecke beschäftigt war, und jetzt auch noch im Regen. Er lief zu ihm hinüber und schrie ihn an.
„Was denkst du Trottel dir dabei, hier im Gewitter die Hecke zu schneiden! Damit hättest du vor ein par Tagen schon fertig sein sollen! Meinst du, du kriegst eine Beförderung oder eine Prämie, nur weil du hier im Regen stehst? Ich bezahl dir auch nicht die Beerdigung, wenn dich gleich der Blitz trifft – verpiss dich, du Idiot!"
Der Junge ließ vor Schreck die Gartenschere fallen und wusste nicht so recht, ob er nach rechts oder nach links rennen sollte. Massimo hatte sich etwas beruhigt, wie immer, wenn er erst mal Luft abgelassen hatte.
„Komm mit rein", sagte er. In der Halle trafen sie auf Natalina, die schon ängstlich auf seine Rückkehr gewartet hatte.
„Mach diesem Taugenichts hier einen Kaffee, lass ihn das Ende des Gewitters abwarten und dann schick ihn in die Brennnesseln! Und mir bereite ein heißes Bad zu... mit einer deiner entspannenden, belebenden Kräutermischungen." Er rieb sich die schmerzende Schulter. „Und stell mir eine deiner Wundercremes gegen Muskelschmerzen ins Bad."
Natalina schickte den Jungen in die Küche und wollte hinterhergehen, Massimo hielt sie aber zurück. „Und such dein Desinfizierzeug zusammen, du musst mir später einen Splitter aus dem Rücken ziehen." Sie nickte erstaunt und wollte gehen, aber er hatte noch ein Anliegen.
„Hat jemand nach mir gefragt?"
Natalina berichtete: Don Abbondio aus Assisi habe angerufen, wegen der Dachreparatur in der Fondazione, natürlich wollte er Geld. Und ein Signor Angelini aus Mailand, wegen der geplanten Teilnahme des Conte am Kongress im Oktober.
„Und sonst?"
Dann habe noch Don Matteo aus Gubbio angerufen und gefragt, ob der Conte nicht mal kurz vorbeikommen könne, er sei in Schwierigkeiten... Massimo seufzte. Dieser Don Matteo war ein wirklich netter Priester, wenn er nur nicht ständig seine neugierige Priesternase in die Angelegenheiten anderer stecken würde... aber meistens tat er es zu

deren Besten, bekam sogar hin und wieder Ärger mit der Justiz und nahm Kritik in Kauf... Er hätte heiraten sollen, dachte Massimo immer. Don Matteo war ein gut aussehender Mann und Massimo war mit dem Zölibat der katholischen Kirche nie einverstanden gewesen. Er würde in den nächsten Tagen mal nach Gubbio fahren und ihn besuchen. Er freute sich schon darauf, mit Don Matteo zu plaudern, und man konnte auch gut Schach mit ihm spielen.

Natalina fuhr mit ihrer Aufzählung fort: dann habe noch sein Freund Salvo angerufen. Er sei für zwei Tage nach Genua zu Livia gefahren und wollte auf dem Rückweg nach Montelusa gern für einen Tag beim Conte Zwischenstopp machen. Die Nachricht erfreute Massimo, denn Salvo war seit Jahren sein Freund, ein Kommissar, der in Sizilien tapfer die organisierte und nicht organisierte Kriminalität bekämpfte, ohne dabei den Blick für Recht und Unrecht zu verlieren, weil die Seiten, auf denen Recht und Unrecht verteilt waren, nicht immer so offen lagen, wie es auf den ersten Blick schien... insofern ähnelte er Don Matteo.

„Hoffentlich bringt er Livia mit", sagte er laut zu Natalina. Er mochte Salvos langjährige Freundin sehr gern. Vielleicht sollte auch Salvo endlich heiraten, bevor Livia diese komplizierte Beziehung zwischen Nord- und Süditalien zu mühsam wurde...

Und dann habe noch eine Signora aus Todi angerufen... Natalina zog einen Notizzettel aus ihrer Schürzentasche, weil sie sich den Namen des letzten Anrufers nicht hatte merken können. Massimo ging zu ihr und nahm ihr den Zettel wortlos aus der Hand, warf nur einen flüchtigen Blick darauf und steckte ihn in die Hosentasche. Er würde sie heute Abend alle zurückrufen.

„Sonst... hat niemand nach mir gefragt?"

„Nein. Sonst hat niemand angerufen." Aber, ach so, da sei noch diese deutsche Signora gekommen, pünktlich um vier Uhr...

„Wo ist sie danach hingegangen?"

Woher sollte Natalina das wissen. So wie sie hier hereinkam, so sei sie wieder heraus gewesen.

Massimo war schon draußen. Sprang die Treppen zu ihrer Wohnung hoch, wo aber niemand war. Er überlegte: Wo waren Helmut und Leo? Bei diesem Wetter doch nicht auf dem Sportplatz! Waren sie alle weggefahren? Er sprang in den Jeep und raste zum Tennisplatz, wo natürlich niemand war. Dann zu den Reitställen. Da bot sich ihm ein buntes Bild: Sämtliche Gäste, die Tennisspieler wie die Reitfreunde,

hatten sich vor dem Gewitter hierher geflüchtet, manche standen bei den Pferden, sprachen beruhigend auf die Tiere ein, die bei jedem Donnerschlag wieherten und mit den Hufen gegen die Holzwände der Boxen traten; andere saßen malerisch auf Strohballen verteilt und hielten ein Schwätzchen. Alfonso ging mit seiner Grappaflasche umher und war etwas verlegen, als er den Conte auftauchen sah.
„He Massimo! Ich dachte, wenn wir schon hier festsitzen, dann können wir es uns auch ein wenig gemütlich machen... und die Ställe sind solide gebaut – hier sind wir sicher."
Massimo nickte nur kurz. Er kniff die Augen zusammen, sah sich um, erblickte Leo und Francesca bei Orlandos Box. Helmut saß auf einem Strohballen und unterhielt sich mit Federico. Er ging zu den beiden Männern. „Alle friedlich hier versammelt?", fragte er kurz.
„Es ist so schön gruselig hier bei Gewitter", sagte Federico fröhlich.
„Alle hier, außer deiner Frau, Helmut. Wo ist sie?"
„Ich dachte bei Ihnen, zum Deutschunterricht. Aber wenn sie nicht da ist, wird sie wohl in unserer Wohnung sein und lesen." Auch Helmut schien etwas angeheitert zu sein.
Massimo vertat keine Zeit mehr, er saß sofort wieder im Auto. Aber wohin fahren? Da fiel ihm plötzlich der Heckenschneider ein! Hatte der den ganzen Nachmittag da herumgemacht? Dann hätte er sie sehen müssen... vielleicht war der Trottel doch noch zu etwas gut! Er stürmte in Natalinas Küche. Dem Taugenichts war eine heiße Tasse Tee vorgesetzt worden und dazu ein Teller von Natalinas selbst gebackenen Plätzchen, die sie ‚brutti ma buoni' nannte. Sie plauderten fröhlich miteinander. So ungerecht ging es in der Welt zu! Als der Junge Massimo vor sich auftauchen sah, blieb ihm fast das Plätzchen im Halse stecken. Massimo rüttelte ihn grob an der Schulter. Ob an ihm heute Nachmittag eine blonde Frau vorbeigegangen sei?
Der Junge schluckte seinen Bissen herunter und stotterte, er habe wohl eine blonde Frau vorbeikommen sehen, so eine in blauen Bermudas, da hätte er natürlich hinterhergeguckt, denn so etwas Hübsches sähe man doch ganz gerne...
Da hatte Massimo ihn am Hemdskragen gepackt und zog ihn vom Stuhl hoch. „Wo... ist... sie... hingegangen?"
Stotternd bekam er zu hören, sie hätte den Weg südlich, zur Schafswiese, eingeschlagen...
Er schubste den armen Trottel auf den Stuhl zurück und war draußen.

Natalina und der Junge sahen sich schweigend an. Der Junge tippte sich mit dem Zeigefinger dreimal gegen die Schläfe, Natalina nickte einverstanden. „Ja. Verrückt ist er geworden."
Sie ließ den Jungen in der Küche sitzen und begab sich ins Nebenzimmer, wo sie in einer Art Vorratsraum ihre Kräutermischungen aufbewahrte. Es war ein trockener, fensterloser Raum, den Massimo immer ihre ‚Hexenküche' nannte. Sie nahm ein paar Behälter aus dunkelbraunem Glas aus dem Regal und begann, eine Mischung zusammenzuschütten. Wie hatte er das Bad haben wollen: entspannend oder belebend? Na egal, sie hatte auch eine Mischung, die für alles gut war. Auch für einen verrückt gewordenen Conte. Sie tat noch etwas getrockneten Rosmarin hinzu, das konnte nie schaden, dann setzte sie den Topf mit heißem Wasser auf den Herd und ließ alles sieden. Die durchgesiebte Brühe würde sie dann später ins Badewasser geben – eine uralte Methode, aber unfehlbar wirksam. Und zum guten Schluss würde sie dann noch ein paar Tropfen von dem Rosenöl ins Badewasser geben: Ihr kostbares ätherisches Öl duftete einzigartig – sie gewann es in mühsamer Kleinarbeit aus den Blättern seiner Rosen, die er so liebte. Was sie nicht alles aus Rosen machte! Blätter der Rose, mit Butter gemischt zum Kuchenbacken verwenden: eine Sensation. Oder erst ihr Rosenöl: stark duftende Rosenblätter in ein Schraubglas füllen, mit kalt gepresstem Traubenkernöl übergießen, gut verschlossen für vier Wochen an einem sonnigen Ort ziehen lassen, abseihen und in Flaschen aus braunem Glas füllen – dieses Öl gab selbst einfachem Blattsalat eine königliche Note! Und dabei merkte Massimo es nicht einmal, dass sie genau seinen Rosengarten plünderte, wenn sie wieder mal ein Fläschchen Rosenöl herstellen wollte. Männer merkten meistens absolut nichts... von nichts... waren immer viel zu sehr mit sich beschäftigt... Nun gut, sie war so schlau, die verblühenden Rosen zu benutzen, die sowieso abgeschnitten werden mussten... Natalina mochte die Rose als dornige Blume nicht besonders, aber sie kannte und schätzte die starke Heilwirkung der Rose: Sie sorgt für die Regulierung der Durchblutung und schenkt einen wunderschönen Teint. Und dann hatte er noch etwas gegen Muskelschmerzen gewollt? Sie öffnete den kleinen Kühlschrank, in dem sie alle ihre selbstgemachten Cremes aufbewahrte. Die Calendulacreme, die sie aus den unscheinbaren Ringelblumen machte, wirkte entgiftend und heilend bei Hautreizungen, aber sie zog die Hamameliscreme vor, die Zaubernuss, welche die Venen und alle

Hautfunktionen stärkt. Doch vor der Creme wollte sie ihm die Schulter mit ihrem Rosmarin-Tonikum einreiben (so er sie lassen würde!), denn Rosmarin fördert die arterielle Durchblutung und regt den Stoffwechsel an. Wer sich morgens mit Rosmarin die Beine einrieb, wie sie, brauchte keinen Kaffee mehr. Doch der Conte hörte ja nicht auf sie und trank literweise seinen Espresso. Bald würde er ihren beruhigenden Magentee brauchen... Aber besonders freute sie sich schon darauf, ihm den ‚Splitter' aus dem Rücken zu ziehen. Was war da bloß vorgefallen? Hatte es einen Kampf gegeben? Hatte der arme, betrogene Ehemann, dieser nette, gut aussehende Helmut endlich gemerkt, mit was für einem Früchtchen er da verheiratet war? Der Mann war so blauäugig, dass er von allem nichts mitbekam. Aber sie, Natalina, konnte man nicht hinters Licht führen. Wie oft war der Conte mit Frauen hier aufgetaucht, die er ihr immer als alte Freundinnen oder neue Geschäftspartnerinnen vorstellte! Und alle sahen sie aus, als wären sie irgendwelchen Modemagazinen entsprungen, junge, schöne, unverheiratete Frauen, meist schwarzgelockt und braungebrannt. Was wollte er jetzt mit dieser blassen, wenn auch sehr anmutigen Deutschen? Warum gefiel ihm plötzlich so etwas Zartes, Blondes? Diese Frau erinnerte Natalina an eine Porzellanfigur, die ihr vor Jahren ein dänischer Gast geschenkt hatte. Nicht, dass der etwas von ihr gewollt hatte, jedenfalls nicht in DEM Sinne! Gewollt hatte er dann schon etwas – ihr Marmeladenrezept! Er war Besitzer einer Kette von Feinkostläden in Dänemark und hatte ihr das Rezept abluchsen wollen. Kommt mit jener hellblau-beige-weißen Porzellanfigur an, einer zarten Frauengestalt, einer Nixe, auf einem Fels sitzend, ganz niedlich, aber Natalina konnte mit ihr nicht viel anfangen, obwohl der Däne beteuerte, es sei feinstes Porzellan. Sie hatte das Geschenk scheinheilig dankend angenommen, es in ihre Küchenvitrine zwischen Salzstreuer und Essigflasche gestellt und ihr Marmeladenrezept für sich behalten...
Und diese lebendige Nixe hier war auch noch verheiratet! Hatte ihr Mann den tieferen Sinn der ‚Deutschstunden' entdeckt? Hatte er Massimo angegriffen? Oder hatte Massimo ihn etwa aus dem Wege geräumt? Sie kannte ja ihren Massimo, er war ein Hitzkopf! Sollte er eine Dummheit begangen haben - sie würde ihn decken! Würde alles vertuschen! Wenn der Kommissar sie fragen würde: Wo war der Conte zur Tatzeit? würde sie, ohne mit der Wimper zu zucken, antworten: Zur fraglichen Zeit war er natürlich hier, bei mir, erst in der Küche, und dann

habe er ein langes Bad genommen. Von dem Splitter im Rücken würde sie kein Wort erwähnen. Dann würde Massimo endlich kapieren, was er an ihr hatte! Er hatte in ihr immer nur die brave Haushälterin gesehen, eine mütterliche Freundin, wenn's hochkam... aber sie war doch nur zehn Jahre älter als er und hielt sich ganz gut. Sie hatte sich, nur für ihren persönlichen Gebrauch, eine Creme aus Quittenextrakten und Eibischwurzeln gemischt, die sie jeden Morgen auftrug und die ihrer Haut Spannkraft und Feuchtigkeit verlieh. Und abends benutzte sie ihre Nachtcreme aus Lavendelblüten. Wann werden die blöden Wissenschaftler endlich hinter die faltenglättende Wirkung von Lavendel kommen? Dann wird man auf teures ‚Lifting' - oder wie das hieß – verzichten können. Aber sie, Natalina, würde ihre Rezepte nie verraten. Sie wollte immer zehn Jahre jünger aussehen, als sie war. Obwohl, man achtete doch gar nicht mehr auf den Altersunterschied zwischen Männern und Frauen! Und emanzipierte Frauen - wie sie - nahmen sich heutzutage gerne jüngere Männer, das las sie immer in den Klatschspalten der Illustrierten. Doch sie wusste: Sie war als ein hässliches Entlein geboren worden und hatte sich nie zum schönen Schwan entwickelt. Da half auch keine Wundercreme. Statt der äußeren Vorteile hatte sie dafür innere, war eine begnadete Quacksalberin und eine verlässliche Seele, aber welcher Mann sah schon auf die inneren Werte! Schluss, was soll das, schalt sie sich denn doch! Sie hatte doch ihren Alfonso, der war ebenso alt wie sie, nicht gerade ein Adonis, aber ein echter Kerl... Sie kicherte leise in sich hinein. Wenn Massimo wüsste, wenn alle anderen wüssten, was für ein gerissenes Frauenzimmer sie war! Hatte seit Jahren eine heimliche Beziehung zu Alfonso und keiner ahnte etwas davon... Ja, Alfonso wusste auch die Tinktur zu schätzen, die sie aus in Olivenöl eingekochten Rosmarinextrakten gewann und die bei seinen von der schweren Landarbeit aufgerauten Händen Wunder vollbrachte. Und erst als Massageöl!
Aber Massimo wollte von ihren Geheimnissen nichts wissen. Grinste frech, wenn er sie bei zunehmendem Mond säen und pflanzen sah, machte sich über sie lustig, wenn sie den Rosmarin nur mit der linken Hand abpflückte, und lachte sie aus, weil sie ihre Kräuter niemals gegen den Wind erntete. Hielt sie für verrückt, wenn sie in aller Herrgottsfrühe aufstand, um Blüten abzupflücken, nur weil er nicht daran glaubte, dass dies früh am Tage getan sein musste, wenn die Erde ausatmet und der

Saftstrom in die Pflanze steigt. Dabei hatte Natalina ihre Weisheiten aus zuverlässiger Quelle empfangen, von ihrer Großmutter nämlich, der man sogar wundersame Heilkräfte nachgesagt hatte. Noch heute sprachen die alten Leute im Dorf ehrfurchtsvoll von Nonna Amelia und ihrem Zauber. Ihre Großmutter hielt nichts von der Schulmedizin, sondern vertraute auf das Wissen, das Druiden, Heiler und Schamanen über Jahrtausende gesammelt hatten. Ja, und sie, Natalina, war viel ‚intellektueller' als alle dachten, hatte sogar bei Paracelsus etwas über die geheime Kunst der Alchimie nachgelesen und wusste mehr, als man ihr zutraute. Natalina kannte sich in der ‚Magia' aus, wusste: ‚die Dosis macht das Gift!' Und wie oft war sie in Versuchung geraten, dem einen oder anderen unsympathischen Gast etwas mehr von dem einem oder anderen Kraut in den Salat zu mischen... natürlich nur, um der Entschlackung kräftig nachzuhelfen... Doch sie war der Versuchung nie erlegen, denn sie wollte Massimo nicht in Schwierigkeiten bringen. Aber Massimo nannte sie einfach ein abergläubisches Weib, umarmte sie unter seinem Donnergelächter und ließ sie nur machen. Na, wenigstens pfuschte er ihr nicht ins Handwerk, dachte Natalina seufzend. Nur, wem hatte er jetzt ins Handwerk gepfuscht?
Aber Natalina las zu viele Kriminalromane und zu wenig Liebesromane und ahnte nicht, dass Massimo im Moment ganz andere Sorgen hatte, als ein nicht begangenes Delikt zu vertuschen.

Massimo hielt den Wagen unten an der Wiese an und spähte durch den Regen hinaus. Man sah so gut wie nichts durch die vom Regen gepeitschten Fensterscheiben. Er ließ die Fensterscheibe herunter und horchte hinaus, aber da donnerte es gerade so heftig, dass er zusammenzuckte. Weiß Gott, er war kein ängstlicher Typ, aber bei Gewitter war ihm immer mulmig zumute, auch, weil er die Gewitter hier auf dem Lande nur zu gut kannte. Aber dann war das Donnern vorbei und zwischen einem Donnerschlag und dem nächsten hörte er einen Schrei...
Er konnte gar nicht schnell genug den glitschigen Hang hinauf kommen. Als er sie da zwischen den Strohballen zusammengekauert sitzen sah, fiel ihm einerseits ein Stein vom Herzen, andererseits machte es keinen Sinn. Der Grund für ihr Schreien war ihm nicht ersichtlich. Als sie ihn vor sich auftauchen sah, hörte sie auch sofort auf damit. Für eine Weile

sahen sie sich nur schweigend an, dann fragte sie: „Was machst DU denn hier?"
„Vielmehr: was machst DU denn hier? Warum hast du so geschrien?"
„Ich weiß auch nicht... Die Schafe haben mich so komisch angeguckt und die Hunde auch, und ich dachte, Pietruccio..."
Er ging kreidebleich vor ihr auf die Knie und fasste sie bei den Schultern. „Pietruccio war hier? Wenn er dich auch nur mit dem kleinen Finger berührt hat, bringe ich ihn um!"
Sie schüttelte heftig den Kopf. Wer in diesem Moment in Massimos Augen blickte, hatte nicht den geringsten Zweifel daran, dass er es getan hätte.
„Aber nein! Er war nicht hier, es war niemand hier."
Massimo verstand gar nichts mehr. Sie war ja total verwirrt! Er stand auf, griff ihr unter die Arme und zog sie hoch. „Dann sag mir endlich, was passiert ist! Hast du solche Angst vor Gewittern?"
Sie nickte einfach. Ja, das war die einfachste Erklärung, obwohl es eine Lüge war. Sie hatte ja vor allem Möglichen Angst, aber nicht vor Gewittern. Schon als Kind hatte sie bei Gewitter fasziniert am Fenster gestanden und in die entfesselte Natur hinausgesehen. Am liebsten wäre sie immer in den Regen hinausgelaufen, was ihre Mutter ihr natürlich immer entschieden verbot.
Massimo gab sich mit dieser Erklärung zufrieden. Aber doch nicht so ganz. Er zog sie an sich und fragte leise: „Wovor hast du bloß alles Angst?"
„Vor nichts. Nichts, was mich an einem normalen Leben hindern würde."
„Dann ist es das, was dir Angst macht: das normale Leben!"
„Ach was! Warum willst du immer alles besser wissen?"
„Weil ich ein Zauberer bin. Weil ich sie dir austreiben könnte, deine Ängste."
„Und wie denkt sich das mein allwissender Therapeut? Ganz einfach, nicht wahr?"
„Ja, ganz einfach. Ich würde dir so lange vor MIR Angst machen, bis das du gar keinen Platz mehr für andere Ängste in dir hättest! Du brauchst keinen Therapeuten, du brauchst nur mich!"
„Warum warst du dann heute nicht da, um vier Uhr, als ich dich gebraucht hätte?"

Er seufzte. „Aus Dummheit. Aus reiner Dummheit. Aber warum hast du mir heute Morgen nicht zurückgewinkt?"
„Ach, aus Stolz vielleicht. Aus verletztem Stolz." Sie lachte leise. „Dummheit und Stolz..."
„...wachsen auf einem Holz", beendete er den Satz.
„Du kennst sie aber auch alle... unsere deutschen Redensarten, unsere Gedichte, unsere Sprache. Deine Emma hat ganze Arbeit geleistet."
„Ja, das hat sie. Mehr, als mir manchmal lieb ist."
In diesem Moment blitzte und donnerte es gleichzeitig, ganz in ihrer Nähe hörte man ein furchtbares Bersten. „Da hat ein dummes, stolzes Holz seine Strafe bekommen", sagte sie.
„Ja. So hört es sich an, wenn der liebe Gott Bäume fällt. Und er hat es verflixt nahe getan. Wir können hier nicht ewig stehen bleiben."
Massimo sah besorgt auf das morsche Dach des Unterstandes. „Meinst du, du schaffst es bis zum Auto?"
„Warum denn nicht? Los!"
Sie rutschten den glitschigen Hang mehr hinunter, als dass sie liefen, und als sie im Auto saßen, waren sie nicht nur durchnässt, sondern auch über und über mit Schlamm bespritzt. Er sah sie belustigt an.
„Beim letzten Mal hier an dieser Wiese sah nur ich übel zugerichtet aus, heute sehen wir beide aus, als kämen wir aus einer Schlammschlacht."
Er zog ihr ein Lehmklümpchen aus dem langen Haar, zupfte noch ein bisschen Stroh hier und da von ihr ab.
„Bist du mir noch böse – wegen... gestern Nacht?"
„Ach, ich war dir nie... böse. Ich... sorge mich nur... wegen dieser verfahrenen Situation. Massimo, wir haben irgendwo, irgendwann eine Grenze überschritten... die Sache entgleitet uns... ich weiß nicht, wie das enden soll."
„Das liegt bei uns. Wir haben es immer in der Hand. Schieb es nicht... auf dein Schicksal oder so. Und was die ‚Grenze' betrifft – du weißt, ich mag keine Grenzen."
„Ja, ja, der grenzenlose Massimo! Aber die Grenzen sind einfach da, ob du willst oder nicht!"
„Wäre ich nicht ‚grenzenlos', hätte ich Grenzen – dann wäre ich ‚begrenzt'. Und ich will nicht ‚begrenzt' sein! Ich will dich!" Er musste sie einfach umarmen. Er musste sie einfach küssen. Er tat es auch, aber sie saßen in einem Auto, und die Straße unter ihnen verwandelte sich allmählich in einen schlammigen Bach, und er war vernünftig genug, die

Gefahr zu erkennen. Zwar isolierten die Reifen des Hummers sie vom Boden, so dass sie die Blitze nicht fürchten mussten, sie saßen auch im Trockenen, aber wenn sich das Wasser um das Auto herum stauen sollte, dann konnte er auch für seinen verlässlichen Jeep nicht mehr garantieren. Also ließ er den Motor an.
„Wir müssen zurück. Deine Männer werden auch nicht ewig da im Stall hocken können." Langsam und vorsichtig fuhr er in den Borgo zurück, hielt vor ihrer Wohnung.
„Charlotte, gib mir noch drei Minuten! Das war ein vertaner Tag heute. So wie gestern, nur noch schlimmer. Heute ist der elfte August. Wir haben noch drei Tage. Am fünfzehnten fahrt ihr doch ab, oder? Wir werden sehen. Drei Tage, ist das eine gute Zahl? Ist das genügend Zeit zum Nachdenken? Genügend Zeit, um Klarheit zu schaffen? Wie heißt das in der ‚Bürgschaft': ‚Ich bin, spricht jener, zu warten bereit und bitte nicht um mein Leben, doch willst du Gnade mir geben, ich flehe dich um drei Tage Zeit'... Das war zur Abwechslung mal Schiller statt Goethe, etwas für meine Zwecke abgewandelt... Lass uns die drei Tage nicht auch noch vertun!"
Sie nickte nur. Lächelte ihn leise an, nur so ein kleines Lächeln, in den Mundwinkeln. Dann wollte sie gehen. Aber er hielt sie zurück.
„Charlotte, noch drei Worte: Ich liebe dich!"
Sie war nicht fähig, irgendetwas darauf zu sagen. Konnte einfach nur weiterlächeln, strich ihm mit der linken Hand über die Wange, dann öffnete sie die Autotür und lief durch den Regen in ihre Wohnung hinauf. Sie wunderte sich noch, dass der Türgriff nicht geklemmt hatte – er hatte ihn wohl reparieren lassen.

Gerade war sie mit dem Duschen fertig, als ihre beiden Männer auftauchten. Wie sich herausstellte, hatte Massimo die ganze Bande in der Scheune aufgescheucht und zusammen mit Alfonso in dessen und seinem Auto allesamt zurück in ihre Wohnungen gefahren. Helmut und Leo waren höchstpersönlich von ihm hier vor der Wohnung abgesetzt worden.
Während Charlotte sich die nassen Haare mit einem der flauschigen, weißen Handtücher trocken rubbelte, dachte sie: Er hat sie beide zu mir zurückgebracht. Das war unlogisch. Aber in diesem ganzen verrückten Urlaub war alles unlogisch. Es war ein umgekehrtes Märchen. Ihre Hände zitterten plötzlich und ihr wurde es schwindelig. Sie setzte sich

auf den Bettrand und hielt sich das feuchte Handtuch vors Gesicht. Was hatte er gestern Abend gesagt: Du kannst einen umhauen mit deinem Märchenraten.
Sie hatte gemerkt, dass er fast die Fassung verloren hatte. Aber er hatte es heute geschafft, sie mit viel weniger aus der Fassung zu bringen: mit nur drei Worten.

KAPITEL 15 (12. August)

*Von geraden Rückgraden und krummen Rechtfertigungen,
von einer englischen Rosemary und einer englischen Rosemarie,
von deutscher Raserei und italienischem Ringelrein*

Am nächsten Vormittag versuchte sie sich am Schwimmbecken zu entspannen. Helmut lag friedlich zeitungslesend neben ihr, Leo schäkerte mit Francesca herum. Auf der Wiese sah sie Liliana sogar am Planschbecken mit Antonio spielen. Sie hatte sich an den Rand gehockt, den Rücken zur Sonne drehend. Wahrscheinlich ist jetzt die Rückenbräune dran, dachte Charlotte. Nun, wenigstens profitierte Antonio davon. Liliana hatte sich in Spello einen superknappen, schwarzen Bikini gekauft, der eher wie ein Dessous aussah, ihr aber sehr gut stand. Charlotte bedauerte nur, dass nun der Spitzname Tigerlilli nicht mehr zu ihr passte.
Zum Glück war der gestrige Abend ruhig verlaufen. Massimo hatte während des Abendessens am Tisch von Mr. und Mrs. Robinson gesessen und sein Englisch geübt. Am Brunnen war er danach nicht mehr aufgetaucht. Charlotte war früh ins Bett gegangen. Heute fühlte sie sich ausgeruht und zuversichtlich. Wie sie sich selbst eingestehen musste, konnte sie es kaum erwarten, dass es vier Uhr nachmittags wurde.
Sie las in ihrem Manzoni, blickt nur hin und wieder über den Rand des Buches auf ihren Sohn. Jetzt hatten die beiden sich an den Beckenrand direkt vor ihr gesetzt und sie konnte ungestört ihrer Unterhaltung lauschen. Francesca plapperte munter drauf los.
„Wenn wir übermorgen nach Rom zurückfahren, dann ist das nur für ein paar Tage. Danach geht es mit Mamma und Totò ans Meer. Wir haben ein Haus in Sperlonga. Papa kommt uns nur am Wochenende besuchen, er muss ja arbeiten. Ich freu mich schon drauf – drei Wochen am Meer!"
„Ich mach auch noch Urlaub am Wasser, zwar nicht am Meer, aber an der Berliner Seenplatte, auf einem Boot."
„Oh, wie toll! Ihr habt ein Boot?"
„Na, es gehört meinem Großvater, aber er leiht es mir immer gern, damit ich mit ein paar Freunden rumfahren kann. Manchmal kommen auch ein paar Mädchen mit... so zum Spaß."
„Wie groß ist denn der Kahn?"

„Och, so fünfzehn bis siebzehn Meter... zehn bis zwölf Personen haben locker drauf Platz."
Francesca staunte, Charlotte seufzte leise. Opas altes Motorboot hatte sich zur Yacht ausgewachsen! Warum musste Leo nur immer so angeben?
„Wenn ich dich besuchen komme, nimmst du mich dann mal mit auf große Fahrt?"
„Klar, aber wenn du zu Weihnachten kommen willst, dann wird das schwierig werden. In Berlin ist es saukalt im Winter, der See kann stellenweise vereist sein."
„Na, dann zeigst du mir eben Berlin. Ich kenn eigentlich recht wenig von Deutschland, obwohl ich ja väterlicherseits fast Deutsche bin. Wir haben im letzten Herbst eine Klassenfahrt nach München gemacht, die war toll. Da war ich zwar schon, schließlich wohnt meine Großmutter, Oma Schilling, dort. Aber so mit der Klasse ist das doch ganz was anderes, als wenn man mit seinen Alten fährt. Wir haben die Residenz, das Schloss Nymphenburg, das Deutsche Museum und die Altstadt besichtigt, echt cool. Sogar nach Neuschwanstein sind wir gefahren – ein Traumschloss, so ein richtiges Märchenschloss! Und an einem anderen Tag sind wir zu einem Konzentrationslager rausgefahren – das war gar nicht cool! Also wirklich, was ihr Deutschen euch damals geleistet habt! Man kann es kaum glauben, besonders wenn man euch jetzt sieht. Ihr wirkt so gemütlich – wie konntet ihr nur den Holocaust zulassen?"
„Was fragst du mich das – ich war damals zum Glück noch nicht auf der Welt. Und ich will auch nicht mit jenen Nazis identifiziert werden. Das waren Psychopathen, leider waren sie schlau genug, um an die Macht zu kommen. Diese Irren werden uns immer wieder aufgetischt – ich meine, natürlich darf man da nichts vergessen, ist ja alles gebongt mit der Erinnerung und den Warnzeichen und der Wiedergutmachung und all dem, aber man muss auch mal sehen, dass wir seit langem eine neue Generation von Menschen in Deutschland haben. Oder willst DU vielleicht ständig als ‚Mafiabraut' bezeichnet werden?"
„Natürlich nicht! Was habe ich mit der Mafia zu tun? O.k., die gibt es noch, ist leider nicht in den Tiefen der Geschichte versunken, aber die bringen sich ja nur untereinander um und nicht gleich eine fremde Rasse..."

"Von wegen untereinander! Da liest man aber ganz andere Sachen in der Zeitung bei uns. Mal kriegt ein total Unschuldiger eine Kugel ab, nur weil er gerade auf der Straße vorbeiging, als so eine Mafia-Knallerei in vollem Gange war, mal liest man, dass der zehnjährige Sohn eines Mafiaverbrechers in Säure aufgelöst wurde, nur um seiner Familie einen Denkzettel zu verpassen!"
„Ja, ja, das stimmt ja auch alles... warum quatschen wir überhaupt über so ein scheißliches Zeug? Sollen sich doch die Politiker damit herumschlagen, und nicht wir!"
Leo musste lachen. „Entweder sagst du: scheußliches Zeug, oder du sagst einfach: Scheiße!"
„Ja, dann eben scheußliches Zeug und Scheiß-Politik! Ich finde, wir sollten lieber ein kaltes Bad nehmen und den ganzes Dreck von uns abspülen!"
Sie kicherten beide vor sich hin. Charlotte sah auf ihre schmalen Rücken, die unter ihrem Gekicher erzitterten. Leos helles Rückgrad und Francescas dunkleres, die Wirbelsäulen waren noch so zart und traten unter den schlanken Rücken hervor. Sie musste an ein altes Lied von Bettina Wegener denken, das ‚Kinder' hieß. Die letzte Strophe kam ihr in den Sinn:
Ist so'n kleines Rückgrad, sieht man fast noch nicht,
darf man nicht drauf schlagen, weil es sonst zerbricht.
Grade, klare Menschen, wär'n ein schönes Ziel,
Leute ohne Rückgrad, haben wir schon zuviel.
Hier sollte Völkerverständigung beginnen, dachte sie, bei diesen kleinen Rückgraden. Sie nahm sich vor, in Berlin mit Reicher zu sprechen. Die Schule könnte viel mehr tun, als sie tat. Die jährlichen Klassenfahrten ins Ausland waren ja gut und schön, aber man sollte darüber hinaus noch mehr organisieren: Schüleraustauschprogramme, Ferienfreizeiten und was es nicht sonst noch alles an Möglichkeiten gab, sich untereinander in Europa näher zu kommen. Wenn die jungen Menschen sich früh genug kennen lernen, wird es wahnsinnigen Politikern immer schwerer fallen, sie später als Erwachsene für ihre Zwecke zu missbrauchen.
Sie erinnerte sich an die Worte eines ihrer Freunde, Toni, er war Pilot und in der ganzen Welt herumgekommen. Sie hatte ihn mal gefragt, welches Land ihm am besten gefiele, oder wo die Menschen am nettesten seien. Und da hatte er ohne zu zögern und mit entwaffnender

Einfachheit gesagt, es gäbe überall etwas Schönes und die Menschen seien überall nett – egal, wo. Nur die Politiker...
Was kann ich selbst tun, fragte sie sich. Ich unterrichte Sprachen, das ist immerhin schon etwas - die Sprachen sollten alle lernen, immer mehr, immer besser. Auch wenn es zur ‚Verständigung' nur wenige Vokabeln brauchte – zum ‚Verständnis' gehörte ein ordentlicher Wortschatz!
Inzwischen waren die beiden jungen Rücken vor ihr aber aufgestanden, hatten sich übers Wasser gebeugt und waren mit eleganten Kopfsprüngen darin verschwunden. War das noch dieselbe Francesca, die vor zehn Tagen bei ihrer Ankunft vorsichtig über die Leiter in Wasser geklettert war, die ihren Kopf nicht untertauchte, die schon gar nicht vom Beckenrand ins Wasser sprang, die nicht bespritzt werden wollte, war sie das wirklich? Was hatte da für eine Metamorphose stattgefunden? Und ihr Sohn – war auch er irgendwie verwandelt worden? Er wirkte auf Charlotte plötzlich älter, vernünftiger. Auch wenn er ein kleiner Angeber war und blieb. Sie brauchte bloß die Augen zu schließen, dann sah sie ihn noch als Kind vor sich, sah ihn mit Förmchen im Sand Kuchen backen, sah ihn mit seiner elektrischen Eisenbahn auf dem Boden sitzend spielen, sah ihn Türme aus Legosteinen bauen, sah ihn betrübt aus der Schule kommen, weil die Klassenarbeit in die Hose gegangen war, sah ihn zerknirscht zu Bett gehen, als seine erste große Liebe ihn in der vierten Klasse mit seinem besten Freund Justus ‚betrogen' hatte, indem sie mit Justus in die Eisdiele gegangen war, statt mit ihm. Und jetzt, als sie die Augen wieder aufschlug, sah sie ihn am Beckenrand stehen, wie er Francesca gerade die Arme zurechtbog, um ihr den perfekten Kopfsprung beizubringen. Sie stieß Helmut an, der nur unwillig von seiner Zeitung aufblickte.
„Sieh mal, dein Sohn. Gibt sich mächtig Mühe. Dabei ist er doch noch ein Kind. Wo sind bloß die siebzehn Jahre geblieben – sie sind im Flug vergangen..."
„Also, wie ein Kind benimmt er sich aber gar nicht. Ich finde, er hat die Hände gerade genau am richtigen Platz. Ganz der Vater! Und die siebzehn Jahre sind auch nicht schnell vergangen – sie waren zeitweise ganz schön anstrengend, besonders die ersten vier, fünf Jahre. Danach werden sie ja allmählich vernünftiger, die Kinder. Aber ein bisschen naiv ist er auf seine Weise geblieben – und daran bist du Schuld! Du würdest ihn ja am liebsten immer ‚klein' halten."

Sie schrak zusammen, seine Worte hatten ihr einen Stich versetzt. Wollte sie das wirklich, ihren Sohn ‚klein' halten? Nein, das stimmte so nicht. Nur, wie konnte sie sich wehren gegen die Welle von Nostalgie, die sie überkam, wenn sie an den kleinen, zarten Knirps dachte, der sich immer zu ihr geflüchtet hatte, wenn es irgendwo brenzlig wurde, der ihr alle seine großen und kleinen Geheimnisse anvertraut hatte und der so leicht mit einer Umarmung und einem Küsschen auf die Wange zu trösten gewesen war? Irgendwann, schleichend und leise, beginnt sich die Situation dann umzukehren: Wir, die Eltern, sind es, die den Trost brauchen, die Umarmung und den Kuss unserer Kinder, und wenn diese dann zehn oder elf oder zwölf Jahre alt sind, beginnen sie das intuitiv zu verstehen und lassen sich nur noch bemuttern, weil sie merken, dass wir das so brauchen, weil sich in uns alles gegen den unaufhaltsamen Prozess der Entfremdung stemmt ...
Helmut blickte schon wieder in die Zeitung. „Warst du in Rom nicht im Vatikan? Dann hast du gut daran getan... hier steht, dass man dort aus Angst vor Terroranschlägen von Seiten islamischer Fundamentalisten nun scharfe Sicherheitskontrollen eingeführt hat. Um in den Petersdom zu kommen, muss man Schlange stehen, wegen der Kontrollen! Der Dom ist ein ‚Target', immerhin das Symbol der christlichen Welt. Man ist sich bald nirgends mehr sicher."
Aber auch Charlotte hatte keine Lust, über ‚scheißliche' Politik zu diskutieren. Sie war sich sowieso keiner Sache mehr sicher – am wenigsten der ihren...

Als es endlich vier Uhr war, ging sie mit gemischten Gefühlen zum Haupthaus hinüber. Natalina öffnete ihr die Tür. Sie möge ein Weilchen in der Halle warten, wurde ihr recht unfreundlich ausgerichtet. Der Conte führe gerade ein wichtiges Telefongespräch.
„Va bene", sagte Charlotte freundlich und blieb mitten in der Halle stehen. Dann wurde auch Natalina plötzlich freundlich. Sie stellte sich neben Charlotte, verkreuzte die Arme über der Brust und richtete sich auf ein Schwätzchen ein – wohl um ihr die Zeit zu vertreiben. Wie nett, dachte Charlotte noch. Aber nicht lange.
Ja, ja, so sei das, sagte Natalina gedehnt und betont langsam auf Italienisch, damit Charlotte auch jedes Wort gut verstünde. Diese Woche sei noch Deutsch dran, nächste Woche Englisch...
Was das heißen solle, fragte Charlotte verdutzt.

Dann käme diese Engländerin an. Schon seit Jahren komme die. Rosemary hieße sie. Der Conte rede von morgens bis abends nur Englisch mit ihr. Sehr gut übrigens. Natalina tat, als könne sie das beurteilen. Sie weidete sich an Charlottes verstörtem Gesichtsausdruck. Aber Charlotte riss sich zusammen. „Ist doch gut so. Der Conte ist eben polyglott", sagte sie forsch.
Natalina lachte gehässig: „Ja, und nicht nur polyglott. Auch poly... poly... ach, wie heißt das noch?"
„Polygam", sagte Charlotte unwillkürlich. Sie hatte eigentlich nur laut gedacht.
Natalina setzte ein siegreiches Lächeln auf. „Das wollte ich eigentlich gar nicht sagen. Ich quatsche wieder mal zu viel. Hab doch genug in der Küche zu tun..." Sie watschelte in Richtung ihrer Wohnung davon.
Charlotte stand wie vom Donner gerührt in der großen, kühlen Halle. Was mach' ich hier? Ich muss gehen, dachte sie. Schnell gehen. Von hier fort.
Dann ging die Bürotür auf. „Charlotte, komm doch herein. Was stehst du da herum?" Massimo strahlte sie mit seinem breiten Lächeln an.
So, der Conte hatte Zeit, sie zu empfangen, dachte sie. Er gibt sich die Ehre. Sollte sie jetzt einfach weglaufen? Nein. Diesmal nicht. Nicht vor der Aussprache davonlaufen. Sie hieß Charlotte. Carlotta. Und 'Lotta' bedeutete 'Kampf'. Gut. Den sollte er jetzt haben. Sie wollte nicht irgendeine Frau in irgendeiner Abfolge in irgendeinem Spiel sein. Aber wenn es denn so war, dann besser jetzt klar sehen, statt sich weiterhin mit Gedanken herumzuquälen.
Sie stürmte ins Zimmer, stieß die halbgeöffnete Tür auf, ihm vor die Nase. Er schloss sie verdutzt. Blieb an der Tür stehen. „Was hast du denn?"
„Was ich habe? Jemand hat mir die Augen geöffnet."
Er schüttelte verstört den Kopf: „Ich versteh' nicht..."
„So, du machst jetzt ein bisschen ‚Deutsch' mit der naiven Charlotte und nächste Woche ein bisschen ‚Englisch' mit der lieben Rosemary und übernächste Woche vielleicht ein bisschen ‚Spanisch' mit einer rassigen Carmen..." Sie imitierte einen Flamenco.
Trocken sagte er: „Spanisch brauche ich nicht. Da exportiere ich nichts hin. Die haben ihren eigenen Wein und auch ihr eigenes Olivenöl. - Woher weißt du von Rosemary?" Dann schlug er sich mit der flachen

Hand vor den Kopf: „Natalina! Natürlich, das alte Waschweib hat gequatscht!"
„Ich hätte schon viel früher ein Schwätzchen mit ihr abhalten sollen."
Dann spann sie ihren Faden fort: „Wenn nicht Spanisch, dann vielleicht ein bisschen Russisch? Ja? Eine wilde Katjuschka aus Moskau? Die produzieren da nur Wodka und warten auf deinen Wein."
Er kratzte sich am Hinterkopf: „Och, ich weiß nicht... vielleicht da unten, am Schwarzen Meer, der Krimsekt..."
Sie ließ ihn nicht ausreden. Sie war kurz davor zu platzen. Irgendetwas musste jetzt platzen. Sie hatte sich an den Schreibtisch gelehnt und tastete mit der Hand darauf herum. Ihr kam etwas Schweres, Rundes in die Hand. Sie schmiss es mit aller Gewalt an die Wand. Ein Glasbehälter ging zu Bruch, die Bleistifte darin sprangen lustig im Zimmer umher.
Er sah dem ohne Entsetzen, nur mit Bedauern nach. „Schade. Venini. Edles Muranoglas."
Sie blickte sich auf dem Schreibtisch um, aber da war nichts Wertvolles mehr. Aktenordner, Papier, der eingeschaltete Computer. Daneben der zugeklappte Laptop.
Er schien ihren Gedanken gefolgt zu sein. „Es reicht, Charlotte."
„Ja, es reicht mir auch", rief sie aufgewühlt. „Ich habe genug von deinen Befehlen. Wofür hältst du mich? Für die dumme Gretel, zum Hänsel passend?" Nicht besonders geistreich, erkannte sie, aber ihr war nichts Besseres eingefallen. Sie sah ihn an. Er schmunzelte, dieser Mistkerl. Und da war noch etwas in seinem Blick. Sie wusste erst nicht, wie sie es deuten sollte. Aber ja, unglaublich, aber wahr: Da war so etwas wie Bewunderung.
„Wir Deutschen sind stille Wasser. Und die sind tief. Und wenn man darin rührt, gibt's Sturm." Das Wort ‚Sturm' schrie sie fast.
Jetzt lächelte er sie eindeutig an. Ihr Unterkiefer begann zu zittern. Bevor ich jetzt losheule, dachte sie noch, muss ich hier raus. Sie wollte an ihm vorbeistürmen, aber er war natürlich schneller. Hatte sie sofort am Arm gepackt und hielt sie zurück. „Charlotte, nun lass dir doch erklären..."
„Da gibt es nichts zu erklären. Lass mich gefälligst los!" Sie zerrte wie wild an ihren Arm, aber der hing in einem Schraubstock fest. Sie zerrte und zerrte, der Schraubstock wurde fester gezogen. „Du tust mir weh..."
„Dann hör doch endlich!"
„Ich schrei gleich", drohte sie.

„Hör auf! Natalina steht wahrscheinlich hinter der Tür."
„Das ist mir egal!"
Da hatte er genug. Zack! Mit einem kräftigen Ruck zog er sie zu sich heran. Sie blickte zu ihm auf, vor Wut und Schmerz schnaubend, unfähig, noch etwas zu sagen. Ihre Augen funkelten ihn nur böse an. Zack! Da hatte er sie über die Schulter geschmissen. Und stürmte die schmale Treppe nach oben, drei Stufen auf einmal nehmend. Sie trommelte mit ihren Fäusten auf seinen Rücken. „Lass mich runter, du alberner Don Giovanni. Nicht ins Allerheiligste!"
„Da bring ich dich auch nicht hin. Heute nicht. Und wenn du mich hinterher auf Knien anflehst!"
Er durchquerte tatsächlich nur die Bibliothek mit ihr und setze sie recht unsanft neben dem Kamin ab. Schon hatte sie seine linke Pranke im Nacken. Er richtete ihren Kopf auf eine Fotowand, eine Art Collage. Die hatte sie noch gar nicht bemerkt. Mit der rechten Hand wies er auf ein kleines Bild. „Sieh dir das an." Sie stellte mit Genugtuung fest, dass er beim Sprechen keuchte. Haha, war wohl anstrengend, mich hier hoch zu hieven, dachte sie hämisch. Dann versuchte sie, etwas auf dem Foto zu erkennen. Sie musste sich erst die Wuttränen aus den Augen wischen. Er hielt ihr versöhnlich eines seiner blütenweißen, monogrammbestickten Taschentücher hin. Sie warf nur einen verächtlichen Blick darauf. Wischte sich noch mal mit beiden Handflächen über die Augen, so wie es Kinder tun, wenn sie sich ausgeweint hatten.
Zuerst machte es gar keinen Sinn. Da saß ein junger, schwarzhaariger Mann auf einem Traktor und lachte in die Kamera. Neben ihm sah man ein pausbäckiges, junges Mädchen sitzen. Sie hatte struppiges, rotes Haar, Sommersprossen, lachte auch, ein paar dicke Beine baumelten aus dem Traktor heraus.
„Das ist Rosemary."
„Und das bist du?", fragte sie ungläubig.
„Allerdings, sieht man das nicht? Na gut, das Foto ist etwa zwanzig Jahre alt. Aber zu erkennen bin ich doch wohl noch." Es klang beleidigt.
„Du hattest mal Haare", entfuhr es ihr blöderweise.
„Natürlich hatte ich mal Haare. Bin zwar kahlköpfig auf die Welt gekommen und es dann mit den Jahren auch wieder geworden, aber zwischendurch hatte ich mal ganz viele Haare. Schöne, volle, schwarze Haare." Es klang jetzt ironisch.

Ich sollte jetzt endlich mal etwas Intelligentes sagen, ermahnte sie sich. „Na ja, diese Rosemary sieht nicht gerade wie die fleischgewordene Verführung aus", gab sie zu.

„Nicht wahr?", sagte er sofort freundlicher. „Sie ist wirklich nicht mein Typ, nur eine gute Freundin."

Aber ihr Zorn war noch nicht verflogen. „Sie ist eine Frau."

„Was soll denn das heißen? Ach so...", sagte er jetzt wieder beleidigt, „dem albernen Don Giovanni reicht es ja, wenn er etwas Weibliches zwischen die Finger bekommt."

Ha, ha, auch das hatte ihn getroffen. Geschah ihm Recht. Laut sagte sie: „Vielleicht könntest du jetzt endlich mal dein Patschhändchen von meinem Hals nehmen, bevor ich blaue Flecken kriege, und mir erklären, wer und was diese Rosemary nun sonst noch ist, außer ein unattraktives, englisches Pummelchen."

Er ließ sie sofort los. „Wenn du mir nun endlich vernünftig zuhörst". Er ging in der Bibliothek hin und her, während er ins Erzählen kam. „Sie tauchte hier vor etwa zwanzig Jahren auf. Habe sie unten auf der Landstraße aufgegabelt. Stand da eines Abends im Regen am Straßenrand und machte Autostopp. Sie wollte noch bis nach Perugia. Abends. Kannst du dir das vorstellen? Ein junges Mädchen allein am Straßenrand?" Er schien noch so entsetzt wie damals. „Wie können diese ausländischen Mädchen nur so naiv sein! Es gibt hier nämlich genug Don Giovannis, denen es reicht, wenn da ein Weibchen aufzuschnappen ist, und ich kann dir garantieren, sie singen den Mädchen dann keine Opern vor, selbst wenn sie so aussehen wie Rosemary." Er blickte Charlotte entrüstet an. Dann fuhr er fort: „Ich habe sie also ins Auto geladen und ihr angeboten, in einem der freistehenden Gästezimmer kostenlos zu übernachten. Alfonso sollte sie dann am nächsten Tag nach Perugia bringen, wo er sowieso hin musste. Aber wir haben uns angefreundet, und sie ist dann ein paar Tage hier geblieben. Sie ist ein phantastischer Mensch. Seitdem kommt sie jedes Jahr."

Er warf einen vorsichtigen Seitenblick auf Charlotte. Sie schien sich beruhigt zuhaben. Also konnte er fortfahren. „Sie ist wirklich sehr nett, hat viel Sinn für Humor. Weißt du, sie hat diesen trockenen, englischen Humor. Rat mal, wie sie ihre Beine nennt? ‚My two hot-dogs'." Er lachte. Charlotte bemerkte ziemlich bösartig: "Sehr zutreffend."

„Und ich kann dir garantieren, dass sie in zwanzig Jahren nicht schöner geworden ist, dafür aber noch humorvoller. Ich mag sie wirklich sehr - aber mehr ist da nicht. Ich glaube, du solltest inzwischen gemerkt haben, dass ich auf meine Weise ein Ästhet bin."

Charlottes Ärger war verraucht. Seine Worte klangen echt. Sie sah auf das Foto. Hässliche Frauen hatten ihr immer Leid getan. Auch diese unbekannte Rosemary begann ihr Leid zu tun. Wahrscheinlich versengte sie sich innerlich nach Massimo. Und er tat, als merke er es nicht. So wie bei dieser Faustina in Collevino. So wie bei Natalina hier.

Sie sagte: „Du willst sie nicht, aber sie will dich."

Er zuckte nur kurz die Schultern. „Mag ja sein, aber ich glaube es nicht. Ach, Rosemary ist im Grunde ein armes Wesen. Sie wohnt in so einem grässlichen Londoner Vorort, schreibt Kriminalromane, die ihr aber keiner veröffentlicht. Sie spart das ganze Jahr, um sich die Reise hierher leisten zu können."

„Und sie gibt dir Englischunterricht."

„Nun, wir sprechen eben Englisch miteinander. Ich hatte nämlich nur ein deutsches Kindermädchen und kein englisches, wie meine strenge Lehrerin hier weiß." Er lächelte sie entwaffnend an. Sie lächelte endlich zurück.

„Darf ich es wagen, mich dir zu nähern?", fragte er verschmitzt. „Oder muss ich noch weitere tätliche Angriffe fürchten? Ach, aber was heißt ‚fürchten'? Darf ich auf tätliche Angriffe hoffen? Du warst umwerfend, vorhin, in deinem Wutausbruch. Soviel Temperament hätte ich dir nie zugetraut. Am Ende muss ich mich noch bei Natalina für ihre Tratscherei bedanken, sonst hätte ich diese köstliche Vorstellung nie bekommen."

„Hm", sie lachte kurz und verlegen. „Ich glaube, ich habe mich gerade ziemlich dämlich benommen."

„Hast du nicht." Er stand nah vor ihr und sah sie ernst an. „Und wenn es nicht nur dein verletzter Stolz gewesen war, der dich da so herrlich in Rage versetzt hatte... dann hast du mir heute auf deine spröde Art endlich eine Liebeserklärung gemacht."

Das verwirrte sie leicht. „Hat Eifersucht denn was mit Liebe zu tun?"

„Zu einem Teil ja, zu einem... zugegebenerweise nur geringen Teil. Hauptsächlich ist Eifersucht ja nichts anderes als Egoismus. Aber immerhin... bei dir muss ich mich wohl mit geringen Teilen zufrieden geben."

Sie stotterte. „Ich... ich weiß selber nicht, was mich gerade so aus der Fassung gebracht hat. Vielleicht war es ihr Name... Rosemary."
„Was ist an dem Namen so entsetzlich? Leg dich doch mit ihren Eltern an, statt mit mir. Ich habe ihr den Namen nicht verpasst. Es bedeutet doch nur ‚Rosemarie' auf Deutsch, oder?"
„Es bedeutet aber auch Rosmarin! Behalte du nur deine Rosen, ich hänge an meinem Rosmarin! Der gehört zu mir..."
„Ach, meine Rose, mein Rosmarin, meine Charlotte. Ich kann deinen Assoziationen eben nicht immer folgen." Er sah sie kopfschüttelnd an. „Also, wir hatten jetzt jeder unsere Eifersuchtszene, ich vorgestern Abend, du heute. Ich finde, wir sollten das Thema damit begraben. Frieden?"
Sie nickte. „Frieden. Ich... ich fühlte mich nur wieder von dir... verschaukelt."
„Hmm", machte er nachdenklich, während er sie mit beiden Armen umschlang. „Hmm, verschaukelt... das kommt von ‚schaukeln'... eigentlich kein schlechter Gedanke."
Und er wiegte sie erst leicht hin und her, von rechts nach links, dann immer kräftiger. Er hatte wieder das vertraute, unwiderstehliche Lächeln auf den Lippen. Dann begann er sich mit ihr langsam im Kreis zu drehen, sang dabei leise ein italienisches Kinderlied: „Giro giro tondo, casca il mondo."
Ihr Übersetzungscomputer reimte „Ringelrein... ringelrein... lass die Welt versunken sein..." Komisch, dachte sie noch, auf Deutsch klang es nie so schön wie auf Italienisch. Aber dann dachte sie gar nichts mehr. Denn die Welt versank tatsächlich.

KAPITEL 16 (13. August)

*Von grenzenlosen Gedanken und begrenztem Glück,
von lösungssuchenden Metamorphosen und erlösenden Worten,
von schwerfallendem Klavierspiel und einem schwerwiegenden Antrag*

Helmut stellte seine Kaffeetasse ab und blickte überrascht auf. „Was machen die da bloß? Das geht nun schon eine ganze Weile."
Charlotte und Leo blickten über den Platz, während sie mit dem Frühstücken fortfuhren. Man sah Natalina quer darüber hineilen, gefolgt von einem jungen Mann mit zwei Körben in den Händen. Mal verschwanden sie hinter einer Hecke, mal hinter den Gästehäusern, aber immer tauchten sie wieder auf, Natalina voran, der junge Mann hinterher. Schließlich blieb Natalina erschöpft unten an der Treppe stehen.
Ob jemand eine Katze heute Morgen gesehen hätte, und wenn, wo, wollte sie wissen. Nein, hatten sie nicht. Charlotte fragte misstrauisch, warum Natalina denn die Katzen suche. Wollte sie die auf ihre Art aus dem Weg räumen? Aber der junge Mann antwortete für sie. Er sei Tierarzt und wolle die Katzen mitnehmen, um sie zu sterilisieren. Es seien zu viele geworden, und da sei es nur vernünftig... Aber Natalina unterbrach ihn unwirsch: „Mamma mia!" Bisher habe die Natur das allein geregelt, und wenn die Katzenplage überhand nahm, dann hatte sie schon einzugreifen gewusst! Aber jetzt hatte der Conte so was angeordnet! Total überflüssige Aktion! Wer ihm wohl solche Flausen in den Kopf gesetzt hatte? Sie blinzelte Charlotte feindselig an.
Aber Charlotte informierte den Tierarzt freundlich darüber, dass sie die Katzen meistens am Nachmittag herumstreunen sah, mal im Pferdestall, mal bei den Tennisplätzen, und am Abend in der Nähe der Küche, weil da einer der Köche ihnen einen Teller mit Resten an die Hintertür stelle, was sie mal erfreut bemerkt hatte. Sie war froh, ihre Kenntnisse weitergeben zu können. Wenn in diesem Urlaub schon alles drunter und drüber ging, so hatte sie wenigstens etwas für die Katzen auf diesem Bauernhof tun können.

Den Vormittag verbrachten sie auf die übliche Weise. Am Swimmingpool war es fast leer, weil viele Gäste zu einem Wochenmarkt in ein benachbartes Dorf gefahren waren, auch Francesca samt Familie.

Sie hatten Leo freundlicherweise mitgenommen. Charlotte nutzte den freien Pool, um ausgiebig zu schwimmen. Sie schwamm so viele Bahnen hintereinander, dass es ihr fast schwindlig wurde. Dann nutzte sie die Ruhe, um ein gutes Stück in ihrem Buch voranzukommen. Sie vermied es, über anderes nachzudenken. Heute war der dreizehnte August. Morgen würden die Veroneses abfahren und übermorgen sie selbst. Der Gedanke, Massimo zu verlassen, war so ungeheuerlich, dass sie ihn erst gar nicht an sich herankommen ließ. Es würde einfach alles geschehen, was geschehen musste: Sollte das Schicksal für sie entscheiden. Wäre es nur endlich vier Uhr! Warum tröpfelten die Minuten nur so dahin?

Aber als sie pünktlich um vier Uhr an seine Bürotür klopfte, öffnete ihr eine elegante, ältere Dame. Mit freundlichem Lächeln bat sie Charlotte hereinzukommen, stellte sich als seine Sekretärin vor und sagte, der Conte würde gleich kommen... Da kam Massimo auch schon die Treppe heruntergesprungen, ein Buch unter dem Arm und ein verlegenes Grinsen auf den Lippen.
„Darf ich vorstellen: Das ist Corona, die beste Sekretärin der Welt. Und die Dame hier", er wies auf Charlotte, „ist eine meiner Gäste. Ich kann dich doch heute Nachmittag allein lassen, Corona? Du weißt sowieso, was du schreiben musst. Lass die Briefe einfach auf dem Schreibtisch liegen, ich unterzeichne alles heute Abend."
Er ergriff Charlotte am Ellenbogen und schob sie zur Tür hinaus. Charlotte sah noch, wie die Sekretärin ihr recht neugierig hinterher blickte.
Kaum waren sie außer Hörweite, stöhnte Massimo: „So ein Pech. Sie ist gerade vor fünf Minuten überraschenderweise hier aufgetaucht. Hätte eigentlich morgen früh kommen sollen, aber da muss sie Babysitter spielen! Und jetzt sitzt sie wie ein Höllenhund vor dem Aufgang zum Allerheiligsten und verdirbt uns einen weiteren Tag!"
Charlotte musste lachen. „Aber wir lassen uns den Tag dadurch nicht verderben. Auch wenn heute der dreizehnte August ist. Ich bin nicht abergläubisch, und in diesem großen Haus wird sich ja wohl ein Zimmer finden, in dem wir in Ruhe unsere Deutschstunde abhalten können."
„Na, mit Natalina, die hier unten herumschwirrt und ständig hinter jeder Tür steht! Nur oben im Turm bin ich vor ihr sicher!"

Charlotte musste über seine Zerknirschtheit lachen. „Du lässt dich von deinem Personal terrorisieren! Lass uns oben auf die Terrasse gehen, da ist es schön schattig und ich sehe so gern in den Garten."
Er folgte ihr nach oben, wo sie den Speisesaal durchquerten und auf der Terrasse stehen blieben, sich über die Balustrade lehnten und in den weiten Garten blickten. Ein Falke zog seine Kreise darüber, landete dann elegant auf den Zinnen des Turmes, wo er wartend sitzen blieb.
„Der Garten war nicht immer so wie er heute aussieht. Früher war es so ein richtiger Lustgarten, ein Versailles in Miniatur, mit einem Labyrinth aus Buchsbaumhecken, Kieswegen zwischen Blumenrabatten, Springbrunnen und Gipsfiguren. Aber dann hat Rosemary irgendwann gesagt: ‚You need an English garden, Honey!' Und ich fand, sie hatte Recht. Habe alles einebnen lassen und diese riesige Rasenfläche angelegt, nur der Baumbestand rundherum ist der alte geblieben. Die Hecken wurden umgepflanzt so gut es ging, die Springbrunnen und die Figuren habe ich den städtischen Parkanlagen in der Gegend hier gestiftet. Jetzt ist der Garten viel pflegeleichter und passt auch irgendwie besser hierher, in unsere italienische Landschaft. Alles vorher war gekünstelt. Manchmal muss man den Mut haben, Bestehendes abzureißen, damit man etwas Neues schaffen kann." Er warf ihr einen viel sagenden Seitenblick zu.
„Ich bin nicht gut im Abreißen. Aber deine Rosemary hat Recht gehabt: Diese große, grüne Rasenfläche ist einfach beruhigend fürs Auge. Was ist denn das da hinten, zwischen den Bäumen?" Sie zeigte auf etwas, was wie ein kleiner Gartenpavillon aussah, auch wenn es fast zwischen den Bäumen verschwand und im hintersten Teil des Gartens stand.
„Das war früher mal so eine Art Lustlaube. Der alte Graf nahm da nachmittags seinen Espresso ein und ich weiß nicht, was er dort sonst noch einnahm! Aber da ich nicht diese Gepflogenheiten habe, ist die Laube zum Gartenschuppen verkommen. Der Gärtner nutzt sie zum Unterstellen von Geräten, sie ist ziemlich heruntergekommen. Eine Restaurierung lohnt sich auch nicht mehr, das Eisengestell ist total verrostet."
„Wir könnten dort hinspazieren. Und du hattest doch ein Buch unter dem Arm, wolltest du mir etwas vorlesen? Nimm es mit!" Schon war sie die Treppe zum Garten hinunter. Heute lief er ihr mal hinterher. Sie überquerten die Rasenfläche, wobei Charlotte das Gefühl hatte,

beobachtet zu werden. „Ob Natalina uns hinterher guckt? Ich spüre ihre Augen regelrecht auf meinem Rücken."
„Davon kannst du ausgehen. Aber heute ist es mir egal." Er blieb stehen und küsste sie. „So, jetzt hatte sie was zu gucken."
Die Laube war wirklich kein romantischer Ort mehr, obwohl sie malerisch von Efeu und Wildwuchs zugerankt war. Aber der Gärtner hatte hier Säcke mit Dünger, Heckenscheren, Schaufeln und anderes Gartengerät angehäuft. Auf einem Strohsack ließen sie sich nieder.
„Also, was hast du da für ein Buch aus deiner Bibliothek geholt?"
Er zog einen Zettel daraus hervor. „Hier, lies das mal. Ich habe versucht, es zu übersetzen, und hätte gerne deine Meinung dazu."
Sie nahm den Zettel, auf dem er in seiner kaum leserlichen Handschrift vorne einen deutschen Text und hinten den italienischen geschrieben hatte. Sie entzifferte die Überschrift: ‚La metamorfosi delle piante'.
Den Text fand sie schwierig: 'Sei turbata, mia cara, dal multiforme miscuglio dei fiori che s'affollano in tutto il giardino...' Sie las nicht weiter, drehte den Zettel herum, um es erst in Deutsch zu lesen, die ‚Metamorphose der Pflanzen'.
„Ich verstehe nichts von Botanik", sagte sie zerstreut, während sie die deutsche Übersetzung las: ‚Dich verwirret Geliebte die tausendfältige Mischung dieses Blumengewühls über dem Garten umher, viele Namen hörest du an, und immer verdränget, mit barbarischem Klang, einer den anderen im Ohr, alle Gestalten sind ähnlich und keine gleichet der anderen, und so deutet das Chor auf ein geheimes Gesetz, auf ein heiliges Rätsel. O, könnt ich dir, liebliche Freundin, überliefern sogleich glücklich das lösende Wort...'
Unwillig schüttelte sie den Kopf: „Was ist das für ein seltsamer Text? Hast du den verfasst? Diese romantische Ausdrucksweise würde ja zu dir passen! Aber die altmodischen Ausdrücke... was soll das? Es ist weder ein Gedicht, noch ein botanischer Text..."
Massimo sah aus, als müsse er ein Grinsen unterdrücken, sagte dann aber einigermaßen gesetzt: „Ich übe mich manchmal ganz gern im Übersetzen, wenn ich an langen Winterabenden nichts Besseres zu tun habe. Aber... du würdest mir so einen Text zutrauen? Du hast mich für einen Moment für den Verfasser gehalten?" Jetzt legte er den Kopf in den Nacken und konnte sein Lachen nicht mehr zurückhalten.
Unwirsch nahm sie ihm das Buch aus der Hand. Goethe!

„Was? Das ist von Goethe? Dann war das gerade ein Test? Du wolltest testen, ob ich alles von Goethe kenne?" Sie schmiss das Buch entrüstet auf den Boden. „Wer kennt schon alles von Goethe! Du hättest mir ein anderes Gedicht zeigen können, den ‚Erlkönig' zum Beispiel, den hätte ich erkannt! ‚Wer reitet so spät durch Nacht und Wind, es ist der Vater mit seinem Kind'... das hat mir als Kind immer Angstschauer über den Rücken gejagt! Und dann erst der Schluss: ‚erreicht den Hof mit Mühe und Not – in seinen Armen, das Kind war tot!' Mein Gott, so was vergisst man sein Lebtag nicht... aber diese ‚Metamorphose der Pflanzen'! Haben wir in der Schule nicht gelesen!"
Massimo hob den malträtierten Goetheband vom Boden auf, putzte den Staub ab und dachte, dass der arme Goethe in so kurzem Abstand nun schon zum zweiten Mal zu Boden gegangen sei. Er wischte sich die Lachtränen aus den Augenwinkeln. „Charlotte, das war gerade wirklich nicht geplant gewesen, sondern hat sich so aus der Situation entwickelt. Und nichts gegen den Erlkönig – aber da steht das nicht drin, von der Metamorphose, vom Geheimnis und vom Rätsel und vom erlösenden Wort! Als ich das gestern Abend zufällig gelesen habe, hat es mich an uns erinnert. Warum sagst DU es mir nicht – das erlösende Wort?"
„Ich kenne kein erlösendes Wort, ich kenne nur einen umbrischen Bauern, der mich ständig versucht reinzulegen!"
Er lächelte sie belustigt an, kratzte sich den Bart und sagte leise: „Hmm, reinlegen, etwas verlegen, verlegen sein, hinlegen, hinterlegen, zurechtlegen... was für hübsche Verben, sind die eigentlich alle trennbar? Ich lege hin, ich lege hinter..."
Charlotte sah ihn verschmitzt an. „Also, Massimo, du brauchst jetzt gar nicht zu ÜBERLEGEN, wie du mich VERLEGEN machen kannst oder wie du mich noch mal REINLEGEN kannst, denn ich LIEGE hier auf diesem Strohsack – auch wenn er nicht die bequemste aller Liegeflächen ist, und finde, man kann sich ganz gut darauf ZURECHTLEGEN...."
„Da hast du dir ja hübsch was ZURECHTGELEGT... aber es erleichtert die Sache ungemein", murmelte er, während er sich über sie beugte.

Als sie später zum Haus zurückgingen, nahmen sie den Weg an der Baumgrenze entlang. Sie wollten Natalina nicht direkt in die Arme laufen.
„Sie wird sich ihren Teil gedacht haben", sagte Charlotte.

„Sie wird sich genau das Richtige gedacht haben, sie ist nicht auf den Kopf gefallen", sagte er, während sie die Treppe zur Terrasse hochstiegen. Er fasste sie um die Schultern und ging mit ihr ins Musikzimmer, wo er sie zum Sofa führte. Er setzte sich in einen Sessel ihr gegenüber, schlug salopp ein Bein über die Lehne, ließ es dort baumeln und machte es sich so richtig gemütlich.

„So, und jetzt erzählst du mir endlich mal was über dich", forderte er sie auf.

„Massimo, du willst uns den Tag heute doch noch verderben, was? Ich finde, wir sollten ihn so schön ausklingen lassen, wie wir ihn begonnen haben." Sie sah ihn bittend an. Dann fügte sie nicht ohne Ironie hinzu: „Oder willst DU heute neugierig deine edle Adlernase in Angelegenheiten stecken, die dich nichts angehen?"

„Und wenn ich der Meinung wäre, dass sie mich mittlerweile etwas angingen? Weil DU mich etwas angehst?"

Sie seufzte. „Aber ich sagte dir doch schon: Es gibt nicht viel über mein Leben zu erzählen. Es ist ein ganz normales Leben – du würdest dich nur langweilen."

„Das sind doch immer die spannendsten Geschichten, die ganz ‚normalen'. Die lese ich am liebsten. Wenn ich an all die Bücher in meiner Bibliothek denke, dann kann ich nur sagen: All die Abenteuerromane, die Krimis, die großen Heldendramen, sie alle tauschte ich ein gegen diese ganz normalen Lebensbeschreibungen, nur die sind wirklich spannend! Denke nur an Thomas Mann, an seinen Zauberberg, zum Beispiel! Da fährt jener Hans Castorp, ein ganz normaler Otto-Normalverbraucher, ein Pinco Pallino, wie wir hier sagen würden, für drei Wochen im August in die Kur nach Davos, und dann tun sich ihm da ganze Welten auf, Zauberwelten... dabei sitzen die da nur herum und quatschen! So etwas find ich absolut toll! Und der liebe Thomas Mann hat doch auch die ‚Lotte in Weimar' geschrieben! Also, ich will jetzt etwas von der ‚Lotte aus Berlin' hören!"

Das war ein Befehl, aber mit seinem bezaubernden Lächeln vorgetragen – konnte man dem widerstehen? Charlotte konnte es mittlerweile nicht mehr, auch wenn sie nicht die geringste Lust hatte, über sich und ihre verkorkste Jugend zu reden. Aber gut, wenn er es hören wollte, dann sollte er es haben. In Kurzfassung. Im Schnelldurchgang, sozusagen.

„Wo soll ich anfangen?"

„Am Anfang."

„Puh! Also, die Lotte aus Berlin wurde vor siebenunddreißig Jahren als Sophie-Charlotte in Charlottenburg geboren, in der... Goethestraße, in einem ‚gutbürgerlichen' Haus, Vater Universitätsprofessor, Mutter nicht berufstätig, da sie sich nur den schönen Dingen im Leben hingab. Nur als ich klein war, gab sie hin und wieder Klavierkonzerte und auch privat Klavierunterricht. Sie kann ‚begnadet' spielen, wie man das so sagt. Meine Kindheit war sehr... harmonisch, jedenfalls die ersten zehn Jahre. Da wohnte meine Großmutter bei uns. Wir hatten eine große Wohnung, es war kein Problem, und es war sehr praktisch, denn sie hat mich sozusagen großgezogen, da meine Eltern keine Zeit für mich hatten. Ich will ihnen das gar nicht vorwerfen – sie waren einfach nur sehr mit sich beschäftigt."

„Aber wenn deine Mutter nicht berufstätig war, dann hätte sie doch Zeit für dich haben müssen", warf Massimo ein.

„Nun ja, es war nicht so sehr ein Zeitproblem; wie ich schon sagte, sie hatten einfach mehr Interesse an ihren Tätigkeiten als an mir. Manchmal frag ich mich, warum manche Menschen überhaupt Kinder in die Welt setzen – wohl einfach nur, um sie zu haben, sie zu besitzen, auch wenn sie dann nichts mit ihnen anfangen können. In meinem Fall war es aber nicht weiter schlimm, denn ich hatte ja meine Großmutter, die sich rührend um mich kümmerte. Sie erzählte mir Märchen, half mir bei den Schulaufgaben, machte mir morgens den Kakao heiß, erzählte mir von meinem Großvater, der leider früh gestorben war. Er war ein sehr musikalischer Mann gewesen, wie auch sie. Sie sang eigentlich immer, den ganzen Tag über, ihr Schatz an Volksliedern war schier unerschöpflich." Charlotte lächelte verlegen. „Das hab ich dann wohl von ihr geerbt... Nun, um es kurz zu machen: als ich zehn Jahre alt war, starb sie. Daraufhin übernahm meine Mutter meine Erziehung, oder zumindest, was sie darunter verstand. Sie gab ihre Konzerte auf, hielt sich nur noch ein paar ihrer Lieblingsschüler zum Privatunterricht, aber ich sollte ihre beste Schülerin werden. Leider hatte sie sich das in den Kopf gesetzt. Ich musste jeden Tag an diesem verdammten Flügel sitzen und darauf spielen und dabei zu hören bekommen, wie unbegabt ich sei und wie unmusikalisch und überhaupt: unfähig. Ich spielte falsch, ich spielte zu schnell, ich spielte zu langsam, war aus dem Takt... Ich wurde es bald leid, und als ich dann in die Pubertät kam, wurde ich ein richtig schwieriger Teenager. Alle machen das ja durch, nur ich habe es wohl ein wenig übertrieben. Ich wollte, dass sie endlich auf mich aufmerksam

wurden! Wollte keine niedlichen Kleidchen mehr tragen, sondern schnitt mir Löcher in die Jeans, wollte nicht hübsch gekämmt sein, sonder wusch mir tagelang die Haare nicht mehr. Wollte auch nicht mehr allein zu Hause sein. Von einem Bruder oder einer Schwester war natürlich keine Rede – ich glaube, sie bereuten es sowieso, mich in die Welt gesetzt zu haben. Ich durfte nie jemanden mit nach Hause bringen – alles störte ihre Ruhe. Da wollte ich wenigstens ein Haustier, aber auch das lehnten sie ab. Das hätte ja Schmutz und zusätzliche Arbeit bedeutet – und bei uns lag nie ein Staubkörnchen herum. Nicht, dass das der Verdienst meiner Mutter gewesen sei – wir hatten immer eine Haushaltshilfe. Irgendwann brachte ich mal eine streunende Katze mit nach Hause, die ich auf der Straße aufgelesen hatte. Sie war voller Flöhe, und die sprangen bald in meinem ganzen Zimmer umher. Für zwei Tage gelang es mir, sie versteckt zu halten, dann flog ich auf und die Katze flog hinaus. Genauer gesagt, sie war einfach nicht mehr da, als ich aus der Schule kam. Meine Mutter sagte, sie sei durch die geöffnete Haustür entwischt, was ich natürlich nicht glaubte. Ich heftete einen Suchzettel an jeden Baum in Charlottenburg, setzte mein erspartes Taschengeld als Finderlohn ein. Vergebens. Dann habe ich alle Tierheime abgeklappert. Vergebens, aber dabei habe ich diese Tierheime mit ihren verlassenen Seelen darin entdeckt – denn Tiere haben eine Seele, davon bin ich überzeugt - und seitdem gehe ich regelmäßig dorthin." Sie unterbrach sich. „Warum erzähl ich dir das eigentlich alles?"
„Erzähl weiter", sagte er nur knapp.
„Kurz und gut, ich war eben schwierig, verweigerte mich, wo ich konnte, aß nur noch das Nötigste, wurde fast magersüchtig... es war ein Wunder, dass ich nicht in die Drogenszene abgerutscht bin. Aber das hat mich nie interessiert. Ich funktionierte auch in der Schule weiterhin gut – ja, die Schule wurde meine Zufluchtsstätte! Ich konnte es morgens kaum erwarten, aufzustehen und dort hinzugehen, und wenn die letzte Stunde vorbei war, tat es mir Leid. Vielleicht bin ich aus dieser Anhänglichkeit heraus dann Lehrerin geworden. Na, jedenfalls ging ich nach Schulschluss nie direkt nach Hause, sondern meistens zu Freunden, machte dort gemeinsam die Hausaufgaben und kam erst abends nach Hause – wo meine Mutter mit ihrem grässlichen Flügel auf mich wartete."

„Warum hast du das nicht auch verweigert – wenn es dir so zuwider war?"
„Weil sie sehr geschickt vorgingen. Sie drohten, mich in ein Internat zu stecken, wenn ich nicht mitmachte. Sie wurden einfach nicht mehr mit mir fertig, ich gehörte in die Kategorie der ‚schwer erziehbaren' Jugendlichen. Aus meiner heutigen Sicht wäre das Internat sogar die beste Lösung gewesen. Aber damals wollte ich nicht weg – von meinen Freunden, meiner Schule, meinen Lehrern, besonders meine Deutschlehrerin und mein Englischlehrer hatten mir sehr viel bedeutet. Ich machte ein gutes Abitur und mit achtzehn bin ich in ein Studentenwohnheim gezogen. Schluss, aus."
Aber Massimo schüttelte nur den Kopf. Er fand, sie sei noch lange nicht zum Schluss gekommen. Da er sie endlich beim Reden hatte, ließ er nicht so leicht locker. „Und dort hast du Helmut kennen gelernt?"
„Ja, er wohnte nur ein paar Türen weiter. Und er war mein Rettungsanker. Ich musste nämlich feststellen, dass ich in der Tat zu nichts fähig war, zum einen, weil ich es zu Hause wie meine Mutter gemacht hatte, die ja im Haushalt keinen Handschlag tat. Zum anderen, weil ich einfach unfähig war. Ich konnte nichts – und Helmut konnte alles. Er wusch sich seine Kleidung selbst und bügelte sie sogar. Er kochte sich was zum Essen, ich konnte mir gerade mal ein Brötchen schmieren. Oder in die Mensa gehen, wo es mir aber nicht schmeckte. Er tapezierte sich sein Zimmer selbst, er war so praktisch in allem! Er kam mit ganz wenig Geld im Monat aus, da seine Eltern ihm nicht viel zustecken konnten. Mein Vater hingegen stellte mir einen recht großzügigen, monatlichen Scheck aus – aber am Monatsende war das Geld immer total weg... und ich wusste nicht, wo es geblieben war! Helmut nannte mich immer eine verzogene Tochter aus gutem Haus - und vielleicht war ich das auch. Aber vor allem war ich einfach unfähig. Das ist mit den Jahren aber besser geworden. Ich habe heute nicht einmal eine Putzfrau nötig – ich kann jetzt alles selbst: Beruf, Haushalt und Kind. Alles bestens im Griff."
„Haben deine Eltern das anerkannt?"
„Ach was! Für sie war und bin ich weiterhin eine Versagerin, bin nur ‚Lehrerin' am Gymnasium statt an der Universität, habe einen mittellosen Mann geheiratet, der sein Studium nicht zu Ende geführt hatte. Stattdessen hat er sich für seinen Sohn aufgeopfert, ja, er war ein ausgezeichneter Vater. Ich war in den ersten Monaten keine gute Mutter

– selbst damit war ich praktisch überfordert, Helmut hat alles gemacht, Baby gewickelt, Fläschchen gegeben... aber mit den Jahren habe ich alles aufgeholt! Wurde eine verantwortungsvolle Mutter, eine beliebte Lehrerin, eine ganz passable Hausfrau, eine gute Ehefrau... jedenfalls, dachte ich das... eine zu sein... bis jetzt... und jetzt habe ich die Ehe gebrochen..." Sie schlug die Hände vor ihrem Gesicht zusammen und schluchzte.
Massimo stand auf, zog sie vom Sofa hoch und nahm sie in die Arme, strich ihr beruhigend über den Kopf. Nachdenklich sagte er: „Ich finde, man kann nichts so leicht brechen, wenn es nicht schon angeknackst ist."
Aber sie schüttelte den Kopf. „Meine Ehe war nicht angeknackst – sie war intakt, solange, bis du aufgetaucht bist!"
Er holte tief Luft. „Komm, ich erzähl dir auch eine Geschichte, dann kommst du auf andere Gedanken. Lass uns ins Esszimmer gehen, denn dort ist es nämlich passiert."
Vor dem langen Esstisch blieb er stehen, setzte sich salopp darauf. „Vor Jahren hatte ich mal in London, in einem bekannten Auktionshaus, eine Vase ersteigert. Es war eine antike, römische Vase, aus so ganz dickem, opakem, türkisfarbenem Glas. Sie war auf unzähligen Umwegen nach London gekommen, aber was in Hunderten von Jahren mit ihr geschehen war, konnte man natürlich nicht mehr nachvollziehen. Ich stellte mir vor, sie sei als Kriegsgut durch Europa verschleppt worden, wer weiß, in wie vielen Häusern sie gestanden hatte. Zum Schluss hatte man ihr in einem Durchgangsland eine weiße Weste verpasst – und dann habe ich sie in London ersteigert. Sie hat mich ein Vermögen gekostet – aber ich kam mir wie ein Held vor, einer, der ein wertvolles Stück in die Heimat zurück bringt, einen wieder gefundenen Schatz, ein verlorenes Schaf. Man sandte sie mir per Kurier hierher. Ich sehe das Paket hier noch liegen, auf diesem Tisch. Man hatte sie ganz vorschriftsmäßig verpackt, das Paket so richtig professionell mit Schaum ausgespritzt, wie man eben wertvolle Ausstellungsstücke verpackt, wenn sie auf Reisen gehen. Ich habe sie hier mit Ehrfurcht und Andacht empfangen. Sie war heil, als ich sie aus der Verpackung herauszog. Nur habe ich Idiot sie am Henkel angefasst – und der ist dabei abgebrochen. Das wäre aber nicht das Schlimmste gewesen, denn das hätte man wieder beheben können. Nein, die Vase ist dabei leicht auf die Tischplatte gefallen, nur ein paar Zentimeter, aber dabei zerbrach sie in tausend Stücke! Ich sehe die

Scherben noch vor mir – ich konnte es einfach nicht glauben. Da hat dieses Ding zweitausend Jahre überlebt und geht hier auf meinem Esstisch zu Bruch!"
Er stand auch jetzt fassungslos da, als lägen die Glasscherben noch vor ihm. „Ich habe die Scherben dann nach Rom, ins ‚Istituto Centrale di Restauro' gebracht, wo man sie unters Elektronenmikroskop legte und mir zu meinem Trost erklärte, dass die Vase voller winziger Haarrisse gewesen sei, mit dem bloßen Auge nicht sichtbar, und dass es sowieso an ein Wunder grenzte, dass sie so lange überlebt hatte." Er machte eine Pause, in Erinnerung versunken.
„Konnte man sie restaurieren?"
„Ehrlich gesagt, ich weiß es nicht. Ich habe die Scherben einfach da im ICR gelassen. Sollten die sie wieder zusammengeflickt haben, dann steht sie jetzt in irgendeinem Museum, in einer Vitrine. Ich hätte sie auch in eine Vitrine stellen müssen – und damit wäre sie für mich uninteressant geworden. Ich muss die Dinge, die mich umgeben, anfassen können, sonst sind sie wertlos. Ich bin eben ein handgreiflicher umbrischer Bauer." Er lacht kurz auf. „Aber du verstehst natürlich, was ich dir damit sagen will?"
„Natürlich", sagte sie knapp. „Aber meine Ehe ist keine antike, angeknackste Vase, sondern eine handfeste Angelegenheit, von hier und heute."
„Und du hast deine Ehe... genau unter die Lupe genommen?"
„Das ist nicht nötig – sie war intakt."
„Und da bist du dir so sicher? 100%ig sicher?"
„Absolut. Aber du könntest es mir natürlich sofort widerlegen, nicht wahr?"
„Allerdings. Aber ich werde es nicht tun. Es ist auch nicht nötig – dein Verhalten widerlegt es von allein. Sonst stündest du jetzt nicht hier. Du solltest dir selbst vergeben. Sogar Jesus hat der Ehebrecherin vergeben, sie davor bewahrt, gesteinigt zu werden. Du kennst die Geschichte? Den schönen Satz: ‚Wer ohne Sünde ist, werfe den ersten Stein'?"
„Ja, natürlich."
„Aber es tröstet dich nicht?"
„Nein."
„Lies es mal nach, im achten Buch des Johannes. Es steckt ein Geheimnis dahinter: Jesus vergab ihr und schrieb einen Satz in den Sand."

„Was schrieb er denn?"
„Das ist uns nicht überliefert."
„Dann war es vielleicht nur eine Verlegenheitsgeste. Er wusste nicht, was er sagen sollte, und da hat er ein bisschen im Sand herumgekritzelt. Das würde ich jetzt am liebsten auch tun."
Massimo lachte leise in sich hinein. „Eine Verlegenheitsgeste? Mag sein, mag nicht sein, aber das glaub ich nicht, nichts in der Bibel ist zufällig. Es hat alles einen tieferen Sinn, den wir oft nicht zu verstehen fähig sind."
Sie ging wieder auf die Terrasse hinaus und blickte in den Garten. Er folgte ihr. „Dann hat er vielleicht keinen Satz geschrieben, sondern eine Grenzlinie gezeichnet. Massimo, mein unbegrenzter Massimo, alles hat Grenzen, auch du, auch dein riesiger Garten hier, da ist die Baumgrenze, da hört er auf."
„Aber mein Besitz geht darüber hinaus", sagte er trotzig. Darüber musste sie sogar leise lächeln. „Nun benimmst du dich wie ein bockiges Kind. Auch dein riesiger Besitz hat dann irgendwo seine Grenzen. Und danach kommen andere Grenzen, die Region, die Landesgrenzen und so weiter. Du würdest doch deinen Besitz verteidigen, wenn du angegriffen würdest, du würdest dich selbst verteidigen, vielleicht auch dein Land verteidigen... man verteidigt einfach das, was einem gehört, das, was man liebt."
„Ich würde natürlich meinen Besitz und mich selbst verteidigen, aber mein Land, im Sinne von Vaterland nicht! Diese Grenze ist mir zu weit weg, zu abstrakt, ich kann sie nicht sehen, nicht anfassen, nicht spüren. Ich lasse mich von keinem Politiker vor dessen Karren spannen, um irgendwelche Grenzen zu verteidigen, die Politiker gezogen haben."
„Aber du fühlst dich doch als Italiener, oder?"
„Natürlich. Aber das ist ein humanes Gefühl, kein politisches! Ich bin 100 % Italiener!"
Charlotte lachte leise. „100 %? Bist du dir da 100%ig sicher?"
„Na ja", lenkte er ein, „ein paar Prozente muss ich wohl abgeben, an Goethe, an Emma und an dich... Aber das ist nicht der Grund, warum ich nicht die Nationalfahne hisse!" Er ging zu einem der auf der Terrasse stehenden Liegestühle, auf dem die Tageszeitung lag, in der er heute morgen hier gelesen hatte, und wies auf die Titelseite. „Sieh dir die Schlagzeilen an: ,Strage di italiani in Irak.' Unser Land hat sich in einen Krieg verwickeln lassen, der uns nichts angeht, in den wir uns nicht

hätten einmischen dürfen. Weil es, wie alle Kriege, ein schmutziger Krieg ist, weil es um ökonomische Interessen geht, wie in allen Kriegen, weil die Religion anderer in den Dreck gezerrt wird, weil man von ‚Befreiungskrieg' spricht und ‚Eroberungskrieg' meint... es kommen wieder Särge mit Helden drin in die Heimat zurück. Tote Helden. Staatsbegräbnisse, würdevolle Worte... Nationalgefühl ist wieder angesagt... wie ich das alles verabscheue! DER Krieg, im Deutschen eine männliche Angelegenheit; LA Guerra, im Italienischen eine weibliche!" Er blitzte sie an. „Ihr hattet doch erst vor ein paar Jahren so eine Rechtschreibreform in Deutschland. Ihr hättet das ändern sollen mit dieser fabelhaften Möglichkeit des Neutrums: DAS Krieg, ihn zu einer Sache machen, wie DAS Papier!" Er riss die Titelseite von der Zeitung ab, knüllte sie zusammen und warf sie in den Garten. „DAS Krieg - ein Neutrum, das man irgendwann einfach wegwerfen kann, wie eine Sache, die man nicht mehr braucht!" Er war wirklich wütend. Dann aber fuhr er milder fort: „Und dafür hättet ihr DAS Mädchen in DIE Mädchen verwandeln müssen – damit werde ich mich nie abfinden, mit dem Neutrum-Mädchen!"

Charlotte schüttelte lächelnd den Kopf. „Bei der Rechtschreibreform werden sie an alles Mögliche gedacht haben, nur nicht an die Änderung der Artikel. Das sind wieder so Massimo-Gedanken. Unbegrenzte Massimo-Gedanken."

„Charlotte, dieser ganze Mist hier", und jetzt nahm er die ganze Zeitung und warf sie über die Brüstung, „hat mit Grenzen zu tun. Grenzen, welche die Menschheit sich in Jahrtausenden aufgebaut hat, politische Grenzen, gesellschaftliche Grenzen, religiöse Grenzen, moralische Grenzen... und Grenzen reizen dazu, dass man sie überschreitet! Das ganze Übel hat mit Grenzen zu tun, mit Besitz, mit falscher Moral, mit Engstirnigkeit, mit Beschränktheit im weitesten Sinne, mit dem an Grenzen stoßen..."

Sie nickte langsam. „Du magst ja Recht haben – aber sie sind nun mal da, die Grenzen. Du kannst sie nicht wegreden."

„Aber wir können uns über sie hinwegsetzen, uns davon befreien. Ich kann die Welt nicht davon befreien, aber individuell können wir uns doch wenigstens davon befreien. Wir müssen es zumindest versuchen. Wir dürfen uns nicht emotional begrenzen! Kennst du das Gedicht?

‚Ich lebe mein Leben in wachsenden Ringen,
die sich über die Dinge ziehen,

ich werde den letzten vielleicht nicht vollbringen,
aber versuchen will ich ihn'."
Sie nickte lächelnd. „Womit wir zur Abwechslung bei Rilke wären. Ach, Massimo... und jetzt willst du mich mit in deine Ringe ziehen, in deinen Turm... Dabei fällt mir die nächste Strophe dieses Rilke-Gedichtes ein:
‚Ich kreise um Gott, den uralten Turm,
und ich kreise Jahrtausende lang,
und ich weiß nicht, bin ich ein Falke, ein Sturm,
oder ein großer Gesang.'
Mein stürmischer, unermesslicher Massimo! Wie stellst du dir das denn alles praktisch vor?"
Er blickte sie ernst an. „Ich weiß nicht – ich weiß nur, dass ich mir mein Leben ohne deine Poesie, deinen Gesang und deine Rätsel gar nicht mehr vorstellen mag. Ich bin sicher, auch nach vielen Jahren wirst du mir noch Rätsel aufgeben, mit dir wird es nie langweilig werden – und wenn man eine Frau findet, die das schafft, hat man das große Los gezogen. Hör mir gut zu, Charlotte! Ich bin keiner, der jetzt vor dir niederkniet und dir einen Heiratsantrag macht. Ich will auch nie wieder heiraten. In die Kirche kann ich sowieso nicht mehr als Geschiedener, da stößt einen die Katholische Kirche ja barmherzigerweise aus. Und nur das hätte Sinn, sich gegenseitig vor Gott etwas zu versprechen. Aber doch nicht vor einem blassen Standesbeamten, einem bezahlten Staatsdiener, einem städtischen Angesellten! Was geht den mein Privatleben an! Ich wüsste gar nicht, was ich da sollte! Wer unbedingt seine Vermögensverteilung regeln will, kann zum Notar gehen. Die und die Rechtsanwälte sind für so was zuständig. Aber ich finde, ein Zusammenleben von zwei Personen geht nur die beiden etwas an! Wir könnten hier eine schöne Feier machen, laden alle unsere Freunde ein, zur Gesellschaft und als Trauzeugen, sozusagen. Dann tafeln wir fürstlich, Alfonso und seine Freunde spielen Tarantella, dazu wird man im Garten tanzen, und dann verspreche ich dir vor allen, dich nie zu verlassen, oder man darf mich am nächsten Baum aufknüpfen, dann in Stücke zerteilen und den Wölfen zum Fraß vorwerfen. Wäre das eine angemessene Strafe?" Er lachte sie an. „Und während ich dir das verspreche, soll einer dazu Flöte spielen."
Er umarmte sie. „Und wenn dann spät in der Nacht alle weg sind, dann schlagen wir unser Nachtlager hier auf dem Esstisch auf, und du siehst

in den Himmel, auf das Bild von der Himmlischen und der Irdischen Liebe, und ich sehe auf die Erde, auf dich!"
Er sah sie nur an und wartete. Auf ein Zeichen. Aber diesmal schüttelte sie fast unmerklich den Kopf. Ganz leise, fast flüsternd sagte sie: „Das ist eine sehr schöne Vorstellung... vielleicht das Schönste, was ich je in meinem Leben gehört habe, aber... mein Prinz ist wieder mal zu schnell, nein, nicht zu schnell gefahren, zu schnell geritten. Er hat ein feuriges Pferd, und hat gleich mehrere Hürden mit Orlando zugleich übersprungen."
"Und wenn er das eben kann? Was steht dem im Weg?"
„Die Hürden eben, die Grenzen, die Realität."
„So kommen wir nicht weiter."
"Nein, so kommen wir nicht weiter." Sie blickte auf ihre Armbanduhr und erschrak, wie spät es war.
Er folgte ihrem Blick. „Du willst doch nicht etwa gehen? So kannst du nicht gehen! Auch wenn wir irgendwie in einer Sackgasse gelandet sind. Weggehen ist keine Lösung." Er sah sie flehend an. „Spiel mir was auf dem Flügel vor!"
„Das ist das Allerletzte, was ich tun werde. Ich sagte dir doch, ich spiele miserabel."
„Das hat man dir ja jahrelang eingeredet, so wie vieles andere auch. Unsere Erziehung war wirklich total gegensätzlich: Dir haben sie versucht einzureden, du seiest zu nichts fähig, mir hingegen hat mein Vater immer gesagt: ‚Massimo, du kannst alles, wenn du es nur willst.' Und meine Mutter sagte immer: ‚Amedeo, du kannst alles, wenn Gott dir hilft'... Hör zu, mir ist es egal, ob du nicht so gut wie deine Mutter spielst oder wie Martha Argerich. Ich werde dich weder mit ihr noch mit einer anderen Pianistin vergleichen, denn du bist du, und du spielst mir jetzt gefälligst etwas vor, sonst..."
„Sonst?" Sie sah ihn herausfordernd an.
„Sonst leg ich dich jetzt über den Esstisch, falle über dich her, werfe dich danach in meinen Kerker, wo ich dich bei Wasser und Brot gefangen halten werde und wo du mir zu Diensten sein wirst, wann immer ich will. Reicht das?"
Sie legte den Kopf in den Nacken und lachte sogar.
„Es funktioniert nicht mehr, was?", fragte er lächelnd.
„Nein... hier ist die dritte und letzte Strophe des Liedes von den freien Gedanken:

Und sperrt man mich ein, im finsteren Kerker,
das alles sind rein vergebliche Werke,
denn meine Gedanken, zerreißen die Schranken
und Mauern entzwei: die Gedanken sind frei."
„Dann befreie dich wirklich, Charlotte, nicht nur in Gedanken."
Sie machte sich aus seinen Armen frei und ging seufzend zum Flügel, setzte sich auf den Hocker, strich einmal über die Tasten. „Also gut, was das hier angeht, hast du gewonnen. Ich werde dir jetzt etwas vorklimpern, und du wirst es bereuen, mich darum gebeten zu haben. Das wird dir eine Lehre sein."
Er stellte sich strahlend vor sie hin, lehnte sich an den Flügel und sah sie aufmunternd an. Aber sie machte eine unwirsche Handbewegung. „Aber geh hier weg! Ich kann schon gar nicht spielen, wenn mir einer dabei auf die Finger guckt. Das hat meine Mutter jahrelang getan. Setz dich gefälligst auf das Sofa hinter mir!"
Schon war er verschwunden. Als sie einen kurzen Blick nach hinten über die Schulter warf, sah sie ihn brav auf dem Sofa sitzen. Na ja, manchmal gehorchte er ihr ja doch.
Sie überlegte, was sie spielen sollte. In den letzten zwei Jahren hatte sie sich immer öfter dabei ertappt, wie sie in ihren Freistunden oder auch nach Schulschluss heimlich ins Musikzimmer der Schule schlich, um dort auf dem Schulklavier ein bisschen zu spielen. Herr Hausmann, der Musiklehrer, ein netter, älterer Kollege hatte sie einmal dabei erwischt, war freundlich lächelnd in der Tür stehen geblieben und hatte dann sogar applaudiert. „Frau Kollegin, Sie haben neben Ihren sprachlichen Fähigkeiten ja auch musikalische Fähigkeiten!" Das hatte ihr Mut gemacht, und sie schlich sich immer öfter nach oben, ins Dachgeschoss, zum Klavier. Am liebsten übte sie die kleinen Stücke von Schumann und Schubert, die waren relativ leicht zu spielen und sie konnte sie auswendig.
„Ich spiele dir etwas vor, was jetzt hierher passt."
„Habe ich von dir auch nicht anders erwartet", hörte sie seine tiefe Stimme hinter sich.
Und dann spielte sie ein kleines Stück von Robert Schumann, nur eineinhalb Minuten lang.
Als sie fertig war, hörte sie ihn ehrlich sagen: „Aber das war doch ganz gut, nur zu kurz. Wie heißt das Stück?"
„Von fremden Ländern und Menschen. Schumann."

„Spiel noch was... Passendes."
Sie blieb bei Schumann und spielte das nächste Stück, das immerhin über drei Minuten in Anspruch nahm. Es ging ihr ganz gut von der Hand.
„Das war schon viel besser", urteilte er wieder ehrlich. „Aber ich kenne Schumann nicht besonders gut. Wie heißt es?"
Sie holte tief Luft. „Das war ‚Träumerei' aus ‚Kinderszenen', Opus fünfzehn. In meinen privaten Kinderszenen war es eine Alpträumerei."
Er war aufgestanden, hatte sich hinter sie gestellt, ihr seine Hände auf die Schultern gelegt und massierte sie leicht. „Charlotte, du solltest mit deinem Elternhaus Frieden schließen."
"Ach, was das betrifft, da habe ich schon längst abgeschlossen."
"Nein, nicht ABschließen, sondern AUFschließen. Eure kleinen Präpositionen vor den Verben, die den großen Unterschied ausmachen. Um Frieden zu schließen, muss man AUFschließen. Spiel bitte noch etwas – Passendes."
Ihr fiel ein schönes Stück von Chopin ein, das sie ganz gut konnte, aber sie verzichtete darauf, es zu spielen, denn es hieß ‚Abschiedswalzer' und den wollte sie hier nicht hören. Jetzt nicht. Also spielte sie ein anderes Stück, das sie auch sehr mochte. Und sei es, weil sie es so mochte oder weil er ihr die Schultern mit seinen Händen so sanft gelockert hatte oder weil sie einfach Zutrauen in sich gefasst hatte, sie spielte es ausgezeichnet herunter, fast fünf Minuten dauerte es.
„Das war jetzt aber wirklich schön", sagte er bewundernd. „War das auch von diesem Schumann?"
„Nein, das war von Franz Liszt, der ‚Liebestraum' in As-Dur."
Sie klappte den schwarzen Klavierdeckel entschieden herunter, stand auf und sah Massimo direkt in die Augen. „Das waren drei Lieder. Aller guten Dinge sind drei. Ich muss jetzt wirklich gehen. Es ist spät geworden, schon viertel vor sieben. Ich muss nach Haus."
Sie drehte sich um und ging. Hinter sich hörte sie ihn noch sagen: „Du bist hier zu Haus."

Beim Abendessen verkündete Leo: „Francesca und ihre Eltern gehen heute ins Kino, in einem der Nachbarorte, hab' den Namen vergessen. Ein Freilichtkino. Bauen die nur im Sommer auf. Sie haben gefragt, ob ich mitkomme."
„Das ist aber nett von ihnen", sagte Helmut.

„Nicht wahr, dachte ich auch. Aber sie machen es nicht nur aus Freundlichkeit. Sie wollen uns unter Kontrolle haben! Das ist doch unser letzter Abend heute. Viel können wir ja nicht mehr anstellen. Und jetzt lassen sie uns nicht mehr aus den Augen, besonders Liliana ist da ganz streng. Sie fahren doch morgen ab, leider." Er blickte bittend um sich. „Ich kann doch mitfahren, ins Kino?"
„Intelligente Leute. Das mit der Kontrolle klingt wirklich sehr vernünftig. Sollen wir nicht auch hinfahren, Lotte? Wir waren schon ewig nicht mehr im Kino."
„Was für einen Film geben sie denn?", fragte sie ohne Begeisterung.
„La notte delle bestie", sagte Leo verheißungsvoll.
„Was, ‚die Nacht der Bestien'?", fragte Charlotte angeekelt. „Das klingt nach Horror."
„Na ja, es ist kein Tierfilm von Walt Disney", gab Leo zu. „Aber er lief auch in Berliner Kinos. Hatte tolle Kritiken. Ein Film mit ganz neuen technischen Tricks. Meine Freunde haben ihn alle gesehen."
Helmut winkte ab. „Diese am Computer hergestellten Filme. Wie der ‚Herr der Ringe'!"
Das war ein Film, den sie alle zusammen im Kino gesehen hatten. Leo fand ihn toll, Charlotte fand die Fabelwesen unästhetisch, Helmut hatte der ganze Firlefanz gelangweilt und er war beim zweiten Teil eingeschlafen.
„Lassen wir ihn mitfahren", sagte Charlotte. „Wir bleiben hier."
„Von mir aus", sagte Helmut „dann haben wir endlich mal wieder einen gemütlichen Abend für uns, mein Schatz."
„Hm", machte sie.
Leo stieß einen kleinen Freudenschrei aus. Er winkte aufgeregt zum Tisch der Veroneses hinüber, bis Francesca auf seine fuchtelnden Arme aufmerksam wurde. Leo ballte die Hand zur Faust und hob den Daumen zum Zeichen des Sieges. Francesca winkte fröhlich zurück.
Massimo machte seine Runde durch den Saal. Er blieb vor ihrem Tisch stehen und sah Leo freundlich lächelnd an. „Am letzten Abend noch ein Schäferstündchen mit Francesca vereinbart?"
„Wir gehen gemeinsam ins Kino", frohlockte Leo. Mit gedrosselter Begeisterung fügte er hinzu: „Ihre Eltern kommen auch mit."
„Das ist nicht gerade das, was dir vorschwebt, was?", fragte Massimo mitfühlend.
„Nein", gab Leo zu. „Aber besser als gar nichts."

„Und Sie?" Massimo wandte sich hoffnungsvoll an Helmut. „Sie wollen nicht mitfahren?"
„Nein, diese Horrorfilme sind nichts für unseren Geschmack. Meine Frau und ich machen uns heute einen gemütlichen Abend."
Das Lächeln verschwand aus Massimos Gesicht. Er biss die Zähne zusammen und blickte kurz zu Charlotte hinüber. „Dann allen einen schönen Abend", sagte er knapp und war auch schon am Nachbartisch.
Leo und Helmut hatten seinen Gemütswandel nicht bemerkt, denn sie machten sich über ihren Fleischteller her. „Hmm!" Helmut kaute genießerisch an einem Stück. „Diese hauchdünnen Kalbsschnitzelchen zergehen einem auf der Zunge. Du weißt nicht, was dir entgeht, Lotte."
DIR ist einiges entgangen, in diesen Tagen, lieber Helmut, dachte sie nicht ohne Enttäuschung. Wie hatte er von allem, von all ihren Gemütsschwankungen nichts mitbekommen können? Sie konnte es im Grunde nicht fassen, obwohl es ihr natürlich mehr als Recht gewesen war. Vielleicht sollten wir den heutigen Abend zu einer Aussprache nutzen, dachte sie mutig. Einfach mal offen über uns reden. Das würde zwar kein gemütlicher Abend werden, aber so konnte es doch auch nicht weitergehen. Doch das Schicksal hatte es nicht so geplant. Der Abend sollte ganz anders verlaufen.
Beim Verlassen des Speisesaals stießen sie mit ihrem Schicksal zusammen. Es hatte diesmal die Form von Signor Martinelli angenommen. „Cara Signora", sagte Martinelli galant zu ihr. „Würden Sie mir heute Abend ihren Mann ausleihen?" Charlotte war verdutzt. Der Tennisplatz hatte keine Nachtbeleuchtung, also was wollte Martinelli?
„Nein, nein, nicht zum Tennisspielen", rief Martinelli, "aber es ist mir zu Ohren gekommen, dass Ihr Gatte nicht nur ein vorzüglicher Tennisspieler, sondern auch ein ausgezeichneter Schachspieler sein soll."
Charlotte übersetzte alles für Helmut. „Von wem hat er denn das gehört?"
Martinelli schien zu verstehen. „Ihr Sohn hat in den höchsten Tönen von seinem Supermann-Vater geschwärmt. Sie waren immerhin schon mal für die Weltmeisterschaft aufgestellt worden?"
Helmut winkte ab, aber es ging ihm natürlich runter wie Öl - ‚olio d'oliva extra vergine'. Ohne lange zu überlegen sagte er begeistert in seinem Euro-Sprachmix: „Si si, I come... gerne."

Martinelli nickte genugtuend. Man verabredete sich in einer Viertelstunde bei den Martinellis. Helmut rieb sich frohlockend die Hände, dann aber erschrak er. „Charlotte, unser gemütlicher Abend! Ich lass dich schon wieder allein. Es macht dir doch nichts aus, oder?"
Nein, nein, versicherte sie. Sie wolle sowieso ihr Buch noch vor der Abfahrt zu Ende lesen. Helmut legte den Arm um sie und gab ihr einen dankbaren Kuss auf die Wange. Beim Hinausgehen aus dem Speisesaal drehte sie sich kurz um. Massimo stand weit entfernt am anderen Ende des Saales herum. Er hatte nichts hören können, hatte aber die Szene beobachtet. Er sah sehr ernst aus.
Als sie in ihre Wohnung kamen, hörten sie, wie Leo im Bad duschte. Charlotte seufzte: Wie oft hatte sie gepredigt, jeden Tag, wasch dich abends, putzt dir die Zähne, kämm dich gefälligst... alles hatte sie immer dreimal sagen müssen. Aber das, was sie als Mutter nur mühsam geschafft hatte, würde er freiwillig für andere Frauen tun. Er zog sich sogar noch ein frisches Hemd an. „Darf ich dein Rasierwasser benutzen, Papa?"
„Benutz es", gestattete Helmut freizügig. „Heute verzeih ich dir alles, mein Sohn. Habe gehört, dass du auch mal was Gutes über mich hinter meinem Rücken sagst." Er spielte auf Martinelli an.
„Na ja, habe ein bisschen für dich angegeben, Papa. Ich hoffe, du schlägst ihn jetzt auch beim Schach, so wie du es beim Tennis gemacht hast!"
„Werde mein Bestes geben, um uns nicht zu blamieren." Helmut war in Kampfstimmung.
Als ihre beiden Männer gegangen waren, legte sie sich aufs Bett und nahm ihr Buch zur Hand. Es wäre jetzt so einfach gewesen, zu ihm hinüberzulaufen. Aber er erwartete sie nicht. Und sie müsste an Natalina vorbei. Also begann sie zu lesen. Aber die Buchstaben tanzten wild vor ihren Augen herum und ergaben keinen Sinn. Da sie sich beim besten Willen nicht auf die Lektüre konzentrieren konnte, legte sie das Buch zur Seite. Nachdenken. Aber auch ihre Gedanken vollführten diesen wilden Tanz, sie schlugen Purzelbäume im Gehirn, fielen hinunter auf das Trampolin in ihrem Herzen und es wurde ihr schwindelig.
Sie hatte sich mit Helmut aussprechen wollen. Aber hätte sie es wirklich getan? Hätte sie den Mut dazu aufgebracht? Sie musste sich Klarheit verschaffen. Wenn nicht mit Helmut, dann musste sie mit Massimo sprechen. Sie hätte gerne mit jemandem gesprochen, der neutral war, ein

unbekannter Dritter, den man hätte zu Rate ziehen können. Für einen kurzen Moment dachte sie an Federico, verwarf die Idee aber sofort – er war nicht neutral, er war Massimos Freund. Sie blickte zum Haupthaus hinüber. Im Turmzimmer brannte Licht. Dann ist er in der Bibliothek. Dann hat er wohl keine Gäste. Seine letzten Worte klangen ihr noch im Ohr: Du bist hier zu Hause... Sie hatte ihn einfach so stehen lassen. Das war nicht richtig gewesen, aber was war schon richtig und was falsch in ihrer Situation?

Sie begab sich ins Bad und warf sich kaltes Wasser ins Geicht. Nein, nicht schminken. Sie ging zu keinem Rendezvous. Nur die Haare band sie sich ordentlich zu einem Knoten zusammen. Sie kämmte sie besonders glatt und zog den Knoten besonders streng fest. Ungesehen wollte sie sich aus dem Haus schleichen. An der Tür hielt sie inne, sah auf ihre Kleidung, die hellblauen Shorts und das weiße T-Shirt. Das würde im Dunkeln schön leuchten. Und auf dem Platz am Brunnen saßen wie immer noch Gäste. Aber sie wollte von Niemandem gesehen werden, also musste sie etwas Dunkles anziehen. Das einzig dunkle Stück in ihrer Garderobe war das schwarze Seidenkleid. Sie holte es aus dem Schrank und zog es schnell an. Auch das Jäckchen. Dann die schwarzen Schuhe. Klick-klack machten die Absätze – nein, so ging das nicht. Sie schleuderte die Schuhe von den Füßen und schlich sich barfuß aus dem Haus. Nur barfuß konnte man so leise schleichen.

Sie nahm den Weg über den Parkplatz hinter den Gästehäusern und hinter dem Badehäuschen am Pool vorbei, wo sie an den duftenden Rosmarinbüschen stehen blieb, sich einen kleinen Zweig abbrach und ihn sich ins Knopfloch der Jacke steckte. Unter ihren nackten Fußsohlen piekten die abgefallenen, trockenen Rosmarinstacheln.

Als sie vor dem dunklen Portal seines Hauses stand, verließ sie fast der Mut. Sie drückte leicht dagegen. Es ging lautlos auf. Die schließen hier nicht mal nachts ab, dachte sie überrascht. Die Halle war dunkel und leer. Zu Natalinas Wohnung stand die Tür offen und man konnte das bläuliche Licht eines Fernsehgerätes sehen. Irgendeine Quizsendung. Die aufgekratzte, übertrieben hohe Stimme des Quizmasters rief: „Il candidato ha vinto mille Euro." Man lässt sich die Verblödung des Publikums auch hier einiges kosten, dachte Charlotte. Das Gleiche wie bei uns.

Immer an der Wand entlang schleichend gelangte sie zum Büro. Auch hier stand die Tür offen. Sie kam sich wie ein Einbrecher vor.

Einbrecher hätten hier ein leichtes Spiel! Dann schlich sie lautlos die schmale Treppe zum Turm hinauf, die ja Gott sei Dank aus Stein war. Eine Holztreppe hätte geknarrt, dachte sie noch erleichtert. Dann stand sie vor seiner Tür, die nur angelehnt war. Sanfte Musik tönte aus dem Raum. Eine tiefe, weiche Stimme sang ein schönes Lied. Der Refrain war: „... e adesso è ora, è ora che io vada… sulla cattiva strada…" Ihr Übersetzungscomputer im Kopf arbeitet wie immer schonungslos. „... es ist Zeit, dass ich gehe... auf der schlechten Straße...", sang die Stimme. Ihr wurden die Knie weich. War sie auf der schlechten Straße? Auf der falschen Straße? Vom rechten Weg abgekommen?

Aber es war nicht Massimos Stimme, sie ähnelte ihr nur. Es musste eine CD sein, da war schöne Gitarrenmusik im Hintergrund. Vorsichtig lugte sie durch den Türschlitz: Massimo lag auf dem dunkelroten Sofa und las ein Buch, eine Lesebrille auf der Nase. Es war ein friedliches Bild. Er lag so gelassen da, den Oberkörper an die einzige höhere Seite des Sofas gelehnt, das rechte Bein angewinkelt, das Buch darauf abstützend. Er trug noch die helle Leinenhose und sein weißes Hemd, das er den ganzen Tag über angehabt hatte. Den markanten Kopf aufrecht haltend war er total in seinen Lesestoff vertieft. Keine Zeitschrift über Weinanbau, sondern ein altes, in Leder gebundenes Buch. Il Conte, dachte sie. Innen wie außen. Durch und durch.

Sie stand eine Weile einfach so da und beobachtete ihn. Stundenlang hätte sie so dastehen mögen und ihn betrachten, und es wäre ihr nicht langweilig geworden...

Plötzlich aber hörte sie unten in der Halle ein Geräusch. Natalina schlurfte da wohl herum. Sie gab sich einen Ruck und schlüpfte durch die Tür, machte sie schnell hinter sich zu und blieb stehen. Ihm fiel vor Schreck das Buch aus der Hand. Blitzschnell sprang er hoch.

"Mio Dio, Charlotte! Che fai qui?" Sie musste ihn wirklich sehr erschreckt haben. Er hatte sein Deutsch vergessen.

„Entschuldige, ich wollte dich nicht erschrecken."

Langsam fasste er sich wieder, nahm das Buch vom Boden auf und legte es mit der Lesebrille auf das Tischchen. Dann kam er auf sie zu, nahm vorsichtig ihre linke Hand und führte sie an die Lippen zu einem leichten Kuss. „Jetzt hast du es zur Abwechslung mal geschafft, mich zu erschrecken", sagte er warmherzig. Vorsichtig fügte er hinzu: „Und dein gemütlicher Abend mit Helmut?"

„Der wurde von Martinelli zum Schach herausgefordert."

„Ah - ich verstehe. Gelobt sei das Schachspiel." Er lachte leise. „Ein Macho-Spiel! Fällt der König, ist die Partie zu Ende. Wird die Dame besiegt, geht der Kampf erst richtig los." Dann glitt sein Blick an ihr herunter. „Das Kleid... wie schön, dass du es noch mal angezogen hast." Er wies entschuldigend auf seine Kleidung. „Ich kann heute nicht mithalten."
Sie bemerkte sein auf der Brusttasche des weißen Hemdes eingesticktes Monogramm: MAS. Leicht tippte sie mit dem Zeigefinger darauf. „Du siehst immer elegant aus."
Lächelnd tippte er kurz auf das Rosmarinzweigchen an ihrer Jacke, sagte aber nichts.
Sie lächelten sich abwartend an. Dann nahm er ihre linke Hand und begleitete sie zum Sofa. „Setz dich doch." Er selbst setzte sich in den anderen Sessel, ihr gegenüber. Das kleine Tischchen stand zwischen ihnen. Das Sofa war noch warm, er hatte es mit seinem Körper gut angewärmt. Sie zog das Jäckchen aus und ließ es achtlos auf den Boden neben sich rutschen. Nur der Fußboden war kalt und sie war barfuß. Sie zog die Beine hoch auf das Sofa, legte sich seitlich hin, den Kopf auf den rechten Arm über die Sofalehne gestützt. Um die Stille zu brechen, sagte sie: „Ecco! Paolina Borghese."
Sein Lächeln vertiefte sich. „Danke, Paolina, dass du gekommen bist." Weiter sagte er nichts, sah sie nur an. Und wartete.
Es war fast unerträglich. Sie konnte nicht zum Thema kommen. Und wusste auch nicht genau, was sie eigentlich sagen wollte. Wieder mal suchte sie nach Aufschub. „Die Musik ist sehr schön. Wer singt da?"
Er verstand, dass sie ablenkte, ging aber darauf ein. „Fabrizio di Andrè, mein Lieblingssänger, einer der besten italienischen ‚Cantautori'. Kennt man den bei euch etwa auch nicht?"
„Nein, zu uns kommen nur die Schnulzen rüber, wie „ti amo, ti amo" oder „Ciao, bella, ciao, bella ciao ciao ciao."
Er belehrte sie freundlich. „Das Letztere ist allerdings keine Schnulze. Das Lied sangen die Partisanen."
„Wovon singt denn dein Fabrizio de ...?
"De Andrè singt vom Leben – er hat auch ein Lied speziell für dich. Es heißt ‚Canto del servo pastore' – ich leg die CD auf, hör es dir an."
„Dove fiorisce il rosmarino c'è una fontana scura,
dove cammina il mio destino c'è un filo di paura,
qual è la direzione nessuno me lo imparò,

qual è il mio vero nome ancora non lo so."
Charlotte war wie vom Blitz getroffen. „Wie? ‚Dort, wo der Rosmarin blüht, gibt es einen dunklen Brunnen; dort, wo mein Schicksal verläuft, gibt es eine Spur von Angst; was ist die Richtung, niemand hat es mir beigebracht; was ist mein wahrer Name, noch weiß ich es nicht…' da hast DU ja das passende Lied gefunden!"
„Oder möchtest du den Rosmarin gegen Rosen eintauschen? Dann hör dir noch dieses Lied an: ‚Bocca di rosa', Rosenmund. Oder muss man es mit ‚Rosamunde' übersetzten?" Er suchte das Lied auf der CD und sie hörten es sich schweigend an. Es endete seltsam:
‚e con la Vergine in prima fila, e Bocca di Rosa poco lontano,
si porta a spasso per il paese l'amore sacro e l'amor profano'.
"Sehr verwirrend", sagte sie, "ich habe nicht alles verstanden… la Vergine, die Jungfrau, Rosenmund, die himmlische und die irdische Liebe…"
„Dann hör dir zum Schluss auch noch dieses Lied an: ‚Via del campo'."
Die Musik war wunderschön. Sie schloss die Augen und genoss den Klang der weichen Stimme. Das Lied war nur kurz. Es begann: ‚Via del campo c'è una graziosa, gli occhi grandi color di foglia, tutta notte sta sulla soglia, vende a tutti la stessa rosa…' und endete mit dem Satz: ‚dai diamanti non cresce niente, dal letame crescono i fior.'
Sie sah ihn erstaunt an. „Auf der Landstraße verkauft eine Schöne… an jeden die gleiche Rose… aus Diamanten wächst nichts, aus Stallmist wachsen Blumen' - wie rührend", sagte sie betroffen. „Die Via del Campo, Landstraße, das erinnert mich an eine kleine Straße in Berlin, die von der Friedrichstraße bis zur Charlottenstraße verläuft: Ihr ursprünglicher Name war ‚Rothe Mariengasse', was sich auf die Dirnen, die in den Bordellen dort verkehrten oder wohnten, bezog. Bis um 1900 war die Schreibweise auch ‚Roßmarienstraße', heute heißt sie ‚Rosmarinstraße'."
„Werden Dirnen bei euch ‚Maria' genannt?", fragte Massimo ungläubig.
„Es ist natürlich ironisch gemeint. Ähnlich wie bei der ‚Rosenstraße' in Berlin, was soviel wie ‚Hurengasse' bedeutet, weil man statt ‚Dirne' lieber ‚Röschen' sagte. Es klingt netter. Diese Straßen wurden wegen ihrer Unansehnlichkeit und dem damaligen schlechten Ruf so genannt. Heute sieht man ihnen ihre verruchte Vergangenheit nicht mehr an. Aber – was rede ich hier! Ich bin schon wieder vom Thema abgekommen. Sind wir auch vom rechten Wege abgekommen, Massimo?"

„Ich liebe es, wenn du vom Thema abkommst – es ist immer interessant, wenn du etwas ‚Abwegiges' sagst. Und – deine ‚abwegigen' Taten liebe ich auch! Wir sind damit auf den richtigen Weg gekommen."
Dann sagte wieder keiner etwas. Er ließ den Blick nicht von ihr. Diesen Röntgenblick. Sie ließ ihren Blick suchend über die Bücherwände schweifen, als stünden auf den Buchrücken die Antworten auf ihre Fragen. Dann hörte sie ihn liebevoll, aber sehr bestimmt sagen: „Charlotte, du bist nicht hergekommen, um über Musik oder Straßennamen zu sprechen."
„Nein." Sie sah ihm endlich in die Augen. „Aber bitte starr mich doch nicht so an. Das macht mich ganz nervös."
„Ich muss mir dieses Bild doch einprägen. Übermorgen wird Paolina Borghese abreisen. Ich werde dieses Sofa nie wieder ansehen können, ohne dich dort liegen zu sehen."
„Bist du so sicher, 100% sicher, dass sie abreist?"
„Ich bete jede Minute, dass sie es nicht tut."
„Du warst dir deiner Sache immer so sicher - hast mich in den letzten Tagen an der Nase herum geführt, auf den Arm genommen, hoch genommen, verschaukelt und hereingelegt – und wusstest dabei immer, was gut für mich war. Warum befiehlst du mir jetzt nicht einfach: sag ‚Geh!' oder sag ‚Bleib!'"
Er schüttelte langsam den Kopf. „Du weißt, dass ich das nicht kann, nicht darf... und nicht will. Das hier ist ganz allein deine Entscheidung – ich will dich zu nichts überreden."
Sie nickte. Natürlich wusste sie es. „Ich kann dir jetzt keine Antwort geben. Ich brauche Zeit."
„Du hast noch den ganzen morgigen Tag."
„Das ist nicht genug. Du weißt, wir Deutschen sind in allem etwas langsam." Sie versuchte ein Lachen, aber es gelang ihr nicht. Auch er lachte nicht. Er lächelte nicht einmal. Er war todernst. Wie oft hatte sie ihn in den vergangenen Tagen darum gebeten, zehn Minuten lang ernst zu sein. Jetzt war er es. Und es machte ihr fast Angst.
„Was du bis morgen Abend nicht weißt, wirst du nie wissen."
„Doch, ich werde in Berlin über alles nachdenken. Über mich, über dich, über Helmut, über Leo – Leo ist das Wichtigste." Dann versuchte sie es noch mal, die Schwere um sie herum aufzulockern. „Weißt du, dass Leo und Francesca in Kontakt bleiben wollen? Sie wollen sich schreiben, und vielleicht kommt sie ihn mal in Berlin besuchen."

Aber ihr Versuch schlug ins Gegensätzliche um. Seine Stimme war sehr kühl, als er sagte: „Du glaubst doch nicht, dass auch ich dir heimlich Liebesbriefe schreiben werde? Oder nach Berlin komme – vielleicht anlässlich einer Messe - und dir dann so ganz nebenbei einen Besuch abstatte. Um mir nach dem Urlaubsflirt noch einen kleinen Nachschlag zu holen? Charlotte, du bist KEIN Urlaubsflirt für mich! Sollte ich je beruflich in Berlin zu tun haben, werde ich Charlottenburg weitläufig umfahren."
Sie war eingeschüchtert und kam ins Stammeln. „Natürlich nicht. So meinte ich es auch nicht. Ich wollte nur sagen... ich meine... die jungen Leute haben es so viel einfacher. Sie können sich ganz unbefangen wiedersehen."
„Wir sind nicht mehr jung und wir haben es nicht einfach. Wir können es uns auch nicht einfach machen. Du möchtest das gern. Aber das wird dir nicht gelingen."
Sie zuckte bei jedem seiner Worte zusammen. Gab es denn nirgendwo Hilfe? Ihr Blick fiel auf das Buch, in dem er gerade gelesen hatte. Sie schlug es auf, an einer Seite mit Lesezeichen, und las laut: „So ist es ja besser zu zweien als allein, denn sie haben guten Lohn für ihre Mühe. Fällt einer von ihnen, so hilft ihm sein Gesell auf. Weh dem, der allein ist, wenn er fällt! Dann ist kein anderer da, der ihm aufhilft. Auch wenn zwei beieinander liegen, wärmen sie sich; wie kann ein Einzelner warm werden?" Sie sah ihn an. „Ausgerechnet die Bibel musst du abends lesen?"
„Und ausgerechnet den ‚Prediger' musst du aufschlagen? Das ist ein gefährliches Buch. Und die richtige Stelle hast du auch gefunden."
Sie las noch den nächsten Vers: „Einer mag überwältigt werden, aber zwei können widerstehen, und eine dreifache Schnur reißt nicht leicht entzwei." Dann klappte sie das Buch der Bücher zu.
„Ja, vielleicht war das eine passende Stelle für uns. Das mit der ‚dreifachen' Schnur gibt mir zu denken", sagte sie leise. „Ich würde es so gerne allen Recht machen, dir, Leo, Helmut, aber das ist wohl unmöglich. Das eine schließt das andere aus."
„Denk zuerst an dich, Charlotte. Mach es DIR Recht. Liebe deinen Nächsten wie dich selbst. Du liebst dich selbst nicht genügend. Und ich bezweifle auch, dass du deinen Mann wirklich liebst. Ja, natürlich, ihr habt euch aneinander gewöhnt in all den Jahren, und du bist ihm dankbar für alles, was er für dich getan hat. Aber ich finde, man sollte

nicht aus Dankbarkeit bei einem Partner bleiben, sondern immer nur aus Liebe. Fang an, dich zu lieben. Ich könnte dir dabei helfen. Denke mal nicht zuerst an die anderen... denke auch nicht an mich."
Endlich wandte er seinen gebannten Blick von ihr ab. Er blickte zum Fenster, in die Dunkelheit hinaus und schien angestrengt über seine folgenden Worte nachzudenken. Dann lehnte er sich im Sessel nach vorn, die Ellenbogen auf die weit gespreizten Beine gestützt, legte seinen Kopf in seine Handflächen und massierte sich die Schläfen, ballte die Hände zu Fäusten, sah auf, sah Charlotte an, hielt die Arme in ihre Richtung gestreckt, ließ die Fäuste aufspringen. Sie starrte auf die geöffneten Handflächen. Dann ließ er seine großen, kräftigen Hände sinken und begann zu sprechen. Leise, eindringlich, ohne zu Stocken:
„Sieh mich bitte an und hör zu. Wenn du abfährst, wirst du nie zurückkommen. Du wirst in dein gewohntes Leben zurückkehren, dein Beruf, deine Eltern, deine Freunde, deine Engagements, ich weiß nicht, was sonst noch alles. Ich weiß ja sehr wenig über dein Leben. Aber ich weiß, der Alltag wird stärker sein als die Erinnerung. Die wird verblassen... wie die Sterne am Morgenhimmel. Du wirst in den ersten Wochen noch jede Nacht in den Himmel gucken, und die Sterne werden jede Nacht da sein, aber immer ein bisschen mehr verrückt. Die Sternbilder wandern mit der Zeit, und irgendwann sieht der Himmel dann ganz anders aus, und du wirst dich fragen, ob alles nicht nur ein Traum war. Ein Liebestraum, eine schöne Erinnerung. Du wirst sie zu den anderen Erinnerungen deines Lebens legen. Und dann wird es gut sein."
Sie öffnete den Mund, wollte protestieren, aber er hielt die Hand hoch. „Ich bin noch nicht fertig. Ich kenne dein Leben nicht, aber du kennst meines. Alles, was ich habe und was ich bin, habe ich dir gezeigt. Du hast meine guten, aber auch meine schlechten Seiten kennen gelernt. Du bist in der Lage zu urteilen. Du würdest mich glücklich machen, wenn du bliebest. Aber eines solltest du wissen…", und nun hielt er doch kurz inne. Er musste tief Luft holen, bevor er weitersprach: „Wenn du gehst, wird mich das nicht umbringen. Ich bin niemand, der auf der Strecke bleibt. Ich werde weiterleben, mich in die Arbeit stürzen, kranke Olivenbäume fällen, bis ich selbst abends todmüde ins Bett falle. Und ich werde mit meinen Freunden Wein trinken und scherzen und lachen, so wie immer. Und ich werde wie immer hier sitzen, lesen, Musik hören und dich dort liegen sehen, so, wie du jetzt daliegst."

Zitternd hob sie ihre Jacke auf und ging zur Tür. Er folgte ihr. Mit bebender Stimme sagte sie: „Mag sein, dass du Recht hast. Mag aber auch sein, dass es anders kommt. Das wird die Zeit zeigen... Es ist spät geworden. Paolina muss gehen. Napoleon kommt gleich von seinem Schachfeldzug zurück und will sie vorfinden."
„Paolina sollte endlich an sich selbst denken."
„Morgen um vier?", fragte sie zaghaft.
„Nein. Morgen hältst du die Deutschstunde mit deinem Mann ab. Und mit dir selbst. Sprich dich mit Helmut aus... vielleicht ist das unsere einzige Chance."
„Was soll ich ihm denn sagen? Soll ich ihn fragen, wie man eine ‚dreifache Schnur' löst?"
„Ich weiß es nicht. Ich weiß nicht, wie offen ihr miteinander seid. Hier ein dreifacher Vorschlag: Glaube, Hoffnung, Liebe. Aber die Liebe ist die größte unter ihnen – sie duldet alles, sie versteht alles, sie vergibt alles." Er wollte ihr die Hand zum Abschied küssen, aber sie entzog sie ihm schnell, um ihm damit leicht über die Wange zu streichen. Diese seine Mischung aus deutscher Schwermut und italienischer Leichtigkeit war einfach unwiderstehlich.
Ungesehen, wie sie gekommen war, huschte sie hinaus.

Zu ihrer Erleichterung fand sie ihre Wohnung leer vor, Helmut und Leo waren noch nicht zurückgekehrt. Schnell zog sie ihr Nachthemd an und kroch ins Bett. Kurz darauf hörte sie beide gemeinsam die Treppe hochkommen. Sie tat, als schliefe sie schon fest.
Doch kurz bevor sie einschlief, fuhr ein Gedanke durch sie hindurch, so schnell und kaum wahrnehmbar wie eine Sternschnuppe, und hinterließ die Lösung der dreifachen Schnur.
Aber als sie am nächsten Morgen aufwachte, erinnerte sie sich nicht mehr daran. Die Schrift im Sand war über Nacht weggewischt worden.

KAPITEL 17 (14. August)

Von Abfahrten und Abschiedsblicken,
von einer Aussprache über Ehe und Tapeten,
von einer gewonnenen Wette und einer verlorenen Position

Müde saßen sie am nächsten Morgen auf der Terrasse: Charlotte, weil sie kaum und sehr schlecht geschlafen hatte, von schweren Gedanken, Geheimnissen und Gewissensbissen verfolgt. Helmut, weil er nicht siegesreich von seinem Schachfeldzug zurückgekommen war: Von fünf Partien hatte er nur zwei gewonnen, was ihn dann die ganze Nacht über wurmte. Und Leo war natürlich untröstlich über den Abschied von Francesca. Der Kinoabend war zwar schön gewesen, sie hatten danach sogar noch eine halbe Stunde für sich gehabt, die sie in einer dunklen Ecke hinter den Gästehäusern verbracht hatten. Aber als Helmut aus Martinellis Wohnung kam, den Platz überquerte und ganz nah an ihnen vorbeiging, hatte Leo sich einen Ruck gegeben, sich von Francesca verabschiedet und war mit seinem Vater nach oben gegangen.
Und nun saßen sie auf der Terrasse und wurden noch Augenzeugen der Abfahrt der Veroneses. Sie sahen zu, wie Federico das Auto vorfuhr, die Koffer einlud, Liliana mit Antonio an der Hand aus dem Haus kam und noch ein paar Tüten in den Kofferraum warf. Sie blickten sich nach Francesca um, die zum Haupthaus hinübergelaufen war, wohl um Massimo zu holen, aber noch nicht wieder aufgetaucht war. Alle winkten zu ihnen hinüber.
„Ich glaube, wir sollten hinuntergehen und uns richtig verabschieden", meinte Charlotte.
„Ja, du hast Recht. Das gehört sich so." Helmut trank seinen Cappuccino aus und stand auf.
„Ich bleibe hier – habe mich gestern Abend schon verabschiedet", maulte Leo.
„Ach, komm doch mit, das ist doch netter", munterte Charlotte ihn auf.
Sie überquerten den Platz und blieben neben dem Auto stehen. Liliana schüttelte Charlotte etwas steif und wortkarg die Hand, Leo und Helmut bekamen von ihr hingegen ein warmes Küsschen rechts und links auf die Wange. Charlotte übersetzte Lilianas Abschiedsworte sehr knapp zusammenfassend: „Es hat sie gefreut, euch kennen zu lernen, und so weiter und so fort."

Federico wandte sich zuerst freundlich an Helmut. „Es tut mir Leid, einen so guten Tennispartner zu verlieren. Es war mir eine Vergnügen mit Ihnen. Machen Sie weiter in Berlin – nur nicht aufgeben. Denken Sie an Ihre Gesundheit und an den Spaß, den es macht!" Helmut beteuerte, dass er das mit Sicherheit vorhabe.
Zu Leo sagte Federico: „Und dir danke ich, dass du dich so nett gekümmert hast um unsere Tochter. Sie hätte sich ohne dich hier nur gelangweilt. Ich bezweifle, dass sie nächstes Jahr noch mal mit uns in die Urlaub fahren wird. Sie wollte schon dieses Jahr weg mit einer Gruppe von Freundinnen, alleine ans Meer! Aber das ist denn doch eine bisschen zu viel des Guten – meine Frau hat es wohlweislich verboten. Aber wer weiß, wie lange können wir ihr verbieten, was sie dann doch tun wird?"
„Das ist der Lauf der Dinge", sagte Leo altklug. „Aber vielleicht darf sie mich mal in Berlin besuchen kommen? Alt genug ist sie doch, um allein zu reisen."
„Man wird sehen", sagte Federico diplomatisch. Dann wandte er sich an Charlotte. „Und Sie, was werden Sie in Berlin tun, während Ihre Mann Tennis spielt? Sie gehen spazieren, allein?"
Sie sah ihn unschlüssig an. „Man wird sehen..."
Er nickte kurz mit dem Kopf, seine Art von Nicken, als verstünde er alles. „In jedem Fall – geben Sie gut Acht auf Ihre Blutbild! Blut fließt zum Herzen – da sollte man nicht leichtfertig mit sein."
„Nein, ich bin nicht leichtfertig. Danke, Friedrich, für Ihre gut gemeinten – ärztlichen – Ratschläge." Sie gaben sich freundlich die Hände und er hielt ihre einen Moment länger fest als nötig.
Francesca war inzwischen mit Massimo zurückgekommen, der sich sofort von Tigerlilli umarmt fand. „Vieni a trovarci a novembre, quando sei a Roma," bettelte sie ihn. Massimo hob sich Antonio auf die Schultern und drehte ein paar Runden um den Brunnen mit ihm, so wie er es auch bei der Ankunft gemacht hatte. Charlotte sah ihm zu, während sie Leo zu Francesca sagen hörte: „Also. Ich warte dann auf Post von dir."
„Das wäre eine gute Deutschübung", pflichtete Federico bei.
„Dann musst du mir die Briefe korrigiert zurückschicken", lachte Francesca.
„Ich schicke keine Briefe zurück – die will ich behalten!", protestierte Leo.

„Soll ich dir parfümierte Briefe schreiben, die du dann mit einem rosa Bändchen zusammenbinden kannst und in einem alten Schuhkarton versteckst?" Sie kicherte bei der Vorstellung.
Aber Leo antwortete recht ernst: „Nein, nicht mit einem rosa Bändchen, sondern mit einem hellblauen werde ich sie zusammenbinden, und wo ich sie verstecke, verrate ich dir nicht."
Erstaunt und gerührt dachte Charlotte, dass doch hin und wieder ein Samenkorn ihrer Erziehung aufging und zur Blüte gelangte.
„Ach was, wir werden uns höchstens ein paar Emails schicken oder hin und wieder eine SMS", meinte Francesca realistisch. Sie drehte sich zu Charlotte um, gab ihr freundlich die Hand, dann verabschiedete sie sich von Helmut und alle plauderten noch ein bisschen gemeinsam.
Massimo hatte seine Runden beendet, war am Brunnen stehen geblieben und sprach mit Antonio, den er von den Schultern runter und sich nun auf den Arm genommen hatte. Charlotte ging zu ihnen hinüber, um sich von Antonio zu verabschieden. Sie wollte es hinter sich haben - diese Abschiedsszene zerrte an ihren Nerven. Aber da Massimo ihn noch nicht abgesetzt hatte, sondern auf dem Arm behielt, blieb sie ein paar Schritte hinter ihnen stehen. Massimo hatte ihr den Rücken zugekehrt, Antonio blickte über seine Schulter zu ihr hinüber. Sie hörte Massimo fragen: „Also, Totò, kommst du nächsten Sommer wieder her?"
„Nur, wenn die Signora auch hier ist – sonst langweile ich mich." Er winkte Charlotte zu sich heran, die nur zögernd näher trat.
„Komm her, Signora, ich muss dich etwas fragen. Kommst du nächstes Jahr wieder?"
Charlotte sah in sein süßes Kindergesicht, in dem die dunklen Knopfaugen sie fragend ansahen.
„Was für eine schwierige Frage, Totò. Das ist noch so weit hin – nächstes Jahr." Sie sah Massimos Profil, das auf Antonio gerichtet war. Er vermied es, sie anzusehen.
Antonio winkte sie noch näher zu sich heran, grabschte sich eine ihrer langen Haarsträhnen und zog sie so nahe zu sich, dass er ihr einen feuchten Kuss auf die Wange schmatzen konnte. Er musste sich dazu ein gutes Stück über Massimos Schulter beugen. Dann flüsterte er: „Hallo Signora, ich bin der Weihnachtsmann!", worauf er verschwörerisch den Zeigefinger vor die Lippen hielt und „Pst" machte.
Auch Charlotte machte „Pst." Noch leiser fügte sie hinzu: „Sub rosa." Aber das war für Massimo bestimmt. Der drehte sich nun doch zu ihr

um. Verwundert blickte er von ihr zu Antonio, dann wieder zu ihr. „Ihr habt Geheimnisse, ihr beiden", stellte er leise lächelnd fest.
Charlotte winkte Antonio noch einmal kurz zu, dann eilte sie zurück auf die Terrasse, wo Helmut schon wieder Zeitung lesend saß. „Na, Abschiedszeremonie vorbei?"
„Ja." Sie sah, wie alle ins Auto kletterten und abfuhren. Massimo und Leo waren allein auf dem Platz zurückgeblieben, winkten so lange hinterher, bis das Auto um die Kurve bog und nicht mehr zu sehen war. Dann legte Massimo seinen Arm um Leos Schultern und schien sich mit ihm zu unterhalten. Nach ein paar Minuten trennten sie sich, er ging zu seinem Haus, Leo kam zu ihnen zurück. Setzte sich aber nicht auf die Terrasse, um sein Frühstück zu beenden, von dem er kaum etwas angerührt hatte, sondern ging schnurstracks in sein Zimmer. Charlotte ging hinterher und blieb am Türrahmen stehen. Er lag auf seinem Bett und war dabei, sich seinen CD-Player einzustellen, nur die Kabel der Kopfhörer waren verheddert, er bekam sie nicht gleich auseinander sortiert.
„Worüber habt ihr euch denn noch unterhalten, du und Massimo?", fragte sie schüchtern.
„Worüber schon! Er hat mir ein paar nette Worte gesagt. Wahrscheinlich wollte er mich trösten."
„Was hat er denn genau gesagt?"
„Ach, Mama! Ich habe nicht mitstenographiert! Halt irgendwas Nettes... und ob ich nächstes Jahr wiederkomme, hat er gefragt."
„Und was hast du geantwortet?"
„Na, was wohl? Das ich doch nicht für alle Ewigkeit mit meinen Alten in Urlaub fahren kann!"
„Und sonst – hat er nichts gesagt?"
Leo sah sie entgeistert an. Er hatte seine Kopfhörer endlich frei bekommen und setzte sie sich auf. Aber dann fügte er doch noch unwirsch hinzu: "Er hat mich zum Schluss noch gefragt, was ich mal beruflich machen will."
„Und was hast du geantwortet?"
„Mama, du weißt genau, dass ich Tierarzt werden will. Daran hat sich auch in diesen zwei Wochen Urlaub nichts geändert. Das habe ich ihm gesagt."
„Und was hat er darauf gesagt?"

Leos Geduld mit seiner Mutter war zu Ende. Trotzdem ließ er sich noch zu einer letzten Antwort herab. „Er hat irgendeine Floskel von sich gegeben – gute Tierärzte könnten sie hier auch immer gebrauchen oder so." Dann setzte er sich die Kopfhörer auf und drehte das Volumen auf Höchststärke. Charlotte konnte die Musik bis zu sich hin hören. Mit hängendem Kopf ging sie auf die Terrasse zurück.

Leo war den ganzen Vormittag nicht mehr von seinem Bett zu bewegen, so dass sie alleine zum Pool gingen. Es waren noch eine ganze Menge Gäste dort, aber ohne die Veroneses fehlte etwas. Die leeren Liegestühle auf der anderen Seite des Schwimmbeckens machten einen trüben Eindruck auf Charlotte, die wie immer neben Helmut auf den bequemen Kissen ihres Liegestuhles lag. Seltsam, dachte sie, wie schnell man sich an fremde Menschen gewöhnen kann, in nur wenigen Tagen. Das passierte im Urlaub ja des Öfteren: Man lernte nette Leute kennen, man schloss leichter Freundschaften als zu Hause, denn alle waren entspannt, aufgeschlossen, fröhlich und gingen leichter aufeinander zu. Am Ende des Urlaubes verabschiedete man sich dann ungern, nicht ohne vorher Adressen und Telefonnummern ausgetauscht zu haben, von denen man dann aber nur in den wenigsten Fällen Gebrauch machte, denn der Alltag holte jeden schon nach wenigen Tagen nach der Heimkehr ein – und die getauschten Adressen wurden zu den Fotos gelegt, die man dann alle Jahre mal wieder ansah... oder auch nicht.
Wird es mir so ergehen? Sie schloss die Augen und nun konnte sie alle Gedanken, die sie in den letzten Tagen so erfolgreich verdrängt hatte, nicht mehr im Zaum halten. Würde sie Massimo vergessen können? Oder war die Frage vielleicht richtiger: Würde sie ihn vergessen wollen? Hatte sie sich in zwei Wochen so an ihn gebunden, dass sie für ihn alles aufgeben würde, was ihr bisher lieb und teuer gewesen war? Zwanzig Jahre Partnerschaft mit einem Mann, den sie doch noch liebte, oder nicht? Hatte Massimo mit seiner These Recht? Blieb sie bei Helmut – aus Gewohnheit und Dankbarkeit? Auf diese Fragen galt es, eine Antwort zu finden, aber sie fand sie nicht. Dafür erinnerte sie sich an ein Gedicht von Erich Kästner, den sie als Kinderbuchautor mit unaufdringlicher erzieherischer Absicht genauso schätzte wie als Erwachsenenautor, weil er das nie so trennte: die Geschichten für die Großen und die Kleinen, wobei Letztere ihm immer wichtiger waren. Aber jenes Gedicht, das ihr jetzt durch den Kopf strich, hatte er für die

Großen geschrieben, für solche, die genau in ihrer Situation waren, in einer ‚Sachlichen Romanze':
‚Als sie einander acht Jahre kannten,
(und man darf sagen: sie kannten sich gut),
kam ihre Liebe plötzlich abhanden,
wie anderen Leuten ein Stock oder Hut.'
Manchen passiert es schon nach acht Jahren, manchen erst nach zwanzig, manchen passierte es nie, oder? Passierte es allen, auch denen, die davon überzeugt waren, eine glückliche Ehe zu führen? War sie das nicht auch gewesen, überzeugt, noch bis vor zwei Wochen? Oder spielen wir uns alle nur etwas vor, wir ‚glücklich Verheirateten'? Spielten wir so lange gut unsere Rolle, bis uns jemand in dieses Rollenspiel hineinfährt, ein Massimo oder ein Amedeo oder sonst wer? War die Ehe ein schönes Märchen, an dem wir alle so gern festhalten, weil es eben so schön ist, daran zu glauben, glücklich und zufrieden bis an das Ende unserer Tage mit einem vertrauten Menschen zusammenzuleben?
‚Sie waren traurig, betrugen sich heiter,
versuchten Küsse, als ob nichts sei,
und sahen sich an und wussten nicht weiter.
Da weinte sie schließlich. Und er stand dabei.'
Ach Kästner! War sie, die Ehe, nicht etwas viel Handfesteres? Eine Versorgungsmaschine und Alterssicherung, eine vermögensregulierende und Unterhaltszahlungen garantierende Einrichtung? Wie hatte Massimo es ausgedrückt? Eine aus sozialen, politischen und religiösen Gründen praktische Erfindung – nützlich zur Aufzucht der Küken, aber ansonsten gegen die Natur? Warum hatte er ihr dann gestern einen Heiratsantrag gemacht – wenn auch ohne ‚Heirat'? Lag der Wunsch, gemeinsam mit dem geliebten Menschen alt zu werden, nicht in jedem von uns verborgen? Sie fand nur Fragen, keine Antworten. Ob Helmut eine Antwort wusste?
„Bist du eigentlich glücklich?", fragte sie ihn unvermittelt.
Er blickte nicht gleich von seiner Zeitung auf. „Was?"
„Ob du glücklich bist, will ich wissen."
Er sah sie entgeistert an. „Was für eine Frage! Glück ist doch wohl immer nur ein Zustand von kurzen Momenten, kein Dauerzustand! Darüber haben sich kluge Philosophen genug ihre Köpfe zerbrochen! Ich bin im Moment glücklich, weil ich gemütlich in einem bequemen Liegestuhl liege, gleich in den kühlen Pool springen werde und morgen

die Heimreise nach einem gelungenen Urlaub antreten kann. Wenn ich dann noch meine Zeitung ungestört lesen könnte, ohne von tiefsinnigen Fragen unterbrochen..."
Sie unterbrach ihn aber. „Ich meinte genau das andere: Glück als Zustand. Glücklich in deinem Leben, glücklich in deiner Ehe, glücklich mit mir, zum Beispiel..."
Jetzt blickte er fast fassungslos. „Natürlich bin ich mit dir glücklich, abgesehen von deinem Talent, immer genau in den falschen Momenten die falschen Fragen zu stellen..."
„Wann ist denn der richtige Moment? Ich meine, wann haben wir uns eigentlich das letzte Mal so richtig unterhalten? Nicht über Leo, nicht über die Verwaltung des Haushaltes, nicht über die Autoreparatur, nicht über den kaputten Fernseher... sondern über uns?"
„Man unterhält sich eben über das, was anliegt, über das, was wichtig oder nötig ist! Wenn wir uns nicht weiter über uns unterhalten haben, dann war es wohl nie nötig. Ich finde, du siehst müde aus. Auch ich habe heute Nacht ganz mies geschlafen. Ich hole uns jetzt einen Kaffee aus der Küche – das wird deinen Lebensgeistern gut tun."
Schon war er aufgestanden und weg. Charlotte sah ihm hinterher, wie er davon schlenderte. Er hatte immer einen jugendlichen Gang beibehalten, leicht federnd und schlacksig. Wie Leo. Seine Haut hatte eine schöne, gleichmäßige Bräune hier erhalten, viel mehr als die ihre, was ja auch kein Wunder war, bei all den Stunden, die er auf dem Tennisplatz verbracht hatte. Und was hatte sie inzwischen getan? Etwas verboten Schönes, etwas unlogisch Wahres, etwas, dem sie irgendwie nicht hatte ausweichen können... aber das Erstaunlichste daran war, dass sie nichts bereute, keine Minute, keine Sekunde.
‚Vom Fenster aus konnte man Schiffen winken.
Er sagte, es wäre schon viertel nach vier,
und Zeit, irgendwo Kaffee zu trinken.
Nebenan übte ein Mensch Klavier.'
Sie stand auf und sprang kopfüber ins Wasser. Heute war keine Tigerlilli mehr da, die man hätte nass spritzen können und damit ihr perfektes Make-up oder ihre Lockenfrisur in Gefahr zu bringen. Und kein Antonio, dem man das Schwimmen hätte beibringen können. Wie gerne hätte sie selbst noch mal ein Kind! Zur Abwechslung ein Mädchen, und sie würde es Maria nennen. Sie schwamm ein paar Bahnen, war aber schnell erschöpft heute. Als sie Helmut mit den zwei Kaffeetassen

herbeijonglieren sah, kletterte sie aus dem Becken heraus. Der Kaffee tat ihr gut, hätte aber süßer sein können. Er hatte natürlich nur einen Teelöffel Zucker hineingetan. „In zwanzig Jahren hast du nicht gelernt, dass ich immer zwei Teelöffel Zucker in meinen Kaffee schütte."
„Mein Gott, ich hoffe, das ist jetzt kein Scheidungsgrund! Du bist ja heute echt gefährlich."
Es wird nicht leicht sein, mit ihm wirklich ins Gespräch zu kommen, dachte sie entmutigt, während sie den bitteren Kaffee schlürfte. Aber was hätte sie ihm denn sagen sollen? Lieber Helmut, hör mal, es war echt nett, die zwanzig Jahre mit dir, aber ich habe da ganz zufällig in diesem Urlaub jemanden kennen gelernt...
‚Sie gingen ins kleinste Cafe am Ort
und rührten in ihren Tassen.
Am Abend saßen sie immer noch dort.
Sie saßen allein und sie sprachen kein Wort
und konnten es einfach nicht fassen.'
Kästners Gedicht war hier zu Ende - das Gespräch mit Helmut vorerst auch. Er war jetzt in den Pool gesprungen und schwamm seine Bahnen. Sie schloss wieder die Augen und schon kam die nächste Frage, pünktlich und unerbittlich: Warum will ich unbedingt noch ein Kind? Soll es der Kitt im morschen Mauerwerk meiner Ehe werden? Aber nein. Hier wusste sie endlich eine Antwort, und die war NEIN. Ein Kind war kein Mittel zum Zweck. Ein Kind war Zukunft, war Hoffnung, war Leben... war ein Wert für sich, war jenseits aller Moral, war die verkörperte Moral. Ein Pfeil, den man von sich aus abschoss, in die Zukunft, die nicht einem selbst gehörte, sondern der nächsten Generation. Es musste doch immer weiter gehen – mit dem Leben - und es musste doch endlich einmal besser werden!
Und sie – sie würde alles besser machen als beim ersten Mal, als bei Leo. Was wird werden, wenn Leo auszieht? Werden Helmut und ich dann abends auf dem Sofa sitzen und uns ratlos ansehen? Was nun? War das alles? Was sind wir eigentlich füreinander, wenn wir nicht mehr Eltern sind? Werden wir da noch etwas Gemeinsames finden, für das es sich lohnt weiterzumachen? Gemeinsam?
Ihr kam Gundulas Mutter in den Sinn, die sie vor einigen Wochen in der Stadt getroffen hatte. Gundula war eine ihrer Lieblingsschülerinnen gewesen, hatte dann aber eine Klassenarbeit nach der anderen versiebt und war kurz vor dem Abitur im vorletzten Jahr abgegangen. Charlotte

hatte sich das nie verziehen, dass sie sich nicht mehr um das Mädchen gekümmert hatte, aber so vieles entzog sich ja ihrem Aufgabenbereich in dieser Hinsicht. Das Privatleben ihrer Schüler hatte sie offiziell nichts anzugehen. Und die meisten Lehrer waren ja auch froh darüber. Aber als sie dann Gundulas Mutter zufällig beim Einkaufen in der Stadtmitte traf, lud diese sie spontan zu einem Kaffee ein. Sie setzten sich ins Café Kranzler, guckten auf den quirligen Kurfürstendamm hinunter und Gundulas Mutter erzählte übersprühend, wie gut es ihr ginge seit ihrer Scheidung. Nach fast fünfundzwanzig Ehejahren! Wussten Sie, Frau Bach, dass die Scheidungsrate kurz vor der Silbernen Hochzeit noch einmal steil nach oben schnellt, laut Statistik? Nein, das hatte sie nicht gewusst, für sie war Scheidung ja auch kein Thema. Sie führte eine glückliche Ehe. Gundulas Mutter erzählte fröhlich weiter: Sie lebe jetzt mit ihrer Tochter allein in einer kleinen Altbauwohnung am Prenzlauer Berg, nachdem sie ihren Mann in dem großen gemeinsamen Haus in Dahlem zurück gelassen hatte, ein Haus, das ihr immer nur Arbeit, aber nie Freude gemacht hätte. Sie hatte sogar eine ihr zusprechende Büroarbeit gefunden, und Gundula mache das Abitur in Abendkursen nach. Sie seien beide sehr glücklich, irgendwie befreit, und sie, Charlotte, solle sich keine weiteren Sorgen um Gundula machen, die auch froh sei, von ihrem autoritären Vater weit weg zu sein. Nun könnten sie beide abends ausgehen, so lange sie wollten. Auch sie, die Mutter war froh, von ihrem ewig eifersüchtigen Ehemann und den zermürbenden Streitereien befreit zu sein. Und nun müsse er ordentlich Unterhalt zahlen – das geschehe ihm recht, hatte sie hämisch gerufen!
Charlotte seufzte in sich hinein. Helmut war weder ein autoritärer Vater noch ein eifersüchtiger Ehemann. Konnte sie ihm überhaupt etwas vorwerfen? Eigentlich nicht. Nein, nichts konnte sie ihm vorwerfen, oder kann man jemanden beschuldigen, er habe nicht genug Sinn für Poesie? Kein Scheidungsrichter würde das als Scheidungsgrund anerkennen! Scheidungsrichter, Anwälte, Standesbeamte – vielleicht hatte Massimo Recht, man solle die Staatsgewalt erst gar nicht in sein Privatleben einziehen lassen, man wurde sie dann ohne Gewalt nicht wieder los. Vielleicht hatte jener Bevölkerungswissenschaftler Recht, den Mieke zitiert hatte, und man sollte einen Ehevertrag auf Zeit abschließen – denn nichts währt ‚ewig'. Oder doch?
Sie sah zu, wie Helmut sich auf den Beckenrand schwang und mit einem Satz aus dem Wasser war. Kindisch lachend blieb er vor ihr stehen und

schüttelte seinen nassen, vollen Haarschopf über ihr trocken. „Kann ich jetzt meine Zeitung weiterlesen, oder willst du mich weiter mit existenziellen Fragen nerven?"

„Lese bloß deine Zeitung – sonst könntest du etwas verpassen." So ganz schnell wollte sie dann doch nicht aufgeben. „Eigentlich schade, dass die Veroneses weg sind. Ich hatte das Gefühl, du hattest einen besonders guten Draht zu Liliana. Fehlt sie dir jetzt nicht irgendwie?"

„Also, von Fehlen kann nicht die Rede sein. Ja, o.k., sie war eine Klassefrau, eine wirklich tolle Frau, aber eine Ehefrau. So wie du. Warum sollte sie mir fehlen? Du würdest mir fehlen!"

„Warum? Weil du dich so an meine Gegenwart gewöhnt hast? In zwanzig Jahren gewöhnt man sich ja an so einiges..."

„Ja, ich habe mich an deine Gegenwart gewöhnt, daran, dass du abends da bist, wenn ich nach Hause komme, an deine grässlichen Eintöpfe habe ich mich ebenso gewöhnt, wie an deine nicht gerade tollen Putzkünste – bei uns liegt ja immer zu viel Staub herum für meinen Geschmack, aber du willst ja keine Putzhilfe... ich habe mich an deine Marotten gewöhnt, wie du an meine – das bezeichnet man dann wohl als ‚gute Ehe', oder?"

„Ja, so ist das wohl", sagte sie schwach. „Gäbe es so etwas wie ‚Heirat auf Zeit' – würdest du einen Ehevertrag mit mir erneuern?"

„So ein Quatsch! Moderner Firlefanz! Heirat auf Zeit! Ich habe einmal JA gesagt, und das gilt für immer."

„Und du wolltest nie eine andere Frau? Eine Tollere als ich, eine Aufregendere, oder einfach   nur: was Neues, zur Abwechslung?"

Er lachte. „Nein, ich finde, eine reicht. Bin voll und ganz mit einer Frau ausgelastet. Und eine Geliebte ist zu kostspielig und würde mir das Leben nur komplizieren." Er blickte sie unschuldig verdutzt an. „Willst du das alles nur wissen, weil ich hin und wieder ein wenig mit Liliana geflirtet habe – oder sie mit mir? Du weißt doch, wie diese Italiener sind: viel Schau, viel ‚bella figura', viel Küsschen rechts und links, aber nicht viel dahinter."

Charlotte lehnte sich zurück und schloss wieder die Augen. Helmut nahm das erleichtert als Zeichen dafür, dass sie nun genug von solchen Gesprächen hatte und griff hoffnungsvoll zur Zeitung.

Sie hatte immer gedacht, ihre Gedanken seien frei, aber heute schienen sie an einem Gummiband zu hängen: Immer, wenn sie versuchte, ihre Gedanken in eine bestimmte Richtung auf einen Anziehungspunkt hin nach vorn zu schieben, wurden sie von diesem unsichtbaren Gummi zurück zum Ausgangspunkt gezogen. Wie heftig konnte sie an diesem Gummiband ziehen? Wann würde es reißen? Oder würde es stärker sein als der Anziehungspunkt dort in der Ferne, auf den ihre Gedanken zusteuerten und der in der Gestalt eines umbrischen Bauern ihr zuwinkte?

Sie nahm ihr Buch zur Hand, in dem nur noch die drei letzten Seiten zu lesen übrig waren, dann hatte sie den dicken Wälzer durch. Ein wirklich lesenswertes Buch. Gequält sah sie auf Helmut. Diese verdammte Zeitung! Konnte er nicht mal ein gutes Buch lesen oder wenigstens ein Gedicht? Hatte er sich in den zwei Wochen hier einmal erkundigt, was sie denn eigentlich lese? Interessierten ihn ihre Gedankengänge überhaupt noch?

Ärgerlich schlug sie ihm von hinten gegen die Zeitung. „Hast du sie bald auswendig gelernt? Warum liest du zur Abwechslung nicht mal dies hier?" Sie hielt ihm den Manzoni hin.

Mit gerunzelter Stirn nahm er das Buch in die Hand. „'Die Verlobten.' Ich kann mit solchen Romanzen nichts anfangen. Worum geht es da?"

„Um ein sich zur Heirat versprochenes Paar, das aber durch widrige Umstände daran gehindert wird. Es ist ein kritisches, tragisches und stellenweise auch humorvolles Zeitgemälde. Das ist einer der ganz großen italienischen Klassiker, die deutsche Erstausgabe ist von 1827, schon Goethe kannte sie und äußerte sich enthusiastisch über den Roman, der seiner Meinung nach ‚alles überfliegt, was wir in dieser Art kennen'. Du solltest..."

„Nun tu nicht so, als ob ich nie ein Buch gelesen hätte! Ich habe alles von Berthold Brecht gelesen – der war kein säuselnder Poet, kein meschugger Philosoph, kein belämmerter Fatzke, sondern ein vernünftiger Mann, ein Antifaschist, ein handfester Autor, ein Berliner eben! Wovon handelt denn dein Buch da? Ich wette, es ist eine verquere Liebesgeschichte, so was liest du ja nur! Und in der Vergangenheit muss sie spielen, nicht wahr, mindestens im 18. Jahrhundert, sonst ist es ja nichts für dich!"

„Erstens: Brecht stammt nicht aus Berlin, sondern wurde in Augsburg geboren. Zweitens: Die Geschichte hier hat Manzoni zwar 1827 geschrieben, aber sie spielt im Jahre 1628 und ist auf ihre Weise aktuell, weil..."

„Oh, noch immer aktuell! Hier, lies endlich mal was Aktuelles!" Er warf ihr die Zeitung auf den Schoß.
„Ich weiß schon, was da drin steht – jeden Tag das Gleiche, mit leichten Abwandlungen." Sie stand auf, ergriff die Zeitung und warf sie in den Pool. „Und am Ende ist deine Zeitung nichts anderes als ein feuchter Haufen Papier." Sie schnappte sich ihre Badetasche und zog von dannen.
Helmut blickte ihr einen Augenblick wie versteinert nach, wie sie in Richtung ihrer Wohnung verschwand, dann beeilte er sich, unter den neugierigen Blicken der ringsum sitzenden Gäste, die Zeitung aus dem Wasser zu fischen, die in Sekundenschnelle zu einem matschigen Haufen schmutzigen Papiers aufgeweicht war.

Beim Mittagessen saßen sie alle drei lustlos am Tisch. Sie hätte Leo gerne getröstet – aber wie? Sie war ja selbst untröstlich. Leo hatte gar nicht mitkommen wollen, aber Helmut hatte ihn angeherrscht: „Dein Liebeskummer in allen Ehren – aber deshalb musst du nicht in den Hungerstreik treten. Wir haben hier bis zum letzten Tag bezahlt und werden bis zum letzten Tag alles auskosten!"
Als sie sich danach alle zur gewohnten Siesta hinlegten, versuchte sie erst gar nicht zu schlafen, sondern setzte sich auf die schattige Terrasse und las die letzten drei Seiten des Buches von Manzoni. Hier gab es wenigstens ein Happyend, dachte sie erleichtert. Das sich zur Hochzeit versprochene Paar fand sich zum guten Schluss nach vielen Irrungen und Wirrungen, konnte heiraten und eine Familie gründen. ‚Das erste Jahr der Ehe war noch nicht um, als ein schönes Geschöpf zur Welt kam; und als ob dies ausgerechnet geschehen wäre, um Renzo sofort die Gelegenheit zu geben, sein großmütiges Gelübde zu erfüllen, war es ein Mädchen, und ihr dürft glauben, dass ihm der Name Maria gegeben wurde.'
Wie anrührend, dachte Charlotte. Sie las die letzte Seite. Das Buch endete mit dem Satz:
‚Hat euch diese (Geschichte) nicht missfallen, so gedenkt mit Gunst dessen, der sie niedergeschrieben hat, und ein wenig auch dessen, der sie herausgegeben hat. Haben wir euch aber am Ende gelangweilt, so seid überzeugt, dass es nicht mit Absicht geschehen ist.'
Nein, du hast mich nicht gelangweilt, lieber Manzoni. Charlotte legte das Buch auf den Tisch, schloss die Augen und gab sich wieder ihren

Gedanken hin. Die freundliche Bibliothekarin in der Berliner Stadtbücherei, deren stete Benutzerin sie war, hatte mal zu ihr gesagt: ‚Bücher stoßen die Tür ins Unendliche auf!' In unendliche Geschichten! Wie aufregend war es, in die Geschichten anderer einzutauchen, wie in verbotene Träume, wie in ferne Galaxien, wie in geheimnisvolle Unterwasserwelten, aus denen man nach Bedarf wieder auftauchen konnte. Nur mit der eigenen Geschichte klappte das nicht. Wie würde ihre Geschichte ausgehen? Gut oder schlecht? Aber was war ‚gut' und was war ‚schlecht'?

Sie musste plötzlich an Hilde denken, Rektor Reichers Frau, der sie ja diesen Urlaub indirekt zu verdanken hatte. Hilde hatte nicht hierher fahren wollen, so waren Reichers Urlaubspläne geplatzt. Hilde, was hast du mir da nur eingebrockt? Aber das war natürlich Unsinn - es lag alles bei ihr, Charlotte, in ihrer Hand. Aber wie gern würde sie alles in seine Hände fallen lassen, die er ihr aufgehalten hatte und wo sie gut aufgehoben war...

Sie kehrte in Gedanken zu Hilde zurück. Reichers hatten vor ein paar Jahren eine Ehekrise durchstanden, als ihre beiden Söhne, einer nach dem anderen, auszogen. Dabei waren es beide so richtig verwöhnte Nesthocker gewesen, die das ‚All-inclusive-Hotel' Familie erst nach abgeschlossenem Studium verlassen hatten, danach nur noch hin und wieder zu Hause vorbeischneiten, um schmutzige Wäsche abzuladen oder wenn das erste, selbstverdiente Geld nicht reichte, um die Miete der eigenen Wohnung zu bezahlen. Hilde, die nie gearbeitet hatte und nur für ihre Familie lebte, hatte ihr gestanden, dass es zuerst ein ungeheures Vakuum aufriss: die leeren Zimmer der Söhne, die ungewohnte Stille im Haus, plötzlich fiel man nicht mehr über herumliegende Kleidungsstücke, plötzlich rief keiner mehr ‚Ich habe Hunger', der Kühlschrank war nicht mehr geplündert, man wurde nicht mehr gebraucht. So hatte Hilde es geschildert. Sie und ihr Mann standen unvermittelt vor der schweren Frage: Was machen wir mit der neuen Freizeit, mit dem neuen Gefühl von Partnerschaft, mit uns? Sie hatte damals nicht wenig Lust gehabt, das nun viel zu große, zu leere Haus zu verkaufen, den ganzen Krempel, den man sich mit den Jahren ans Bein hängt. Es hatte Monate gedauert, bis sie sich beide gefangen hatten. Dann erlitt Anton seinen Herzinfarkt und man musste bedenken, dass Hilde im Falle einer Scheidung jeden Anspruch auf Antons Rente verlieren würde... Aber dann erholte sich Reicher gesundheitlich, und

auch ihre Ehe erholte sich langsam. Sie hatten sich eines Tages mutig zusammengesetzt und Bilanz gezogen, und eine Mischung aus Bewusstsein, Verantwortung und Liebe hatte sie dann wieder zusammengeschweißt wie nie zuvor. Seitdem genossen sie ihr Leben zu zweit, fühlten sich frei, der Mühlstein der Gewohnheit war endlich von ihren Schultern genommen worden, sie gingen ins Kino, ins Theater, luden oft Freunde zu sich zum Essen ein. Hilde war eine wundervolle Köchin und Reicher war ein aufmerksamer und geistreicher Gastgeber. Nach einem dieser gemütlichen Abendessen hatte Hilde ihr dies alles gebeichtet, sie hatten zu zweit in Hildes gepflegtem Wintergarten gesessen, in dem sie kleine Stechpalmen mit üppigen Rankengewächsen mischte und sogar Oleander zum Blühen brachte. Helmut und Anton spielten nebenan im Wohnzimmer unterdessen Schach, Hilde schüttete ihr Herz aus und Charlotte hatte damals geglaubt, dass es auch bei ihr und Helmut so ähnlich kommen würde...
Aber jetzt saß sie auf einer schattigen Terrasse, in einem italienischen Weingut, dessen Besitzer ihr gesagt hatte: Du bist hier zu Hause...

Um vier Uhr erschien Leo überraschenderweise auf der Terrasse. „Ich gehe zum Reiten. Erst wollte ich nicht, aber dann dachte ich, ich sollte mich doch von Orlando verabschieden. Er wird mir fehlen. Ist ein tolles Pferd, wenn auch etwas unberechenbar. Papa hat Recht: Wir sollten es hier bis zum Schluss auskosten. So etwas bekommen wir so leicht nicht wieder."
„Leo... könntest du dir vorstellen, hier zu leben?"
„Nein! Wie gesagt, es ist toll... aber es ist nicht meine Welt. Meine Welt ist Berlin." Dann trällerte er tatsächlich „Ich hab' noch einen Koffer in Berlin, deshalb muss ich demnächst auch wieder hin" und zog ab, seine untröstliche Mutter zurücklassend.
Sie ging in die Wohnung, wo sie sah, wie Helmut sich die weißen Tennisshorts, die sie ihm aus Rom mitgebracht hatte, anzog. Dann suchte er den Tennisschläger. „Wo ist er nur?"
„Er liegt im Bad unter dem Waschbecken."
„Was macht er denn da?"
„Das habe ich mich auch gefragt, aber da er keine Füße hat, um dort hinzukommen, hat ihn wohl sein schusseliger Besitzer dort gestern abgelegt, bevor er unter die Dusche ging."

„Oh je! Na gut, ich bin kein Ordnungsfanatiker. Aber du hättest ihn ja in den Schrank legen können, wenn er dich im Badezimmer gestört hat. Also, es wird Zeit, dass ich hier wegkomme, du suchst ja heute nur Streit." Helmut eilte zur Tür, aber sie hielt ihn auf.
„Nein, ich suche keinen Streit, aber wir müssen noch etwas besprechen. Geh bitte nicht zum Tennis heute."
„Gehst du denn nicht zu deiner ‚Deutschstunde'?"
„Nein. Ich will mit dir reden."
Auf Helmuts Gesicht machte sich ein Ausdruck breit, der eine Mischung aus Ärger, Ablehnung, Angst und Ahnung war. „Hat dir unser Gespräch heute Vormittag nicht genügt?"
„Nein. Wir sollten ruhig mal richtig streiten. Wann haben wir eigentlich das letzte Mal so richtig miteinander gestritten?"
Helmut holte tief Luft. „Aha! Also ist es doch das, was du willst: mit Gewalt einen Streit anzetteln! Soll ich dir die Leviten lesen? Willst du vielleicht auch mal verhauen werden? Was willst du eigentlich?"
„Ich will herausfinden, ob wir eine gute Ehe führen. Der fehlende Streit ist vielleicht gar kein Zeichen für Harmonie, sondern nur dafür, dass wir uns aus dem Weg gehen, unsere Probleme unter den Teppich kehren..."
„Welche Probleme denn bloß, zum Teufel! Wir haben überhaupt keine Probleme, weder finanzieller Art noch partnerschaftlicher Art. Wenn du mit Gewalt welche an den Haaren herbei ziehen willst, dann nenn mir den Grund dafür!"
Charlotte nahm allen Mut zusammen. Den Grund dafür konnte sie ihm nicht nennen, das brachte sie einfach nicht fertig. Aber da war noch eine Sache, über die sie mit ihm sprechen musste, schon seit zwei Jahren, und nun war der Augenblick dazu gekommen.
„Setz dich doch hin", forderte sie ihn auf. Sie hatte sich an den Tisch gesetzt, aber er blieb an der Tür stehen. „Erinnerst du dich, worüber wir vor zwei Jahren miteinander gestritten hatten?"
Er musste kurz nachdenken, dann sagte er unwillig: „Fang bloß nicht wieder mit dieser Kinderwunsch-Geschichte an. Das hatten wir doch abgehakt. Wir waren uns doch einig, dass..."
„Wir waren uns überhaupt nicht einig. Du willst kein Kind mehr – ich hingegen schon. Damit ist die Sache in der Luft hängen geblieben. Aber... so ganz in der Luft doch nicht... ich... ich... nehme schon seit zwei Jahren keine Verhütungsmittel mehr..."

Helmut sah sie ungläubig an. Dann setzte er sich doch zu ihr an den Tisch, legte den Tennisschläger auf denselben und sagte eine Weile gar nichts, bevor er herausbrachte: „Das ist doch nicht dein Ernst! Dass wir seit zwei Jahren riskieren... und ich dachte, du seist zur Vernunft gekommen."
„Nein! Aber mit Vernunft hat es auch nichts zu tun, sondern mit Gefühlen, mit unserer Ehe..."
„Charlotte, nach zwanzig Jahren Gemeinsamkeit kann man sich nicht so benehmen!" Eine Haarsträhne fiel ihm gefährlich ins Gesicht – mit einer raschen Geste strich er sie zurück.
„Ich will noch ein Kind, das wollte ich immer, vor zwei Jahren so wie heute. Und wie auch schon im letzten Urlaub hoffte ich, dass die Ferienzeit... eine günstige Zeit sei... man hat Zeit füreinander, der Arbeitsstress ist weg, man ist entspannt und ausgeruht..."
"Das war ich auch... bis vor ein paar Minuten! Das sind ja Enthüllungen! Deshalb bist du so nervös! Ich habe mich schon die ganze Zeit über gefragt, welche Laus dir wohl über die Leber gelaufen sei – das erklärt nun einiges!" Er schien irgendwie erleichtert zu sein. Alles im Leben ist ja halb so schlimm, wenn man für sein Unglück eine plausible Erklärung finden kann.
„Ja. Es erklärt einiges, aber nicht alles. Das Problem ist für mich nicht vom Tisch. Ich sehe eine gemeinsame Zukunft für uns nur... zu dritt.. eine dreifache Schnur reißt nicht so leicht..."
„Aber Lotte, wir SIND zu dritt, du, ich und Leo..."
„Aber Leo wird uns bald verlassen..." Ihre Sicherheit schwand mit jedem Wort und ihre Stimme begann zu schwanken.
„Lotte, deshalb können wir aber nicht wieder von vorne anfangen! Man kann das Rad der Zeit nicht zurückdrehen – hast du vergessen, was es bedeutet: Windeln wechseln, nicht durchschlafen, Kinderkrankheiten, Fläschchen wärmen – hast du vergessen, dass ICH das fast immer getan habe? Ich habe mich damals aufgeopfert und habe es gerne getan und auf das Ergebnis können wir stolz sein: Wir haben einen gut geratenen Sohn! Aber das kann man jetzt nicht einfach wiederholen. Wir hatten uns in all den Jahren so viel VORGENOMMEN, sind gut VORANGEKOMMEN, nun sind wir endlich ANGEKOMMEN - auf dem Höhepunkt unseres Lebens – und nun willst du zum Ausgangspunkt ZURÜCKKOMMEN!"

Sie sah in fassungslos an, was ihn erschreckte. „Wieso wirst du plötzlich so bleich? Ist dir nicht gut? Übelkeit?"
„Nein, nein. Es war nur etwas in deiner Wortwahl... ich weiß nicht... ich werde diesmal alles besser machen... ich habe nichts von dem vergessen, was du damals getan hast, Helmut, glaube mir, ich bin dir dankbar, ich habe nichts an dir auszusetzen, aber... ich will endlich auch etwas tun, ich werde meinen Beruf aufgeben, werde mich um das Kind kümmern, werde mich..."
„Du deinen Beruf aufgeben? Dass ich nicht lache! Du liebst deinen Beruf, du würdest ihn nie lassen können – Lotte, du kennst dich selber nicht! Du machst jede Überstunde freiwillig, gibst deinen Schülern noch privat Nachhilfeunterricht, bist immer froh, wenn du morgens zur Schule gehen kannst... aber, was soll das Ganze überhaupt? Welches Kind überhaupt? Was in zwei Jahren nicht passiert ist, wird auch nicht..." Jetzt rechnete er nach. Sie sah es hinter seiner hohen Stirn arbeiten. Natürlich, er hatte sich nicht verrechnet. „... wird auch bei zwei Mal nicht passiert sein. Trotz der ‚entspannten' Urlaubsstimmung! Nur zwei Mal, denn du hattest ja so oft Kopfschmerzen abends, warst müde vom Wandern, hattest Angst vorm Gewitter, und was du sonst noch alles vorbrachtest, um mich auf Abstand zu halten..."
„Aber... man kann doch nie wissen...", sagte sie kleinlaut.
„Du wolltest mal wieder mit dem Schicksal spielen, wie so oft. Nur immer schön die Verantwortung für dein Handeln abgeben, nicht wahr? Aber so wie es aussieht, hast du das Schicksal gegen dich!"
Jetzt konnte sie sich nicht mehr beherrschen. Die so lange aufgehaltenen Tränen strömten endlich aus ihr heraus. Sie versuchte, sich zu beherrschen, sie wollte nicht weinen, das war ein Fehler, das war nicht in ihrem Sinn, denn Helmut, wie fast jeder Mann, war gegen Frauentränen machtlos und zu Zugeständnissen bereit, die er sonst nicht gemacht hätte. Er lenkte auch sofort ein. „Lotte, nun hör aber auf. Vielleicht hast du ja auch Recht – nicht mit dem Kind, das ist Unsinn. Aber mit unserer Beziehung... wir müssen wieder zueinander finden, müssen mehr gemeinsam unternehmen, ich habe dich in diesem Urlaub zu viel allein gelassen, aber wir haben nun mal nicht dieselben Hobbys! In Berlin werden wir einiges ändern, werden uns Zeit füreinander nehmen, ich werde weniger arbeiten, werde mehr auf dich hören..."
„Die Flügeltür muss weg", schluchzte sie.

„Ja, ja, dann nehmen wir die verdammte Tür einfach heraus. Davon hast du ja schon vor unserer Abfahrt gesprochen. Ich hatte gehofft, dass der Urlaub dir diese Flausen austriebe, aber gut, wie du willst..."
„Und ich will ein Klavier!"
„Was? Also das kannst du mir nun wirklich nicht vorwerfen, dass wir kein Klavier haben! Ich habe dich noch vor zwei Jahren gefragt, als wir die gesamte Wohnung renovieren ließen, ob wir Platz für ein Klavier lassen sollten, wo du doch in der Schule wieder angefangen hast zu spielen. Ich hör das immer gern, so ein nettes Klavierspiel, auch wenn du keine Virtuosin bist, aber wo sollen wir das bitte nun hinstellen? Es ist doch gar kein Platz dafür da..."
„Dann schaffen wir eben Platz dafür! Wir können die Bücherwand im Wohnzimmer abbauen und in der Diele wieder aufbauen, im Korridor ist noch eine Wand frei!"
„Weißt du, was das bedeutet? Hinter der Bücherwand im Wohnzimmer hatten wir nicht tapezieren lassen, um ein paar Meter von der sündhaft teuren Tapete zu sparen, die bekommen wir doch heute nicht mehr nachgekauft – wir müssten das ganze Zimmer neu machen lassen! Erinnerst du dich nicht, wie viel es damals gekostet hat, alles vom Feinsten..."
„Nein, ich erinnere mich nicht und es interessiert mich auch nicht! Wir brauchen nicht neu zu tapezieren, wir streichen einfach alles weiß über und dann kaufen wir ein Klavier..."
„Aber das passt doch gar nicht zu unserer gediegenen Einrichtung! Das hast du hier gesehen, in dieser rustikalen Umgebung, hier passt es ja auch hin, diese weiß gekalkten Wände - also Charlotte, ich finde, jetzt sollten wir Schluss machen mit dieser absurden Diskussion! Du wäscht dir jetzt das Gesicht mit kaltem Wasser, ich gehe noch ein bisschen Tennisspielen, danach gehe ich zu Natalina, diesen Urlaub hier bezahlen. Alfonso sagte mir, die Rechnungen werden bei ihr beglichen, und wenn Leo und ich heute Abend zurückkommen, hast du dich beruhigt. Ich finde, wir sollten Leo nicht mit unseren, mit deinen Problemen belasten, er ist heute schon genug geknickt... Sag mal, wann kommt ihr Frauen eigentlich in die Wechseljahre? Fängt das nicht bald an?"
„Bist du verrückt? Da habe ich noch mindestens zehn Jahr Zeit! Aber ihr Männer müsst ja alles auf die Hormonschwankungen schieben, wenn ihr nichts mehr kapiert!"

Helmut schnappte sich schnell den Tennisschläger und war schon an der Tür. „Also, bis später." Raus war er.
Sie blieb reglos am Tisch sitzen, unfähig, sich zu rühren. Er hatte ja recht, wie immer. Mit allem. Alles war so hoffnungslos. Müde lies sie ihren Kopf auf den Tisch sinken, legte ihn auf die verschränkten Arme. War alles umsonst gewesen? Die ganze Diskussion?
Aber da man nicht lange in so einer unbequemen Position verharren konnte, stand sie auf, ging ins Bad, wusch sich brav das Gesicht. Helmut hatte ja recht: Leo sollte nichts merken. Die Kinder musste man aus dem Ehestreit heraushalten. Wenigstens dazu sollte sie fähig sein, wenn sie denn schon zu allem anderen unfähig war. Unfähig, Klartext zu sprechen, unfähig, auf ein Thema zuzusteuern, unfähig, dabei zu bleiben, unfähig, der Realität ins Auge zu sehen, unfähig, Entscheidungen zu treffen, unfähig, eine gute Hausfrau zu sein, unfähig, Klavier zu spielen... und alles war ihre Schuld, was auch immer geschehen war und noch geschehen würde, ja, es stand jetzt sogar vor ihr auf dem Badezimmerspiegel geschrieben: Du bist Schuld! Sie schloss die Augen, um es besser lesen zu können: DU BIST SCHULD!
War alles umsonst gewesen? Der ganze Aufwand? Sie hatte über Wichtiges sprechen wollen und hatte stattdessen von Tapeten geredet! War alles umsonst gewesen?
Schlaf überkam sie wie eine sanfte Wolke, als sie sich aufs Bett legte. Aber kurz bevor sie einschlummerte, hörte sie eine tiefe, warme Stimme, die ihr drei Worte zuflüsterte. Nur drei Worte, aber sie genügten, und sie dachte noch, dass vielleicht doch nicht alles umsonst gewesen sei.

Beim Abendessen plauderte Helmut betont munter drauf los. Erzählte, wie lustig sein letztes Tennisspiel mit Signor Martinelli verlaufen sei, wie er dann bei Natalina die Rechnung bezahlt habe, die viel niedriger ausgefallen sei, als er vorausberechnet hatte. Wie sehr er sich auf die Heimfahrt freue, und erst auf zu Hause!
„Trotzdem habe ich gedacht, wir brauchen uns doch mit der Fahrt nicht zu beeilen. Wir fahren gemütlich nach dem Frühstück ab, halten mittags in Bologna und essen dort etwas, es liegt doch schließlich auf dem Weg, und dann geht's in aller Ruhe weiter, und abends suchen wir uns ein gutes Hotel in Österreich, eines, das günstig liegt und das uns auf Anhieb gefällt, irgendetwas wird schon frei sein." Er lachte fröhlich.

Auch Leos Stimmung hatte sich nach seinem letzten Ausritt mit Orlando gebessert und er verkündete, dass er in Berlin weiter Reitstunden nehmen wolle, dafür das Fußballspielen aufzugeben bereit sei. Helmut fand den Vorschlag ausgezeichnet. Ihre Stimmung hob sich noch mehr, als der Hauptgang serviert wurde: Es gab eine riesige ‚Bistecca fiorentina', ein großes Stück Rindfleisch vom Grill, von den Chianina-Kühen des Monte Subasios, wie der nette Kellner betonte. Der junge Mann hatte sie die ganzen Ferien über bedient und fragte Charlotte gar nicht mehr, ob sie nicht auch ein Stück Fleisch wolle. Aber heute hielt sie ihn plötzlich zurück. „Anche per me, per favore."
Er sah sie überrascht an, legte ihr aber sofort eine 'Bistecca' auf den Teller und wünschte allen guten Appetit. Helmut und Leo war der Mund offen stehen geblieben. „Das willst du doch nicht etwa essen?" Helmut konnte es nicht fassen.
„Dir wird schlecht davon werden", warnte Leo.
Aber sie hatte schon zu Messer und Gabel gegriffen und säbelte sich den ersten Bissen ab, steckte ihn wortlos in den Mund und begann mutig daran zu kauen. Sie ließ sich nicht beirren, nahm einen Bissen nach dem anderen, systematisch, von den ängstlich erstaunten Blicken ihrer zwei Männer verfolgt. Als sie am Knochen angelangt war, legte sie das Besteck zur Seite und begann, den Knochen abzunagen. Kein Fitzelchen Fleisch ließ sie an ihm zurück. Als sie fertig war, legte sie den kahlen Knochen auf den Teller und sah die beiden an.
„Und? Wie war's?" Helmut blinzelte sie vorsichtig an.
Sie holte nur tief Luft, sagte aber nichts.
„Ist dir jetzt übel?" Leo war wirklich besorgt.
Sie schüttelte nur den Kopf.
„Wirst du ab heute zur Fleischesserin?" Helmuts Stimme klang leicht ironisch. Sie schüttelte wieder nur den Kopf.
„Da wird sich der Conte freuen, er hat seine Wette gewonnen. Du kannst ihm das Meisterstück gleich präsentieren, da kommt er." Leo wies in den Saal. Massimo machte seine Runde, grüßte nach rechts und nach links, blieb aber nirgends stehen. Erst vor ihrem Tisch hielt er an, sah sofort den Teller mit dem Knochen und blickte sie nur an. Da keiner etwas sagte, ergriff Leo, dem die Stille wohl unangenehm war, das Wort.
„Mama hat die ganze, riesige ‚Bistecca' aufgegessen! Du hast deine Wette vom ersten Abend gewonnen, Massimo! Erinnerst du dich? Aber

sie hat schon zu verstehen gegeben, dass sie nun deswegen nicht zur Fleischesserin wird – es war wohl eine einmalige Überwindung, was Mama?"

Charlotte nickte fast unmerklich. Sie wusste, sie musste endlich von ihrem Teller aufsehen, musste ihn ansehen, obwohl es ihr unendlich schwer fiel. Aber als sie aufsah und sah, dass er sie sanft anlächelte, wurde es ihr warm ums Herz. Sie lächelte zurück, nur so ein kleines Lächeln in den Mundwinkeln, aber in diesem gegenseitigen Lächeln lag alles, was sie sich zu sagen hatten: Nichts war umsonst gewesen.

Dann wandte er sich an Helmut. „Wann fahrt ihr morgen ab?"

„Ganz in aller Ruhe, nach dem Frühstück. Meine Frau wollte immer mal Bologna sehen, dort werden wir einen Zwischenstopp machen. Es reicht, wenn wir abends in Österreich sind. Wir müssen dort ja nur übernachten, zu Wanderpartien auf die Almen ist ja sowieso keine Zeit. Und übermorgen Abend werden wir dann in Berlin sein." Helmut hielt kurz inne, bevor er hinzufügte: „Ich möchte nicht versäumen zu betonen, dass es uns allen hier sehr gut gefallen hat."

Massimo lächelte versonnen. „Gefallen... fallen, verfallen, hinfallen, zerfallen, auffallen, anfallen, Fallen stellen, in Fallen geraten, ins Fallen geraten... was für eine gefällige Sprache... aber sie gefällt mir trotzdem, oder vielleicht gerade deshalb. Freut mich, dass es euch hier gefallen hat, aber – wie soll Zar Peter der Große mal gesagt haben: Was könnte einem besser gefallen als Charlotte, deine Frau, Helmut."

Helmut sah ihn forschend an. „Wie galant, der Herr Conte, zum Abschied."

„Gut, dann werden wir ja morgen nach dem Frühstück noch Gelegenheit haben, uns in aller Ruhe zu verabschieden. Aber ich gebe euch das hier heute schon mal." Er zog einen Werbeprospekt vom ‚Borgo dei Pini' aus der Hosentasche, auf dessen Umschlag das Weingut abgebildet war, und hielt ihn Charlotte hin, die ihn in ihre Handtasche steckte. „Es ist auch eine Wegbeschreibung drin – falls ihr mal wiederkommen wollt. Ansonsten empfehlt uns weiter. Einen schönen Abend allerseits." Er drehte sich auf dem Absatz um, durchquerte schnellen Schrittes den Saal, Charlotte sah seinen breiten Rücken in der Tür zur Küche verschwinden.

„Mein Gott, der war aber auch kurz angebunden heute Abend! Deine Vorführung mit der Bistecca hat ihm den Atem verschlagen, Mama, du hast ihn echt geschafft. Aber was sollte das mit dem Zar? Warum sind denn heute alle so komisch? Nur weil ich ein bisschen Liebeskummer habe, müssen doch nicht alle mittrauern." Leo passte die gedrückte Atmosphäre gar nicht.

„Na, ein bisschen Abschiedsstimmung liegt eben in der Luft. Aber das ist morgen weg - wenn wir erst mal unterwegs sind, wird nach vorn und nicht zurückgeblickt!" Helmut hielt sein Weinglas wie zum Prosten hoch. „Schließlich hatten wir hier – wider Erwarten – einen sehr gelungenen Urlaub, was wir nicht zuletzt Rektor Reicher und der Intuition unserer flotten Lotte hier zu verdanken haben." Helmut ergriff kurz ihre Hand und drückte sie fest. Da sie immer weiter stur auf ihren Teller blickte, konnte er Leo unbemerkt ein Wort zuraunen: „Hormone." Leo nickte verständnisvoll. Dann machten sich die beiden über ihren Nachtisch her: Es gab ein großes Stück Charlotte-Torte.

Während ihre beiden Männer später am Brunnen noch einen Abschiedstrunk bei Alfonso einnahmen – sogar Leo genehmigte sich ein Schlückchen Grappa nach diesem traurigen Tag – packte sie oben die Koffer. Viel zu packen gab es da nicht. Auf den Rückreisen vom Urlaub warf man ja einfach alles in die Koffer, zu Hause musste die Kleidung dann sowieso gewaschen und gebügelt werden. Obenauf legte sie glatt das schwarze Kleid mit der Jacke und verschloss den Koffer. Dann nahm sie den Prospekt aus ihrer Handtasche, um ihn sich genauer anzusehen. Als sie das bunte Faltblättchen öffnete, fiel ein Zettel heraus. Sie las erstaunt, was er darauf geschrieben hatte: Schiller, die Ideale.
‚So willst du treulos von mir scheiden,
mit deinen holden Phantasien,
mit deinen Schmerzen, deinen Freuden,
mit allen unerbittlich fliehn?
Lässt nichts dich, Fliehende, verweilen –
o meines Lebens gold'ne Zeit?
Vergebens – deine Wellen eilen
hinab ins Meer der Ewigkeit.'
Das Gedicht zu lesen, war ihr schwer gefallen, aber sie war dem Schicksal dankbar, dass es ihr den Gefallen getan hatte, den Zettel nicht Helmut in die Hände fallen zu lassen. Müde ließ sie sich ins Bett fallen, ließ sich in den längst fälligen Schlaf fallen und der gefällige Bruder Schlaf ließ alle Gedanken von ihr abfallen – wenigstens für ein paar Stunden.

KAPITEL 18 (15. August)

Von Fragen ohne Antworten und einem Zettel mit drei Sätzen,
von der Aussprache mit sich selbst und der Absprache mit einem Kleid,
von heimlich versteckten Zeichen und langsam wachsenden Hoffnungen

Sie hatte eine so unglaubliche Müdigkeit in sich, dass sie tief und traumlos schlief. Aber gegen drei Uhr morgens wurde sie dann doch noch einmal wach, ging ans Fenster und sah auf den leeren Platz: Morgen Abend würde er wieder voller Menschen sein, viele neue Gäste sollten am fünfzehnten August eintreffen, auch Rosemary war darunter. Sie beneidete die unbekannte, unscheinbare Engländerin, die einfach jedes Jahr hierher kommen konnte, ohne Gewissensbisse, ohne emotionale Verstrickungen, ohne jemandem dafür Rechenschaft ablegen zu müssen. Massimo wird morgen hier unter seinen Gästen stehen, scherzen, lachen, vielleicht tanzen, wenn Alfonsos Rentnerband aufspielen sollte...
Im Haupthaus war alles dunkel. Sie blickte in den Himmel, der wie immer sternenklar war. Nur an jenem schicksalschwerem Gewittertag war er wolkenverhangen gewesen, danach war es wieder schön geworden.
Wird es je wieder schön werden, für sie? Würde alles einfach so weitergehen wie vorher, so, als wäre dies alles hier nie wahr gewesen? Oder war das Märchen von der ewigen Liebe und Treue nicht wahr? War der Glaube an die glückliche Ehe so etwas, wie der Glaube an den Weihnachtsmann? Man würde ihn dann genauso wenig abschaffen können wie den Weihnachtsmann selbst - es war einfach zu schön, an ihn zu glauben, obwohl er nicht existierte. Und etwas, was nicht existiert, konnte man einfach nicht abschaffen! Das war unlogisch!
Bloß nicht wieder die Fragen in den Kopf lassen, warnte sie sich. Zu viele Fragen ohne Antworten. Wer wusste die Antwort? Die Dichter, die Götter, das Schicksal? Massimo und Helmut hatten immer Antworten parat. Aber die Antworten waren nicht dieselben. Oder wusste sie die Antwort? War die Antwort schon in ihr – nur war sie unfähig, sie zu formulieren?
Er hatte an jenem Gewittertag Schillers Bürgschaft zitiert. Sie musste fast ein wenig lächeln. Wie hieß es da noch? Es war ja eine lange Ballade und die letzte Strophe hatte er nicht zitiert:

„Und blicket sie lange verwundert an,
darauf spricht er: es ist euch gelungen,
ihr habt das Herz mir bezwungen.
Und die Treue, sie ist doch kein leerer Wahn,
so nehmt auch mich zum Genossen an.
Ich sei, gewährt mir die Bitte,
in eurem Bunde der Dritte."
Wer war in ihrem Bunde der oder die Dritte? Die dreifache Schnur? Und die Treue, war sie doch kein leerer Wahn? Aber nun keine weiteren Fragen mehr. Sie lauschte in die Stille, aber da waren nur die Atemzüge ihrer beiden Lieben zu hören. Vielleicht liegt die Antwort darin, dachte sie, in diesen ruhigen Atemzügen, die sie nicht stören durfte. Nein, für diese Nacht durfte sie die nicht stören, und morgen würde man weitersehen. Die Entscheidung abzufahren, war richtig, das wusste sie nun genau. Und in Berlin würde man dann weitersehen. Sehen, was die Zukunft bringt und vielleicht würde sie sogar endlich mal an sich selbst denken, so wie es Helmut immer gelang, an sich selbst zu denken. Es war wirklich unglaublich, dass er von allem, was hier geschehen war, nichts mitbekommen hatte. Es war alles ‚sub rosa' geschehen: Massimo - ihr unaufgesagtes Gedicht.

Sie schlief noch mal für zwei Stunden ein, dann aber war sie endgültig wach und beschloss, dass man ebenso gut gleich losfahren könne. Sie weckte Helmut, der sofort hellwach und von einer frühen Abreise begeistert war, denn er fuhr gern in den Tag hinein. Bei Leo war es schon schwieriger, aber nachdem sie ihm die Bettdecke weggezogen hatte, trollte er sich auch aus dem Bett. Während Helmut im Bad war, öffnete sie noch mal den Koffer, nahm das schwarze Kleid heraus und hing es samt Jacke zurück in den Schrank. Sie strich mit der Hand über den glatten Seidenstoff. „Mein schwarzes Hochzeitskleid", sagte sie leise. „Du gehörst hierher. In Berlin bist du fehl am Platze. Du warst ein Kleid für eine Nacht. Ach nein, für zwei Nächte. Dir fehlte sie ... die dritte Nacht...", flüsterte sie noch.

„Hast du was gesagt?", rief Helmut aus dem Bad.

„Ich finde, wir sollten uns beeilen", rief sie zurück. Helmut war noch unter der Dusche, das gab ihr die Zeit, noch etwas Wichtiges zu tun. Sie riss eines der Blätter von dem Kalender ab, der auf dem Schreibtisch stand und schrieb drei Sätze darauf. Dann faltete sie den Zettel dreimal, schrieb ‚Per il Conte' auf die Rückseite und versteckte ihn unter ihrem

Kopfkissen. Entweder würde er selbst ihn dort finden oder das Zimmermädchen, die ihn dann schon weiterleiten würde. Selbst wenn die ihn lesen sollte – es war ja nicht anzunehmen, dass sie Deutsch verstünde.

Sie trugen die Koffer ums Haus herum zum Parkplatz. Helmut begann nach seinem Schlüssel zu suchen, erinnerte sich dann aber, dass er das Auto ja gar nicht mehr abgeschlossen hatte, nachdem er damit nach Spello gefahren war. Er hatte den Zündschlüssel tatsächlich stecken lassen.

„Du hast dich ja ein wenig den hiesigen Verhältnissen angepasst", stellte Charlotte verwundert fest. Sie fuhren leise und langsam über den leeren Platz, um niemanden aufzuwecken. Es war keine Menschenseele zu sehen. Als sie unten am Tor ankamen, fanden sie die Ausfahrt verschlossen. Damit hatte sie nicht gerechnet, erinnerte sich aber, dass Alfonso ein Frühaufsteher war wie alle guten Bauern, sprang aus dem Auto, lief um sein Häuschen herum und fand ihn im Garten bei den Hühnern, die er gerade fütterte. Er war ziemlich verwundert, sie so früh abreisen zu sehen, kam mit zum Auto, um allen freundlich die Hände zu schütteln, nahm ihre Grüße an Natalina und den Conte entgegen und versprach, sie weiterzuleiten. Hoffentlich empfände niemand ihr verfrühtes Abfahren als Beleidigung, es sei ja etwas unhöflich, so zu gehen, ohne sich richtig zu verabschieden, aber nein, er verstand, dass man gern bei der morgendlichen Frische unterwegs war, aber wie schade doch, gerade heute, am fünfzehnten August, am ‚Ferragosto', „il giorno dell'Assunzione della Santa Vergine", einem wichtigen Feiertag in Italien, den hätten sie hier noch mitfeiern sollen! Aber dann wünschte er ihnen eine gute Reise und öffnete das große Eisentor. Es schob sich langsam auf, die Gralssucher-Hunde standen still daneben, dann sah Charlotte im Rückspiegel, wie es sich wieder hinter ihnen verschloss. Am Tag der ‚Maria Himmelfahrt' fuhr sie aus Arkadien ab. Es war ihr, als sei sie aus dem Paradies vertrieben worden.

Während sie die um diese Stunde einsamen Landstraßen entlang fuhren, lehnte sie sich mit geschlossenen Augen in den Autositz und lauschte der Melodie, die ihr die Erinnerung vorspielte: ‚Via del campo, c'è una graziosa... occhi grandi color di foglia... tutta notte sta sulla soglia... vende a tutti la stessa rosa.' An jeden verkauft sie die gleiche Rose...

Leo war hinten im Auto sofort wieder eingeschlafen, Helmut lenkte den Wagen schweigend durch die Straßen. Als sie auf der Autobahn waren, wurde es Zeit zum Frühstücken, aber sie hatte keinen Appetit. Ihr war es auch etwas übel, was an der ‚Bistecca fiorentina' liegen mochte, oder an dem frühen Aufstehen, oder am Abschiedsschmerz, oder auch an etwas anderem. So fuhren sie weiter. Man würde später einen Kaffee beim Tankstopp trinken.
Charlottes Gedanken kehrten in den Borgo zurück. Jetzt würde man dort frühstücken und ihre Abfahrt bemerkt haben. Jetzt würde er vielleicht in ihr leeres Zimmer gehen. Sie stellte sich vor, wie er sich auf ihr Bett legen würde, einen Augenblick dort innehalten, dann instinktiv unter das Kopfkissen greifen, ihren Zettel finden und lesen würde. Viel hatte sie ja nicht geschrieben. Nur drei Sätze:
„Ich möchte bleiben - aber ich fahre ab. Das ist unlogisch. In Liebe, Lotte."
Das war nicht viel, aber zu mehr war sie nicht fähig gewesen. Das erlösende Wort, auf das er so gewartet hatte, das hatte sie ihm – wenn schon nicht gesagt – dann wenigstens doch geschrieben.
Ungewollt rollte eine Träne über ihre Wange. Als sie ihre Lippen berührte, leckte sie den salzig schmeckenden Tropfen ab. Aber da war niemand mehr da, der das Salz von ihrer Seele wegzuwischen vermochte. Schnell ließ sie das Autofenster herunter, damit der Fahrtwind ihre feuchten Augen trocknen konnte, aber Helmut sagte: „Ich habe doch die Klimaanlage an, mach' das Fenster wieder zu."
Sie gehorchte. „Mir ist etwas ins Auge geflogen – hast du mal ein Taschentuch?"
Das weiße, monogrammbestickte Tuch in ihrer Handtasche wollte sie nicht hervorziehen. Helmut wies auf die Packung Papiertaschentücher im Handschuhfach hin. Sie öffnete das Fach, tastete mit der linken Hand darin umher, bis sie die Packung erwischte. Aber da war noch etwas daneben! Etwas Weiches und doch Stacheliges! Sie zog es vorsichtig hervor und hielt ein Zweiglein Rosmarin in den Fingern. Es war noch frisch und feucht vom Morgentau – er musste es in aller Herrgottsfrühe abgepflückt haben.
Unbemerkt legte sie es in sein Taschentuch und sog den würzigen, antiken Duft tief in sich ein.

Danksagung

Dies ist eine frei erfundene Geschichte – dennoch möchte ich mich bei all denen bedanken, die mich dazu inspiriert haben, sie aufzuschreiben, ohne sie mit Namen zu nennen.

Ganz besonderen Dank verdienen Jutta Ansorge, Anna Wylegala und Irma Margitta Probst für die kritische Durchsicht des Manuskriptes und Isabel Leppla für ihre Korrekturarbeiten.

Meinem Mann Vincenzo herzlichen Dank für seine Geduld und meinem Sohn Andrei für seine tollen Ideen.

Vor allem aber bin ich meinen Eltern für all die Geschichten dankbar, die sie mir als Kind vorgelesen haben; dankbar dafür, dass sie mich in Bibliotheken führten, sobald ich selbst lesen konnte; dankbar dafür, dass sie mir das Studium ermöglichten und ich als Bibliothekarin mein bisheriges Leben inmitten von Büchern verbringen durfte. Denn Bücher – öffnen die Tür ins Unendliche.

Ich widme dieses Buch drei Personen:
für Martha, Walther und Pauline
In Memoriam.